D1026658

La guerra
de Galio

La guerra de Galio

Héctor Aguilar Camín

ALFAGUARA

ALFAGUARA

© 1991, Héctor Aguilar Camín
© De esta edición:
    1994, Santillana, S. A.
    Juan Bravo, 38. 28006 Madrid
    Teléfono (91) 322 47 00
    Telefax   (91) 322 47 71

• Aguilar, Altea, Taurus, Alfaguara S. A.
Beazley 3860. 1437 Buenos Aires
• Aguilar, Altea, Taurus, Alfaguara S. A. de C. V.
Avda. Universidad, 767, Col. del Valle,
México, D.F. C. P. 03100

ISBN:84-204-8163-7
Depósito legal: M. 6.073-1994
Diseño:
Proyecto de Enric Satué
© Ilustración de cubierta:
Carlos Aguirre

PRIMERA EDICIÓN: OCTUBRE 1994
SEGUNDA EDICIÓN: NOVIEMBRE 1994
TERCERA EDICIÓN: MARZO 1995

Todos los personajes de esta novela, incluyendo los reales, son imaginarios.

Para Rosario

*Difícil es luchar contra el deseo. Lo que quiere,
lo compra con el alma.*

HERÁCLITO

*No haremos obra perdurable.
No tenemos de la mosca la voluntad tenaz.*

RENATO LEDUC

Índice

Odio la noche. Su llamado condensa casi todo lo que he buscado apartar de mi vida: la irregularidad y el exceso, el miedo, las obsesiones que suspenden las certezas de nuestra convivencia civilizada, única sed de mi temperamento diurno, amante de la luz y del orden, y de las nobles geometrías que engendra la razón.

Como historiador, he aprendido a ver en las novedades y los cambios meros disfraces del pasado, astucias de la tradición. Basta poner una mano perceptiva sobre las rocas de Monte Albán o Palenque para entender que nuestras propias ciudades y grandezas son también ruinas en curso. De nuestra ebullición y nuestras ansias, del lado oscuro y eterno que nos mueve a la acción, no quedarán acaso sino otras tantas piedras majestuosas —nuestras casas, nuestras calles, nuestros templos. Sobre ellas, quizá, siglos después, alguien posará una mano semejante a la nuestra, y pensará que otros estuvimos ahí, incesantes y espasmódicos como él, sentenciados no obstante por el tiempo a la elocuencia muda de esos restos que nos evocan sólo porque nos han olvidado.

Desconfío, pues, del presente, y de su forma suprema, vacía por excelencia, que es el periodismo. He dedicado treinta años y doce libros a la historia colonial de México. Puedo decir que encontré ahí más explicaciones de los males presentes de nuestro país que en el registro de sus catástrofes cotidianas que narran los periódicos, con su inmediatez desmemoriada y su exageración profesional.

Digo todo esto para subrayar hasta qué punto la materia de este libro violenta mis hábitos y mis convicciones. Mejor dicho: hasta qué punto la muerte de su protagonista —mi alumno, mi esperanza, mi fracaso— pudo imponer el llamado de la noche sobre la concentración de mi esfuerzo hasta arrojarme al territorio que he tratado de dibujar en estas páginas. He caminado por él cinco años, casi siempre a tientas y sin rumbo, desde la madrugada en que una voz me despertó preguntando por el teléfono si podía identificar el cadáver de un adulto llamado Carlos García Vigil.

Me irritó la palabra «adulto» dicha por esa voz impersonal, porque siempre había pensado en Vigil como en un muchacho con la vida abierta, dotada de un eterno futuro. Crucé esa misma noche el infierno de formol e indiferencia que llamamos servicio médico forense, hasta el congelador donde ya reposaba, con la blancura verde de la cera, su cuerpo largo y atlético, apenas trabajado por el embarnecimiento de los cuarenta años. Lo habían recogido en el cuarto de un hotel de paso, con abundantes indicios de restos alcohólicos, sin otra identificación que una licencia de conducir y una tarjeta mía donde había garabateado esa misma tarde mi nuevo teléfono particular. El rictus que la muerte había detenido en sus labios parecía una sonrisa, daba a la frente amplia un aire de comodidad con su destino. Bajo esa curva generosa había alentado, según yo, la más viva inteligencia de su generación, el manantial de dones cuyo florecimiento basta, de cuando en cuando, para justificar los afanes de una cultura —o al menos la vanidad de un profesor que, como yo, había encontrado en esas aguas el único entusiasmo por el futuro que era capaz de recordar.

Lo había reconocido veinte años antes, mientras revisaba los primeros trabajos de un grupo de estudiantes de historia del año 62. En el alud de torpezas iniciáticas suscitadas por la lectura de una relación sobre los reales mineros zacatecanos del siglo XVIII, habían aparecido las cuartillas diáfanas de Vigil desmintiendo la incuria de sus años. Ahí donde sus compañeros habían reconocido sólo las alusiones obvias del documento —el valor de los salarios o la escasez de la carne— Vigil encontró datos suficientes para bosquejar el perfil de una sociedad precaria, signada por la imposibilidad de la vida señorial, cuya presunción era un lugar común de los colonialistas de la época.

Reparó, por ejemplo, en que la administración del real minero estaba a cargo de una mujer, que firmaba la carta: una viuda cincuentona en trance de casarse otra vez, cuya decrepitud codiciada echaba luz sobre las mujeres como un bien escaso en ese mundo remoto. Para llegar a él se requerían catorce días de viaje desde la Ciudad de México, según dedujo Vigil de las fechas de la requisitoria virreinal que la viuda contestaba. Esos catorce días de viaje incluían el asedio de los llamados indios bárbaros, como podía desprenderse de las quejas de la propia viuda, quien había perdido así a su marido y a un hermano. La observación dramatizaba los rigores de una colonización epidérmica, todavía mal afianzada en lo militar, pese a la imagen del siglo XVIII novohispano como un cenit de paz y plenitud del dominio colonial.

Consigno estas minucias porque a mi entender retrataban ya la inteligencia profunda de Vigil, su índole plástica capaz de amoldarse sin esfuerzo al objeto de su escrutinio, su facilidad para pasar de los detalles al conjunto y su llano poder de mirar cosas nuevas donde otros recogían nada más letras muertas, retazos sin sentido. He visto a cientos de historiadores sumirse con enjundia en los archivos, escribir libros y fincarse una reputación académica, sin haber logrado nunca un verdadero momento de visión original como los que dejó caer Vigil sobre sus primeras cuartillas escolares.

Era entonces un muchacho largo, moreno y suave, con una grotesca melena, al uso de aquellos años, que le bailaba sobre los hombros como una peluca maltratada, de un negro marchito e informal. Ahora estaba en el cajón helado del forense, vuelto un adulto largo, moreno y apacible, desafiante por última vez en su limbo risueño, insistiendo en el *no* que había regido nuestro desencuentro. Firmé un acta, di los teléfonos de la ex mujer de Vigil —Antonia Ruelas, a cuya boda en el 65 me negué a asistir porque clausuró la posibilidad de que Vigil saliera a estudiar al extranjero— y regresé a mi casa, sintiendo crecer la rabia por el desperdicio llamado Vigil.

Contra su jugueteo generacional me había rebelado los últimos diez años. Había sido tan exigente con él como con nadie, porque en ningún otro había entrevisto la posibilidad de un trato de iguales, sin condescendencia tutoral ni aprendizajes preparatorios. Había percibido desde un principio su fascinación por el presente, su decisión de meterse en la historia más como el fruto de una perplejidad ante lo inmediato que como una verdadera vocación por el pasado: la pasión de quien aspira a cambiar el mundo que ha heredado, antes que a conocerlo. Traté de suavizar esa fantasía instrumental estimulando su curiosidad por los enigmas de la Nueva España: la conquista espiritual de México o la invención colectiva de Guadalupe. Accedí incluso a la tarea de registrar en un libro las inercias de esa historia y su asombrosa actualidad, tratando de mostrarle en los virreyes el modelo de nuestro presidencialismo, en la evangelización misionera el repertorio de utopías que guían la aspiración de igualdad de nuestra polis; en la legislación de Indias, la impronta tutelar de nuestras leyes; en la explotación salvaje, la naturalidad de nuestras desigualdades; en las reformas borbónicas, el inicio de nuestra modernización; en la raíz hispánica, la simiente de nuestro nacionalismo y en el patrimonialismo del Estado español, la de nuestra corrupción.

Vigil era ya egresado de la facultad cuando el movimiento estudiantil del 68 —y casado y padre uncido a las tareas alimenticias que habría de rechazar años después—, así que no vivió esos meses con la liberalidad que exigían, sino en una especie de reserva que marcó su memoria de aquellos sucesos con la intimidad mitológica de los deseos no cumplidos. Pero estuvo ahí, probando el fluido embriagador de su generación, mientras completaba en el Instituto, bajo mi auspicio, una paleografía sobre las costumbres de los conventos coloniales, cuyo prólogo, cruzado por posesiones y delirios, es todavía hoy el umbral de una provincia inédita de la historia mexicana.

Luego de la matanza de Tlatelolco, en octubre de 1968, tocado más que nunca por lo inmediato, Vigil buscó una receta para el presente en el estudio de la Revolución Mexicana. Asumió la carga de un seminario que lo alejó para siempre de la época colonial y del presupuesto que yo había podido otorgarle hasta entonces en mi feudo. Diseñamos juntos, sin embargo, su historia del pasado más reciente (1910-1936), empezando por la elección heterodoxa de su objeto: los olvidados revolucionarios del Norte que habían ganado la guerra civil y gobernado por quince años el país. Era la hora (1969), en que ningún historiador serio había dedicado un libro a preguntarse por el secreto de esos hombres decisivos, su trayecto, su vocación, su sino triunfal —y triste, como todos los otros—. Supe entonces del reto profesional de esas décadas, la abundancia de sus fuentes y el malentendido, tan mexicano, de un país que engendró la última revolución política del siglo XIX con la facha verosímil de la primera revolución social del siglo XX. Hicimos juntos el guión de esa saga en largas conversaciones sobre libros y archivos, pero él investigó y escribió solo, en los años siguientes, el primer volumen de su historia.

Lo que pasó después es el tema de este libro: la urgencia de intemperie sufrida por Vigil, que coincidió con el salto al vacío de parte de su generación; su encantamiento por Octavio Sala y por el mundo enardecido del periodismo, así como su atracción por la sombra parlante que fue durante esos años Galio Bermúdez —mi rival, mi contemporáneo, mi vergüenza—. En 1977, desencantado del periodismo, Vigil decidió volver al claustro académico en busca de los fantasmas que ahí había dejado. Regresó a su seminario para los años más fructíferos y, para él, los menos soportables de su vida. Armó con rapidez el segundo volumen de su historia y publicó el gran libro que conocemos sobre la guerra civil del constitucionalismo contra Villa y Zapata, el ascenso de Obregón y la rebelión de Agua Prieta en 1920. Luego revisó los fondos presidenciales del Archivo General de la Nación, en busca de datos para los años veinte y acumuló las notas de unas tres mil tarjetas para los siguientes volúmenes de su historia, que habría de terminar en 1936 con la expulsión de Calles del país y de los clanes norteños de la Presidencia de la República.

Bosquejó capítulos y escribió largas parrafadas intuitivas sobre el sentido profundo y a la vez llano, hasta elemental, de los hombres de la Revolución. Acudió a simposios y publicó reseñas de novedades bibliográficas hasta ponerse otra vez al día y conocer las más increíbles minucias de cada región, como había conocido años antes las de cada familia y cada historia particular del Norte. (Hacia el año 69, en una cervecería de Hermosillo, había oído a Vigil interrogar a los parroquianos y deducir de sus apellidos historias familiares que incluían la identificación de los pueblos de procedencia del ancestro y la defensa local en que habían participado abuelos o bisabuelos del interpelado, hasta dar la impresión de ser un judío errante de la región que todo lo sabía como si lo hubiera vivido, incluyendo el apodo del primer muerto en una célebre emboscada yaqui del Bacatete y la familia de varilleros de la que había nacido esa voluntad de morir y matar a horcajadas de un caballo sin destino.)

Luego, lo sorprendió la intemperie. Y a mí su muerte.

No fui al entierro. El entierro vino a mí con la edición correspondiente del diario de Octavio Sala que desplegó un largo elogio funerario de Vigil, con semblanzas de amigos y colegas y la insinuación de que su muerte no había sido el accidente buscado que fue, sino una especie de venganza por no sé qué independencia periodística mal domeñada. Me irritó la aspiración santurrona a convertir esa muerte absurda, terriblemente real, en una denuncia ladina de la maldad del poder y sus agentes. Pero me irritó sobre todo que en las páginas dedicadas a Vigil hubiera sólo menciones de sus trabajos de historiador y en cambio tiradas interminables sobre su condición de periodista ejemplar, sus servicios críticos al país y las demás consagraciones ilusorias del diarismo.

Escribí una carta a Sala reparando la omisión. Fue publicada de inmediato, junto con otras generosidades póstumas. Pasaron luego las semanas, proclives al olvido, hasta que una mañana se presentó en mi oficina de la Universidad una esbelta muchacha de cuarenta años que dijo llamarse Oralia Ventura. Vestía un traje sastre azul y una mascada color perla en el cuello. Las primeras arrugas en las comisuras de sus ojos subrayaban más que desmentían la frescura juvenil de sus rasgos, los ojos atentos y una contención general que sin embargo sonreía, bajo la superficie pulida de gestos y palabras.

Dijo haber leído mi carta y haberse decidido a verme luego de muchos titubeos, porque las cosas que tenía que decirme en relación con Vigil acaso configuraran un delito. Dije haber renunciado a la pretensión de juzgar los actos de otros y no haber tenido nunca vocación de ministerio público. Me contó entonces su «robo», con risueña turbación. Después de un año de residencia en Seattle, con su marido, había regresado a la ciudad de México para iniciar los trámites de la reinstalación. Al saber la muerte de Vigil había seguido el impulso de ir a su departamento, primero, y a su cubículo en el Castillo, después, en busca de sus papeles privados y los ficheros de la investigación en curso.

—Tenía la llave del departamento —dijo, bajando la vista—. Por las razones que usted puede imaginar.

—No imagino —dije—. La escucho.

—Me refiero a que soy una mujer casada, pero el departamento de Vigil era también mío. Como si fuera mío, quiero decir. Pero eso no importa. Cuando estuve ahí y empecé a ver los papeles, sentí lo que le dije antes, que estaba incurriendo en un delito, tomando algo que no me pertenecía. Sabía perfectamente qué buscar, porque un año antes de separarnos había escuchado casi día por día qué planeaba, en dónde iba. Y me leía con frecuencia notas, entradas de los cuadernos. Bueno, cuando un año después empecé a recoger las cosas para llevármelas, sentí que las estaba robando. No sé si me explico.

—Perfectamente.

—No sé si lo aburro.

—Sólo cuando se interrumpe.

—Saqué todo —siguió Oralia—. Quiero decir, *todo*: cuadernos, borradores, notas sueltas, tarjeteros, fotos, recuerdos y algunos libros. Cuando tuve todo eso en mi poder, naturalmente empecé a revisarlo. Fue una experiencia. Nunca me he sentido más lejos de alguien que de ese señor con quien había tenido una vida íntima durante los últimos siete años. Todavía me sorprende esa reacción. Entendí que era la persona menos indicada para tener esas cosas en mis manos. Hay demasiadas sorpresas para mí en esos papeles. Conozco las situaciones básicas, incluso soy protagonista de otras, pero el sentido de la mayor parte de lo que hay ahí no alcanzo a entenderlo. Es todo como un cuadro a medio hacer. Y no sé para dónde iba. No sé si me explico.

—Perfectamente.

—Lo que quiero decir es que me perdí en ese cuadro y empecé a buscar a alguien con quien compartir el asunto. Cuando leí su carta sobre Carlos (curioso que todo el mundo lo llamara Vigil, ¿verdad? Ni siquiera García Vigil. Vigil nada más, ¿no?), bueno, pensé que usted era la persona que debía ver esto. Puede usted pensar que estoy loca.

—En absoluto.

—Estoy un poco loca. Pero tardé todo este tiempo en venir a verlo por temor a darle la impresión de que estaba totalmente loca.

Le ofrecí café y admiré sus piernas delgadas y robustas bajo la falda tersa del traje. Le dije cuánto había querido a Vigil y lo mucho que lo había malquerido.

—Creo que lo mismo le pasaba a él —dijo Oralia Ventura—. Hablaba mucho de usted. Le preocupaba su opinión en todo.

—Salvo en lo fundamental.

—No, en todo. Como si fuera su conciencia. Y al final, hasta como su vigilante o su centinela. Quiero decir: se lo había inventado a usted como alguien al que tenía que rendirle cuentas.

—Las rindió todas en ese hotel —dije.

—Un accidente —dijo Oralia.

Sus ojos se llenaron de lágrimas en un solo golpe húmedo.

—El que busca, encuentra —dije.

—Usted tiene razón —dijo Oralia, reponiéndose—. Es cruel, pero es la verdad. Carlos estaba buscando ese hotel mucho tiempo antes de que el hotel lo encontrara. ¿Es eso lo que usted quiere decir?

—Es lo que digo.

—Somos un club de dos, entonces. Aparte de que no entiendo esos papeles, no puedo soportarlos tampoco. Cada alusión a cosas que me resultan familiares es como una bofetada, como una afrenta, como una infidelidad. No sé cómo decirlo.

—Lo dice perfectamente.

—¿Quiere ver los papeles?

—Sólo los referidos a la historia que hacía —dije, forzando la posición—. No quiero nada de la vida privada.

—Es imposible separarlos. De lo que he visto es un desorden, está todo mezclado. Hay que empezar por ordenarlos. Déjeme enviárselo todo como está, porque además no puedo tenerlos en la casa. No quiero mezclar, ¿me entiende?

La entendí.

Nos despedimos en la puerta del Instituto. La miré caminar, erguida y flexible, hacia los cajones del estacionamiento bajo el sol crudo del mediodía. La mascada flotaba en su cuello. Tuve nostalgia, curiosidad, envidia adulta de Vigil.

Una semana después Oralia Ventura cumplió su palabra. Encontré mi despacho convertido en insuficiente bodega del cargamento que ella había llamado «los papeles». Eran cuatro cajas, de un metro cúbico cada una, con libros, borradores, recortes de periódicos, tarjeteros con fichas de la investigación y dos maletas de prolífica memorabilia: fotos, recados, cartas personales, folletos de viaje, fetiches. Las maletas incluían también una colección de cuadernos repletos con la letra pulcra y diminuta de Vigil, en una multiplicación cromática de tintas pero con la regularidad geométrica, sin vacíos, de su rara serenidad caligráfica —fina, invariable, denodadamente opuesta a la historia de excesos que cifraba.

El chofer del Instituto trasladó ese sorprendente equipaje a mi casa en San Ángel y lo apiló en una esquina de la biblioteca. Eché las maletas al fondo del armario, en la certeza de que incluían sobre todo los «papeles» personales de Vigil y empecé a vaciar las cajas en busca de lo otro. Destiné un entrepaño a los libros y fo-lletos que había colectado Oralia, notando su lamentable unidad temática —las guerrillas mexicanas de los años setenta— y su pobrísima calidad: «memorias», libelos, «historias», basura.

Durante las dos semanas que siguieron revisé las tarjetas de la investigación de Vigil. Eran, como he dicho, unas tres mil. Repetían sin variantes su mecanismo de trabajo: la glosa del documento encontrado en el archivo, abundantes citas del texto original y abajo un párrafo libre destinado por Vigil a recordarse las razones de su elección del documento y a explorar sus ecos recónditos, sus «mensajes escuchados». Tarjeta tras tarjeta podía acudirse ahí al espectáculo del historiador leyendo atrás, a los lados, en las rendijas del documento las cosas que el documento revelaba, la animación recóndita de la historia mostrándose, involuntaria, en sus vestigios.

Siguiendo la lógica interna de las tarjetas y las indicaciones de Vigil, agrupé el material en seis secciones de criterio cronológico y una séptima de reflexiones y aforismos. Emprendí luego una lectura de lo ordenado por ver si, como creía, las astillas del taller de Vigil hacían sentido juntas, pese al origen casuístico y azaroso de su recolección. Así fue, salvo por la premura de la redacción, salpicada de excesos y cacofonías que podían aliviarse sin embargo con un mínimo esfuerzo de limpieza. Empecé a practicar sobre la marcha esa cirugía menor. De pronto, al final de la sección segunda, luego de un mensaje de Calles a Carranza, fechado en Chínipas, Sonora, el 12 de agosto de 1916, esa materia inerte saltó sobre mí y Vigil invocó, por primera vez ante mis ojos, la memoria insomne de Mercedes Biedma.

Su mensaje, inesperado, estaba escrito en la tarjeta luego de la pulcra transcripción del telegrama. Decía:

Memorándum para Mercedes Biedma sobre los archivos y el efecto de sus lamentos inaudibles.

1. Los fantasmas vagabundos que habitan los papeles de los archivos gritan mensajes inaudibles. Me recuerdan que sobrevivirás al milenio mientras yo envejezco con él.

2. Soy ahora tres años mayor que el que fui contigo, y un milenio más viejo y empolvado.

3. Quiero gritar aquí mi propio grito inaudible: cuando termine el milenio seré un cuarto de siglo mayor de lo que fuimos, y dos mil años más viejo y empolvado que hoy. Pero tú seguirás idéntica a ti misma, detenida en el milagro de tus años veintiocho, fechada, intemporal, anterior para siempre al milenio.

4. Estos versos:

Cuando llegue el milenio
Todos seremos como ahora,
Triviales y milenarios,
Bebedores distraídos de sueños
y cafés.

5. Es insoportable la idea metafísica, tangible como el recuerdo de tu cuerpo, de tu ausencia puesta a salvo del tiempo.

A salvo del tiempo había puesto Vigil ese mensaje loco, sembrado en la rutina de los días del archivo como una llama anárquica condenada a quemar los ojos de un improbable lector futuro. Había quemado los míos con su fulgor desolado, como si Vigil me hubiera elegido malignamente desde ese más allá donde su sonrisa apacible seguía celebrando a contrapelo su caída.

—¿Quién es Mercedes Biedma? —pregunté a Oralia Ventura días después, luego que hubo puesto la cucharilla del café en el plato, sobre su rodilla redonda, bien ceñida por una media oscura.

—Esa es la mitad de la historia —dijo Oralia, parpadeando con visible turbación—. Está toda en los cuadernos, salvo lo que yo sé.

—No he tocado los cuadernos —dije, y expliqué el origen de mi curiosidad: la intrusión de Mercedes Biedma en las tarjetas del archivo de Vigil—. Si me disculpa la mala metáfora —agregué— descubrirla ahí fue como una explosión en un convento.

—Es la marca de fábrica —dijo Oralia, con celo rescoldado—. Todo el tiempo fue igual.

—¿Cuál tiempo? ¿Igual a qué?

—El tiempo que duró: igual a una explosión en un convento.

Le pedí que me contara y me contó mal, aunque brevemente, la historia de un amor desdichado, con su modesta saga de rompimientos y un desenlace gratuito tan cruel y sin sentido como sólo puede imaginarlo la realidad.

Días después soñé un lechoso confín marino en el que Vigil aparecía sonriente, llamándome con el brazo antes de borrarse en un escurrimiento de líneas y texturas, como un dibujo de polvo lavado por la lluvia. Terminada la escena, apareció de nuevo, llamándome otra vez hacia el confín, el pelo alborotado por la misma brisa fresca y juguetona, risueña como él, unos segundos antes de que la efigie volviera a diluirse hasta borrarse del todo. Cuando apareció la tercera vez, entendí que tenía una pesadilla: su sonrisa distante y despeinada era ya la señal del ahogo que me acosaba con el aviso momentáneo de la muerte. Como siempre después de esos accesos de la noche, no pude volver a conciliar el sueño. Pasé a la biblioteca, rescaté del armario las maletas postergadas de Vigil y empecé la larga marcha hacia el confín a que me había llamado.

Había en los papeles de Vigil suficientes indicios de su vida. Para empezar, un diario. Sus entradas, caóticas y tumultuosas, cargadas de detalles inútiles y descripciones innecesarias, estaban cruzadas, sin embargo, por una falta total de autocomplacencia y por la pasión viciosa de la escritura. Podía dedicar páginas enteras a la reconstrucción de un diálogo, la descripción de un restorán o la demorada narración de la falta de incidentes de una semana. Pero en el cauce impetuoso de ese espejo diario había el trazo de una biografía radical, calvinistamente atenta a sus abismos y sus miserias, censataria exigente de sus pasiones oscuras, de sus malos impulsos, casi angelical en el candor y la honestidad de sus exhibiciones.

Completaban el diario dos colecciones de cartas y recortes de prensa subrayados, más una miscelánea de fotos en la que sobresalían cuatro de gran tamaño, con facha de trabajo profesional. Repetían la efigie desnuda de una muchacha sentada en un equipal, reclinada en el quicio de una ventana, reflejándose en un espejo, mirando a la cámara con una frialdad invitadora en cuyo desafío juvenil creí reconocer los ojos risueños, los labios dibujados, la seriedad curiosa y como disponible de Oralia Ventura.

Una serie paralela de cuadernos recogía el proyecto en curso de Vigil: una novela. No hacía falta inferir los vasos comunicantes de ese proyecto con el diario y la vida personal de Vigil, porque él mismo se había encargado de marcarlos con referencias cruzadas y un cuidadoso guión de las historias que mezclaría la novela. Era una trasposición apenas disfrazada de su propia experiencia, contada además en primera persona: las cicatrices de su amistad, de su vida amorosa, de sus ilusiones públicas.

Había avanzado poco en la redacción de la novela —dos capítulos completos y fragmentos de otros—, pero había pensado con detalle, en sucesivas versiones, el itinerario de la obra, sus partes y capítulos, gran cantidad de diálogos y escenas aisladas, así como una larga serie de notas sobre la simbología implícita, los sentidos ocultos, las significaciones paralelas. Había cambiado los nombres reales también y agrupado en uno o dos de los ficticios, situaciones y anécdotas vividas con las más diversas personas.

El conjunto era algo menos y algo más que la historia sentimental y política de una generación. Era un esbozo encarnado de la trágica generosidad de la vida mexicana, su enorme capacidad de dispendio humano y la resistencia, diríase intemporal, a sus propios lamentos: no sé qué fatalidad estoica, maestra de la vida dura e injusta, impasible como el tiempo, severa y caprichosa como él, matrona de la adversidad y de la lucha incesante, costosísima, por la plenitud de la vida. De todo, acaso lo más perturbador fuera el nivel de maduración alcanzado por el proyecto, su inminencia gravitatoria, la sensación de que a partir de donde estaba no habría sino que dejarlo correr por la máquina de un tirón.

Leí y volví a leer esos cuadernos en marcha, detenidos como la memoria de Mercedes Biedma en sus fechas definitivas, resistentes al tiempo. Busqué a través de Oralia a los personajes vivos de la historia y construí mi propia información. Lo hice laboriosa y ciegamente, hasta ponerme en situación de repetir el desvarío de Lytton Strachey, según el cual el exceso de conocimiento sobre la vida de la reina Isabel de Inglaterra impedía su biografía. Pero no me propuse la biografía de Vigil, sino —¿debo decirlo así?— la continuación estricta de su vida, de la única vida que era posible devolverle ahora y que en parte he vivido por él, la vida que quedó guardada en sus cuadernos, a salvo de su propia voluntad y de la mía, la vida que imaginó deseable a partir de la suya y que acaso la explica y la ilumina mejor que su más fiel relatoría. Hablo de su novela, que es ahora la nuestra. No tengo otros títulos para haberla emprendido que la voluntad burriciega de ser fiel a sus fantasmas, no a los míos, para darles el reposo que demandan en mí.

En La Cerrada de Siempre
San Ángel, México
Febrero de 1986

Primera parte:

A LA INTEMPERIE

Capítulo I

Todo pasó hace un siglo —dijo Oralia Ventura flotando, recordando—. Y hace sólo unos años. Los primeros días vienen ahora a mí como si fueran partes de la vida de otra mujer. Una mujer joven y libre a la que envidio y que sin embargo fui yo. Y un Vigil también joven, más libre y envidiable aún que yo, al que ahora dudo haber tenido como sé que lo tuve. Y Santoyo, Mercedes, Paloma, el Castillo de Chapultepec. No sé cómo decirlo: todo eso estuvo ahí, fuimos nosotros. Pero todo se fue. Es difícil creer en mis propios recuerdos porque son demasiado felices para ser ciertos, porque continuamente parecen estar recordando la felicidad de otras personas.

1

Varios años después, quemado por la llama del recuerdo, Vigil consignó en el cuaderno de la novela los inicios del camino. Se había separado de Antonia Ruelas, su mujer, y de su hija Fernanda en el año de 1971, «como anticipo», creía, y hasta como trámite argumental de la extraña temporada que vino después, esa especie de «prólogo a la guerra de Galio» que empezó con su encierro en el Castillo de Chapultepec para redactar las cuatro cuartillas diarias que más tarde formarían el manuscrito de novecientas sobre la Revolución Mexicana en el Norte.

La Dirección de Estudios Históricos, donde Vigil había conseguido trabajo, era una pequeña casa empotrada en las faldas del Castillo de Chapultepec, dentro del corazón arbolado y legendario de la Ciudad de México. Vigil llegaba a su cubículo tarde por la mañana, pero hacía jornada continua de once a seis, comía tortas sobre el escritorio, sorbía un litro diario de café y veía acumularse centímetro a centímetro los veinte de altura que finalmente tuvo el original. Fueron ocho meses, los más «intensos y libres» que podía recordar, ajenos por completo a la irregularidad y el desánimo, o a la sensación, tan familiar, de haberse empeñado otra vez «en una tarea vicaria, aplazadora de no sé qué exigente destino» (Vigil).

Ocupaba la última hora de cubículo ordenando las fichas de lo que escribiría al día siguiente y cruzaba después el laberíntico Castillo —los setos ajados, las fuentes ciegas, las terrazas remodeladas con adoquines—, para recoger a su amigo Santoyo, que esperaba en la otra ala del conjunto, enterrado a su vez en las obligaciones de una bibliografía infinita. Bajaban juntos al restorán *Bottom's* en las calles de Río Lerma, en busca de los profusos aperitivos y la cena pantagruélica que los dejaba entrar con bien a la noche, esa búsqueda suave —«lacia y demorada, como Santoyo mismo» (Vigil)— de los lugares de rumba, los bares del centro o el departamento de Oralia Ventura, la administradora del Museo. Nunca supo Vigil cómo se le había metido Santoyo a Oralia, ni cómo una madrugada de sábado recalaron en su departamento los náufragos de una excursión al bar África de Bucareli, para constatar que en el departamento sobraban vinos y el marido de Oralia, un ingeniero que viajaba a menudo, había ido a montar una planta en Tampico. Fue así como se instalaron en la pequeña sala de muebles de cuero y lámparas indirectas «siete borrachos enervados por la rumba» (Vigil) y por la hipótesis gratuita de que alguien podría quedarse esa noche con la anfitriona. Bebieron, bailaron, hablaron y volvieron a beber y a bailar lo que quedaba de la noche. Cuando empezaba a amanecer, en medio de la torva animación de la plática, Oralia se durmió apaciblemente torcida sobre un taburete. Santoyo empezó entonces a recoger ceniceros y botellas a medio vaciar y dijo que era hora de irse. Lo dijo suave y contundentemente, con esa calma entre razonable y ominosa que había llegado a ser su segunda naturaleza. Diciendo y haciendo, tomó su milenario saco azul de botones dorados, ofreció vasos de plástico a los que quisieran llevarse su trago y vigiló la salida de todos, antes de encaminarse él también hacia el pasillo.

Bajaron en hastiado tropel los tres pisos del edificio, rumbo a una madrugada blanquecina y desierta, en medio de la cual Santoyo rehusó un aventón a Mixcoac —donde vivía con Vigil— alegando que tomarían menudo en la esquina de la vuelta. Pero en la esquina de la vuelta no vendían menudo, ni en la siguiente, así que doblaron la esquina que faltaba y estuvieron otra vez frente al edificio de Oralia, en las calles discretas y provincianas del General Protasio Tagle, junto al bosque, en la colonia San Miguel Chapultepec. Una vez certificado que todos se habían ido, Santoyo sacó unas llaves, abrió el portón de abajo del edificio de Oralia y entró. Lo hizo todo tan rápido que antes de poder decirle nada, ya Vigil lo iba siguiendo a zancadas por las escaleras rumbo al departamento de Oralia, en cuya puerta Santoyo se detuvo a probar otra vez las llaves, que evidentemente desconocía.

—Vámonos de aquí, dirigente —le dijo Vigil, creyendo entender que Santoyo se había robado las llaves y que aquel regreso era parte de su arbitrariedad alcohólica. Por toda respuesta Santoyo probó de nuevo las llaves, con éxito ahora, aunque la puerta después de abrir volvió a trabarse con la cadena de seguridad que estaba puesta por dentro.

—¿Quién es? —se oyó la voz lejana de Oralia Ventura.

—Yo soy —dijo con voz bíblica y ebria Santoyo, metiendo la cara por la rendija.

—Le digo que nos vayamos, dirigente —insistió Vigil, tratando de jalar a Santoyo a las escaleras («con la actitud que no hu-biera podido sino exigirse del Caballero del Alba»: Vigil). Pero entonces la puerta se abrió y vieron asomar la cabeza húmeda y risueña de Oralia Ventura:

—Me estaba bañando —dijo, como si se disculpara.

—Ya nos vamos —se disculpó Vigil, acusando recibo de lo que le pareció la molestia de Oralia.

—Pasen, me estoy helando —siguió Oralia («con un toque de fastidio, ahora sí, para el Caballero del Alba»: Vigil).

Santoyo lo empujó hacia adentro y Vigil entró. Alcanzó a ver a Oralia, mojada y desnuda, corriendo de puntitas por el pasillo rumbo al baño, antes de que Santoyo lo empujara de nuevo hacia la sala. Santoyo se sirvió un resignado coñac con coca cola y se dejó caer, como vencido por la fatiga, sobre uno de los sillones de cuero.

—Pongan música —gritó Oralia desde el baño.

Vigil puso el disco que estaba en la tornamesa. Era Daniel Santos:

Virgen de medianoche, virgen, eso eres tú

—Y tráiganme un vodka en las rocas —gritó Oralia.

Vigil sirvió un vodka en las rocas y se lo llevó. Oralia estaba frente al espejo del baño, humeante todavía, echándose crema en la cara, las cejas esfumadas, los pómulos brillantes, los labios pálidos, una toalla arrollada en forma de turbante sobre el pelo y otra, anudada a la espalda, que le cubría el cuerpo desde el pecho hasta los muslos. Le dio un sorbo al vodka y se volvió a besar a Vigil parándose de puntitas.

—Estás muy alto —le dijo, y lo besó de nuevo.

Terminó de pasarse el bastoncillo de rímel en las pestañas sin dejar de dar tragos a su vodka. Luego jaló un banco que estaba junto al lavabo, se paró en él y volvió a besar a Vigil, concentradamente esta vez, pasándole la mano por la espalda.

—Quítate esto —dijo, jalando la camisa mientras le desabrochaba el pantalón y lo bajaba, junto con los calzoncillos, hasta el piso.

Vigil zafó la toalla del pecho de Oralia y la vio desnuda, de frente, por primera vez. («Era una falsa flaca», escribió más tarde. «Tenía la cintura de alambre pero los senos y los brazos redondos, como las nalgas, con la única sobredosis de un hueso pélvico que dibujaba alrededor de su vientre hundido, el arco de una mandíbula de tiburón».) Oralia llevó la mano de Vigil a una de sus piernas y Vigil se sintió ridículo frente a esa maravilla —el vaso en la mano, los pantalones en los tobillos— desarmado por la prisa natural y como amistosa de su lujuria. Tuvo el deseo curioso —defensivo y familiar— de que todo hubiera terminado ya para poder conversarlo después al detalle con Santoyo («vivirlo y guardarlo, para desempolvarlo juntos, años después, en el aura rejuvenecedora de la memoria»: Vigil). Pero no acabó rápido, no hubo prisa ni aplazamiento, sino su primer ingreso al cuerpo memorable de Oralia Ventura. Tenía suficiente alcohol adentro, y tardó en venirse «toda la Edad Media» (Vigil) sentado en la taza del baño, con Oralia encima, tan ávida y morosa como él, en esa intensidad que «sólo alcanzan los crudos y los afiebrados».

Al terminar, el turbante de la cabeza de Oralia se había deshecho y el pelo húmedo le caía sobre la espalda. Lo unió tensa y torpemente con una liga y salió del baño, jalando a Vigil de la mano para que la acompañara. Vigil no pudo seguirla porque, como se ha dicho, tenía los pantalones en los tobillos y no podía caminar, así que en vez de seguirla recogió el vodka que Oralia había dejado y le dio dos grandes sorbos con la «elegancia y la naturalidad saciada que sólo puede alcanzar el Caballero del Lavabo» (Vigil). Enmendó después el penoso asunto de los pantalones y caminó a la sala, balanceándose como pingüino, para descubrir que Oralia había atacado también a Santoyo y lo tenía reclinado en el sillón, todavía con la copa en la mano y con los lentes puestos. Se movía a horcajadas sobre él, con «amorosa cautela» al principio y «urgencia desconsiderada» después, hasta que obtuvo de su escéptico objeto los temblores del caso y lo dejó sumido en `un limbo postorgásmico» (Vigil). Lo miró un rato después, con «exhaustos y licenciosos ojos de tísica», afinada en sus facciones por las ojeras de la noche en vela que daban mayor profundidad a los rasgos angulados de su cara. Puso luego un edredón maternal sobre Santoyo y llevó a Vigil de la mano a su cuarto. Sacó una toalla seca del clóset, rehízo su turbante, se metió a la cama y se volvió de espaldas para dormir, poniendo las nalgas frías contra las piernas de Vigil.

Amanecieron después de mediodía, jóvenes y saciados en una «complicidad agradecida» (Vigil). Comieron en un restorán chino y fueron a la primera función del cine, de donde Oralia partió al aeropuerto a recoger a su marido que volvía de Tampico, y Vigil y Santoyo a otro cine, para acabar de «serenar el día».

Durante los meses que siguieron, siempre que se pudo salieron juntos. Oralia venía a pasar la noche al departamento de Santoyo, donde Vigil vivió una temporada —breve, como se verá, en calidad de damnificado marital—, o ellos iban al de Oralia cuando su marido había salido. A veces Oralia buscaba a Vigil, a veces a Santoyo; a veces quería salir con los dos, a veces con ninguno. («Pasaba entre nosotros transparente y neutra», resumió Vigil, «sin suscitar otra ambición que la de su compañía, sin tensiones ni posesiones, como una brisa fresca en una terraza soleada».) Más que una pasión erótica o una complicación amorosa, en aquellos primeros tiempos Oralia Ventura fue para Vigil la extensión de una amistad, el cauce sexualizado de una camaradería, justamente la antípoda de la otra mujer que marcó y gobernó sus años hasta envolverlos como un hechizo, en el aliento de su nombre: Mercedes Biedma.

2

Seis años de empeñoso matrimonio habían apartado a Vigil de la sensación de disponibilidad que Oralia Ventura transmitía o suscitaba en él: la certidumbre soltera de no tener sitio obligatorio al que volver, ni estar adscrito a los papeles fijos de esposo y amante —padre, en el caso de Fernanda—. («La convención de habitar un mismo espacio, una misma mujer, la familia, la buena conciencia doméstica y los kilos matrimoniales de más»: Vigil.) Había contraído esos hábitos a principios de 1965, en una boda absurda que escogió, según sus propias palabras, como «el campo de una forzada graduación de adulto» y que acabó viviendo como una «cárcel prematura». Luego de seis años de esa adversa alquimia sentimental, una noche alcohólica de junio, su amigo Pancho Corvo arrasó aquella coartada doméstica —o acabó de arrasarla— con una ráfaga de ira fraterna que después no recordó.

Corvo y Vigil se habían conocido dos años atrás, durante una cena en una casa de las afueras de la ciudad. Habían conversado toda la noche, hasta el amanecer, y habían visto crecer las nubes de la mañana sobre el pueblo de Cuajimalpa como una alfombra sanguinolenta («tan irreal, que anunciaba quizá nuestro desprendimiento de la tierra»: Vigil). El común alcohol y el vicio de la literatura, vertientes recíprocas del genio corviano y la ambición de Vigil, los dejaron construir en el curso de los meses siguientes una amistad tejida de expectativas sobre el mutuo futuro, eje de toda fraternidad adolescente. La vigencia de esa magia, que se da muy rara vez pasados los veinte años y que Corvo y Vigil encontraron bien cercanos los treinta, fue lo que Corvo llegó a rasgar aquella noche de junio.

Corvo vino esa noche desolado y ebrio porque habían descerebrado días atrás, en un accidente, a un conocido de su infancia, el *Guacho* Fonseca, que llevaba casi una semana vivo pero desahuciado en el hospital, intacto y sereno el rostro, con una venda como un casco sobre el cráneo machacado. El tictac del corazón, registrado por la luz del electro, era la única señal vigorosa de ese cuerpo vegetativo, separado de todo lo que no fuera la pulsación de su masa orgánica, la fisiología autónoma de ganglios, vísceras y músculos activos sin propósito.

La piedra eternamente quiere ser piedra, dice Borges explicando a Spinoza. En esos tiempos, Pancho Corvo quería ser «eternamente un trago más» (Vigil), un continuo más allá de la ebriedad, hasta la frontera de la liberación por el riesgo elegido de la provocación y el desastre. Algo hondo y huérfano en él lamentaba la desgracia del *Guacho* Fonseca, pero algo más profundo «usaba ese sufrimiento», escribió Vigil, «para justificar el siguiente trago, la perfecta escalera rumbo a ese más allá donde Corvo gozaba, desgarrado, cumpliendo los versos de Rosario Castellanos: *Matamos lo que amamos, lo demás no ha estado vivo nunca*».

Vigil le sirvió un wisqui, que Corvo no se tomó, y luego una cuba. Apenas podía hablar o sostenerse en el sillón, hasta que vomitó en el baño y recobró el respiro. Exigió entonces el siguiente trago y lo puso en el centro de la mesa para iniciar su desahogo. Muy despacio al principio, como acelerado por la exactitud de sus hallazgos después, esa noche cantó Pancho Corvo los oprobios de la vida doméstica de Vigil, los miedos y las rutinas que la ordenaban —«a la vez triviales e inconfesables» (Vigil)— y los deseos contenidos, el pozo de «honradas hipocresías y falsas serenidades» en que, según Corvo, Vigil había convertido sus trabajos de esposo, padre, amante, arruinando por su lado lo que alguna vez amó, hasta convertir la frescura de Antonia en tontería —su lujuria en rutina, su solicitud en agobio—, sus intentos literarios en una mascarada, su perspectiva toda en un «cómodo desengaño por programa, con asiduos apocalipsis de bolsillo» (Vigil).

Corvo dijo todo eso, escribió Vigil, actuando magistralmente sus emociones, con la efímera pero intensa lucidez que hay en ciertas franjas del viaje alcohólico, para terminar en el elogio de la intemperie —es decir, del *Guacho* Fonseca— y la obligación literaria del riesgo. Todo lo contrario, dijo, de la resignada y mediocre «metafísica de la protección» en que yo había convertido, «como un Midas pordiosero», todo lo que había tocado: mi mujer, mi traba-

jo y mis dones *(sic)*, la verosímil promesa de una obra por
venir, y en general toda la cháchara tan efectiva de la pérdida del reino y sus posteridades.

—Protegido —dijo al final Pancho Corvo, «como si dijera
en realidad pendejo» (Vigil)—: Tu hija protegida, tu esposa protegida, tu casa protegida. No eres más que el saldo de tus candados
que son a su vez el saldo de tus miedos: tu miedo a la calle, tu miedo
al riesgo, tu miedo a la intensidad. Todo lo contrario de lo que fue
Fonseca. Yo me pregunto por qué no te accidentaste tú.

Con menos brusquedad pero con mayor eficacia, como
suele suceder, todo lo que Corvo ofendió esa noche en Vigil lo había
ido rompiendo ya, durante largos meses sin tregua, la fascinación
por Mercedes Biedma. Nadie había despertado hasta entonces en
Vigil algo tan parecido a una pasión proustiana como la que acabó
marcándolo con el nombre de Mercedes: la certeza inerme de ser
gobernado hasta la puerilidad por un poder amoroso cuya fuerza y
mecanismos nos son en lo fundamental desconocidos y cuya huella
no es una parcela adolorida de la memoria sino la segunda naturaleza de una vida.

Mercedes Biedma había irrumpido entre los setos del
Castillo una mañana en que los miembros de la Dirección de
Estudios Históricos discutieron el memorable ensayo de Alfredo
López Austin sobre los homenajes del cuerpo en la cultura nahoa.
Ningún homenaje mayor al cuerpo mismo que la presencia inesperada de Mercedes Biedma ese día en la terraza propiciatoria donde
Vigil la vio surgir, distante y luminosa, como extraída de un figurín
de modas, con el cabello suelto sobre los hombros. El sol filtrado
por los ahuehuetes sombreaba sus facciones helénicas y la sucesión
de triángulos que la resumían: de la frente al mentón, de los hombros a la cintura, de las caderas a los tobillos, «su deslumbrante
belleza española de huesos grandes y músculos alargados» (Vigil).
Se había incorporado al equipo de investigadores que fatigaba los
cubículos del Castillo dispuesto a revolucionar la historiografía de
México mediante la innovación metodológica y el trabajo colectivo.
Había encontrado lugar en el seminario de historia económica que
estudiaba a los empresarios mexicanos del siglo XIX, rastreando sus
transacciones bucaneras en el Archivo de Notarías de la Ciudad de

México. No habló durante el seminario pero quedó frente a Vigil y él pudo verla a su antojo durante las horas que duró la sesión, sentada en una de las filas del fondo, junto a la ventana, fumando sin parar, llevándose la mano al pelo para echarlo hacia atrás con un ademán de bailarina que parecía prolongar «la suavidad de las hebras castañas, el marco tenue y como esfumado de su perfil recto, sereno, abstraído, irresistible» (Vigil).

Antes de poder reaccionar al influjo de esa presencia, Vigil era ya su cultivador fetichista, su procurador desconsolado. Ah, la órbita magnética de todo lo que lindara con Mercedes Biedma, la novedad de sus gestos, la hilera blanca de sus dientes, la amplitud de sus hombros, el esbelto arco de su pie, los aretes que robó para conservarlos, como el pañuelo con manchas de su bilé, en folders relegados que desde entonces frecuentó. Ah, la minuciosa ingeniería destinada a coincidir con ella en el café del Castillo por las mañanas, la insoportable carga física del menor contacto, la urgencia de acapararla, entretenerla, ceñirla a sus manías, someterla a sus temas, habituarla a su compañía totalizadora.

Conforme esa fascinación se cumplía, Vigil empezó a odiar sus rutinas maritales, a vivirlas como una prisión en la que tampoco cabían términos medios: ni el discreto malabarismo del adulterio ni la perezosa disciplina de seguir adscrito a los viajes eróticos sin riesgo —como eran, según Corvo, los placeres de su matrimonio: planos, seguros, gratificantes, inertes.

Pasaron sin embargo varios meses antes de que el anhelo de Mercedes encontrara algún cauce de realización amorosa, envuelta como estaba su proximidad en el formato de una convivencia laboral, regida por la camaradería. Pero hubo la tarde de un viernes de mayo en que todo fue propicio. Antonia Ruelas y su hija Fernanda habían viajado a Colima por las vacaciones de primavera y Vigil gozaba de una soledad a la vez insípida y ansiosa. («Recuerdo ahora», escribió más tarde, «la excitación soltera de aquellos días, codiciosos de sorpresas, la diaria resignación del regreso sin gloria, temprano, al departamento vacío de la Condesa, más vacío entre más contrastado con la vocación de aventura que aspiraba a llenarlo de intensidades y presencias. Y la conspiración de los objetos: la manzana mordida, dejada sobre la mesa a las nueve de la mañana, seguía exactamente ahí a las siete de la noche en que yo volvía. Nadie había devuelto a su librero el libro abandonado en el sillón, y seguía también ahí, con el cenicero y las colillas sobre el piso, tal como habían quedado la noche anterior. Idénticas a sí mismas seguían las colchas arrumbadas sobre la cama, las toallas mal puestas a secar en el baño, los zapatos olvidados en el pasillo».)

Como nunca en esos días, aquella «sucesión de naturalezas muertas» le pareció a Vigil el saldo estéril de un modo de vida, el bagazo de la dulzura que hubo en él alguna vez, la certificación gemela del otro bagazo que eran o parecían ser sus veintinueve años «sin obra, ni grandeza, ni reino prometido». Mercedes Biedma vino a despeñar todo eso la tarde de aquel viernes de mayo con el sencillo procedimiento de entrar al cubículo de Vigil y preguntarle —alta la tarde, semivacío el Castillo, abierta la noche— si tenía tiempo para una copa en los lugares de siempre, con los amigos de siempre, que la habían comisionado para que lo invitara. Asumiendo la única actitud que cabía esperar del Caballero del Cubículo, Vigil dijo desconocer quiénes eran los «amigos y lugares de siempre», aunque tiempo tuviera de sobra, pero también algunas cosas que terminar, como cuadraba los viernes por la noche a las obligaciones intelectuales del Caballero de la Disciplina. Mercedes prendió un cigarrillo, se metió un dedo en el lagrimal del ojo izquierdo, echó su abundante cabellera hacia atrás con un relincho y dijo después, la voz apagada, como si hubiera un nudo en su garganta:

—Te estoy invitando yo, cabrón.

3

El lugar de siempre fue una cervecería frente a los viveros de Coyoacán. Unos quince compañeros, que incluían a Santoyo y al director del centro, bebieron cerveza y comieron salchichas alemanas hasta eso de las once de la noche, hora en que empezaron a promover una escapada a los antros de rumba del centro. Salieron todos juntos de la cervecería, pero Mercedes Biedma y Vigil no fueron hacia el centro sino a un mirador que Mercedes conocía en las hondonadas de la Barranca de las Lomas. Mercedes detuvo ahí su coche, bajó la ventanilla, prendió un cigarro —«siempre el cigarro, la fresca línea del humo por sus hermosas aletillas, sobre sus bellos labios agrietados» (Vigil)— y se recargó sobre la puerta de su lado, como dispuesta a evitar el contacto o a no ofrecerlo sin negociación, declaración, litigio.

—¿No vamos al antro? —preguntó Vigil.

—Obviamente no —dijo Mercedes—. ¿Prefieres?

—No —dijo Vigil.

—¿Prefieres estar aquí? —preguntó Mercedes.

—Tampoco —dijo Vigil.

—¿Qué prefieres entonces? —preguntó Mercedes.

—No sé —dijo Vigil.

—Sí sabes —dijo Mercedes—. No te atreves.

—Preferiría tomarme una copa —sugirió Vigil.

—No —dijo Mercedes. —Preferiría que me dieras un beso.

La besó esa noche por primera vez «hasta la hipnosis y la abolición del tiempo» (Vigil), lo que quiere decir hasta la madrugada incipiente, bajo cuya luz inaugural se despidieron, frente a una base de taxis, a unas cuadras de la casa de Mercedes en las Lomas.

—Tú —dijo Mercedes antes de irse, tomando a Vigil de la cara—. Eres tú, eres tú, eres tú.

No fue Vigil, sin embargo, quien bajó del coche de Mercedes Biedma sino otro, reciente, apenas puesto en el mundo, sin nombre ni pasado, todo él vuelto una sola euforia primeriza, una plenitud ligera y sin fisuras, sellada por la imagen del rostro de Mercedes diciéndole de nuevo: —Preferiría que me dieras un beso.

Decidió no ir a Colima esa última semana de mayo, como le había prometido a Antonia. Esgrimió por teléfono, impaciente, los compromisos de trabajo del Castillo y se sumió a continuación en la novedad de Mercedes Biedma, como quien se hunde en su primera borrachera: sin límite, ni cálculo, ni imaginación de sus efectos. Un día sí y otro también, mañana, tarde, noche y madrugada, acudió a la superficie rechinante y apasionada de su encuentro con Mercedes Biedma y sus sesiones hipnóticas de besos. Supo de la ansiedad de llamarla por teléfono anticipando los incidentes que podrían negarla y de la larga espera en el punto de la cita antes de verla llegar «natural y fastuosa como un milagro diario» (Vigil). Todo, cualquier cosa, a cambio de ese momento en que encontraba a Mercedes Biedma y empezaba a besarla —en el coche, en el cine, en la oscuridad tropical del bar *Cartier,* del que se hicieron asiduos esos días, o en el mirador ritual, ya conmemorativo, donde Mercedes Biedma había empezado a decir, interminablemente: —Preferiría que me dieras un beso.

El regreso de Antonia y Fernanda de Colima, a principios de junio, cortó de tajo la versatilidad de ese noviazgo y acendró las acedias maritales de Vigil. Odió entonces lo que antes sólo lo aburría y lo que le había parecido hasta ese momento disculpable como carga de un matrimonio normal, se volvió para él la prueba misma de la mediocridad y el fracaso, la clausura anticipada del reino que estaba para él.

La noche que Pancho Corvo entró a su departamento lamentando la desgracia del *Guacho* Fonseca, Vigil ya sólo necesitaba un empujón para que todo aquel compendio de agravios anticonyugales se atreviera a decir su nombre. Corvo dijo por él las palabras precisas esa noche de junio. Vigil no lo entendió al principio, entre otras cosas porque Corvo repitió hasta la insolencia que ojalá el accidentado hubiera sido el propio Vigil, y no Fonseca, a resultas de lo cual Vigil suspendió el servicio de bar y sacó a Corvo de su casa en un arranque de violencia incontrolado, que no era su especialidad. No fue fácil sacar a Corvo, borracho como estaba, meterlo al elevador, bajarlo tres pisos y dejarlo recargado en la puerta mascullando contra Vigil «protegido», en plena indiferencia por su propia desprotección. Pero fue más fácil eso que disolver la ira con que Vigil regresó al departamento, sacudido aún por ese viaje al exterior de sí mismo, con la sorpresa de quien ha podado todas las zonas extremosas de su naturaleza y la descubre un día, «desgreñada y rabiosa, con los tigres intactos» (Vigil).

Sirvió una cuba y empezó a caminar por el pequeño espacio, entre los sillones y el librero. Deshizo un ejemplar de *La educación sentimental* y luego un tomo de las obras de Alfonso Reyes que incluía *El suicida,* con su inquietante estadística de hombres que desaparecen sin dejar huella, abandonando misteriosamente trabajo, familia, ciudades y vidas anteriores. Así se había ido su padre diez años antes de que la madre de Vigil muriera, a los veinte cumplidos de su edad. La vida conyugal de Vigil había sido en gran parte un esfuerzo teórico por probar, a costa de los involucrados prácticos, que él no repetiría la historia.

Guiado por la misma ebullición, dejó la sala y siguió hacia su escritorio, aborreció «ese cuento sobrescrito hasta el cansancio» (Vigil) y su registro en un diario «cuidadosamente descuidado» para persuadir el ojo de un honesto lector futuro, rompió ambas cosas y luego el cenicero de porcelana con escenas bucólicas que Antonia había impuesto, como alegre marca de propiedad, sobre su lugar de trabajo. Pasó del escritorio al baño, odió la rebaba del jabón en el lavabo, el leve olor a caño de siempre, las cosas inocentes y culpables de la pareja («la gorra de baño de Antonia, las hormas para evitar que se arrugaran los zapatos sin uso, el espejo que alargaba las figuras»). Era absurda y arbitraria esa descarga contra los objetos, pero no su rigor emocional: la constatación exaltada y violenta de que durante las últimas semanas en verdad se había desmoronado un mundo del que ahora inventariaba los despojos.

A fines del mes de junio, Antonia y Fernanda volvieron a Colima otra temporada. Unos días después Vigil llegó a decirle a Antonia que iba a irse de la casa. («Puedo recordar su estupor al oírlo y la crueldad involuntaria de mi dicha»: Vigil.) El *Guacho* Fonseca entró en estado de coma la misma semana en que Vigil sacó sus cosas de la colonia Condesa, donde vivía, se mudó al departamento de Santoyo en Mixcoac y empezó a escribir el «mamotreto» sobre la Revolución Mexicana en el Norte. Fernanda tenía cinco años, Antonia Ruelas veintiocho, Vigil celebró sus treinta con Mercedes Biedma en el departamento de Santoyo, desbordado y rejuvenecido por la intemperie erótica de esos meses que abrieron las compuertas de la guerra de Galio.

4

Por alguna razón vinculada a la noche de su encuentro en Cuajimalpa, Pancho Corvo se había hecho una idea a la vez aparatosa y delicada del libro de historia que escribía Vigil. Guiado por ella, introdujo un viernes a su amigo a las reuniones del Club Italiano —más tarde escenario memorable de sus libros— como el heredero de una extraña estirpe historiográfica.

—Ese género de historia —dijo Corvo a Galio Bermúdez, que se acodó con él en la barra— que no se detiene sólo en las fechas o los combates, sino también en las actitudes y las permanencias. El modo como el clima o la geografía, por ejemplo, favorecen cierto tipo de hábitos alimenticios, o cierta arquitectura, que luego son claves para explicar por qué un ejército resistió mejor cierta campaña o pudo triunfar en una batalla. La batalla de Celaya, por ejemplo. Ahí concurre todo, ¿no? Toda la historia de México está cristalizada ahí. Un historiador competente podría dar cuenta de la historia del país explicando a fondo la batalla de Celaya, que definió nuestra revolución de principios de siglo, ¿no?

De Galio Bermúdez, Vigil apenas tenía noticia. Se le había juzgado en los cincuenta la mayor inteligencia de México y eran fama pública su malignidad incesante y su proclividad a incurrir en la defensa de causas indefendibles —como la matanza de Tlatelolco— en nombre de criterios deleznables —como la hombría de bien o el principio de autoridad. También eran conocidos su alcoholismo insolente, autodestructor, y el desánimo de sus amigos. Autor de un fallido volumen sobre las constantes de la mexicanidad, Galio Bermúdez ahora sólo publicaba artículos en un diario conservador de la Ciudad de México, donde ponía su vasta erudición al servicio de las más visibles adulaciones políticas.

Con mortal evidencia, Galio debía parecer a esas alturas —en gran medida lo era— uno de tantos talentos triturados por la componenda, la corrupción y la falta de estímulo intelectual de la vida mexicana, la encarnación insuperable del camino intelectual visto por Salvador Novo en los años cuarenta: juventud deslumbrante, madurez negociada, vejez aborrecible. En tránsito de lo segundo a lo tercero, albeando los cincuenta, Galio Bermúdez estaba ese viernes en el Club Italiano, flaco y contorsionado sobre su jaibol, como envuelto en las curvas débiles de hombros y muñecas, mirando a través de sus lentes de miope. Tenía el pelo entrecano y una sonrisa burlona sobre la línea básica de una dentadura de caballo.

En algún momento de los tragos anteriores a la comida, Vigil quedó a su lado. No necesitó Galio Bermúdez grandes preámbulos para abordarlo. Mostrando sus enormes dientes con residuos de cacahuate, le dijo a Vigil:

—¿Ha leído usted la pieza de Luciano de Samosata sobre cómo debe escribirse la historia?

—Naturalmente que no —dijo Vigil, en amigable confesión de parte.

—Pues ha empezado usted por evitarse un clásico —dijo Galio, irónico y cordial, alzando su jaibol para darle un sorbo. Agregó después, con estudiada autoridad—: Hay manuales básicos.

—Descreo de los manuales —dijo Vigil.

—Claro, claro —respondió Galio, muy rápido, sin perder la iniciativa—. Pero ese verbo «descreer». Nada tan fácil en estos días como repetir a Borges, ¿no «descree» usted? Borges es el inventor en nuestros días de ese verbo y nada tan fácil como repetirlo. Lo difícil debió ser usar ese verbo antes de que Borges existiera, ¿no le «desparece»?

—Por eso descreo de los manuales —repitió Vigil, secado por la súbita ofensiva de Galio.

—Busca usted rutas nuevas —dijo Galio, como cerrando una cortina—. ¿Va a pedir otra cosa de tomar? Yo diría que tomara un wisqui.

—Tomo cubas —dijo Vigil, reducido a ese espacio.

—Toma cubas —repitió Galio, volviendo a clavarlo con su actuada cordialidad para oligofrénicos—. Pues pida usted al mesero lo que tome, mi querido Herodoto. No hay mejor cosa en la vida que pedir a los meseros lo que uno toma.

Como quien pide una tregua, Vigil pidió una cuba, pero antes de que el mesero regresara, Galio volvió:

—¿Cuál cree usted, como historiador según dice Corvo, que es el texto fundamental de la historia de México?

—¿*El* texto? —dijo Vigil, creyendo subrayar con el énfasis la estupidez simplificadora de la pregunta.

—El texto *fundamental* —dijo Galio, sin reparar en el énfasis de Vigil y añadiendo el suyo—. Los historiadores suelen tener textos sagrados.

—*Sagrado,* cualquiera —dijo Vigil, sugiriendo otra vez la bastedad de la pregunta.

—Es obvio que cualquiera, querido —respondió Galio sin inmutarse—. ¿Pero cuál?

—El que usted quiera —dijo Vigil, con desdén polémico—. El artículo 27 constitucional, la confesión de arrepenti-

miento de Hidalgo, el editorial de ayer de *El comercio* —el periódico donde Galio trabajaba.

—Curiosa elección la de Hidalgo, el Padre de la Patria
—dijo Galio con rapidez imperiosa, eligiendo él—. ¿Puedo saber
sus razones?

Era un duelo idiota pero no con un idiota, de modo que,
sin quererlo, Vigil se vio precisado a seguir y se oyó de pronto
inventando las razones por las que el arrepentimiento de Hidalgo y
su condena de la independencia que había encabezado, eran el texto
fundamental del pasado de México. Cifraba, dijo, la «imposibilidad histórica» de las causas populares de México, el extraño destino
de un pueblo que siempre había sabido rebelarse y había sido siempre incapaz de darse el liderato radical que necesitaba, un liderato a
la altura de sus «pulsiones sociales profundas», etcétera.

—Interesante —dijo Galio, cuando Vigil terminó—. Usted se imagina al pueblo de México como una especie de pueblo
ruso que no encontró a su Lenin.

—No exactamente —dijo Vigil.

—Por supuesto que no exactamente —insistió Galio,
echándose un puñado de cacahuates a la enorme boca—. Nada
sucede o existe exactamente, querido Herodoto. Pero está usted
equivocado en sus aproximaciones.

—Supongo que sí —dijo Vigil con altivez.

—Equivocado de fondo —insistió Galio, limpiándose con el
dorso del saco los residuos de cacahuates de la comisura de los labios,
por donde salivaba de más—: El texto fundamental de la historia de
México son las memorias del general Antonio López de Santa Anna.

En su primera certidumbre del diálogo, Vigil respondió de
inmediato: —Son apócrifas.

—Precisamente —dijo Galio, sin perder pie—. Escuche
lo que voy a decirle, mi joven Michelet: la historia de México es el
recuento falso, o arbitrariamente evocado al menos, de los caprichos
de un poder displicente. Un poder gratuito y displicente, ¿me
entiende usted? La encarnación mayor de ese poder es Antonio
López de Santa Anna, un tiranuelo querido, odiado, controvertido,
indisputado, que encandiló a los mexicanos y los hizo perder medio
territorio nacional. A los caprichos y flatos de ese estilo le llamamos
hoy «presidencialismo mexicano». ¿Me comprende usted?

—La idea de un país de imbéciles gobernado por el Lazarillo de Tormes —dijo Vigil, calcando el mecanismo retórico de Galio.

—No mi amigo, no simplifique —saltó Galio—. La idea de un país de poderosos, de un país construido para el poder, para el mando y sus caprichos. No olvide los tres siglos y medio de Colonia. ¿Quiere que lo discutamos en detalle? Siempre es buena época para desvirgar las propias esperanzas. O para acabar de emputecerlas, según. Pero no se irrite, ¿por qué no pide un wisqui?

—No tomo wisqui— contestó Vigil, reducido otra vez a ese rezongo.

—Lo que usted tome entonces, mi querido Herodoto. ¿Cubas, dijo?

—Cubas libres —dijo Vigil.

—Oprimidas cubas libres entonces —agregó Galio, con irritante suavidad triunfal.

5

No volvieron a verse sino meses después, en circunstancias del todo diferentes a las del Club Italiano, cuando ya Vigil estaba sumergido en la fascinación de Mercedes Biedma y en la redacción de su historia.

Como he dicho antes, a mediados de 1971 Vigil sacó su ropa del departamento de Antonia Ruelas para mudarse al de su amigo Santoyo. El departamento de Santoyo era un lugar «atestado de periódicos viejos donde siempre olía a gas» (Vigil). Tenía dos cuartos y una estancia que los dividía, un afiche de la Virgen de Guadalupe pegado con tachuelas en el sitio más visible de la estancia y en el techo del baño una de las fotos de soltera de Oralia Ventura, desnuda. No había teléfono, el interfono de la entrada no servía, al lado había una vinatería clandestina que dispensaba licores hasta la madrugada. El edificio tenía tres cuerpos, tres pisos por cuerpo y dos departamentos por piso. La planta baja del cuerpo donde vivía Santoyo, había sido colonizado metro a metro por un circuito homosexual dedicado a la organización de secretísimas fiestas privadas, citas amorosas, *shows* travestis y fantasías sobre pedido.

Todo el fin de semana desfilaban pequeños contingentes a los dos departamentos de la planta baja, que habían conectado de-rrum-bándole un muro, y se daban con frecuencia fiestas nocturnas que duraban veinte horas. La operación general del sitio estaba en manos de un homosexual cuarentón llamado Roberto, un calvo prematuro, diligente empresario del deseo. («Roberto había renunciado al bisoñé que disfrazaba su oprobio, pero no a la tortura de mantenerse esbelto, dentro de un organismo naturalmente robusto que tendía a expanderse mucho más allá de los talles púberes que eran la exigencia juncal del ghetto»: Vigil.)

Era la última semana de julio. Vigil había concertado con Mercedes Biedma una de sus excursiones rumberas y accedido a que su romería privada sirviera como anzuelo para enganchar a Paloma Samperio, ayudante de investigación que perpetraba una historia de las sublevaciones de los indios yaquis y que había su-ble-vado a su vez el ánimo amoroso de Santoyo, a quien no conocía. Los padres de Mercedes estaban de viaje y ella y Vigil se habían prometido esa noche juntos, libres por una vez de la curiosa obligación de Mercedes de ir a dormir a su casa, a la que regresaba sin falta, todos los días, sin importar cuán tarde en la ma-drugada ni con cuántas copas encima. Mercedes combinaba en un solo coctel atrabiliario la más desbordante libertad de costumbres y una compulsiva atención a sus deberes externos de hija de familia. Inventaba laboriosas coartadas para justificar sus tardanzas nocturnas, cumplía una agenda minuciosa de comidas y compromisos familiares los fines de semana y abusaba de la complicidad de sus amigas para obtener permisos de viaje o pernocta fuera de casa, todo lo cual era a menudo negado por el ánimo dispéptico o la fundada sospecha sobre su honra de «un padre ibérico, a la vez rotundo y remoto» (Vigil).

Era un sábado, había aparecido el penúltimo tomo de la monumental *Historia Moderna de México,* de Daniel Cosío Villegas, y Vigil redactaba una enjundiosa reseña que luego apareció en el suplemento de *La república,* el diario más importante del país. Había trabajado en esa reseña desde la mañana, mientras Santoyo leía los periódicos, especialmente la nota roja y las revistas *Por qué* y *Alarma,* donde empezaban a ser confinadas las actividades guerrilleras que sacudieron a las ciudades del país a lo largo de los años setenta y que habían reclutado a Santiago, el hermano de Santoyo.

A eso de las tres de la tarde habían salido a comer juntos, como casi siempre durante esos meses «exiguos y totales» (Vigil), al mercado de Mixcoac, sopa de cola de res y memelas con costilla. De regreso, Santoyo compró una botella de ron en la vinatería vecina y sirvió la primera cuba como a las cuatro de la tarde, hora en que se puso a leer *Moby Dick*. Vigil volvió a escribir su reseña, sin más interrupciones que las de Santoyo, cada quince minutos:

—¿Seguro que vendrán?

—A las seis llega Mercedes.

—Ya son las seis y media.

—Para que den las seis y media, falta que terminen de dar las seis y cuarto.

Terminaron de dar las seis y cuarto y dieron las siete y las siete y cuarto y Mercedes no había llegado. Santoyo estaba en la tercera cuba y Vigil en la sexta cuartilla, roído ya por la sensación de que iniciaba un desencuentro con Mercedes, justamente en el umbral de la noche que se tenían prometida.

—La Paloma está citada a las nueve —dijo Vigil, con irritación, ante una nueva duda de Santoyo—. Faltan dos horas.

—Pero ya no vino la Biedma, que iba a venir a las seis —punzó Santoyo—. Háblale mejor a la Paloma que no va a haber nada.

—La Biedma llega aunque sea a las ocho —dijo Vigil—. Con que llegue a las nueve, ya la hicimos.

Pero a las nueve Mercedes tampoco había llegado, la botella estaba a la mitad, Santoyo en la sexta cuba y Vigil en la octava cuartilla, empezando a admitir la ruina de la noche. Sin aceptarlo todavía, bajó a telefonear a Paloma para explicarle que se había frustrado el plan.

—¿Y por qué no vienen ustedes por mí y nos vamos al bar sin Mercedes? —dijo Paloma con ánimo militante.

—Porque Mercedes va a llegar aquí —dijo Vigil.

—Pero si quedó de llegar a las seis —golpeó Paloma.

—Tenía que pasar de visita a casa de sus tíos —mintió Vigil—. Y ahí le dejé el recado de que la esperaba a las seis. Seguro no ha ido.

—Pues llámale a casa de sus tíos y dile que nos alcance en el bar.

—Si le dejo ese recado en casa de sus tíos la encierran hoy por la noche en un convento —dijo Vigil.

—Pues entonces quédense en el convento ustedes y la Biedma —dijo Paloma—. Yo me voy sola al *Bar del León* y a ver qué sale.

Vigil compró cigarrillos y coca colas en la vinatería y subió a explicarle a Santoyo lo sucedido.

—Tiene razón la Paloma —dijo oportunistamente Santoyo, mientras servía las nuevas cubas—. Vámonos con ella al bar, la Biedma ya no vino.

—Pues aquí está el teléfono de la Paloma —dijo Vigil, desairado—. Llámale y váyanse al bar ustedes.

—¿Pero cómo voy a llegar yo a decirle a la Paloma que nos vayamos al bar? Si nunca he hablado con ella —objetó Santoyo.

—Pues marcas su número y se lo dices —avanzó Vigil, desahogando ahí, sin costo, la ausencia de Mercedes que lo ahogaba.

—Mejor así lo dejamos —dijo Santoyo.

Apretó su cuba y se metió al cuarto a ver la televisión. Al rato salió otra vez a reponer su brebaje, sólo para hacer evidente que en el mismo lapso Vigil se había tomado dos y estaba otra vez en la quinta cuartilla de su reseña porque había roto las últimas tres. Había aceptado también la realidad de su desdicha. Entonces, de pronto se oyó abajo la voz gutural de Roberto, anunciando:

—Departameéento de prehistoriaá: visiíta conyugaál.

Roberto llamaba «prehistóricos» a Vigil y a Santoyo como sinónimo juguetón de «heterosexuales». Vigil bajó como una exhalación por los dos pisos de escalera rumbo a la calle, llevado por el ron dulce, la rabia invencible y el deseo mortal de que fuera Mercedes.

—Nada más le falta el farol a la dama, vecino —jugó Roberto al verlo pasar.

En efecto, ahí estaba la dama, Mercedes, «de pie junto a un taxi en mitad de la calle, apoyándose en el coche con la pierna flexionada como si posara esperando un cliente» (Vigil). Venía disfrazada de Andrea Palma en *La mujer del puerto,* con una larga boquilla en los dedos, un traje liso negro que caía hasta el suelo adelgazando y alargando su cuerpo, un yugo rojo en el cuello, redibujadas las cejas, oscurecidas las pestañas, pintados los labios del mismo rojo intenso que el yugo.

—¿Ya ves que sí vine, cabrón? —dijo, medio dijo, como si ganara una apuesta.

Su voz pastosa de borracha convocó al instante los celos de Vigil, pero Mercedes caminó hacia él con los brazos abiertos y los cerró sobre su cuello.

—Tuya, soy tuya —dijo, sin darle espacio a la protesta.

Y lo fue sin resistencia, por esos segundos.

6

Subieron en busca de Santoyo y de otra cuba. Salieron después del departamento bailando los tres, tropezando con las paredes que los escoltaban por las calles abiertas, mojados en una euforia que no hubiera sabido recordar por qué. Tomaron un taxi rumbo al *Bar del León,* un cabaret metido en los bajos de un hotel de mala muerte, sobre las calles de Brasil, varios kilómetros al norte de Mixcoac donde vivían. Ahí, a espaldas de Catedral, la moda universitaria había erigido un templo laico para desahogar su «turismo social revolucionario» (Vigil). Oleadas de intelectuales, estudiantes y sindicalistas de la educación superior habían expropiado ese lu-gar, al que sólo acudían hasta entonces boxeadores disléxicos, burócratas alcoholizados, meretrices deprimidas, pero donde tocaba el mejor conjunto de música tropical de la ciudad bajo el mote, luego célebre, de *Pepe Arévalo y sus Mulatos.*

Pasadas las once de la noche era ya imposible entrar, salvo mediante soborno al portero, y manaba del sitio una animación sudorosa: humo, ruido, erguidos saxotrombones, público que cantaba y gritaba mientras *La China,* vocalista del conjunto, emprendía los versos de Siguaraya o la canción que Vigil había apartado para su variable cursilería amorosa, en elogio de la Biedma:

> *Me gusta todo lo tuyo,*
> *todo me gusta de ti.*

Sobornaron al portero, se instalaron en el fondo y descubrieron a Paloma Samperio sentada ya en la mejor mesa del sitio, la del frente, que invadía la pequeña pista donde los mulatos de

Arévalo rascaban güiros y aporreaban tarolas. Sin entusiasmo pero sin molestia, la Paloma se acunaba en las galanterías de un reportero conocido, encargado entonces de la página de cultura y espectáculos de *La república*. Era imposible no verla porque en la oscuridad atestada del bar las mesas del frente eran las únicas que recibían de lleno la luz del *show* sobre la tarima, así que la Paloma se reía y palmeaba y se paraba a bailar solos de rumba —lo que estaba prohibido en el lugar, sólo cantar y beber, era la norma— para dejarse caer después en manos del reportero de *La república*, que la rodeaba por la cintura y la besaba en el cuello.

Pidieron sus inevitables cubas. *La China* empezó a cantar

Sobre todas las cosas del mundo,
no hay nada, primero que tú.

y la Biedma a fumar con su larga boquilla y su distante perfección de estatua viva. Callado y sombrío, Santoyo fumaba también, mirando a Paloma con una especie de necedad alcohólica que no carecía de nobleza escenográfica. Acabó el show de Arévalo, vino luego otro conjunto en el que tocaban Pablo Peregrino y su hermano, y luego el intermedio para los tríos. Cuando Paloma se paró al baño, Vigil fue tras ella. Apenas se podía caminar entre la multitud apretada del recinto, pero la alcanzó atrás del biombo que separaba la barra y la cocina de las mesas. Estaba pintándose los labios ahí, porque el baño tenía una cola del tamaño del bar mismo.

—Qué bueno que vinieron —le dijo Paloma, con su facundia habitual—. Este remolino está de atarantar.

Paloma Samperio era una mujer delgada, alta y como eléctrica en su humor siempre disponible y desbordado. Tenía el pelo lacio, caído sobre los hombros, igual que la Mona Lisa, pero toda su traza, su rostro, su frente, su nariz, su cuello, «eran como un esbozo juvenil de Modigliani» (Vigil).

—Te traje a Santoyo— dijo Vigil. —Si te acuerdas, la cita era con él.

—¿Cuál es Santoyo? —preguntó Paloma, empezando a reírse—. ¿El de las gafas con nublado polaroid?

Santoyo traía, en efecto, sus conspirativas gafas cafés de siempre.

—El de las gafas polaroid— asintió Vigil.

—Ya lo estuve viendo, mi amor— dijo la Paloma, apretando los labios varias veces para esparcir sobre ellos el bilé que había aplicado—. La pura dieta triguera del norte, ¿no? —agregó, aludiendo a la estatura de Santoyo, que medía cerca del uno noventa—. Con lo que me gusta el basquetbol.

—Pues ya —dijo Vigil. Y señalando al reportero que la esperaba en la mesa—: No te vayas a quedar con ese idiota.

—Ese idiota, mi amor, como tú le dices, tiene control total sobre el personal de este antro —contestó Paloma—. Si ese idiota dice: «Un ron para la señorita» (la señorita soy yo en este caso), el ron llega de inmediato como si ya estuviera servido. Si dice: «Una canción para la señorita», viene la canción como de serenata el Día de las Madres. «Un pito de mota para la señorita» y saca tremendo paquete de mariguana de la gabardina ésa como Bogart que usa. Y además cuando quiere hablarme me dice «Mi Amorrr», arrastrando la erre, y me va a llevar a un sitio clandestino aquí en la ciudad donde puro contrabando de Dior y Balenciaga, ¿me crees?

—¿Y te va a decir dónde está el tesoro de Moctezuma? —jugueteó Vigil.

—Casualmente en su departamento, ¿no? —contestó Paloma.

—¿Y cómo hacían el amor los aztecas sobre sus alfombras persas?

—Y cómo embarazaban a la Malinche —dijo la Paloma, empezando a sacudirse de risa—. Eres clarividente, Vigil. Se me hace que nada más eso anda buscando este galán. El puro esparcimiento de la carne.

—Pues pásate a nuestra mesa, a ver si te esparcimos el espíritu.

—Me paso, Vigil. ¿Pero tú me garantizas a tu amigo? Nada de que luego trae defectos de fábrica y se le separan las juntas y se le encoge lo que debe estirársele, ¿eh?

—Garantizado cien por ciento —dijo Vigil—. Hasta te vas a asustar.

Vino a la mesa poco después, le dio besos en la mejilla a la Biedma y le pidió una cuba a Santoyo.

—Qué impuntual eres, hermanito —le dijo, sin detenerse—. Si espero a que llegues por mí, me salen telarañas.

Santoyo se acomodó los lentes en silencio, «silencioso como era» (Vigil).

—Tus lentes son nublados polaroid, ¿no? —dijo Paloma—. Para ver el mundo ámbar, impreso en sepia. Es como mejor se ve, desde luego: como si tuvieras hepatitis.

Aceptó la cuba que le pasó Santoyo de manos del mesero y sorbió, sonrió, le preguntó a la Biedma cómo había estado.

—Tú que eres historiador, igual que Vigil —le preguntó luego a Santoyo. —Dime: ¿hay alguna evidencia sólida e irrefutable de cómo embarazaron a la Malinche?

Se rió Santoyo y siguió Paloma:

—Le han de haber dado hasta con la espada, ¿no? ¿Te imaginas el genitourinario del peludo caballero don Hernando de Cortés? Sálvenos la regla, oye. Salud. Pero no hables tanto, hermanito, porque me vas a marear y hoy no tomé la píldora.

Siguió diciendo cosas de ese estilo a mil por hora y al rato tenía a Santoyo suavizado, riendo y dejándose rumiar cosas en el oído.

El mesero seguía sirviendo cubas, aunque Mercedes Biedma apenas podía hablar ya y miraba a Vigil con los ojos vidriosos y el pelo en la frente. Quiso ir al baño, pero al ponerse de pie se fue para atrás y casi cayó de espaldas sobre la mesa vecina. Vigil la escoltó al baño y regresó a la mesa a despedirse. Guardó la boquilla de Mercedes, el yugo rojo que se había quitado y la recogió a ella en el baño. Salieron juntos del bar haciendo eses, riéndose de que Mercedes perdía un zapato cada dos pasos hasta que optó por quitárselos. Llegaron abrazados hasta el Zócalo («probando de modo fehaciente que el camino más largo entre dos ebrios es la recta»: Vigil), dichosos bajo la bóveda protectora de una gran borrachera con todos los agravantes, incluida la búsqueda de un poste para apoyarse y la precaución, que tuvo Vigil, de traerse en la mano una copa final para el camino.

El primer taxi que los vio no quiso llevarlos, pero el segundo sí. Despertaron cuando frenó junto al edificio de Giotto, en Mixcoac, varios kilómetros después. Bajaron con dificultad, Mercedes Biedma casi arrastrada por Vigil en medio de la noche fragante y limpia, cuyos lujos amatorios se habían prometido. No había una sola luz en los pasillos de entrada del edificio. Vigil abrió a tientas la puerta y entraron al túnel oscuro en cuyo final se oían risas furtivas y un jazz remoto navegando en los departamentos de Roberto. Iniciaron su ascenso al tercer piso, prendiendo las luces en cada rellano conforme subían, sin fuerza para enmendar tropezones o para sobreponerse a la risa. De pronto, escondiendo el rostro a la luz y al improbable escrutinio de Vigil y la Biedma, cruzó junto a ellos una muchacha con ropa de noche y los zapatos en la mano. Cuando asomaron las cabezas al tercer piso, esa anomalía noctámbula cerró su círculo y ofreció su clímax: ahí, frente a la puerta del departamento de Santoyo, por segunda vez en su vida, Vigil se topó con Galio Bermúdez.

Estaba sentado contra la pared, protegiéndose de la luz que los intrusos habían prendido. Vestía de traje, tenía la corbata deshecha y estaba tan ebrio como sus testigos, el pelo erizo y los ojos nublados, sin lentes, deteniendo con el brazo el resplandor que el foco pelón del techo echaba sobre su rostro, mientras mascullaba:

—Luz, luz. —Y luego, con una mezcla de lascivia e idiotismo alcohólico—: ¿Dónde están esos mariquitas? ¿Mujercitas: dónde están?

Vigil abrió el departamento de Santoyo y metió a Mercedes en la estancia con ánimo de volver de inmediato a la escena de Galio. Pero apenas entraron, la Biedma empezó a vomitar y no fue posible nada sino llevarla al baño. La detuvo por la cintura mientras Mercedes se volteaba al revés y luego le limpió la cara, la desnudó, la metió en la regadera para lavarle el cuerpo, la envolvió en dos grandes toallas blancas, que Oralia había llevado para paliar tanta indigencia de solteros inútiles, y la puso en la cama, tiritante y exhausta, frotándola para que el calor entrara poco a poco en ella. Trajo un vaso de agua con una cucharada de azúcar, que Mercedes bebió a traguitos, riéndose como una niña antes de dormirse, rendida por fin a las leyes de la protección y el cansancio. Vigil la tapó y salió en busca de Galio. Ya no estaba. Pero su recuerdo y la faena de Mercedes habían disipado en él las brumas alcohólicas. Se sintió repuesto, urgido de una cuba más y se la sirvió en la cocina. Se lavó luego con agua fría. Despertó a la sensación altiva de que la noche lo estaba llamando, ofreciéndole el fin de la revelación anunciada por los despojos de Galio en el rellano. Venían por la escalera los rumores de la fiesta en la cueva de Roberto, la marea imantada del jazz, las risas escondidas, el canto de las sirenas para el Caballero de la Noche.

Bajó.

7

A las cuatro de la madrugada, el departamento de Roberto prolongaba la idea, fresca en Vigil, de haber sufrido una alucinación. Había estado en el sitio una vez, por la mañana. Recordaba una proliferación de biombos decorados con motivos masculinos, cuya deforme lujuria imitaba los dibujos de George Grosz. Ahora, de noche, los biombos habían sido plegados para montar en la sala una especie de proscenio. Bailaban ahí dos muchachos semidesnudos, iluminados por la brasa de varias pajuelas de sándalo. («Había un inconfundible olor a mariguana», escribió Vigil, «y estaba todo a media luz. Apenas se distinguían los contornos de cuerpos y rostros, salvo en la puerta de la cocina donde otros dos muchachos se besaban sin ganas, bajo los efectos de una placidez narcótica».) La cocina rebosaba coca colas, bolsas de hielo, vasos de plástico. Roberto escanciaba y servía tragos en hilera de dos garrafas de ron blanco.

—Adelante, vecino —dijo al ver a Vigil, sin abandonar su faena—. ¿Ya dispuesto a abandonar la prehistoria?

—Dispuesto a tomarme una cuba, vecino —contestó Vigil.

—La primera va por la casa, vecino —ofreció sudorosamente Roberto, dándole la que acababa de servir—. Las que siguen, ciento veinte pesos cada una.

La oscuridad entró poco a poco en Vigil y todo se fue aclarando. En una esquina de la estancia, alrededor de una mesita japonesa, una mujer de «pelo corto militar y ceñido atuendo de cuero», imperaba sobre un grupo de damas con botas. En la otra esquina, junto al escenario, «un hombre gigantesco, prieto y sudado, aferraba a dos flacas musculosas que reían, negando y renegando» (Vigil). No estaba Galio o, al menos, no lo vio en su primera inspección de las sombras. Siguió a Roberto, que llevaba una bandeja hacia uno de los cuartos del departamento donde había una mesa de pócar con cinco jugadores y un gran monte de billetes arrugados en el centro.

—Mil pesos el lote —dijo Roberto al pasar, de regreso, junto a Vigil—. Anímese, vecino.

El otro cuarto estaba cerrado. Vio entrar en él a una de las «flacas musculosas» y salir a una «mujer bellísima», en un vestido ajustable, color lila, con un escote desde el ombligo hasta la mitad de las nalgas. Alcanzó a ver en el cruce, dentro del cuarto, a un travesti maquillado, todavía sin peluca, «abotonándose las medias contra un liguero negro». Junto a él, sobre la cama, en camiseta y calzoncillos, Vigil vio a un «monumental hombre gordo, con pestañas postizas, que peinaba sobre su puño una peluca platinada a lo Mae West».

No vio más. Una manaza lo tomó de las ropas por la espalda y lo puso contra la pared, donde fue volteado como un calcetín para enfrentar la mirada ebria y risueña del cíclope que momentos antes aferraba a las flacas.

—¿Asunto? —dijo el cíclope, con «aliento matador» (Vigil) sobre la cara de su nueva presa.

—Soy amigo de Roberto —explicó Vigil—. Estoy buscando a un amigo.

—¿Hembra o macho? —preguntó el cíclope, y empezó a zarandearlo sin esperar respuesta.

En auxilio de Vigil vino del fondo la hermosa dama en lila que había salido poco antes del cuarto prohibido.

—Déjalo, está autorizado —susurró en el cuello del cíclope, abrazándolo al mismo tiempo, suavemente, por la espalda.

—¿Quién eres? —preguntó el cíclope, sin aflojar el cuello de Vigil.

—Soy Diana, mi amor —dijo la mujer en lila—. Y el que estás estrujando es nuestro vecino el amoroso. La mejor de las ondas del mundo. No lo agites.

Bajo la hermética peluca canela de Diana y sus rasgos afinados por el rímel y el maquillaje, Vigil creyó adivinar las facciones de un asiduo acompañante de Roberto con el que se había topado varias veces dentro del edificio.

—Pues haberlo dicho antes —gruñó el cíclope, soltando por fin a Vigil.

—Gracias —dijo Diana, cachondamente, en el oído del cíclope. Luego giró a Vigil—: ¿Qué te sirvo, vecino? ¿Quieres fumar o tomar?

—Tomar —dijo Vigil—. Pero yo le digo a Roberto.

—Como quieras —dijo Diana, metiéndose ahora bajo el brazo del polifemo—. El señor que andas buscando ¿tiene nombre o apodo?

—No sé aquí —dijo Vigil—. Es un profesor canoso, de lentes, como de cincuenta años. Me dijo que a lo mejor venía.

—Aquí no ha venido nadie con lentes, mi bien —dijo Diana—. En todo caso en el local de al lado, que hay servicio al público. Pero ya cerramos ahí desde las dos porque tenemos esta cosa especial, ¿ves?, con hombres de a de veras. Hombres que andan en busca de calor y comprensión, como este macho nacional, ¿me entiendes? —Se repegó al cíclope azteca que sonreía, orgulloso y embotado, mientras frotaba mecánicamente las nalgas de Diana—. Quieren sentir la emoción del mundo *gay,* ¿ves? —siguió Diana—. Y entonces vienen aquí, se meten al cuarto y se arreglan como si fueran las reinas del *show.* Se liberan, mi bien. Salen un rato del clóset, pero entre amigas, ¿ves? Todos los que aquí ves son hombrotes probados de Machisco, México, pero necesitan comprensión, ¿entiendes?

Se prendió al cuello de su macho nacional y lo besó untándosele tan ceñidamente que desapareció en su abdomen.

—Me gusta tu voz de diplomático —le dijo, lamiéndole un cachete. Volvió luego a besarlo en la boca, con pasión sobreactuada. Vigil regresó a la cocina a servirse otra cuba y Roberto volvió también, con actitud de mesero preciso, abrumado por las órdenes.

—Un gusto de verte, vecino —le dijo a Vigil—. ¿También quieres jugar al clóset o nada más vienes al *show?*

—¿Hay *show?* —dijo Vigil esperanzado.

—El *show* somos nosotros, vecino. ¿Quieres más? Mira a tu alrededor. Registra la calidad del personal.

—Sí —dijo Vigil—. Ya me explicó Diana.

—Bueno, pues eso no es nada. Tómate otra cuba y espera unos veinte minutos. No te vas a arrepentir. A lo mejor hasta te decides a abandonar la prehistoria.

—Apenas voy en el neolítico —dijo Vigil.

—Ya sé. Pero puedes quemar etapas, vecino. Como la Revolución Cubana.

8

Tocaron a la puerta y entraron dos adolescentes maquillados, uno con escarcha sobre los párpados, el otro con un «lunar María Félix sobre el pómulo» (Vigil). Atrás de ellos entró un policía con gafas oscuras, el pelo chino envaselinado y un diente de oro. Diana apareció en la puerta de la cocina, solo ahora, con los gestos lentos y las pupilas dilatadas.

—¿Me das un trago? —suplicó dulcemente.

—De lo que quieras —respondió Vigil, aprestándose a servirle.

— Pues entonces de saliva, mi bien —dijo Diana. Se apoyó en la puerta para contener un mareo que le hizo perder el equilibrio—. Te alburié —dijo después—. Pero fue de cariño, de puro pirujo que anda uno. Dame un roncito con agua negra del imperialismo, vulgo: coca cola. Coquita para la loquita, ¿sí?

—¿Ya sabes que son ciento veinte por copa? —advirtió, jugueteando, Vigil.

—Ciento veinte y siento ochenta y siento miles, mi bien: lo siento todo. ¿Y sabes dónde lo siento? No donde los demás, sino aquí, mira —se tocó la frente—. Me pongo concentrado cabronamente y siento perfecto las vibraciones, ¿me crees? Todo: la buena onda, la mala onda. Y todo clarito, como si lo estuviera sintiendo con la cola. A ti, desde que te vi, supe que eras onda serena, de campo de trigo y esas cosas. Onda muselina o mosquitero para bebé, con aceite johnson y todo lo que su bebé necesita, ¿no? Yo quisiera tener un beibi, aunque fuera un beibi yin, como la brujaza de Bette Davis en la película, ¿no?, que desde que la vi en la pantalla, vieja y gorda, dije: «Está dura esta onda: klínex de volada, porque va a ser cosa de ponerse a chillar.»

—¿Aquí qué pasa? —preguntó Vigil.

—Ya te dije, mi bien. Los señores toscamente labrados que ves, con sus barrigas pulque mexicano y toda la horma, vienen a visitar el clóset. El clóset es el lugar donde viven escondidos los *gay*.

Y ellos vienen a eso, a sentirse damas un rato, ¿no? Pero en realidad vienen cuidando a su mero jefecito, un señorzote que está arreglándose ahí adentro donde no te dejaron entrar. Ese es la mera mamá de los pollitos, onda gruesa que la Bette Davis ni en sueños. Pero dame ese trago que me promettiste, ¿no? Me lo invitas, ¿no?

—Deja de fichar al vecino —dijo Roberto que regresaba y alcanzó a oír a Diana—. Y déjame trabajar.

Bebió de un vaso de agua mineral que tenía atrás de las garrafas de Bacardí. Luego se enjuagó y se secó las manos con un delantal.

—Se siente algo así como entre la Exxon y Rockefeller —dijo Diana—. El culo de la eficiencia.

—Lo suficiente para que puedas comprarte tus trapos y andar de golfo —dijo Roberto con brusquedad marital, volviendo a tomar agua mineral y a secarse las manos.

—Pues chinga tu madre —respondió Diana, sin el menor sentido de gradualidad en el pleito.

—Te voy a dar una cuba —dijo Roberto, metiendo la mano en el hielo para empezar a preparársela—. Pero no importunes a los clientes.

—A mí tú no me das ni las nalgas —respondió Diana, al borde de las lágrimas, herido por la suficiencia ejecutiva de Roberto—. No necesito nada de ti. Te devuelvo tus trapos y tus joyas y tu vida. Y tu departamento.

Empezó a sollozar contra la puerta de la cocina.

—Toma —dijo Roberto, alcanzándole la cuba—. No te hagas la que la Virgen te habla.

—Puto, pinche, tonto, bruto, idiota.

—Tómatela —insistió Roberto.

Diana aceptó la cuba pero se volteó para tomarla de espaldas, «como un niño abrazado a un urgente y regateado biberón» (Vigil).

—Te odio —le dijo a Roberto después de dos tragos—. No me voy a quedar esta vez. Y no te voy a querer, aunque me obligues.

—Perdón, vecino —dijo Roberto a Vigil. Se acercó después a Diana y le pasó una mano por el cuello, por debajo de la peluca acanelada—. No me provoques —le pidió con imperiosa ternura—. Yo te quiero bien, nunca he estado mejor con nadie.

—No me toques —dijo Diana, como si al tocarlo Roberto lo punzara con un arma. Se ovilló luego en el quicio de la puerta, sobre la cuba, dándole a Vigil y a Roberto la «soberbia espalda escotada» (Vigil).

—¿Otra cuba, vecino? —preguntó Roberto, escanciando ahora un trago del wisqui secreto para él.

—Otra, vecino.

Brindaron, mirándose por encima de los vasos. Entonces, sobre su brindis, empezó la música en la sala: una explosión de guitarra eléctrica que hizo retumbar las paredes, al tiempo que una cascada de luz intermitente llenaba el recinto. Todo fue de pronto el envión de la música trepidante sobre las figuras que la luz detenía como en flashes fotográficos, segmentando movimientos y expresiones. Vigil vio paso a paso «el ademán de la reina madre» yendo hasta el pecho de su favorita en la mesa japonesa, «la caminata espasmódica de Diana hacia su pitecántropo», «los bailadores desfilando como estatuas sorprendidas». Por los siguientes larguísimos minutos bailaron bajo esa lluvia de luces. Lo que estaba en la penumbra se hizo claro en la intermitencia sicodélica y la sala fue una sola masa surcada por relámpagos de la que sólo era posible retener una sucesión inconexa de fragmentos («unos dientes pelones, una peluca afro, un desnudo brazo en tensión, el vientre coital de Diana, la frente grasosa de su acompañante»: Vigil). Poco a poco, los latigazos extenuantes de la guitarra se desvanecieron en «la demora final de un orgasmo». La luz intermitente se espació hasta mudarse en una mezcla oscilante de rayos ambarinos y azules, rojos y morados, que dieron paso a su vez a la cadencia de la voz de Lou Reed y lo que le pareció a Vigil «un himno terso de la liberación gay»:

> Now we are coming out
> out of our closets
> out on the streets.
> Yes, we are coming out

Como acariciada por la voz, la masa de danzantes encontró acomodo, pintó su propio círculo de tiza y volvió a dejar libre el proscenio, recorrido ahora sólo por las «luces postorgásmicas»

(Vigil) y la voz de Reed anunciando la decisión de no esconderse más, de salir de sus clósets a la calle y ocupar el día.

—Ahora es cuando, vecino —dijo Roberto al terminar la balada.

9

Un trombón «pedorro y risueño» (Vigil) abrió las delicadas cortinillas de la canción siguiente y la voz nocturna de Reed moduló «desde una somnolienta barra de bar neoyorquino», la primera línea:

> *Good night, sweet ladies*
> *Ladies, good night.*

Del cuarto prohibido vieron salir, regando pétalos a su paso con unas cestillas de mimbre, a las dos flacas musculosas. Atrás, ondulante y apoteósico, caminaba el gordo monumental travestido en Mae West, una especie de «ballena en marcha real» (Vigil) multiplicada por el tamaño de la peluca platinada y una diadema tocada con plumas de avestruz. En medio de los silbidos y las risas, la concurrencia amplió el ambiente de la parodia haciendo venias y genuflexiones frente a esa reina monstruosa, reconociendo en ella una dignidad bufa que la homenajeada admitió recorriendo el pequeño espacio del departamento como quien impera sobre una corte carnavalesca, haciendo saludos reales con la mano enguantada. Volaron puñados de confeti y líneas de serpentinas sobre hombros y cabezas. Y en medio de ese clímax, sucedió: «atrás de la reina y su desfile grotesco», escribió Vigil, «pasó caminando Galio Bermúdez. Soplaba una espantasuegras como si fuera un pífano y saltaba en calzoncillos de un lado a otro —el saco puesto, los calcetines detenidos por ligas— como un fauno en el bosque de sus propias pesadillas realizadas».

—Dios salve las nalgas de la reina —dijo, agresivamente, la reinecilla rival de la mesa japonesa.

—Y lave tus calzones cuando reglas —respondió con inmediato humor la alucinación platinada, desatando las risas y el juego mientras iniciaba un segundo recorrido triunfal.

Volvieron a increparla y volvió a responder con pronta sabiduría de carpa. Toda la excitación de Vigil, sin embargo, había quedado fija en Galio y su danza bufa. Tenía puestos de nuevo los anteojos pero la vista ida en el paisaje de «un más allá regido por la fiesta y el exceso, la plena comunión con un mundo desorbitado» (Vigil). Era inesperadamente peludo de las piernas («flacas, tensas y nervudas» como observó Vigil), del todo ajenas a la flaccidez lampiña que sugería la calidad sonrosada y como intelectual del rostro. («El vigor de alambre de esas piernas hablaba más bien de una delgadez atlética y nerviosa, la complexión secreta de un corredor de fondo»: Vigil.)

Al terminar el recorrido, Galio subió de un brinco a la tarima haciendo saludos de juglar y soplando la espantasuegras. Se deshizo en reverencias mientras la reina pasaba al centro del proscenio y acalló con un gesto teatral lo que quedaba del jolgorio. Dijo después, tomando la espantasuegras como batuta para guiar el ritmo de sus palabras:

—Entramos ahora en la hora sutil...

Hubo una risa de enterados celebrando un chiste conocido.

—Todo lo que aquí ven platinado y gigantesco —siguió Galio, señalando a la reina inmensurable— es una emanación de la mexicanidad. Diría yo —agregó con una mueca maligna—: es la mexicanidad misma.

Silbaron. La reina platinada hizo una caída de mano y una sacudida de cadera.

—Nada de lo que entra ahí vuelve a salir —dijo Galio, apuntando a las enormes nalgas de la reina—. Y sólo produce horror, placer y mierda.

Silbaron, aplaudieron, rieron. Galio sopló su espantasuegras, danzó como un fauno unos pasos y levantó los faldones del saco para enseñar sus propias nalgas enjutas, cubiertas de calzoncillos bombachos. Salió después del proscenio, despedido con risas, aplausos y silbidos.

Todavía con el espantasuegras en la boca, vino directo a la cocina en busca de un jaibol. Se topó con Vigil en la puerta iluminada.

—¿Es usted? —preguntó amigablemente, como quien reconoce a un alumno en los pasillos de la escuela—. En el Club Italiano con Pancho Corvo, ¿no es así?

Vigil asintió, deslumbrado todavía por la certeza alucinatoria de haber visto a ese mismo despojo una hora antes, ebrio hasta la estolidez, frente al departamento de Santoyo. Lo tenía ahora al lado, fresco y lúcido, con una leve irritación en los ojos como único indicio del estado reciente. Hablaba con claridad, aunque con cierta torpeza en lo distante del paladar, y miraba con fijeza, como si una nube cruzara entre su percepción y los objetos. Se echó sobre su jaibol sin darle pausas y reinició, como era inevitable, su mayéutica hiriente:

—Le desconocía estas debilidades *gay* —dijo a Vigil—. El honor de la patria sigue estando en los calzones de sus hijos. No lo olvide usted.

—El maestro de ceremonias es usted —devolvió suavemente Vigil, repasando con mirada risueña la estrambótica indumentaria de Galio Bermúdez, en calzoncillos, con saco y corbata.

—Anfitrionías de la universalidad —explicó Galio, sobándose el pecho. Siguió después con ostensible pedantería—: He agotado todos los placeres, salvo el de la bufonería. Lo vengo a ejercer aquí, en los sótanos: el lugar ideal de la transparencia. La bufonería es una pasión universal, mi querido Toynbee. Quiero decir: es una pasión ubicua e involuntaria. Mírese usted si no: recién bañado y paradito aquí en la luz, en medio de toda esta extravagancia sexual. Travestis, policías, lesbianas, homosexuales, y el impertérrito Michelet. Es como un cura con sotana en un burdel. Está usted más bufonesco que yo. ¿Había pensado en eso?

—Pensar es mucho decir —dijo Vigil.

—Pensar es sinónimo de no hacerse pendejo, mi querido Herodoto. Lo demás es pura técnica filosófica: academias, especialidades, libros, humo.

10

Luego de cambiar albures con la concurrencia, la reina del proscenio enarboló como micrófono una especie de pene de plástico y empezó a cantar boleros románticos. Menos y más que eso: empezó a crear la ilusión de que las voces célebres que corrían por el sistema de sonido —Amparo Montes, Elena Burke, Celia Cruz— en realidad venían de su garganta. Había una «correspondencia inigualable entre la modulación de sus labios, la intensidad de sus ademanes, la inflamación de venas en su cuello y los vaivenes, las pausas, los crescendos de las voces que salían por las bocinas» (Vigil). Era un contraste inquietante y conmovedor el de la delicada justicia mimética de su actuación y la vastedad de sus hombros y brazos, descubiertos por el vestido, que entallaba el torso y las caderas descomunales en un embutido de sirena elefantiásica. Y había una irresistible comicidad natural, previsible y procaz, en la tierna concentración con que ese monstruo híbrido le cantaba al pene de plástico:

> *Temor de ser feliz... a tu lado,*
> *Miedo de acostumbrarme... a tu calor.*

Luego del impacto cómico inicial, el espectáculo empezaba a ser «refinado y absorbente» (Vigil), capaz de crear su propia atmósfera melancólica y entrañable en medio de las risas. Casi una hora duraron esas bodas bizarras en el proscenio, en el curso de la cual no hizo Galio sino alusiones a los extravíos sexuales de Vigil. Terminó la reina madre con Celia Cruz y *La clave azul,* anunciando su partida. Dio una vuelta por la sala despidiéndose mientras cantaba, tiró el pene de plástico sobre la mesita japonesa desde donde la habían desafiado y se metió al cuarto prohibido, desplazando a su paso «un vendaval de perfume sudado y bilé» (Vigil).

—Véngase —dijo Galio, arrastrando a Vigil por un brazo hacia el cuarto.

Tras ellos zarpó Roberto con una bandeja de brandys. Les abrió paso el pitecántropo de Diana, que custodiaba la puerta. Sin peluca y sin vestido, la reina platinada era ahora sólo un hombrón sudoroso, de espaldas cuadradas y piernas como dos toneles. Resoplaba frente al espejo quitándose las tiras de las pestañas y el lunar del pómulo. Tomó un brandy de los que traía Roberto en la bandeja y lo bebió de un sorbo, tomó otro y bebió la mitad; luego un agua mineral que se achicó en su manaza y bajó por su garganta íntegra, como si no tragara, como si hubiera un caño libre entre los labios que apretaban la botella y el abdomen pantagruélico. Empezó después a embadurnarse la cara de crema para apartar el maquillaje.

—¿Cómo vio, profesor? —preguntó a Galio y echó dos eructos. No esperó la respuesta—: ¿Quiénes son esas viejas de la mesita, mi Robert? No me dejaron estar. Estuvieron pica y pica todo el tiempo, susurrándose, riéndose. Orita que me ponga en traje de carácter salgo y las violo a todas. ¿Son lesbianas?

Asintió Roberto.

—Ahí está —siguió el hombrón—. Son competencia las cabronas, por eso joden tanto. Andan detrás de nuestras viejas, buscando despechadas y ofendidas, ¿no? «Ay, mi marido me pegó y me cogió muy duro.» Pues ahí viene la oportunista lesbiana: «Yo te voy a cuidar, mi amor, y no tengo con qué lastimarte.» Pues claro que no tienen. Pinches lesbianas: puros consoladores. La próxima vez que vengamos no quiero lesbianas aquí, mi Robert.

Rodeó la cama hacia el armario y se detuvo al pasar junto a Vigil.

—Mucho gusto —dijo, sin darle importancia a su presencia, pero registrándola escrupulosamente. Sacó del armario un traje azul brilloso con una camisa y se enfundó el pantalón. No dejó de hablar—: Si no tuviera trabajo, con este *show* me lanzaba hasta Las Vegas, profesor. Dos, tres ensayos y le llego a la Mae West en inglés. Un brandy, mi Robert.

Roberto le trajo el brandy y él lo bebió de otro trago. Luego se puso la camisa y la abrochó, respirando al fin, acompasadamente—: ¿Se divirtió, profesor? —le dijo otra vez a Galio. Tampoco esta vez esperó la respuesta—. Le dije que se iba a divertir. No hay como las cuevas *gay* para echar una cana al aire.

Montó la corbata, ajustó el nudo y se inclinó sobre el armario. Extrajo una pistola en su funda y una correa para portarla en el costado. Se la acomodó en el lado izquierdo siguiendo con el rabo del ojo la tensión concentrada de Vigil en la maniobra.

—¿Le interesan las armas, amigo? —dijo sin ver a Vigil, ajustándose todavía el artefacto.

—Adolece de una curiosidad universal —dijo Galio con su sarcasmo previsible.

—¿Viene con usted, profesor? —preguntó el hombre metiéndose en el saco para terminar el atuendo.

—Con todo su futuro a cuestas —asintió Galio—. Es la mayor promesa historiográfica que ha parido nuestro país en los tiempos modernos.

—Pues qué a toda madre: mucho gusto —dijo el hombre y se enfiló hacia la puerta—. Me guardas los triques, mi Robert.

—Sí, señor.

—Espero que lo haya disfrutado, profesor. Sólo para los muy amigos se abren estos telones.

—Aquí sellamos usted y yo la hermandad de la falda, comandante —dijo Galio.

El comandante echó una carcajada y salió sin más trámite, provocando en la sala una instantánea agitación que terminó en el tropel de sus acompañantes corriendo tras él .

—Wisqui, Robert, wisqui para el cerebelo —dijo Galio, festivo—. El historiador y yo tenemos que hablar de los sótanos.

Galio fue al armario y rescató sus pantalones. Cuando levantó el pie para ponérselos perdió el equilibrio y reculó, trastabillando, hasta la ventana. Se apartaron entonces las pesadas cortinas y entró por el resquicio la luz cruda e inesperada del amanecer. Como un relámpago depresivo cayó sobre Vigil ese listón de mañana anunciando que su noche prometida con la Biedma se había desvanecido en el aire. Tuvo una sensación neta de fugacidad, pérdida, vacío. Odió a Galio y el lugar donde estaba, y salió del cuarto buscando el camino hacia su tesoro postergado. Lo siguió la voz de Galio reclamando a gritos su presencia, pero no el propio Galio, que se había quedado sentado en la cama y no podía levantarse. Afuera, en la sala, Roberto recogía ceniceros. Ofrecía las últimas copas a los jugadores de pócar, que habían puesto como límite las siete de la mañana. Diana se había quitado la peluca y perseguía a Roberto besándolo en la nuca y acariciándolo en su diligente ir y venir. Las lesbianas ya no estaban. En su lugar había una pareja que dormía entrezalada como si posara para un lúbrico friso pompeyano.

11

Vigil salió al pasillo del edificio a una mañana fría, sola, insoportablemente real. Subió a zancadas por su propia desolación hasta el tercer piso y abrió el departamento de Santoyo envuelto ya en el olor impregnante del café que Mercedes Biedma mecía en la cocina tras el hervor, forrada en la bata de toalla blanca de

Santoyo, la cara recién lavada, con una cruda como un funeral, chupando el primer cigarrillo del día.

Se acercó a tratar de besarla pero Mercedes se apartó para buscar una taza en la alacena. Sirvió luego café, ajustó la bata sobre su cuerpo y se cruzó de brazos en una esquina a sorber y mirar.

—Pensaba amanecer contigo —reclamó, luego de un sorbo.

—Yo también —contestó Vigil.

—Pero te fuiste —dijo la Biedma.

—Estabas dormida.

—Pero tú te fuiste, cabrón —gritó la Biedma.

—Fui un momento abajo.

—No importa dónde. Te fuiste y eso es todo.

Tenía los ojos hinchados del sueño y saltados, algo más rojas que siempre las venillas de la nariz. En la luz cruel de la mañana, el bozo invisible que había en abundancia sobre sus labios, brillaba con tenue fulgor albino.

Vigil se sirvió café y lo tomó frente a Mercedes, sintiendo crecer entre ellos la espesa nube de la estupidez y el silencio, hasta que Mercedes habló de nuevo:

—No me gustó despertar sola aquí.

—No pensé que despertaras antes de las diez.

—¿Y por eso te fuiste?

—No. Me fui porque encontré al llegar una cosa increíble y fui a verificarla abajo.

—¿Y la verificaste?

—Sí.

—¿Valió la pena?

—Sí.

—Te voy a hacer de desayunar —dijo Mercedes, pasando, como solía, de la animadversión a la rutina—. ¿Qué quieres?

—Quiero que nos metamos a la cama —dijo Vigil.

—Yo no me meto a la cama sin desayunar. De cualquier modo la noche ya se fue. ¿Cómo quieres los huevos?

—Con toda mi alma —bromeó Vigil.

—Salte de la cocina —ordenó Mercedes resistiendo la influencia convencional del chiste—. No me gusta que me vean cocinar.

Vigil no se movió, pero Mercedes lo enlazó de la cintura y lo sacó de la cocina hacia el único sofá de la sala, frente a la enorme efigie de la Virgen de Guadalupe, donde Santoyo «deponía su lai-cismo norteño ante la fe de carbonero del pueblo, que era su pro-pia e inalienable fe de carbonero» (Vigil). Sentó a Vigil en el sofá frente a ese espejo de fes recíprocas, le quitó los zapatos y le opri-mió las piernas con las palmas, dejando caer todo el peso de su cuerpo en un masaje de vaga inspiración marital.

—¿Cómo quieres tus huevos? —preguntó otra vez—. Sólo hay revueltos con jamón.

—Revueltos contigo —dijo Vigil y trató de asirla, pero Mercedes estaba ya fuera de su alcance, de regreso a la cocina, cerrando sobre su abdomen, la bata de Santoyo que persistía en abrirse, ofreciendo a probadas su secuestrado paraíso.

Vigil regresó al mundo una hora después. Bañada y pin-tada, en su atuendo negro de la noche, Mercedes golpeaba como pandero una enorme sartén de peltre azul para anunciar que la mesa estaba puesta. En la precariedad mortal de la despensa, se las había arreglado para acoplar los elementos de una tortilla españo-la, con cebollas fritas y chiles chipotles, jugo de naranja y cubier-tos enrollados en servilletas de papel.

—Los varones pasan a la mesa sólo después de lavarse —dijo, imponiéndole a Vigil un baño de pájaro y una rasurada con rasgones. Cuando volvió del baño, había también en la mesa una cerveza helada que sudaba la superficie de un vaso de cristal.

—Hubo tiempo para todo —dijo Mercedes, refrescante y jovial, como aliviada de sí misma y de la ausencia de Vigil, por su éxito culinario mañanero.

Partió la tortilla, puso porciones equitativas en cada plato y ofreció la pequeña cesta de pan, debidamente forrada de papel, antes de tomar ella, «con ese encanto aprendido de niña rica que sirve a las visitas en su juego de té» (Vigil).

—Si no llegó Santoyo ¿qué quiere decir? —preguntó finalmente Mercedes, picando con el tenedor su porción de tortilla antes de partirla.

—Que cayó la Paloma —dijo Vigil, engullendo su parte.

Mercedes asintió. Se llevó delicadamente a la boca un pequeño bocado, lo acomodó en un cachete, masticó suavemente y siguió preguntando:

—¿No quiere decir que nos prestó el departamento y él iba a dormir fuera de cualquier modo?

—No —respondió Vigil con la boca llena.

—¿Y cómo íbamos a pasar la noche juntos tú y yo? ¿Con Santoyo en el cuarto de al lado?

—No íbamos a pasar la noche aquí.

—¿Dónde íbamos a pasarla?

—En otro sitio.

—¿Y en ese sitio donde íbamos a pasar la noche, no me ibas a dejar abandonada en la cama?

—No.

—¿Me ibas a hacer el amor como se debe?

—Como un príncipe priápico —dijo Vigil.

—¿Qué me ibas a hacer? —dijo Mercedes.

—Todo —dijo Vigil.

—Dime cosa por cosa —exigió Mercedes.

—«Cosa por cosa» —repitió tontamente Vigil.

—De lo que me ibas a hacer cuando durmiéramos juntos —dijo Mercedes.

—Te iba a hacer el amor de todas las formas —dijo Vigil.

—Una por una —dijo Mercedes.

—Abajo, arriba, de lado —dijo Vigil—. Caminando, gateando, montando. En el borde de la cama, en el lavabo del baño, en la mesa del comedor.

—¿Y qué iba a sentir con todo eso? —preguntó Mercedes.

—Que María Magdalena era una aprendiz de convento.

—¿Y después? —dijo Mercedes.

—Después un sueño —dijo Vigil.

—¿Y luego del sueño? —preguntó Mercedes.

—El de los pajaritos —dijo Vigil.

—¿Cómo es el de los pajaritos? —dijo Mercedes.

—Con los piquitos cerrados por el mal aliento del amanecer —dijo Vigil.

—¿No te iba a importar mi mal aliento? —dijo Mercedes.

—Ni tu lengua estragada, como rollo de pianola.

—¿Y dónde más ibas a besarme?

—En la boca, en el pecho, en la espalda —dijo Vigil.

—¿Te gusta mi espalda?

—Toda tu espalda.

—Dame un beso.

La besó por encima de la mesa y sintió la excitación de los labios húmedos de Mercedes corriendo por su mejilla, por su cuello, mientras Mercedes preguntaba, exigía: —¿Y me vas a cuidar? ¿Y no te vas a ir? ¿Y me vas a querer, a querer, a querer?

12

Durante esa primera temporada, «todo iba bien en las palabras, con Mercedes Biedma», escribió Vigil, «pero no en la cama», a donde la llevó esa vez, como otras, excitada hasta el temblor por las palabras, sitiada ya, como él, por el ardor de los cuerpos que se buscaban, anticipando su clímax. En algún momento de los tactos y los besos, sin embargo, ese clímax empezaba a diferirse, a exigir un toque maestro en algún sitio que Vigil no encontraba. La demora iba volviéndose postergación y la postergación desánimo, hasta llegar a la «horrenda tierra de nadie» (Vigil) donde seguían los cuerpos erguidos, jadeantes en su propicia desnudez y al mismo tiempo fríos, como anestesiados en sus impulsos. («Hartos sin haberse hartado, post amatorios sin haber encontrado el amor, privados de la llama que los encendía»: Vigil.)

No siempre había sido así, pero casi siempre, a partir de la primera fuga juntos a un hotel de Tecolutla, poco después de la mudanza de Vigil al departamento de Santoyo. En Tecolutla, la atmósfera de aislamiento en el hotel vacío, fuera de temporada, había echado el velo de la novedad sobre el reproche insatisfecho de los cuerpos. Pero el reproche había crecido después, hasta hacerse insoportable en los ensayos subsecuentes del hotel de paso de la Calzada Peralvillo y del departamento de Paulina, la amiga de Mercedes, que los espió agazapada en la calle para verlos entrar.

La misma «agitación sin orgasmo» (Vigil) había regido sus insistencias amatorias en el coche, en el cine, y en la oscuridad indulgente de bares y bailaderos. No en Cuautla , sin embargo, el quince de septiembre de aquel año feliz, en el cuarto morado del hotel de segunda en que se refugiaron, junto a la plaza donde una verbena celebraba la Independencia de México. Habían comido

tarde y dormido una siesta y al despertar habían oído los cohetes
tronar en el cielo y los valses y marchas revolucionarias que desgra-
naba en el kiosko de la plaza una banda militar. Sin ropa y dispuesta, pero todavía lerda y aniñada por el sueño, Mercedes se había
montado sobre Vigil, y había empezado a hablar con voz ronca y
remota de su padre, del tipo que la desvirgó y de un gordo perdido
del que estuvo enamorada en su infancia. Vivían entonces en la
colonia San Rafael, dijo, antes de que su padre encontrara el camino
de los negocios y depositara a la familia en el palacio de Las Lomas.
En la calle, prohibida para las hermanas Biedma, jugaban futbolito
los vagos del rumbo, pasaba el mundo real. Desde la ventana soñadora y carcelaria Mercedes veía a su gordo remoto, emisario protei-
co de la vida, ir y venir a bordo de una motoneta tosedora, sorteando
jugadores, topándose con éste y aquél, estampándose en un poste o
un perro, concentrado como un genio en su torpeza ambulatoria.
Antes de que acabara de contar ese recuerdo Mercedes había empezado a sacudirse y a gritar encima de Vigil, como si las paredes se le
vinieran encima y «un alud de piedras le cayera por dentro del cuerpo» (Vigil).

No había regresado ese alud, regalado a la distancia por
el gordo, pero era eso lo que buscaban desde entonces con el afán
y el desencanto previsibles de quienes saben exactamente lo que
quieren encontrar. La mañana de aquella noche perdida, en medio
de la luz hiriente de Mixcoac que entraba por las ventanas sin cortinas, sobre la inverosímil cama de Santoyo que era un tambor de
alambre a ras de suelo, el alud volvió. No alcanzó Vigil a quitarle
a Mercedes la ropa nocturna ni a deshacerse de sus propios pantalones, pero por segunda vez sintió ese día temblar y estremecerse
a Mercedes Biedma, olvidarse de sí, «repetirse sin esfuerzo en una
sacudida tan larga como nuestra noche y tan independiente de
nosotros como nuestra previa desdicha» (Vigil). Trémulos y sor-
prendidos de ese retorno, siguieron entonces la ruta que habían
prometido las palabras. («Puestos de un lado y puestos del otro,
encimados o hincados, el alud regresó cada vez, como si una com-
puerta se hubiera roto y las aguas corrieran libremente por el
cuerpo de Mercedes, su nuevo cuerpo entregado, húmedo, abierto, jubiloso»: Vigil.)

13

Mercedes se durmió repitiendo su nombre.

Vigil repasó la escena de su plenitud en esa cueva inhóspita, a la vez desnuda y revuelta: el pequeño escritorio de Santoyo atestado de recortes, los libros mal estibados en el piso, su mezcla de refinadas bibliografías de historia económica con la atrabiliaria colección de reportajes, libelos, manuales y testimonios de la guerrilla latinoamericana, a partir del *Diario del Che*. No pudo contener la palpitación de esa euforia astrosa. Saltó de la cama y deambuló un rato por el departamento con la prestancia iluminada de quien ha visto abrirse un mundo y lo contempla por primera vez. Sin saber cómo, estuvo de pronto sentado otra vez en la mesa, frente a los papeles de su reseña inconclusa , abandonada el día anterior. Leyó primero y corrigió después las cuartillas cosechadas. Las encontró sospechosamente buenas. Un «angélico tirón» (Vigil), dio fácil parto a la cuartilla sexta.

Vigil se preguntó en ella si la caracterización democrática de la República Restaurada (1867-1876) hecha por Cosío Villegas no era la traza de un sueño epidérmico —prensa y parlamento libres— en el «largo estanque inmóvil, autoritario y caciquil, del fin de siglo XIX mexicano». En efecto, luego de la guerra de independencia de 1810 contra las tradiciones y fueros coloniales; de la guerra con Estados Unidos en 1848, de la guerra civil entre conservadores y liberales en la década de los sesenta y de la guerra contra la intervención francesa, terminada en 1867, la sociedad mexicana seguía teniendo en sus tradiciones coloniales, supuestamente abolidas, las «bisagras supervivientes de su ritmo humano», como escribió Vigil: «el cura y el cacique, la vida burra y sorda de los pueblos», «la resistencia de las comunidades y corporaciones al mercado», «el ahogo municipal», «la desarticulación geográfica y mental» del país.

México había librado guerras a nombre de sí mismo, escribió Vigil en la reseña, «sin haber cosido bien a bien, entre sus habitantes, la noción de que esa entidad llamada México existía». Sobre aquel mapa desintegrado de hombres y regiones, la República Restaurada juarista había encimado la ilusión de una prensa libre y un parlamento combativo cuyos afanes no tocaban la entraña del monstruo y, sin embargo, lo gobernaban. El gran misterio del siglo XIX mexicano, se había preguntado el historiador David Brading —y ahora se preguntaba Vigil— seguía siendo cómo esa minoría liberal pudo «imponer su proyecto a un país construido en la tradición inversa». No había esa respuesta en el libro de Cosío Villegas y su ausencia era el centro de la crítica de Vigil.

—Las musas sean escuchadas —dijo entonces, resonante, una voz en la puerta. Sin darse cuenta, Mercedes y Vigil la habían dejado entornada. Ahora estaba abierta. Erizado por la sorpresa, Vigil levantó el rostro hacia ella y vio parado ahí, risueño ante el efecto de su buscada disonancia, a Galio Bermúdez.

Lo escoltaba un robusto escudero, que cargaba una caja de botellas y refrescos bajo el brazo. El escudero husmeó el escenario y pasó a la cocina haciendo remecerse al andar un abundante peinado afro que le cubría parte de la espalda. Galio entró atrás de él, balanceándose con aires de *connoisseur*.

—El sabio trabaja en su desnudez monástica —dijo, aludiendo a la pobreza ornamental del departamento de Santoyo—. Sólo su espíritu vela y vuela, sin otra limitación que la miseria. Esta es una escena balzaciana, mi querido Michelet. Es decir, una escena totalmente pasada de moda. El espíritu moderno requiere decoración y consumo. ¿Quiere un wisqui? He venido a ofrecerle un wisqui en el esplendor de esta mañana. Le suplico que lo acepte.

— No tomo wisqui —dijo Vigil.

—Lo tomará con el tiempo —dijo Galio, rodeando todavía el recinto con paso demorado. Como quien mira una colección de Tamayos, miró los periódicos estibados, las paredes mal pintadas, los restos del desayuno, el yugo de Mercedes tirado en el piso.

Vestía el mismo traje de unas horas antes, pero se había bañado y afeitado. El nudo de su corbata bajo el cuello de la camisa era perfecto. La borrachera que lo había doblado al amanecer, se había ido y quedaban rasgos del estrago sólo en cierta locuacidad imprecisable de la voz y alguna nube hipnótica en los ojos.

—Hay ron en la cocina, y coca colas —dijo Vigil—. Quiero una cuba.

—Deje a Lautaro que lo encuentre solo —dijo Galio deteniendo el impulso de Vigil de dirigirse a la cocina—. Es su función en la vida. ¿Oyó, Lautaro, a nuestro historiador?

—Sí señor —dijo Lautaro desde la cocina.

—Toma cubas nuestro historiador, Lautaro. Quiere una cuba.

—Sí, profesor —dijo Lautaro.

—Tomar cubas no es un defecto de su paladar, sino de su juventud —dictaminó Galio—. Lo mismo que el amor y la fe en el futuro.

Reparó entonces en el afiche de la Guadalupe de Santoyo, con la misma actitud de experto en cuadros que presidía su paseo.

—¿El guadalupano es usted? —preguntó al cabo.

—No —dijo Vigil—. Es mi amigo.

—Luego vive usted con un amigo —dijo Galio, subrayando la alusión homosexual de la frase.

—No del circuito donde usted oficia —devolvió Vigil, siempre molesto y siempre obligado a la esgrima imperativa de Galio.

—¿Dice usted eso por las locas de abajo? —sonrió Galio, dejándose caer en el sofá y recogiendo, al hacerlo, el yugo rojo de Mercedes—. Ese no es mi circuito, promesa, es mi trabajo en los sótanos. Trabajo en los sótanos. Me mudé ahí hace unos meses. ¿Quiere escuchar algo de los sótanos? Con gusto le cuento, pero antes dígame quién es la dama.

—¿Cuál dama? —preguntó Vigil.

—La dama, mi querido Michelet —dijo Galio, tirando el yugo sobre la mesa—. Hay un ambiente irrespirable a dama en esta cueva ejemplar de las musas.

Lautaro trajo las bebidas en vasos que Vigil no reconoció, con hielo que no había, impecablemente servidas.

—Este es Lautaro, el príncipe de la noche —dijo Galio.

Lautaro se inclinó a darle su jaibol a Galio y Vigil pudo ver la pistola que abultaba bajo su saco como una excrecencia del iliaco derecho. El casco redondo e hirsuto de su pelo enchinado le tapaba la frente.

—La dama se llama Mercedes —dijo Vigil—. Está en el cuarto de al lado.

—¿Reposa de amores? —dijo Galio.

Vigil admitió el hecho con una sonrisa que subrayó en su rostro la zona infantil, proclive al engreimiento, de la dicha.

—¡Ah, la infatuación amatoria! —dijo Galio, gozando sus énfasis—. ¿Conoce usted la definición que daba Gaos del amor?

Vigil negó con la cabeza.

—«El amor es la chispa que sale del frotamiento de los cuerpos» —citó Galio—. Dura y calienta tanto como eso. ¿Le gusta?

—Me encanta —dijo Vigil.

—¿Le encanta la definición o la chispa de Mercedes? —jugó Galio.

—Mercedes y la definición —dijo Vigil, volviendo a la mueca infantil.

—Es usted feliz —dijo Galio con remota empatía—. Repugnantemente feliz. Lo que haya escrito en ese estado, revíselo mañana, será nada más un pozo de optimismo y autocomplacencia.

—¿Viene usted de abajo? —quiso saber Vigil.

—¿Pregunta usted si no me he movido del lugar donde me abandonó en la madrugada? —reprochó Galio—. No, no me he movido. ¿Se extraña usted de que esté en estas condiciones sólo cuatro horas después de haberme visto en otras tan distintas? Es la vitalidad natural de un hombre de cincuenta años. Pida y se le concederá el secreto.

Dijo esto y se metió en el wisqui. Más que beberlo, «lo engulló de un golpe, con un forzado juego de garganta» (Vigil). Extendió luego el vaso vacío, que Lautaro recogió al vuelo y se llevó la otra mano al pecho para ayudar al breve tórax a admitir el paso de la dosis que acababa de infligirle. Apenas recuperó el aliento, le ordenó a Lautaro el trago siguiente:

—Sin pausas, Lautaro, sin burocracia. Repudie la soledad de los hielos. ¿Recuerda usted, mi querido Michelet, el chiste de Frank Sinatra sobre el wisqui? —Vigil negó y siguió Galio—: «Es tan relajante que llega un momento en que uno no puede moverse.» ¿Le gusta? No insista en que toma cubas, por el amor de Dios. Reconozca su futuro: no escapará usted a la vejez ni al wisqui. Todas esas bravatas adolescentes que toma usted bajo la forma de cubas libres, cederán paso a la razón y al wisqui. Y entenderá usted también, por necesidad, el poder de los sótanos, nuestra naturaleza profunda, el origen oscuro de nuestra vida al aire libre. ¿Quiere que le cuente de los sótanos? ¿Quiere saber?

Miró a Vigil desde el sofá, reclinado pero algo tambaleante ahora, como si la estocada del wisqui empezara a hacer efectos.

—No, no quiere usted saber —dijo Galio—. Porque habita usted el lugar de las musas y el amor. ¿Puedo saber lo que escribe?

Lautaro pasó con el segundo jaibol para Galio y le advirtió con actitud pedagógica: —Es el segundo, profesor. Queda uno, como acordamos, y pasamos a retirarnos. ¿De acuerdo?

—Es el ángel guardián de mi conciencia —dijo Galio, admitiendo la advertencia, pero sin contestarle a Lautaro—. Vale decir: es el guardián de la nada. ¿Puedo saber lo que escribe usted, mi amigo?

—Preferiría escuchar su teoría de los sótanos —se escabulló Vigil.

—No es mi teoría, señor historiador —dijo Galio con tono desdeñoso—. Los pilotes de la casa no son la teoría de la casa. Son su sostén. Los sótanos son nuestro cimiento invisible. Quiero decir: usted está aquí cacheteando a sus musas en esa máquina. Tiene a Mercedes soñando con usted aquí al lado y allá afuera, en la calle, la vida sigue igual. Los semáforos funcionan, se venden periódicos en las esquinas, las parejas convienen su ilusión de futuro en miles de hoteles y todos tenemos la ilusión correspondiente de una vida privada, sostenida con sueños, esperanzas, pequeñas epopeyas de consumo doméstico. Todo, para admiración de la familia y de los amigos, excitación de las amantes y halago de la patria, que cobija la felicidad de sus hijos. Bueno, todo eso es cierto y real, incluida su Mercedes, a quien doy por existente sin otra prueba que el candor saciado que veo en sus ojos, mi querido Herodoto. Pero nada de eso podría existir como existe, si alguien no hiciera el trabajo en los sótanos, el trabajo sucio. ¿Me entiende usted?

—En absoluto —dijo Vigil—. No entiendo nada.

—La dicha es mala guía de la inteligencia —sentenció Galio.

De la recámara vino entonces un gemido largo y acariciador y luego otro, lúbrico, que hizo reír y suspirar también a Lautaro.

—La musa despierta —dijo Galio—. Lleva en su aliento fiel el eco de la batalla. Ah, feliz Herodoto.

Vigil fue a la puerta del cuarto, que también estaba entornada, aunque no abierta, y la trancó para amortiguar nuevos efluvios.

—Irrita esta abundancia amatoria en la precariedad monástica, lumpenesca diría yo, de su pobrísimo recinto —comentó

Galio—. El amor necesita decorados para exacerbarse, mi amigo. No crea en la promesa de duración de esos suspiros. ¿Recuerda el verso de Góngora? «A batallas de amor, campos de pluma.» El amor pide suntuosidad, blanduras, exquisiteces. ¿Me entiende?

—Lo entiendo —dijo Vigil, reincidiendo en su candor—. Pero esto es otra cosa.

—La misma cosa, Michelet. La misma cosa desde siempre —dijo Galio—. Eso que acaba usted de oír, es el gemido del neolítico. Tiene un linaje eterno, intemporal. Si me permite, voy a brindar por esa abolición de la historia.

Repitió entonces la operación de «clavarse el jaibol en el cuerpo, como quien se mete una espada» (Vigil). Pero sólo pudo procesar la mitad, antes de que el ahogo lo venciera. Lautaro vino en su ayuda para detener el vaso, que Galio había puesto a un lado. En cuanto recobró el resuello, sin embargo, lo exigió otra vez de Lautaro y volvió a mirar a Vigil, el rostro todavía rojo por el esfuerzo, los ojos húmedos, chorreando sobre la mejilla por la comisura izquierda. («Estábamos bebiendo un trago a la una de la tarde de un sábado», escribió Vigil, «pero Galio en realidad estaba haciendo otra cosa, metiéndose los jaiboles como quien se mete en la garganta un puñado de clavos, un palo de escoba, una espingarda para someter adentro a un enemigo».)

—Escúcheme lo que voy a decirle, historiador —dijo Galio, con una fijeza alcohólica que empezaba a desmentir a grandes trancos su fragancia inicial—. La civilización nos ha apartado del origen de nuestras pulsiones. Ha fragmentado nuestra experiencia, ha pulido nuestros modales y segregado de nuestra vista las cuestiones centrales: el amor, la violencia, la muerte. Hemos construido cuartos privados para los amantes, lugares secretos para morir y hemos echado un velo institucional sobre el origen de nuestra paz, que no es otro que la violencia ejercida contra los que la ponen en peligro: los locos, los criminales, los disidentes. ¿Dónde se administran esas segregaciones? En los sótanos. ¿Me comprende usted? Vea esa hilera de señoras que van al supermercado y ponen en su carrito chuletas, costillas, filetes. ¿Cuántas podrían soportar el olor a sangre fresca de los rastros donde se preparan esas carnes? ¿Cuántas podrían soportar la mirada melancólica de la vaca a punto de ser sacrificada y presenciar sin desmayarse la escena del puntillazo sobre el animal?

¿Y cuántas podrían asistir al destazamiento, el corte de las chuletas, etcétera? ¿Cuántas de ellas o cuántos de nosotros, ciudadanos carnívoros, seríamos capaces de empuñar el cuchillo del carnicero y matar, destazar, limpiar las vacas necesarias para que haya filetes en el supermercado? Si viéramos al matarife ejecutando su labor, la gran mayoría de los que usufructuamos su trabajo, encontraríamos su oficio repugnante, inhumano, siniestro, como en efecto lo es. Pero sin ese repugnante oficio de matar y destazar vacas, no habría los limpísimos trozos de carne para uso de los limpísimos ciudadanos que aborrecen el proceso pero aman el resultado. ¿Me entiende usted?

—Mejor —dijo Vigil.

—Bien —siguió Galio—. Pues así como todos comen la carne limpia, cuyo proceso de matanza y destazamiento no soportarían ver, los que comemos del filete público de la paz nos rehusamos a mirar el proceso de matanza y destazamiento que la produce. Usted aquí, con su musa gemidora al lado, su vecino enfrente, con un sábado trivial encima; los amantes en los hoteles, los niños en el parque, los comerciantes tras sus mostradores: todos comen el filete de la tranquilidad pública que otros garantizan metiendo cuchillos en la sombra. Ese es el rastro que yo quiero ver, para eso me he mudado a los sótanos, para tocar la esencia de nuestra tranquilidad. Quiero tocarla con mis manos, apartar hasta el último velo de mi mirada. Y no por morbosidad, como usted puede creer, sino por rigor. *Ostinato rigore,* exigía Leonardo. En México eso quiere decir, entre otras cosas, bajar a los sótanos, rehusarse como intelectual y como ciudadano a ser una de esas amas de casa que no pueden soportar la idea de que existe un rastro, pero quieren el filete pulcro y sin sangre en el supermercado. ¿Usted es un historiador de izquierda, mi amigo?

—No soy todavía un historiador —dijo Vigil, con obligada modestia.

—Me cago en los historiadores y en los intelectuales de izquierda —dijo Galio, sin escuchar a Vigil—. Son la más perfecta ama de casa que uno pueda imaginar. Quieren la revolución pero no la mierda y la sangre de la guerra civil. Creen que un muerto revolucionario apesta menos que uno reaccionario. Y que una muerte es heroica y la otra simplemente necesaria, lógica. Quieren el socialismo, pero no sus opresiones. Yo he ido a los sótanos a buscar y ver directamente lo que esos intelectuales no han visto ni querrán ver. ¿Recuerda la respuesta de Sartre a Camus sobre *El hombre rebelde*? Lo describe como una señorita que duda en la orilla de la alberca si debe tirarse o no y mete la puntita del pie para probar la piscina. No entiende, dice Sartre, que la piscina no se elige, que todos estamos ya metidos en ella y que no está llena de agua, sino de mierda. Es una metáfora perfecta de la historia, querido, y del modo como estamos en ella.

Galio repitió la operación del jaibol y apuró con un esfuerzo extraordinario la mitad que le quedaba. Pero esta vez no pudo recobrar el aliento. Echó en un borbotón el líquido que tenía en la boca y se ovilló sobre sí mismo, cogiéndose el abdomen con los dos brazos como si un intenso dolor lo engarrotara. Vigil se acercó a ayudarlo, pero Lautaro pasó antes, lo alzó como a un muñeco de peluche y lo puso sobre el sofá, «con una naturalidad distante y solícita, amigable, profesional» (Vigil).

—¿Duele, profesor? —preguntó Lautaro en el oído de Galio.

—No —dijo Galio, sin aire.

—En un momento se le pasa —calmó Lautaro a Vigil—. ¿Tiene un trapo húmedo, frío, por favor?

Vigil entró al cuarto y mojó una camiseta de Santoyo en el lavabo. Mercedes seguía durmiendo, desnuda y destapada: hizo una escala amorosa para cubrirla. Cuando regresó a la sala, Lautaro cargaba a Galio entre sus brazos. Se había desmayado y estaba pálido como el papel, completamente abandonado e inerte.

—Me lo tengo que llevar —dijo Lautaro—. Le pido que me ayude a meterlo al coche.

Vigil bajó adelante de Lautaro hasta un gran automóvil negro, de vidrios polarizados y una antena sobre el capacete, típico de los que usaba la policía aquellos años. Echó a Galio en el asiento de atrás, desvanecido, como muerto todavía.

—Le suplico nos disculpe —dijo Lautaro, desde la ventanilla, echando a andar el coche—. Espero que no sea nada grave. Pero lleva tres días tomando, ni que fuera supermán.

Salió después «con un rechinido de llantas», escribió Vigil, «buscando ya el teléfono del coche para comunicarse de emergencia no sé a dónde».

Lo supo pronto, y de la peor manera.

Capítulo II

A la vuelta del tiempo —dijo Paloma Samperio jugando, diva-
gando, todo el tiempo después— *las cosas que duran en la vida vienen de
cruces accidentales. No valen planes, ni vocaciones. En alguna parte leí hace
poco que el único problema de la juventud es que vivirla bien requiere experiencia. Al revés también es cierto: lo único que necesita la experiencia es
juventud. Bueno, pues yo digo que estábamos entonces demasiado jóvenes
para tener experiencia y demasiado experimentados para ser jóvenes. Todos
tuvimos entonces cruces accidentales que fueron definitivos. Al menos, fue mi
caso. No me quejo, al contrario. De los cruces de entonces que al final fueron
caminos, sólo quisiera tenerlos de nuevo, para volverlos a caminar.*

1

El día de la reaparición de Galio Bermúdez, Vigil y
Mercedes no durmieron juntos en el departamento de Santoyo porque Mercedes debía someterse por la noche a una cena familiar; sólo
hubo tiempo de tomar un baño y rehusarse ella a la solicitud amorosa de Vigil pretextando su retraso. Metida todavía en sus ridículos
arreos nocturnos, Vigil la acompañó en un taxi hasta la puerta de su
casa en Virreyes, donde cambiaron un beso apresurado de despedida. Vigil siguió hacia la caseta telefónica más próxima para verificar
con Oralia Ventura si su marido había salido de la ciudad, según lo
planeado, y podían comer. («La promiscuidad como escudo», escribió Vigil, «como vanidad, como venganza. Pero sobre todo como
energía y juventud: la atracción de los cuerpos disponibles. La promiscuidad como un canto juvenil a los cuerpos disponibles, empezando por el propio».) El marido de Oralia había salido, en efecto, y
pudieron comer juntos en la *Casa Neri,* un lugar de cocina oaxaque-
ña de la colonia Portales.

Bajaron luego al centro a comprar discos viejos de Emilio Tuero, un cantante menor de la mitología cinematográfica mexicana que había muerto días antes. Pasaron el resto de la tarde en el departamento de Oralia oyendo a Tuero y leyendo *La república,* hasta que empezó en la televisión el control remoto del alunizaje del Apolo XV. Como a la una llamó el marido de Oralia para comentar la hazaña.

—Estaba llorando de emoción —dijo Oralia al colgar, en la «más brutal descalificación de una pareja» que Vigil hubiera oído nunca.

Se quedaron en la cama hasta bien entrada la mañana del domingo, pero poco antes de la hora de comida, igual que todos los domingos, Vigil tocó la puerta del departamento de Antonia Ruelas para recoger a su hija Fernanda. Como parte de su separación, habían convenido esa visita semanal para no convertir a Fernanda en el campo de batalla de sus recíprocos agravios. Fernanda seguía siendo para Vigil una desarmante niña de cinco años, sumida en el asombro de la ausencia de su padre con una indefensión que a Vigil le era casi físicamente imposible tolerar. Debía darle explicaciones de viajes inexistentes y desoír sus reclamos de que se quedara cuando iba a dejarla por la noche. La escena terminaba siempre en el llanto de Fernanda y la presurosa retirada de Vigil, bajo la mirada más triunfal entre más genuinamente compungida de Antonia Ruelas.

En algún momento de las discusiones previas a su separación, Antonia había reprochado la partida de Vigil incluyendo a Fernanda en su argumento:

—Lastímame y déjame a mí, pero por qué tienes que dejar a tu hija.

Vigil había respondido:

—Te estoy dejando a ti. No a Fernanda. Si quieres irte de la casa tú, yo me quedo con Fernanda. Es contigo con quien no puedo vivir más.

Durante el primer mes de su separación, sin embargo, Vigil había regresado por lo menos tres veces buscando a Antonia, no a Fernanda, y había amanecido con ella, amoroso y rutinario, dando fuerza a las versiones de Antonia sobre sus viajes y a la superficie de normalidad que ella se empeñó en conservar frente a su hija.

La conservó varias semanas, con Vigil volviendo una vez y otra, hasta que un día ella le pidió la llave de la puerta, Vigil se negó a devolverla y entonces Antonia Ruelas simplemente cambió la cerradura («sin voltear a los lados, ni a las ruinas que yo amontonaba en su vida para poder vivir la mía»: Vigil).

Comió con Fernanda en un restorán de hamburguesas y la llevó después al cine y a una feria. Somnolienta y aferrada a su cuello, la entregó ya tarde, como a las ocho de la noche, en medio del llanto y los desgarramientos rutinarios. Se retiró después, con el mal sabor de boca de siempre y la sensación de libertad de quien ha cruzado mal un obstáculo o ganado suciamente una ventaja. Todavía mecido en ese temblor, llegó al departamento de Mixcoac. Santoyo y Paloma veían la televisión echados en la cama.

—No me mires así —le dijo Paloma al verlo entrar—. Tu madre también pecó en su tiempo.

—¿Entonces, pecaron? —dijo Vigil, forzándose a la broma.

—Es la primera vez que una mujer me viola —terció Santoyo.

—Es la primera vez que haces el amor sin las botas puestas, chato —devolvió la Paloma.

—Perdí concentración y potencia —se quejó Santoyo.

—Pero no me rayaste el colchón —dijo Paloma—. ¿Tú ya viste las botas de tu amigo, Vigil? Está concentrado ahí todo el desierto de Altar, cactos y sabandijas incluidas. Se ve que no tienen ustedes mujer que los cuide. Hay cosas que se llaman calcetines, chato —le dijo a Santoyo—. Y los calzones se inventaron para no flamear los pantalones.

—Lo que cuenta no es el envase, sino el contenido —dijo Santoyo.

—Lo que cuenta es que usted no viene de la guerra de Vietnam, compañero. Usted es un investigador del Instituto de Antropología, no Billy The Kid huyendo por los desiertos de Arizona.

—Todas son iguales—murmuró Santoyo.

—Iguales tienes los blanquillitos, mi amor. Y nadie se queja de eso. De entre toda la dieta triguera del norte, mira nada más lo que viniste a traerme, Vigil. ¿Ya sabes que tu amigo es de

Mexicali? La gente más extraña del mundo tiene que ser la de Mexicali. ¿Cómo se le pudo ocurrir a alguien fundar una ciudad en Mexicali, Vigil? No hay explicación histórica para eso. En verano te asas, en invierno te hielas y todo el tiempo sopla el polvo del desierto. Tiene que ser gente muy rara, ¿no? Por eso los destetan con cerveza, aprenden a hacer el amor con las botas puestas y usan lentes oscuros para aclimatarse en la oscuridad.

Santoyo se caló los lentes oscuros y contuvo una risa.

—Me deben un ligue cada uno —dijo Vigil, y se retiró a su mesa, decidido a lavar su mal sabor de boca con un poco de deber cumplido.

Recobró la reseña, releyó, corrigió y añadió una dificultosa cuartilla. Empezaba la segunda, cuando salieron Paloma y Santoyo de la recámara, vestidos para irse a la calle.

—Gracias —le dijo la Paloma en un susurro, al besarlo para despedirse y luego en voz alta, con su «vivacidad incomparable» (Vigil): —Tu amigo regresa en media hora, para nada creas que pienso quedármelo.

Santoyo volvió a la siguiente cuartilla, casi una hora después, cuando Vigil ensayaba el párrafo final sobre la calidad prosística del penúltimo tomo de Cosío y sobre su vigor como propuesta implícita para la vida pública mexicana posterior al 68. Entre líneas, Cosío Villegas demandaba clima de libertades cívicas luego del sombrío final de sexenio diazordacista (1964-1970). Su historia también era una petición —por elogio— de prensa crítica, gobierno tolerante, pluralidad de instancias decisorias. «Y una intensa cavilación sobre el sentido de nuestra paz, que podía volverse de cementerio, y de nuestra estabilidad, que podía devenir anquilosamiento.»

Santoyo dio una vuelta enjaulada por el pequeño departamento antes de tirar sobre la máquina donde escribía Vigil una tarjeta que había recogido a la entrada. Era de Lautaro. Decía: «El profesor se recupera en el hospital médico militar. Gracias por su ayuda.» Al reverso venían impresos dos números telefónicos y los datos de Lautaro: *Capitán del ejército, Sección IV, Estado Mayor Presidencial.*

—¿Qué visitas son ésas?—preguntó Santoyo, sin ocultar su irritación.

Vigil empezó a explicar lo sucedido, pero Santoyo no estaba para detalles: —¿Qué hacían aquí esos hijos de la chingada?

Vigil refirió la coincidencia de la fiesta, la borrachera de Galio, su impertinencia inesquivable, pero Santoyo volvió a saltar:

—Coincidencia, madres. ¿Qué hacían aquí esos hijos de la chingada?

Vigil entendió por fin que había una acusación en las preguntas de su amigo, una sospecha.

—No es lugar para invitar agentes —confirmó Santoyo, resumiéndolo todo.

—No los invité.

—Estuvieron aquí. Ya están metidos —replicó Santoyo.

—Pero no los invité.

—Pero vinieron por ti.

—Vinieron por los vecinos de abajo. Lo nuestro fue casual, son clientes de Roberto, abajo.

Santoyo lo interrumpió, casi gritando:

—No fue casual. ¿No entiendes?

—No, no entiendo —dijo Vigil.

—Pues empieza a entender —masculló Santoyo, dominando a duras penas su cólera, antes de encerrarse en su cuarto con un portazo.

Vigil acabó el párrafo final y leyó la reseña para corregirla, o fingió leerla, durante casi una hora. Santoyo salió entonces del cuarto, fue a la cocina a servirse un refresco y después al sofá donde Vigil impostaba su ecuanimidad. Se caló los lentes oscuros y dijo, otra vez dueño de sí, como siempre:

—Es por Santiago. Lo quieren cazar.

—Entiendo —dijo Vigil.

—No, no entiendes —dijo Santoyo—. Nadie podría entender si no conoce la historia. Y tú no la conoces. Te la voy a contar.

2

La historia que Vigil escuchó esa noche fue resumida por él mismo en una entrada de sus cuadernos casi dos años después.

En 1971 Santiago Santoyo tenía veintitrés años, seis menos que su hermano. Había pasado «como un héroe joven» por «el bautizo de la guerra y el sueño de la revolución» (Vigil). El azar de la vida de barrio —o la lógica implacable del destino individual, cuyo árbol de causaciones nos resulta inaprensible— lo había llevado a la frecuentación de un legendario profesor Barrantes, antiguo dirigente magisterial, organizador de los agricultores del valle que circundaba la ciudad, ex militante del Partido Comunista (expulsado en 1959), dueño de la única librería en la reciente y pragmática ciudad de Mexicali. La librería era al mismo tiempo sala de ajedrez, café, círculo de estudios y cordón umbilical de la izquierda fronteriza con las novedades del mundo, a saber: las ediciones en lenguas extranjeras de Pekín y Moscú, las carretadas de libros, sueños y autores venidos de La Habana y su Casa de las Américas, las leyendas y manuales de la guerrilla latinoamericana.

En la proximidad jacobina de Barrantes, adquirió Santiago las primeras duchas del «bizantinismo al uso» (Vigil), una detallada memoria de las «traiciones históricas del Partido Comunista Mexicano» y la certeza de que «el camino de la revolución no podía ser sino la lucha armada». La sucesión de represiones de los años cincuenta y sesenta en México había soldado en la izquierda la certidumbre de que las vías pacíficas del cambio estaban cerradas y clausurado el camino de la legalidad. En 1958, el gobierno había disuelto huelgas magisteriales y ferrocarrileras y el líder ferrocarrilero Demetrio Vallejo había sido encarcelado. En 1960 habían asesinado al líder campesino Rubén Jaramillo y a su familia en Morelos. En 1963 se había registrado en Acapulco una matanza a sangre fría de copreros inconformes y en Chilpancingo otra, en 1964, de concurrentes a un mitin de protesta cívica. En 1965, el ejército había ocupado las ciudades de Morelia y Hermosillo para sofocar movimientos estudiantiles vinculados a demandas ciudadanas: que no aumentaran las tarifas del transporte. En 1965, los dirigentes de una huelga nacional de médicos habían sufrido persecución y cárcel; lo mismo, aunque rutinariamente, habían padecido durante esa década el Partido Comunista Mexicano y otras organizaciones clandestinas —porque la guerra fría duró en México hasta 1978, año en que se legalizó la existencia partidaria de los comunistas y en general de la izquierda—: sus oficinas eran allanadas con frecuencia y sus militantes encarcelados por razones preventivas cuando había desfiles patrios o llegaban visitantes ilustres, como Kennedy o De Gaulle.

En 1967 anularon las elecciones municipales de Mexicali, porque las ganó un partido de derecha: Acción Nacional. El ejército patrulló las calles, clausuró el local de Barrantes y encarceló por tres días preventivos al propio profesor y a sus cómplices de cenáculo, entre ellos Santiago Santoyo. Delito: difundir «ideas exóticas» y tener en su local «propaganda comunista». Fueron los únicos presos —de izquierda— en los quince días de ocupación militar que padeció la ciudad para ponerla a salvo de un triunfo electoral de la oposición —de derecha. Ese mismo año de 1967, por gestiones del propio Barrantes, Santiago Santoyo ingresó a la Vocacional 5 del Instituto Politécnico Nacional, en la Ciudad de México, para estudiar ingeniería electrónica. Según el profesor Barrantes, los revolucionarios debían formarse profesionalmente en áreas cercanas a la «producción material»—fábricas, carreteras, acero, etcétera—, ya que la formación social e histórica se daba por descontada en un hombre de izquierda. En el invierno del 67, Santiago viajó a Cuba con una delegación estudiantil y solicitó entrenamiento guerrillero en alguna parte de África o América Latina. Pero la muerte del *Che* Guevara en octubre de ese año había enfriado la vocación internacionalista de La Habana, y su solicitud no fue contestada.

El movimiento estudiantil del 68 sorprendió a Santiago Santoyo vuelto ya dirigente de su vocacional y lo lanzó a la calle. Conoció entonces la «embriaguez de la muchedumbre» aunque repudió «su adicción a la luz del día» (Vigil). Organizó brigadas que recorrían la ciudad repartiendo volantes, haciendo discursos y mítines relámpago; convocó asambleas, pintó muros, marchó con otros miles por las calles, cantando y gritando. Pero fue de la minoría secreta que buscó en ese oleaje «la rendija de la insurrección armada» (Vigil): mientras sus compañeros se lanzaban contra los tanques empuñando periódicos y carteles, Santiago Santoyo llevaba bajo las ropas —junto con la certeza de que el movimiento legal sería aplastado— un revólver .38 para «responder a la violencia reaccionaria con la violencia revolucionaria».

El 18 de septiembre de 1968, sin encontrar resistencia, el ejército tomó la Ciudad Universitaria. Santiago Santoyo pudo escabullirse y rescatar un pequeño arsenal —dos rifles 22, tres pistolas .38, una .45— que largas conspiraciones de su grupo habían podido obtener saqueando armarios paternos. Cinco días después, el 23 de septiembre, fue emprendida la ocupación militar del Casco de Santo Tomás —la otra sede del movimiento estudiantil. No fue una ocupación pacífica. Una barrera de bombas molotov, francotiradores y arsenales ocultos obstaculizó durante largas horas el avance de los militares. Santiago Santoyo dirigió la resistencia en la Escuela de Ciencias Biológicas, la cual tardó día y medio en caer, una vez que, agotadas las municiones y las bombas molotov, Santiago dio la orden de desbandada y se perdió en la noche con las armas vacías. Una semana después, el 2 de octubre de 1968, Santiago salvó la vida y disparó en defensa propia en la Plaza de las Tres Culturas, donde la última manifestación del movimiento estudiantil fue acribillada por el ejército y francotiradores, con saldo de trescientos muertos y otros tantos detenidos.

En 1971, Santiago había ingresado ya a la *Liga 23 de Septiembre,* una convergencia de ex militantes de las juventudes comunistas y activistas del 68 que vindicaban, como parte de su tradición, la historia de una guerrilla de inspiración agraria habida en Chihuahua en 1964. La primera acción armada de esa guerrilla había sido volar un puente; la última, seis meses después, el asalto a un cuartel ubicado en la población de Madera, donde cayeron muertos los principales dirigentes guerrilleros. Sus cuerpos fueron echados en una fosa común, desnudos, por orden del gobernador de la entidad, con el siguiente argumento agrario:

—¿Era tierra lo que peleaban? Pues denles tierra hasta que se harten.

Los sobrevivientes asumieron la fecha del asalto como divisa de un *Movimiento 23 de Septiembre* y reiniciaron las operaciones guerrilleras en 1968. No duraron mucho. La columna fue expulsada de Chihuahua y perseguida hacia el occidente por la Sierra Madre, hasta Sonora. Los enfrentamientos la fueron diezmando. Medio muertos de hambre, sed y fatiga, sus últimos comandos fueron aprehendidos en los alrededores del pueblo yaqui de Vícam —800 kilómetros al poniente de donde habían empezado— y fusilados sin trámite.

En 1971, luego de la emboscada tendida por la fuerza pública a una manifestación pacífica el 10 de junio de 1971 en la Ciudad de México, un nuevo grupo adoptó la efeméride sagrada. Según ese grupo el asalto del 23 de septiembre al Cuartel Madera de

Chihuahua sería a la Revolución Mexicana de los setenta lo que el Cuartel Moncada había sido a la Cubana. La movilización social y la represión habían puesto —dijeron— «la bola caliente de la revolución» en sus manos. Honrar el momento histórico exigía renunciar a la idea «etapista» de la revolución —las reformas como posibilidad efectiva de cambio— y asumir la acción armada, en el campo y la ciudad.

Al terminar 1971, los miembros de la *Liga Comunista 23 de Septiembre* habían hecho sus primeros asaltos bancarios, habían matado sus primeros agentes en un enfrentamiento a tiros en Linares, Nuevo León, y habían sido reconocidos como una novedad subversiva en los circuitos de la investigación política. Habían tenido también su primera víctima, en el enfrentamiento de Linares: una muchacha norteña, Rosángela Demetrio, a quien Santoyo recordaba todavía con tobilleras y el uniforme blanco de la secundaria, aprendiendo de Santiago los secretos del bote y la posición de tiro libre en la cancha de basquetbol del gimnasio municipal de Mexicali.

Santoyo terminó su relato en la madrugada. Al día siguiente, fueron juntos a desayunar huevos revueltos y flautas de hojaldra al restorán *El Molino,* frente al mercado de Mixcoac.

—Si hubieran venido a investigar a Santiago —dijo Vigil— no mandan la tarjeta de visita identificándose como gente del ejército.

—No es eso —replicó Santoyo—. Inspeccionan el lugar, saben que Santiago vendrá alguna vez. Lo esperan. Por lo menos eso es lo que yo me imagino, lo que estoy obligado a imaginar, y no tengo cómo avisarle a Santiago que ya no puede venir más por aquí.

—Pero si quisieran aprehenderlo lo último que harían es avisarle que están tras sus huellas —dijo Vigil.

—Puede ser —dijo Santoyo—. Pero igual puede ser simplemente un mensaje para Santiago de que me tienen ubicado a mí.

—Dudo que hubieran sabido algo de ti —conjeturó Vigil.

—Pues si no sabían la semana pasada, ahora ya saben —remachó Santoyo—. Te habrán investigado a ti, por extensión me habrán investigado a mí. Lo demás es una huella fácil hacia Santiago. Más fácil de lo que crees.

—¿Quieres que me mude? —dijo Vigil.

—No —dijo Santoyo—. Si nos investigan, será peor que te mudes. Si no nos investigan, no ha pasado nada. Lo que me encabrona es no poder decirle a Santiago que la casa dejó de ser segura.

Vigil entendió así que al mudarse había roto no sólo el equilibrio de su vida, la de Antonia y Fernanda, sino también la precaria y sutil armonía del mundo inesperado de Santoyo, una de cuyas alas daba a la clandestinidad y desafiaba los sótanos. Como Galio, se había mudado también a los sótanos. Y, como Camus, había tocado la alberca con la puntita del pie, sin sacar las conclusiones del caso.

Otros las sacaron por él y actuaron en consecuencia.

3

La reseña del penúltimo tomo de la *Historia* de Cosío Villegas apareció en el suplemento cultural de *La república,* que dirigía Pancho Corvo. Según Vigil, el suplemento era una de las pruebas vivientes de que *La república* había empezado a convertirse ya, a principios de los setenta, en «el punto de encuentro, fusión y multiplicación de la vida intelectual del país», tan distante hasta entonces de los periódicos y del público común. El suplemento se llamaba *Lunes* porque salía ese día. En el ánimo exultante de Vigil, era algo más que un suplemento, un «momento climático de la cultura mexicana».

A sus páginas, escribió Vigil, llegaban las cuartillas frescas de viejos y jóvenes escritores mexicanos, y una variedad de servicios de prensa y autores extranjeros que por primera vez volvía riqueza de lectura el hábito colonial de nuestra cultura: mirar al exterior (soñarlo, aumentarlo, inventarlo), en busca de modas y modelos. Según Vigil, antes de que el *boom* latinoamericano fuese una realidad internacional, como lo fue en los setenta, *Lunes* familiarizó a sus lectores con el nuevo rostro de la literatura del continente publicando sus primicias en entrevistas, críticas y pasajes de libros. Había divulgado las riquezas posibles del *new journalism* norteamericano e instalado los temas de la cultura popular como un terreno fértil de exploración intelectual; había reunido en las mismas páginas la reflexión teórica y la denuncia llana de la explotación, la crítica radical y la urbanidad polémica, hasta cuajar un producto poderoso y extravagante, pleno de juego y convicción, particularmente sensible al humor involuntario de la solemnidad mexicana. *Lunes,* escribió Vigil, había traído un «aire fresco a la tradicional ampulosidad de suplementos y revistas cultas. En sólo dos años se había vuelto el canon de la credibilidad y la excelencia culturales, recinto del prestigio y de la consagración intelectual».

La reseña de Vigil, que le había encargado Pancho Corvo, apareció el 9 de septiembre en la primera plana de *Lunes,* con una caricatura que presentaba a Cosío Villegas disfrazado de genio de las mil y una noches. Frotaba una lámpara aladinesca y el humo dibujaba la efigie del país, dentro de cuya forma de cuerno se apretaba el rostro del propio Cosío Villegas. Para celebrar el acontecimiento, Mercedes Biedma inventó una fiesta en el departamento de su amiga Paulina. La fiesta fue programada para el sábado de un fin de semana que Antonia Ruelas había previsto pasar en Colima con Fernanda. Todo habría embonado con facilidad, si la compulsión paterna de Vigil, hija de la culpa, no hubiera forzado las cosas reclamando de Antonia, altaneramente, su derecho a ver a Fernanda cada semana, a resultas de lo cual Antonia Ruelas convino en partir sola a Colima y dejar a su hija en manos de Vigil los tres días de su viaje. Fue absurdo, porque Vigil no tenía bien a bien siquiera dónde llevarla a dormir, pero también inevitable, dados los «imperativos categóricos de la necedad paterna» (Vigil).

Hubo la fiesta, Vigil llevó a Fernanda, y Fernanda se durmió muy temprano en la recámara de Paulina mientras la celebración crecía en la sala: multiplicando cubas, rumba y pozole. Hacia la medianoche, «la mota y el estrépito del baile» (Vigil) aceitaron la ocurrencia de Mercedes de ir todos en bola al *África,* de Bucareli, un galerón de rumba del centro que no cerraba hasta el amanecer. Vigil se negó a ir alegando la custodia de Fernanda, pero Paulina refutó con dulzura sus impedimentos, prometiendo quedarse ella y asegurando con eficacia que si Fernanda no había despertado en el estruendo, despertaría hasta el día siguiente. Mercedes completó: Paulina misma iba a quedarse porque esperaba la visita de su vecino, dueño del departamento de abajo, un piloto aviador que llegaría esa madrugada de Nueva York. Vigil aceptó entre otra cosas porque estaba convencido desde antes y sólo necesitaba un apoyo amigable para seguir el curso que había elegido.

Bebieron y bailaron en el *África,* y volvieron a casa de Paulina cerca de las cinco de la mañana. Hasta entonces fue asaltado Vigil por la pregunta correcta: si Fernanda iba a dormir en la única recámara del departamento de Paulina, ¿dónde iban a dormir Paulina y su piloto aviador? Para empezar, no en la sala, porque al entrar no los vieron ahí. Vigil fue a la recámara en busca de Fernanda, pero en la recámara tampoco había nadie. Escuchó entonces los gemidos en el baño. Encontró a Fernanda acurrucada bajo el lavabo, mordiendo una toalla, las mejillas anegadas de lágrimas y los ojos rojos, inmensos, «como dos lámparas iluminadas por el pánico y la desesperación» (Vigil). La cargó. Aferrada a él estuvo hipando y reponiéndose casi una hora, hasta que se quedó dormida.

Después averiguó: Paulina se había ido a dormir con el piloto al departamento de abajo.

—Esta cabrona me las va a pagar —dijo Mercedes .

Vigil tuvo por primera vez la impresión de haberse enredado en la madeja de «una idiota» y de ser él mismo «un idiota digno de esa madeja». Aquella misma noche decidió construirse «una intemperie organizada» donde Fernanda pudiera caber: departamento propio, infraestructura doméstica, y el dinero que todo eso exigía. Fue así como se apareció la siguiente semana por la oficina de Pancho Corvo en *Lunes* y obtuvo —sobre el escritorio atestado de libros recientes, en medio de los telefonazos incesantes y las imitaciones magistrales de Corvo— la propuesta de escribir reseñas bibliográficas para *Lunes,* la disposición de Corvo a considerar una por semana y a publicarlas, si le gustaban, por mil pesos de aquéllos, que eran ochenta dólares y que podían significar al mes la mitad de lo que Vigil ganaba como investigador en el Castillo. Desde entonces, cada semana, Vigil dejó su nota bibliográfica en la oficina de *Lunes* y para fines de 1971 no sólo era un colaborador estable sino que había empezado a escribir crónicas y había publicado dos ensayos históricos pertinentes al presente político del país, que definieron su acercamiento al periódico mismo y al «numen legendario» (Vigil) que lo animaba: Octavio Sala.

Poco antes de que eso sucediera, en septiembre de 1971, hubo la primera evidencia resonante de que en los sótanos de la vida política del país se había gestado un cambio y florecía la guerrilla urbana: fue secuestrado el director de Aeropuertos y Servicios

Auxiliares, Julio Hirschfeld Almada. Sus secuestradores, miembros de un incohonestable *Frente Urbano Zapatista,* pidieron por su rescate tres millones de pesos. Síntomas de la floración amarga que culminaba en el secuestro de Hirschfeld no habían faltado. En marzo habían sido capturados los integrantes de un *Movimiento de Acción Revolucionaria* (MAR), ex becarios mexicanos de la Universidad moscovita Patricio Lumumba, entrenados militarmente en Corea del Norte. La insólita secuencia de asaltos a bancos, tesorerías estatales y oficinas de telégrafos, que había sido atribuida a la desconexión del hampa con la policía —por cambios en los mandos de la policía capitalina y la expulsión masiva de agentes corruptos— fueron reconocidos en julio como responsabilidad de «grupos de terroristas» vinculados no al hampa sino a organizaciones de izquierda y universidades de provincia: «el latigazo político de una generación que emergía a la luz pública con la metralleta en la mano» (Vigil). El secuestro de Hirschfeld fue el primer aviso de que esa sombría filiación generacional no iba a resolver sus desavenencias en el anonimato, muriendo y matando frente a otros miembros anónimos de la policía y el ejército. La agenda de su pleito incluía la seguridad de las cúpulas, el secuestro y hasta la ejecución de altos funcionarios, empresarios y celebridades.

Además de alto funcionario, Hirschfeld Almada era un destilado producto de los ricos mexicanos, la perfecta fusión de influencia política y poder económico que arrojó a las playas de México el oleaje del desarrollo estabilizador. Fue puesto en libertad dos días después, una vez satisfecho el pago de su rescate, pero su aventura conmocionó al país. Fue el augurio de una nueva época de inseguridad para las cúpulas siempre atentas al vaivén admonitorio de sus clases peligrosas.

4

A mediados de octubre, Santoyo salió de México diez días para acudir a un simposio de historia económica en Malmö, Suecia. Durante su ausencia, Vigil trajo a una mujer a que limpiara el departamento de Giotto y reparó la fuga de gas de la estufa que echaba sobre el lugar un olor fijo a comida fermentada. Oralia vino a pasar la noche una vez y secundó la ofensiva doméstica de Vigil, comprando un tapete de hule para el baño, unas cortinas lisas para las ventanas y una pequeña repisa para la efigie de la Guadalupana, con su veladora de llama tiritante y un pequeño florero de margaritas resecas.

Vigil volvió a probar en esos días su absoluta incapacidad para estar solo. Combatió el terrible momento de entrar al departamento vacío («lleno como un eco de su propio silencio, idéntico en cada detalle al dejado por la mañana»), con la ayuda de Oralia y de Mercedes, que no pudo quedarse a dormir sino un sábado. Los demás días y sus noches fueron atenuados con artimañas menores, como el radio, la televisión y, sobre todo, el alcohol. Fue este último «recurso de la desdicha» (Vigil) el que le salvó la vida, porque fue bajo sus efectos amortiguadores que se despertó una noche con el estruendo de latón en la puerta, el tropel de pasos y gritos y las lámparas apuntándole a la cara.

—Nombre —exigió una voz tras la lámpara, mientras seguía el tropel de sombras, torpes más que vertiginosas, hacia el cuarto de Santoyo. Vigil dormía en el sillón de la sala, frente a la Guadalupana. Algo masculló, tratando de taparse la cara con el brazo.

—Su nombre, cabrón, le digo —insistió la voz.

Entre las brumas alcohólicas y el encandilamiento, alcanzó a ver tras las lámparas que le apuntaban con un arma.

Dijo su nombre.

—No se oye, cabrón —gritó la voz.

Carraspeó y repitió el nombre, más fuerte.

—Está solo, señor. No hay nadie en el departamento —dijo otra voz.

La voz primera siguió con un tono menos duro, hasta amigable:

—¿Estás borracho, verdad, cabrón?

Hubo risas.

—¿Qué quieren? —preguntó Vigil, todavía ausente del sitio.

—Queremos a Santiago, cabrón. ¿Nos vas a decir dónde está?

—No sé dónde está.

—Cómo que no. ¿Vive aquí o no vive el hermano de Santiago?

—Su hermano y yo —dijo Vigil.

—¿Su hermano y tú? ¿Son putos, cabrón? A ver, ponte de pie.

Vigil se puso de pie, pero trastabilló y fue a dar la pared junto al pequeño altar de la Guadalupana que había adornado Oralia, seguido por las lámparas implacables.

—No tengas miedo, no te va a pasar nada —dijo la voz—. ¿Tú qué haces aquí?

—Me separé de mi mujer —dijo Vigil.

Hubo otras risas.

—¿Te dejó tu mujer, cabrón? ¿No le cumplías? Ya me imagino, cabrón. ¿Qué sabes de Santiago?

—No sé nada.

—¿Y su hermano, qué sabe?

—No sé.

—¿Cómo dices que te llamas, cabrón?

Repitió su nombre.

—¿Y quién es el guadalupano aquí? —dijo la voz.

—Todos somos guadalupanos aquí —dijo Vigil.

—¿Por qué ofenden las creencias del pueblo, ustedes, cabrones? —dijo el que lo interrogaba—. ¿Por qué se burlan?

—Nadie se burla. Es nuestra patrona.

—¡Qué va a ser tu patrona, cabrón! ¿Eres comunista?

—No.

—¿Qué eres tú, cabrón?

—Soy divorciado —dijo Vigil.

Se rieron.

—Bueno que tengas humor, por lo menos, cabrón. ¿Sabes que te pudo cargar la chingada nomás conque te hubieras parado gritando?

—Sí.

—Es una inspección de rutina. Ya sabíamos que no había nada. ¿Dónde anda el hermano de Santiago?

—En Europa —dijo Vigil.

—Será en Uruapan, cabrón —le contestaron con sorna.

—En Europa —insistió Vigil—. Fue a un congreso en Malmö, Suecia.

—¿En Malmö? No malmes.

Se rieron en la sombra.

—Eres investigador, ¿verdad? Historiador.

—Sí.

—No hay nada contigo, pura rutina. Con el hermano de Santiago tampoco. Díselo. Con Santiago sí, porque ya sabes en qué anda metido, ¿no?

—No.

—¿Pues en qué pinche mundo vives, cabrón? ¿Qué no lees los periódicos? ¿No te cuentan tus amigos comunistas?

—No tengo amigos comunistas —dijo Vigil.

—No, claro que no. Lo que tienes son amigos *subversivos*, cabrón. Santiago es un subversivo. ¿Y sabes qué le va a pasar? Se lo va a llevar la chingada, como a todos los subversivos si no se retiran del negocio que traen. ¿Me oíste? Dile eso al hermano de Santiago: que Santiago se retire del negocio y ahí muere. Si no, se muere. ¿Le vas a decir?

—Sí.

—Bueno. Te rompimos la puerta un poco, ¿pero no te importa, verdad?

—No.

—Digo, es cosa de un cerrajero y queda lista, ¿no?

—(...)

— ¿No, cabrón?

—Sí —dijo Vigil.

—Qué bueno. Se agradece tu comprensión. Vámonos.

Fueron saliendo los hombres —contó hasta seis— y al final el de la lámpara, sin dejar de apuntarla a la cara de Vigil. Cuando desaparecieron por la escalera, cerró la puerta y fue a la ventana, devuelto a la plena sobriedad. Viéndolos pasar por la planta baja contó de nuevo: ocho siluetas. En una de las últimas, bajo la luz escasa pero suficiente del edificio, creyó reconocer «el casco hirsuto del pelo de Lautaro» (Vigil).

5

Se mudaron de Giotto la semana siguiente: Santoyo al departamento que Paloma tenía en la calle de Holbein, a unas cuadras de la Plaza México; Vigil, a un cuarto de azotea que Pancho Corvo había acondicionado como su estudio en la cerrada de Medellín, frente a la casa de José Alvarado, el articulista de *La república*. («Prosista diabético, bebedor de pálidos jaiboles», escribió Vigil, «cada tercer día Alvarado construía con sus artículos sutiles corredores entre cosas tan dispares como las palomas de la ciudad y la policía, las *vedettes* del *burlesque* y *El banquete* de Platón, o las andanzas de su dama mexicana por excelencia, melancólica y persistente como su nombre infatigable: Esperanza Hope».)

Poco después de su mudanza, guiado por la mano experta de Oralia Ventura, Vigil alquiló su propia casa en Martín Mendalde, un departamento de dos recámaras y medias paredes de madera sobre cuyo segundo piso se derramaba un pirú del camellón arbolado. Pidió un préstamo a *Lunes* y obtuvo adelantos por una traducción para amueblar el sitio. Siempre bajo la guía de Oralia, compró una estufa y un refrigerador, una mesa de trabajo y dos sillones, varias lámparas, una cama *king size* —que ocupó toda su recámara— y otra para Fernanda, en el cuarto sobrante.

Pese a su «paterna intensidad escenográfica» (Vigil), cuando a fines de octubre el departamento de Martín Mendalde estuvo listo y una mujer llamada Milagros empezó a ocuparse de los servicios domésticos, Vigil no encaminó sus esfuerzos a obtener la custodia de Fernanda, o siquiera su mudanza por temporadas a la casa que le había dispuesto, sino a cumplir «el loco ensueño de vivir con Mercedes Biedma... y tener un hijo suyo» (Vigil). Se lo pidió una noche en el *Bottom's*, su restorán rutinario. Sintió de inmediato que la propuesta tocaba un nudo porque Mercedes no dijo nada, sólo rió, prendió un cigarro y echó para atrás el cabello, con el relincho que acostumbraba. Mantuvo luego en sus labios la línea soñadora o satisfecha de una sonrisa, los ojos entrecerrados con el rastro de un sueño, una gratitud, un triunfo, o acaso con el efecto de la expresividad natural de su rostro, capaz, según Vigil de «transmitir las más profundas y límpidas emociones sin que Mercedes necesitara sentirlas», como si esa «hondura sentimental» no viniera de ella sino de la «nobleza involuntaria de sus facciones y la claridad melancólica de sus ojos».

Mercedes no se mudó a vivir a Martín Mendalde, como era el deseo de Vigil, sino que ejerció caprichosamente su derecho de piso llegando a su arbitrio al departamento, como dueña sin dueño, apareciendo de mañana o tarde: una madrugada al salir de una fiesta, antes de ir a su casa, o para quedarse una noche de sábado en que hubiera fabricado la indispensable coartada familiar. Vigil descubrió pronto que aquella caprichosa irregularidad era peor que una ausencia y que su afán de atraer definitivamente a Mercedes, antes que acercarla, la alejaba. No obstante, como todos los amantes ineficaces, persistió en el error. Se ancló en el departamento para esperar el arribo de Mercedes, temeroso de no estar alguna vez y perder la ocasión de recibirla. Apenas salía del Castillo por la tarde, iba a refugiarse a Martín Mendalde, a leer y terminar reseñas pendientes para *Lunes,* aunque en realidad a implorar que el timbre anunciara la llegada de Mercedes, dispuesta esta vez a oír música o a tomar café o a ir a cenar o a meterse en la cama de Vigil hasta la madrugada o a terminar de hacerse el efecto alcohólico iniciado en lugares que Vigil no quería averiguar pero cuya imaginación lo trabajaba con su cauda de odio alimentado por la certeza de otros amores.

En noviembre, sin aviso, Mercedes Biedma desapareció del Castillo, del departamento y de la vista de Vigil. Empezó entonces el infierno, un infierno pequeño y claustrofóbico, con insomnio y autoabandonos, que años después habría de parecerle ridículo a Vigil («difícil de admitir sin una sonrisa»), y que fue sin embargo como un túnel del que nunca pensó que saldría. En el límite de aquella opresión intolerable halló la vía de una liberación cuya insegura energía pareció entonces providencial: puso un juego de llaves en un sobre y lo dejó en el cubículo de Mercedes con una nota diciéndole que las usara cuando quisiera. Venció el ahogo de imaginar que podría usarlas con otro, durante alguna ausencia suya de la ciudad, y no volvió a insistir con Mercedes en que se mudara, ni a esperarla en su encierro.

Con menor convicción acaso que antes, pero con igual asiduidad, volvió a sus rutinas: trabajar hasta tarde y comer a las seis con Santoyo —ahora también con Paloma— para despedirse, bien entrada la noche, en la salida de algún cine o a la puerta de un bar. Regresaba solo a Martín Mendalde, con ánimo suficiente para leer algunas páginas, tomar algunas notas y hundirse en las ensoñaciones de la historia que sentía avanzar, pese a todo, con la alegría casi física de quien construye una casa y le ve salir un muro cada semana. Fernanda vino una vez a ocupar su habitación y varias veces Oralia, a pasar la noche, con la naturalidad de la esposa que regresa de viaje o la enfermera que pone sobre las heridas de su paciente un tierno más allá de vendajes exactos y pomadas reparadoras. Nada tan reparador, sin embargo, como el vendaje exacto de la historia en marcha y sus alrededores, la ilusión de plenitud del artesano que ve salir de sus manos bandejas de cobre o maderas talladas y tiene derecho a presentir, en medio de la irregularidad de su vida, que la regularidad de la buena hechura lo redime. Así la historia de Vigil en esas semanas finales de 1971.

Escribía a la vez con prontitud y cálculo, en una concordancia insuperable de la información acumulada en las tarjetas y la lógica interna de acontecimientos y personajes. Su claro instinto literario debía anunciarle ya a esas alturas las posibilidades de su material. En la historia del Norte mexicano había todos los ingredientes para el gran relato a que Vigil aspiraba: un pasado de aislamiento y supervivencia en territorios de frontera, una guerra despiadada contra los indios nativos que repetía las pugnas arquetípicas de la civilización y la barbarie, una rebelión exitosa contra los poderes del centro en 1910, la disputa por el poder en una sociedad cerrada que permitía mirar en su desnudez primigenia las pasiones trágicas y universales de la revolución.

Era posible leer todo eso en el trayecto de los actores centrales de la historia de Vigil, como Álvaro Obregón y Plutarco Elías Calles, más tarde presidentes de la república, fundadores del México moderno. Pero Vigil era capaz de hallarlo también en personajes menores que la historia dio de lado, como Hilario García, un guerrillero maderista de la primera hora en el distrito sonorense de Sahuaripa. Honrado y reconocido por la revolución triunfante, Hilario García no había podido avenirse a las condiciones de la paz y se había rebelado contra sus antiguos compañeros de armas, dos meses después del triunfo maderista. Fue derrotado y perseguido hasta desaparecer en algún lugar de las sierras orientales sonorenses, donde se le vio por última vez al frente de una cuadrilla en marzo de 1912. Sesenta años más tarde, Hilario García reapareció ante los ojos de Vigil en un papel amarillento del archivo de Sonora. Era un oficio del presidente municipal de Banámichi, fechado el 13 de mayo de 1918, seis años después de su desaparición. Según el munícipe, Hilario García había sido visto varias veces recorriendo solo, en el lomo de una mula, las sierras y los pueblos del Río de Sonora, invitando a sus paisanos a la rebelión, como siete años antes. Había hecho su «entrada triunfal» en Banámichi el 7 de mayo, solo todavía, dando voces de avanzar a un populoso ejército invisible, las barbas hasta el ombligo, enmarañadas y piojosas, las ropas hechas jirones y unas botas destruidas sobre las que había ido amarrando cueros sin curtir. Cayó exhausto frente a la comisaría y murió una semana después sin poder precisar nunca dónde había estado los últimos seis años, aislado de la corriente central de la guerra, «luchando su propia revolución imaginaria», escribió Vigil, «en la soledad altiva de las sierras y de su propio corazón soliviantado».

La virtuosa concentración en ese mundo ficticio y real a la vez, disfrazó para Vigil la ausencia de Mercedes Biedma, que había tocado en él tantas fibras secretas como la vida de las armas en Hilario García. Con todo, suele no haber síntoma tan claro del dolor moral, como la constatación sorpresiva de no estar sufriendo demasiado. Así con Vigil al paso de los días sin Mercedes. Una persistente voz interna le soplaba al oído a mitad de una lectura: «No la extrañas.» A mitad de un desayuno: «Podrías vivir sin ella.» Y la vana aritmética nocturna de suponer que cada nuevo día de ausencia era uno menos de olvido. En medio de esa obsesión indolora, que era la más dolorosa del mundo, aparecía Oralia con vendas y pomadas —alimentos para la despensa, pizzas de anchoas, botellas de chianti para la cena. Comían la pizza y tomaban el vino. Parte de la terapia consistía en que Oralia preguntara por Mercedes, escuchara las certidumbres de cura de Vigil e hiciera la crítica de los modos de niña rica de Mercedes y las debilidades de su belleza —la frente demasiado amplia, los hombros masculinos, las uñas comidas, las pestañas lacias— con el único propósito de que, al terminar la cena, Mercedes hubiera estado ahí y Vigil estuviera contento. Acababan besándose y echándose en la cama, donde Oralia decía, para completar la cura de ese día:

—Pues ella se lo pierde, la taruga.

6

Inevitablemente, el desamor dio frutos, la distancia fue el imán paradójico que suele ser, y Mercedes regresó. Inevitablemente, lo hizo una noche en que Oralia había venido al departamento de Vigil y cenaban juntos en torno a un volumen de Sabines, del que Vigil iba leyendo, como quien acaricia, poemas salteados:

Uno:

He aquí que tú estás sola y estoy solo
Haces tus cosas diariamente y piensas
y yo pienso y recuerdo que estoy solo

Otro:

No es que muera de amor, muero de ti
Muero de ti, amor, de amor de ti
de urgencia mía de mi piel de ti
de mi alma de ti y de mi boca
y del insoportable que yo soy sin ti

Usando la llave que Vigil le había dado, Mercedes entró esa noche sin señales previas y los encontró en la mesa todavía, sorbiendo el chianti. Oralia se había quitado las botas y zafado la trenza y había en el aire una «irrecusable intimidad de pareja» (Vigil). Mercedes diagnosticó la situación de un vistazo, se echó hacia atrás el cabello de la frente con gesto airado y caminó hacia la salita —«el pelo lacio, los *jeans* ceñidos, el cigarrillo despectivo en la mano» (Vigil)— para dejar su bolsa en un sillón.

—Quiovo —le dijo a Oralia con una sonrisa forzada—. ¿No interrumpo?

—No todavía —dijo Oralia.

—¿Quieres tomar algo? —preguntó Vigil.

—Un ron —dijo Mercedes.

—El ron está en la cocina —dijo Oralia.

—Me imagino —dijo Mercedes, sentándose en la mesa frente a ellos.

—Qué te vas a imaginar —dijo Oralia.

—¿Con qué lo quieres? —terció Vigil, parándose a servirlo.

—Con coca cola —dijo Mercedes, mirando fijamente a Oralia—. Pero yo me lo sirvo.

Fue a la cocina con Vigil y se preparó una cuba:

—¿Muy bien acompañado, no, cabroncito?

—Si quieres más hielo, hay en el refrigerador —dijo Vigil escurriendo el bulto.

—Esta pinche piruja me las va a pagar —dijo Mercedes encarándose con Vigil.

—¿Te sirvo más hielo?

—Me las va a pagar esta cabrona, ¿ya me oíste?

—Ya te oí —dijo Vigil—. Te estoy preguntando si quieres más hielo.

—Y tú, cabroncito —masculló Mercedes, ignorando su oferta por segunda vez—. ¿Te crees que soy tu pendeja?

—No —dijo Vigil.

—Pues no voy a ser tu pendeja. ¿Me oíste? ¿Hace cuánto andas con esta cabrona?

—No ando.

—Claro que andas, cabroncito. Pero a mí me hace los mandados, ¿me oíste? Tu secretarita, me hace los mandados.

Regresaron a la mesa. Con un brazo apacible perdido en la nuca, acariciándose, Oralia leía en silencio a Sabines.

—¿Hubo de todo? —preguntó, sin levantar la vista del libro.

—De todo —dijo Vigil—. ¿Quieren oír un disco?

—Quiero que me leas este poema —dijo Oralia.

—Léele el poema —dijo Mercedes, apretando los dientes.

Vigil se sentó y leyó:

> *Todos te desean pero ninguno te ama.*
> *Nadie puede quererte, serpiente,*
> *porque no tienes amor, porque estás seca*
> *como la paja seca y no das fruto*

—¿Te gusta? —le dijo Oralia a Mercedes, interrumpiendo la lectura de Vigil.

Sin darle tiempo de que contestara se puso de pie, besó la mejilla de Vigil, recogió sus botas y se fue hacia la recámara.

—Estoy muerta —dijo—. Me voy a dormir.

Al pasar frente a Mercedes, empezó a desabrocharse la falda.

Vigil y Mercedes se quedaron un rato en silencio.

—Va a dormir aquí esta cabrona, ¿verdad? —dijo Mercedes.

—Sí —dijo Vigil.

—Vámonos entonces a otra parte tú y yo.

Vio la frente amplia de Mercedes que Oralia criticaba, es decir: la vio por primera vez «amplia y desproporcionada» (Vigil). Vio sus dedos lacerados por la manía de comerse las uñas, es decir: los vio por primera vez «como síntoma del insano hormigueo interior de su dueña». Y vio también por primera vez sus hombros masculinos, no como una ampliación exuberante de sus huesos armónicos, sino como «una desproporción lerda, como el signo de una bastedad innata». A inmediata continuación aceptó que Oralia había tocado la fibra de su amor propio y de su vanidad. Fue claro en ese momento lo que al final de sus años habría de ser trágico. Entendió la violencia que Mercedes debía ejercer sobre sí misma «para abandonarse a la más nimia expresión de debilidad», el vigor de su «índole extremosa», educada en la competencia y el rechazo, «más que en la entrega gozosa de los amantes» (Vigil). Entendió también que la noche que Mercedes le estaba ofreciendo sería sólo un combate con la sombra de Oralia, no la conciliación que él buscaba con la otra orilla del río donde corrían sin reconocerse sus sueños y sus cuerpos.

Vio y entendió todo eso por primera vez, con la precisión imaginable en «el Caballero de Occam» (Vigil) y en perfecta consecuencia con tal entendimiento se escuchó decir:

—Vamos a donde tú quieras.

Mercedes quiso ir a un motel de las calles de Ermita, que no habían frecuentado juntos. Fue el primer cobro, en celos, de una cuenta que Vigil pagó puntualmente, como había previsto. Siguieron «la frialdad profesional y una revancha de besos inútiles»(Vigil). Cumplido el ritual, la acompañó en su coche a su casa. Regresó caminando ocho kilómetros desde Las Lomas, uncido al sabor amargo de esas horas frígidas en el cuarto impersonal («el infierno helado de haberla vuelto a tener»). Pero también el pálpito memorioso y dulce de los tactos, las imágenes recurrentes del cuerpo de Mercedes, su «espalda altiva y suave», sus «largas piernas llenas sobre la cama comba», usado todo en servicio de una victoria mezquina que era suficiente, sin embargo, para aventar sobre su recuerdo «un resto pordiosero de dicha» (Vigil).

Luego de machacar por horas la ciudad y sus ensueños, volvió a Martín Mendalde desfondado. Oralia dormía como un bebé. Vigil se sirvió una cuba y regresó a Sabines. Amaneció ebrio, exhausto, cierto como otras veces de haber perdido el reino, esta vez por haberlo tenido.

Oralia se levantó a las siete, preparó café, le ordenó a Milagros el desayuno y poco antes de las nueve resurgió, fragante y bien pintada, lista para emprenderla rumbo al Museo. Fue a darle a Vigil un beso de despedida:

—Ni todo el amor, ni todo el dinero —dijo con mezcla de burla y solidaridad—. Me debes una noche.

Sí, pensó Vigil: cualquiera de las muchas que no tendría con Mercedes.

7

Llegó entonces diciembre con su «llamado a la vacación y la cantina» (Vigil), sus posadas interminables, su rito nacional de postergación navideña. Vigil trabajó en su historia sólo hasta que ese espíritu entró en él y le ayudó a vestir su desánimo vital con la ropa del abandono colectivo. Suspendió la «albañilería de la redacción» en la primera semana del mes. Para entonces, le había pagado varias veces la noche debida a Oralia, pero Mercedes no había vuelto y Fernanda se había ido con Antonia a Colima hasta enero. No había pues en su horizonte sino libertad, ocio y fiesta, y se dispuso a entrar en ella con todos sus arrestos. Hizo los primeros acercamientos con dos rondas nocturnas y el intento de prosperar en los afectos de una vecina, pero un día, al levantarse, mientras miraba el pirú del camellón en la mañana mortecina, supo que el manto negro caía sobre él, como la melancolía sobre el viudo, y que no tenía remedio. El ocio prometedor dio paso al tedio, las horas libres a la ansiedad, la fiesta al hartazgo, las vacaciones en general a un vacío que se reveló pronto inmune al alcohol, el cine, la lectura y la compañía de Oralia.

Pancho Corvo lo sacó sin querer de ese marasmo navideño pidiéndole escribir para *Lunes,* de emergencia, un ensayo que resumiera las tesis de su libro. Peor aún: *Lunes* vivía al día, sin planear ni acumular materiales de reserva, pescando al vuelo, semana a semana, lo que el buen azar pusiera en el camino, y Corvo estaba en blanco en la preparación de los números especiales de fin de año. Necesitaba una operación de salvamento editorial. Huyendo de la acedia, Vigil le ofreció todo su tiempo para lo que hiciera falta en las ediciones especiales y se mudó de hecho a las oficinas del suplemento en el cuarto piso del edificio de *La república.* Ahí gozó por primera vez de la paz mañanera de las redacciones y de sus noches «incesantes y locas, enamoradas del amanecer» (Vigil). Escribió sin parar para *Lunes* durante siete días. Tradujo un cuento de Scott Fitzgerald, otro de Truman Capote, hizo un largo editorial sobre la política cultural del Estado, uno más sobre la postración intelectual y política de las universidades, dos reseñas de libros con seudónimo y las dos habituales con su nombre. Al final, en sólo tres sentadas, escribió también el ensayo dispendiador de los hallazgos de su libro que hizo su fortuna periodística.

El ensayo recogía en sus líneas centrales lo que, según Vigil, era el punto de vista articulado de la generación reprimida en el 68: «un enorme grito de hartazgo» por los logros del Milagro Mexicano y su Revolución fundadora, un rasgamiento crítico del orbe santificado —estabilidad y crecimiento— en que parecía reposar la institucionalidad mexicana. Sucesivas generaciones habían ejercido la crítica de la Revolución Mexicana, recordaba Vigil en su ensayo. La habían descalificado en los años veinte como un acto masivo de barbarie y corrupción. En los años treinta, como una desviación socializante, atentatoria de las libertades individuales. En los años cuarenta, como un retroceso ideológico e institucional. En los años cincuenta, como un pozo de corrupción desnacionalizadora. Pero en todas esas modalidades de la «crítica decenal», había prevalecido, según Vigil, la idea de la Revolución Mexicana como una Revolución Traicionada —por los conservadores o por los radicales, por los agraristas o por los industrializadores, por los gobernantes corruptos o por los olvidadizos—. Desde el punto de vista de la izquierda, también: sólo la traición podía explicar que una revolución de tan clara inspiración popular hubiera dado paso a una sociedad tan desigual y concentradora, con tantos ricos ofensivos y tantos pobres lacerantes, como la del México posrevolucionario.

El ensayo de Vigil no reincidía en esa «mitología de la traición». La Revolución Mexicana no aparecía en su investigación, en ningún sentido, como un movimiento traicionado, sino precisamente como lo contrario: como una revolución cabalmente cumplida, lograda, del todo coherente con sus propósitos. El sustento historiográfico de esa idea era sencillo: la Revolución Mexicana la habían peleado campesinos y gente del pueblo, pero la habían ganado las clases medias emergentes del norte y, en particular, del noroeste: rancheros, maestros, comerciantes, profesionales, parientes pobres de familias acaudaladas, ahogados todos por la consolidación oligárquica de los ricos porfirianos, que llegaron a copar en las distintas regiones del país el poder económico y el poder político, se aliaron con el capital norteamericano y segregaron, de forma cada vez más opresiva, a la sociedad local.

Las demandas populares, agrarias y obreras, habían sido para estos triunfadores, según Vigil, «una necesidad política surgida de la agitación insurreccional y del reacomodo profundo de la sociedad, provocado por la guerra». Pero no habían sido su objetivo. Su «proyecto real» apuntaba justamente al tipo de sociedad con que México había entrado a la década de los setenta: «capitalista, desigual, atada al furgón norteamericano, industrial y urbana, autoritaria, con un sistema político de eficacia y disciplina porfirianas.» El ensayo de Vigil era la enunciación de esa tesis y el resumen de la vida de los próceres que la habían encarnado en la saga revolucionaria del país.

—Lo que quieres decir es que en realidad sí fueron los canallas que sabíamos que fueron —dijo Pancho Corvo, al terminar de leer.

—No —dijo Vigil—. Ellos sólo vivieron la vida que les tocó. Sus descendientes les pusieron velos e intenciones que no tenían.

—Es decir, que sus descendientes también fueron los canallas que sabemos que fueron —dijo Corvo.

—No —dijo Vigil—. Los descendientes usufructuaron, y usufructúan hasta la fecha, el mito de una revolución popular. Pero esa revolución fue gobernada en la realidad por gente que no tuvo una inspiración popular para hacer la revolución.

—Es decir, que sus descendientes hasta la fecha son también los canallas oportunistas que siempre hemos sabido que son —remató Corvo.

Procedió después a imponerle al ensayo el título con que hizo fortuna: «Atento mensaje: A quien haya encontrado la Revolución Mexicana, favor de devolverla.»

8

El 20 de diciembre de aquel 1971 fue la comida que *La república* ofrecía cada año a sus colaboradores. Vigil acordó con Pancho Corvo que acudirían juntos, bajo el amparo de Corvo, a «tan ajena e inhibitoria convención de monstruos sagrados» (Vigil). Habría de recordar la fecha porque precisamente la mañana de ese día le fue concedido su primer contacto sorpresivo con la gloria, el inicio cabal de su extravío en el laberinto de *La república*. Esa mañana descubrió en el kiosko de periódicos que su ensayo, previsto para el número de fin de año de *Lunes*, había sido publicado íntegro en la edición normal de *La república*, con una entrada en primera plana. Algo más que «una entrada»: lo habían diagramado en la parte superior izquierda, abajo del cabezal, ocupando cuatro de las ocho columnas, con el título de Corvo y abajo el nombre de Vigil, grande y visible, «en el centro de un claro luminoso» (Vigil).

Tomó el periódico y caminó de regreso, sumido en el júbilo y el estupor, hojeando *La república* una vez y otra, como paralizado por el hecho. Revisó los pases para constatar que no había saltos y volvió al kiosko por otro ejemplar. Compró cuatro ejemplares más y regresó al departamento a desenvolver su tesoro. Recortó el artículo y lo pegó en hojas blancas. Luego leyó todo el envío, señalando cuatro erratas devastadoras y la pérdida irreparable de una palabra que lo hacía parecer «como un perfecto idiota». Volvió a leer, ahora en voz alta, con una actitud que habría sido ridícula de no provenir, como provenía, del «Caballero de la Celebridad Conquistada» (Vigil).

Camino a la comida, con locuacidad amistosa, Corvo le explicó la sorpresa aumentando por momentos el volumen mercurial de su euforia:

—Me lo arrebató Sala de las manos. No hubo manera de evitarlo. Le dije que lo odiabas, que el periódico te parecía una basura, que eras galeote exclusivo de *Lunes,* que la fama periodística y la otra te parecían una mierda. En fin, la pura verdad. Me dijo que compartía una por una tus opiniones, pero que si no me daba cuenta de lo que había descubierto. Lo que había descubierto él. Es decir: tu ensayo. Le recordé que llevabas tres meses escribiendo en *Lunes* cada semana y que el ensayo se lo había llevado yo, que puedo no ser nadie, salvo el que le llevó tu ensayo. Y me dice: «¿Pero no te das cuenta de que también te descubrí a ti? Es la cadena lo que cuenta, mi querido Pancho.» ¿Qué le dices a eso? Nada. Me expropió sin más el ensayo, me obligó a meter un bodrio para rehacer el *Lunes* de fin de año. Pero eso no es ahora lo que me preocupa. Lo que me preocupa es quién te aguanta a ti y a tu hija después de esto. Voy a tener que aguantar elogios sobre ti. Yo te estimo y todo, pero que hablen bien de ti y en público, me parece casi una agresión. No hay derecho.

Y se iba carcajeando por la calle.

La comida de ese año empezó con un generoso coctel servido en los jardines del hotel *L'Escargot,* bajo el sol llano y crudo, aunque tamizado por el aire frío, del benigno invierno del altiplano. Corvo y Vigil llegaron tarde, cuando ya la reunión «había avanzado dos jaiboles» (Vigil). Era una aglomeración de pequeñas y grandes celebridades: escritores, periodistas, políticos, caricaturistas, fotógrafos, diseñadores, el equipo completo de colaboradores de *Lunes* y de las planas editoriales del periódico. Se agrupaban en círculos de conversación animada y cambiante, entre abrazos, brindis, risas y saludos efusivos. Compartían todos los días las páginas de *La república,* pero podían pasar un año sin verse, hasta que los reunía la celebración de fin de año del periódico. Vigil conocía por su nombre a casi todos. Como tantos otros, había sido por años su lector apasionado, asiduo y reverencial, pero era incapaz de reconocer en persona a nadie, salvo a Daniel Cosío Villegas que, pese a sus hombros encorvados y sus setenta años sobresalía entre sus interlocutores con su «traje gris oxford y la blanca cabeza atenta, aquilina, perceptiva» (Vigil).

Ingresaron al barullo. La masa parlante y bien vestida fue adquiriendo poco a poco rostro, nombre y facha individual. Corvo circulaba entre ella como un imán, recibiendo elogios por *Lunes* y devolviendo bromas, ironías y repitiendo su autochiste favorito:

«Nuestra meta este año es llegar a tener más lectores que colaboradores.» Presentaba luego a Vigil, con extrema puntillosidad, diciendo fuerte y claro su nombre a cada quien. Merodeaba una fauna estimulante de mujeres en maxifaldas y pelos armónicos volando por los aires, fotógrafos buscando ángulos, meseros de levita roja con bandejas llenas que se vaciaban sin tregua y que ellos volvían a llenar en la barra febril, instalada sobre dos mesas de blancos manteles al fondo del jardín.

La guía eficaz y cuidadosa de Corvo fue dosificando el encanto, «la fascinación irrepetible de tener por primera vez lectores» (Vigil). Hasta entonces Vigil había escrito aquí y allá, en periódicos y revistas especializadas de poca circulación, en las páginas de *Lunes* destinadas a la crítica, y estaba habituado al comentario tangencial de amigos y familiares, esa cadena de solidaridad dispuesta a disculpar los errores y desaciertos de los textos. Por primera vez en su vida, en aquella reunión del 20 de diciembre Vigil probó la dulce avalancha del entusiasmo, la solicitación, la calidez de los lectores, porque casi sin excepción, los personajes que puntualmente le presentaba Corvo habían leído esa mañana el ensayo y mostraban por él un entusiasmo tan inesperado que al final resultaba incómodo. Que fueran los colaboradores de *La república* quienes prodigaban esos elogios añadía al debut una calidad mágica, casi onírica para Vigil, ya entonces tributario deslumbrado del mundo que acabaría devorándolo.

9

Una corriente de prisa como un temblor recorrió el jardín. Estuvieron de pronto formando parte de una valla por la que hacían su entrada voltaica, tomados del brazo, risueños y radiantes, Octavio Sala, director de *La república* y el entonces presidente de México, que acudía a la comida. La valla fue larga porque acabó incluyendo, sin que nadie lo planeara, a todos los invitados, y porque Sala iba presentando a cada personaje con toda la calma del mundo. El Presidente alargaba esas demoras ofreciendo a cada saludador un comentario, un diálogo mínimo o un intercambio más amplio que servía el estricto y logrado propósito de transmitir su curiosidad universal, su atención múltiple e insaciable, cuidadosa de los detalles y las personas. Atrás de esa lentísima vanguardia, marchaban haciendo lo mismo varios miembros del gabinete y sus jefes de prensa, acompañados por reporteros del diario y por el subdirector de *La república,* Rogelio Cassauranc. Cuando llegaron a la altura de la valla donde estaba Vigil, el Presidente saludó con efusión a Corvo y le preguntó qué estaba escribiendo.

—En estos días escribo un oficio pidiéndole a usted la aduana de Piedras Negras, Señor Presidente —dijo Corvo sin inmutarse.

Una carcajada del Presidente consagró la broma. Corvo repitió entonces su ritual de toda la fiesta y dijo el nombre de Vigil con claridad, como si lo deletreara, primero a Octavio Sala y luego al Presidente. Sala estrechó con fuerza la mano de Vigil.

—Gran ensayo —le dijo, sacudiéndolo—. Una revelación, un gran ensayo.

—Felicidades por su ensayo —dijo el Presidente, saludando también a Vigil. Añadió entonces, inesperadamente—: Aunque no estoy de acuerdo con su tesis central. Debemos discutirlo. La Revolución Mexicana no está cumplida, le falta otro tanto por hacer.

—Si me permite, Señor Presidente —dijo Octavio Sala, con fragante vehemencia—. No es una tesis, es la verdad.

—La Revolución es una tarea en marcha, Octavio —dijo el Presidente—. Nosotros todos somos la prueba de un país en marcha con un proyecto nacional que nació de la Revolución Mexicana. Su periódico es una prueba de eso.

—*La república* viene de la oposición a la Revolución Mexicana durante los años cardenistas, en los años treinta —devolvió Sala, recordando el origen conservador del periódico—. Y usted viene de la oposición a lo hecho por el Presidente que lo antecedió, salido también de la Revolución Mexicana.

—Es el mismo proyecto —dijo el Presidente, halagado sin embargo por el sutil elogio de Sala, que lo sugería como iniciador de una época.

—Si usted me permite, Señor Presidente, no es el mismo —dijo Sala, en cuyos labios las palabras Señor Presidente sonaban en efecto con mayúscula.

—Son las mismas instituciones, Octavio, los mismos valores —dijo el Presidente—. Y en el centro de ellos está la aspiración indeclinable a la justicia.

—Perdóneme, Señor Presidente —dijo Sala—. Pero la verdadera Revolución Mexicana no es la de Zapata y Cárdenas, sino la de Obregón, Calles, Alemán y Díaz Ordaz.

—Va todo junto, Octavio —dijo el Presidente—. Luz y sombra, capital y trabajo, libertad y justicia. Nuestro hallazgo es la síntesis de esos contrarios, aunque no discuto el énfasis. El énfasis cambia con los presidentes, el contenido no.

—Con todo respeto, Señor Presidente —porfió Sala—, si no pensáramos que el contenido ha cambiado, no estaríamos juntos aquí.

—Pero estamos Octavio —dijo el Presidente—. Y nada ha cambiado.

—Si nada ha cambiado, Señor, y nada cambia —dijo Sala—, la historia nos juzgará como cómplices de un crimen. Porque el presidente Díaz Ordaz le heredó a usted y a la nación un crimen. Y usted sabe cuál es.

—Lo sé, Octavio —dijo el Presidente—. Se refiere usted a la matanza de Tlatelolco. Pero usted fue amigo del presidente Díaz Ordaz.

—Conocido, Señor —dijo Sala—. Y desconocido desde los hechos de Tlatelolco.

—A causa de lo publicado en *La república* —preguntó, afirmando, el Presidente.

—Así es, Señor —dijo Sala.

—El presidente Díaz Ordaz cometió el error de aislarse luego de Tlatelolco —dijo el Presidente—. Y acabó encerrado por su propia soledad.

—La soledad no puede ser excusa de un Presidente de México —dijo Sala—. La soledad es el oficio de los presidentes de México.

—El oficio de los presidentes de México es decidir, Octavio —dijo el Presidente—. Son titulares del poder ejecutivo.

—Decidir solitariamente, Señor —afirmó Sala.

—Otra vez cuestión de énfasis —dijo el Presidente, plegándose ahora, con suavidad, a la candorosa pero implacable tenacidad de Sala. Volvió a estrechar la mano de Vigil y le dijo—: Tenemos que discutir su ensayo, mi amigo. Cuando usted quiera. Porque no puedo estar de acuerdo con su tesis, aunque tenga tan buen abogado en Octavio.

Se había hecho alrededor de ese diálogo una gran rosca de curiosos tratando de oír, pero se disolvió apenas reinició el Presidente su lento desfile hacia la mesa central. Quedó instalado ahí, entre Octavio Sala y Rogelio Cassauranc, el subdirector de *La república,* y a derecha e izquierda los miembros del gabinete, intercalados con don Laureano Botero, el gerente, y los reporteros estrellas del diario.

Corvo y Vigil hallaron acomodo en la mesa de *Lunes,* Vigil envuelto en el magma de una acusada sensación de irrealidad, el pulso tembloroso en una «mezcla novata de euforia y ansiedad» (Vigil). Corvo se encargó de repetir la versión del diálogo de Sala y habló después, con su particular encanto inteligente, de Greene y Gibbon, de Juan Bustillo Oro y el tequila reposado, que tomó en abundantes dosis con refresco de naranja.

10

Como a las cinco de la tarde, regresó el temblor de la llegada a los jardines de *L'Escargot,* ahora para la salida del Presidente. En la mesa de honor se pusieron de pie el Presidente y Sala, y tras ellos el resto de ministros y funcionarios del periódico. Encabezados otra vez por el Presidente y Sala, la columna se fue serpenteando entre las mesas. Un aplauso los acompañó algunos trechos de la ruta.

Minutos después, Sala volvió al jardín discutiendo agitadamente con Rogelio Cassauranc —en realidad: hablándole agitadamente—. Vino hacia la mesa de Corvo y antes de que llegara escucharon lo que decía:

—Pero aplausos no, Rogelio. Cualquier cosa menos aplausos. ¿Podrías poner en la crónica de mañana que *La república* aplaudió al Presidente al salir de la comida de fin de año en *L'Escargot?*

—No, Octavio, no podría —dijo Rogelio Cassauranc, aceptando el chubasco.

—Pues no hagamos cosas que no podamos publicar, Rogelio —dijo Sala, conteniendo apenas su disgusto—. Eso es todo, tan sencillo como eso, querido Rogelio: no hacer cosas que no podamos publicar, que nos dé rubor publicar, que no podamos sostener ante el público.

Saludó a Pancho Corvo, muy cálidamente. Pescó una silla de la mesa de al lado y se sentó junto a Vigil.

—Estuvo usted muy bien —le dijo, pegando su cara a la de Vigil como las urracas de las caricaturas cuando discuten. Una «extraña suavidad física» hacía «tolerable y hasta grata esa cercanía extravagante» (Vigil)—. No se arredró usted ni una pulgada —siguió Sala—. Aguantó la embestida del Presidente como los buenos. Sin pestañear.

—No dije nada —murmuró Vigil.

—Estuvo usted muy bien —remachó Sala—. Entiéndame: brillante.

—No dije una palabra, director —repitió Vigil.

—No me diga *director*. Llámeme Octavio —dijo Sala—. Pero entiéndame: estoy hablando de los pantalones, no de las palabras. A un Presidente de México se le habla con los gestos, con las actitudes, además de con las palabras. Yo hablo de su actitud. Su actitud de hoy fue una refutación al Presidente, y lo felicito por eso. Lo felicito de veras. ¿Me cree que lo felicito?

—Sí, señor —dijo Vigil.

—Llámeme Octavio —pidió de nuevo Sala—. Ahora, para que me entienda lo que le quiero decir: apuesto a que usted no aplaudió cuando salió el Presidente.

—No, señor —dijo Vigil.

—Eso es todo —dijo Sala. Volteó buscando a Cassauranc que estaba todavía ahí y volvió a increparlo con su «suavidad imperativa» (Vigil)—. Tan simple como eso, Rogelio: no aplaudió él, no aplaudiste tú, no aplaudí yo. ¿Quién aplaudió entonces?

—No lo sé, Octavio —dijo Cassauranc.

Tenía una voz resonante, gutural.

—Pues los que aplaudieron no han entendido nada, nada. Y no necesitaron decir palabras —siguió Sala, regresando a Vigil—. No dijeron una palabra, pero al aplaudir lo dijeron todo. ¿Me entendió usted?

—Sí, señor —dijo Vigil.

—Por favor dígame Octavio. Déjeme entrar en su cabeza como Octavio: Octavio, Octavio. Y déjeme llamarle Carlos. —Volvió a pegarse a Vigil y dijo con solemnidad inverosímil—: No voy a olvidar este día. Este día nos encontramos usted y yo. ¿Me permite estrechar su mano? —Vigil le tendió la mano—. ¿Me permite darle un abrazo?

Se pusieron de pie y se dieron un abrazo que Sala hizo durar un larguísimo minuto, hijo legítimo de su exuberancia encantadora. Le dijo después a Vigil:

—Vamos a hacer cosas usted y yo, don Carlos. Grandes cosas, entiéndame usted. Y no vamos a olvidar este día, acuérdese de lo que le digo.

Habría de acordarse el resto de su vida, pero el resto de aquella tarde y hasta la noche no hubo para él sino vanidad, emoción, alcohol y olvido.

11

Lo despertaron Santoyo y Paloma a la mañana siguiente con severos golpes en la puerta «y un entusiasmo de amantes recién bañados» (Vigil). Iban a pasar la semana de fin de año en Tlayacapan y venían a invitarlo. Les había prestado su casa y el coche Arturo Warman, un antropólogo amigo que no había ido en un mes, y les pedía que revisaran su huerto, ventilaran la casa y pagaran su mensualidad a los cuidadores. No habían acabado de explicarle cuando ya Santoyo había bajado por unas cervezas y Paloma hurgaba en el exiguo guardarropa de Vigil para escogerle un equipaje vacacional.

—Ropa de invierno no hace falta llevar, Vigil, y ropa de verano no tienes, así que voy a meter todas las garritas que están colgadas, y quedas listo —dijo, conforme echaba sobre la cama los tres pantalones, las cuatro camisas y la única chazarilla de gabardina que Vigil alternaba, como uniforme, con una chamarra verde de faldones amplios. Metió la mano también en el cajón de la ropa interior y sacó la colección de calzoncillos agujereados de Vigil.

—No tienes que ver esto —dijo Paloma, poniendo frente a sus ojos un calzón «tan trabajado por los huecos que parecía una falda hawaiana» (Vigil)—. Tu amigo Santoyo y tú parecen sobrevivientes de la guerra de Vietnam.

Encaminó a Vigil al baño, abrió la regadera y lo ayudó a sentarse en la taza a esperar que fluyera el agua caliente, mientras ella revisaba el botiquín tras el espejo del baño —desodorantes secos, rastrillos oxidados, dentífricos a medio usar, lociones destapadas.

—Se te está cayendo el pelo, Vigil —dijo Paloma—. Y no veo ningún shampú protector en este páramo. ¿Con qué te lavas el pelo, eh?

El vapor fue llenando el baño y ejerciendo su influjo cálido, pacificador de las sienes torturadas por el residuo del ron y el mal sueño, persuasor del escepticismo general del cuerpo en su lento tránsito hacia una nueva convicción de vida y movimiento. El agua hirviendo multiplicó el efecto lenitivo. Vigil la vio correr cristalina y brillante sobre su cuerpo seco, adolorido, estragado, e irse metiendo en él, masajeándolo, curándolo, regresándolo al placer y la esperanza. Rasurado y revivido salió media hora después hacia Santoyo y Paloma que esperaban en la sala compartiendo una cerveza helada.

—En Tlayacapan hay campesinos de a de veras —dijo Paloma—. Y el inconfundible olor del campo, que es de boñigas de vaca. Quiero decir que huele a mierda. ¿Puedes imaginarte la vida al aire libre en medio de ese aroma campirano, Vigil? ¿Una vida plena, sin cine, ni bares, ni libros, ni los artificios de la civilización? Pues yo tampoco. Así que metí tu máquina de escribir en su estuche y también bajé tu tarjetero de la tesis por si la sana vida del campo te resulta insoportable. También puse unos libros nuevos que tenías por ahí.

Tomaron rumbo a Tlayacapan por Xochimilco casi a las dos de la tarde y entraron a comer al mercado del pueblo de Tláhuac. Compraron medio kilo de carnitas, aguacates, tortillas blancas y grandes, recién salidas del comal, y se sentaron a comer sobre el coche, con unas cervezas que Santoyo trajo de la cantina. Cuando se acabaron las cervezas, Santoyo dijo: «Esto merece un mezcal», y fue por el mezcal a la cantina. Junto a ellos echaba tlacoyos de maíz azul una anciana sin dientes, prieta y de pelo blanco. La Paloma compró tres, sabían a leña de pueblo, y el mezcal que trajo Santoyo, a barro antiguo. Vigil entró unos metros en el mercado y compró dos limones grandes de cáscara lisa y delgada. Santoyo los partió con su navaja y los chuparon con el mezcal que le habían vendido en una botellita de crema Hinds, con un sobre de sal de gusano colgando. Se terminaron las carnitas y Paloma fue por más. Trajo también un poco de chicharrón recién sacado, tortillas nuevas y tres chicozapotes que enmielaron la bolsa al derramarse sobre ella.

Fumaron un cigarro y terminaron el mezcal. Paloma volvió al mercado a comprar verdura y laterías para la despensa, y una armónica calabaza en tacha, todo lo cual la ayudaron a traer en bolsas de plástico dos escuincles que merodeaban ofreciendo canciones y pidiendo bocados y monedas. Pasaron a la cantina por otra botella de mezcal, que les dieron ahora en una cantimplora de plástico, y salieron de Tláhuac, Paloma manejando, después de las cuatro de la tarde.

Un vientecillo frío entró por la ventana conforme treparon, curveando, la modesta sierra, entre pinos y miradores naturales, cada vez más altos, hasta que en la punta de la montaña fue posible mirar completo el Valle de Cuernavaca, su campo arado, su confín neblinoso medio kilómetro abajo. Vigil iba adelante con Paloma, que tenía el pelo levantado sobre la nuca delicada y larga. Santoyo iba atrás, acostado sobre el asiento, fumando unos cigarrillos de hoja que había encontrado en un puesto del mercado. Técnicamente hablando, era el invierno, pero salvo cierta sequedad en los barbechos y alguna tonalidad apagada en la tierra de los farallones, era primavera, había humedad en el aire translúcido y el sol avivaba el contorno de árboles y piedras. En la primera bifurcación de la carretera, en un puesto de mixiote de conejo, bajaron a preguntar por el camino a Tlayacapan. Paloma aprovechó para comprar tres raciones.

—Acabas de comer y estás pensando en comer —dijo Santoyo, cuando Paloma volvió al coche con su oliente atado en la mano.

—Ustedes acaban de beber y siguen bebiendo —devolvió Paloma—. Y algo vamos a comer en la noche, ¿no?

—Si nos da hambre en la noche, salimos a *Sanborn's* por unas enchiladas suizas —dijo Santoyo.

—Yo en Tlayacapan no voy a ningún lugar que no sea el Maxim's de París —dijo Paloma—. Pero no traje mi estola de zorros ni ordené que dispusieran la limusina anaranjada.

—Igual nos vamos al *Sanborn's* —dijo Santoyo—. No distingo la pinche diferencia.

Tlayacapan era un pueblo de diez mil habitantes con calles de terracería interrumpidas por vacas y burros. Entraron al pardear hasta el convento agustino, de acuerdo a las instrucciones, y ahí doblaron a la izquierda, cruzaron el bordo y treparon por una vereda cacariza hasta el atrio de la iglesia de San Miguel. Atrás de la iglesia estaba la casa que buscaban: un solar enorme, bardeado con las estacas unidas por alambre que acostumbraban en el pueblo. La mitad del terreno era un huerto de plátano y aguacate y la otra mitad un prado liso, en cuyo centro se asentaba la casa, una construcción de adobe con techos de teja roja y una sola planta abierta por todos lados al terreno. En su parte oriente el predio daba a las formaciones volcánicas del Tepozteco y otra vez al valle infinito. Imperaba en la casa un orden perfecto, limitado sólo por el polvo que se había acumulado en los últimos quince días. Pero había gas en la estufa, leña seca en la chimenea, sábanas y toallas en el clóset, agua en las llaves, gasolina en la bomba de luz eléctrica. Paloma y Vigil echaron a andar la bomba y dieron un trapazo general, mientras Santoyo tendía las camas, remataba el mezcal y encontraba en lo profundo de la alacena una botella nueva de tequila reposado y una de ron blanco, a punto de fenecer.

Cuando terminaron de limpiar, había oscurecido. Sonaban grillos y cigarras en el monte, la noche era fresca, despejada, de un azul profundo y estrellado. Sacaron los sillones de bejuco al porche, que daba al oriente, y vieron abrirse la oscuridad poco a poco, hasta que fue visible el Tepozteco como si fuera de día. Rápido avanzó la botella de tequila, lo mismo que el frío y la luminosidad de la bóveda estrellada, a contratiempo de la charla espaciada, perezosa, monosilábica. Hora y media después tiritaban de frío, embriagados del tequila y de la noche pletórica, así que metieron los sillones. Santoyo prendió la chimenea y miraron el fuego otro largo rato. Santoyo dijo:

—¿Ya tienen ganas de ir a *Sanborn's*?

Vigil y Paloma dijeron que sí y Santoyo fue a la cocina a calentar los mixiotes de conejo. Los trajo en una bandeja con tortillas y tenedores.

—El café te toca a ti —le dijo a Paloma cuando terminaron.

Paloma preparó el café. Le pusieron mucha azúcar y dosis iguales del ron que quedaba. Como a las once, Vigil se paró del fuego y buscó su cama en la planta baja, junto al baño. Paloma le acercó una lámpara de pie y sacó de su mochila los libros nuevos que había tomado del escritorio de Vigil. Incluían una nueva versión de *La educación sentimental*. Vigil agradeció ese azar como si se tratara de un milagro, se metió en la cama y visitó el último capítulo, a cuya destreza narrativa sucumbía sin cesar, estremecido siempre por su plenitud melancólica, como si toda la vida volviera a transcurrir, ordinaria y fugaz en esas pocas páginas.

«Era el 21 de diciembre de 1971», escribió Vigil con tinta verde en uno de sus cuadernos rememorativos. «Y supongo que éramos felices.»

12

Pasaron buena parte de la Nochebuena en el atrio de la iglesia de San Miguel viendo entrar y salir al pueblo de misa y demorarse después en una feria de fritangas, novenarios y cerveza que duró hasta la madrugada. Cenaron solos, junto a su retórica chimenea, un mole de olla que consiguió Paloma y una golosa proliferación de alegrías y palanquetas.

Lo despertó el silencio, muy temprano al día siguiente, un silencio de campo después de la batalla. Vio la niebla del alba alzarse del pueblo como un sudario de muselina que alguien quitara en cámara lenta sobre el cuerpo verde, húmedo y entumecido de la tierra. Los cohetes de la iglesia rompieron el protocolo de esa quietud perfecta. Poco después oyó a Paloma y Santoyo haciéndose el amor en el altillo, donde estaba la otra cama de la casa. Salió a caminar al pueblo en busca de un desayuno. Lo encontró en la casa vecina, junto a un matrimonio de antropólogos que se esforzaban en terminar la noche con un menudo picante y cervezas, los ojos trabajosamente abiertos, colorados como de vampiros, sobrevivientes arduos de la noche.

Regresó a la casa al mediodía, con barbacoa y tortillas que compró en el atrio de la iglesia colonial del pueblo, erigida como convento por los agustinos en 1572. Leyó toda la tarde hasta la noche. Al día siguiente caminaron cuatro horas por el campo, sobre la ceja de la barranca de Tlayacapan hasta Yautepec, al otro lado de los cerros. Llegaron hambrientos y sedientos a comer conejo enchilado en una cantina. No dejaron entrar a Paloma a la cantina pero le llevaron su ración de conejo y las cubas que quiso hasta una banca del parque de enfrente, donde se sentó a leer línea por línea un ejemplar de *La república*. Volvieron en camión a Tlayacapan, entre jaulas de gallinas y pencas de nopal rasurado, bebiendo apaciblemente una dotación de mezcal, escanciado ahora en una botella de wisqui Old Parr. Terminaron al llegar lo que quedaba, otra vez en el porche de la casa, mirando al cielo estrellado y sintiendo el frío avanzar por sus cuerpos hasta casi la medianoche.

Durante el desayuno del día siguiente Vigil preguntó por primera vez a qué habían ido. A media mañana reconoció la sabiduría de Paloma, instaló la máquina de escribir sobre una mesa y abrió el tarjetero. Avanzó sin tropiezos, como estimulado por el ámbito radiante de la casa, el sol amortiguado por la humedad, la vivacidad de los colores, la exuberancia de las madreselvas en los marcos de puertas y ventanas. No volvió a salir de la casa, salvo para estirar las piernas en el predio o para comprar cigarros en el estanquillo próximo que quedaba casi a un kilómetro. Pasó los días escribiendo y leyendo, parando sólo para comer con Santoyo y Paloma que no abandonaron un solo día su ánimo explorador ni el servicio «retozón y frecuente de sus cuerpos» (Vigil).

El día 31 de diciembre, cayendo la tarde, fue a la comandancia de policía a preguntar por el congal del pueblo. «Voy para allá. Si gusta lo encamino», le dijo el único agente que había de servicio. Se echó al hombro un máuser prehistórico, se caló una gorra que nunca pudo enderezar sobre sus pelos gruesos y alborotados y caminó junto con Vigil hacia el congal, en las afueras. Vigil le preguntó por las inquilinas del congal y el policía le fue diciendo que eran todas mujeres de las rancherías y los pueblos vecinos. «De aquí no es ni una. No las dejamos. La de aquí que quiere huilear, se va para otro pueblo. Aquí no puede ejercer.»

Salvo por el foco rojo que había en el dintel, el congal era una casa como las otras, de muros anchos y altos, lisos, que se alzaban directo desde la calle sin banquetas, con una puerta de dos hojas pesadas de madera. Adentro no había clientes todavía. Había un cuarto delantero con mesas blancas de latón y una rocola. Cuatro mujeres conversaban en una mesa. La mayor vino hasta Vigil enseñando al reírse «una enorme dentadura hospitalaria de dueña y madrota» (Vigil). Pidió mezcal y el policía un brandy con coca cola.

Ofreció después una copa a la madrota y a las muchachas. Tomaron anís y refrescos. No había nadie, ni ellas estaban preparadas. La más joven estaba de pie tratando de acomodarle las trenzas a su compañera «morena, maciza, abundante» (Vigil). Todavía no se había pintarrajeado, así que estaban al natural «sus pómulos indígenas, sus ojos de china, sus labios cafés». Cuando terminó su tarea vino a sentarse al lado de Vigil y le preguntó si era de ahí. Vigil le dijo que era el nuevo sacristán del pueblo y la muchacha se echó a reír hasta que contagió a las otras.

Pasó con ella a los cuartos del patio, donde había unas separaciones de madera con techo de lámina, piso de tierra y cortinas con argollas. En cada separación había un catre y al lado una silla con veladora, cerillos, un rollo de papel de baño y una palangana con su jofaina de peltre azul. La muchacha se quitó la ropa y se tendió en la cama, risueña todavía, esperando. Luego cerró los ojos y empezó a moverse, a murmurar y a gemir, esperando. «Me desvestí», escribió Vigil, «y fui hacia ella. En verdad estaba esperando, libre de toda pretensión y toda solidaridad, salvo la de atraerme, extraerme, vaciarme, sin ferocidad ni prisa, con la eficacia llana y directa de su nombre: Raquel».

Ya era noche cerrada cuando salió y no era fácil caminar por los hoyancos de las calles ni orientarse en la oscuridad. Se fue topando en el camino con gente que iba rumbo a la iglesia para la fiesta de Año Viejo y se sumó al escurrimiento. Un campesino viejo le ofreció mezcal de un bule y Vigil le regaló sus cigarrillos. Le preguntó a una señora si tenían bueno el cura y le respondieron que sí, aunque en veces se echara unos traguitos de más. Serían las nueve cuando entró Vigil a la casa. Estaba oscuro, contra la costumbre de esos días de no dejar foco ocioso y hacerla brillar en el solar «como una nave espacial venida del DF» (Vigil). Paloma y Santoyo estaban sentados junto a la lámpara de pie. En uno de los sillones de bejuco había una tercera persona a la que sólo podían vérsele las piernas y parte del torso.

—Tenemos visita —dijo Santoyo cuando Vigil entró.

La visita se enderezó entonces rumbo a la luz y Vigil vio sus rasgos largos, pálidos y como hambrientos bajo la barba rala, los ojos juntos y oscuros en lo profundo de las órbitas, como los de Santoyo, con un brillo que creyó recordar de una fotografía. La recordó en efecto, de entre las que tenía Santoyo escondidas en el fondo de su clóset. Era Santiago, el hermano de Santoyo. A esto habían venido a Tlayacapan.

13

Santiago era muy alto, largo, flaco, blanco, huesudo y fibroso, «un cuerpo natural de basquetbolista» (Vigil). A diferencia de Santoyo, era sanguíneo y juguetón, abierto, extrovertido, como un cachorro. Cambiaron saludos Vigil y él, algunas frases, y antes de darse cuenta ya estaban bromeando sobre la irrupción de la policía, meses atrás, en el departamento de Giotto, y sobre la instantánea conversión guadalupana que Vigil tuvo esa noche. Vigil contó después la fiesta de Roberto y las escenas del comandante travesti, que nunca le había confiado a Santoyo.

—Es Croix —dijo Santiago, con familiaridad deportiva.

Explicó luego que desde la caída del primer grupo guerrillero a principios de 1971, se había integrado una brigada especial de la que Croix era el comandante. La gente de Croix les había allanado en Saltillo una casa de seguridad con armas y dinero. Los había golpeado también en Monterrey, durante un asalto bancario, y en la Ciudad de México, donde sorprendió a un grupo de la dirigencia que sostenía una reunión clandestina en la colonia Nápoles.

—Es nuestro coco —dijo Santiago con risueña resignación—. Fíjate con quién te fuiste a topar.

—Espero que no haya decidido vacacionar en Tlayacapan —dijo Vigil.

—No, todo está bajo control —dijo Santiago—. Lo checamos todo, no hay ningún riesgo.

Por el plural entendió Vigil que había más gente, alrededor de la casa y en el pueblo, cuidando la entrevista de Santiago. Reparó entonces en su atuendo, el pantalón de mezclilla y la camisa blanca de hilo, suelta, en cuyo costado derecho podía percibirse el bulto de la pistola.

Pasaron juntos la noche de ese fin de año oyendo las historias vivaces y fluidas de Santiago, envueltas todas en la ardiente y como angelical certeza de que el país estaba listo para la revolución («dadas desde siempre las condiciones objetivas, en maduración irreversible las subjetivas»). Santiago hablaba de las «condiciones objetivas de la insurrección», con la rotundidad indesafiable y natural de quien habla del tiempo, la comida o la redondez brillante de la luna llena: una convicción juvenil del todo extraña a la abstrusa terminología que la expresaba y que más tarde ocuparía el primer plano de manifiestos, volantes y análisis políticos de los grupos guerrilleros.

Según esa jerga imposible, el país estaba dominado por una burguesía proimperialista cómplice de un Estado fascista que garantizaba a sangre y fuego la sobreexplotación de las masas proletarias y campesinas. Pero vivía un momento agudo de movilización social que exponía a los sectores populares a la represión. En la visión de Santiago, durante toda la década de los sesenta, hasta el movimiento del 68 y la manifestación del 10 de junio de 1971, el ascenso de la «inconformidad de las masas» y las manifestaciones legales, sólo habían recibido del Estado palos, tanques, gases, balas, cárceles y desaparecidos. El carácter sistemático de esa represión bastaba para descartar como viable la línea reformista vigente en la izquierda mexicana. La idea central de la *Liga 23 de Septiembre* era que la lucha por reformas llevaba a las masas engañadas a un enfrentamiento con el gobierno del que sólo obtenían presos, heridos, muertos y renovadas ansias de venganza. Era indispensable tomar conciencia de las «condiciones reales de la lucha» como decía Santiago, y admitir que «no podía ser sino frontal, violenta, capaz de impulsar la acción de las masas al brindarles protección y cobertura contra la violencia burguesa». Según Santiago, esta nueva conciencia de la «inevitabilidad política y moral» de la lucha armada, debía ser vista como «un momento superior de la conciencia de la clase obrera». La Clase —como le decía Santiago para abreviar—, ampliaba así su repertorio global de lucha: añadía a sus distintos frentes de acción política y social, el frente armado, «el uso táctico de la violencia» como una forma de «autoprotección y de aprendizaje» para el momento en que las «condiciones históricas» permitieran «asaltar el poder y desplazar a la burguesía».

Los cientos de muchachos salidos con cicatrices del 68 y el 10 de junio, los visitados por el sueño de la revolución, los insomnes, los justicieros, los hartos, los violentos que oyeron el reclamo de las armas, se concebían como eslabones de la conciencia de esa vasta categoría en ascenso llamada *La Clase*: eran guerreros, adelantados, centuriones, vanguardias armadas de *La Clase*. En el trayecto imperativo de *La Clase* estaban dispuestos, como Santiago, a realizar el sueño de la Revolución y a pagar por ello con sus vidas. («Me fascinó», escribió Vigil, «la vinculación panteísta con *La Clase*, esa certidumbre religiosa de ser parte de una entidad metahistórica destinada sin embargo a realizar la historia. En realidad, destinada a abolirla, a separarla del reino injusto y ciego de la necesidad, la imperfección y la barbarie, para volverla una forma laica de la Ciudad de Dios, el reino de la igualdad y la justicia, la fraternidad y el socialismo».)

En la madrugada, cuando se despidieron, Santiago le dijo:

—Veo que ya tienes entrada a *La república*. Si algo se ofrece de prensa, ¿puede ir a buscarte un compa? Al cabo ya eres cliente de Croix.

Santiago se rió con una «carcajada abierta, fresca, contagiosa» (Vigil). Y luego:

—Me refiero a comunicados de prensa, información, nada más.

—Lo que requiera *La Clase* —dijo Vigil.

Santiago volvió a reírse y estrechó la mano de Vigil entre las suyas, que eran de palmas grandes y callosas.

—Nos veremos —dijo.

Hubo un eco extraño en la frase. Pronunciada por Santiago adquiría otro significado, su significado real. Lo captó el propio Santiago y añadió:

— Si Marx quiere.

Le dio un beso a Paloma y le dijo, señalando con el pulgar a Santoyo, que estaba sentado a su espalda:

—Me lo cuidas, cuñada. No lo dejes pistear de más.

No se despidió de Santoyo dentro de la casa. Salieron al porche y caminaron juntos por la vereda, hasta la tranca de la entrada. Ahí los vieron Paloma y Vigil hablar todavía un rato bajo la luz de un foco pelón y darse un abrazo largo. Se apartaron, hablaron otro poco y volvieron a reunirse. Santiago apoyó la cabeza en el hombro de Santoyo, que era ligeramente más bajo, pero más fuerte, y estuvieron así hasta que Santiago se desprendió con brusquedad y echó a caminar rápido, casi al trote, por el lindero de la acequia, al otro lado del predio. Santoyo se quedó viendo a Santiago perderse en la oscuridad y luego otro rato largo fumando un cigarrillo. Por fin regresó, pálido, tiritando de frío, y se sirvió en un vaso tres dedos de mezcal. Dio un largo trago y luego otro, hasta acabarlo.

—Año nuevo, vida nueva —dijo, con falsa sorna—. Santiago se va a trepar a la sierra de Guerrero, con la guerrilla de Lucio Cabañas.

14

Santoyo había tenido siempre un contacto clandestino y misterioso con su hermano. Había construido en el fondo de sí una mezcla atormentadora de admiración por su vida y horror por su muerte previsible. Trataba de atenuar esto último con argumentos sobre la necesidad histórica y la justicia moral del riesgo elegido por Santiago, certidumbres que requerían luego afianzamientos teóricos sobre la viabilidad de la lucha armada y su vanguardia incomprendida, aislada, perseguida, quizá exterminada. Esa débil llama, sostenida por tan pocos, no podía ser un pabilo menguante, sino el inicio del incendio en que la historia habría de llevarse a tantos para hacer su propia luz. Llegado a este «punto hegeliano en su razonamiento» (Vigil), volvían a luchar en Santoyo la «insoportable certidumbre del riesgo» de Santiago y la película amarga de tantas vanguardias «exterminadas antes de que el pabilo se hiciera flama y la flama llamarada». Era posible creer que las «condiciones objetivas» del país estaban dadas para el cambio violento, pero era ingenuo suponer que los que ahora tomaban esa vía, como Santiago, podrían ensancharla y «hacerla factible a otro precio que el de su propia muerte» (Vigil).

Antes de regresar de Tlayacapan, Vigil salió a caminar con Paloma por los alrededores. Caminaron un kilómetro sin hablar, trabados por la inminencia de lo que debían decir ese día y por el silencio sagrado, anterior al lenguaje, que venía del arco traslúcido del valle, la plenitud del aire en los pulmones, la propuesta de un país intemporal detenido por la luz de la mañana en un valle llamado Cuernavaca.

—¿Qué sabes de Santiago? —preguntó Paloma.

Vigil contó lo que le había dicho Santoyo, la historia del profesor Barrantes, el 68, etcétera.

—Es exacto todo —dijo Paloma, fumando en el aire libre de la cresta de la barranca de Tlayacapan—. Salvo que Barrantes no es «el profesor», sino el papá .

—¿El papá de la revolución con mayúscula?

— El papá de los Santoyo, —dijo Paloma—. «Barrantes» era su nombre de la clandestinidad comunista.

—Y tú eres la Mata-Hari y yo Klaus Barbie huyendo de mi pasado por las cejas de las barrancas morelenses.

—Ya te había oído ese chiste —dijo Paloma—. Pero tú eras Álvaro Obregón y alguien a tu lado era Lola la Chata, nuestra Mata-Hari mexicana, o algo así.

Caminaron sin hablar otro kilómetro. Paloma insistió:

—¿No me crees?

—¿Que Barrantes es el papá de Santoyo?

—Que Santoyo te contó de Barrantes para no contarte de su papá.

A Vigil le pareció «perfecto» que Santoyo hubiera elegido ocultarle a él, que lo conocía hacía seis años, lo que juzgaba natural confiarle a la Paloma a quien Vigil le había puesto en suerte tres meses antes. Pensó que las mujeres eran infinitamente superiores a los hombres, invulnerables y perfectas, salvo en las pequeñas irregularidades donde se incrustan a medrar los propios hombres, «torpes y vanidosos caballos de esas Troyas» (Vigil).

—¿Los educó en la Revolución a los dos? —preguntó, resignado a su ignorancia santoyana.

—En particular al mayor, que fue Santoyo —dijo Paloma.

—¿Y el menor cumple ahora lo que el mayor rehusó?

—El menor es el héroe de la familia —dijo Paloma—. Aunque, como se sabe, los héroes no tienen familia.

—Suelen tener hermanos mayores —dijo Vigil—. Que por lo general resultan siempre los cobardes de la familia.

—El profesor Barrantes era mago —dijo Paloma—. Y obrero de la industria gráfica, ¿sabías?

—Como te consta, sé todo lo de Santoyo —dijo Vigil.

—Perdió una mano en una guillotina a los treinta y cinco años —contó Paloma—. Santoyo tenía ya trece años, estudiaba secundaria en Mexicali. Su hermano Santiago tenía siete. ¿Sabes quién se puso a trabajar para completar el gasto familiar?

—La hermana mayor, de piruja en la zona —dijo Vigil.

—No había hermana mayor. La hermana llegó después.

— Si había un papá con seudónimo, pudo haber una hermana que trabajara en la zona —dijo Vigil.

—Trabajó Santiago —dijo Paloma—. A los siete años empezó a vender cacahuates en la calle, mientras Santoyo seguía la secundaria. Por decisión del profesor Barrantes. «Tengamos un hijo intelectual y un hijo proletario», dijo. Y puso a trabajar a Santiago, jugando siempre, como era él, y cuidando desde luego, desde entonces, a Santiago.

— Gran tipo el profesor Barrantes —dijo Vigil.

—Y teórico —dijo Paloma—. Todo lo suyo tenía una teoría.

—Me conmueve tu amor por el profesor Barrantes —dijo Vigil.

—Y no te he contado nada —dijo Paloma—. El profesor Barrantes chupa como los hoyos negros. ¿Has oído de los hoyos negros?

—Sólo los de las mujeres de la zona roja —dijo Vigil.

—De tu amigo Santoyo, Vigil. Despierta —apremió la Paloma.

—Estoy despertando —dijo Vigil.

—Necesita todo el amor del mundo tu amigo, Vigil —dijo la Paloma.

—Y su hermano necesita a todos los hermanos del mundo —dijo Vigil.

15

Un aire melancólico los acompañó al regreso de Tlayacapan por las crestas luminosas del camino y se quedó en ellos, o al menos en Vigil, como «un dolor de músculos que se quejan de excesos dignos de ser recordados». Urgido de calores y cercanías, regresó en enero a la más solitaria de las rutinas que hubiera podido imaginar en el Castillo, lleno hasta entonces de los brillos de Mercedes Biedma. Dobló su sueño bajo el brazo, lo guardó en un rincón del librero y asumió, «sin orgullos ni insurrecciones», la ausencia de Mercedes, subrayada no obstante por su cercanía rutinaria en los pasillos de la biblioteca «y por la irredenta nostalgia de su risa (nicotina)» (Vigil).

—La situación está dominada —dijo a Paloma—. Sólo falta moderar los aullidos.

—¿Se quejan los vecinos, Vigil? —dijo Paloma sonriendo.

—Sólo por la noche. Cuando aúllo.

—¿Y aúllas de veras, Vigil?

—Pongo discos para disimular y grito hasta que se acaban.

Paloma le dio un beso en la mejilla.

—Pareces mujer enamorada, Vigil. Yo sabía que así se enamoraban las mujeres. Nunca había visto a un hombre enamorado en persona. ¿Así son?

—Después de la octava cuba —dijo Vigil—. La diferencia es que a los demás se les pasa al día siguiente y yo tengo que regresar a toparme con esa idiota.

—Estás pagando por haber roto un hogar —dijo Santoyo—. Necesitas romper otro para emparejarte.

—Tengo una amiga casada —sondeó Paloma—. Sabe atender borrachos y hacer postres caseros. Sufriría como un perro por ti. ¿Te interesa?

Amorosos y en pareja los vio venir Vigil en su busca con el botiquín de primeros auxilios al hombro, decididos a no darle espacio libre ni fin de semana solitario, procurándolo todos los días para cenar juntos, beber juntos, salir de día de campo los domingos. Agradeció esa amistosa disposición a la incomodidad pero no la idea latente que la sostenía («mi indefensión y mi fragilidad exhibidas por la Biedma»), así que pasadas las primeras semanas de custodia encargó la vajilla rota al «Caballero de la Impasibilidad» y se obligó a avanzar con rapidez, sin mirar a los lados, entre las ruinas, hacia el único objetivo de ordenar tarjetas, ajustar datos y notas al pie de página, ensamblar, escribir, reescribir, hasta afinar otra vez la máquina obsesiva de la que fluyeron en el siguiente mes los tres capítulos finales de la primera parte de su historia.

Con vigor y ambición, Vigil se había propuesto una averiguación exhaustiva de su tema en tres partes. Una vez terminadas, serían también una primera historia crítica de la Revolución

Mexicana a partir de 1910, año de la rebelión maderista, hasta 1936, año de la expulsión del país de Plutarco Elías Calles, último caudillo norteño. A principios de febrero, celebró con sus amigos el final provisorio, que luego fue definitivo, del primer tercio de la historia. Fue una larga comida de mariscos que se prolongó hasta la noche, en medio de las gozosas elucubraciones de Paloma sobre el tamaño de las vergüenzas de Juárez. Oralia hizo un aparte para decirle:

—A donde quiera que vayas, de regreso yo te voy a cachar.

Acordaron hacer tiempo y acudir al *Bar León,* que abría a las nueve, pero Oralia trepó en su coche a Vigil y lo condujo al departamento de Martín Mendalde donde, dijo, tenía su propia celebración que hacerle. Vigil estaba exhausto y eufórico a la vez. Se había exigido seriamente en los últimos días, hasta completar su cuota de trabajo esclavo. El insomnio lo había rondado la última semana, erizando sus noches de fichas incompletas y lagunas que saltaban sobre él en la duermevela gritándole «Farsante». «Mientes.» «No terminarás.» Había pasado dos enfermos amaneceres atormentándose con la certeza de haber fallado del todo por la pérdida de una cita crucial del Archivo de Cancelados de la Secretaría de la Defensa y un pasaje de cierto libro inencontrable en México que le habían prestado de la Universidad de Texas en Austin.

Oralia lo llevó a su departamento a un festejo sabio, contrario al polvorín alcohólico del *Bar León* que hubiera prolongado su fatiga electrizada. Entre sus encantos secretos, Oralia tenía la debilidad por la acupuntura y el masaje. Hizo a Vigil meterse en una tina de agua hirviendo, lo acostó luego en el suelo sobre unas sábanas y empezó a ponerle crema para ayudarse a frotar nudo por nudo de su cuerpo —de las palmas de las manos a las plantas de los pies: sienes, ojos, codos, rodillas, pechos, ingles y ligamentos de las rodillas— deshaciendo en cada parte centros de dolor y deformidad que se habían vuelto naturales, hábitos arcaicos de la memoria de ese cuerpo roto, enfermo de su propia historia ciega, unido sólo por sus tensiones que eran el arcón vivo de sus fracturas invisibles, de sus resignaciones silenciosas.

Gracias al masaje de Oralia, Vigil durmió esa noche como no había dormido en las últimas semanas, ni en los últimos años:

catorce horas seguidas, rotundas, con la inocencia inerte de un bebé no trajinado por el mundo. El hambre lo levantó a media mañana, ansioso de fruta y leche, para dormir de nuevo hasta la caída de la tarde. Hinchado, lacio, desconocido de sí mismo, a las ocho de la noche salió en busca de un consomé y un filete. Hizo todo eso armoniosamente solo, lleno de sí, saciado y saludable de su propia compañía. Leyó, durmió, creyó en sí mismo. Una semana después empezó, propiamente, la historia de la guerra de Galio.

Segunda parte:

LA CAUSA DE GALIO

Capítulo III

Lo que usted y Vigil llaman «La guerra de Galio» —recordó
Pancho Corvo, un decenio después— empezó trivialmente, como empiezan
todas las cosas. Sala me pidió que fuera a buscar a Vigil porque lo había
impresionado su ensayo y quería llamarlo al periódico, acercarlo, meterlo
a su causa. Yo sabía del «efecto Sala» y de su magnetismo, sabía que iba a
influir en Vigil, como en todos nosotros. Lo que no imaginé es que el
encuentro fuera tan rápido y el efecto recíproco de Vigil en Sala, aunque
menos espectacular, llegara a ser tan profundo a su vez, tan decisivo.
Nunca sospeché en Vigil la vena del poder y la necesidad del público. Él
tampoco, supongo, pero ahí estaban las dos cosas, y de qué manera. Creo
que empezó a descubrirlo en su contacto con La república. Yo fui el responsable inicial de ese contacto.

1

Fue a buscarlo Pancho Corvo.

—Quiere verte Sala —anunció—. Pregunta dónde te has
metido y yo le digo que en el hospital porque eres alcohólico y tra-
taste de ahorcar a tu hija. ¿Tienes cerveza?

Venía con una increíble mujer de cuarenta años llamada
Fiona. Tenía nariz recta y altiva entre dos ojos azules como la pureza
del hielo. («Y la peculiaridad de quedársete viendo como si uno
fuera el último hombre y ella la más urgida, distante y dispuesta de
las mujeres»: Vigil.)

—Leí tu ensayo en La república —le dijo a Vigil mientras
Corvo rastreaba, anhelante, su cerveza en la cocina—. ¿Tú crees
que el país tiene remedio?

—Depende si te gusta la cerveza —jugó Vigil.

—En serio —dijo Fiona.

—Absolutamente en serio —siguió Vigil—. La cerveza mexicana no tiene igual en el mundo. Un pueblo capaz de esa cerveza, puede cualquier cosa. Sobre todo, volverse alcohólico.

—Dímelo a mí —se quejó Fiona riendo, con una mueca de hastío, mientras echaba la ráfaga azul de sus ojos sobre Corvo que volvía malabareando dos cervezas. Se bebió la primera en dos suspiros. Dijo después que Sala los esperaba al mediodía en un bar del centro y que su misión era conducir a Vigil hasta ese punto. Se bebió entonces la segunda cerveza.

Salvo «reescribir la historia contemporánea de México» (Vigil), no había pendientes en la agenda de Vigil; nada que pudiera competir en todo caso con la animación perpetua del mundo, las miradas de Fiona o la charla de Corvo, el acecho de Sala, el desolado sabor de vida nueva que por partes iguales le imponían ahora la pérdida de Mercedes y el sueño provisional del deber cumplido.

—Fíjate en Sala —lo instruyó Corvo en el coche, que Fiona manejaba rumbo al lugar de la cita—. Es como un cazador. Muéstrale un ángulo de debilidad o interés y lo verás acudir ahí con sus preguntas como un boxeador que remata a su rival. Lo extraordinario es esto: tiene el instinto del perro de presa, pero también la delicadeza del cirujano. No saliva de más, no gruñe, no atropella. Todo es aséptico, guiado por maneras cuidadosas. Pero el espíritu que está atrás de eso es implacable. Hay algo femenino en esa ferocidad educada para la seducción.

—¿Qué quieres decir con «femenino»? —gruñó Fiona, con juguetona virilidad feminista.

—Exactamente lo que hay en el tono de tu pregunta —devolvió Corvo sin titubear—. Exhibir, denegar o aprobar todo con un tono de voz, con un movimiento de los ojos, con un chasquido de la lengua.

—¿Qué quiere Sala? —preguntó Vigil.

—Quiere meterte en su mundo —dijo Corvo.

—Pero yo no sé nada de su mundo. No me interesa el periodismo —dijo Vigil.

—No estoy hablando de eso —dijo Corvo.

—Pero yo sí —dijo Vigil.

—Tú tampoco —dijo Corvo.

—Cree que tú tampoco resistirás a Sala —explicó Fiona—. Sería un golpe a su ego que lo resistieras. Porque Sala para Corvo es una especie de dios en el cuarto día de la creación: nadie puede resistirlo, su voluntad define las luces y las sombras, ordena las especies y gobierna a los hombres.

—Fiona ha sido una especialista en resistir a Sala —dijo Corvo—. Sólo ha tratado de suicidarse una vez por él.

—Era una niña idiota entonces —dijo Fiona.

—Y Sala, en cambio, era un adulto perverso —avanzó Corvo.

—Eramos adolescentes los dos —dijo Fiona.

—Eso es precisamente de lo que estoy hablando —remató Corvo—. Del «efecto Sala» en igualdad de circunstancias.

—Dios nunca ha estado en igualdad de circunstancias con nadie —dijo Fiona.

—Menos que nadie con niñas idiotas —dijo Corvo—. Da vuelta a la derecha y estaciónate ahí, frente al puesto de revistas.

El trato de Corvo era más bien brutal «pero no carecía de sutileza y hasta de calor» (Vigil), al punto de que, con otra sonrisa cómplice, Fiona obedeció. Mientras maniobraba, Corvo dio el último trago a su tercera cerveza, expropiada también del refrigerador de Vigil.

—La noción de omnipotencia indesafiable no es la que le asienta a Sala —dijo—. Sino la de supremacía natural. La idea del *Billy Budd* de Melville. ¿Has leído *Billy Budd?* Billy Budd no se propone ser ni ostenta su calidad como el *handsome sailor* del siniestro buque melvilliano. Simplemente es el marinero mejor, el más fuerte, el más valiente, el más alegre y el más solidario. El macho de la manada es desde pequeño el más fuerte y el más definido del hato. No hay voluntad ni premeditación en sus ventajas. Como no los hay en la belleza de Fiona, que no pretende atraer las miradas, tu deseo o el mío. Ella simplemente hace su efecto, a veces con una inconciencia monstruosa. Lo mismo pasa con Sala. Su poder es como el de la naturaleza, que no sabe que estamos en ella. Lo dice Wilder en *Los idus de marzo,* ¿recuerdas?

—*Bullshit* —dijo Fiona, pelando sus «hermosos dientes políglotas» (Vigil).

—Cierra el coche y pon la credencial del periódico en el parabrisas —le ordenó Corvo, ignorando la dentellada—. Está prohibido estacionarse aquí.

—¿Tienes mujer? —preguntó Fiona a Vigil cuando bajaron.

—Quiere decir si puedes comparar a tu mujer con ella —tradujo Corvo.

—No tengo —dijo Vigil—. Ni podría compararse contigo.

—Me gusta —dijo Fiona—. Vamos a hacernos amigos.

2

Alcanzaron a tomarse un aperitivo —Corvo tres—, antes de que Sala llegara, guiado obsequiosamente por el capitán de meseros. Besó a Fiona en el cuello y se quedó ahí unos segundos aspirando el perfume:

—¿Chanel? —dijo, con duda retórica de conocedor.

—Madame Rochas —dijo Fiona.

—¿Irónica? —siguió Sala su interrogatorio, adivinando ahora el ánimo de Fiona.

—Distante —respondió Fiona.

—Habló mal de mí en el camino, ¿verdad? —preguntó Sala volteando hacia Vigil, envuelto ya en el aura de una mesurada bufonería. Luego, hacia Fiona—: ¿No me quieres más?

—Sólo por los últimos veinte años.

—Pues es un error histórico, linda —dijo Sala separándose de Fiona para saludar primero a Corvo, luego a Vigil, con una euforia fresca, graciosamente actuada—. Rechazas la única memoria que te recuerda en la perfección de tus diecisiete años. Soy tu antídoto contra el tiempo. ¿Quién te puede dar más? Usted no puede imaginar, querido Carlos —dijo a Vigil— lo que era en nuestra escuela preparatoria de San Ildefonso el momento en que Fiona cruzaba el patio. No ha visto usted a nadie caminar así. Porque eso no era caminar. Era como una levitación. El tiempo se detenía para dejarla pasar. Usaba los pelos en trenzas, con un fleco que por fortuna desapareció. Y era un poco más llena que ahora o menos alta, no lo sé. O quizá fuera que no usaba tacones, sino tobilleras gruesas y zapatillas lisas, que tienden a ensanchar las pantorrillas. Bueno. Imagine usted ese conjunto aéreo y macizo balanceándose sobre las losetas del tezontle virreinal del patio. Aullábamos, mi amigo. Corrían tras ella todos los deseos insatisfechos de trescientos cincuenta años de colonia. Toda nuestra juventud, nuestra esperanza, nuestra ambición de comernos el futuro, cristalizaba en esa aparición color durazno llamada Fiona. Te quiero decir esto —dijo Sala a Fiona, bajando de su trance—. Nadie recuerda eso como yo. Por una sencilla razón: porque yo he estudiado ese recuerdo. Lo he pulido y cortado como si fuera una joya que es, el tesoro de mi generación: haberte visto cruzar el patio de San Ildefonso al mediodía. Un momento fundador, simplemente. ¿Usted cree en los momentos fundadores, Carlos? —preguntó entonces a Vigil, olvidando su tesoro—. Quiero decir, los momentos que marcan para siempre, los momentos a los que se regresa sin cesar, de un modo u otro?

—Sí —dijo Vigil—. Supongo que creo.

—Me encanta que crea —dijo Sala—. Porque todo tiene su momento fundador. La república, por ejemplo. ¿Sabe usted cuál es el momento fundador de La república?

Aturdido por la rapidez de Sala, Vigil creyó escuchar en su pregunta un eco de la de Galio sobre el texto fundamental de la historia de México y dio paso a una elucubración sobre los inicios de la república mexicana en el caracol conspirativo de las logias masónicas y la desdichada modernidad liberal, uncida al «tren enemigo de la expansión norteamericana», etc.

—De acuerdo, Carlos —acató risueñamente Sala—. Pero yo hablaba de *La república,* nuestro periódico. No de la república, nuestra obligación patriótica.

—El periódico fue fundado en la época de Cárdenas —dijo Vigil, ruborizado por la prisa ingenua de su ostentación profesional.

—El 3 de febrero, para ser precisos —dijo Sala—. Es el día de mi cumpleaños. La semana entrante yo cumplo cuarenta y un años y *La república,* treinta y seis. Pero yo pregunto por el momento fundador de *La república,* no por su día de salida al público. ¿Lo sabe usted?

Vigil buscó con la mirada el auxilio de Corvo.

—Tampoco lo sabe Corvo —dijo Sala, atrapando al vuelo el reflejo de Vigil—. De hecho, no lo sabe nadie más que yo. Porque acabo de descubrirlo esta mañana, revisando periódicos de aquel primer año. El momento fundador de *La república* es exactamente la tarde del 9 de julio de 1936. ¿Saben por qué? Porque ese día visitó el periódico el presidente Lázaro Cárdenas. ¿Entiendes, Pancho?

¿Entiende usted, Carlos? ¿Entiendes, Fiona? *La república* es el periódico donde se ha insultado más a un presidente de México. Más que a Madero, más que a Pascual Ortiz Rubio. ¿Y saben a cuál presidente insultaba *La república*? A Lázaro Cárdenas. Entonces tenemos esta escena fundadora: el enemigo de *La república,* que es el poderoso, viene a visitar el diario que lo ataca, viene a celebrar sus instalaciones y a desearle larga vida. Sus acérrimos enemigos, los periodistas que piden virtualmente el derrocamiento de Cárdenas en los editoriales de cada día, brindan ese día con Cárdenas, lo abrazan para la foto, agradecen su presencia. ¿No es fascinante? Es la escena que mejor resume la ambigüedad o la hipocresía institucional que ha regido las relaciones de la prensa moderna mexicana con el poder. ¿Sabe usted, amigo Carlos, qué tramaba en esos momentos el director del diario, don Arsenio Cassauranc, padre de nuestro subdirector? Planeaba la insurrección del general Cedillo contra Cárdenas. Estimulaba a Cedillo, lo adulaba en el diario, le acercaba hombres de negocios, miembros del cuerpo diplomático, generales y políticos resentidos por la expulsión de Calles del país que hizo Cárdenas. El director de *La república* ¡conspiraba contra Cárdenas! ¿Y saben ustedes lo que hacía Cárdenas en esos días? Preparaba el golpe interno de *La república,* que llevó a la dirección del diario a Miguel Urdanivia y echó de *La república,* y casi del país, a don Arsenio Cassauranc. Bueno: pues ahí los tiene usted, a Lázaro Cárdenas y a Arsenio Cassauranc celebrando juntos y abrazándose en la edición del 10 de julio de 1936. Julio de 1936: un año antes de que Cárdenas matara al general Cedillo, ocho meses antes de que la cooperativa de *La república* echara emplumado a don Arsenio Cassauranc. Pero ahí los tiene usted brindando y deseándose larga vida en las instalaciones de *La república.* Ese es el momento fundador de nuestro periódico y de toda la prensa mexicana moderna. ¿Puede usted imaginar un momento más perfecto, más revelador? Voy a recordarlo en nuestro editorial de aniversario.

Se había inclinado sobre la mesa mientras hablaba, convocando la cercanía y la exclusividad de sus oyentes. El movimiento había hecho su efecto y sus oyentes estaban echados también hacia adelante, prendidos al centro nervioso de donde manaba la voz, a la vez enérgica y modulada, con que Sala se había impuesto a su atención. Era la «férrea naturalidad» de que había hablado Corvo y que

Vigil consignó en sus cuidadosas notas de ese día como el «don de una inflexible suavidad».

3

Para los momentos en que se encontraron en el bar *Jena* del centro, Octavio Sala era ya un fenómeno de la prensa mexicana, un mito en crecimiento que mezclaba todas las precocidades y todos los prestigios. Para Vigil, que rondaba los treinta años, como para la altiva generación de lectores nacida del trauma ciudadano del 68, Octavio Sala encarnaba «la conciencia crítica de la nación», una voz desafiante, fresca y sorpresiva, «en el coro de autocomplacencias y silencios celebratorios del milagro mexicano», como había escrito Vigil en su primera semblanza de Sala. Bajo la dirección de Sala, según Vigil, *La república* había dado «voz y espacio» a la dirigencia y el espíritu del movimiento estudiantil del 68, había «denunciado las tentaciones represivas de la cúpula gubernamental» y había elevado la única protesta de la prensa por la ocupación militar de la Universidad en ese año; había ofrecido una «relación moderada pero verosímil» de la matanza de Tlatelolco el 2 de octubre de 1968, haciendo subir el número de muertos a los trescientos que luego se hicieron la cifra histórica, mientras el resto de los diarios del país reconocía tres muertos incidentales y algunas decenas de heridos sin precisar. En la sombría iniciación ciudadana de aquella generación, *La república* de Sala había brillado como «una certidumbre altiva de supervivencia y libertad» (Vigil).

Luego, en el silencio opresivo de los dos últimos años del gobierno diazordacista, autor de la matanza, *La república* refrendó esa vocación: consignó las aberraciones procesales de los estudiantes presos, sus condiciones carcelarias, los atentados contra su seguridad. Dejó correr en sus páginas, según Vigil, la «voz de la conciencia agraviada de México»; vislumbró el fin de una época y de un estilo políticos, anticipó la profundidad del daño infligido y los peligros de ese «porvenir lastimado» que la realidad hizo luego patente en las catacumbas de la guerrilla y las ideologías de la ruptura revolucionaria. El diario de Sala quiso ser y fue para muchos el heraldo de los nuevos tiempos. A principios de los setentas, volvió a quemar sus naves en el registro implacable de una nueva masacre: la manifestación estudiantil en la Ciudad de México, el 10 de junio de 1971. En su edición matutina del día siguiente, *La república* ofreció a sus lectores un relato alucinante de los hechos, la historia del grupo paramilitar que perpetró la agresión, la crónica puntual de las dos horas que duró la refriega, un recuento de muertos y heridos censados hospital por hospital y, sobre todo, el documento probatorio de la complicidad de las autoridades: la grabación del circuito de radio de las patrullas que coordinaban la operación dando órdenes de avanzar, golpear, disparar, rematar.

Más allá de estos momentos climáticos —escribió Vigil en sus notas, diez años después—, *La república* fue también el cruce de caminos de nuevas expectativas culturales, un magnavoz de la apertura intelectual y la desprovincianización de México. Pienso en sus (ahora) legendarios suplementos, su excelente sección internacional y la continua maquinación de sorpresas y coqueterías informativas: la moda como emisaria de la modernidad, la nota roja como lección de moral social, la exhumación del pasado inmediato como ejercicio de memoria colectiva, la crónica de sociales como antropología instantánea de la plutocracia posrrevolucionaria. Y una batería de cartonistas y fotógrafos inspirados como no ha vuelto a haber en el periodismo mexicano.

Todo aquello era el mito de *La república* de Sala tal como fue registrado en la memoria y los cuadernos de Vigil. Pero junto al mito impersonal del periódico, vivía y crecía el mito del propio Sala que jugaba «los dados de su independencia» sin ceder a «las obligaciones de la solemnidad ni a las distracciones del éxito» (Vigil). Ante una sociedad de corazón mojigato y exterior cosmopolita, Sala exhibía una libertad de costumbres que lindaba con el escándalo, movido por su alegre soltería y su absoluta falta de espíritu protocolario o de respeto a las formas rígidas que rodeaban su mundo.

Por la vida pública de Sala —escribió Vigil—, habían pasado, con ostentosa naturalidad, algunas de las mujeres más hermosas del país —empezando, veinte años atrás, con Fiona y terminando, una semanas antes, con Shirley MacLaine, que vacacionaba en México bajo la anfitrionía de Carlos Fuentes y se había presentado en una comida de gobernadores amorosamente colgada del brazo de Octavio Sala.

Lo cierto es que *La república* conquistó en su efímera década de hegemonía algo más difícil de lograr en México que una legión de fanáticos: una franja nacional de lectores, un «rumor de ciudadanos en marcha» como escribió Vigil, que por años encontraron en *La república* «razones y materia de su sueño colectivo». Esa posibilidad de pertenecer, a través de *La república,* a una especie de «anábasis ciudadana» en busca de su nuevo mundo, fue quizá el meollo de la magia de Sala. Puede exagerarse la memoria de la calidad de su información o la originalidad de sus logros periodísticos, pero es difícil exagerar la intensidad mercurial de su registro, el misterio electrizante de su voz en la inmensa cofradía telepática que *La república* pudo convocar en el país hasta volverse su evangelio, su médium, su ilusión conquistada de un cambio.

4

A las dos vino el capitán de meseros para decirle a Sala que lo esperaban en la entrada.

—Es el llamado a nuestra comida —le dijo Sala a Vigil, interrumpiendo su disquisición sobre una intriga palaciega—. Nos esperan a las dos y media.

—No sabía que tuviéramos una comida —dijo Vigil, buscando por segunda vez el auxilio socrático de Corvo.

—La tenemos —dijo Sala—. No lo voy a soltar ahora que lo he encontrado.

—Las decisiones de Dios no se discuten —dijo Fiona, jugueteando en la boca con el palillo de la aceituna de su martini.

—Le garantizo espectáculo y sustancia —dijo Sala—. No se va a arrepentir.

Se puso de pie y tiró del brazo de Vigil hacia el pasillo, con una prisa contagiosa y amable que no dejaba lugar a la protesta—:

Te busco, Pancho —dijo a Corvo, y a Fiona, deteniéndose un momento en su acarreo de Vigil hacia la puerta—: Recuerda, Madame Rochas: novios adolescentes, adultos reincidentes.

Estrujado por la cálida y pegajosa cercanía de Sala, Vigil fue llevado a la calle, sin saber que se enfilaba en realidad a la calzada frenética de sus años siguientes.

Los esperaba afuera la mayor extravagancia ambulatoria de Sala: un Austin Hillman verde, «maltrecho como las murallas de Jericó después de los célebres trompetazos» (Vigil), con rasgones de óxido en el guardafangos y una montaña de papeles y periódicos en el asiento de atrás. A su vera esperaba orgulloso un chofer que les abrió la puerta ceremoniosamente como si les franqueara el paso a la más radiante limusina del mundo. Con resignación ortopédica se acomodó Vigil atrás, entre la papelería, y Sala adelante, encogido también, lo mismo que su chofer y el coche mismo, «todo él una reliquia orgullosa aunque maltrecha de la austeridad de la posguerra» (Vigil).

—A Bucareli, don Emigdio —dijo Sala—. Con velocidad de *jet,* como siempre.

—¿Bucareli? —dijo Vigil, desde su posición de «faquir mixteco», presintiendo «malas nuevas para El Caballero de la Conciencia».

—Sólo hay dos cosas de interés en las calles de Bucareli —dijo Sala—. El reloj veneciano y la Secretaría de Gobernación.

—Espero entonces que vayamos al reloj veneciano —dijo Vigil—. Porque el otro lugar no me interesa.

—Entiendo lo que quiere decir —dijo Sala—. Ustedes los intelectuales y muchos otros ven en la Secretaría de Gobernación la guarida de la represión política, el drenaje de la vida pública de México. Y tienen razón. Pero ir a los cinturones de miseria no lo hace a usted responsable de la miseria.

—No entiendo la relación —dijo Vigil.

—Quiero decir que venir a la Secretaría de Gobernación, no nos hace responsables de lo que se decide en ella— explicó Sala, empezando a agitarse en su asiento para poder mirar a Vigil, torcido y al sesgo—. Recuerde usted la anécdota de Bernard Shaw como cronista de teatro.

—No la conozco —dijo Vigil.

—Bernard Shaw llegaba impecablemente vestido a los estrenos y pasaba entre los pordioseros de la entrada gritando: «¡Prensa!» Es lo mismo. Diga usted «¡Prensa!», y pase inmunizado frente a la realidad adversa, que de otro modo sería paralizante.

—No soy gente de prensa —dijo Vigil.

—Más que de prensa —saltó Sala, atropellando a don Emigdio, para poder voltearse del todo en su asiento delantero—. Usted es un historiador. Un testigo. Acéptelo o no: un historiador es un testigo. En eso tenemos oficios gemelos —se revolvió de nuevo, golpeando ahora con sus rodillas a don Emigdio, que aguantó el empellón «con firmeza digna de la Roca Tarpeya» (Vigil)—: Usted no puede dejar de historiar la Revolución Mexicana porque Obregón mandó matar al general Serrano, que era su hermano... Usted no puede decir: «No juego porque hubo sangre. No estudio, no averiguo, no escribo, porque hubo sangre.» Pues tampoco puede decir que no viene a Gobernación porque son unos hijos de puta. Lo que está pasando ahí adentro es lo que usted y otros reconocerán como historia dentro de unos años —Sala se hincó por fin sobre el asiento, de espaldas al parabrisas, para hablarle a Vigil de frente—. El periodismo no es más que la historia instantánea del pasado que pasa, Carlos. Y usted tiene que ser también el testigo de ese pasado que se cuaja cada día ante nosotros. Véalos, mídalos, siéntalos. Perciba su entorno, los escritorios impasibles, los teléfonos interminables, la antesala, los ayudantes, la corte de los secretos y los halagos, los asesores, el sentido de la propia importancia. Ellos son los agentes de la historia. Ellos: infatuados, lerdos, duros, agazapados en su altura burocrática, dispensadores de negocios y favores. Son el zoológico del poder. No me diga que un historiador puede renunciar a ese espectáculo. Es como si lo hubiera traído alguna vez a comer con Calles, que aquí despachó en Bucareli. Pero no diga Calles, que es un peso pesado, diga cualquier otro secretario de Gobernación. ¿Hubiera usted rehusado una comida con Gilberto Valenzuela en los años veinte? ¿Con Héctor Pérez Martínez en los años cuarenta? ¿Con Gustavo Díaz Ordaz en los años sesenta? ¿Podría usted, el historiador, rehusar ese encuentro?

Frente a la mirada fija y vibrante de Sala que lo invitaba, cercándolo («una mirada abierta como una casa por donde cruzaban a galope, brillos y risas, astucias y hospitalidades»: Vigil), supo por primera vez del verdadero influjo magnético de Sala, su encanto imperativo, la fuerza de su argumentación, capaz de unir cosas por lo general separadas y de hacer saltar la chispa insólita que derrotaba al interlocutor antes de persuadirlo. («Recordé», escribió Vigil en sus notas de ese día, «el relato de Borges sobre los teólogos que se reúnen a discutir los argumentos contrarios a cuya laboriosa construcción han dedicado toda su vida. El duelo retórico no tiene sentido: en cuanto se ven sabe cada uno quién ganará, por el simple imperio previo no de la lógica sino de la voluntad».)

5

Entraron juntos al Palacio de Bucareli, sede de la Secretaría de Gobernación, tal como la voluntad de Sala había decidido. Cruzaron el patio atestado de automóviles con antena, que convocaron en Vigil el recuerdo de Santoyo y Lautaro, vieron los agentes ociosos, las colas humildes de solicitantes sometidos de antemano a las imponderables ventanillas de asuntos migratorios, los muros sucios del antiguo palacio blanco, «renegrido por el tiempo y por su oficio de tinieblas» (Vigil). Pasaron por un ocioso laberinto de oficinas y vidrios opacos, máquinas y escritorios desvencijados, ujieres impávidos y una sucesión de puertas y pequeños recintos que daban al siguiente callejón de antesalas. De pronto, estuvieron frente a una puerta labrada donde un teniente coronel verificó sus nombres y los hizo pasar a un gran salón de tapetes verdes y cortinones rojos, siempre en la atmósfera tenue y como a media luz de toda la secretaría.

—En un momento está con ustedes el Secretario —dijo el teniente coronel y los llevó por otra puerta hacia un salón de billar en cuya última parte habían dispuesto una mesa para cuatro personas.

Ahí, sentado en un sillón junto a la mesa, con un wisqui pálido en la mano, Vigil se encontró por tercera vez en su vida con Galio Bermúdez.

—Señor asesor —lo saludó Sala, avanzando hacia él con aire «sarcástico y amistoso» (Vigil).

—Conciencia de la república —parodió Galio, avanzando también al abrazo ceñido que siguió.

—Te leo, Galio —dijo Sala, estrechando a Galio Bermúdez por los brazos como quien detiene, para admirarla, una bandeja. Galio le llegaba apenas al pecho y parecía disminuido e indefenso entre las manos grandes de Octavio Sala, habituadas a masajear y frotar—. Te leo, *con todo el cuidado del mundo.*

—Cuidados mutuos son, querido Octavio —regresó Galio Bermúdez, incómodo pero inmóvil en el dogal de Sala—. Como se dice ahora: lo que no se publica en *La república,* no sucede en el país.

—¿Nos van a echar la culpa entonces de lo que sucede en el país? —dijo Sala sonriente, separando a Galio.

—Sólo de las cosas que suceden en La república —dijo Galio, con buscada ambigüedad, sin precisar si se refería al periódico o a la realidad.

Giró luego hacia Vigil y le extendió la mano, diciéndole:

—Estamos condenados a encontrarnos inesperadamente, querido Michelet.

—¿Se conocen? —preguntó Sala, con sorpresa retenida.

—Hasta la ignominia —dijo Galio, sin dejar de mirar a Vigil, aprovechando al máximo su mínima ventaja—. ¿Sigue gimiendo la dama?

—En otros recintos —sonrió Vigil.

—Era mejor compañía que la que trae usted ahora, historiador. Eso sí puedo asegurárselo —dijo Galio, antes de volver a su sillón, a su jaibol y a Sala: —¿Vas a corromper a nuestra promesa historiográfica con tu república, Octavio?

—Sólo lo suficiente para que pueda entender lo que pasa en la tuya —devolvió Sala.

—Pues *La república* es un buen lugar para empezar —dijo Galio—. Aunque no sé si para terminar. ¿Quieren tomar algo?

Pasaba ya un mesero ofreciendo alcoholes y otro con una tabla de canapés. Vigil pidió su obligatoria cuba y Sala simplemente un vaso de agua. Antes de que les sirvieran llegó el Secretario de Gobernación, un hombre alto y flaco, rojo, en vías de calvicie total, pero fragante y ligero como si acabara de bañarse. Lucía cómodo y suelto en su terno gris oxford de fina lana delgada. El tenue rayado de la tela era en sí misma «como una definición moral»(Vigil), el espejo de una «meticulosidad recóndita, exigente de pulcras geometrías».

Le dio un abrazo a Sala y a Vigil un fuerte apretón de manos, suficiente para hacer llegar hasta él el vaho apacible de su loción con olor a cigarrillo. Pidió, como Sala, un vaso de agua y, como Sala, se enganchó sin preámbulos a la charla con una suavidad de tonos y maneras del todo ajenos a la dureza directa y ejecutiva de sus palabras.

—Quería empezar por decirle esto, Octavio: desde luego no podemos estar de acuerdo con su editorial de hoy sobre las limitaciones de la apertura política del Presidente —dio un sorbo a su vaso de agua y se ajustó con la mano, como quien se apacigua, el cuello de la camisa y la corbata.

—No esperaba que estuviera de acuerdo —dijo Sala—. No puede estar de acuerdo, aunque estuviera, porque no le conviene.

—Así es, Octavio —dijo el Secretario—. Pero en esta ocasión no estoy de acuerdo también porque su editorial no es exacto. Lo hemos discutido cuidadosamente aquí con Galio, lo hemos analizado.

—Si lo analizaron ustedes, es materia juzgada —dijo Sala—. Callo y obedezco.

—Podemos cambiar ironías también —dijo el Secretario, divertido—. Pero sería absurdo. Lo hemos invitado a conversar, a discutir, no a convencerlo, mucho menos a darle instrucciones. No. Creemos que el editorial de hoy, como tantas cosas de *La república,* es injusto. Y también es un desafío inútil al Presidente de la República.

—No es nuestra intención desafiar al Presidente de la república —dijo Sala, irguiéndose en su asiento—. Nuestra intención es la contraria. Queremos apoyarlo en su convicción democratizadora.

—No se apoya criticando, querido Octavio —dijo Galio Bermúdez—. Criticando se erosiona.

—Erosionan más al régimen los defensores de la inmovilidad que sus críticos —dijo Sala, ya en posición de saltar—. ¿Para qué le sirvió en el 68 al presidente Díaz Ordaz el apoyo incondicional del ejército, la prensa, el congreso, los obreros, el gabinete, sus amigos y sus colaboradores? Para abrir la herida de Tlatelolco y pasar a la historia como el masacrador de los estudiantes.

—No hablábamos del presidente Díaz Ordaz —precisó el Secretario.

—Usted viene de esa mata —dijo Sala—. Le debe la mitad de su carrera al ex presidente Díaz Ordaz. Pero la opinión pública y el pueblo de México, sólo le deben la herida de Tlatelolco.

—Puede ser, Octavio. Pero le pido que no generalice —dijo con suavidad el Secretario—. Hablábamos del editorial de *La república* de esta mañana. Nos parece injusto y desafiante. Llega usted a hablar, si recuerdo bien, de «engaño premeditado» a la ciudadanía, de «manipulación de la confianza pública», de «maquiavelismo». Sólo le faltó decir que el Presidente de la República es un simulador.

—No dijimos eso —saltó Sala en el borde de su asiento—. La palabra «simulador» la usa usted. Nosotros hablamos de una cosa mucho más sencilla y más seria también, Señor Secretario. El Presidente prometió el 11 de junio de 1971 que los responsables de la matanza del día anterior en las calles de la Ciudad de México serían castigados. Estamos a mediados de febrero de 1972 y no hay culpables todavía.

—De acuerdo, Octavio. Pero es que no hay pruebas suficientes de la responsabilidad de nadie. ¿Qué sugiere usted? ¿Castigar algunos cuantos al azar?

—Pero Señor Secretario —suplicó Octavio Sala con su toque inigualable de bufonería—. Con inmodestia, con humildad, con vanidad amistosa quiero decirle Señor Secretario: nosotros hemos publicado pruebas suficientes de responsabilidades. Testimonios, confesiones, la grabación de las órdenes de las patrullas policiacas dirigiendo la refriega, Señor Secretario.

Se rió el Secretario, admitiendo la eficacia del masaje retórico de Sala, pero volvió a su reino sereno de la media luz y los rayados tenues en el traje:

—Ustedes han publicado pruebas buenas para la opinión pública, Octavio, no para el juzgado penal. Con todo respeto, las pruebas que usted ha publicado sirven para calentar a sus lectores, no para seguirle juicio a nadie. Bueno —corrigió juguetonamente el Secretario—, a nadie salvo a ustedes mismos, a *La república,* por violaciones a la ley de imprenta, calumnia, libelo y esas cosas.

La carcajada de Sala atrajo las otras y hubo de pronto en el salón un aire de amigos desbordados por sus bromas.

—Uno cero, Señor Secretario —dijo Sala—. Uno cero. Pero venga la denuncia. Si hemos violado la ley, estoy dispuesto a pagar por ello. Venga la denuncia. Aunque usted sabe mejor que yo el dicho de

Juárez en relación a la ley. ¿Lo sabe usted? —negó el Secretario y avanzó por ahí Sala—: Pues es una laguna teórica de su oficio, Señor Secretario. Juárez dijo: «A los amigos justicia y gracia; a los enemigos, la ley a secas.» Aplíquenos usted la parte que nos corresponda.

6

El Secretario volvió a reír y extrajo de su saco una tarjeta con una lapicera dorada que pulsó tersamente:

—Voy a apuntar eso, Octavio. Si usted me permite.

—Es de dominio público —dijo Sala, poniéndose de pie, como si empezara a manejar la situación o se lo propusiera al menos—. Lo interesante de ese dicho es que nos habla de una parte poco conocida de nuestro prócer Juárez. Nos habla de la parte hija de la chingada del Benemérito, la parte dura de los próceres, la parte de la que nunca se habla y sin la cual no se los explica uno. Imagínese usted a Benito Juárez como una blanca paloma entre tanto chacal. Simplemente no hubiera sobrevivido. Comprender eso es la tarea de los historiadores, y si no que nos corrija nuestro amigo Vigil, que es historiador. Pero los contemporáneos no tenemos historiadores. Entre nosotros, todos nos vemos nada más las muecas feas y los calzones sucios, parecemos lo que somos: una bola de cabrones forrados de lo mismo. Pequeños, ambiciosos, cortos de miras, intrigantes, traidores. Vemos y nos ven según la posición o los intereses de cada uno, según lo que nos conviene. Pasa el tiempo y las generaciones posteriores ya no ven en el primer plano esos defectos que magnifica la cercanía, ven otra cosa. Ven la historia realizada, menos defectuosa, por lo general, que los individuos que la crean. Usted, por ejemplo, Señor Secretario. Apenas empieza el sexenio y ya dice medio México que aspira usted a ser Presidente de México.

—Es muy temprano para eso, Octavio. No vale la pena ni hablar de ello —dijo el Secretario.

—Pues dígales eso a sus subordinados, Señor Secretario —avanzó Sala—. Porque no hablan de otra cosa desde hace meses. Más aún, hablan ya de quién lo sucederá a usted en el puesto dentro de doce años. ¿Quiere saber los nombres?

—Es ridículo, Octavio.'

—Es la imperfección del presente, Señor Secretario —dijo Sala—. De eso es de lo que estaba tratando de hablarle hace un momento. Usted puede fingir aquí que es ajeno al futurismo de su candidatura presidencial y que no le interesa, igual que el Benemérito fingía ser ecuménico y legal hasta la autoinmolación. Fue tan ecuménico y legal que acuñó ese maravilloso aforismo de perfecto mafioso político: «A los amigos, justicia y gracia; a los enemigos, la ley.» Así han sido y son los políticos de toda la vida, Señor Secretario: «A los seguidores, prebendas y puesto; a los opositores, la ley del hielo.»

—Casi puede uno imaginarte rodeándote de enemigos en *La república* para ser objetivo y justo, Octavio —dijo Galio con una gran sonrisa—. Según lo que dices, la verdadera imparcialidad consistiría en favorecer a los enemigos dándoles trato igual que a los amigos.

—No tengo enemigos en *La república* —saltó Sala, con un grado menos de vuelo, tocado por el argumento de Galio.

—Donde hay poder, hay enemigos —dijo Galio—. La vanidad o la buena fe nos impiden verlos. Pero en política no hay peor pecado que la ingenuidad.

—No soy político —dijo Sala.

—Lo único que te faltaba para serlo del todo, es lo que acabas de hacer, Octavio: negarlo —dijo Galio divertido.

—No tengo ambiciones políticas —repitió Sala, sintiendo el marcador emparejarse.

—Tienes algo peor, querido Octavio —respondió Galio—. Tienes ambiciones históricas, te sientes llamado a una tarea que engloba y rebasa la de una generación de políticos. Si se me perdona el exceso retórico, te sientes una especie de estadista de la opinión pública de México. ¿No cree usted lo mismo, querido Michelet? —preguntó Galio volteando hacia Vigil su «gran sonrisa impía de caballo» (Vigil).

—En absoluto —contestó Vigil.

—En absoluto qué, mi querido Herodoto —dijo Galio reiterando el mecanismo de su sorna.

—En absoluto creo que sea cierto lo que usted dice —dijo Vigil—. Me parece, en efecto, un exceso retórico.

—Y el editorial de que hablamos, ¿qué le parece? —le preguntó el Secretario.

—Si el Presidente quiere de veras aclarar lo del 10 de junio, el editorial de *La república* puede ser una ayuda política —dijo Vigil.

—Ustedes parecen creer que basta con que el Presidente quiera algo para que sucedan las cosas —dijo el Secretario—. Ojalá fuera así de fácil. Pero las cosas no son así. Este sistema está muy bien construido, no hay teclas solas. Usted golpea fuerte en el do y no sale un do, sale una sinfonía completa, desafinada, desconocida y generalmente llena de mentadas de madre. Les pongo un ejemplo. En este momento tenemos un caso de defraudación empresarial en un ingenio de Sinaloa. Va un junior de por medio y hay un motín de cañeros que no saben jugar a la política y exigen que se aclare el fraude, caiga quien caiga. Pero ventilar eso implica llegar hasta la familia política de dos ex presidentes, un ex embajador norteamericano que ahora es subsecretario de Estado en Washington y la familia empresarial más fuerte de Monterrey. ¿Hay que incendiar el país para aplicar la ley a pie juntillas?

—Yo no hice las leyes ni casé a los hijos de los ex presidentes —dijo Sala poniéndose nuevamente de pie.

—Desde luego, Octavio —dijo Galio, acudiendo en auxilio de su Secretario—. Y tu trabajo no es resolver los problemas políticos del país, sino crearlos. No me entiendas mal, no estoy personalizando. Crear problemas políticos es el trabajo de la mayor parte de la población políticamente activa del país: reclamar derechos, exigir posiciones, movilizar inconformes, ejercer jurisdicciones, qué sé yo. La tarea del gobierno y del Secretario es la contraria, su tarea es resolver esos problemas, impedir que exploten, entre otras cosas para que ustedes puedan seguirlos creando en un clima de paz y de armonía institucional.

—Me deslumbra lo que dice Galio —dijo Sala al Secretario—. Se lo digo en serio. Quisiera hacerle una entrevista sobre eso.

—¿Sobre qué, Octavio?

—Sobre su tarea, sobre esto de que habla Galio ahora. ¿Cómo ve su tarea un Secretario de Gobernación, cómo la aprende, quién se la enseña? Aquí han despachado Calles, Alemán, Ruiz Cortines. ¿Cómo quedan sus enseñanzas en estos laberintos? Sus anécdotas, sus ocurrencias, sus modales, ¿cómo se transmiten? Hay una tradición oral de la política mexicana. Ése es el verdadero libro

de los secretos de esta increíble cosa que hemos construido los mexicanos del siglo XX. Quisiera una entrevista sobre ese libro.

—No hay tal libro —dijo el Secretario.

—Lo hay —persistió Sala—. Usted lo sabe de principio a
fin y en estos años va a añadirle capítulos. Déme una entrevista
sobre eso.

—Parte de mi trabajo es no dar entrevistas —dijo el
Secretario.

—La luz vela las fotos y pudre la negociación —completó
Galio Bermúdez.

—¿Se da usted cuenta, Señor Secretario? —dijo Sala, iluminado ahora por el descubrimiento que sentía brotar de sí mismo—.
¿Por qué convienen las sombras a la negociación y a su oficio? En una
sociedad abierta, ¿podría existir el oficio político mexicano?

—Para la política real, no hay sociedades abiertas, querido
Octavio —dijo Galio. Tronó los dedos al mesero para que le repusie-
ra su jaibol—. La política real siempre sucede en la sombra. Es por
naturaleza vampírica, secreta, cosa de pocos: una francmasonería de
las decisiones que de otra manera simplemente no podrían ser, per-
derían completamente su eficacia. ¿Cuándo se ha sabido lo que
hablan dos presidentes, lo que habla el líder sindical con el patrón, lo
que habla el candidato con sus patrocinadores financieros, lo que
habla el gobernante con sus amigos o con sus enemigos? Nunca. Los
políticos de las sociedades abiertas de que hablas simplemente dedican un poco más de tiempo a protegerse de la luz para poder actuar
como se actúa en la política: en los sótanos, en la sombra. Ya hemos
hablado de los sótanos antes, ¿no es así, mi querido Michelet?

—Junto a los sótanos —dijo Vigil, con seriedad de hielo.

Galio sonrió y dijo:

—De acuerdo, lo siento. ¿Quiere que le repongan su cuba
o finalmente accederá a iniciarse en el wisqui?

—Quiero un agua mineral —dijo Vigil, siguiendo la línea
de abstinencia alcohólica de Sala y el Secretario.

—Galio tiene razón en lo básico, Octavio —dijo el
Secretario, saltándose el aparte de Vigil con Galio—. La política
es conflicto y negociación. Y lo fundamental de ambos mundos se
desenvuelve en la sombra, independientemente de la sociedad de
que hablamos.

—Galio es un experto en razonar lo irrazonable —dijo Sala—. Nadie le pide al país que ande desnudo en la playa hurgándose los genitales. Lo que se le pide es que no ande con abrigo y bufanda al mediodía en los 38 grados de la playa más calurosa del Caribe. Las cerrazones de nuestro sistema político dan risa, no seguridad. Y no producen a Juárez, sino a Díaz Ordaz, mi querido Galio, un presidente al que también encontraste el modo de defender.

—Defendí el principio de la autoridad presidencial, no al presidente Díaz Ordaz —matizó Galio.

—Sal y pregúntale al más analfabeto lector de prensa o al más refinado analista político si tú has defendido al presidente Díaz Ordaz o al principio de la autoridad presidencial. A vér qué te dice —respondió Sala.

—Después de que opinen ambos, seguirá siendo cierto que defendí una cosa y no la otra —dijo Galio.

—Me gusta el argumento de la verdad como una cosa distinta de la opinión —aprovechó Sala—. Lo mismo puedo decir yo: después de que ustedes hayan pensado y divulgado que *La república* ataca al Presidente, seguirá siendo cierto que no hacemos sino apoyar su impulso democratizador.

—Está listo el servicio, señor —dijo al Secretario uno de los meseros que atendían.

—No pierde usted el paso, querido Octavio —dijo el Secretario, invitándolos a pasar a la mesa—. Un polemista de su tamaño necesita la república. Pero no la impresa, sino la otra.

—Lo tiene en usted, Señor Secretario —dijo Sala—. Bastaría con que le echaran encima los reflectores que le faltan.

7

El paso a la mesa suavizó la esgrima y dejó correr la trivia política del momento —«municipal, espesa, digna, como siempre, de sí misma» (Vigil). Bien entrado el filete de entraña roja y tierna, llegó hasta el Secretario una tarjeta que lo hizo ponerse de pie y caminar hacia la puerta «como si persiguiera en el aire del salón una quimera» (Vigil). Volvió radiante, dando «grandes zancadas de actor de zarzuela en trance de ponerse a cantar». Dijo, en efecto, como si cantara:

—Acaban de atrapar a los secuestradores de Hirschfeld Almada.

Alzó entonces la copa de vino que había permanecido intocada frente a él y ofreció un brindis mudo, «celebrador de su futuro» (Vigil).

Sala retuvo el brindis.

—¿Y ésas son buenas o malas noticias?— preguntó

—Son excelentes noticias, Octavio —respondió el Secretario—. Esas detenciones cierran un caso crítico y probablemente una modalidad de delito político.

—Cierran un síntoma —dijo Sala, dispuesto a sofocar el «tufo policial de esa dicha y a dispersar la emanación cercana, todavía cálida y húmeda, del poder que odiaba» (Vigil) y a cuya frecuentación, sin embargo, le era imposible sustraerse.

—En política forma es fondo, Octavio —dijo el Secretario, volviendo jubiloso a su filete—. La cura de un síntoma vale lo que la cura de una enfermedad.

—¿Dónde están detenidos? —preguntó Sala.

—Van a ser consignados el lunes próximo a las autoridades —respondió el Secretario, mascando y chupando los jugos de la carne con renovado apetito.

—Hoy es martes —dijo Sala.

—Así es —dijo el Secretario.

Siguió un silencio asfixiado que Galio liberó:

—Nuestro amigo Octavio quiere decir que, de acuerdo con la ley, esos detenidos deben presentarse a las autoridades a más tardar el jueves. ¿No es así, Octavio?

Sala asintió y agregó, tensando todavía sus alambres:

—Sin huellas de tortura, ni detenidos faltantes.

—Esa gente estuvo a punto de ejecutar a uno de los mejores cuadros políticos del sistema —dijo Galio.

—Tienen sus derechos constitucionales a salvo, aunque hubieran tratado de matar al Presidente —dijo Sala, poniendo la servilleta sobre la mesa.

—Así es, Octavio. Tiene usted razón —dijo el Secretario, regresando de su euforia carnívora al empaque neutro y amigable («otra vez la máquina cordial, posgraduada en modales y fachadas»: Vigil)—. Le recuerdo, sin embargo, que no ha vencido el término constitucional para presentar detenidos. Apenas cayeron hoy. No hay todavía infracción legal que perseguir de nuestra parte. ¿Está de acuerdo?

—Estoy de acuerdo —dijo Sala.

—Brindemos entonces por este logro de la legalidad a secas —pidió el Secretario, alzando una copa irrecusable.

Sala también alzó su copa, pero sólo mojó en ella los labios, sin tomar.

—Delito que no se castiga se repite —dijo el Secretario, concentrado nuevamente en «los jugos visibles de su carne y en los invisibles de su triunfo, su logro, su camino» (Vigil).

—¿Cree usted que esto pondrá fin a la racha de asaltos y secuestros? —preguntó Sala, también de regreso a su propia cueva tersa y masajeante.

—Ayudará, Octavio —dijo el Secretario—. Los incendios hay que apagarlos en el cerillo. No hay que menospreciar los cerillos, porque el bosque está siempre seco. Los mexicanos sabemos bien que el bosque está siempre seco. Toda nuestra historia de inestabilidad política es la de incendios inesperados. ¿No es así, amigo Vigil? Usted es historiador, ¿qué opina?

—Lo de Hirschfeld es la punta del iceberg —dijo Vigil, tratando de ceñirse, con otra metáfora, a los argumentos de Sala.

—¿Qué quiere usted decir? —preguntó el Secretario, asomándose por el cabito de su contrariedad.

Quería decir, desde luego, la huella fresca de Santiago en la madrugada de Tlayacapan, la certeza de haber visto un incendio que iba muy adelante del cerillo, que era ya una brasa ubicua, rescoldada en el corazón de cientos de jóvenes curtidos en el odio a todo lo que el Secretario exudaba, esperaba, era. Eso quería decir, pero sólo dijo:

—Mi impresión es que todo esto está empezando. Y que no puede tener meras soluciones policiacas. Necesita soluciones políticas.

—Vivimos el momento de mayor apertura política desde Cárdenas —sentenció el Secretario, engullendo el último bocado de su filete.

—No para esos jóvenes armados —replicó Vigil—. Para ellos la realidad política de la república se resume en Tlatelolco y en el 10 de junio. Su pacificación no es un problema policiaco.

—Lo es mientras no se demuestre lo contrario —dijo el Secretario. Se limpió los labios con la servilleta y luego las comisuras; los labios otra vez y las comisuras de nuevo—: El Presidente ha abierto las puertas. El que no quiera entrar, se queda afuera por su propio gusto —bebió otro sorbo de vino, como quien se enjuaga. Dijo—: Debo informar al Presidente de estos hechos, Octavio. Me espera en Los Pinos dentro de unos minutos. Les ruego me disculpen. Pero antes de irme quiero prometerles esto, para responder a su justo desasosiego: los detenidos por el secuestro de Hirschfeld serán entregados a la justicia en los tiempos y formas que marca la ley. No quisiera que confundiéramos la esgrima verbal con las convicciones políticas. Puedo argumentar con ustedes dura y hasta provocativamente, según la escuela de nuestro amigo Galio, pero mi única obligación es la legalidad. Mi única protección también. Y así, también, mi única conveniencia. Y no me salga ahora Octavio con esas teorías heterodoxas sobre el Benemérito y la ley —dio la vuelta a la mesa, sonriente, para despedirse de Sala—. No están selladas por la academia esas teorías, ni por la realidad. —Le tendió la mano a Vigil—: No siga ayudando a nuestro amigo Sala con esas versiones de Juárez. Ya tiene bastante con las que divulga sobre nosotros *La república*.

Eran sólo las cuatro de la tarde cuando el Secretario salió.

—Nuestro Michelet tiene razón —dijo Galio, reanudando la plática—. Hay más de un cerillo prendido en el país. Pero éste del secuestro, fue apagado.

Sala se puso de pie, como si no hubiera oído y caminó por el pequeño recinto, perdido en una cavilación de la que fue volviendo hacia Galio como una «luz que se expande» hacia la mañana entre «las penumbras habitadas de la noche» (Vigil).

—Voy a contarte una anécdota de Gonzalo N. Santos, el cacique de San Luis Potosí —dijo Sala—. Un día, camino a su rancho *El Tamuín*, se bajó del auto a orinar en un recodo de la carretera. Era de noche. Y al oír el chorro, un perro que andaba cerca ladró. Su ladrido provocó otro ladrido y ese ladrido otro, hasta hacer una cadena de perros ladradores en la noche de la Huasteca. Acabó de orinar Gonzalo Santos y regresó pensativo al coche, abotonándose la braegueta. «Esto es como la política mexicana», le dijo a su chofer: «Sólo el primer cabrón supo por qué ladró.»

—Quiere decir —completó Galio— que hay que ser el que mea o el primer perro.

—No lo digo por eso —dijo Sala—. Hay algo en esa escena que se aplica bien a lo que hemos discutido, aquí. La idea de un juego de ciegos activos. Trata de seguirme, Galio, te lo suplico. Hay algo trágico, nacional, algo que nos atañe a todos, en esa jauría de actos reflejos que es nuestra vida política. De pronto hoy, cuando Carlos dijo del iceberg y tu Secretario habló de los que se quedan por su gusto fuera de la casa del Presidente, tuve la visión clara de que estábamos preparando, todos, un incendio, y de que sólo los que pusieron los primeros cerillos saben por qué. ¿Me entiendes?

—A los amigos se les entiende siempre —dijo Galio—. Pero podrías ayudar formulando bien lo que quieres decir.

—Es todo lo que quiero decir —dijo Sala.

—Es todo lo que puedo entender, entonces —replicó Galio—. La única innovación periodística que te falta es publicar metáforas délficas.

Pero Sala no hacía caso, estaba en otra parte, hablando desde ahí como a través de un sueño: —Tu Secretario tan elegante, sentado enfrente, impecable, sagaz, con el apetito despertado por la noticia de la captura de los secuestradores de Hirschfeld. Es demasiada fisiología política. Habrá tenido una erección, no lo sé. Ha sido una comida impresionante.

8

—¿Interesado? —preguntó Sala a Vigil cuando salieron, mientras cruzaban el patio de Gobernación, lleno todavía de agentes y colas frente a las ventanillas cerradas.

—Erizado —dijo Vigil.

—Si no tiene nada que hacer, lo invito al periódico —dijo Sala—. Será un día digno de verse en *La república*.

Vigil subió a la ruina verde que don Emigdio puso a su paso en la acera argumentando por qué no iría a *La república* esa tarde. En el trayecto, accedió a la invitación de Sala, rodeado por la certeza de estar probando las extravagancias de un mundo que lo fascinaba, pero que nada tenía que ver con el suyo.

Entraron con paso gemelo a *La república* por las majestuosas escaleras de granito. Sus barandales de hierro forjado soñaban un
aire señorial de siglos acumulados, «vueltos piedra, muros, madera,
olor de tiempo vivido» (Vigil). La redacción que el nombre de Sala
había hecho legendaria, era una planta abierta de mil metros cuadrados, repleta de escritorios maltrechos, un rumor abismado de
teléfonos, teletipos, máquinas de escribir, y la parvada de reporteros
que hablaban y fumaban, aplazando el momento de sentarse frente
a sus notas del día.

La dirección de *La república* era un despacho de muros altos
y tonos umbríos. Tenía un anexo secretarial y una antesala de muebles de piel lustrados hasta la nobleza por nalgas y espaldas de por lo
menos tres generaciones. La oficina de Sala despedía un aire de
«quietud y serenidad color caoba» (Vigil). En sus sillones negros,
tan viejos como los de la antesala, podía beberse el impasible pasado.
Apenas cruzaron esa zona sagrada, detenida en su pátina de iglesia,
Sala empezó a protanarla, a llenarla con el «presente imperfecto de su
fiebre» (Vigil). Llamó a Rogelio Cassauranc, el subdirector de *La
república,* y pidió a doña Cordelia, su asistente de los últimos once
años, que lo comunicara con un licenciado Mireles en la Secretaría de
Agricultura. Ofreció a Vigil asiento, café, refrescos y un puro de la
caja que estaba sobre su mesa, mientras marcaba uno de los cinco
teléfonos, hasta entonces inmóviles, que le daban servicio:

—Soy Sala —dijo—. ¿Qué tienes del secuestro de
Hirschfeld?

Colgó, se quitó el saco, aflojó la corbata, ocupó el sillón de
alto respaldo, desplegó el cartapacio con papeles que esperaban su
atención, pulsó el interfono para preguntar por Cassauranc.

—Está esperando, señor —dijo doña Cordelia al otro lado.

—Cassauranc no espera para entrar a mi despacho, doña
Cordelia —saltó Sala por el interfono, «sabiendo que Cassauranc
escuchaba al otro lado» (Vigil)—. Rogelio entra cuando quiere, no
lo olvide usted.

—Sí, señor —dijo compungida doña Cordelia.

—Convoque, por favor, a Toño Sueiro y al Mayor —dijo
Sala—. Hágalos pasar también en cuanto lleguen.

Cuando colgaba, entró Rogelio Cassauranc. Vigil lo observó cuidadosamente. Era delgado y castaño, tenía los ojos claros y

una gran melena leonada con hebras plateadas. Caminaba en posición de pato metiendo un abdomen curvo, trabajado por las saciedades gastronómicas y sensuales de sus treinta y siete años. Vigil lo había visto por primera vez en la comida de fin de año del periódico, dos meses atrás, y lo recordaba aceptando un injusto regaño de Sala por el aplauso que los comensales dieron al Presidente cuando salía. Era una especie de hermano menor cuya docilidad canina frente a Sala incluía actitudes como las de no usar su derecho de picaporte y esperar en la antesala del despacho de su director hasta que éste lo llamara. Todo en Cassauranc, en el Cassauranc de entonces, salvo la ebria mirada café que hablaba de «su fervor alcohólico y una cólera antigua» (Vigil), exudaba aquiescencia a los deseos, las insinuaciones, las órdenes de Sala. Durante quince años, habían cruzado juntos, cómplices y minoritarios, por los meandros del conservadurismo y la corrupción del periódico, hasta ganar la cúpula y transformarlo en el instrumento único que era.

Antes de la llegada de Sala y Cassauranc al mando de *La república,* el diario había abanderado, una tras otra, las causas menos gloriosas de la vida política nacional. En servicio del comercio organizado había inventado en los años treinta un Día de la Madre —10 de mayo— para contrarrestar ciertos atisbos sufragistas que exigían voto, trabajo y educación igual para las mujeres. En la misma década *La república* había desatado una intensa y exitosa campaña contra la educación sexual en las escuelas públicas. Había logrado también el encarcelamiento de los editores de una revista literaria por haber publicado el fragmento de una novela que llamaba «nalgas» a las nalgas y a las putas, «putas», al tiempo que reproducía en sus diálogos y monólogos algunos de los frecuentes «carajos» y las infinitas variaciones del verbo «chingar» con que los mexicanos añadieron su propia dimensión metafísica al dialecto de Castilla. *La república* había sido el motor del rabioso macartismo criollo de los años cincuenta, defensor del mundo libre y entusiasta vocero dual de la jerarquía católica y la embajada norteamericana. Había combatido la huelga ferrocarrilera de 1958 y celebrado la aprehensión de sus líderes, así, como su larga cárcel, en compañía del pintor David Alfaro Siqueiros. Había justificado y hasta vertido algún elogio por el asesinato del dirigente campesino Rubén Jaramillo y su familia, y había dado vida al columnista político más temido y comprado del país, que durante años repartió famas e infamias políticas desde la primera página de *La república*. Finalmente, había montado uno de los mayores negocios de la historia del periodismo mexicano con uno de sus productos más deleznables: la revista policiaca *Crimen,* dedicada a manosear homicidios sórdidos y catástrofes naturales, accidentes sangrientos, riñas, *vendettas,* violaciones, y a recordar la guerra cristera y los campos de concentración nazis con lujo sádico de fotos y detalles.

Desde esas cargadas cuevas, «apartando telarañas y vampiros» (Vigil), habían emergido Octavio Sala y su grupo durante los años cincuenta, guiados por el imán personal del propio Sala y por la infatigable capacidad de organizar, negociar, conspirar de Rogelio Cassauranc. En torno a esa mancuerna heterodoxa se habían ido agrupando los periodistas jóvenes, asfixiados por la impudicia comercial de la casa, hasta apoderarse en 1967 de los órganos de decisión de la cooperativa y, un año después, de la dirección del periódico, mediante la expulsión de sus opositores.

Las jerarquías íntimas de la alianza se hacían transparentes en la actitud con que Cassauranc, nervioso, entraba al despacho de Sala, rebosando folders y cables, con los esquemas posibles de la primera plana y los resúmenes de la información nacional e internacional que llamaban *budgets.* Explicaba cautelosamente a Sala las novedades del día, los temas que había encargado para el editorial de la casa, los reportajes pendientes de publicación, el cuadro de la información internacional y lo que, a su juicio, debía ser ese día el material de la primera plana. Era tímido, pero organizado y directo, y apenas parecían objetables su valoración noticiosa o sus razones editoriales, que terminaban no obstante con un invariable:

—Salvo tus mejores órdenes.

—La principal de mañana es la caída de los secuestradores de Hirschfeld Almada —dijo Sala esa tarde, luego de escuchar el informe y las propuestas de Cassauranc.

—No tenemos esa información —respondió Cassauranc, presintiendo ya la avalancha de Sala: una tarde agitada en la que no tendría reposo ni control.

—La tenemos —dijo Sala— porque acabo de recogerla. Sólo necesita una fuente, que es lo de menos. La publicamos mañana con un editorial también de primera plana.

—Un editorial sobre qué —preguntó Cassauranc, riendo por el ritmo de Sala, que no tenía todavía la noticia y ya estaba en el editorial.

—Vamos a subrayar el carácter político, no policiaco de esta racha de acciones violentas —dijo Sala, mirando a Vigil, como si Cassauranc no hubiera hablado—. Y vamos a exigir la presentación de los detenidos. Por cierto, ustedes no se conocen.

—Nos conocemos —dijo Cassauranc, tendiéndole la mano a Vigil—. En la comida del periódico. Mucho gusto.

Porfió después con Sala, razonablemente:

—Te sugiero que nos protejamos haciendo la primera plana sin esa información y cuando llegue, la cambiamos.

—Nos protegemos lo que tú quieras —dijo Sala—. Pero nuestra primera plana serán los secuestradores de Hirschfeld. No te preocupes.

Cassauranc accedió con otra sonrisa. Al salir, volvió a darle la mano a Vigil:

—Seguridad Octavio Sala —le dijo—. Marca garantizada de la casa.

9

Durante las horas siguientes Vigil asistió, por primera vez, al espectáculo que justificaba esa seguridad, el reino vertiginoso de Octavio Sala en su escritorio de *La república.* La sencilla pasión que regía ese dominio era «triunfar cada noche sobre la trivialidad y la rutina» (Vigil), negarse al paso lento de los días, hallar en ellos los filones vivos, «la mezcla incomparable de sorpresa, escándalo y revelación que llamamos noticia».

No tenían en la mano otra información que el anuncio del Secretario de Gobernación sobre la captura de los secuestradores, pero cuando tuvo enfrente a Antonio Suerio y al Mayor, Vigil escuchó a Sala inventar, sin titubear ni sonrojarse:

—Nuestros informes, de primera mano, son que hay cinco detenidos: cuatro hombres y una mujer. Quiero que verifiquen eso, que localicen el sitio donde están recluidos, cómo y dónde cayeron, y quiénes son. Usted tiene los mejores amigos en la Secretaría de la

Defensa, Mayor —le dijo al reportero cincuentón, cuyo apodo venía, precisamente, de que durante veinte años como periodista acreditado ante las fuerzas armadas, se las había ingeniado para que lo hicieran oficial habilitado del ejército y había subido por riguroso escalafón hasta el increíble grado de mayor que ahora ostentaba—. Ofrezca que no daremos la fuente, que no usaremos la palabra ejército en la información. Lo que quiera, pero consiga algo.

Instruyó luego en el mismo sentido a Antonio Sueiro, un joven pero experimentado cronista policiaco cuya investigación más célebre dentro de *La república* había sido la de las conexiones de los editores de *Crimen* con el tráfico de drogas y la extorsión de ciudadanos. Su reporte, un extenso legajo con dos apéndices documentales que Sala conservaba en la caja fuerte del periódico, recogía la historia alucinante que había determinado el cierre de la revista, la expulsión de la cooperativa de los editores, la caída de la antigua dirección de *La república* y, en gran parte, el triunfo de Sala y su «partido» en la asamblea de 1965. Sala le pidió a Sueiro que interrogara a los procuradores de la república y el Distrito Federal, ya que eran ellos quienes estaban en entredicho, igual si les habían notificado de esos reos que si no.

—Quiero informes en una hora —dijo Sala al final—. Versiones textuales de las preguntas y las respuestas que hagan y obtengan. Y métanse de cabeza en esto, porque les aseguro una cosa: México se va a conmocionar mañana con estos hechos.

Hizo después dos telefonazos. El primero al editor de la revista *Hora Cero*, que fue esos años la ventana informativa de los grupos guerrilleros. Medio México presumía lo obvio: que además de la simbiosis periodística, *Hora Cero* mantenía relaciones clandestinas de colaboración y organización con esos grupos y que Ricardo Iduarte, su director, era contacto de los grupúsculos radicalizados que buscaban entrenamiento militar en Cuba, y en las guerrillas sudamericanas una arena donde probar sus convicciones internacionalistas.

—Voy a darte una información exclusiva a cambio de lo que puedas devolverme —dijo Sala a Iduarte por el teléfono—. Detuvieron este mediodía a los secuestradores de Hirschfeld. Son cinco personas —volvió a inventar, con apego estricto, sin embargo, a su propio guión—: Una mujer y cuatro hombres. ¿Tienes idea de quiénes pueden ser?

Hubo una pausa larga, y volvió Sala:

—Es un hecho, Ricardo. No juego con eso. Este mediodía los detuvieron, y eres la segunda persona en saberlo, fuera de los capturadores. Ahora contéstame esto, por favor: ¿tienes idea de quiénes son? Difundirlo puede ayudar a que los entreguen y no los desaparezcan. Te pido que lo pienses y me dejes llamarte en media hora.

La segunda llamada fue a la Secretaría de la Defensa, con el secretario mismo, un general setentón que había sido ordenanza de Calles en los veinte y comandante en jefe de la campaña anticristera en Durango, en los años treinta. Luego de los saludos de rigor, Sala le preguntó, sin rodeos:

—General: quisiera saber cuándo entregarán ustedes a la justicia civil a los secuestradores del señor Hirschfeld Almada.

Hubo una respuesta corta al otro lado, después de la cual Sala insistió:

—Esa información ya está en nuestro poder, mi general. Sabemos de la detención de cinco personas, una mujer y cuatro hombres. —Vigil escuchó entonces, escandalizado, la voz imperturbable de Sala—: Según nuestros informes, uno de los hombres está herido de muerte.

Hubo otra respuesta breve y Vigil volvió a escuchar a Sala:

—Nuestra información es que uno está herido de bala y una de las mujeres golpeada severamente.

Otra respuesta, y Sala:

—Le rogaría, mi general, para evitar estas versiones encontradas, que nos ofrezca usted la información exacta. Sí, señor. Tal como usted me la ofrezca ahora. Un momento.

Metió una cuartilla limpia en su máquina de escribir y empezó a escribir de corrido el dictado telefónico, repitiendo y comentando en el camino:

—Son seis detenidos, dos mujeres. Los entregaron ustedes a Gobernación, sí señor. ¿Sólo tienen el nombre de una de las mujeres? Lourdes Perusquía Martínez. Hija del embajador Perusquía, sí señor. ¿Los otros no fueron identificados? No. Están en poder de la Dirección Federal de Seguridad. Ningún herido, ningún golpeado. De acuerdo. Cayeron todos en una casa de la colonia Asturias. Fueron tomados por sorpresa, sí señor. Eso es todo. Una última petición, mi general. Permítame llamarlo en una hora para informarle de lo obtenido en otras fuentes.

Sala agradeció barrocamente la atención del general casi durante tanto tiempo como había durado la entrevista. Al colgar, le dijo a Vigil:

—Quiero pedirle que haga usted el editorial de *La república* de mañana desarrollando la idea que planteó esta tarde ante el Secretario de Gobernación .

—Nunca he escrito un editorial —dijo Vigil.

—Así es —dijo Sala, poniendo un manojo de cuartillas limpias sobre el carro de su máquina—. Y nadie como usted ha escrito nunca un editorial de *La república* —empujó la máquina circunnavegando su escritorio hacia la cabecera de la mesa de juntas—. Y nunca ha publicado *La república* una información como la que publicará mañana. El director de *La república* nunca había ofrecido su máquina de esta manera en este despacho —señaló imperiosamente el asiento de la cabecera para Vigil—. Y nunca hubo aquí en este despacho dos hombres con la combinación de edades y ropas que usted y yo combinamos. Y esta escena, de la que usted y yo somos los únicos actores, no ha existido nunca en la historia del hombre, ni existirá después. Déjeme suplicarle entonces que escriba nuestro editorial de mañana inventando otra vez lo que le oímos decir esta tarde en el despacho del Secretario de Gobernación.

Vigil seguía diciendo que no dentro de sí pero caminó de hecho al lugar que Sala le indicaba, desbordado y vencido —la tercera ocasión en el día— por su «brillantez imperativa», mientras Sala volvía a sus teléfonos locos y al oficio de astucias que le había revelado a Vigil. Tratando de copiar el estilo directo y a veces brutal de los editoriales de *La república,* Vigil escribió con rapidez, escandalizado todavía por el remolino desatado por Sala contra los días circulares.

10

—La única identificada es Lourdes Perusquía —dijo Sala a Ricardo Iduarte, el director de *Hora Cero,* en su segunda llamada de la tarde—. No te estoy dando una novela por entregas, sino la información que voy obteniendo. ¿Tienes otros nombres posibles?

Le pidió a Iduarte que esperara un momento y pulsó el interfono de doña Cordelia:

—Traiga su máquina y entre usted —dijo, mientras manipulaba el teléfono para conectarlo al interfono que permitía oír y hablar sin el auricular, con el sonido abierto al despacho. Doña Cordelia entró y Sala le indicó que tomara notas taquigráficas de lo que iba a salir por el aparato. Entonces reinició: —Te escucho, Ricardo.

Ricardo Iduarte advirtió que sus nombres eran conjeturales, antes de ofrecer una lista bastante precisa de nueve personas, con sus alias de guerra, algunos antecedentes e invariables elogios a su limpieza y su voluntad revolucionarias. Eran todos estudiantes recientes, la gran mayoría del norte del país y uno de Mexicali, como Santiago, el hermano de Santoyo.

—Sólo hay seis detenidos —dijo Sala—. Aunque tú mencionas nueve. Cayeron en una casa de seguridad de la colonia Asturias. Esta mañana, cerca del mediodía, antes de la comida en todo caso. Checa tus fuentes y, si estás de acuerdo, te llamo en veinte minutos para decirte lo nuevo que haya podido averiguar.

Con un ademán impaciente tomó de manos de doña Cordelia la lista de los nombres de Iduarte, le pidió que llamara nuevamente a Antonio Sueiro y al Mayor, y empezó a pasearse frente al escritorio escrutando la lista como si la radiografiara, buscando en ella algo más que los nombres garabateados: una vibración, un aura, «la trama secreta de esas historias anónimas condenadas probablemente a terminar en una tumba sin nombre» (Vigil).

Doña Cordelia salió y entraron al despacho Antonio Sueiro y el Mayor.

—Son nueve detenidos, no seis —les dijo Sala, volviendo a mentir—. Y éstos son los nombres. Seis de ellos fueron remitidos hoy por los militares a los cuarteles de la Dirección Federal de Seguridad. Tú tienes a tu amigo Larrañaga ahí —dijo a Sueiro—. Y usted, Mayor, tiene a su gente en el Campo Militar N.°1. Cotejen los nombres y el número de los capturados. Cómo y quién los detuvo. Cayeron en una casa de la colonia Asturias, casi seguramente los aprehendió el ejército, pero quiero saber los detalles.

—Tengo ese reporte —dijo el Mayor—. Fue una ocupación blanca, sin bajas.

—En las procuradurías no hay noticia —dijo Antonio Sueiro.

—Y en la Federal de Seguridad no quisieron decir nada por teléfono, pero está abierto el cable. Basta con que me traslade.

—De acuerdo —dijo Sala—. Quiero sus cuartillas con las versiones textuales. Y en cuanto sepan algo, se reportan, no esperen a venir a escribir. Son las seis de la tarde. Quiero un corte a más tardar a las siete.

Cuando salieron, Sala le dijo a Vigil:

—Esta investigación que estamos haciendo es en sí misma acusatoria de las autoridades, Carlos. Tenemos que hacerla porque ellos escamotean la información. Meta eso en el editorial.

—Le han dado información en la Secretaría de la Defensa —dijo Vigil, para hacer constar sus reservas frente al tren disparado de Sala.

—Han confirmado una información que creían que teníamos —dijo Sala—. Eso fue todo. No nos dieron ninguna información. Confirmaron la nuestra. Nada más.

—Le han informado con minuciosidad de cosas que usted ignoraba —porfió Vigil, gozando esa mínima esgrima con Sala.

—Porque la situación está ya fuera de la competencia del ejército —dijo Sala—. Quien queda comprometida ahora es la Secretaría de Gobernación. Por eso nos dijeron algo en la Defensa.

—El licenciado Mireles de Agricultura en la línea, señor —interrumpió doña Cordelia por el interfono.

Era la primera llamada que Sala había pedido al llegar. Tomó el auricular y masajeó unos segundos al licenciado Mireles con toda clase de dichos y parabienes antes de soltar su nueva sonda sobre el «motín cañero» en el noroeste del que les había hablado, al pasar, el secretario de Gobernación.

—¿Cómo supiste? —dijo Mireles por el teléfono abierto.

—Nuestro corresponsal —respondió vagamente Sala—. Pero inventa mucho y quise corroborar. ¿Cierto que los soldados de la zona defienden el ingenio con metralletas?

—No, no, no, querido Octavio —se rió el licenciado Mireles de Agricultura—. El problema de Navolato no es así.

Sala apuntó el nombre de Navolato, que no tenía. Siguió una descripción técnica del problema, que el director de *La república* encontró la manera de cortar amablemente alrededor del cuarto párrafo.

—Que venga Viñales, doña Cordelia —dijo al colgar, para sumirse otra vez en la lectura abismada, ahora de las cuartillas que le habían dejado Antonio Sueiro y el Mayor, con esa «concentración obsesiva y como extrasensorial» que Vigil vería en Sala muchas noches ante materiales informativos para la primera plana de *La república*.

Vigil alcanzó a teclear un párrafo acusatorio de la negligencia informativa de las autoridades, antes de que entrara Viñales, un reportero gordo y rubio, sonriente y mal embutido en el traje obligatorio que nunca cerraría sobre su abdomen.

—Está en crisis el ingenio de Navolato —le dijo Sala—. Lo tienen tomado los cañeros por un fraude. Pero en ese fraude están metidos dos hijos de ex presidentes y el hijo de un ex embajador norteamericano. ¿Entiende usted? Usted tiene contactos en la colonia americana. Quiero la historia completa del fraude y la situación del ingenio de Navolato. Hable usted de mi parte con el ex gobernador Antúnez de Sinaloa.

—Lleva quince años fuera de la política sinaloense, señor —objetó Viñales.

—Precisamente —dijo Sala—. Ni modo de que hablen los cómplices. Tienen que hablar los espectadores, ¿no cree usted? Déme un reporte mañana y que lo comisione Cassauranc para este asunto. No se me pierda. Es un golpe.

Siguieron cuatro llamadas a otros tantos dirigentes del movimiento estudiantil del 68, a cada uno de los cuales Sala les leyó la lista de supuestos detenidos para ver si los conocían. A las siete de la noche tenía las fichas biográficas, las filiaciones políticas y un cierto perfil socioeconómico de ocho de los nueve secuestradores. Era una maraña de ex brigadistas del 68, hijos de profesionistas y maestros, habitantes de las casas de huéspedes de la Ciudad de México, ex militantes de grupos maoístas, seguidores de Carlos Marighella y Régis Debray, jóvenes politizados sin otro brillo que el de «su voluntad vengadora apostada a la guerra frontal con la burguesía» (Vigil). Para esos momentos Sala tenía también el teléfono de don Rafael Perusquía, embajador de México en Bolivia y padre de Lourdes, una de las mujeres detenidas en el grupo.

11

El informe del Mayor desde el Campo Militar N.º1 entró poco después de las ocho: efectivamente, ese día a las cinco de la tarde habían trasladado a la Dirección Federal de Seguridad a 7 (*siete*) detenidos, dos mujeres y cinco hombres. La ocupación de la casa de seguridad había sido rápida, pero no pacífica. Un tiroteo había causado la muerte de uno de los ocupantes y de uno de los comandos que la ocuparon: el cabo Sergio López Martínez, del batallón de paracaidistas. Iban a velarlo como civil en el velatorio del ISSSTE de San Fernando. La dirección de la casa en la colonia Asturias era Carlos Pereyra 113.

—Que venga Cassauranc, doña Cordelia, por favor —ordenó Sala por el interfono. Pidió después al Mayor que se trasladara a la casa allanada para interrogar a los vecinos.

Le dijo a Cassaurac cuando vino:

—Un fotógrafo a Carlos Pereyra 113, Rogelio. Y Guadalupe Cam al velatorio del ISSSTE, en San Fernando, con la familia del muerto Sergio López Martínez. Es cabo del ejército. Quiero que Guadalupe Cam entreviste a la familia, que le digan cómo era el cabo y cómo murió, según ellos. Quiero que describa a la familia, de dónde vino, quiénes la forman. El lado humano y la sociología instantánea respectiva.

—¿Algo especial para el fotógrafo? —dijo Rogelio Cassauranc.

—Lo normal. Fotos de la casa dentro y fuera, los vecinos. El Mayor le explicará. Ahora: vamos a necesitar toda la parte de arriba del diario para este asunto, ¿estás de acuerdo? ¿Tienes un esquema a la mano?

Lo tenía.

Sala desbarató con nuevos trazos lo que había hecho Cassauranc, señaló espacios para un editorial, para la información básica, una crónica y una entrevista. Le pidió después a Cassauranc que acomodara el resto en la parte inferior de la plana.

Cerca de las ocho y media llegó el reporte de Antonio Sueiro. Habían entrado 6 (seis) detenidos al cuartel de la Dirección Federal de Seguridad: una mujer y cinco hombres. Tenía completos sus nombres con alias y filiaciones, pero no podía mencionar la fuente.

—De acuerdo —dijo Sala—. Pero del Campo Militar N.º1 no salieron *seis* detenidos, sino *siete.*

—Llamo en media hora —dijo Antonio Sueiro.

Sala caminó frente a su escritorio con la fijeza hipnótica que Vigil apenas descubría y empezó a hablarle como quien juega frontón solo, sin esperar ni necesitar comentarios, respondiendo las bolas de su propio soliloquio. Era como la historia de los perritos, dijo. Según el director de *Hora Cero,* los detenidos en la colonia Asturias eran nueve personas. Si uno había muerto en el asalto, quedaban *ocho.* Pero sólo *siete* habían salido del Campo Militar N.º1 rumbo a la Federal de Seguridad. Y sólo *seis* habían entrado a la Federal de Seguridad. Casualmente, ésa era la cifra reconocida por el Secretario de Defensa. Había, pues, tres secuestradores faltantes: el muerto y otros dos, extraviados. Uno se había extraviado, entre la casa de la colonia Asturias y el Campo Militar N.º1; otro, entre el Campo y los cuarteles de la Federal de Seguridad.

Sala cotejó entonces los nombres de *Hora Cero* y los levantados por Antonio Sueiro y tuvo en limpio, identificados, a los seis detenidos, al muerto y a los dos faltantes. («Trabajaba a toda prisa», escribió Vigil en su reconstrucción de aquella tarde, «en esa especie de abstracción total del mundo: no el esfuerzo, el trajín angustiado y sudoroso, sino la concentración perfecta, la naturalidad de las energías fluyendo sin distracción hacia un único punto imantado de la tierra».)

A las nueve de la noche Guadalupe Cam había localizado a la familia del cabo muerto, el Mayor había entrado con el fotógrafo a la casa de la colonia Asturias. Había fotos de los tiros, versiones de los vecinos y había sido identificado el guerrillero muerto, lo que dejaba en la lista de Sala la incógnita de sólo dos personas. Habló entonces por tercera vez con su colega de *Hora Cero* y le informó con detalle de todas sus averiguaciones, cumpliendo sin omisión su parte del trato. Al final preguntó: ¿estaba seguro Iduarte de su lista? ¿Había en ella un margen de error? Podía haberlo, respondió Iduarte, pero los muchachos faltantes eran precisamente los líderes del grupo, sus inspiradores, sus guías.

—Aparecen todos menos los líderes, que están desaparecidos —recapituló Sala ante su frontón y despejó a continuación el enigma con facilidad cristalina, como quien saca del lodo el diamante intacto—: No volverán a organizar un secuestro, ¿entiende usted, Carlos? Ni uno más.

No esperó la respuesta de Vigil. Se puso a la máquina y empezó a teclear sin un titubeo, con la rapidez mecánica e impersonal de una línea de télex. Quince minutos después tenía una larga nota resumiendo los hechos: la detención del grupo, la muerte de uno de sus miembros en la acción, el traslado de los otros al Campo Militar N.°1, los nombres y filiaciones de los detenidos, la contradicción entre las cifras de entrada y de salida al Campo y a la Federal de Seguridad, el desconocimiento del asunto por parte de las autoridades judiciales y la decisión gubernamental de mantener en secreto las detenciones. Poco antes de que interrumpiera el flujo de su denuncia, doña Cordelia le puso en la línea al embajador Rafael Perusquía desde La Paz. Sala le explicó larga y cálidamente los hechos, subrayando que la información de *La república* al día siguiente garantizaría la integridad física de los detenidos, aseguró al embajador que su hija no había recibido lesiones y le confió el nombre del único guerrillero muerto.

—Era amigo de mi hija —admitió, desolado, el embajador, que hasta entonces se mantenía distante y cauto. Hizo luego la declaración inesperada que sacudió al día siguiente a la cancillería—: Respeto profundamente las convicciones revolucionarias de mi hija y sus amigos, aunque difiera de sus métodos. No creo en el secuestro ni en la violencia, pero sí en esos jóvenes que quieren cambiar a fondo nuestro sistema, nuestras desigualdades, nuestra injusta sociedad.

Vigil terminó el editorial bien pasadas las nueve. Sala lo leyó caminando frente a su escritorio con la expresión abismada del caso:

—Sólo necesita un párrafo final, un parrafito —dijo—. Debemos decir que las irregularidades jurídicas que se cometen con estos muchachos, se cometen contra toda la sociedad. Hoy vienen por ellos, mañana vendrán por nosotros. ¿Me entiende usted? Las campanas doblan por todos.

Vigil escribió el párrafo, mientras Sala mandaba llamar y recibía nuevamente a Cassauranc con su esquema y las fotos de la casa tomada y del velorio del cabo muerto. Las extendió en la mesa de juntas, frente a Vigil, y escogió dos, mientras murmuraba su fascinación por el resultado. Tomó las sobrantes y dijo a Cassauranc:

—Una página adentro para las fotos, bien desplegadas.

—De acuerdo, Octavio.

—¿Y dónde está la crónica de Guadalupe Cam?

—La está escribiendo —dijo Cassauranc—. Aquí está la primera cuartilla.

Sala la leyó gesticulando, deslumbrado con la crónica como con su propio texto.

—Es un golpe a las tripas —dijo, pasándole la cuartilla a Vigil.

Era el testimonio desolador de una viuda joven que no sabía aún cómo había muerto su marido. Había abierto un mediodía la puerta y se había encontrado con su cadáver, envuelto en una lona, traído por sus propios compañeros que se quedaron con ella una hora sin explicar nada, esperando sólo que pasara la limusina del ISSSTE, que ella tampoco llamó, para llevárselo al velatorio «por orden superior».

Sala recogió nuevamente el esquema de manos de Cassauranc y volvió a diagramarlo.

—Se lleva casi toda la primera plana —dijo Cassauranc, insinuando un desequilibrio.

—Pero mañana se llevará a todos los lectores de México —dijo Sala, radiante, repleto de las noticias adquiridas—. Voy a dictarte las cabezas.

Las dictó una tras otra —la nota principal, las crónicas, la entrevista con el embajador— como si las conociera mucho antes y toda la tarde no hubiera sido otra cosa que la búsqueda de los textos justificatorios. Vigil resintió su propia cuota en ese vértigo cuando Sala tituló el editorial «¿Por quién doblan las campanas?», en seguimiento de las líneas del único párrafo que le había pedido.

—En una hora tienes la prueba —dijo Cassauranc, recogiendo los esquemas, las notas y las fotos del campo donde «había perdido plenamente una batalla que no empezó a dar» (Vigil).

12

Cuando Cassauranc salió, doña Cordelia habló por el interfono:

—El licenciado Abel Acuña, señor.

—Pásemelo por la línea tres, doña Cordelia.

—Está el licenciado Acuña en persona, señor —dijo doña Cordelia.

Sala saltó hacia la puerta de su despacho y al abrir la puerta se fundió en un abrazo desmesurado con su visitante. Abel Acuña tenía entonces poco más de treinta años. Era moreno, atlético y elegante hasta la caricatura, como extraído de un figurín de modas. Trabajaba ya como subsecretario de la casa presidencial, pero todavía no como el zar de las relaciones del gobierno con la prensa nacional e internacional. Era todavía un funcionario discreto, encargado de llevar, fuera de registro, asuntos confidenciales del Presidente, misiones irregulares, amistades invisibles. Sala se lo presentó a Vigil con su entusiasmo rutinario y Vigil estrechó la mano «cálida y callosa» de Acuña, una mano «afable y dura, adiestrada en transmitir fortaleza, genuino interés en el otro, confianza y amistad previas, protección, complicidad, futuro» (Vigil).

—Vea usted bien, Carlos, a nuestro amigo Abel —dijo Sala, todavía frotándose con Acuña—. Cuando los periódicos hayan sido desplazados por la televisión y los historiadores por la memoria electrónica, cuando sólo las mujeres voten y los votos cuenten al fin en este país, Abel será presidente de México. Entonces, usted podrá decir que lo conoció aquí en este despacho, yo tendré un testigo de nuestra amistad y él no podrá negarme como Pedro al del Calvario.

—Soy su lector desde las épocas de *El día* —dijo Acuña a Vigil, con un «guiño perfecto al pasado» (Vigil).

Un quinquenio atrás, durante dos años, Vigil había escrito en ese periódico artículos de crítica literaria que ahora quería olvidar y había redactado también comentarios políticos que no carecieron de fortuna, aunque sí de lectores, paradoja no sólo posible sino frecuente en las páginas editoriales de la prensa mexicana, que funcionan más como correo interno de la élite del país —un

pequeño muestrario de intereses, extorsiones y resentimientos—
que como ágora moderna en la que se informan y debaten los ciudadanos. Quizá el mayor atractivo de *La república* por aquellos
años fuera que había roto ese circuito y era un diario de alta circulación, con lectores multitudinarios. Seguía sujeto, no obstante, a
las reglas de trato y negociación con una élite dirigente acostumbrada a la transacción cupular más que al trato con el público.
Entre esa exigencia manipulatoria de la élite y la expectativa
sedienta de la ciudadanía, Sala había optado, según Vigil, «por
servir sin concesiones a la última», pero para hacerlo «debía herir
y desoír», como nadie lo había hecho en las últimas décadas, a la
primera. La escena que siguió con Acuña fue típica de ese desga-
rramiento inconciliable que empezaba a marcar el destino de *La
república.*

Vigil no escuchó sus preámbulos, porque Sala y Acuña se
retiraron para hablar en voz baja hacia un rincón del despacho, frente al
ventanal, «Sala enlazando la cintura de Acuña y Acuña inclinado sobre
el oído de Sala, todo como en sordina» (Vigil), hasta que Sala dijo:

—Eso no puedes pedírmelo, Abel. Tengo cuatro horas
moviendo este periódico para lograr lo que hemos logrado. Tengo
declaraciones del Secretario de la Defensa.

—Declaraciones que el Secretario retira por mi conducto
—dijo Acuña, levantando también la voz.

—No hay conductos que retiren la verdad —dijo Sala—.
Aquí hay testigos de esa conversación, hay hechos que confirman lo
dicho en esa conversación.

—No se trata de testigos ni de veracidad informativa —dijo
Acuña.

—¿De qué se trata entonces, Abel? —dijo Sala, separándose de su mancuerna como si lo hubiera picado—. ¿De qué se
trata?

—Se trata de nuestra amistad —dijo Acuña, retóricamen-
te—. Y de un plazo que te pide el Presidente. Tú tienes el derecho a
publicar lo que has investigado, pero no a citar el testimonio del
Secretario de la Defensa, que retira, como te digo, su declaración
telefónica.

—De acuerdo —dijo Sala—. No necesito citar al
Secretario, no aparecerá como declarante.

—Pero no es ése el favor que te está pidiendo el Gobierno de la República —dijo Acuña, que «hablaba con mayúsculas» (Vigil).

Abrazó entonces a Sala para llevarlo al primer rincón, frente al ventanal. Volvieron los murmullos inaudibles, hasta que Sala explotó otra vez:

—No puedes pedirme eso, Abel. No puedo negociar con eso. Pídeme lo que quieras, mándame un boletín especial y lo publico íntegro en la primera plana también. Pero no puedes pedirme que aplace un día la publicación de este asunto. Es como si yo te pidiera que dejaras un día de ejercer tu puesto, que dejaras un día de hacer política, que dejaras un día de cargar los testículos dentro de los calzoncillos. No depende de ti, no depende de mí tampoco.

—Depende estrictamente de ti —dijo Abel Acuña.

—No, Abel, no. No nos hemos entendido entonces.

—No te metas con el Ejército, Octavio.

—No voy a mencionar al ejército. Pero durante quince minutos, en este mismo despacho, por ese teléfono, el Secretario de la Defensa me informó con lujo de detalles sobre la captura de los secuestradores. Y ahora me dices tú que no quiere que se sepa. No quiero ofender al Secretario suponiéndolo incapaz de sostener su palabra.

—Lo sorprendiste —dijo Acuña.

—Soy un reportero, Abel. Busco y pregunto. Pero el señor que está al otro lado de mis preguntas tiene el recurso más inexpugnable del mundo que es, simplemente, no contestar nada, mandarme al carajo. Si el Secretario declaró es porque quiso declarar. Ahora ustedes lo están haciendo que se retracte por razones que no entiendo, pero que no tienen que ver con el señor Secretario de la Defensa. ¿Cómo voy a sorprender a un Secretario de la Defensa? No me jodas.

—De acuerdo —dijo Acuña—. Descubriste una fisura. Hay, en este caso, una divergencia de opinión entre las autoridades militares y las civiles. Pero al Gobierno Civil es al que no le interesa ni le conviene que esto se sepa antes de que se hayan hecho ciertos acomodos políticos, ¿me entiendes?

—No, no te entiendo —dijo Sala—. Lo que entiendo es que las autoridades militares entregaron a sus presos y que ustedes, los civiles, quieren aplazar la entrega de esos presos a la justicia civil. ¿Quién no está cumpliendo aquí con lo que manda la constitución?

—Octavio, Octavio —dijo Acuña y volvió a llevarlo al sitio del silencio junto al ventanal. Vigil lo vio hablar larga y enfáticamente sobre el perfil derecho de Sala y a Sala asentir una vez, discutir otra, regresar poco a poco a la gesticulación y la negativa. Unos minutos después, exhaustos, sudorosos, despeinados como si hubieran librado una lucha cuerpo a cuerpo, se separó Abel Acuña.

—No quiero mezclar las cosas —dijo—. Te he venido a pedir un favor de parte del Presidente de la República. Si no te es posible hacerlo, ni modo. Eso no rompe la relación ni suspende nuestra amistad. Es un incidente desagradable, nada más.

—Gracias Abel. De veras, gracias. Dale mis saludos al Presidente, transmítele mi afecto. Y trata de explicarle, por favor.

—Le explicaré.

—¿Igual cenamos mañana? —preguntó Sala con astuta dulzura.

—Igual, Octavio —dijo Acuña.

Camino a la puerta, Acuña fue hacia Vigil y volvió a darle la expresiva mano, un poco más húmeda pero igual de sólida y acogedora, aunque sobre su cara de galán de concurso había un rictus de irritación y cansancio. Se despidió de Sala con otro abrazo aparatoso, ahora de «parientes compungidos por la desgracia de un familiar» (Vigil).

—Que venga Cassauranc, doña Cordelia —dijo Sala por el interfono. Marcó luego un número y pidió que lo comunicaran con el Secretario de la Defensa. Le dijo, a bocajarro:

—Mi general, me dicen altas fuentes civiles que es su decisión retirar las declaraciones que me hizo usted por teléfono. ¿Es así?

—Le dije lo que sabía —contestó adustamente el militar—. Y no suelo retractarme de mis palabras. Obre usted con ellas como mejor le parezca.

—Si me permite, general, omitiré la fuente —dijo Sala.

—Si así conviene a su periódico y a sus lectores, proceda usted —dijo el Secretario, y colgó.

Sala cogió su saco y le dijo a Vigil —«aunque en realidad se lo decía a sí mismo, al otro Sala sanguíneo y replicante de su apasionado monólogo» (Vigil)—:

—Nos vamos, Carlos y perdóneme que lo apremie. Pero si la siguiente llamada es del Presidente, no podré negarme. En esta república todavía no se le dice no al Presidente.

—¿En la impresa o en la real? —dijo Vigil.

—Veo que ha entendido todo —dijo Sala mirándolo, con malicia y placer, «como quien confirma un pronóstico aventurado» (Vigil).

Camino a la mesa de redacción se encontraron con Cassauranc que ya venía. Sala le pidió que suprimiera de la nota la mención del Secretario de la Defensa y le fue repitiendo por los pasillos, rumbo a la salida, las instrucciones que le había dado antes sobre la primera plana.

—Pase lo que pase, Rogelio, ningún cambio —le dijo por último—. Te llamo en una hora, pero ni un solo cambio, por favor.

Salieron a la noche leve y fría y echaron a andar con el mismo paso gemelo de la entrada pero sin hablar. «Lo fui viendo de reojo», escribió Vigil, «con la naturalidad fingida del caso. En su perfil brilloso, radiante y exhausto, creí ver una exaltación colmada y ya serena: el júbilo silencioso, la certeza de una victoria secreta explicaban su silencio».

Esa noche Vigil empezó un diario cuyos detalles explican los de este relato. Anotó prolijamente la conversación de Bucareli y los incidentes de su primera tarde en el despacho de Sala, su larga caminata silenciosa de la siguiente hora por las calles del centro de la ciudad, que empezaban a vaciarse. Al final escribió: «El mundo de Octavio Sala: fascinante y ajeno. Como un viaje a la luna, supongo. No viajaré.»

Capítulo IV

Pensó no entrar al mundo de Sala y el periodismo —dijo Oralia sonriendo, recordando, una vida después— pero al año estaba metido hasta el cuello en su luna de papel. A los seis meses ya era el asesor de Sala, su sombra, su eco. Todo se volvió «Voy al periódico», «Me llaman del periódico», «Tengo que escribir mi artículo para el periódico», «No sé a qué hora saldré del periódico». Su vida se volvió el periódico. Dejó de leer, de tomar, hasta de hacer el amor. Bueno, casi, porque con el éxito, naturalmente, reapareció Mercedes Biedma y yo aprendí que los hombres sólo desean verdaderamente a las mujeres que no pueden tener. Está todo en los cuadernos, ¿qué le voy a inventar?

1

Al día siguiente de su iniciación en el despacho de Sala, Vigil escribió en un cuaderno:

Antes de mediodía aparecieron los secuestradores de Hirschfeld. Lo supe porque llamó Sala al Castillo para decírmelo. Quería celebrar «nuestro triunfo». Por la tarde vino un mensajero a Martín Mendalde pidiendo mi presencia en el diario. Me fui al cine. Al regresar había otros dos mensajes de Sala. No fui.

Tres semanas después, escribió:

Se presentó Sala con Corvo. Su presencia causó una pequeña conmoción en el Castillo. Me pidió que escribiera editoriales para *La república*. Dije que no. «Escriba entonces artículos.» Dije que no. «Escriba reportajes.» Dije que no sabía hacer reportajes. Crónicas de asuntos que me interesaran. Dije que no sabía hacer crónicas. Entonces dijo Sala: «Usted va a escribir los editoriales de *La república,* porque no hay en México gente mejor para eso que usted. Y eso es una fatalidad histórica, como usted diría. No puede ser de otro modo.» Luego de comer, acepté ir los días lunes a hacer editoriales.

Unos meses después, ya iba tres días por semana a escribir la tira editorial de *La república,* publicaba un artículo firmado a la semana y había ingresado con pie firme al «reino de la discordia que es el rostro cotidiano del trabajo» (Vigil). En efecto, antes de haber cumplido los seis meses en las aguas «imantadas y revueltas» de *La república,* podían olerse ya en los cuadernos de Vigil los tufos de la rivalidad, el desdén sulfúrico y fusilatorio de los otros:

Los editoriales de *La república* de hoy: un templo de indefinición, banalidad equilibrista y, en el fondo, omisión del punto de vista para evitar comprometerse. Todo lo contrario de lo que *La república* es y quiere ser.

Los editoriales eran responsabilidad directa de Rogelio Cassauranc, quien los encargaba y revisaba personalmente, y de su segundo, Pablo Mairena, un prosista excepcional, autor de uno de los grandes poemas del siglo XX mexicano, *Antes del alba,* y de un par de libritos juveniles cuya lírica desengañada le había valido, en los cuarenta, el augurio de un alto destino poético. Treinta años después, en el albor de su medio siglo, Mairena había trabajado en la diplomacia y la burocracia, había escrito discursos para políticos amigos y «cambiado su talento por las facilidades de una vida cómoda» (Vigil), vivida al arrastre de diversas asesorías en dependencias del gobierno y de un elenco cada vez más ajustable de convicciones frente a la cosa pública. Había encontrado asilo en *La república.* Algo de sus prodigiosos dones verbales regresaba a veces bajo la forma de un artículo semanal y algunos editoriales sin firma del periódico, así como en distintos pasajes de sus memorias picarescas, escanciadas en el suplemento *Lunes.* Un cuadernillo de poemas de amor de viejo, había hecho recordar a unos cuantos lectores el pálpito luminoso de los primeros versos de Mairena, «la verdadera pérdida del reino que estaba para él» (Vigil).

Disculpando su propio dispendio poético, Mairena solía decir que la poesía, como el deporte o la revolución, era vicio de jóvenes. Ilustraba mejor que nadie su rendición burocrática, sentenciando como Carlos V: «En mis sueldos, no se pone el sol.» Luego de dos años de buen rendimiento como articulista y coordinador editorial de *La república,* Mairena acariciaba la posibilidad de un nuevo empleo gubernamental y descuidaba sus tareas en el periódico, al punto de haberse vuelto una carga para Cassauranc, que no podía controlarlo, y una fuente de irritación para Sala, que lo veía reincidir en la querencia burocrática como si dos años de éxito en *La república* no significaran nada para él. «Padece daltonismo moral», le había dicho Sala una vez a Vigil. «Es un lamentable cuidador de su talento.» («Mairena era un espejo», escribió Vigil, «el espejo que nos ronda a todos. Me negaba a reflejarme en su imagen, pero su imagen permanecía frente a mí como un maleficio, quizá porque se trataba, en realidad, de una profecía».)

Otro espejo indeseado pasó frente a los ojos recusadores del nuevo periodista cuando fue publicada, en esos meses de iniciación en *La república,* la primera parte de su historia. El libro vino con reseñas demesuradamente favorables, que aludían más a la nueva posición de Vigil como astro emergente de *La república* que a la lectura cuidadosa o siquiera completa de su trabajo: «Una nueva versión de la historia del país», dijo ampulosamente un redactor de *Lunes.* «Una precisión insuperable mejorada *(sic)* por un estilo vivo y directo» escribió un articulista del diario.

La reseña de Galio Bermúdez en *El comercio* fue la excepción en esa avalancha innecesaria de elogios que, al final, consagran menos de lo que inmovilizan. La reseña de Galio no fue favorable ni agresiva, sino crítica y, en el borde de la crítica, «saludablemente maligna» (Vigil). Galio penetró como sin esfuerzo en las ambiciones secretas y las debilidades mayores del libro. Reparó con maestría en pequeñas fracturas de detalle y en equivocaciones arquitectónicas de importancia, mostró la pereza —y la prisa que suele acompañarla— en la ejecución de algunos pasajes, y exhibió errores de análisis en temas claves del libro —justamente los que Vigil quiso disfrazar con efluvios líricos. Lo decisivo, sin embargo, fue que Galio pulsó la «esquizofrenia interna del autor» (Vigil). La fuerza del libro, según Galio, era que no se resignaba a ser una simple narración histórica; su pobreza, que no corría a fondo el riesgo de ser una aventura literaria. «En esta su primera obra de investigación —escribió Galio— Vigil nos ha ofrecido algo más y algo menos que una historia profunda: una novela desangelada.» Galio hablaba de algo más íntimo y profundo en Vigil que un dilema de género artístico —historia o literatura. Hablaba del verdadero dilema de la vida iniciática de Vigil en *La república,* y que lo fue después de su vida toda: la dificultad, muy real en Vigil, de escoger entre la realidad y el deseo, entre la vida a la intemperie y la soledad de la inteligencia: la visión o la acción, el periódico o el claustro.

Las opciones críticas frente a esta *hybris* del talento —remató pedantemente Galio— son dos: que la historiografía gane un cultivador sobresaliente a costillas de lo que hubiera sido sin ella un escritor mediocre; o que un escritor brillante esté sacrificando la intensidad posible de su talento literario y haya escogido, como refugio, la mediocridad protectora de su historiografía. En todo caso, hay un indicio favorable: esta historia no es un libro de juventud, o de esa forma probada de rápido envejecimiento intelectual que llamamos precocidad. Es el resultado de una vocación híbrida, pero también sólida. Estamos frente a la primera gran promesa que el arte historiográfico ha tenido en México desde que en 1952 Luis Villoro cuajó su Proceso ideológico de la revolución de Independencia. Es decir, hace veinte años. Pero es la de Vigil una promesa ambigua. No sabe su voluntad artística a dónde va y tiene uno la impresión de que su primera obra habría sido igualmente atractiva si la hubiera dedicado a la antropología, el derecho o la filosofía. ¿Qué será de Vigil? No lo sabemos. Por lo pronto la suya es una forma madura de la indecisión intelectual, la excrecencia brillante de una vocación indefinida que empieza a sucumbir, por desgracia, como tantos de nosotros, a las tentaciones del diarismo.

—Sabemos en cambio que la mala fe es la vocación definida de Galio Bermúdez —le dijo Sala a su nuevo asesor, vacunándolo contra la sospecha del rumbo elegido—. No haga caso. Las musas y el tiempo están a su favor.

En octubre, Pablo Mairena renunció al diario para ocupar la dirección de una empresa paraestatal y Sala nombró a Vigil responsable de la tarea. No se lo consultó ni lo notificó a Cassauranc, quien supo del cambio frente al escritorio de Sala cuando éste le dijo a Vigil lo que deseaba para editoriales esa tarde y le autorizó la contratación de Corvo para la tarea que hasta entonces ejecutaba Mairena.

—Felicidades —dijo Cassauranc a Vigil, esforzándose en darle un abrazo, aunque había en su mirada, líquida por el alcohol de la sobremesa vespertina, un «cruce de espadas» y el anhelo de «un callejón oscuro donde esperar su turno» (Vigil).

2

Al secuestro de Hirschfeld siguieron otros, con sus propias secuelas de ultimátums, rescates y ejecuciones sumarias. Robaron bancos, oficinas, ingenios. Ejecutaron rehenes, sentenciaron traidores. Un ganadero sinaloense supo que su delito era ser parte de una fracción de explotadores antes de que una bala igualitaria le volara la tapa de los sesos. Un gerente bancario de El Mante pudo explicar a su mujer que el drama en que se hallaban tenía connotaciones políticas, pero no devolverle la vida a su hija que recibió un tiro en el pecho durante el asalto a las oficinas de la sucursal donde se ejercitaba como cajera. Las fechas violentas, con su rastro de sangre y el rumor silenciado de sus proclamas vengadoras, trazaron el sendero del incendio. Nadie, salvo *La república,* quiso ver al principio en esos desgarrones lo que todos sabían: el saldo de una generación de jóvenes amargos e iluminados, partidarios de la sierra y la revolución. Pero ni siquiera *La república* pudo sacar siempre el asunto de los confines de sus páginas policiacas y convertir la ola de asaltos y violencia en la señal política que era. La sorpresa cedió a la rutina y la indignación al hábito. Durante un tiempo las llamas aisladas no hablaron del incendio sino de sus cenizas. El viraje de *La república* en esta materia, llegó al escritorio de Sala por la mano involuntaria de Vigil.

Desde el escape colectivo de la calle de Giotto casi un año antes, Santoyo vivía con Paloma y había trasladado su desbordada hemerografía guerrillera de un departamento al otro. La aduana de Paloma impuso un orden en esa proliferación desorbitada, de modo que las pilas de periódicos terminaron volviéndose cuidadosas carpetas de recortes. La abrumadora folletería y las revistas, tomaron el rumbo de la encuadernación y el catálogo para mejor disfrazar, bajo la facha neutra y pulcra de la investigación, el corazón loco y la furia impotente de Santoyo por el rumbo elegido de su hermano. Santoyo dedicaba la tarde al escrutinio cuidadoso de las páginas policiales de la prensa capitalina en busca de noticias sobre la guerrilla. Esas noticias tenían entonces la forma escueta de asaltos y secuestros desvinculados, pero el ojo fraterno y avisado de Santoyo se ocupaba de hallar las simetrías, el aire de familia entre el secuestro del niño Bremon en la Ciudad de México y el asalto a la compañía de teléfonos en Monterrey.

—Ahora gasta también una fortuna en periódicos del estado de Guerrero —dijo Paloma a Vigil—. Es como si estuviera alimentando la Hemeroteca Nacional. No quiere que falte el último pasquín publicado en Atoyac de Álvarez. Los venden en un local del centro especializado en prensa de provincia. Cuando la señorita nos ve llegar, tiene ya listo el paquete y las disculpas porque no encontraron esa semana *El pífano de Tixtla* o *La maraca de Pinotepa*. Una locura. Y Dios nos libre de que las informaciones no coincidan, que la nota de *La república* sobre el secuestro de seis en Guerrero sea distante a la versión de *El adalid de Acapulco*. Si eso sucede, tenemos drama epistemológico, haz de cuenta que la tierra finalmente no fuera redonda sino plana.

—La república se equivoca en esto a cada rato —dijo Santoyo—. Su página policiaca es un desastre.

—Es herencia de *La república* anterior —dijo Vigil—. Los reporteros de la sección son una cuerda de pillos. No sé por qué los aguanta Sala. Dice que si los toca nos quedamos sin contacto con la policía. Estaría bien que le cuentes el desastre de nuestras páginas policiacas en el asunto guerrillero.

—El secuestro de seis que hubo hace un mes en Guerrero —ejemplificó Santoyo—. *La república* lo publicó dos días después que la prensa guerrerense. No dijo que fue un secuestro, sino una «desaparición». No dijo que hubo seis secuestrados y que soltaron a cinco, previo interrogatorio, veinticuatro horas después. Luego, sobre todo, no informó sobre el interrogatorio a que fueron sometidos los liberados, que es donde está el quid del asunto. Porque les preguntaron puras cosas políticas.

—¿Por ejemplo? —preguntó Vigil.

—Por ejemplo si seguían teniendo negocios con el gobernador —dijo Santoyo.

—Esas son preguntas de negocios —dijo Paloma.

—No en Guerrero —dijo Santoyo—. Les preguntaron también si sabían de la emboscada que le habían puesto a Lucio Cabañas hace cuatro años en Atoyac de Álvarez.

—Ésas son preguntas históricas —dijo Paloma.

—Les preguntaron si estaban por el gobierno de los pobres o por el gobierno de los ricos y si sabían que había llegado la hora de la justicia de los pobres y estaban dispuestos a morirse como ricos o como pobres.

—Ésas son preguntas guerrerenses —acabó de jugar Paloma—. La política de los balazos.

—No friegues —dijo Santoyo—. Estoy hablando en serio.

—Yo también, mi amor, absolutamente en serio. Lo guerrerense es una entidad política clara y distinta. ¿Tú sabes cuál es la diferencia entre un yucateco y un guerrerense? Que un guerrerense te mata y un yucateco no te deja vivir.

—Paloma —suplicó Santoyo, tolerante y conyugal.

—¿Tienes las notas? —preguntó Vigil—. Me gustaría verlas.

Dedicaron un par de horas al laberinto de noticias y papel en el que Santoyo buscaba a su hermano.

—Esto tiene que verlo Sala —dijo Vigil al terminar—. Estamos fuera de foco. No hemos entendido este asunto. Si te consigo una cita, ¿le explicas?

—Si quiere, cómo no —dijo Santoyo.

—¿Qué sabes de Santiago? —preguntó Vigil.

—Sé que sigue en la sierra. Nada más. En toda esa montaña de recortes no hay un indicio de él, aunque sí de su grupo.

—¿Qué hay de su grupo?

—Un secuestro en Tecpan. Un ajusticiamiento en Atoyac. Y en ese interrogatorio que te digo, creo que hay algo de él. Eso de la hora de la justicia de los pobres, es muy de él. Pero son suposiciones mías. En concreto, no hay nada.

3

La entrevista de Santoyo con Sala fue unos días después, en el despacho de la dirección de *La república*. Como había previsto Vigil, el cotejo de las notas de Santoyo tuvo sobre Sala un doble efecto fulminante de «vanidad periodística herida» y «olfato noticioso despertado». Bajo los recortes de Santoyo latía, la acusación de negligencia o complicidad de *La república* en el intento de invisibilizar la violencia política en el país. Y era el hecho político más decisivo de las últimas décadas: el fin de la pax mexicana. («La primera tentación de revuelta armada popular desde la pacificación de los últimos cristeros en la década de los treinta»: Vigil.)

—Quiero ver su archivo completo —le pidió Sala a Santoyo—. Permítame entrometerme, fotocopiar, abusar de su trabajo. Porque su trabajo es una lección. Quiero que me permita usted aprender esa lección y sacar las consecuencias de ella.

—Cuando usted quiera —dijo Santoyo.

—Mañana quiero —dijo Sala.

En efecto quiso. Pasó la mañana del día siguiente montado sobre los recortes y las revistas de Santoyo, anotando y saltando, sudando, descubriendo. Poco antes de la comida, Paloma sacó a Vigil del departamento.

—No me quiero meter pero ya estoy metida —le dijo—. Quiero advertirte lo evidente: esos recortes no son unos recortes, y esa información no es simple información. Todo eso es el lado externo de una enfermedad, de un amor enfermo y loco por su hermano. Yo no quisiera que manosearan eso, ni que lo alimenten. Ya sé que es imposible, porque la realidad de la guerrilla está ahí afuera. Y no se la pueden saltar.

—Así es —dijo Vigil.

—Pero quiero que tú, como amigo de Santoyo, entiendas que para él no se trata, como para Sala, de un banco inexplotado de noticias. Para Santoyo, tú lo sabes bien y si no lo sabes te lo estoy diciendo, eso es cuestión de vida o muerte.

—Te agradezco que me lo digas.

—Se ha pasado hasta tres días seguidos, sin dormir, escudriñando esos papeles. Puede hablar un día entero de las diferentes versiones de un secuestro publicadas en *La jícara de Tetecala* y *La fanfarria de Zihuatanejo* o de las diferencias teóricoprácticas entre el primero y el segundo manifiesto del Partido de los Pobres, el mensaje de los secuestradores de Acapulco y el del ajusticiamiento de Atoyac.

—Supongo que exagera —dijo Vigil.

—Lo que te pido, hasta donde puedas controlar eso, es que no exageren ustedes —dijo Paloma—. Van a prender a muchos lectores con todo el asunto de la guerrilla, que además necesita una salida periodística digna. Pero hay un lector, tu amigo Santoyo, que está prendido ya y consumiéndose en su llama hace bastante tiempo.

—De acuerdo.

—Lo quiero mucho, Vigil. Me angustia su dolor, me asfixian sus ansias. Al paso que voy, van a terminar doliéndome sus callos y apretándome sus zapatos.

—Así son todas —dijo Vigil.

—¿Cómo somos todas? —preguntó Paloma.

—Como tú con Santoyo —dijo Vigil—: Empiezan queriendo amor y terminan poniendo un internado.

Cuando volvieron al departamento, Sala rodeaba a Santoyo:

—Sabíamos esto que usted ha probado, amigo Santoyo. Pero no estaba en nuestra sangre, en nuestro estómago. Ahora está ante nosotros, por el trabajo de usted, y vamos a actuar en consecuencia de lo que sabemos y sentimos. No tengo palabras para agradecerle. Espero que hablen nuestros actos.

Se despidió porque tenía una comida y fueron a dejarlo a su coche. Cuando arrancó, Paloma le dijo a Vigil, sin preparativos:

—Me habló Mercedes. Dice que quiere verte.

—Sabe donde encontrarme —respondió Vigil con hosquedad.

—Ya lo sé que sabe —dijo Paloma—. Pero me dijo que quiere verte. No te lo digo para ayudarla a ella, sino para advertirte a ti.

4

El viraje de *La república* hacia la cuestión guerrillera no fue fulminante. Pasaron semanas antes de que el asunto volviera a cruzar por el escritorio o la conversación de Sala, hasta que una noche, al fin de la edición, llamó a Vigil a su despacho y le dijo que estaban listos.

—No ha sido fácil, pero está hecho —sentenció, enigmáticamente—. Quiero que venga a una cena mañana. Usted me ha franqueado el acceso a sus amigos, yo quiero invitarlo ahora al círculo de los míos.

Todo el día siguiente desfilaron por el escritorio de Vigil reporteros y administrativos felicitándolo y dándole la bienvenida. Sólo Antonio Sueiro le explicó: a propuesta de Sala, había sido aceptado en el «Partido». Era el primer «fuereño» aceptado desde las «jornadas del 66», dijo Antonio Sueiro y la cena de la noche estaba prevista para ser una «tenida mayor». El tono masónico de Sueiro hizo reír a Vigil, pero Sueiro le explicó: había en *La república* una especie de gobierno invisible compuesto por el grupo que había llevado a Sala a la dirección del periódico en las «jornadas del 66». Ese grupo se reunía en secreto para discutir y decidir sobre todos los problemas del diario, desde los más pequeños, como promociones y asignaciones periodísticas que se ventilaban en «tenidas menores», hasta los cambios centrales de línea o negociaciones políticas de alto nivel, que se desahogaban en «tenidas mayores», en medio del más riguroso compromiso, que era también el privilegio, de no dejar saber a nadie los acuerdos. La intensidad grupuscular del «Partido» llamaba «fuereño» no sólo a los miembros del periódico que no pertenecían a él, sino en general, con desdén y desconfianza, al orden infinito de los hombres y las cosas.

—Fuereño es quien no está en el secreto —dijo Sueiro—. Mi mujer es fuereña. Doña Cordelia, que lleva con Octavio doce años, es fuereña. *La república* misma es fuereña, salvo en la parte que no lo es. Tú eras fuereño hasta hoy, que empezarás a pertenecer.

—¿Le explicaron? —dijo Sala en la noche, rumbo a la cena.

Había dado día libre a su inseparable don Emigdio y manejaba él mismo la ruina verde de su coche, como para afirmar el aire catecúmeno de la tenida.

—Antonio Sueiro me explicó —dijo Vigil—. ¿Él tuvo la encomienda?

—Podía haberle ofrecido yo una versión más refinada, pero quizá menos exacta de nuestro pequeña francmasonería —dijo Sala—. No se trata al fin sino de un grupo que ha estado junto veinte años y obtuvo lo que tiene en condiciones muy adversas, corriendo graves riesgos, incluso de la vida. De ahí el secreto y el ritual. Nos sirvió entonces y nos sirve ahora, aunque en realidad lo que se decide ahí está negociado mucho antes, gente por gente. Ahí lo sancionamos y ya. No se lo tome usted muy en serio. La vida necesita ceremonia, rituales, pertenencias. Hay que darle su dosis de eso, pero no tomarlo demasiado en serio.

—Yo estoy de acuerdo. No sé Antonio Sueiro —dijo Vigil.

—Sueiro también, y todos —dijo Sala—. Las famosas tenidas terminan en borracheras catárticas y amistosas. Ya lo verá usted si se queda. Le recomiendo que se quede, aunque no trabaje mañana. Yo no puedo quedarme, por desgracia, pero veré y oiré por sus ojos, si a usted le parece.

5

Las tenidas podían terminar en borracheras, pero empezaban en la sobriedad y el silencio. Veinticuatro miembros de *La república* formaban el Partido —Vigil sería el veinticinco— y el Partido era, entre otras cosas, una cofradía de la promoción personal de sus miembros. Lo primero que sorprendió a Vigil fue que no todos los miembros del Partido ocupaban puestos de dirección o privilegio en el periódico. En la gran sala de la casa de Rogelio Cassauranc —supo que la reunión era ahí hasta que llegaron, ni un minuto antes, «como para confirmar el carácter secundario y trivial del rito» (Vigil)— saludó al veterano portero de *La república*, a la mujer que limpiaba las oficinas de la dirección, al cajero y a la secretaria de la gerencia, así como a dos prensistas de edad madura —no al jefe del taller—. Asistían también personas que no trabajaban ya en el periódico, como Pablo Mairena, y un antiguo redactor de deportes, Javier Blanco que era ahora dueño de una cadena de tiendas deportivas y expendios de comida naturista.

Habían retirado los muebles de la sala y formado un redondel de sillas donde sólo quedaban libres, cuando llegaron, los asientos de Sala y Vigil.

—Como jefe de casa les doy la bienvenida a todos —dijo Cassauranc sin más preámbulo cuando Sala y Vigil se sentaron— y a nuestro nuevo compañero, Carlos García Vigil, que ustedes han aceptado, un fraterno saludo. Dirige nuestra sesión Leonor.

Leonor Rodríguez Malo era la secretaria de la gerencia.

—Hoy es Tenida Mayor —dijo Leonor—. Decidiremos cambios mayores. Queremos, como siempre, oír los desacuerdos, más que los acuerdos. Tiene la palabra Octavio, que propone el cambio.

—Lo propongo yo y lo exige la situación del país —dijo Sala—. He recibido hace dos semanas, casi tres, una lección de periodismo y de honradez intelectual por parte de un amigo de nuestro nuevo compañero, aquí presente, Carlos García Vigil. Durante una tarde y una mañana este amigo me ha mostrado recortes de los últimos ocho meses cuya evidencia echa sobre la prensa del país, *La república* incluida, una sombra de vergüenza profesional. Tenemos que ser muy malos periodistas para no haber percibido lo que esos recortes prueban. A saber: que la paz del milagro mexicano ha terminado, que hay en México una rebelión armada en curso, una ramificada y activa organización guerrillera, o varias organizaciones, que avanzan ante nuestros ojos sin que hayamos querido atenderlas. Es el hecho político más novedoso, la noticia política más fuerte desde el movimiento del 68. La tenemos, para nuestra vergüenza, arrumbada en nuestras páginas policiacas. Mi propuesta es que *La república* pase tales hechos al sitio que les corresponde como noticia: la primera plana y la sección política. Algo hemos hecho ya, en particular sobre el asunto de los secuestradores de Hirschfeld Almada. Pero no hemos seguido el problema en la verdadera dimensión que tiene. No sólo se trata de un nuevo énfasis informativo. También, si hemos de ser honestos, de darle entrada a nuestras páginas, nos gusten o no sus ideas, a quienes pueden sostener, convencidos, el punto de vista de esos guerrilleros. Me refiero a intelectuales y militantes de la izquierda, quizá incluso al Partido Comunista. Sé la historia de agravios mutuos entre esas corrientes y *La república* y la he conversado con ustedes uno por uno. No tengo argumentos que desmientan esa historia. Ellos han conspirado y conspiran contra nosotros, nos echan encima su cauda de insultos y descalificaciones por ser un diario liberal, por hacerle el juego al gobierno y todas esas sandeces. Nos pusieron una bomba en el 66 y nos declararon colaboracionistas en el 68. A cambio, no hemos dejado pasar a uno solo de sus cuadros, sus articulistas o sus intelectuales a las páginas de *La república*. Tuvimos y tenemos razón para ejercer ese veto. Pero si queremos dar el viraje que propongo, necesitamos abrir nuestras páginas a sus ideas. En suma, la propuesta es abrirnos informativamente a la investigación de la guerrilla y analíticamente a los intelectuales de la izquierda radical.

—Abierta la Tenida para los desacuerdos —dijo Leonor—. Tiene la palabra Pablo.

—No es nuestro pleito —dijo Pablo Mairena—. Puede ser nuestra responsabilidad informativa, pero no es nuestro pleito. Volver la lucha armada causa informativa de *La república* es entrar en ruta de colisión con el gobierno. Se lo he dicho a Octavio y lo digo aquí. *La república* es más importante que la lucha armada y, también, más importante que los pleitos circunstanciales del gobierno, así sean los pleitos de la estabilidad y la paz del país. Puedo imaginarme a *La república* sobreviviendo incluso a un golpe militar, a una dictadura. No importa las concesiones que haya que hacer. Ninguna causa es suficientemente importante para poner en riesgo a *La república*. Nuestra causa es de largo plazo, porque trabajamos sobre las conciencias y las conciencias cambian poco a poco, pero para no volver nunca atrás. Cuidemos lo fundamental, que es *La república*. Olvidemos lo circunstancial que es el modo como la sociedad o los grupos protestan o se enfrentan al gobierno. Se lo dije a Octavio y lo digo aquí.

—Tiene la palabra Gamaliel —dijo Leonor.

—Nunca nos han gustado los comunistas —dijo Gamaliel Rojas, el prensista—. No sé por qué nos tienen que gustar ahora. Que entren si quieren, pero no podemos quererlos. Que yo recuerde, siempre nos han odiado. Pues nosotros también. Por mí, lo que diga Octavio, pero los comunistas, no.

Hubo dos intervenciones más. Una de Rufino Escalona, el columnista político del diario, diciendo que la guerrilla no se había configurado todavía como un movimiento con perfiles propios y que *La república* contribuiría a darle vida, más que a reconocérsela. Otra, del Mayor, Gilberto Reséndiz, recordando que ni en sus peores tiempos *La república* había puesto al ejército en el banquillo de los acusados. Había que informar de la guerrilla, como se estaba informando, sin tocar al ejército, que no entendía esas cosas de la libertad de prensa y la formación de las conciencias, del mismo modo que los miembros del Partido no entendían esas cosas del honor militar y el orgullo institucional de las fuerzas armadas.

—Voy a contarles una cosa —dijo Sala, cuando el turno volvió a él—. Es una historia que acaso explique mejor lo que queremos hacer. El 7 de junio de 1969, el escritor Martín Luis Guzmán, el mayor prosista de su tiempo, cerca ya de sus ochenta años, fue el orador en la comida de la Libertad de Prensa, la que cada año le ofrecen los dueños de los periódicos al Presidente de la República y a la que no acudimos nosotros precisamente desde 1969. Martín Luis Guzmán dijo entonces, en su portentoso discurso, que el presidente Díaz Ordaz había salvado a la nación matando a los estudiantes en la Plaza de las Tres Culturas. Hubo un aplauso cerrado. Los asistentes se pusieron de pie y siguieron aplaudiendo. Lo único que pude hacer yo fue no aplaudir y quedarme sentado. Pero entendí una cosa muy importante. Entendí que ese aplauso, esa horrible mistificación del pasado reciente, esa vergüenza, era posible porque nosotros, aun nosotros, los que menos cosas ocultamos de la prensa nacional sobre el 2 de octubre y sus secuelas, nosotros, digo, no habíamos hecho nuestro trabajo, no habíamos puesto en la conciencia pública toda la información que teníamos ni habíamos hecho el esfuerzo por obtener y publicar toda la que podíamos encontrar. Pecamos por esa omisión. Dejamos que se impusieran el silencio y la complicidad oficiales sobre el crimen del 68. No culpo al resto de la prensa, porque el resto de la prensa fue coherente con sus principios. Nunca ha pretendido informar y formar a la conciencia pública del país. Ha buscado sólo el lucro, la pequeña influencia, contratos y favores. Nosotros no. Precisamente por eso, fuimos nosotros, no ellos, los que fallaron en el 68. Ahora, de aquellos lodos viene una cosa peor: la guerrilla. No vamos a callarnos esto, porque en gran medida es un fruto de nuestro silencio anterior. Hemos aprendido que callar no ayuda a que las cosas mejoren; sólo las entierra, para que broten luego, amargas y sangrientas, como brotan hoy.

Un silencio «largo y como desmayado» (Vigil) siguió a las palabras sudorosas de Sala. Se oyó luego el aplauso solitario de Leonor Rodríguez Malo, que se había puesto de pie mirando a Sala. Unos momentos después la siguieron otras palmas y luego otras. Al final aplaudió todo el mundo, con un júbilo llano, abierto por la magia de las palabras de Sala al espacio sin fisuras de la fe, una «fe redonda, pura, falsa, efímera e irresistible» (Vigil).

6

Se dio por terminada la tenida, abrieron las puertas del salón, que cerraban por ritual, como en los palenques, y deshicieron el redondel de sillas para dar paso a una atmósfera menos rígida, como de coctel. Eran las diez de la noche y flotaba en el aire una euforia inaugural. Entraron meseros uniformados, que esperaban en otro lado de la casa, portando viandas y vinos. Bebieron y hablaron y se amaron «fraterna y laboriosamente, en anticipación de nuevos tiempos» (Vigil). A la una se habían marchado veinte de los veinticinco conspiradores, Sala el primero. Los restantes (Mairena, Sueiro, el Mayor y Vigil) seguían bebiendo brandy en torno a la silueta búdica de Cassauranc que mandaba tenuemente sobre la reunión sentado en un sillón consistorial de alto respaldo y brazos imperiales.

Cassauranc dijo haber recordado esa mañana una escena de su infancia en esa misma sala: agonizaba su madre en la recámara y pidió ser traída al sillón para ver la araucaria que, contra todo azar climático, había crecido vasta, exacta y triangular en el jardín. Era de día, en febrero, el mes de los vientos y de la luz inmemorial del valle que baña y magnifica la ciudad. Esa luz entraba por el ventanal y hacía resplandecer la araucaria. Mirando la araucaria murió su madre, sonriendo. Su padre estaba hincado junto al diván y Cassauranc de pie a su lado. *El Chango* Cabral, un genial caricaturista de aquellos años, dibujó la escena en una cartulina que todavía podía verse enmarcada junto a la chimenea.

—Yo estaba presente —dijo el Mayor a Cassauranc—. Usted tenía diez años. Y aquí estaba en la sala medio México, acompañando a don Arsenio, su padre. De pronto vimos aparecer a don Arsenio con doña Amalia en brazos por ahí, por la escalera. Ya no pesaba nada doña Amalia. Se había consumido con la enfermedad de todas partes. Pero no de la cara. Me acuerdo de sus ojos azules, muy vivos todavía, segundos antes de morir.

—Este año se cumplieron veinticinco de aquello —murmuró Cassauranc.

—Llevaba su padre casi diez años de haber salido de *La república* —dijo el Mayor.

— Ocho años —corrigió Cassauranc.

—Pero aquí estaba media redacción de La república, acompañando a don Arsenio diez años después. Hasta su detractor, Marco Arciniega, aquí estaba en el zaguán, discreto y humilde, como indito, mendigando un saludo. Y ya era el Columnista de México, el Periodista Non.

—En 53 entró a caballo a la redacción de *La república* —recordó Antonio Sueiro.

—Borracho y vestido de charro —completó el Mayor.

Contaron entonces historias del Columnista de México, el Periodista Non, Marco Arciniega, antiguo mozo de la oficina de don Arsenio Cassauranc. Arciniega se había hecho reportero porque era un gran imitador de voces. Un día contestó el teléfono de la dirección de *La república* imitando la voz de don Arsenio Cassauranc y escuchó las atribuladas disculpas de un reportero enviado a Tamaulipas a entrevistar al gobernador. No podría cumplir su misión, explicó compungido el reportero, porque las lluvias torrenciales de los últimos días habían desbordado ríos y arrasado pueblos. El había recorrido toda la zona devastada buscando infructuosamente un paso, pero no lo había podido encontrar ni había podido, por tanto, llegar a Tamaulipas a cumplir la entrevista asignada. «No le creo», dijo Arciniega por el teléfono, con la voz tronante de don Arsenio. «Cuénteme su recorrido paso por paso.» Cuando don Arsenio llegó a su oficina, tenía sobre la mesa, firmado por Arciniega, un minucioso reporte del mayor desastre pluvial que recordara el país en su litigio multisecular con el agua. Cinco años después, cuando don Arsenio fue echado del periódico, Arciniega vertió en sus columnas un intenso memorial de secretos del director de *La república,* atestiguados en su época de mozo —amantes, dobleces, cóleras y fingimientos, mentiras, oportunismos, compromisos: la profusa morralla inmoral, decolorante y secundaria, del poder.

—A Marco Arciniega lo mató su viuda —dijo Cassauranc con vago rencor alcohólico—. Algo le sabría. —Le habló luego a Vigil—: Nosotros limpiamos todo eso en *La república* cuando entramos. De un plumazo limpiamos todo, los que estamos aquí. Y los que estaban. El Partido limpió todo. Luego creamos nuestros propios Arciniegas.

Hubo una carcajada colectiva, «lerda, aprobatoria» (Vigil).

—A mí también me censaron las verijas —dijo Cassauranc.

Por la fijeza melancólica y abstraída de su mirada, más que por los tropiezos de su voz, entendió Vigil que estaba borracho. Algo más que borracho: «torvo y zoológico, camino ya a la zona del mandril» (Vigil).

—Fue hallado culpable de fornicio placentero —dijo Mairena.

—Y de querer a una reina —cursileó Cassauranc.

—Se refiere a que se fugó con una menor de edad hija de un secretario de Estado —secreteó Antonio Sueiro en el oído de Vigil—. Octavio lo obligó a romper.

—¿Qué murmuras, Sueiro? —acudió Cassauranc a la escena—. ¿Intrigas a papá?

—Se llama papá cuando está borracho —murmuró otra vez Sueiro en el oído de Vigil y luego dijo para todos: —Naturalmente que te intrigo, ¿qué otra cosa se puede hacer aquí en tu casa, servidos como reyes con los mejores vinos, rodeado de los mejores amigos, sino intrigar en tu contra?

—Te quiero mucho, Sueiro —retrocedió Cassauranc—. Tú sabes cómo te quiero. ¿Lo sabes?

—Lo sé —dijo Sueiro.

—Pues explícaselo a Vigil que es nuestro genio, pero que no entiende todavía lo que es *La república* —dijo Cassauranc. Un residuo blanco apareció en la comisura de sus labios secos—. Hoy lo empezó a entender. Pero no entiende todavía. Yo tampoco entiendo todavía. A ver, ¿por qué tuve que dejar a esa reina? ¿Me lo puede explicar Vigil? ¿Me lo puede explicar Octavio? No pueden. ¿Por qué no pueden? Porque es inexplicable. Es el secreto de *La república,* aunque tú murmures Sueiro, y yo murmure y todos murmuren. Ése es el secreto. Dame brandy, Pablo.

Mairena puso brandy en la copa de Cassauranc.

—Sagredo, el reportero de policía, protegía dos burdeles de púberes en La Merced —dijo Cassauranc—. ¿Lo echaron? ¿Lo hicieron cerrar? No lo echaron ni lo hicieron cerrar sus burdeles. Lo hicieron reportero de Presidencia. Ése es el secreto. Murillo, el reportero de la fuente agropecuaria, construyó su casa pidiendo aportaciones a distintos gobernadores. Y se las dieron. Tabasco puso la piscina, Chihuahua los mármoles, Durango la varilla, Quintana Roo las maderas. El gobierno de la Ciudad de México, desde luego, puso el terreno. Y *La república,* nuestra madre impoluta, nuestra madre dura y moral, *La república* puso los ingresos de la infinita cantidad de putas que han pasado por esos mármoles y esas piscinas y esas alcobas y esas maderas. ¿Y quién le censó las verijas a Murillo? Cuando se cansaron de exprimir a *La república* se fueron. ¿Pero quién les censó las verijas antes de que se fueran? Nadie. ¿Y entonces por qué se las censaron a papá? No murmures, Sueiro. No intrigues a papá. Ven.

—Salud —dijo Sueiro, sin moverse de su sitio.

—Ven que te absuelva papá con un besito —dijo Cassauranc.

—Me voy, señor —dijo el Mayor, poniéndose de pie con el obvio propósito de interrumpir el despeñadero.

—Usted se va, Mayor, pero nosotros nos quedamos —dijo Cassauranc—. Tenemos que celebrar la nueva época del periódico, ¿no es así Pablo?

Cassauranc trató de ponerse de pie y se derramó el brandy sobre el pecho.

—Me voy también —sopló Sueiro en el oído de Vigil y luego dijo a todos: —Voy al baño.

—No te orines en mis mosaicos, Sueiro —dijo Cassauranc, que se dejaba limpiar por Pablo Mairena—. Hay una cosa blanca con agua que se llama inodoro. Tienes que orinar ahí, no en mis mosaicos, murmurador.

—Yo también me retiro, Rogelio —dijo Vigil.

—Para retirarse tendría usted que haber estado primero —dijo Cassauranc—. Convendrá conmigo en que retirarse no es el verbo. Siéntese, vamos a hablar, a beber, a murmurar. Hace veinticinco años se murió mi madre. Se murió mirando esa araucaria, ¿la ven? No pueden verla porque está la cortina. Pero yo sí la veo, no dejo de verla. Ese es el otro secreto de *La república.* Tú lo conoces, Pablo. Tú, que fuiste corrido del periódico por este genio que nos llegó y que está aquí frente a nosotros.

—Yo renuncié —dijo Mairena.

—No renunciaste —dijo Cassauranc—. Nos traicionaste. Te fuiste a cobrar mejor al gobierno. No te lo voy a perdonar. Pero salimos ganando. Conseguimos a Vigil que es ahora nuestra estrella. Pablo, te perdono si me das un poco de brandy. Porque te quiero más que a nadie. Más que a Vigil, más que a Sueiro, casi más que a mi reina. Yo también salí ganando con mi reina. La perdí a ella, pero me gané a mi esposa, ¿qué te parece?

—Voy al baño —dijo Vigil.

Oyó todo el tiempo en el baño la voz de Cassauranc despeñándose, golpeando y acariciando a Mairena, a *La república,* al adverso mundo. Tuvo y contuvo la tentación de volver a la sala. Lo último que escuchó fue a Cassauranc gritándole a Mairena:

— ¡Mientes, traidor!

Al salir por el jardín, Vigil echó una mirada a la sombra triangular de la araucaria. La conservó en su cabeza, majestuosa y fúnebre, durante todo el trayecto por la ciudad vacía hacia su departamento.

7

La guerrilla abandonó los sótanos policiacos de *La república,* pasó a la «página nacional» y fue la «novedad periodística de la patria» (Vigil). Poco a poco supieron los lectores de *La república* que detrás de los secuestros, los rescates y los asaltos, había un ejército en construcción; que los robos de armas y joyas a particulares eran en realidad «expropiaciones revolucionarias» y los ajusticiamientos y ejecuciones, «el ejercicio de otra justicia». El abstruso lenguaje exterminador de las proclamas reclamaba un nuevo igualitarismo, las denuncias de las barbaridades del «gobierno burgués y reaccionario» querían portar en su seno el embrión de otro gobierno; la confianza ciega en el porvenir que alentaba bajo las nimias acciones de grupúsculos dispersos y desorganizados, licuaba en sus celdillas la ambición de fundar nuevamente la historia.

Largos y frecuentes reportajes de La república dieron cuenta suspicaz de las versiones gubernamentales sobre los «robavacas» y «delincuentes comunes» que «asolaban» la sierra de Guerrero o las ciudades del norte del país, y se dio amplia cobertura a voceros, militantes e intelectuales de la izquierda que leían en los mismos actos mensajes de un futuro igualitario, temples revolucionarios y heroísmos justicieros.

El 15 de septiembre de 1972, fecha sagrada de la independencia mexicana, *La república* entregó sus ocho columnas a las reflexiones sobre la independencia de Lucio Cabañas, el comandante guerrillero de las montañas del sur, a quien la imaginación política radical, su impulso popular y el propio diario ayudaron a volver un personaje de leyenda. Cabañas contó ahí la injusta y dura historia de su persecución y de su levantamiento, los oprobios coloniales de la vida en la sierra de Atoyac, la condición preindependiente de los pobres de México y la cruda antiepopeya de crímenes y opresiones oficiales sobre los pueblos indefensos: la silenciosa carga de la historia echada como un alud de pesares sobre los más débiles y anónimos hombros de la nación. La entrevista dio la vuelta al mundo anunciando el fin de la milagrosa paz mexicana y se enredó en la vanidad política del país llenando sus laberintos de irritación y sorpresa.

A la mañana siguiente, poco antes de las doce del día, Vigil atendió la llamada histérica del timbre de su departamento que alguien tocaba. Al abrir la puerta encontró parado ahí a Galio Bermúdez.

—Esta no es una visita oficial —dijo Galio, irrumpiendo en el departamento como si Vigil lo esperara o él tuviera derecho de paso—. Pero quiero decirle que este asunto no puede seguir. No es una advertencia oficial, le repito, sino una observación amistosa. Le suplico que me escuche con atención. Porque este asunto ha rebasado ya los límites permisibles. No para mí, sino para el gobierno, y por lo tanto para ustedes, y para el país en general.

—¿Puedo sentarme? —dijo Vigil, con humor—. He pasado en la cama todo el día y no puedo más.

—Puede bromear si quiere, promesa —dijo Galio, que se había apoderado del departamento y marchaba ya hacia la cocina, buscando donde calentar el café que se había enfriado en la sala, mientras Vigil leía los periódicos de la mañana—. Pero le suplico que me escuche.

Vigil lo siguió a la cocina, prendió la estufa y puso el café, enmendando así la evidente torpeza doméstica de Galio.

—De qué estamos hablando —preguntó Vigil, mientras maniobraba en busca de tazas.

—De la entrevista con el guerrillero Cabañas —dijo Galio.

Era la primera vez que Vigil veía a Galio sobrio. Lo asombró la vivacidad nerviosa de su voz y sus movimientos, la llama incesante y sobrestimulada de su naturaleza.

—Quiero explicarle varias cosas —dijo Galio—. Hablarle con claridad. Tengo el mayor respeto por las cosas que percibo en el fondo de usted. Son cosas que pertenecen a un linaje que tiende a encontrar a sus consanguíneos, a sus iguales. Lo habrá sentido usted en otros, en muy pocos, advierto, porque no hay muchos.

—Suena usted al lobo estepario —jugueteó Vigil.

—No, no, no —dijo Galio—. Estoy hablando en serio, no de sueños espirituales, sino de responsabilidades históricas. La primera cosa que tengo que decirle tiene que ver con los medios que ha elegido usted, o está eligiendo. Me refiero al periodismo, en particular a *La república*. No son lo que usted ve ni una cosa ni la otra. El periodismo no es el instrumento del registro o el cambio de la historia y *La república* no es la conciencia insobornable de la nación. La cicatriz del periódico que usted ha elegido es otra, es el fierro de herrar del Estado que ya le pasó encima una vez. *La república* odia al Estado de la Revolución Mexicana, quiere demolerlo, pasar sobre él como el Estado pasó sobre La república en su momento. ¿Le han contado esa historia?

—Esa prehistoria —dijo Vigil.

—Es la herida fundadora de *La república* —dijo Galio—. Los hacedores originales de *La república* fueron cristeros y conservadores, antiagraristas y proamericanos. Ahora son democristianos y liberales, antipriístas y antigubernamentales. Se abren a la causa de la guerrilla y de la izquierda para atacar al Estado, no para servir a la Revolución. Mañana se unirán a la Iglesia y a Estados Unidos si la Iglesia y Estados Unidos ponen en jaque al Estado. Porque la identidad profunda de *La república,* promesa, es el odio antiestatal. Su trabajo es reparar la herida fundadora de su pasado, no imaginar y construir el futuro deseable.

—¿Cuánta azúcar en su café? —preguntó Vigil.

—La que quiera. Pero estas palabras mías, por favor, déjelas andar en su cabeza. No me crea ni me responda: simplemente escúcheme.

Caminaron a la sala. Había periódicos regados por los sillones, sobre la mesa y en el piso.

—El periodismo es esto y nada más —dijo Galio, aprovechando al vuelo la escenografía—. Un follaje sin término, continuamente desechable. No confunda ese follaje con las ideas, con la verdad o con la política. Mucho menos con el poder o con la historia. Son sus follajes, como he dicho, las ramas secas que impiden ver el árbol. Ahora, siéntese y escúcheme, porque quiero hablarle.

8

Vigil se sentó esperando que Galio hiciera lo mismo, pero Galio siguió hasta la ventana a mirar el pirú del camellón. Cuando volvió se había ido su nerviosismo, su andar tiritante y encendido, y había en sus gestos y en sus palabras «una solemnidad verosímil, persuadida de sí, en cierto modo irrecusable» (Vigil).

—Hablemos primero de la guerrilla en Guerrero, de la represión en Guerrero —dijo Galio—. Usted es historiador y tiene que entender este desastre en los plazos adecuados. No estamos en Guerrero frente a una nueva insurrección que anuncie un futuro inédito. Estamos frente a la insurrección de siempre: la insurrección milenaria del sur, la insurrección de los campesinos y los indígenas del sur que resisten desde hace siglos a las fuerzas que intentan crear o inventar a México. Lo que pasa hoy en Guerrero es parte de nuestra larga invención armada del país, parte de la constitución territorial de lo que hoy llamamos México. Esa invención no es otra cosa, en los hechos, que la historia de una violencia sostenida. Hablamos de la doma sangrienta y centralizadora que ha constituido al país desde principios del siglo XIX. Antes quizá: desde la conquista y la evangelización españolas.

Se sentó junto a Vigil y lo miró sin parpadear mientras hablaba. Por primera vez Vigil vio en los ojos de Galio, rodeados de bolsas y pellejos y tajos resecados por el tiempo, el brillo noble y joven de una inteligencia gozando el encadenamiento de sus hallazgos, vertiéndose con «la generosidad de la convicción» y «la fuerza arrolladora de la transparencia» (Vigil).

—Piense usted en el principio de Europa —dijo Galio—. El principio de la Europa que nos enseñaron a amar y a magnificar, como el resumen de la civilización. ¿Dónde empezó ese manantial de logros civilizatorios? En la conquista romana, promesa. Más precisamente: en la sangrienta conquista de las Galias por Julio César. Un trabajo de siglos, un trabajo como el que México necesita. Porque México, al igual que la Galia conquistada por César, es todavía un lar bárbaro que se propaga en estado de naturaleza más allá de las fronteras de la civilización. Bien mirada la historia como historia universal, según quería Hegel, nuestro camino no pudo ser ni será por un tiempo distinto al que ha sido: el camino de la necesidad. México ha de pagar su cuota de violencia para domar su propia barbarie y abrirse a una posibilidad efectiva de civilización, de historia realizada. Es la guerra de la historia del mundo. Nuestra guerra. La lección de Julio César para nosotros es sencilla: derrotó a la Galia sin destruirla. Nosotros debemos derrotar nuestro pasado y nuestro presente bárbaro sin destruirlos. Julio César fue implacable en la guerra, pero generoso en la negociación con los vencidos. Igual debería serlo el Estado mexicano. César destruyó la capacidad de resistencia de la Galia, acabó con sus ejércitos. Pero dejó a los pueblos conquistados un alto grado de autonomía. Y los soldados galos que César volvió a armar, le sirvieron lealmente durante sus guerras civiles con Pompeyo. Quizás usted recuerda la escena: *Duces producuntur, Vercingetorix dedidur, arma proinciuntur*. Los capitanes se presentan, Vercingétorix se entrega, se arrojan las armas. La guerra de la Galia ha terminado, la historia de Europa puede dar inicio. Piense esto, amigo Michelet: en los pequeños Vercingétorix que ustedes inventan hoy como ídolos guerrilleros del posible futuro mexicano y en la guerra que nuestro Estado civilizador libra contra ellos, yo quiero ver una forma de la guerra de César con la Galia. Sólo hay un instrumento capaz de la tarea civilizadora que necesitamos, capaz de terminar nuestra propia guerra contra la barbarie de nuestro pasado: nuestro pasado colonial, premoderno, más vivo entre más negado, más oprimente entre más responsable de la gestación infeliz de México. Ese instrumento es lo que llamamos imperfectamente el Estado y nuestros anteriores llamaron simplemente Federación. El fierro helado de la federación, sus bayonetas centralizadoras, civilizadoras, como las de César, vierten hoy, en Guerrero, sangre limpia y joven que ahorrará más sangre. Quiero decirle esto, mi querido Michelet, quiero decírselo a usted que es probablemente el único capaz de entenderlo. Lamento cada una de las muertes que nuestra barbarie cobra en Guerrero. Pero en medio de los aullidos y el fuego, puedo ver una forma posible del país abriéndose paso hacia sí mismo, encontrando su identidad territorial, su núcleo político, su civilización posible. En una palabra: resolviendo su historia.

Galio calló. Vigil pensó que nunca lo había visto tan sobrio y tan ebrio como en esa firme resolución de su pensamiento. Sorbieron su café sin hablarse un largo rato. Menos colorado, menos vivo, Galio regresó poco a poco al lugar donde estaban como si el peso de la historia oprimiera su altiva respiración hasta devolverla al ámbito terrenal del que nacía: los periódicos regados en el piso, la verde irradiación del pirú sobre Martín Mendalde en la Ciudad de México, un 16 de septiembre de 1972, frente a un café mal hecho y el dudoso heredero de un linaje sin heráldica ni certeza de sí.

Se puso de pie y caminó hacia el ventanal frotándose las nalgas, reparando quizá en el despropósito de su propuesta y alentando no obstante por la herida que había abierto para mostrarse en la desnudez de la «hipótesis vulnerable» que «acaso cifraba su vida» (Vigil).

—No escucho su respuesta —murmuró—. Preguntará usted, como yo me he preguntado, cuál es nuestra responsabilidad en la guerra de que hablo. Le respondo lo que me he respondido, a sabiendas de que lo convenceré tanto como me he convencido a mí mismo: provisionalmente. Las ideas son nuestra responsabilidad en

esa guerra, querido Herodoto —por primera vez la palabra «querido» no le pareció a Vigil una muletilla irónica del lenguaje sino
«una declaración, un encuentro, un halago»—. Nuestra responsabilidad son las ideas que gobernarán este mundo, el mundo mexicano de hoy y de dentro de cincuenta años. Tenemos que ser muy claros en las ideas que sembramos, porque las ideas son la verdadera
fuerza transformadora del mundo. Y porque esas ideas nuestras
encarnarán, sin excepción, en cerebros inferiores cuya pasión no es
pensar, sino hacer. Los dueños de esos cerebros fabriles, por decirlo
así, guías burdas del *homo faber,* desconocen el origen refinado de las
cosas que piensan, de las ideas que los gobiernan. No se detienen
demasiado en ello. Su compulsión primitiva es llevarlas a la práctica. Pero no llevan a la práctica las ideas originales, sino una mezcla
burda y torpe, la sombra platónica que han podido procesar en la
caverna de sus cabezas. ¿Me sigue usted?

—Lo persigo —dijo Vigil.

—Haga su esfuerzo, querido —devolvió Galio, y la palabra querido volvió a sonar «sincera, aunque magisterial en sus
afectos» (Vigil). Galio siguió: —Piense, recuerde: ¿quiénes des-
truyeron al Sacro Imperio Romano? Las ciudades italianas de los
siglos XIII y XIV, ávidas de independencia y libertad frente al
Emperador, ávidas de tener sus propias autoridades, sus propias
leyes. Pero debajo del vendaval de esas ciudades en marcha hacia
la polis moderna, hubo una cadena de intelectuales: los glosadores
del *Código Justiniano.* Uno de ellos, en particular: Bartolo de
Sassoferrato. ¿Lo recuerda?

—Tendría que conocerlo para recordarlo —dijo Vigil.

—Es el creador de las monarquías posmedioevales. Mejor
dicho: del principio básico de las soberanías. ¿Qué hizo Bartolo?
Cambió una idea jurídica: cuando los hechos chocan con la ley, dijo,
la ley debe ajustarse a los hechos. Es decir: las leyes del Sacro
Imperio, el emperador mismo, debían ajustarse a los hechos.
¿Cuáles eran los hechos? Que las ciudades posmedioevales eran
gobernadas en la realidad por sus propios Pueblos Libres, los cuales
creaban, al existir, su propio orden de soberanía, su propio *Imperium.*
Siguieron guerras, hambrunas, condotieros, sitios, destrucción de
ciudades. Todo, para tratar de traer al mundo la alteración jurídica
introducida en él por Bartolo de Sassoferrato. ¿Se da usted cuenta?

Había sembrado la posibilidad del Estado moderno, su principio, su regla fundadora. Bartolo de Sassoferrato vivió cuarenta y tres años. Sus ideas, siete siglos. ¿Ya me entiende usted?

—Habría ido más rápido si hubiera tenido un periódico —bromeó Vigil.

—No, de ninguna manera —dijo Galio—. Los equivalentes al periódico del tiempo de Bartolo han desaparecido en el polvo de la desmemoria. No invente periodismos redentores, Vigil. Constate su país inacabado, sin anteponerle sueños de justicia abstracta. A nada le ayudará eso, más que a soñar y despertar un día en medio de la desolación y el desencanto gritándole al mundo: «¡Te odio. Eres imperfecto!» Es decir, a despertar en la trivialidad.

Vigil fue por café a la cocina y hasta allá lo siguió Galio diciendo:

—Piense en el más puro de los clásicos. El menos sujeto a sospecha. Piense en Virgilio y su *Eneida* y en su arcadia agrícola. Sus escritos clásicos, como los miramos hoy, con una veneración que no induce a leerlos, no son al cabo sino meras trasposiciones del mundo cerval de la política. Son fugas, construcciones alegóricas, hipostasiadas, de la guerra civil. Al final, Virgilio se lo debe todo a Mecenas, su protector, su pagador, su dueño. ¿Le dice algo el nombre: Mecenas? Patrón romano de las artes, destinatario de las *Geórgicas*. El arte, como el periodismo, suelen estar construidos del clientelismo más barato, promesa. La historia secreta de los artistas y los intelectuales es la de sus patrocinadores. No hay de qué avergonzarse en eso. Ah, pero cómo nos han contado, callando, la historia de su independencia. Virgilio era el poeta de la corte como ustedes son, a su manera, periodistas del Presidente. Aun si dedican ustedes sus mejores esfuerzos a criticar al Presidente o a independizarse de él, viven bajo su sombra, al amparo de su influencia magnética. Virgilio construye su sueño arcádico en medio de la guerra civil. Al eludirla en su poesía, se declara esclavo y oprimido por esa guerra. Tanto, que necesita borrarla por completo de su obra. Su sueño terrenal y su programa político se resumen en la paz augusta. La paz augusta, Vigil, hecha con fierros y sangre, no con el arado y el surco. ¡Pero qué bienvenida esa paz sangrienta para el poeta arcádico! Sobre ese piso de muertos olvidados construyó después *La Eneida*: un canto al destino universal de Roma que, sin embargo, en esos momentos sólo era la Roma violenta y demagógica, pacificada a sangre y fuego por Augusto. ¿Y quién preservó para la posteridad el canto que Virgilio mandó quemar en su lecho de muerte? El emperador Augusto ordenó que no se quemara y lo impuso después como libro de texto, como gloria nacional, hasta convertir esas tabletas oficiales en el clásico de la grandeza romana que sigue siendo. ¿Por qué lo hizo el emperador Augusto, Vigil? ¿Por qué rescató la obra de Virgilio? ¿Por la belleza de los versos? No. Por su utilidad legitimadora, como dicen ustedes ahora, porque esos versos bañaban al imperio con una pátina de grandeza que lo mejoraba, que justificaba sus villanías, ennoblecía sus miserias, volvía míticas sus ramplonas pulsiones de poder y le confería una misión civilizadora, una dimensión sobrehumana desde la cual sería más factible aplastar, someter, gobernar a los simples humanos, en mejor servicio de la Humanidad, etcétera. ¿Me sigue usted? No se equivoque soñando una independencia que al final será su condena.

Vigil pensó en contestarle que *La república* hacía en esos días justamente lo contrario de Virgilio: hablar de la guerra subterránea que sostenía la paz augusta mexicana. Pero Galio estaba como vaciado frente a él, mirándolo con un cansancio tierno e indefenso, lleno de «su propia eneida civilizatoria», esperando no una réplica sino «un asentimiento, un discípulo, una caricia» (Vigil).

Le ofreció más café y fue a buscarlo a la cocina. Cuando volvió, Galio se había ido. Vigil leyó en su ausencia «pudor y desdén», el reproche de «haberse exhibido» y la decisión de olvidarlo «cerrando la puerta tras de sí».

9

Vigil seguía viendo a su hija Fernanda semana a semana, ratificando la intensidad y la torpeza de su amor tartamudo por ella. Cargaba ese equipaje frente a Fernanda en silencio, sin mostrarlo, obligándose a una naturalidad artificial que terminó volviéndose una rutina. Recogía a Fernanda los sábados en casa de Antonia, al mediodía, la llevaba a comer hamburguesas o pizzas a lugares donde apenas pudieran sentarse y se encerraban después en un cine de tandas infantiles. La conversación se restringía al alegato sobre los muñecos de plástico que Fernanda deseaba comprar fuera del cine y algunas otras cosas fundamentales, como si le había gustado la película (siempre le había gustado), si se la había pasado bien (siempre se la había pasado bien) y si quería ya irse a su casa y que se vieran al sábado siguiente (siempre quería). Aquella rutina tuvo por lo menos la ventaja de amortiguar la intensidad melodramática del momento en que Vigil dejaba a Fernanda en brazos de su madre. Poco a poco, el llanto desgarrador y las «escenas de comedia italiana» (Vigil) cedieron paso a la indiferencia y la prisa mutua por terminar «el difícil asunto de haberse visto», lo cual acabó siendo más terrible, aunque más soportable, que «el amor tartamudo, el cine y el melodrama de otras épocas».

Hubo un sábado paterno, sin embargo, en que Oralia se había mudado a Martín Mendalde tres días, por ausencia de su marido, y la comida con Fernanda no fue en la pizzería o la hamburguesería de siempre, sino en un restorán cubano que Oralia escogió en la colonia Roma. Vigil llevó a Fernanda sin avisarle del cambio de restorán ni, mucho menos, de la presencia de Oralia. Vio a su «pequeña cosa adorada» entrar con desconfianza al restorán —que alteraba la única certidumbre que Fernanda tenía de su padre: la rutina— y saludar y sentarse junto a Oralia con algo menos que recelo, con curiosidad, y con una expresión que podría llamarse una sonrisa en la boca de labios perfectos y en la suave expresión de sus ojos rasgados, de grandes órbitas profundas y abundantes pestañas sin rizar, heredadas de su madre.

Oralia los esperaba fumando, con un regalo para Fernanda. A Vigil le pareció absurdo e improcedente, pero a Fernanda la enloqueció. Eran dos ligas con bolitas de plástico para afianzar trenzas y aislar mechones de pelo. Fernanda quiso probárselas de inmediato, así que antes de que Vigil se hubiera sentado bien a bien en la mesa que había presentido catastrófica, ya Oralia y Fernanda estaban en el baño repartiendo el largo pelo lacio de su hija en distintas colas y trenzas de la simpatía instantánea. Volvieron riéndose a la mesa y cuando trajeron la comida hablaban todos, incluido Vigil, de lo sucios que estaban los platos del sitio y de si las mujeres debían aliarse para enseñarles a los hombres los verdaderos secretos de la vida. También sobre si era cierto o no, como podía probarse por la misma escena en que estaban, que Vigil era un idiota en minoría y se iba a pasar o no toda la tarde obedeciéndolas.

En acatamiento de las órdenes femeninas, Vigil y Fernanda no fueron esa tarde al cine de rigor, sino a un centro comercial del sur de la ciudad donde Oralia y Fernanda se compraron helados de guanábana y visitaron un puesto de afeites para una larga sesión de rímeles y esmaltes de la que Fernanda salió por primera vez en su vida, a los seis años, con las uñas pintadas, las pestañas rizadas y un juego completo de manchas y escarchas para los ojos. La otra adquisición fue un gran rompecabezas de un paisaje japonés cuya secuela práctica heló a Vigil porque casi a las ocho de la noche Oralia y Fernanda decidieron armarlo y Oralia le dijo a su nueva cómplice:

—Para armarlo, tienes que venir a dormir con tu papá, porque no nos da tiempo de otro modo.

Y Fernanda dijo:

—Bueno.

Entonces Oralia le dijo a Vigil:

—Llámale por teléfono a la mamá de Fernanda que se va a quedar a dormir con nosotros en Martín Mendalde.

Por primera vez en más de un año, Vigil le habló esa noche a Antonia para decirle que Fernanda pasaría la noche con él, a lo que Antonia respondió que quería hablar con Fernanda. Fernanda dijo tres veces sí a las preguntas de su madre por el teléfono y colgó, a resultas de lo cual la emprendieron los tres hacia Martín Mendalde estrenando una indefinible libertad que transformaba de golpe el repertorio de la ternura asfixiante de Vigil en el más benévolo elenco de la hospitalidad realizada.

Armaron juntos el rompecabezas hasta la madrugada. A la mañana siguiente, fueron al teatro y comieron chop suey en un restorán chino que Vigil decidió y Oralia criticó, discutiéndolo todo con Fernanda, incluso la calidad de la salsa de soya. Por la tarde, Fernanda decidió ir al ballet, como Oralia sugería. Al salir del ballet dijo:

—Quiero ser bailarina.

—Pues dile a tu papá que te meta a la escuela de danza —dijo Oralia—. Ahora es muy influyente y puede conseguirte la mejor.

—¿Qué es *influyente*? —preguntó Fernanda.

—Influyente es importante —dijo Oralia, mirando sin piedad a Vigil—. Influyente es un señor al que todo mundo le hace caso. Pero que es también un idiota porque no sabe cómo decirle a la gente que la quiere. Se la pasa hablando con otros señores influyentes e importantes que tampoco saben cómo decirle a la gente que la quieren. ¿Me entendiste?

—Sí —dijo Fernanda.

Vigil también había entendido.

El domingo por la tarde, cuando iba en el taxi a dejarla a su casa, Fernanda le preguntó a bocajarro:

—¿Tú te fuiste de nuestra casa para irte a vivir con Oralia?

—No —dijo Vigil—. Me fui de la casa porque me enamoré de otra mujer.

—¿Y se parece a Oralia la otra mujer? —preguntó Fernanda.

—No —dijo Vigil.

—Me hubiera gustado que te enamoraras de Oralia —dijo Fernanda.

—Uno no elige de quién se enamora —dijo Vigil.

—¿Qué quiere decir que te enamoras? —dijo Fernanda.

—Que quieres mucho a una gente —dijo Vigil.

—¿Me quieres mucho a mí? —preguntó Fernanda.

—Con toda mi alma —dijo Vigil.

—¿Entonces estás enamorado de mí? —dijo Fernanda recostándose en su brazo.

—Estoy enamorado de ti —dijo Vigil.

—Y si estás enamorado de mí, ¿por qué te fuiste de la casa? —dijo Fernanda.

—Porque dejé de estar enamorado de tu mamá —dijo Vigil.

—¿No quieres a mi mamá? —dijo Fernanda.

—La quiero mucho. Pero no estoy enamorado de ella —contestó Vigil.

—¿Y por qué dejaste de estar enamorado de mi mamá? —preguntó Fernanda.

—Porque me enamoré de otra —dijo Vigil.

—¿Y por qué no me dijiste que estabas enamorado de otra y que por eso te ibas? —dijo Fernanda.

—Por idiota, mi amor. Por tonto —dijo Vigil.

—¿Por tontito? —dijo Fernanda.

—Por adulto —dijo Vigil.

—¿Y por qué no te enamoras otra vez de mi mamá y te vienes a vivir otra vez con nosotros? —dijo Fernanda.

—Porque sigo enamorado de la otra —dijo Vigil.

—Pues no te enamores de la otra y enamórate otra vez de mi mamá —dijo Fernanda.

—No puedo —dijo Vigil.

—Pues trata —dijo Fernanda.

—Te prometo que voy a tratar —dijo Vigil.

—Bueno. Y cuando vengas el sábado a buscarme, ¿invitamos a Oralia? —dijo Fernanda.

—La invitamos, mi vida —dijo Vigil.

—Te quiero mucho, papito. El sábado que vengas por mí, ¿me compras otro rompecabezas?

—Te compro lo que quieras.

—Un rompecabezas —dijo Fernanda. Pensó un momento y agregó—: Y unas sombritas para los ojos. Y una hamburguesa. Y ya.

10

Supongamos, le escribió Vigil a Oralia Ventura, *que las estrellas de la antigüedad, que son las de ahora, hubieran trazado su influencia lunar favorablemente para nuestros amores, que todas las combinaciones del reino zoológico y de los humores humanos fueran propicios a la química elemental de nuestras salivas y nuestras enzimas, que toda la historia de las glándulas y las secreciones de nuestros ancestros hubieran concluido inmejorablemente en la mezcla feliz e involuntaria de las nuestras, que no fuéramos sino el azar realizado de la compatibilidad y el amor posible y todo nos fuera propicio, además de los astros, la química y la historia; suponiendo que todo eso fuera cierto y estuviera tan claramente a nuestro favor: ¿podría quererte más, más detalladamente, mejor protegido por la diversidad de nuestras vidas, por la cuidadosa intromisión de otros amores, de otras pasiones para cuyo fracaso sistemático eres el sistemático refugio? ¿Podría quererte más al abrigo del azar y de los azares del amor mismo, más como la parte inevitable que te has vuelto de mí, como yo mismo, inconexo y trivial bajo el sino fatal de las estrellas, el rigor invisible de las glándulas, la travesía imperfecta de los hombres en sus odios y sus amores? Ni aun así podría imaginar esta noche en que te*

escribo una pareja más exacta y propicia que tú, una sombra menos percep-
tible y más inseparable que tú, mi sorpresa y mi hábito, mi azar, mi dis-
creto y lujoso destino. ¿Comemos el martes? ¿Dormimos? Dí que sí, por
favor. Este martes. ¿Comemos y dormimos?

Tuyo, Carlos.

11

Los martes Vigil descansaba en *La república,* único de siete
días redondos de locura, y los pasaba generalmente con Oralia,
desde muy temprano, antes de la comida, hasta bien entrada la
noche en que Oralia debía regresar a su marido y su rutina. Decía:

—Necesito estar enamorada para tratar bien a mi marido.

Callaba lo demás, pero Vigil sospechaba a través de la disposición continua y fresca de su cuerpo, las planicies sedantes de un
matrimonio sólido, aunque prematuramente despojado de deseo,
recluido en las ventajas de una convivencia cuyas incomodidades
seguían siendo menores que sus ventajas: un convenio de libertad
mutua, serenado por los años y por la frecuente ausencia del marido
de Oralia, que le permitía a él también intentar otras vidas, acaso
tan intensas como las de su mujer, pero igualmente eficaces para
regresarlo a ella, cepillado del alma y del cuerpo, en camas paralelas
a las de Oralia y Vigil. Así parecía al menos.

En lo que toca a *La república,* Vigil había aprendido rápido
el trabajo y había avanzado más rápido aún en la voluntad, incluso
en la debilidad de Sala. Trabajaba con una intensidad que sólo el
propio Sala igualaba en el periódico, desde muy temprano hasta
muy tarde, con todas las fibras erizadas y en marcha, atento a los
detalles y a suplir por sí mismo las deficiencias de otros, absorto,
infatigable, dispuesto a asumir cargas adicionales y a explorar las
minucias del oficio, sus pequeños secretos, sus verdaderas causas, el
funcionamiento real de esa otra francmasonería del trabajo, no
siempre coincidente con el prestigio ni la apariencia, lo que Rogelio
Cassauranc llamaba el Círculo del Diez: las diez gentes que hacían
verdaderamente el trabajo de cien, los diez de los que era imposible
prescindir bajo ninguna circunstancia, los diez a los que había que

recurrir en caso de emergencia y sin los cuales era imposible esperar que salieran normalmente las cosas rutinarias.

El talento y el sudor de Vigil dieron frutos claros. Antes de terminar su primer año de trabajo en *La república,* ya era un personaje respetado y confiable. Sala y Cassauranc lo dejaban al frente del periódico algunos domingos, como pleno responsable de la edición del día siguiente. A veces también, cuando llegaban tarde o debían ausentarse del diario temprano en la noche, descargaban en Vigil las tareas de la junta de evaluación, del cierre editorial y, cada vez más, aparte de su función específica de tratar a los articulistas y escribir o encargar los editoriales del diario, la tarea de comer con ciertos funcionarios y clientes, preparar y revisar reportajes especiales o escribir, con su nombre, temas que el periódico quería desahogar sin comprometer su editorial. De manera que, además de haberse vuelto él mismo un destacado miembro del Círculo de Diez, se fue haciendo también un articulista leído y buscado, halagado, cortejado. Cuando a finales de 1972 llegó la comida anual de *La república,* las cosas habían cambiado tanto para Vigil que el novato debutante de un año antes, inhibido y deslumbrado por su primera frecuentación del rebaño sagrado de *La república,* era ahora su miembro prominente y a veces hasta el pastor de los nombres legendarios. Los monstruos inaccesibles de un año atrás, eran ahora sus pares, sus colegas de carne, pago, vanidad y hueso, parte de su trabajo y de su ocio, de sus telefonazos diarios y de sus cenas y festejos.

A diferencia de la comida del año anterior, a la de 1972 no acudió el Presidente. Tampoco su representante designado, el Secretario de Gobernación, quien hizo acto de presencia al filo de las cinco de la tarde. Venía escoltado por Galio y por el amigo de Sala, Abel Acuña, que no era subordinado del Secretario y había jurado calurosamente por la mañana, ante la insistencia de Sala, ser puntual. Asistieron, en cambio, mal habituados a la corbata que exigía el ritual, por primera vez en los anales festivos de *La República,* intelectuales y dirigentes del Partido Comunista Mexicano, los teóricos ultrarradicales de la guerrilla, así como Santoyo y Paloma, invitados personales de Sala y Vigil.

No sólo ellos. Mientras Vigil, tan incómodo en su corbata iniciática como Santoyo, saludaba al historiador Edmundo

O'Gorman, volteó hacia el bar para ayudarse a construir una respuesta y vio a Mercedes Biedma de pie, en el fondo, sorbiendo una cuba y mirándolo a su vez, retándolo, esperándolo, como si en todo ese tiempo no le hubiera quitado la vista de encima. Muchas veces, llevado por el impulso repetidor de su pena, Vigil había creído toparse con Mercedes en el tráfico azaroso de las horas y las gentes. La había encontrado en la ráfaga de pelo de una mujer por la calle o en la súbita recolección visual de unas caderas, en el tono de una voz o el reflejo de una mirada sobre un vidrio. «Doce veces, cuarenta y siete veces, mil seiscientas cincuenta y una veces» había tenido, desde que la borró de su vida, la «dichosa certidumbre cardiaca» de estarse topando con Mercedes Biedma. Y cada una de esas veces, la carga del olvido acordada a su cuerpo memorioso y a sus glándulas ansiosas de recuerdos, había cantado «el himno del reencuentro» y cada partícula de su vida ocupada por ese «pasado proscrito», había vuelto por sus fueros para celebrar la «aparición prohibida» que sus ojos y su olfato y las «nostálgicas yemas» de sus dedos, «inventaban sin cesar» (Vigil).

Cuando la ráfaga buscada pasó sobre el hombro de O'Gorman, Vigil creyó que se trataba de la Mercedes de siempre, inventada por él, aparecida en todas las cosas. Pero supo enseguida que no, que esta vez era ella completa, mirándolo en la esquina del jardín, bajo la misma atmósfera floral que la había metido a su vida por primera vez, y en la que habría durado intacta, como un rasgo fragante de su imaginación o una necesidad primaveral de su alma.

No lo pensó, simplemente fue hacia Mercedes Biedma, comprobó sin urgencia que era ella, risueña y nimbada por su propio recuerdo, y le dijo:

—Voy a ir a la mesa central a decir que me voy. Si cuando regrese estás aquí quiere decir que te vas conmigo, y no decimos más.

—No vine contigo —respondió Mercedes—. Pero aquí voy a estar cuando regreses.

Vigil fue a decirle a Sala que se iba y le encargó a Pancho Corvo la atención especial de O'Gorman. Cuando volvía rumbo a la Biedma, Paloma se cruzó en su camino:

—Advierto que no la traje yo. Vino con Iduarte.

—¿Iduarte, el director de *Hora Cero*? —preguntó Vigil.

Recordó a Ricardo Iduarte, director de *Hora Cero,* manejado por Sala desde el teléfono de *La república* con ocasión del secuestro de Hirschfeld. Omitió la hipótesis de los celos y le dijo, triunfal, a Paloma:

—Vino con él, pero se va conmigo.

—¿Vas a irte con ella? —dijo Paloma—. Desatas una crisis en la izquierda si te vas con esta burguesa recién reclutada.

—Será una fuga histórica, entonces —dijo Vigil.

—Estás radiante, guapísimo —dijo Paloma, con orgullo materno—. Pero quiero que recuerdes tu proverbio.

—¿Cuál proverbio? —dijo Vigil.

—El hombre es el único animal que se tropieza dos veces en la misma cama —sentenció Paloma.

—Porque recuerda —dijo Vigil, con una gran sonrisa.

12

No tuvo muchos recuerdos precisos de lo que esa tarde y esa noche trajeron hasta él de Mercedes Biedma, algo de lo que acaso ella había dado a otros o de lo que Vigil no le había exigido todavía pero exigió esa tarde, transfigurado como estaba por el órdago de su nueva vida que no alcanzaba del todo a entender ni a gobernar. Recogió a Mercedes del sitio donde lo esperaba como quien toma su abrigo o abre su coche, y la condujo al pie del pirú de Martín Mendalde, directamente al sillón de su departamento donde empezó a besarla y a rasgar sus ropas, hasta poseerla con una lujuria vigorosa y ardiente que Mercedes no recordaba y que, a juzgar por los resultados, había exigido siempre, sin saberlo ni esperarlo, de Vigil. No quiso ni pudo jugar el ajedrez obligatorio del reencuentro. No protestó. Dejó que esa nueva fuerza entrara en ella con la rotundidad que anhelaba y se dio al ayuntamiento requerido y a sus ánimos totales hasta reventar en una serie de «orgasmos como fuetazos» (Vigil). Antes de que esos estertores terminaran, Vigil la puso de espaldas y la sodomizó sin atender sus lamentos. No hablaron, no se dieron explicaciones. Mercedes durmió esa noche en Martín Mendalde. La sorprendió el amanecer con Vigil encima y los días que siguieron con el halo del amanecer cosquilléandole por el cuerpo, húmedo y agradecido, ávido de las noches que faltaban en su nueva ambición de Vigil.

Mercedes había dejado ya la casa paterna y alquilaba un piso en el mismo edificio del Parque México, donde su amiga Paulina organizó alguna vez el abandono de Fernanda. Ahí volvieron a verse a los dos días de su encuentro en Martín Mendalde, con su nuevo repertorio de modales amorosos.

—Ven, no hables —le había dicho la Biedma cada vez, como no había dicho antes, y Vigil había ido a ella cada vez como a una parte más del encuentro con el mundo que le brindaban *La república* y el inexplorado vigor adulto de sus años. Antes de que pudieran decidirlo, vivían una fiebre conyugal de adolescentes recién ayuntados, en la que las separaciones impuestas por las rutinas del día eran sólo una ansiosa antesala del momento en que habían prometido volverse a ver. Mercedes dejaba a Vigil por la mañana en el departamento para irse a sus archivos, pero Vigil la encontraba al mediodía en un restorán del centro donde comían juntos, hablándose, tocándose, adulándose sin cesar, para abandonarse a las seis de la tarde en las puertas de bronce porfiriano de *La república* y reunirse de nuevo en el piso del Parque México o junto al pirú de Martín Mendalde, ya cerca de la medianoche, fatigados y encendidos, dispuestos a prender velas y a descorchar vinos para cenas laboriosas que terminaban en las primeras horas de la madrugada, las mejores de su dicha ebria, saciada, «plenamente marital y corsaria» (Vigil).

Alternaban el Parque México y Martín Mendalde, pero en uno y otro sitio era igual la entrega urgente y como inaplazable de sus cuerpos, la misma película de la pareja haciendo y volviendo a hacer sus cosas esenciales: comer, beber, amarse, hablarse, repetirse en la imagen dichosa y desarmada del otro. Pero la felicidad no tiene memoria. De toda aquella plenitud, Vigil sólo pudo consignar en sus cuadernos, tan minuciosos incluso en sus generalidades, dos escenas precisas: una, la de su encuentro con la Biedma tras el hombro de O'Gorman.

La otra, cuatro meses después:

Vigil había salido del periódico temprano para encontrar a Mercedes en el coctel de una casa editorial donde se había dado cita toda la izquierda. Había ron y rumba y el odio de Ricardo Iduarte acechando a Mercedes. Poco después de las doce, volvieron a la cueva anhelada del Parque México. Mercedes paró el coche frente al edificio y besó a Vigil. La operación tomó su propio curso y siguieron besándose, como la primera vez, «fantasiosa e hipnóticamente», hasta empañar los vidrios y aflojar sus ropas y disponerse a cumplir ahí mismo, a dos minutos de la cama, el rito que no habrían de aplazar esos minutos, la transgresión adolescente de amarse en el coche, a jalones, torcidos y locos, «cinchados por la mezclilla de los pantalones de Mercedes» (Vigil).

—Nunca había hecho esto —dijo Mercedes al terminar.

—Yo tampoco —dijo Vigil.

Se besaron otro rato como si no hubieran terminado y no cayera sobre ellos el paraguas amarillo del único arbotante sano de la cuadra. En la puerta del departamento encontraron un mensaje urgente de Paulina. Subieron a verla a su departamento, un piso arriba del de Mercedes. No les abrió Paulina, sino Santoyo. Llevaba dos horas esperándolos. Paloma hacía la misma guardia en Martín Mendalde. Había un dejo de reproche en el tono de Santoyo y en sus ojos inyectados no de llanto sino de ansiedad, rabia, impotencia.

—Tengo que hablar con Sala —le dijo a Vigil—. Esta mañana detuvieron a Santiago en Guerrero.

Capítulo V

Fuimos a verlo Santoyo y yo a la cárcel de Chilpancingo —recordó Paloma once años después—. Sólo nosotros dos. Vigil no pudo en esos días dejar La república y nosotros preferimos que así fuera: si algo pasaba, tendríamos las espaldas cubiertas en la Ciudad de México. Porque en esos días ir a Guerrero, a lo que nosotros íbamos, era casi jugarse la vida. Todo el camino estaba punteado de retenes militares. Controlaban el tráfico de los fuereños como si uno cruzara por otro país. Santoyo no habló una palabra durante las cuatro horas de carretera. Podía hacer esas cosas, como si fuera de hule y todo rebotara en él. La verdad, en él no rebotaba nada, más bien entraba todo y se le quedaba dentro de tal modo que al final era como si se hubiera tragado un cementerio.

1

Chilpancingo era la capital del estado de Guerrero, un pueblo mal tirado al azar en medio de una sabana calurosa, inhóspita y erizada como los arbustos magros que crecían por doquier y seca como los anchos surcos de la tierra pelona que recordaban el paso de arroyos perdidos en un largo proceso de erosión. Había sólo un hotel, cercado por la yerba y el desgano, y una calle principal que daba rodeos respetando la voluntad de casas construidas sobre los acotamientos y grandes huizaches antiguos que nadie afectó con la noción lineal de un trazo urbano. Siguiendo ese caprichoso sendero, se llegaba al palacio de gobierno que dormía una vieja siesta de paredes descarapeladas y guardias sentados en la puerta abanicándose las moscas y el olvido.

Paloma y Santoyo llevaban sólo año y medio de vivir juntos, pero había ya algo en sus modos tácitos y en las pocas palabras de su trato que delataba un acuerdo más hondo, más allá de los hábitos sedentarios y la tolerancia irónica, que da a las parejas cuajadas por los años un aire envidiable de amor plácido y pertenencia de por vida.

Llevaban una carta de Sala para el gobernador y otra, más modesta, de Vigil para el jefe de prensa del gobierno, un guerrerense ilustrado con quien Vigil había cambiado tragos y tarjetas de presentación alguna vez en la capital. El gobernador estaba de viaje en la Ciudad de México, como solían estarlo los gobernadores en el único país del mundo donde la palabra federalismo es sinónimo de centralización. Pero el jefe de prensa leía en su oficina, aprovechando el aire acondicionado que un achacoso aparato echaba desde su ventana. Sonaba como una matraca pero aliviaba en algo la opresiva certidumbre de la naturaleza, su inhumano calor de agosto, seco, drástico, intolerable, en la más seca, drástica e intolerable de las poblaciones mexicanas.

El jefe de prensa leía *La montaña mágica*. Sobre su escritorio, junto a la colección de pasquines escandalosos que llamaban «prensa local», esperaba una edición francesa, en pasta dura, de *Alcools* de Guillaume Apollinaire. Escuchó cuidadosamente la petición de Santoyo —ver a Santiago, asegurarse de su situación— y dijo:

—Está en nuestra cárcel, pero no es nuestro preso, sino del ejército. Quiero advertirle eso, antes que nada. Ahora bien, le propongo que vayamos a la cárcel y pidamos a ver si nos dejan verlo. Aunque entiendo que está incomunicado para interrogatorios del ejército. Esta guerra es del ejército, como usted habrá visto en la carretera. Nosotros no tenemos lugar ahí, ni queremos tenerlo. Nosotros nos dedicamos a la política que, según nosotros la entendemos, es el arte de evitar la guerra. Pero la guerra, una vez estallada, es otra especialidad. ¿Santiago Santoyo es su hermano?

—Hermano menor —dijo Santoyo.

—¿Cuántos años tiene?

—Veintitrés.

—Muchos simpatizamos aquí con algunas cosas de la guerrilla —dijo el jefe de prensa—. A mí me emociona lo que acaba usted de decir: la juventud de su hermano y su decisión de jugársela por un ideal político. Los tenemos que combatir porque ellos nos combaten, pero la propuesta del gobernador es que si bajan de la sierra y deponen las armas, les damos nuestro apoyo para que gobiernen su región y acaben con los caciques. Naturalmente, no quieren, no nos creen. ¿Por qué iban a creernos? Pero es en serio: no habría mejores dirigentes de la sierra de Atoyac que estos señores.

Salieron al polvo hirviente y caminaron hasta la cárcel, dos cuadras y un baldío después. Como todo el pueblo, la cárcel era también una aglomeración de distintas épocas de desamparo, una manzana contrahecha de barracas y muros alternados en gruesas almenas de carga colonial y neoclásicos bloques porfirianos, con nuevas y viejas alambradas de púas. El jefe de prensa entró al penal y se dirigió a la comandancia militar. Un mayor mal encarado escuchó y negó sin mirarlo.

—No hay entrada por este lado —dijo el jefe de prensa—. Vamos a tratar por otro.

Los llevó entonces a la oficina donde despachaba el director civil del penal, un hombre de cincuenta años que tomaba café con tequila y sonreía. Oyó plácidamente la solicitud de Santoyo.

—¿Cuál es el problema? —preguntó al jefe de prensa.

—El problema es que *los verdes* no quieren dejarnos entrar —dijo el jefe de prensa, aludiendo al uniforme verde del ejército—. Se lo acabo de plantear al mayor y me negó el acceso.

—Pues para qué se lo *planteas* al mayor —dijo el responsable civil—. Si me lo *planteas* a mí, que soy el director del penal, a lo mejor te puedo resolver el problema.

—Pues ya te lo estoy *planteando* —dijo el jefe de prensa.

—Pues ya te estoy atendiendo positivamente —respondió el director—. Sólo pongo una condición.

—La que tú pongas —dijo el jefe de prensa.

—En caso de que haya aclaraciones, tú no me has dicho nada de que el mayor te negó la entrada —dijo el director del penal.

—¿Cuál mayor? —dijo el jefe de prensa, con un guiño cómplice.

—Eso es lo que yo digo: ¿cuál mayor? —asintió el director civil del penal—. ¿Quiénes van a pasar? Ponme sus nombres en esta tarjetita. ¿Traen ustedes alguna identificación?

Santoyo y Paloma traían sus credenciales del Castillo.

—Tú vas con ellos —dijo el director del penal al jefe de prensa—. Le haces de «centinela de vista», como dicen los señores verdes. Y tienen nada más cinco minutos, eso sí, porque si no nuestros amigos nos cuelgan a todos de los blanquillos, con perdón de la señorita. Ya luego tú le explicas al gobernador cómo se portó en este trance tu amigo el director del penal.

—Yo le explico —dijo el jefe de prensa.

2

—Santiago estaba irreconocible —le contó Paloma a Vigil.

Tenía las cejas rotas, los labios reventados, los pómulos abiertos. Toda la cara era «una magulladura sanguinolenta». Se detenía un brazo con el otro y señalaba su hombro, sugiriendo que el dolor estaba ahí, en la clavícula rota. Sugiriendo, porque no podía hablar. Lo más que salía de sus labios hinchados eran unos gemidos roncos, muy descriptivos de lo que estaba pasando adentro, atrás de esa careta grotesca.

—Bueno —dijo Paloma—, por lo menos podía sentarse, mirarnos, entender que estábamos ahí. A su compañero desde luego le había ido peor. Estaba tirado en una de las literas, inmóvil, como un fardo. Sabías que estaba vivo porque se quejaba de vez en cuando y porque temblaba de pronto, como con un estertor, antes de volver a quedarse quieto. Fueron los cinco minutos más rápidos de mi vida. No habíamos *visto* todavía la situación, entre otras cosas porque la celda era oscura y nosotros veníamos del sol de afuera, cuando el jefe de prensa nos dijo que ya era hora de irnos. Fue estúpido, enloquecedor. Quiero decir, no hablamos con Santiago, no le dijimos nada. Sólo pudimos ver una vez y otra vez sus ojos inyectados y vidriosos tras el tajo de los párpados y oír su gemido ansioso, como infantil, un hilito de dolor entre los huesos deformes de la mandíbula, de la sangre seca de las encías y los labios volteados al revés.

Caminaron de regreso al palacio de gobierno envueltos en «el asombro común de la masacre» (Vigil). Paloma trataba de controlarse pero el llanto subía por ella como un borbotón. Santoyo le soplaba al oído:

—Aquí no. Que no te vean llorando.

—Es lo peor que va a estar —dijo el jefe de prensa, tratando de persuadir su propia incredulidad.

—Lo van a matar —respondió secamente Santoyo.

—Si lo fueran a matar, ya lo hubieran matado —murmuró, con tenacidad, el jefe de prensa.

—Necesito que me preste su teléfono —dijo Santoyo al llegar a palacio.

—Fue entonces cuando te habló —dijo Paloma a Vigil—. Su obsesión era que salieran los detalles del asunto en la prensa porque sólo así, según él, se evitaría la muerte de Santiago. No sé cómo podía conservar la frialdad para ese cálculo luego de lo que acabábamos de ver. Pero así fue. Y tuvo razón. Al día siguiente, gracias a la información que apareció en *La república,* nos mandó llamar el mayor del penal. Es un decir que «nos mandó llamar». Llegó al hotel un piquete de soldados y nos treparon al jeep sin decir palabra. El mayor encargado del penal nos pidió una identificación y nos dijo que podíamos ver a Santiago. Para mí fue como la confirmación de que ya había pasado lo peor. Lo vimos otra vez, pero en una nueva celda, más amplia y limpia, hasta con un radio. Lo habían bañado y curado. Llevaba el brazo en un cabestrillo y tenía vendajes y curitas por tantos lados que parecía una momia. Nos dieron diez minutos ahora. Todavía no podía hablar, pero nos escribió en un papelito. Su primera petición fue que quería cigarros. La segunda: «Te cambio la revolución por una cerveza fría.» A su compañero lo habían hospitalizado. Luego nos llevaron de nuevo con el mayor, que nos sentó enfrente suyo y nos dijo: «Ya lo vieron a su pariente que está vivo. Vivo va a seguir. Pero ustedes se me van hoy mismo de regreso a sus quehaceres y cuidado me vengan otra vez con notitas en los periódicos.» Nos volvieron a subir al jeep, esperaron en el hotel que recogiéramos nuestras cosas y nos escoltaron en el coche hasta la gasolinería de la salida.

Por la noche del mismo día Paloma y Santoyo estaban en la redacción de *La república,* hablando con Vigil, luego con Sala y sobre todo con ellos mismos, con su propia incredulidad, con su impresión inaceptable y sin embargo abrumadora de haber bajado al infierno y encontrado ahí al más querido de los seres, súbdito de un sueño adverso, «de una improvisación aberrante de la libertad de lo posible» (Vigil).

—No puedo pedirle que lo mantenga en la prensa —dijo Santoyo a Sala— porque mantenerlo a lo mejor es garantía de que lo maten. Tampoco puedo pedirle que lo saque de las páginas de *La república* porque lo único que ablandó a sus carceleros fue ver las cosas publicadas aquí. De modo que no sé qué pedirle. No sé qué hacer. Mi única preocupación es que no lo maten.

—Si usted está de acuerdo —dijo Sala— nosotros tomamos como propia la defensa de su hermano. Podemos alegar lo inobjetable: el respeto a sus derechos constitucionales. Que lo tengan encerrado y golpeado, sin delito probado que perseguir, y aun con delito, es un agravio a la constitucionalidad. Podemos pelear por eso.

—Lo van a matar —dijo Santoyo, por segunda vez en el día.

—Puedo llamarle al Secretario de la Defensa —dijo Sala—. Interesarme por el caso, pedir información.

—Llámele —terció Vigil—. Si contesta sabremos qué hacer. Si no contesta, también.

El Secretario de la Defensa no contestó y Santoyo supo exactamente qué hacer:

—Llámele al jefe de prensa del gobernador de Guerrero —pidió a Sala—. Dígale que La república está al tanto del caso de Santiago, que yo estoy aquí en su despacho y que lo importante es que no lo maten.

Sala llamó al jefe de prensa y dijo lo que Santoyo quería.

—Si usted me permite —le dijo después a Santoyo—, ponemos *La república* detrás de este caso y probamos nuestra fuerza. Le garantizo que la vida de su hermano está asegurada. No por la fuerza que podamos tener como periódico, sino por algo más simple que le dijo a usted el jefe de prensa: si apareció vivo es porque lo quieren vivo. Si lo quisieran matar, lo habrían matado ya. No quiero interferir, pero piense usted el caso de su hermano con amplitud nacional. Cada arbitrariedad militar que no hagamos pública, garantiza la existencia de otras.

—Es la guerra —dijo Santoyo—. La opinión pública tiene poco que hacer en la cárcel de Chilpancingo. Si puedo pedirle algo, le pido silencio.

—Le sugiero algo mejor —dijo Sala—. Le sugiero que publiquemos mañana exactamente la nota que publicamos hoy. Parecerá un error de nuestra redacción al lector desprevenido, pero al interesado le dirá exactamente lo que deseamos: que estamos a la espera, como Trotski en Brest-Litvosk: ni paz ni guerra, pero todas las antenas levantadas. Ése sí, le aseguro, es un mensaje sutil y eficaz.

Santoyo estuvo de acuerdo y Sala avanzó:

—Ahora yo quiero pedirle un favor. No para hoy ni para mañana, para un día futuro que convendremos, quisiera obtener de usted y de su compañera la narración circunstanciada de su viaje a Chilpancingo. Sólo eso pido a cambio. Para el archivo.

Santoyo accedió y pasaron al despacho de Vigil donde Corvo prendió una grabadora y guió la narración con sus preguntas durante casi dos horas.

—La banalidad del infierno —dijo Corvo al terminar—. No hay ahí idea del mal ni sensibilidad al sufrimiento. Todo es simple y terrible.

Fueron a cenar. Durante su primer *gin and tonic* Corvo habló de la necesidad de una casandra mexicana que anticipara el futuro con sus gritos. Pidió su segundo gin y se paró al baño. Santoyo aprovechó para regresar al punto de donde no se había movido.

—El que puede ayudarnos es tu amigo el de Gobernación —dijo.

En la voz y en la fijeza de los ojos de Santoyo, Vigil sintió otra vez la inculpación original, como si aquella jornada imprevista con Galio en el departamento de Giotto hubiera quedado unida en la cabeza de su amigo a la suerte policiaca de Santiago.

—Quizá él pueda obtener con sus amigos lo que nosotros no —dijo Santoyo.

—Puede ser —contestó Vigil.

—Las conexiones las tiene —dijo Santoyo.

—Las conexiones, sí —dijo Vigil.

—¿Por qué no le llamas? —preguntó Santoyo.

Corvo regresó en esos momentos a la mesa y la mesa regresó a la conversación previa que siguió corriendo por el tema del «futuro incierto y cruel, una de las variables del alma mexicana, marcada a fondo por un pasado insatisfecho y turbulento» (Vigil).

Al salir del restorán, Santoyo volvió sobre Vigil:

—¿Vas a llamarle a tu amigo?

—Sí —dijo Vigil.

—¿Cuándo vas a llamarle? —dijo Santoyo.

—Mañana —dijo Vigil.

—¿Por qué no le llamas esta noche? —insistió Santoyo.

—No tengo su teléfono a la mano. Tendría que buscarlo en el periódico.

—Paloma puede llamar al periódico y preguntarlo —dijo Santoyo.

—No —dijo Vigil.

—¿No quieres llamarle? —preguntó Santoyo.

—No —dijo Vigil.

—¿No quieres pedirle el favor? —dijo Santoyo.

—No —dijo Vigil

—¿Pero vas a pedírselo? —porfió Santoyo.

—Sí —dijo Vigil—. Porque tú me lo pides.

—Entonces te pido que le llames esta noche —dijo Santoyo.

—De acuerdo —dijo Vigil.

Y se dispuso, en «el hartazgo imprecisable de la noche», a pedirle su primer favor a Galio Bermúdez.

3

No encontró a Galio en sus oficinas ni en el teléfono de un restorán de moda que le dieron, pero recibió su llamada muy temprano al día siguiente, levantando obstáculos irónicos a la tarea, ya insoportable de por sí, de pedirle algo.

—¿Para qué soy bueno, promesa? —dijo Galio.

Vigil creyó oler en el cabo sardónico de la voz el resto de una noche alcohólica mal terminada, pero dos horas después, al entrar por las sombras rutinarias de la oficina acordada en Bucareli, Galio lo recibió fragante, la mirada clara y «el ánimo llano y optimista de un hombre enamorado» (Vigil).

—Le llamo a Croix de inmediato —dijo Galio, cuando oyó la historia—. Es al que puedo llamarle, pero él nos dirá. ¿Quiere entrevistarse con él?

Vigil negó con la cabeza.

—¿Qué quiere entonces? —dijo Galio.

—Que lo curen —dijo Vigil—. Que lo traten bien. Que le den una buena celda. Que pueda verlo su hermano. Y antes que eso, primero que nada: que no lo maten.

—De acuerdo —dijo Galio—. Pero no es poco pedir.

Cuando estuvo lista su llamada con Croix, Galio colgó el teléfono frente a Vigil y se metió a hablar en un despacho adjunto, donde era imposible oírlo. Volvió de ahí minutos después con un mazo de tarjetas manuscritas.

—No lo van a matar —dijo sentándose junto a Vigil y barajando las tarjetas con sus apuntes—. Lo tienen ya en una buena celda. Lo están curando también, y va a sanar de todo. Lo van a procesar conforme a derecho por acopio de armas y secuestro. Son sus delitos formales. Y puede recibir visitas todos los domingos, a partir del siguiente.

—Gracias —dijo Vigil.

—De nada, todo eso estaba ya acordado —dijo Galio—. Pero no es lo importante. Lo importante, querido Michelet, es por qué lo aprehendieron. Entienda usted: el que agarra los fierros a los fierros se atiene, escoge su ley. No parecen haberlo entendido, ni ellos, ni ustedes. ¿Sabe cómo capturaron a sus defendidos?

—No —dijo Vigil.

—Alardeando de un secuestro en una cantina de Atoyac de Álvarez. En ese pueblo lleno de soldados y retenes, ¿sabe usted qué traían en la cajuela de su auto? Una metralleta, un maletín repleto de dinero y la grabación de una asamblea de la sierra. ¿Sabe cuántos más han caído de su grupo luego de su captura? Ocho. ¿A qué están jugando sus amigos, promesa: a la guerrita?

—No son mis amigos —dijo Vigil—. Sólo Santiago. En realidad, soy amigo de su hermano.

—Explíquele entonces a su hermano para que le explique a Santiago —dijo Galio, y repitió—: *El que agarra los fierros, a los fierros se atiene*. Dígales que no es una frase mía, la frase de un siniestro represor, de un intelectual fascista burgués proimperialista. Dígales que son palabras de Francisco Villa y que describen bien las cosas: *el que agarra los fierros a los fierros se atiene*. No sé qué gana usted intercediendo por estos pendejos, promesa. No sé.

— Es un amigo —dijo Vigil—. Le debía al menos ésta.

—¿Y qué le debe a La república, promesa? —dijo Galio—. ¿Y *La república* qué le debe a estos guerrilleros de fantasía?

—No tiene que ver con *La república* —dijo Vigil—. Le suplico que no toquemos ese tema.

—Ya lo hemos tocado, querido —dijo Galio—. Y sigue igual. Empeorando, en realidad. Pero no toquemos ese tema, como usted dice. Ya lo tocarán en su momento los hechos y entonces será demasiado tarde. Dígale a su amigo que venga por su salvoconducto para ver a su hermano los domingos en Chilpancingo. Se lo tengo mañana.

—¿Y yo por qué voy a ir a ver a ese hijo de puta? —saltó Santoyo cuando Vigil le informó.

—Por la misma razón que yo lo vi —dijo Vigil.

—Prefiero no ver a Santiago —dijo Santoyo.

—Pero yo prefiero verlo —dijo Paloma—. Yo recojo el salvoconducto, Vigil. Dame los datos de dónde.

—¿Y qué le vamos a decir a Santiago? —dijo Santoyo—. ¿Que venimos de parte de Gobernación?

—Que venimos de parte de Vigil —dijo Paloma—. Que Vigil arregló todo y que de cuáles cigarros quiere fumar esta temporada. Por lo pronto, les invito una cerveza homeopática. A ver si es verdad que lo amargo quita lo amargo.

Tomaron la cerveza en silencio. Luego, Paloma acompañó a Vigil hasta la calle.

—¿Por qué me reprocha a mí? —dijo Vigil—. Yo no encerré a su hermano. Yo no lo golpeé. Yo no hice las tonterías de su hermano. Yo nada más le conseguí el salvoconducto.

—Su hermano se llama Santiago —dijo Paloma, «recordando lo básico» (Vigil).

—A su hermano lo capturaron borracho alardeando de sus hazañas en una cantina de Atoyac. ¿Yo qué culpa tengo de eso, carajo? Yo no me bebí las cervezas, yo no secuestré a esas eminencias guerrerenses de cuarta categoría como si estuviera asaltando el Palacio de Invierno. Yo sólo fui a humillarme con el otro cabrón a pedirle un favor para Santoyo. Y el señorito no quiere hablar con hijos de puta. Pues que su hermano no trate con hijos de puta, ni se deje agarrar por ellos.

—Santoyo está fuera de sí —dijo Paloma.

—Y fuera de mí también —dijo Vigil juntando en sus palabras las amarguras de la cerveza y la ingratitud, que lejos de anularse se habían alimentado.

4

Galio cumplió a la letra lo dicho y algo más. Cuando al domingo siguiente Santoyo y Paloma volvieron a poner los recelosos pies en el penal de Chilpancingo, hallaron a Santiago convertido en el preso más influyente y mejor tratado del sitio, provisto de periódicos y revistas, camisas de hilo tejidas por los propios presos, libertad de tránsito dentro de la prisión, y una lagartija semiamaestrada que eligió la celda de Santiago para probar sus veleidades sedentarias. Lo supo Vigil, puntualmente, por Paloma, y tuvo el impulso de telefonear o visitar a Galio para darle las gracias. Pero el orgullo lo retuvo hasta la siguiente estación de su viaje, que demostró la certeza de su instinto o al menos la astucia de su mezquindad.

El libelo contra Sala llamado «Las catacumbas de La república», empezó a circular en octubre. No tenía pie de imprenta y flotó excitadamente, unos días, en el falso misterio de su origen —que todo México sabía atribuir a la Secretaría de Gobernación—. Circuló sin omisiones en las salas de redacción de los periódicos de la capital y casa por casa, mediante un reparto ecuménico en buzones de políticos, militares, intelectuales y empresarios.

Era un folleto anónimo y ascético, sin ilustraciones chillantes ni desmesuras tipográficas, justamente al revés del espíritu escandaloso que lo inflamaba. Tenía cuatro partes, dispuestas con pretensiones mayéuticas en forma de preguntas y respuestas. La primera parte discernía hasta qué punto, por sensacionalismo, el periódico de Sala había hecho suya la causa guerrillera de «la perturbación del orden». La segunda escarbaba en la historia católica y antiestatal de *La república,* las «causas profundas explicatorias» del hecho. La tercera era un abominable retrato familiar y personal de las razones de Sala. La cuarta, una *summa* de argumentos para desnudar aquel «sainete catecúmeno» que había hermanado a los «hijos bastardos de San Pablo con la prole ignorante de Marx».

Vigil olió al autor del libelo desde las primeras líneas, como dicen los marineros que se huele en las barcas la cercanía de la costa: en un solo golpe denso de aire que hincha las velas y los poros «con su aliento inminente, podrido, terrenal» (Vigil). Afirmó su intuición pasaje tras pasaje, guiado por el inconfundible ritmo prosódico de Galio y por el eco de su rápida esgrima, «proclive al golpe bajo y el escarnio sin fronteras». Pero puso el pie en esa costa y probó su autoría en un párrafo de la parte final que casi le permitió fechar el día en que había sido escrito, porque era probablemente el día en que él lo había oído.

¿A quién puede regocijar, preguntaba el folleto, que nuestro país deba pagar en sangre tan inocente como ignorante el precio histórico de su unificación inacabada, como lo paga hoy en el estado de Guerrero, combatiendo a quien ha querido siempre proteger, aniquilando aquello cuya vida mejor es la razón misma de la existencia de la nación y de su Estado? Nadie puede celebrar esta paradoja de hierro de la civilización, que es su historia terrible y deseable desde que Julio César conquistó a sangre y fuego la Galia y fundó así la Europa que hemos imitado a trastiempo y como el mico al niño, traicionando quizá nuestra propia naturaleza. Nadie puede celebrar eso, salvo las huestes seudorrepublicanas de Octavio Sala, reconocido seductor que conquista igual voluntades machas e inteligencias hembras para la causa increíble de la alianza contranatura que venimos denunciando: la alianza aberrante de nuestro subsuelo católico y mojigato, derrotado en la Cristiada, y nuestro nuevo remedo de vanguardia revolucionaria, trepada más en el cabús de la pesadilla soviética cuyo horror no es en verdad la dictadura, como suele decirse, sino el tedio.

La constatación de la autoría, sin embargo, no sacudió tanto a Vigil como la segunda parte del libelo, dedicada a la exhibición biográfica de Sala. Pasó de hecho sobre ese pasaje levantando al vuelo del ojo lo que se quedara, negándolo y reduciéndolo desde antes. Pero al terminar la lectura volvió a él, jalado por el efecto de «cierta frescura anecdótica» y la abundancia de detalles que certificaban «la autenticidad del infundio, acaso por hallarse en un marco de tan ostensibles caricaturas» (Vigil).

La biografía de Sala se demoraba en un episodio de su juventud, casi de su niñez, en su ciudad natal, Durango, durante los años cuarenta. El padre de Sala, un abogado villista empobrecido y desengañado, había penado su derrota en el alcohol y el pequeño litigio de barandilla, y alcanzado a engendrar a Sala una noche feliz de 1929 antes de que un armón sin luces lo machacara en un crucero del tren, próximo al congal donde bebía. No fueron claras las circunstancias de aquella muerte, en el sentido de que nadie pudo explicar qué hacía el abogado de pie en la vía a las tres de la mañana, ni por qué razón, aparte de las muy visibles de su vida fracasada, habría querido perderla ese fin de semana.

En medio de su naufragio, el abogado había recibido como pago por servicios la posesión de una pequeña mina de oro y plata en la que había invertido todo, con tan buena fortuna que una breve exploración descubrió continuidades de vetas que se creían agotadas y abrió a la familia Sala un inesperado porvenir minero, digno de los esplendores coloniales que los tiros de la mina recordaban del siglo XVIII. Tanto, que a la muerte del abogado, la viuda, madre de un muchacho de dieciocho años y con el vientre hinchado de seis meses de su recobrada fertilidad, pudo constituir una pequeña fortuna local, hacerse de una hermosa hacienda porfiriana y volcar su soledad en las cuentas bienaventuradas de la mina, el recuerdo hagiográfico de su marido y el cultivo encantado y religioso de sus hijos.

La historia volvió a sacudir con sus malos aires a aquella casa durante la segunda oleada de la rebelión cristera, conocida como la albérchiga, por analogía con un retoño tardío pero jugoso del durazno así llamado. La albérchiga azotó a Durango en los años treinta y reclutó los ánimos justicieros del hijo mayor de la viuda de Sala, que contrabandeó armas para la causa y, descubierto, salió de la hacienda una noche, a galope rumbo a la sierra, para alzarse en armas, tal como veinte años antes había salido su padre rumbo a la estación donde esperaba un abigarrado tren villista.

Regresó un año después, con la amnistía, viejo y sin un dedo de la mano izquierda, con la cicatriz de un tiro a sedal en la mejilla y en la memoria una colección de muertes que la amnistía no borró ni en un bando ni en el otro. Le cobraron seguir vivo años después, a principios de los cuarenta —ya siendo próspero administrador de la mina así como de los ranchos y las pulperías que la mina había generado—, mediante un pleito judicial que le fabricó el gobierno estatal acusándolo de contrabando de oro. Fue aprehendido y recluido dos años en un inmundo penal, donde contrajo una anemia crónica y procreó la úlcera gástrica cuya implosión se lo llevó a él de este mundo y a su madre de la fe en él que había construido. Los bienes mineros de la familia fueron embargados; los otros se los llevaron el desánimo y el luto, que cobraron también la vida de la viuda, disminuida por la diabetes y la amnesia progresiva, a los cincuenta y cuatro años de su edad, cuando su hijo Octavio tenía quince.

A esta historia familiar atribuía el libelo los odios irreparables de Sala por el Estado, la revolución y la política mexicana del siglo XX.

5

—Fue Galio —dijo Vigil a Sala, echando el folleto subrayado sobre la mesa.

—Puede ser —dijo Sala.

—Fue él —insistió Vigil—. Todo lo subrayado ahí se lo he oído decir casi textualmente. Toda la bisutería de la civilización que avanza matando, Julio César y la Galia, la venganza cristera de *La república* contra el Estado mexicano. Estupidez tras estupidez.

—Le agradezco la solidaridad —dijo Sala—. Pero no culpe a Galio demasiado.

—Sólo lo culpo en tanto autor del folleto —dijo Vigil.

—No es el autor —dijo Sala—. Es el amanuense.

—Peor entonces —dijo Vigil.

—Es sólo el principio, Carlos. Lo peor está adelante.

Habían salido juntos del periódico y se recluyeron para cenar en la terraza de un restorán de la avenida Reforma. Era octubre y había en el aire una frescura cálida como sólo puede haberla en el altiplano. Sala había trabajado dos días sin salir del periódico, comiendo fruta y emparedados en el escritorio y durmiendo medias horas salteadas, porque revisaba al detalle, con los sucesivos departamentos del diario, los informes y planes de la asamblea de *La república* que iba a realizarse en unos meses. Luego de la expulsión de don Arsenio Cassauranc en los años treinta, el periódico, en quiebra, había sido comprado por el gobierno y entregado después, en un sesenta por ciento de sus acciones, a una cooperativa de trabajadores que el propio gobierno organizó. En los cincuenta, el gobierno vendió su cuarenta por ciento a distintos inversionistas privados. Durante el último año, Sala había persuadido a aquellos accionistas de que vendieran sus tantos a la cooperativa, por cifras generosas que ninguno pudo rehusar. La asamblea inminente debía sancionar esos arreglos, que volverían a *La república* una comunidad plenamente propietaria de sus medios de trabajo y de todos los asientos en su consejo de administración. («Cuarenta años después de su sometimiento por el gobierno, el periódico recobraría su independencia patrimonial y el dominio interno sobre su destino»: Vigil.)

Sala estaba exhausto, pero relajado y cómodo en su fatiga, dispuesto a hablar sin vigilarse ni seducir, lo que quería decir, para Vigil, más llana y seductoramente que nunca.

—¿Concuerda entonces en que fue Galio? —preguntó Vigil, insistiendo en su diagnóstico.

—Sí, Galio —dijo Sala—. Pero no todo Galio, sino su peor parte, la parte de Galio que se pierde y se pudre al contacto con la elocuencia. Se envenena hablando, como otros se envenenan atesorando y otros bebiendo. Es su vicio, su compulsión. No haga caso, o no demasiado. Vistos desde nuestro peor ángulo, todos resultamos abominables. Por lo demás, hay algo de cierto, y hasta de profundo en ese libelo. Me hizo recordar muchas cosas. La muerte de mi madre, por ejemplo. No murió en Durango, como dice el folleto, sino en la Ciudad de México. Yo ya era reportero de *La república*. Mi madre era una mujer joven, pero tenía una enfermedad de vieja. Perdía la memoria por semanas. Irreparablemente, como un libro al que le arrancaran hojas. Al final no sabía quién era yo. Por otro lado, me hizo recordar a mi hermano, que en realidad fue como mi padre. Me enseñó a montar, a cazar, a mirar y valorar a las mujeres. Sabía los nombres de toda la flora duranguense: árboles, flores, frutos, yerbas, arbustos. Y podía identificar a los pájaros por su canto. Se secó en la cárcel. Mi madre se secó un poco con él. Ahora bien, fíjese usted lo que son las cosas: yo no padecí esas muertes. No me recuerdo padeciéndolas, al menos. Para mí el traslado de Durango a la Ciudad de México fue como entrar a una larga fiesta de la que no he salido. Los días del descubrimiento de la ciudad, de nuestra llegada, están cubiertos en mi memoria con un halo luminoso, no sombrío. Era un gozo, una emoción de primer día del mundo. Aunque mi madre ya venía mal y yo venía de haber rematado al peor postor la casa de Durango y las otras pocas cosas que quedaban, yo vivía como en un deslumbramiento. Cuando entré a San Ildefonso a hacer la preparatoria, el aura de plenitud se multiplicó al infinito. La libertad de las mujeres de la capital, su abundancia, su diversidad: no podía quitar la vista de ellas. Me envolvían como un perfume, me ahogaban. Compensaban con creces la pérdida que iba en camino en la cabeza maltratada de mi madre, su memoria borrándose en jirones. Es la época de Fiona y su milagro diario. No sufrí en esos tiempos. La muerte de mi madre, sí, desde luego, como todos los huérfanos del mundo. Cuando se muere nuestra madre, a la edad que sea, descubrimos hasta qué punto toda nuestra vida consiste en habituarnos a ser huérfanos, en aceptar esa separación. El folleto, sin embargo, tiene razón en esto: mis pérdidas esenciales vienen vinculadas a la política, a la derrota política. De mi padre primero, como villista. De mi hermano, después, y de mi madre, por extensión.

—¿Quiénes seguimos? —preguntó Vigil.

—Le agradezco el plural —dijo Sala—. Seguimos nosotros. Como le dije, estamos en el principio y falta lo peor. Pero no vamos a perder ésta, por lo menos no tan fácil. De hecho, mi impresión es que la estamos ganando. Si recobramos, como vamos a recobrar, el control total del periódico para la cooperativa, tendrán que tomar *La república* a sangre y fuego. Y esas épocas pasaron ya.

—Ningunas épocas han pasado del todo —dijo Vigil.

—¿Siente usted el cerco?

—Estrechándose —dijo Vigil.

—Así ha sido desde que entramos a *La república* —confirmó Sala, «con un dejo híbrido de soberbia y melancolía» (Vigil)—. De hecho, se lo confieso, para mí ese cerco es la prueba de que estamos haciendo lo correcto, empujando en los límites del país para abrir la trituradora, para airearla y limpiarla. La impunidad, la arbitrariedad, la injusticia de nuestra política ha sido la sombra de mi vida, como de la de miles de mexicanos. La lucha contra esa trituradora es mi lucha. Como si pudiera sacarle de dentro los huesos míos que se llevó.

6

La trituradora que oprimía la memoria de Sala, dio nuevos avisos de vigencia en los días que siguieron: se llevó en parte los huesos de Pablo Mairena.

Mairena había dejado un año atrás su puesto en *La república* para dirigir una empresa estatal de artes gráficas. Una auditoría *ad hoc* en el sector descubrió severas anomalías en la compra de maquinaria y fincó una acusación de fraude contra la administración de la empresa de la que Mairena era el inexperto responsable. Pasó dos noches en los separos de la Procuraduría sujeto a presión para que se reconociera culpable, mientras Sala movía cielo y tierra, incluyendo la plana editorial de *La república,* en exigencia de un juicio legal y respeto a las garantías individuales del acusado. La acusación no prosperó, porque el verdadero responsable del fraude apareció en los niveles intermedios, pero Mairena salió de los separos con un velo de niebla, miedo y desencanto del que no lo curaron el humor, que perdió, ni los años, que recrudecieron la memoria de su reclusión hasta imponerle, con la vejez, una agorafobia a la vez melancólica y ansiosa.

Poco después de ese episodio, otra vez en su estilo imprevisible y atrabiliario, Galio Bermúdez buscó nuevamente a Vigil. Fue un martes de noviembre, por la madrugada, en *La república.* Habían echado a andar la rotativa después de ajustar las placas en los rodillos y los rollos de papel en las doce cabezas de la máquina. Corrió el papel blanco, entintado poco a poco hasta alcanzar nitidez y salir por la banda como una baraja superpuesta hacia la mesa donde un pequeño ejército de mujeres iba aireando, palmeando y apilando montones de cincuenta ejemplares de *La república,* hasta completar trescientos para el fleje de plástico. Antes de quince minutos salían ya las primeras carretillas con los paquetes rumbo a la camioneta de carga y de ahí al aeropuerto para su envío a la provincia. Media hora después, la magia del inicio del tiro se había diluido en la rutina de la normalidad fabril y Vigil caminaba entre el ajetreo metódico de los trabajadores. Antes de irse, dio una última vuelta por la oficina de cables para ver lo que traía la primera hora del teletipo. Ahí lo alcanzó uno de los vigilantes de la entrada diciéndole que lo buscaba Galio Bermúdez. Corrió hacia la entrada esperando lo peor, pero entendió que no era nada cuando lo vio en la calle, colgado sobre el brazo de su chofer como quien ha vomitado sobre una cerca. Junto al chofer, se metía las manos en el pantalón otro custodio, ojeroso y atlético, en el frío impaciente de la madrugada. Era Lautaro.

—Ya se jodió usted —dijo Galio al ver a Vigil—. Bien que se jodió.

—Está muy tomado —explicó Lautaro, desconociendo o aparentando desconocer a Vigil—. Le suplico que nos ayude a llevarlo a su casa.

—A mi casa, una chingada —masculló Galio, con la impertinencia debida—. Usted dígales a dónde, promesa.

—Venga a mi casa, si quiere —dijo Vigil, calculando que era su oportunidad de interrogar a Galio en torno al libelo y otras cosas.

—¿A su casa? ¿Con su mujercita? —dijo Galio, pasándose el brazo sobre la inmensa boca para quitarse la baba.

—Nada más a mi casa —respondió Vigil.

Tomó a Galio de un brazo y Lautaro lo tomó del otro, para llevarlo hacia el coche.

—Patroclo rumbo a la tienda de Aquiles —gruñó Galio, sonriendo torvamente. Al limpiarse la boca otra vez, derribó sus anteojos—. ¿Qué tendrá usted, Vigil, que lo quieren tanto los dioses?

Fue profiriendo incoherencias todo el camino hasta Martín Mendalde. Lo subieron casi a rastras los dos pisos y lo pusieron en un sofá.

—Al baño —pidió—. Quiero diez minutos en el baño, promesa.

Lo llevaron al baño. Lautaro se enfiló después a la cocina pero Vigil lo detuvo:

—Le voy a suplicar que lo espere abajo —le dijo.

Lautaro asintió sin decir palabra, apuntando la ofensa.

—Creo que se va a dormir —añadió Vigil—. Si quiere pase por él mañana. Yo se lo cuido.

—Mis instrucciones no son ésas —dijo Lautaro con sequedad—. Espero abajo a que salga.

Lautaro desapareció y Vigil puso café. Había empezado a hervir cuando volteó y vio a Galio parado en el quicio de la cocina, la corbata en su sitio otra vez, el pelo húmedo y el rostro brillante, los ojos limpios aunque afiebrados y la inmensa sonrisa jovial sobre los dientes de caballo.

—La ciencia moderna conoce los secretos de la súbita resurrección —dijo, desde su fragancia readquirida.

—La ciencia moderna en su vertiente peruana —respondió Vigil.

—¿Insinúa usted que importo mis resurrecciones de Perú? —preguntó Galio—. No me diga que le atemoriza la cocaína. ¿Por qué no se toma mejor un wisqui? Tengo cosas que platicarle.

—No tomo wisqui —dijo Vigil.

—Tome lo que quiera, querido. Ya se le pasará. A mí ofrézcame un wisqui.

—A usted le voy a dar un café.

—Déme el café entonces, promesa. Pero le advierto que no es de conocidos negarle un wisqui a nadie. Menos aún a un asesor de la Secretaría de Gobernación.

Vigil le sirvió el wisqui que pedía y él se preparó una terca cuba.

—¿Quiere un poco de música? —preguntó.

—La que usted quiera, promesa. La que prefieran sus damas. Deben caerle damas a montones en estos días, mi querido Michelet. Está usted en temporada de favorito de los dioses. ¿Lo frecuentan las damas, promesa?

—Dos por día —dijo Vigil.

—No hay como la abstinencia para necesitar a las mujeres y no hay como tenerlas para abstenerse. ¿Usted las conquista o caen solas, promesa?

—Se me ofrecen por carta —dijo Vigil.

Se rió Galio:

—¿Y las conquista usted poniéndoles música en su aparato?

—Invariablemente les pongo a Cole Porter —dijo Vigil.

Galio caminó por la sala, el jaibol en la mano, mirando sin mirar a su alrededor.

—Para mí Cole Porter es la Alemania de la posguerra, promesa —dijo, avanzando sobre la ventana para mirar el pirú, que un arbotante ahuecaba haciéndole un «cóncavo corazón de luz» (Vigil)—. Lunnemburg, en el norte, cerca de Lubek, el pueblo de Thomas Mann. Hice dos cosas fundamentales en ese pueblo: me casé y aprendí el idioma alemán. La filosofía no es sino una excrecencia de la magia del idioma alemán. Lo he dicho sin éxito a cuatro generaciones de aspirantes a filósofos mexicanos. Nuestro género nacional no es la filosofía sino la historia. Y quizá la poesía. Pero no es eso lo que quiero decir. Fui a Europa en la época en que *teníamos* que ir a Europa. La obligación de Europa, promesa. He ahí un ensayo que nunca escribiré. Ibamos a vivir como perros para poder volver aquí como señores gritando «Heidegger me dijo», «Un día le explicamos a Sartre». ¡Y cómo nos esperaban de regreso, promesa! ¡Qué capacidad de creer en el exterior! Recuerdo el día que llegó Cabrera Maciá con las primeras conferencias sobre el existencialismo que se dieron en México. Imagínese: había leído a Sartre ¡en francés! Qué diferencia de usted, mi querido Michelet, que no ha puesto todavía una pata fuera de la cortina de nopal y es sin embargo la promesa intelectual de medio México.

Galio bebió, suspiró y volvió a rodear la sala y a buscar el pirú por la ventana, sobándose un costado de la cadera con la mano, por abajo del saco, atento a la cinta de su evocación.

—¡Cuántos sueños, mi amigo! —dijo sin mirar a Vigil—. Hago el recuento de mi generación y recojo astillas, sombras, secreciones menores. El enorme desperdicio de la vida intelectual mexicana. Piense en Pablo Mairena, por ejemplo.

—Preferiría pensar en Galio Bermúdez —dijo Vigil.

—No se ponga dialéctico, promesa —rió Galio—. Le propongo un ejercicio analítico que me incluye, pero piense en Pablo Mairena.

—¿Por qué en Mairena? —dijo Vigil.

—Por ninguna razón en especial —dijo Galio—. O porque es un buen ejemplo de lo que quiero decirle, porque lo aprehendieron y lo vejaron. El Estado se alimenta de las flores ingenuas que se oponen a su paso, como ha dicho Hegel. No quiere machacar a esta o a aquella florecita en particular. Mairena es un incidente. Ni la debe ni la teme, pero la pagó. Ahora bien, si quiere que le diga lo que pienso, me parece bien que haya caído Mairena. Hay un halo de justicia poética en su reciente percance, ¿no cree usted?

—Hay más bien un tufo de injusticia vulgar —dijo Vigil.

—De acuerdo, si así quiere llamarlo. Pero yo me refiero a otra cosa. A una expiación generacional, por así decirlo. Piense usted por qué el Estado o la vida en general habrían de respetar a quien empezó por no respetarse a sí mismo. Si Pablo Mairena hubiera dedicado su vida a servir al gran poeta que pudo ser y no al pequeño burócrata que terminó siendo, su destino no hubieran sido los separos de la Procuraduría sino los laureles de la gloria y, con ella, los fueros de la impunidad. No me duele su encarcelamiento. Como no me dolería el mío, promesa, ni el de mi generación. Odio en Mairena lo que odio en mis contemporáneos y lo que aborrezco en mí: la mediocridad elegida a contrapelo de nuestros dones y nuestros sueños. No me parece el gran desastre que el Estado avance para sus escarmientos ejemplares sobre los desechos que hemos construido con nuestras vidas, tan claramente llamadas a otro camino. El único problema es que nos tocó vivir esas vidas a nosotros, los pequeños, los crespusculares, los de la obligación de Europa. En cierto modo, el de Mairena es un escarmiento ejemplar, un pago justo, aunque no inevitable, a lo que quiso ser y a lo que se negó a ser. Es un reconocimiento y un castigo a su mediocridad elegida.

—¿Escarmientos del Estado contra quién? —dijo, casi gritó, Vigil.

—Contra sus enemigos, promesa, en primer término —dijo Galio empezando a girar a zancadas en torno al sillón de Vigil—. Pero también contra sus neutrales, contra sus adherentes y, sobre todo, periódicamente, contra sus cómplices. Así es la máquina: el reino del escarmiento universal, como lo demuestra nuestro padrecito Stalin. Es la metáfora del Gran Inquisidor, ¿se acuerda usted? La destrucción del mito de que el hombre quiere ser libre y establecer el reino de Dios en la tierra. No es así. Los hombres quieren ser acariciados o reprimidos. La frase no es mía, es de Maquiavelo. Aun así es verdadera. A los hombres les aterra su libertad. Mejor dicho: los hombres construyen sistemáticamente formas de opresión que les impiden ser libres. El Estado es la más acabada de todas, y el Estado mexicano una de sus más interesantes.

No había tomado gran cosa del wisqui que tenía en la mano, pero de pronto se enderezó contra él con la furia amarga y ávida que Vigil conocía y lo bebió a grandes sorbos pantagruélicos. Parte del líquido se derramó sobre su cuello y su saco. Tosió, respiró, tragó varias veces, ahogándose y encorvándose y volvió poco a poco en sí, los ojos húmedos, el pulso tembloroso, las venas del cuello saltadas. Vino al sillón frente a Vigil y se dio una tregua hasta que recobró el compás de la respiración.

—Se acabó el disco, promesa —dijo—. Déle la vuelta.

Vigil le dio la vuelta al disco y volvió a su sillón frente a Galio, que se secaba los ojos con el pañuelo y recobraba el color sonrosado, aunque no el aire de fragancia de su salida del baño. Se miraron un rato sin hablarse, en una zona neutra y cálida que era el simple estar ahí, «unidos por costuras invisibles», «atraídos mutuamente» por una veta ignorada de sí mismos que «no sabía crecer sino bajo la espuma desaforada del alarde y la provocación» (Vigil). Al cabo de ese silencio propicio, Vigil preguntó:

—¿Lo de Mairena es un aviso para *La república*?

—No me interrogue, promesa —dijo Galio, irguiéndose de inmediato al otro lado—. Mejor sírvame un wisqui.

—¿Usted escribió el libelo? —porfió Vigil, sin moverse.

—Con dedicatoria especial para usted —aceptó Galio, empezando a girar de nuevo hacia la ventana y el pirú—. Y para Octavio, que seguramente recibió el mensaje. Quiero decirle esto: debajo de la basura descalificatoria que es propia del género, hay en ese libelo una genuina lectura de Sala, de *La república,* de la historia de México y del momento presente. Está mal que lo diga yo, pero así es. Los hombres quieren ser acariciados o reprimidos, ya se lo he dicho. Ahora dígame usted: ¿*La república* quiere ser acariciada o reprimida? Eso es todo lo que tienen que responder, y actuar en consecuencia.

7

Oralia dejó una nota bajo la puerta de Vigil:

He venido tres veces —tres noches— para no encontrarte. Sé, puedo imaginarme dónde estás. ¿Por qué con ella? Entre todas las mujeres que hubieras podido encontrar, cualquiera sería insoportable. Pero ésta anda un grado más allá y no puedo aguantarlo, no me deja trabajar ni dormir (a ratos ni siquiera manejar).

Me enoja, casi me ahoga saberte perdiéndote otra vez en esa maraña de cuchillos y tijeras. ¿Tanto la quieres? ¿Podrías compensar tanta miseria llamándome por teléfono alguna vez, invitándome a comer un día, contándome por lo menos lo mucho que la quieres y la forma en que poco a poco todo eso vuelve a caminar a la mierda de siempre, de donde nunca debiste haberla recogido otra vez?

Voy a irme de compras a McAllen. Traeré un vestido verde de seda y una blusa gris perla. También ropa interior, zapatos y aspirinas para un año. Quizá me corte el pelo también y quizá me compre el último grito de las cremas hidratantes para el cutis y las nuevas arrugas que vienen o ya están aquí, compitiendo con la Oralia que conociste. Regresaré mejorada de todos lados salvo de saberte donde estás. Pero se notará menos que en esta carta, te lo prometo. Besos de contrabando y celos de calidad internacional de tu inexistente

O.

Vigil dejó esta nota a los pies de la cama de Mercedes Biedma:

Discutamos entonces, mientras duermes, el tic aristocrático de tus narices, tan erguidas, tan rectas, tan capaces de llevar hasta lo profundo de ti el hilo del aire que pone en marcha lo demás.

Diré primero esto sobre tus narices: tienen la típica amplitud española, de manera que si fueras hombre saldrían por esos cartílagos carpetovetónicos, profusos pelos de acero, largamente impregnados por el tufo correspondiente de habanos y cigarrillos negros.

Segundo: habiéndote observado con premeditación y alevosía, puedo decirte que son tus narices aristocráticas y erguidas las que te dan, cuando me esperas volteando a un lado y otro, ese aspecto inmerecido de jirafa oteando el río, el cual aspecto como sabes, es probablemente el mejor que puede hallarse en el reino zoológico, en tanto combina la dicha natural pero inconsciente del animal, con la fragancia inminente del agua.

En tercer lugar diré que, de todos los ruidos que te pertenecen en
mi memoria —incluida tu voz y el sonido de tu falda al deslizar-
se sobre tus medias—, ninguno es tan perfecto como el de tu respi-
ración sobre mi oreja.

Por último: si no tuvieras las narices aristocráticas y ergui-
das que tienes, cómo podría yo llevarme el recuerdo de tu perfil
sobre la almohada que me llevo ahora, y cómo podría probarte
por la noche que eres una floja que sigues dormida a las nueve de
la mañana y que me fui sin desayunar y que me espera un día
interminable que espero terminar, por la noche, escuchando el
rumor de tus narices en mi oreja.

C.

8

Al folleto de Galio siguió una tanda de desplegados que
firmaron laboriosos membretes fantasmas del tipo «Plataforma
de Periodistas Revolucionarios» y «Frente Auténtico de la Revolución Mexicana». Alertaban contra *La república* y su «enfermo antigobiernismo», su complicidad con la «delincuencia
política organizada» y el afán de protagonismo de Octavio Sala.
A los desplegados siguió, en la temporada navideña, una reducción sustancial de la publicidad ordenada por el gobierno, que
era una tercera parte de la que facturaba *La república*. Luego
empezaron a padecer los reporteros encargados de cubrir las
dependencias oficiales: escamoteo de información, aislamiento,
bloqueo, suspensión de filtraciones y «exclusivas». No obstante,
en la primera semana de marzo de 1973, una asamblea extraordinaria de los trabajadores de *La república* celebró la adquisición
del cuarenta por ciento del accionariado de inversionistas privados y la noticia de que el diario había casi duplicado su tiraje en
el curso del año y más que triplicado, pese a la abstinencia
gubernamental, sus facturaciones por avisos publicitarios, de
modo que estaba en condiciones de pagar utilidades tan altas
que sus miembros pudieron adquirir con ellas sus porcentajes
respectivos de las acciones recuperadas y aun recibir el equivalente de cuatro meses de sueldo.

Al final de la comida eufórica que celebró tan buenas nuevas, Octavio Sala dijo a un exultante Vigil que lo abrazaba:

—Ahora empieza el verdadero pleito. No aguantarán nuestra libertad, a menos que evitemos ejercerla.

No evitaron, desde luego, ese ejercicio. Conforme la asonada guerrillera prendió mechas en las ciudades y extendió su rastro de golpes y asaltos por las páginas policiacas de los diarios, *La república* puso reflectores para «alumbrar esas modestas llamas y multiplicar su luz de agravios no vengados» (Vigil). En las orillas del incendio, Santiago navegaba por un canal paralelo, en el paradójico privilegio de la cárcel que iba pareciendo, conforme la guerra subía de tono y crueldad, cada vez menos un castigo y cada vez más un salvoconducto. Curado de sus lesiones y fracturas, Santiago recibía ahora reparaciones extras. Se arreglaba los dientes con un dentista de fuera de la prisión, al que acudía escoltado por las calles chuecas de Chilpancingo y con el que jugaba ajedrez después de la consulta, entre apuestas de sus custodios y la mirada nerviosa de su lagartija. Nada así de tranquilo podía durar mucho en el México de aquellos años en el que las cosas «tan terca y claramente se proponían empeorar» (Vigil).

Un sábado de abril se acercó Sala a la oficina donde Vigil redactaba los editoriales del día y sin decir palabra le extendió la copia del télex remitido por el corresponsal de Guerrero: un guerrillero todavía no identificado se había fugado del penal de Chilpancingo, en medio de una larga balacera que costó la vida de tres soldados y un comandante de la policía del estado.

—Están precisando la información —dijo Sala—. Pero llámele a nuestro amigo Santoyo, porque se trata seguramente de su hermano. Llámele también a Galio Bermúdez, porque sabrá los detalles antes que nosotros.

No había localizado a Galio aún, cuando, pálidos y jadeantes, llegaron Paloma y Santoyo a *La república*. Sala había fatigado ya teléfonos y contactos, pero no había podido pasar del cerco de incertidumbre y generalidad en que había empezado. Frente al lúgubre silencio de Santoyo y la aflicción fumadora de Paloma, ofreció su contundente deducción: sólo podía ser Santiago, porque el tiroteo había sido en las calles del pueblo, no en el penal, y Santiago era el único preso del penal con franquicia de salida.

Como a las diez de la noche, finalmente, Galio Bermúdez llamó al periódico. Sala tomó el teléfono, pero Galio sólo quería hablar con Vigil y no por teléfono: con él personalmente, solos, fuera de sus respectivas oficinas.

Se encontraron en un café de la Reforma, desencajados.

—Se escapó nuestro preso preferido —confirmó Galio.

—¿Santiago? —dijo Vigil.

—Le dimos todas las facilidades— asintió Galio—. La consecuencia es cinco muertos.

—Lo siento —dijo Vigil.

—Sé que lo siente —dijo Galio—. Pero eso ya no nos sirve de nada. Los emboscaron a mansalva. Su preso se echó al suelo al doblar una esquina, y a los otros los barrieron. Venían conversando. Puede decirse que se habían hecho amigos. Cayeron tres soldados, un policía del penal y un comandante de la policía judicial del estado. De ellos, no cayó ninguno.

—Lo siento —volvió a decir Vigil.

—Le traigo un mensaje de Croix. ¿Se acuerda de Croix?

—Sí —dijo Vigil.

—Croix acordó las facilidades que le pedimos para nuestro preso —dijo Galio—. Ahora su mensaje es que ojo por ojo. Por la muerte del comandante. Es una ley de los sótanos: el que mata a un comandante, muere. Ojo por ojo. Eso quería decirle. Es el último favor que puedo hacerle en esto. Que no se entregue vivo nuestro preso, promesa, no le valdrá de nada. ¿Me entendió?

—Lo entendí —dijo Vigil.

Regresó al periódico y confirmó la deducción de Sala, añadió el quinto muerto a los cuatro del cable, escribió por instrucción de Sala un editorial censurando la fuga y luego, cerca de la una de la mañana, cuando salió de *La república* con Santoyo y Paloma, repitió por única vez el mensaje de Croix.

—Por qué no lo dijiste frente a Sala —dijo Santoyo.

—Porque lo publica mañana —dijo Vigil.

—Si lo publica, protege a Santiago —dijo Santoyo.

—Ya nada protege a Santiago —dijo Vigil.

9

Vigil le escribió a Oralia Ventura:

La sensación, querida, de entrar a un bosque de sombras donde nadie tiene rostro o todos reflejan el tuyo, perplejo e idéntico a sí, lo mismo que en un sueño. Pero no es un sueño.

Demasiado rápidos los hechos, van con pies alados sobre mí, borrando mis huellas. Ayer veía mi nombre impreso en el diario bajo mi artículo y me pareció de pronto que sobraba una letra en mi primer apellido, que había una errata en el segundo, que lo escrito ahí —sin erratas ni letras sobrantes— no era yo, mi etiqueta, mi membrete, sino un signo extraño, desconocido o, mejor dicho, que me desconocía. Me miro de pronto a mí mismo reclinado sobre mi escritorio del diario corrigiendo una nota, un artículo y me digo: «¿Ése quién es?»

No sé por qué te digo esto. Aunque a quién si no. Conservo intacta la memoria de tu visita nocturna, inesperada y fresca, como las primeras veces. ¿Volverás? ¿Podríamos...? Era tu rostro, claro y distinto, sin lugar a dudas: un refugio de seguridades y pertenencias, como antes. Y tu cuerpo otra vez, cierto y entero, en el bosque de sombras. ¿Me reconociste? ¿Era yo? ¿Fue como antes?

Los que trepan montañas van haciendo campamentos, para volver a refugiarse en ellos luego de subir a la cima. Vuelven a esos campamentos congelados y enloquecidos por la altura, ausentes de sí mismos, anfitriones del único delirio de seguir y perderse. En las nieves del Kilimanjaro, dice Hemingway, a cuatro mil pies de altura, encontraron el esqueleto de un leopardo. ¿Qué andaba haciendo ahí? Te estaba buscando, querida, buscando su campamento, su antídoto contra el delirio y la pérdida de sí. Espero que me entiendas y, sobre todo, que regreses.

Pocos días después, le escribió a Sala un memorándum:

Con el cariño de siempre, Octavio, una relación de hechos y luego, una tanda de opiniones.

Los hechos:

1. En una reunión en casa de Rogelio Cassauranc se habló larga, y adversamente, de nuestra política informativa «proguerrillera» *(sic)* y de nuestra «ruta de colisión con el gobierno». En la reunión del Partido de la semana pasada, no hubo una palabra sobre el asunto. Conclusión: no ventilan *todo* en las tenidas del Partido.

2. Fui convocado por Rufino Escalona y el Mayor a una comida en la que insistentemente me preguntaron mi opinión sobre los mismos temas. Lo esencial, sin embargo, fue (cito): «Esta es una comida entre amigos. Para evitar malas interpretaciones, no vale la pena comentarla con nadie, ni siquiera con Octavio.»

3. Me llamó Abel Acuña, «nuestro amigo, nuestro aliado dentro del gobierno», como usted dice, para invitarme a una «comida confidencial» para conversar cosas del periódico. Me negué. No ha vuelto a hablarme.

4. En una reunión de la revista *Hora Cero* de la semana pasada, presidida por Ricardo Iduarte, acordaron gentes de izquierda, articulistas ahora de nuestro periódico, una «estrategia de lucha ideológica» dentro de *La república*. Su propósito: llevar *La república* a sus límites, «agudizar las contradicciones», agotar el margen de la «legalidad y la tolerancia burguesas».

Las opiniones:

No me gusta el fuego cruzado en tantos frentes. La guerra sucia crece en intensidad —y muertos. Tenemos amenazas-advertencias de Galio. ¿No debemos revisar? Hacia adentro y hacia afuera : ¿cuál es nuestra causa? ¿Quién la comparte? ¿Podemos ganar?

A Mercedes Biedma, Vigil le envió una nota en esos mismos días:

No sé qué carajos andabas haciendo tú, of all people, *en la reunión de* Hora Cero *inventando estupideces contra* La república, *ni qué carajos sigues teniendo que ver con Ricardo Iduarte. Supongo que está en la naturaleza de las cosas que te sientas atraída por tal profusión de sinsentidos heroicos y personajes del «otro mundo» —para ti, tránsfuga de las Lomas y el dinero. Pero no se vale. No se vale, simplemente. La cena con Paloma y Santoyo va a ser en el Bottom's, pero quiero verte antes. ¿Paso al Parque México a las 8?*

—No soy tu propiedad —dijo Mercedes Biedma—. Aunque quisiera.

—Esos cabrones están conspirando contra el periódico que les da tribuna —dijo Vigil.

—*La república* tampoco es tu propiedad. Ni de Sala —dijo Mercedes Biedma—. Pero no me estás hablando de *La república*. Me estás hablando de Ricardo Iduarte.

—Lo último que me falta en la vida es estar celoso de Ricardo Iduarte.

—Ah, ya lo dijiste: celoso. ¿Verdad que sí estás celoso? Pues yo también estoy celosa de tu secretarita que te deja flores en tu departamento y no me saluda en el Castillo, cabroncito.

—No tiene nada que ver —dijo Vigil.

—Tiene todo que ver —dijo la Biedma.

No fueron a cenar con Santoyo y Paloma. Luego de la discusión y sus silencios, se hicieron el amor sin convicción ni brío («sirviéndose los platillos insaboros del menú conyugal»: Vigil).

10

La búsqueda de Santiago tocó pronto a las puertas de Santoyo y Paloma bajo la forma de una vigilancia indiscreta de sus entradas y salidas por un invariable automóvil rojo, sin placas, que se apostó en la esquina de su casa. Una noche, al llegar, hallaron el departamento revuelto, revisado. Se presentaron en *La república,* a hacer la denuncia y a plantearle a Vigil la decisión de mudarse. Vigil les ofreció su departamento de Martín Mendalde, pero Santoyo lo rehusó alegando, con razón, que estaría también bajo la mirada policiaca.

—Desaparecer del todo, tampoco es lo mejor —previó Vigil—. Ratificas las sospechas de que tienes algo que ocultar.

—Desaparecimos de Giotto y dejaron de molestarnos un tiempo —recordó Santoyo.

Paloma y Santoyo durmieron esa noche en el departamento de Mercedes y la siguiente semana en un hotel del centro de la ciudad, entre gemidos de pirujas y gritos de borrachos. Se acomodaron por fin en una casa de huéspedes de la colonia Roma, muy discreta y a modo, presentándose como marido y mujer, ante la mirada escéptica de la patrona, una cubana viuda que vivía de sus recuerdos y la renta de ese único bien heredado por un marido dispendioso y jugador.

Pero no hubo acomodo verdadero. Las páginas de *La república* dieron noticia puntual de la miscelánea violenta que corrió como una plaga por el caliente verano de 1973 y que tuvo su inicio detonante con el secuestro del cónsul norteamericano en Guadalajara, George Leonhardy. Siguieron asaltos, bombas, manifiestos, aeropiratas, motines municipales. Tomas de universidades por encapuchados y de predios agrícolas por estudiantes armados. El intento de secuestro y la muerte del patriarca de los empresarios regiomontanos, Eugenio Garza Sada. El secuestro y la ejecución del industrial jalisciense Fernando Aranguren. El secuestro y la ejecución de Gabino Gómez Roch, hijo de un prominente banquero privado, artífice de las relaciones informales de México y el Vaticano.

En ninguna de aquellas acciones creyó ver Santoyo la mano de Santiago, más proclive a la lógica de la acción política que a la del desahogo terrorista. Pero su vida dio un vuelco cuando los noticieros nocturnos de la televisión trajeron al país el escándalo del nuevo secuestro: el del suegro del gobernador de Baja California Norte, un ex general de la Revolución retirado, que portaba en su uniforme todas las condecoraciones militares imaginables y en su memoria la de haber hecho campaña con Obregón contra de la Huerta en 1923, con Calles contra Escobar en 1929, con Cárdenas contra Cedillo en 1939 y con el ex presidente Abelardo Rodríguez, en los cuarenta, contra la idea de que México no tenía recursos para atraer al turismo sin torcer y traicionar sus tradiciones. Era posible montar, en las ciudades de la frontera norte, y eso hicieron el ex general y el ex presidente, el más rentable y atractivo cinturón de bares, casinos y burdeles de que tuviera memoria la ebria, jugadora y lujuriosa nación mexicana.

Con el toque de inflexibilidad moral que era el temple secreto de los Santoyo, Santiago había convertido a ese anciano prostático en el símbolo perfecto de la corrupción y la miseria del régimen mexicano. Volvía obsesivamente a él como a la encarnación insuperable de todo lo que odiaba y despreciaba de su país. Si en algo específico se condensaba ante sus ojos provincianos y solíviantados el *ancien régime* que debía derrumbarse bajo la oleada revolucionaria, era en ese general retirado, celebrado en Baja California como un prócer viviente, realzado en placas y bustos ecuestres. Había dado su nombre de general y licenciado lo mismo a escuelas y orfanatorios que a la calle mayor de la capital del estado y al más amplio anecdotario de la putañería fronteriza que seguía corriendo con su mezcla de ingenio zafio y sabiduría venérea por los hoteles de paso y los camastros mercenarios de la comunidad. («General, Usted pudo ser mi padre». «Pude, pero no quise».)

—Éste sí es él —dijo Santoyo a Vigil—. Tiene toda la pinta de sus cosas.

El secuestro del Primer Suegro del Estado, como le llamó Paloma, dio lugar a una exhortación presidencial a los secuestradores a respetar la estirpe revolucionaria de México y a una declaración del gobierno del estado concediendo de antemano lo que les fuera pedido, a cambio de la libertad del general. Entre otras cosas, los secuestradores pidieron la puesta en marcha de una nueva reforma agraria, la liberación de todos los presos políticos del país —que en la lista presentada sumaban casi mil nombres— y la prisión de los responsables de la matanza de Tlatelolco. Una grabación del anciano secuestrado diciendo a su yerno que estaba de acuerdo con las demandas de sus secuestradores y exigiéndole firmeza en el cumplimiento de lo demandado, cerró el ciclo surrealista del primer intercambio.

Siguió una semana tensa de mensajes y ultimátums. El embajador de Cuba filtró a los periódicos una declaración conciliatoria, sugiriendo que la vía armada no estaba a la orden del día en México, a diferencia de otros países latinoamericanos. Como apuntando al rumbo de la conjura internacional que explicaba la ofensiva, el gobierno expulsó del país a cuatro diplomáticos de Corea del Norte, país que había dado entrenamiento y abrigo a un grupo llamado Movimiento de Acción Revolucionaria.

Un comando especial bajo las órdenes de Croix se trasladó a Mexicali para dirigir la búsqueda *in situ* del Primer Suegro del Estado y Último Ancestro de la Revolución Mexicana, como añadió Paloma a la descripción eficiente del general en la segunda semana de secuestro. Porque la segunda semana fue una sola y henchida tormenta de desplegados tribunicios, cuya principal virtud fue ir subiendo el tono de la queja sentimental y el denuesto republicano hasta cuajar la memorable propuesta de un político que ofreció su vida joven «aún por vivir», a cambio de la vida «ejemplarmente vivida» del secuestrado. La tercera semana fue de *impasse.* En la cuarta, entró el ejército a Mexicali a catear casa por casa los barrios proletarios de la ciudad. En la quinta, un grupo de agentes se presentó en la casa de Santoyo y Paloma en la colonia Roma y los retuvo ocho horas de «amable y siniestro interrogatorio» (Vigil). Al día siguiente, otro grupo entró a la casa de los Santoyo en Mexicali, golpeó a la madre que intentó cerrarles el paso y se llevó con destino incierto al profesor Barrantes, quien también resistió pero fue sacado en vilo por los agentes y metido en un automóvil sin placas.

Sala preparó una edición incendiaria delatando los hechos, pero los hechos no le dieron tiempo, porque esa misma noche el profesor Barrantes apareció ileso y perfectamente vestido hablando a los secuestradores por red nacional en el principal noticiario del país. «Eduqué a mis hijos», dijo el profesor Barrantes, «en la solidaridad social y en la necesidad del cambio en nuestro país. Me dicen ahora que uno de ellos, que ha tomado la vía revolucionaria y del cual me siento orgulloso, forma parte del comando que ha secuestrado al suegro del gobernador de Baja California. Si es así, le digo que hemos de creer en la revolución, pero no en el terrorismo. Que la revolución no se hace secuestrando a enemigos indefensos, desarmados, viejos. Le digo que la lucha social y la revolución se hacen de frente, con métodos limpios de lucha, que son los que el pueblo entiende y, al final, comparte. Le pido a este hijo mío, si él es responsable de estas acciones, la libertad del secuestrado».

—¿De qué se trata? —preguntó Sala, que veía la televisión en su despacho, con Vigil, Paloma y Santoyo.

—Se trata de que lo doblaron —murmuró Santoyo.

Al filo de las doce de la noche de ese día, el anciano general apareció caminando solo, descamisado y eufórico por el efecto de unos coñacs, en una calle céntrica de Mexicali.

Santoyo salió a Mexicali al día siguiente, luego de un diálogo telefónico con su madre que apenas pudo ser, porque la señora se ahogaba entre sollozos cuando intentaba articular palabra. No tuvieron noticia de él durante casi diez días, aunque Paloma y Sala —que sospechaba tras los acontecimientos, con su seguro instinto, una historia excepcional— trataron todos los días de hacer contacto. Finalmente, Paloma voló también a Mexicali.

Un día después telefoneó a Martín Mendalde con la siniestra noticia: habían encontrado a Santiago en la ciudad de Guadalajara, muerto sobre el volante de un coche abandonado, con dos tiros en la espalda.

Tercera parte:

EL CAMINO DE SALA

Capítulo VI

En la morgue de Guadalajara bajé a los infiernos buscando a Santiago —escribió Vigil en un cuaderno, varios lutos después—. No puedo contar eso: el forense provinciano, los cadáveres apilados, duros del frío. Ojos fuera de sus órbitas, cuellos degollados, cráneos destapados por balas. Y un olor que se queda en la nariz cuatro días, dos semanas, toda la vida. El vigilante advierte sobre el destino profesional de esa comunidad unánime: cuerpos para la escuela de medicina, tráfico de huesos para clases de osteología, los menos dañados para la mesa de vivisecciones. No encontramos el cuerpo de Santiago. Nos mostraron fotos de cómo lo habían levantado muerto en el coche. Era él, sin barba, y éramos nosotros, sin él. Era también, lo sé ahora, un aviso de no retorno para el viaje que habíamos emprendido a ciegas, manoteando en la oscuridad que creíamos nuestro albedrío. Contar esto: ¿pero cómo contarlo? Sentirlo, verlo otra vez : ¿pero cómo soportarlo?

1

Estuvieron varios días en Guadalajara buscando el cuerpo de Santiago que habían recogido del coche y apilado en la morgue colectiva de las afueras de la ciudad, casi dos semanas antes. La noticia llegó a la familia por un anónimo que ofreció datos precisos de las esquinas y el auto funerario. Luego de los tres días de ley, el cadáver sin identificar fue remitido a la fosa común, donde probablemente yace todavía, «despojado del nombre de sus huesos» (Vigil).

Vigil no se despegó un momento del terrible itinerario de Santoyo.

—Vamos a beber —dijo Santoyo al salir de la última inspección de la bodega del forense, para dar por terminada la búsqueda. Se fueron al mercado de San Juan de Dios, a beber tequila, bajo el estruendo de los mariachis que ocultaron al principio y subrayaron después el silencio de sus almas «selladas por los muertos» (Vigil).

—Se me ocurre que México debe exportar artesanías —dijo Santoyo—. Son una prueba de la creatividad popular mexicana.

Paloma se echó a llorar. Un viento arremolinado corrió por los andadores del mercado arrastrando polvo, papeles, cáscaras de fruta y los olores podridos de las pescaderías y los desechos orgánicos.

Volvieron juntos a México, Paloma y Santoyo a su departamento allanado y Vigil a dos mensajes pendientes de Galio urgiéndolo a una entrevista. La tuvieron en una cantina de la colonia Doctores.

—Croix tiene un mensaje para ustedes —dijo Galio—. ¿Usted está dispuesto a recibirlo?

—No transmito amenazas —replicó Vigil.

—Por el contrario —suavizó Galio—. Se trata de una explicación. En realidad, del fin de las amenazas.

—¿Cuándo quiere que lo veamos? —preguntó Vigil.

—Está esperando en su coche a unas calles de aquí —dijo Galio—. Si usted está de acuerdo, le llamo por teléfono al coche.

—Llámelo —dijo Vigil.

Unos minutos después Croix entró por la puerta de la cantina, ladeándose para no tropezar con sus marcos. Era más grande y más ancho de lo que Vigil recordaba. También más joven, con una cara tersa y sonrosada de bebé y una expresión adolescente, inexperta, tierna, como incrustada a fuerza, contranatura, sobre «el cuello de buey y las espaldas de iguanodonte» (Vigil).

—Gusto —le dijo a Vigil, con desconfiada indiferencia de matón de pueblo, al tenderle la mano. Miró después a Galio en busca de una señal.

—Por petición aquí del profesor —dijo Croix— queremos contarle nuestra participación en el último secuestro. Lo que queremos decirle es que resolvimos ese caso con una negociación, no con un tiroteo. ¿Cómo lo hicimos? Lo hicimos enviando el mensaje correcto, o sea, el mensaje del profesor Barrantes a su hijo por la televisión. No me refiero a sus palabras, que fueron buenas, sino al hecho mismo de que el profesor apareciera en la pantalla. Nosotros pensamos que su hijo Santiago podía haber participado en el secuestro del padre político del gobernador, y pensamos que cuando su propio padre apareciera en la televisión, Santiago tendría que deducir: «Yo tengo al padre de la gobernadora, ellos tienen al mío. Me cambian a mi padre por su padre.» Y eso es lo que sucedió exactamente: en la noche estaban libres los dos. Eso fue todo.

—¿Cómo supieron que el secuestrador podía ser Santiago? —preguntó Vigil.

—Su hermano se puso nervioso y empezó a telefonear a su casa de Mexicali comentando el asunto con el profesor Barrantes. Fue una pista. Lo interrogamos luego a él, una conversación en realidad. Negó saber nada, pero hasta tal punto que reforzó nuestra hipótesis. Es lo que puedo decirle.

—¿Y cómo dieron con Santiago? —preguntó Vigil.

—Nosotros no dimos con él —dijo Croix.

—Apareció muerto en Guadalajara —recordó Vigil.

—Sí —dijo Croix—. Pero no lo arreglamos nosotros. Si hubiéramos tenido en nuestras manos al secuestrador del suegro, lo habríamos paseado en triunfo por toda la república. No lo hubiéramos «ajusticiado», como dicen ellos, en un callejón de Guadalajara.

—Su mensaje anterior fue que pasaría lo de Guadalajara —insistió Vigil—. Aquí el profesor Bermúdez me dijo que ustedes vengarían en Santiago al comandante guerrerense muerto en la fuga.

—Así es —dijo Croix—. Y en otras circunstancias así hubiera sido, porque son nuestras reglas internas. Pero no fue así, porque nosotros no encontramos a Santiago. Lo habríamos festinado frente a la prensa nacional, le repito.

—¿Quién lo mató entonces? —preguntó Galio.

—Pudo ser de dentro, un ajuste interno —dijo Croix—. La versión del general secuestrado, es que lo soltaron luego de una discusión violenta en la que se amagaron ellos con sus propias armas. Ahora bien, para nosotros da igual. Y también para sus amigos: muerto el perro, se acabó la rabia.

Vigil contuvo el impulso de voltear la mesa sobre Croix y salir del sitio. Croix midió ese parpadeo con una «precisión animal, casi física, como si oliera directamente la adrenalina fluyendo, apuntándole, amenazándolo» (Vigil).

—Cálmese —pidió. En la súplica había una advertencia—. Le hablo crudamente de las leyes de nuestro mundo. No nos gustan tampoco a nosotros, a mí al menos. Pero Santiago y sus amigos no disparan con chocolates. También hay viudas y huérfanos de este lado. Como dice el profesor: el que agarra los fierros a los fierros se atiene. Es su vida o la nuestra. No podemos titubear.

—Las leyes del país dicen otra cosa —dijo Vigil y supo, incómodamente, que repetía palabras y obsesiones de Sala, que se había «impersonado por un momento en él» (Vigil).

—Hay una guerra en el país que dice cosas distintas de sus leyes —respondió Croix—. Eso es todo lo que puedo decirle. Y esto para sus amigos: no hay nada con ellos, están fuera del problema, lo mismo que usted. Sus amigos eran nuestras pistas hacia Santiago, pero ahora no hay nada que rastrear.

Al salir de la cantina Vigil fue a buscar a Santoyo. Lo encontró en el Castillo y salieron a caminar por Chapultepec, entre las cadenas de muchachas escapadas de la escuela y los corredores del mediodía.

—Padre por padre —confirmó Santoyo cuando Vigil terminó de contarle la versión de Croix—. Así fue. Eso le dijeron también al profesor Barrantes.

Siempre «el profesor Barrantes», pensó Vigil, nunca mi padre, papá, nunca tampoco una palabra sobre su madre, su otra hermana, ni una palabra en realidad sobre sí mismo, pensó.

—Y otra cosa —dijo Vigil—. Atribuyen lo de Santiago a un ajuste de cuentas interno. Niegan haber sido ellos.

Hubo un largo silencio de Santoyo en el que se metieron los chirridos de los pájaros en los álamos del bosque y la risas y los gritos de los muchachos que retozaban en una ladera del Castillo, fuera, lejos, encima de sus sótanos.

—Puede ser —dijo al final Santoyo, guardando su cólera de la inspección del amigo—. Todo puede ser.

Vigil supo entonces que había perdido contacto con él. Supo que retozaba y hablaba en la superficie de Santoyo, como las muchachas y los pájaros del bosque: lejos de la agitación oculta y sombría de su dolor, en la periferia de su rabia.

2

Esa misma tarde Vigil tomó la decisión de contarle todo el asunto a Sala. Más aún: decidió aportar su testimonio personal para una pormenorizada denuncia periodística de la muerte de Santiago. Tuvo así un nuevo acceso tóxico a la pasión diaria de Sala, la lujuria de su oficio: develar la vida confidencial del país, frotar los límites de lo sabido, imponer «el escándalo de una mirada en el espejo» (Vigil).

Tramaron juntos la edición de la denuncia, centrada en el testimonio de Vigil, y una cuidadosa previsión de su secuela: las puertas que debían ser tocadas en busca de reacciones frente al testimonio publicado, las entrevistas que debían seguir con Santoyo y el profesor Barrantes, la exhumación informativa de la muerte de Santiago y, al final, un recuento general de la «guerra sucia» que se libraba en México.

Aparte de las noches que Vigil reservó para Mercedes Biedma, apenas se separó de Sala en el largo tranco febril de aquellas jornadas. Deslumbrado y filial como nunca, vio a Sala negarse una vez y otra a las solicitaciones de prudencia, amistad o responsabilidad que llegaron por teléfono o en persona a la dirección de *La república*. También lo vio rechazar, más enfáticamente aún, las amenazas francas y veladas de funcionarios y amigos, colaboradores y lectores, que encontraron el reportaje de Vigil intolerable para el gobierno, peligroso para *La república* e incluso para la seguridad personal de Sala y su asesor dorado.

La alarma por su temeridad y la sana o maligna anticipación de su riesgoso futuro sellaron en Vigil y en Sala la alianza de una soledad de dos y en el público, tanto como en *La república,* la noción de una mancuerna fiel, soldada por el talento y el coraje. O como dijo cierto militar amigo al propio Sala: «Un platillo admirable de sesos con huevos.» El valor era entonces en México, y lo siguió siendo muchos años, la más alta virtud que el público podía reconocer en un periodista o un intelectual. En algún artículo, Daniel Cosío Villegas se había quejado amargamente del hecho, al confesar que todas las felicitaciones que recibía por sus artículos eran por su valentía, ninguna por su inteligencia.

La cuenta de muertos y desparecidos que *La república* atribuyó a la «guerra sucia», fue de cuatrocientos, «una cifra mayor en cien bajas», agregó el diario en un editorial de fin de fiesta,

> a las reconocidas por la matanza del 2 de octubre en Tlatelolco y que son la corona siniestra, desde entonces, del mayor trauma moral de la vida pública de nuestro país. La guerra sucia que el gobierno y los guerrilleros libran a espaldas de la sociedad, en los sótanos sordos de la impunidad y la ilegalidad represiva alcanza ya las dimensiones de otro duelo nacional del que, sin embargo, nadie parece ocuparse y nadie quiere hablar. Y mucho menos que nadie, las autoridades responsables.

La denuncia de Sala y Vigil tuvo un rebote inmediato en la prensa estadounidense. El gobierno mexicano de entonces había alzado las banderas del tercermundismo y disfrazaba apenas su rechazo a la sombra omnipresente de Washington. Era un blanco deseable para los periódicos estadounidenses, que resentían a su propia manera el ambiente inamistoso del vecino del sur. Las noticias de *La república* sobre las brutalidades de la «guerra sucia» mexicana dieron la vuelta por los principales diarios norteamericanos y ocuparon tiempos en los noticieros televisivos de las grandes cadenas. Pero su peripecia mayor, la que marcó el verdadero viraje de las relaciones de *La república* con el gobierno, fue el impacto que tuvo en el más sensible de los asuntos de la política exterior mexicana de esos años: el golpe de Estado en Chile.

Luego de la caída de Salvador Allende en Chile, México rompió relaciones con el gobierno de Pinochet y encabezó en los foros internacionales una ofensiva diplomática por la restauración de la legalidad y contra la violación de los derechos humanos en el país andino. En el mes de noviembre, todavía con prisioneros en el Estadio Nacional de Santiago, lugar de los horrores y la muerte, el régimen de Pinochet pudo emprender su defensa en el foro de la OEA señalando que México, su principal acusador, estaba «moralmente inhabilitado» para juzgar la violación de derechos humanos en otros países. Como prueba de que México descalificaba hipócritamente en otros lo que practicaba en su territorio, el representante chileno esgrimió los despachos de Vigil y Sala publicados en *La república,* dándoles lectura línea por línea, imputación por imputación, hasta crear en la asamblea un pálpito de bochorno y reserva diplomática que heló en adelante la atmósfera de la discusión para las ofensivas mexicanas.

Cuando el despacho del corresponsal de *La república* en Nueva York llegó al escritorio de Sala, dando cuenta del efecto perverso de su propia ofensiva, la reacción de Sala fue pedirle al propio corresponsal que escribiera una narración circunstanciada, lo más amplia posible del hecho. Ordenó su publicación en la primera plana del diario del día siguiente. Escribió él mismo el editorial de ese día:

> Asumimos, dolorosamente, la lógica perversa de los hechos diplomáticos, mediante la cual una relación democrática de nuestros males internos ha servido los propósitos de la desnaturalizada defensa de una dictadura sangrienta y bárbara. Pero condenar a Pinochet no puede ser una coartada para callar los embriones de prácticas de estirpe pinochetista en nuestro territorio.

Por la noche, en el bar, Sala miró melancólicamente a Vigil y le dijo:

—Un tema para el literato, Carlos: las perversidades de la virtud. Pienso en eso, y no encuentro la salida. El bien que trae mal, la maldad que arroja buenos frutos. Es la gran burla de Dios. He creído escuchar todo el día su carcajada.

—¿Bajo la forma de un discurso chileno en la OEA? —preguntó Vigil, sonriendo.

—Para acabarla de fregar —dijo Sala.

Y sonrieron ambos, envueltos en el aire incómodo de sus plegarias atendidas.

3

Vigil le escribió a Mercedes Biedma:

> *Empiezo disculpándome por las ausencias y luego me pregunto: ¿cómo puede salir de no verte la mayor ansia de ti, la*

memoria perfecta de tu cuerpo y tus manos y tu mentón sin mácula ni defectos, sin el rastro imperfecto y llano de la vida:
—barros, poros, vellos, manchas, arrugas? ¿Cómo puedes venir a mi memoria sin huellas ni excrecencias terrenales, como si no reglaras, ni sudaras, ni hubiera las venillas rojas en tus ojos, ni los padrastros que has vuelto serpentinas en tus dedos martirizados, ni ese milímetro de orzuela en tu cabello, ni cerilla en tus oídos, ni callos en las plantas de tus pies, sino nueva y radiante, como recién nacida, antes de haberte hecho esa cicatriz en la pantorrilla y haber empezado a mostrar los años en la floja rugosidad de los codos, recién salida de la vasija de tu creación, porcelanizada y blanca como una muñeca japonesa, reconstruida a plenitud en mi cabeza para renacer cada vez, a salvo de la prolija imperfección de lo real y de tu misma fábrica de ojeras y várices y estrías que mi memoria de ti borra con tenacidad comparable sólo a la corriente impetuosa y traidora de la vida que las crea.

El 27 de noviembre de 1973, Vigil dejó constancia plena de su día:

> *Vino Oralia y pasó la noche. En la madrugada, volvió al reproche de Mercedes, como la lengua al hoyo de la muela, hasta escoriarse. Los agravios de la pareja: una dimensión conyugal en la recurrencia, los mismos temas, las mismas imposibilidades. Amanecimos genésicos y novios. Nos regalamos un baño largo, bien arropado en vapor, y un desayuno suntuoso, La república en la mano. Le leí en voz alta los titulares y algunas notas. Había pocos ecos de «nuestra guerra»: unos bombazos en dos bancos de Guadalajara.*
>
> *«Deben salirse de eso», dijo Oralia. «Tú eres lo menos bélico que hay. ¿Qué andas haciendo ahí? ¿No te basta con los otros estragos que haces?»*
>
> *«¿Cuáles estragos», pregunté.*
>
> *«Yo, idiota», dijo. «Y todas las otras.»*
>
> *«Ningunas otras», dije, pero era una estupidez.*
>
> *Llegué al periódico a las once y escribí dos editoriales de adelanto. No estaba Sala, pero doña Cordelia tenía el recado de que*

lo alcanzara a comer en el Napoleón, 14.30 hrs. *Revisé las órde-*
nes de información y las primeras secciones de los otros diarios.
Nadie traía lo de los bombazos en Guadalajara.

Me asaltó el fantasma de Santiago. Pensé si lo hubiéramos
encontrado: sacarlo de bajo la pila de cadáveres, como quien saca
un libro de abajo de un montón; frío al tacto, me imaginé, como los
pollos en el mercado. (Santoyo vomitó durante nuestra gira por
Guadalajara. Me dijo Paloma, porque él sólo anunció que iba al
baño.)

Llamé a articulistas para sugerirles temas del día. Discuten en
la Cámara la ley de población: si tuviéramos la misma población
que en 1940, tendríamos hoy un ingreso per cápita similar al de
Suecia. Hay que coger menos. O coger más con menos puntería.
Poco antes de las dos se apareció Romelia, encantadora y púber. Lo
más parecido que haya visto a una perversa de telenovela. Va ofre-
ciéndose y escalando. Una Lolita zafia, por decirlo así. Quiere
que la apoye para un suplemento de libros pero viene a decirme que
me ama. Le digo también que la amo, pero ni una palabra del
suplemento.

Cassauranc es su iniciador. «Quince años tenía Romelia
cuando su amor le entregó», como dice el corrido. Pero viendo de
cerca a la Romelia, uno se pregunta quién indujo a quién a qué
cosa. En todo caso, Romelia es un fruto acabado de las vocaciones
reales de Rogelio. Todos parecen percatarse de eso, empezando por
sus seguidores. Todos, menos Octavio Sala, que pasa sobre las
pequeñas y grandes trapacerías de su hermano como sobre pecados
veniales que la grandeza debe disculpar. Lo disculpa, en efecto, y
Rogelio hace y avanza a su modo. Uno de sus modos es Romelia.
Supongo, sé, que me la manda él. Es una pena, porque antes de
que empiece a hablar y a ser tan obviamente lo que es, uno podría
pensar de Romelia que es un envío de los dioses. Lo es también,
pero de «unos dioses hijos de la chingada», como dice Sala.

La comida en el Napoleón *con Abel Acuña (segunda en este*
mes). Confía Sala en que verlo matiza, reduce o hace menos obsesi-
vo (de parte de ellos) el desencuentro de La república *con el gobier-*
no. No lo creo pero, desde luego, él sabe su cuento. Estuvo genial

(Sala). Contó su entrevista con el ex presidente Portes Gil en un burdel de Tampico en 1961. Pasaban las mujeres desnudas entre ellos mientras Portes Gil hablaba de los logros de la Revolución Mexicana, de su fe en la familia y en la ley como los pilares de la estabilidad del país. Bebían coñac y pasaban las muchachas colgándoles brasieres y calzones de los respaldos de las sillas, de los brazos gesticulantes, de los hombros impasibles, hasta que coronaron al ex presidente con unos bloomers *que olían a la última noche de Sodoma y Gomorra.*

Se dieron seguridades de amistad y apoyo toda la comida (Sala y Acuña). Al salir Sala me dijo: «Nos van a apretar.»

Se pasó la tarde preguntando por el estado de la facturación publicitaria del día. Estuvo normal. Rogelio llegó algo más pasado de copas que de costumbre, como ha venido siendo su costumbre, por lo demás, en las últimas semanas. De cualquier modo, a la hora de ordenar, valorar y echar a andar la máquina, Rogelio no tiene igual y las cosas pasan sin detenerse por su escritorio. Y no se mueve de su silla ni para ir al baño —envía a sus Romelias.

Ya como a las nueve vino Ricardo Iduarte a reclamar por un artículo suyo que detuve. Le expliqué por qué: no puede llamar «fascista» y «asesino» al presidente, cada vez que lo menciona, como quien dice su nombre y sus apellidos. «No quiero hacerlo», me dijo, «pero puedo hablar del asunto directamente con Octavio». Me irritó —estúpidamente, porque además: Mercedes: Mercedes y este Himbécil Hinenarrable—. El caso es que tomé el artículo y lo hice que me siguiera hacia la dirección, entré con él detrás y le dije a Sala:

—Iduarte quiere plantearle una inconformidad porque decidí no publicarle este artículo. Aquí se lo dejo.

Naturalmente, se quedó hecho un pendejo, lo cual no requiere en su caso demasiado esfuerzo. (Octavio Barreda de Ermilo Abreu Gómez: «Ermilo siempre fue precoz: desde chiquito era pendejo.» Igual éste.) Sala le rechazó también el artículo pero —toma nota tú, Vigil: no seas pendejo— dejó encantado a Iduarte con quién sabe qué masajes compensatorios de los suyos.

*Finalmente, llamó Mercedes, recién llegada de Oaxaca donde
estuvo en un seminario. «¿Estuvo también el pendejo de Iduarte?», pregunté estúpidamente. «Te quiero ver. No quiero pelear»,
me dijo, así que fui al despacho de Sala para decirle que quería
irme temprano. Algo leyó en mi cara porque dijo: «La felicidad es
una fiesta móvil, como el París de Hemingway. Hay que meterse
en ella cuando pasa.»*

Me metí el resto de la noche.

Mercedes Biedma a Vigil:

*Te soñé jalando un burro. Le dabas chicotazos, lo herías.
Querías que no fuera un burro, sino un caballo o cualquier otra
cosa. Y de pronto el burro era yo y querías que fuera otra cosa.
¿Por qué quieres que sea otra cosa, por qué no puedo ser lo que tú
quieres, por qué me duele la cabeza de esta manera como si me
metieran un alambre por el oído y me jalaran? ¿Por qué? No sé
qué más iba a decirte. No me chicotees, no dejes que me duela la
cabeza. Haz algo, no vayas al periódico, ven a verme, tráeme mor-
fina, dame un masaje, acuérdate de mí y de mis narices aristocráticas. Burro, burrísimo. M.*

4

El primer día de diciembre de 1973 estuvieron a visitar al
Presidente los empresarios de México para felicitarlo por haber
cumplido tres años de gobierno, la mitad de su mandato. Antes que
desahogar sus propias reservas conservadoras y su creciente rechazo
a la política del propio Presidente, los empresarios le externaron su
preocupación por el sesgo que tomaban los medios de información
y en particular *La república,* el «más influyente» y el «más descon-
trolado» de los periódicos del país, según dijeron. Era una forma
indirecta de sugerir que el discurso y las instrucciones soterradas
del gobierno tendían a soliviantar a los periódicos, fomentando en
ellos críticas a la propiedad privada y a los empresarios de México.
El Presidente aprovechó la queja para filtrar sibilinamente su propia consigna política en la materia:

—Ustedes, los empresarios —les dijo— son quienes sostienen a *La república* tal como está. No el gobierno.

Uno de los concurrentes se hizo el sueco y pidió al Presidente que le explicara su dicho. El Presidente accedió a ser todo lo explícito que su consigna requería, atento al hecho de que, «entre más claro hablase, más contornos de una orden tendrían sus palabras, y quedarían menos libradas a la interpretación délfica, que es una de las artes ocultas de nuestra polis» (Vigil).

—Si ustedes no se anunciaran en *La república* —dijo el Presidente— *La república* no existiría. Cada vez que ustedes se anuncian en ella, aprueban y promueven su línea editorial. Si quieren cambiarla, es muy sencillo: no se anuncien.

—Pero el gobierno se anuncia en *La república* —recordó otro capitán de industria—. ¿Quiere decir eso que el gobierno aprueba lo que *La república* publica?

—El gobierno ha dejado de anunciarse por largos periodos en *La república* —dijo el Presidente—. Y se acerca otro periodo de abstinencia, de acuerdo con nuestras necesidades. Pero el gobierno no es lo decisivo en esto, porque su publicidad no es la mayor parte de la que recibe el periódico. Entonces, no importa lo que nosotros hagamos en esa materia. Importa sobre todo lo que hagan ustedes. Ahora díganme: ¿cómo les pinta el año? ¿Qué me cuentan?

Nada pudieron hacer los empresarios en diciembre con la instrucción presidencial, porque las pautas de publicidad navideña estaban pactadas y pagadas con anterioridad, y nadie decidió obedecer al Presidente al precio de tirar su dinero. Pero apenas abrió el año de 1974, con las primeras negociaciones entre el periódico y las agencias publicitarias, Sala y *La república* empezaron a saber en carne propia lo que tantas veces, en reportajes, editoriales y artículos habían denunciado ante sus lectores: la concentración del dinero y de los negocios del país en un puñado de propietarios, no mayor de los que podían caber sentados alrededor de la mesa del Presidente de la República.

Se fueron primero los anunciantes de la banca privada y a la semana siguiente cortaron su publicidad las empresas de automóviles, alcoholes y tabacos, que representaban casi el setenta por ciento de la facturación promocional de *La república*. En la última semana de enero la remesa abstencionista incluyó al gobierno federal, que suprimió de un tajo la compra de espacios para sus boletines políticos, los anuncios del robusto sector paraestatal y la acostumbrada inserción pagada de notas de obras, actividades e informes de los gobiernos estatales y los municipios importantes del país.

Al empezar el mes de febrero, los ingresos de *La república* por concepto de publicidad se habían reducido a una quinta parte: la que entraba por su sección de avisos clasificados y la pequeña porción de negocios y agencias publicitarias no piramidadas bajo la minúscula cúpula del dinero y el poder. («La sociedad mexicana», escribió Vigil, «llegaba a las décadas finales del siglo XX tan concentrada y oligárquica como la sociedad contra la que el país se había rebelado en 1910».)

Como todos los periódicos grandes de aquel país oligárquico, maestro de los precios subsidiados y del control político del mercado, la salud de las finanzas de *La república* no residía en la venta de su producto, sino en la publicidad. El precio del diario en la calle era menor que su costo industrial. Producirlo costaba dos pesos y comprarlo uno, de manera que entre más ejemplares vendía *La República* en la calle, mayores pérdidas debía subsanar con otros ingresos. El diario resultaba un gran negocio aun en esas condiciones, porque los ingresos por publicidad eran, en los meses malos, por una cantidad superior en diez veces a la obtenida por venta y en las temporadas de gran actividad comercial, hasta de dieciocho y veinte veces más. De modo que los excedentes de la operación total eran de una empresa que producía, en promedio, trece o catorce veces más ingresos que gastos.

Suprimida la fuente del negocio, en el mes de febrero, por primera vez desde que Sala recordara, *La república* arrojó números rojos y tuvo que echar mano de sus reservas financieras. No eran muchas. Sobre todo: no eran líquidas, porque en el incesante bullir de la mente de Sala, habían ido invirtiendo las utilidades en renovación de equipos y consolidación de la infraestructura, nuevas rotativas y proyectos especiales. Estos proyectos habían culminado, dos meses atrás, en la adquisición de un vasto predio urbano para construir el nuevo edificio de *La república*. (Las oficinas del diario habían desbordado el edificio original y se extendían por una variedad atrabiliaria de departamentos y casas en los alrededores. Era una proliferación tal de locales, contratos, arrendamientos y comodatos, que Cassauranc bromeaba con Sala diciendo que para cumplir su oficio necesitaban más una inmobiliaria que una rotativa.)

Una mañana de marzo, muy temprano, Sala tocó en el departamento de Vigil pidiendo atención y desayuno. Le dijo que había pasado casi toda la noche encerrado con Cassauranc y don Laureano Botero, el gerente en *La república,* y que las cuentas de la situación no daban para mucho:

—Si la situación sigue así y así seguirá —le dijo—, en un mes nos comemos nuestras reservas líquidas y en dos tenemos que empezar a contratar créditos para pagar nuestros gastos. En seis meses suspendemos pagos y muy poco tiempo después declaramos la quiebra. Hemos descubierto esta cosa terrible: tal como está planteada la empresa que llamamos *La república,* está condenada a vivir de sus anunciantes y a morir por ellos, si ellos quieren. No es nuestra empresa, si me entiende usted. Es la empresa de nuestros anunciantes: del gobierno y de los empresarios. Eso es lo que nos está demostrando la situación actual. Y es lo que muestran las cuentas. ¿Qué hacer? ¿Tiene usted alguna idea? Hasta las malas ideas son bienvenidas en este momento, así que no se inhiba y empiece a pensar en voz alta.

—Tengo que despertarme primero —dijo Vigil.

—No se despierte usted —dijo Sala, con el encanto de sus rápidos reflejos—. Piense dormido. Porque lo que necesitamos ahora son precisamente sueños. Sueños que podamos hacer realidad.

—Que lo paguen los lectores —dijo Vigil.

—No sueñe tanto —dijo Sala—. Habría que triplicar el precio para salir a mano.

—Habría que cuadriplicarlo entonces, para ganar —dijo Vigil.

—Y para ganar lo que ganamos ahora —dijo Sala— habría que veintuplicarlo.

Desayunaron en silencio, abrumados por sus sueños.

5

México, DF, 16 de marzo, 1974

De: Carlos García Vigil
A: Octavio Sala

Difícil y algo fúnebre la reunión del Partido de ayer. Lo habrá sentido usted: dudas, alarma, desmoralización por el panorama que ofrece el corte publicitario y que planteó usted anoche. Me quedé al final, como convinimos, y lo que siguió fue mucho peor. Es la materia de este memo que redacto porque me interesa dejar constancia por escrito, y el tiempo dirá.

Como siempre, al irse usted corrieron los brandis. Y como siempre, surgieron las ironías en torno a si los «genios» —usted y yo, pero básicamente yo, que soy el advenedizo— teníamos alguna solución «genial» para resolver el corte publicitario o si podíamos escuchar ahora a los «normales». Hablaron entonces los «normales». Todo lo que dijeron fue «normal», en efecto: nada que no hubieran dicho durante la Tenida. El Mayor llevó la voz un rato con su motivo de siempre: defendíamos causas que ofendían al ejército. Nunca en la historia de *La república* habíamos puesto al ejército en el banquillo de los acusados. Estábamos pagando las consecuencias o empezando a pagarlas.

«Octavio es nuestro líder y el mejor periodista de México», concedió el Mayor. «Pero ni él puede pasar sobre el ejército. Y menos para defender guerrilleros. Como dije en la Tenida: debemos rectificar.»

Siguió Rufino Escalona con grandes elogios a usted, a la «Era Sala» y después el «pero» : hemos ido demasiado lejos, apenas conquistamos *La república* y ya la tenemos en el borde de una crisis.

Intervino Cassauranc matizando: El ejército también tenía responsabilidad, no podíamos callar todo frente a los lectores. Y la crisis era inducida desde arriba, no podía durar mucho sin que empezara a volverse un escándalo, era un aviso para negociar.

«Negociar, precisamente», avanzó el Mayor. Pero no estábamos negociando, sino buscando un pleito más grande, etcétera.

Así, como una hora —los brandis corriendo.

Cerca de la una llegó Romelia, la protegida de Rogelio. Ya sólo estábamos unos cuantos, como siempre: El Mayor, Escalona, Sueiro, Mairena, Cassauranc y yo. Ahora Romelia. Me reprochó que no la ayudara con su suplemento de libros, que no le hiciera caso, que no la recibiera. Estaba tan ebria como nosotros o algo más. Entonces empezó Rogelio una larga disquisición sobre la pureza de *La república* y la limpieza que habían emprendido en los sesenta, la expulsión de los vampiros y los sapos, la entrada de la luz a los rincones húmedos y morados, y otras metáforas góticas reveladoras sobre todo de su alcoholización.

«Limpiamos la casa completa», dijo Cassauranc. «Pero nos manchamos las manos para limpiarla.»

Contó de una negociación que ustedes hicieron entonces con distintos políticos para obtener su neutralidad en el conflicto que habría de desatarse en *La república*. Contó de un supuesto compromiso común —de usted y Cassauranc— con un intermediario presidencial sobre la reforma moral del diario, pero sobre todo de su «impagable» lealtad política a quien apoyara al movimiento.

«Nunca vieron ustedes negociador de aquellas condiciones como Octavio», dijo. «Nunca tan puro y tan idealista como entonces, pidiendo ayudas y patrocinios de fuera del periódico para poder hacernos del periódico. Y yo hice lo mismo, y estuvo bien hecho y lo volveríamos a hacer si fuera necesario.»

Le sugerí que estaba hablando de más y me respondió que mi presencia ahí era garantía de que no podía hablar de más, porque todo lo que dijera habría de saberlo Octavio Sala —«nuestro Octavio, nuestro hermano, nuestra inspiración indiscutible de todos estos años», dijo Rogelio.

Empezó entonces un largo elogio de Octavio Sala, al que siguió una nueva serie de alusiones sibilinas:

Humano como era y al fin, falible, Sala había protegido a dos o tres ratas de redacción que habían sorprendido su natural bonhomía. Repitió Cassauranc el caso del reportero protegido por Octavio Sala que había ido pidiendo a cada gobernador una contribución para hacer su casa.

Mairena recordó que precisamente por tales «iniciativas federales» el reportero aquel había sido excluido de *La república*. Rogelio asintió pero no corrigió. Volvió al elogio de Octavio Sala, al encomio de su buena voluntad y su bonhomía, y los ejemplificó con otro caso siniestro.

En los primeros años de su dirección, dijo Cassauranc, Sala había dejado en manos de un incondicional las fuentes policiacas, con el resultado de que un año después los reporteros de policía de *La república* estaban otra vez conectados al tráfico de drogas y tenían sus cuotas de «presos nocturnos»: la extorsión, según Cassauranc, de gente rica que cae en la madrugada por pequeños incidentes (choques, pleitos) a los que reporteros de la fuente les piden grandes sumas y los hacen salir de inmediato porque esa «cuota» es parte de sus acuerdos con la policía, a la que le pagan el favor en información y procura de su imagen pública.

Como a las tres —los brandis corriendo— Cassauranc volvió a su agravio original: ¿por qué le quitaron su niña años atrás, por qué persiguieron sus «amores nonatos»? Se refería al asunto de la que se fugó con él, hija de un ministro, y que, según él, Octavio Sala arrebató de sus manos para no embarrar políticamente a *La república* con problemas de «juzgado y policía».

Se puso después a juguetear con Romelia que algo debe recordarle a su niña perdida. La mandó a que me besara. Rehusé y se la mandó al Mayor, que recibió los halagos con compostura de abuelo. Siguió el despeñadero. Rogelio le fue quitando la ropa a Romelia y empujándola hacia uno y otro. Muy borracho, musitando incoherencias. De pronto se quedó dormido y el juego cesó. Mairena le dijo a

Romelia que se vistiera. Nos disponíamos a irnos cuando Cassauranc brincó del sillón dando gritos: «Mamá, mamá.» Lo había atrapado un terror nocturno. Lo calmaron Romelia y Mairena. Volvió en sí sonriendo y exigiendo una botella de champaña que tenía en el refrigerador. La trajo Rufino Escalona. Mientras la descorchaban, volvió la euforia. Eran las cuatro de la mañana y aproveché para escabullirme.

Ya que esto es, pese a todo, un memorándum, debo extraer de sus líneas algunas «conclusiones ejecutivas», que son las siguientes:

1. No hubo en la borrachera nada sustancial que no se haya dicho, como crítica o inquietud, en la reunión formal. Pero me parecen importantes ciertos tonos y ciertas salidas de tono, que no creo que debiéramos pasar por alto. (Buena parte de esas salidas de tono tienen por destinatario al suscrito, más que al director de *La república*.) Lo evidente es que hay la rumia de un descontento o un agravio viejo que las condiciones actuales, tan difíciles, parecen exacerbar o revivir.

2. Comparto la idea recurrente en la Tenida, tanto como en la borrachera, de que debemos negociar sin perder demasiada cara. Y aun perdiéndola. Pero es una cuestión de matices y hay que matizar.

3. Lo incuestionable en Cassauranc es que tiene cada vez más alcohol y cada vez menos control. No se trata de acusarlo de nada, simplemente de dar cuenta de hechos que a juicio del suscrito deben saberse en la dirección de *La república*.

Escribió en uno de sus cuadernos:

Informé a Sala de la borrachera de Cassauranc. No es el mejor de los papeles, ni el que más pueda gustarme. Lo último que me hubiera imaginado en la vida: talento y talante de delator. Otra vez el tema de la «buena causa» y los « medios pinches». Y no poder confesarme esa parte de mí donde me gustaría quitarle

*Romelia a Cassauranc, por el simple placer de constatar su índole
viciosa, capaz de todas las cosas para alcanzar las que ambiciona.
¿Escribir esto me cura? No. La pregunta es: ¿escribirlo me
absuelve? Ninguna de las dos: escribirlo refuerza mis ganas de
mezclarme y perderme en Romelia.*

*«Las cosas son terribles hasta que se dicen», decía Benavente.
Y luego se pueden hacer poesía. Jorge Luis Borges: «El recuerdo de
una antigua vileza, vuelve a mi corazón / Como el caballo muerto
que la marea inflige a la playa, vuelve a mi corazón.» Me consue-
lo preguntando: ¿Cómo fue su Romelia? ¿Y su informe secreto,
cómo fue?*

Le escribió a su hija Fernanda:

*Quiéreme como yo te quiero, enana, y más de lo que yo te quiero,
pero no creas nunca, en el fondo de tu amor, que soy merecedor del
amor que me das. Sabe siempre que el amor de nadie se merece, simplemente se recibe y se da como yo te lo doy y tú me lo das y que no
hay que hacer méritos, no tienes que hacer méritos para que te quiera porque aun la peor cosa que puedas imaginarte que haces o me
haces no me podrá apartar un milímetro de lo que te quiero ni dis-
minuir un milímetro el lugar que ocupas en mi corazón. En resumen, lo que quiero decir es que te quiero mucho y que aunque sé que
no me merezco que me quieras, te pido que me sigas queriendo hasta
el fin del mundo y de los tiempos porque sí, porque es así como se
quiere, como te quiero yo, a lo loco, me entiendas o no me entiendas.*

6

Vigil tuvo a Romelia como deseó unos meses después,
durante la gran oleada del triunfo que corrió el año de 1974 por *La
república,* llevando sobre sus hombros, y en las andas consagratorias
de los lectores, en primer lugar a Octavio Sala y enseguida a él
mismo, artífices del más «altivo *tour de force* que registra la historia
del periodismo mexicano» (Vigil).

Como en una prolongación del sueño que tuvieron juntos
en el departamento de Vigil, Sala y su asesor se encaminaron a la

decisión descabellada que salvó a *La república,* y empezó a condenarla del todo. Una noche de cónclave, en la desvelada oficina de la dirección, luego de repasar por enésima vez las cifras condenatorias del gerente, Sala optó al fin por escaparse de la realidad y buscar una salida en el sueño, tal como había pedido a Vigil varias noches antes.

—Hagamos otro periódico —dijo.

En la atmósfera delirante de la fatiga y el desvelo, su propuesta fue justa, como la rápida asociación en el sueño que nos saca de la angustia opresiva y nos pone sin más en «la brisa de un campo anterior al oprobio del mundo» (Vigil).

—Otro periódico —asintió Vigil.

El gerente, don Laureano Botero, un viejo colombiano, telegrafista de la campaña de Cárdenas contra Cedillo en los treintas, devenido luego cajero y más tarde jefe contable y gerente de *La república,* echó la pluma al aire, recogió los papeles condenatorios sobre los que se habían fatigado los últimos dos meses, puso un bloc limpio de hojas rayadas y amarillas sobre la mesa, y dijo:

—El periódico que usted guste, director. Porque éste del que venimos hablando y en el que hemos puesto la vida, no tiene remedio.

—Un periódico que paguen los lectores —dijo Sala, repitiendo como propósito lo que Vigil había dicho como ocurrencia—. Un periódico llamado igual que La república, hecho con la gente y en los talleres de *La república,* pero con una estructura de costos y de ingresos radicalmente distinto a *La república.* Otro periódico.

Hacían un periódico de ocho secciones y ediciones normales de ciento veinte páginas, que subía al doble los domingos. Sala odió siempre esa pesada herencia que parcelaba el diario y atendía con «secciones idiotas las preferencias idiotas de los lectores» (Vigil); secciones como la llamada de «sociales», que abultaba la edición con veinticuatro planas de fiestas aristocráticas, avisos de bodas y fotos de quinceañeras; o como la llamada sección «cultural», que dedicaba doce páginas a entrevistas con «personalidades», seudorreportajes turísticos, horóscopos y genealogías, necedades gastronómicas, efemérides desmemoriadas y modas esotéricas.

Sala había impuesto sobre esa herencia la huella de su cabeza bullente e insaciable. Había convertido el reportaje central de la sección de sociales en una especie de antropología instantánea de la plutocracia mexicana y el de culturales en un *tour* amable por las extravagancias de cierto subsuelo mental que no dejaba de ser atractivo y revelador. Pero no había podido apartar de esas páginas el sello original, «provinciano y lerdo», en el trazo de un periódico que se quería «moderno y rápido» (Vigil). Esas inercias devoraban una quinta parte del costo en papel, personal e impresión de *La república.* Estaban hechas, además, por *free lances,* redactores ajenos a la plantilla de *La república* que gravitaban sin embargo sobre su nómina publicitaria, porque eran *brokers* de las relaciones comerciales del periódico justamente con el mundo oligárquico de la publicidad que había dejado de anunciarse en *La república.*

Aparte de estas secciones opacas que ocupaban cuarenta de las ciento veinte páginas del diario, la abstención de los anunciantes hacía innecesarias al menos otras treinta, dedicadas a reproducir anuncios de tiendas de departamentos, baratas de muebles o línea blanca, lencerías, electrodomésticos y perfumería. Los anunciantes no pagaban ya esas inserciones, pero el periódico seguía publicándolas por su cuenta, como una forma de no perder la cara ante los lectores, ni reconocerse ante otros anunciantes como empobrecidos por la decisión de ahogarlos. La renuncia a esa idea tan mexicana, de cuidar las apariencias para no dar pena ni facilitar nuevas agresiones, permitió también medir en su justo término la sección de anuncios clasificados, iniciada años atrás, contra toda racionalidad, por el simple prurito de competir con el otro diario de la capital que controlaba esa línea de publicidad hormiga. Ante los ojos desvelados de Vigil y el gerente, don Laureano Botero, la sección de anuncios clasificados mostró su verdadero rostro de números flacos y pérdidas recurrentes, asumidas por el único y costoso orgullo de no ceder el campo a quien lo había tenido en su mano desde siempre.

Antes de que terminara la noche, con el vaho desértico y melancólico del amanecer de la ciudad entrando casi por los ventanales, Sala, Vigil y don Laureano Botero redujeron los costos de *La república* en más de una tercera parte. Saltando sobre sus prejuicios, pisoteando sus hábitos, en unas cuantas horas imaginaron un periódico sin «sociales», «culturales», anuncios clasificados ni planas de publicidad para amas de casa. Sala avanzó entonces sobre otro de sus temas obsesivos: el enorme espacio y la gran cantidad de reporteros que el periódico dedicaba a registrar la información del gobierno, la cual tendía a llenar las planas de declaraciones y discursos huecos, explicables sólo por «la noción implícita de que las palabras sirven para ocultar antes que para mostrar y que la habilidad verbal de un político se mide en México por su capacidad de eludir antes que por el compromiso de decir» (Vigil). Una cobertura escueta de ese bosque verbal, permitiría ahorrar en el nuevo periódico de Sala, según el cómputo que él mismo hizo en el ejemplar del día anterior de La república, casi la mitad del espacio dedicado a la información nacional, y una tercera parte de los reporteros, los cuales podrían dedicarse a generar información salida «del oculto reino de los hechos» (Vigil).

Limpiado de sus «herencias idiotas» y de sus «compromisos implícitos» (Vigil), despojado de «los hábitos del periodismo político nacional» y de sus «pudores públicos», el nuevo periódico llamado La república que Sala, Vigil y don Laureano Botero imaginaron en las horas febriles de aquella madrugada, tenía setenta y cuatro páginas en lugar de ciento veinte, cuatro secciones en lugar de siete, ocho free lances en lugar de cincuenta y un costo industrial de un peso treinta centavos por ejemplar en lugar de dos pesos diez.

—Para pagar ese nuevo periódico —dijo don Laureano Botero—, suponiendo que mantuviéramos el tiraje actual, tendríamos que duplicar el precio y seguir vendiendo lo mismo. O conseguir el doble de publicidad de la que tenemos ahora. Lo cual vendría a ser una octava parte de la que teníamos antes del boicot.

—Piénselo sin publicidad, don Laureano —dijo Sala—. En el periódico que estamos fundando no habrá publicidad, sino hasta que ya no la necesitemos, hasta que los lectores estén pagando el periódico completamente y el periódico a su vez les pertenezca por completo.

—Entonces tendríamos que venderlo al doble de precio que ahora —dijo don Laureano Botero—. Sería el periódico más caro del mercado mundial.

—Déme otra posibilidad, don Laureano —pidió Sala.

—Otra posibilidad es duplicar el tiraje y abaratar nuestro costo por ejemplar —dijo don Laureano.

—Haga números sobre eso —dijo Sala.

—Yo hago los números —dijo don Laureano—. Pero el milagro tendrá que hacerlo usted.

—La idea original es aquí de Carlos —dijo Sala, aludiendo a Vigil—. Veremos si nos desmiente la realidad.

—Pues peor para la realidad —dijo don Laureano Botero.

7

Vigil le escribió a Mercedes Biedma:

Me persigue desde luego tu cuerpo pero pienso en tu cicatriz. ¿De dónde vino? Ahora es como un eccema que baja de tu riñón derecho a la línea sin grasa de tu cintura: como un brazalete de poros abiertos y rastros de quemaduras. Pero no te quemaste. Pienso en tu pequeño cuerpo nonato, formándose trabajosamente en la bolsa transparente del vientre que te tocó. Ahí estaba ya en camino esa cicatriz hacia tu cintura, como estaban la tensión y la armonía de tus músculos, el gesto imperativo y yo creo que irresistible de tu belleza.

Pero ¿qué se cruzó en esa red de mensajes y aciertos de tus ácidos y tus genes, para meter en medio de tanta silenciosa felicidad biológica la muesca en tu costado? Como si en el último milenio de gestación de un diamante, hubiera quedado atrapada, en su penúltima cristalización, una amiba, un bichito microscópico que mancillara la transparencia total de la piedra con una estría impensable, desprogramada, loca.

No sé qué cosa clásica recuerdo ahora en relación con la belleza y su necesidad de una imperfección que la complete. Ahora que viene a mí tu cuerpo —es la noche y no puedo dormir, pero son las cuatro de la mañana y no quiero despertarte— viene como sueles venir tú —te he dicho antes— perfecta y sin mácula, como vuelta a inventar y vuelta a nacer por mi memoria. Pero llevas en el costado esa traza brillante que completa la belleza de tu cuerpo al lesionarlo, al marcarlo con su rasgo mórbido. Quiero tocar esa cicatriz en tu costado, besarla, recorrerla. Pero al imaginarme tocándola, besándola, recorriéndola, se me destemplan los dientes y la cicatriz misma corre por ellos y por mí de arriba abajo, destemplándome, avisándome. ¿Avisándome qué?

No te mando esta nota porque me contestarás : «Si te da asco mi cicatriz, y te quieres largar, ¿por qué no te largas y te buscas una mujer perfecta, sin cicatrices, que no te destemple los dientes?»

Y no es eso, marcada. No es eso, mi querida. Mi insomne. Mi rencor. Sino todo lo contrario.

8

La loca idea de fundar otro periódico dentro del mismo dejó de ser pronto una ocurrencia del desvelo y empezó a correr entre los círculos dirigentes del periódico como un proyecto que debía discutirse paso a paso y cifra por cifra. Por primera vez una decisión de esa magnitud no fue llevada primero a la deliberación dentro del Partido, como era la costumbre. Se propagó en consultas informales dentro del periódico hasta madurar y volverse ya no el despropósito que parecía, sino un nuevo curso natural y como inevitable de las cosas.

Cuando la iniciativa llegó al ceremonial de las tenidas del Partido, el agravio por la omisión brotó en un núcleo de los congregados bajo la forma de largas objeciones a las posibilidades económicas del plan y a su «confianza voluntarista» en la lealtad y el bolsillo de los lectores. Sala oyó las objeciones, sintió la marea de la oposición, resintió las alusiones a los errores de conducción que habían llevado a la emergencia en que estaban y aceptó el reproche por haberse saltado al Partido en la discusión del nuevo proyecto. Al final dijo, simplemente:

—El proyecto se ha discutido desde luego fuera del Partido, pero no se decidirá fuera de él. Haremos lo que ustedes digan, como siempre. Díganme y obedeceré.

—La idea de mucha gente aquí es que habría que negociar con el gobierno —dijo el Mayor.

—Lo mismo digo, Mayor —contestó Sala—. Díganme qué debemos negociar y negociamos. ¿Qué negociamos?

Hubo un silencio largo.

—¿Preguntamos al gobierno lo que le molesta y lo sacamos del diario? —avanzó Sala—. Es una posibilidad.

—Eso no —dijo alguien. Y hubo un murmullo aprobatorio.

—¿Le preguntamos a los empresarios qué quieren y se los damos a cambio de que repongan sus anuncios? —siguió Sala.

No hubo reacción.

—Negociamos lo que ustedes me digan —remató Sala—. Pero, aparte de la negociación, esta emergencia nos ha revelado que tenemos un periódico lleno de grasa y excesos, menos ágil y menos libre de lo que puede ser. Negociemos o no, yo sostengo la necesidad de refundar *La república* y mi proyecto es el que ustedes conocen. Lo he conversado detalladamente con cada uno de ustedes, aunque admito que no en una tenida formal. Pero para eso estamos aquí. Estoy a sus órdenes.

Lo estaba, pero no hubo órdenes. Hubo una «profusa, confusa y difusa serie de opiniones» (Vigil) sobre los rasgos del nuevo diario: ¿los cálculos sobre ahorro de papel eran o no los correctos? ¿Debía o no hacerse una larga explicación a los lectores de todo el proceso? ¿Publicar la explicación no empeoraría todavía más las relaciones con el gobierno y los anunciantes? El efecto tácito de tan prolija discusión de los detalles fue que, al terminar la reunión, el proyecto había obtenido la aprobación general, ya que la materia de litigio eran sólo sus dificultades, sus ángulos débiles, sus riesgos.

—Discutieron lo accesorio —resumió Sala a Vigil, cuando salieron de la tenida y lo condujo, manejando Sala, hasta el pie del departamento de Mercedes, en la madrugada—. Lo central vamos a discutirlo usted y yo, Carlos. Y tiene que ver con esto: el nuevo periódico tiene que hablar otro lenguaje, desasirse de la tradición de nuestra prensa y de nuestra política. Éste es el eje.

—Igual vamos a necesitar el apoyo del Partido —dijo Vigil.

—Pero vamos a tenerlo —aseguró Sala—. Aunque también es accesorio. Lo fundamental es lo otro y he estado pensando en eso. Voy a contarle una historia.

Le contó la historia de una viuda Camargo, célebre en la ciudad de Durango de fines de siglo, una mujer bella, viuda desde muy joven, de la que todo el pueblo tenía una historia que contar. El que más o el que menos decía haber gozado de los favores de la viuda Camargo. Se decía que era propietaria de minas en el norte del estado, que esperaba a un capitán que se había ido a la campaña de Tomóchic, que iniciaba a los muchachitos de la escuela del pueblo en la manipulación de sus sexos, que hacía pócimas de amor y que había dado la dicha secreta a los hombres más ricos de Durango. Cuando la viuda murió, fue todo el pueblo a ver que la sacaran de su casa. Había muchas expectativas, porque se decía que la viuda Camargo tenía un palanquín recamado de oro en una recámara de su cuarto y una tapicería bordada junto con un collar que le había dejado la emperatriz Carlota. Cuando sacaron a la viuda de su casa, el pueblo pudo entrar a confirmar sus fantasías. No encontraron nada sino un camastro viejo y una casa que se caía a jirones por dentro. En partes el piso era ya pura tierra apisonada, en otras quedaban duelas y losetas de un antiguo esplendor. Y no había en la casa ni pócimas ni tesoros ni fotos del capitán que se había ido a la campaña de Tomóchic. Sólo la desnudez de la pobreza y la soledad de la viuda Camargo. Nadie del pueblo, que casi vivía de hablar de esa viuda, había tenido la curiosidad elemental de ir a certificar sus invenciones, nadie había puesto un pie en su casa durante los últimos veinte años, nadie le había preguntado a la viuda Camargo por el capitán de Tomóchic, ni por sus amores con los ricos del pueblo, que a la sazón eran un señor con apoplejía y el papá de un muchacho que había perdido, jugando, toda la fortuna que sus abuelos habían amasado con una pulpería en la Plaza Mayor.

—En esa historia he estado pensando obsesivamente —dijo Sala—. Algo tenía que decirme en relación con *La república* que intentamos fundar. Ahora sé qué es, y es esto, Carlos: la viuda Camargo fue sobre todo una realidad verbal, una invención colectiva totalmente independiente de los hechos. Bueno, el país llamado México del que nos habla la prensa nacional, del que ha hablado hasta ahora *La república,* es como la viuda Camargo: una invención verbal. Una invención verbal de los políticos, de los empresarios, de los intelectuales... y de los periodistas que repiten en páginas y páginas lo que dicen los políticos y los empresarios y los intelectuales. Quiero fundar un periódico que no se restrinja a hablar y a repetir lo que todo el pueblo dice, sin saber, de la viuda Camargo. Quiero que entremos a la casa de la viuda Camargo antes de que se muera y ver y describir para los demás la verdadera desnudez en que transcurrimos. No quiero que nos digan lo que pasa en las aduanas, quiero ir a ver las aduanas. No quiero que nos digan lo que pasa en las empresas, quiero ir a ver lo que pasa en las empresas. Y quiero traer al pueblo de Durango a ver lo que pasa en cada sitio, para que se vea en el espejo que lo refleja y no en el reflejo que se inventa para no verse como es. Entiendo la soberbia del planteamiento. Usted entienda su ambición y su generosidad. No sé quién pueda entenderlo en *La república* si no es usted. Y no sé con quién podría compartir la decisión de hacer que nuestros periodistas hagan lo que no comprenden, aunque no comprendan lo que hacen.

9

El primer ejemplar de *La* (nueva) *república* de Sala vio la luz la tercera semana de julio de aquel año de 1974, luego de una marcha febril de planeación y reacomodo interno. Su eje fue el desplazamiento de la mayor parte de los reporteros hacia la averiguación directa de «temas intocados de la realidad nacional» (Vigil). Los lectores empezaron a encontrar en *La república,* con fechas, lugares, nombres y testigos, lo que sospechaban: que bajo el paso lento y normal de su vida pública alentaba otro país, «el país real, anormal, injusto y oligárquico, armado en la componenda y en la corrupción, en el privilegio y el abuso, plagado de historias oscuras y de impunidades consagratorias» (Vigil). Supieron, por ejemplo («escándalos que duraron meses») de la cuenta secreta de gastos del Presidente de la República, de la historia incestuosa de las propiedades y los prestanombres de la Iglesia católica y su vasto régimen patrimonial ramificado en bancos, cadenas comerciales, redes inmobiliarias, bares, teatros y restoranes. Supieron de los orígenes criminales y las cuentas pendientes de los principales jefes policiacos del país. Tuvieron acceso a los sótanos políticos de los grandes sindicatos nacionales, fincados en la extorsión y el enriquecimiento ilegítimo. Conocieron del tráfico de influencias y de las fortunas creadas en los contratos de obra pública del gobierno. Se indignaron con una infinita cadena de denuncias de violación de elementales derechos ciudadanos: indígenas presos por delitos que nunca conocieron por haberles sido imputados en español; presos que, por falta de recursos para mover sus expedientes mediante gratificaciones a los jueces, habían cumplido más años de prisión que los que su sentencia dictaba, presos ricos que pagaban frecuentes salidas del penal para cenar en restoranes de moda y desvelarse en francachelas que incluían, con insultante frecuencia, a altos funcionarios y celosos guardianes de la ley.

La (nueva) *república* hizo también una serena intervención quirúrgica en el más arraigado de los vicios periodísticos mexicanos: la tentación de confundir los dichos con los hechos, la proliferación inaudita de declaraciones de funcionarios y personajes de la vida pública, como si esas palabras fueran la realidad. Los reporteros de *La república* se ocuparon de explicar las declaraciones que recogían en los actos, más que de glosarlas y reproducirlas. Lo hicieron bien. Unas semanas después, no había declaración de importancia publicada en el diario, que no fuese explicada adicionalmente por el reportero refiriendo los hechos a que aludía o que pretendía ocultar.

En un sistema tan refinado de insinuaciones y medios tonos como era, y sigue siendo, el régimen verbal de la vida pública mexicana, el nuevo estilo informativo de *La república* convirtió las sinuosidades habituales del discurso público en una nueva guía de revelaciones y denuncias. Si el presidente aludía en un discurso sobre la industria azucarera a los «negocios millonarios» que levantan «suntuosos edificios de vidrios negros en las principales arterias capitalinas», *La república* ponía junto a la declaración lo que los iniciados sabían, pero nadie trasladaba claramente a los lectores: que el Presidente hablaba de un edificio situado en la avenida Reforma, cuyo propietario era nada menos que Ignacio Aguirre, un viejo revolucionario que en los años veinte había aspirado vanamente a la Presidencia luego de la muerte de Obregón. Para resarcirlo de su pérdida en los treinta, la «familia revolucionaria» le había permitido al general Aguirre monopolizar las concesiones gubernamentales del azúcar. El general había construido ingenios en todo el país, con el fin de promover la industria azucarera y garantizar la autosuficiencia nacional en la materia. Para el efecto, le habían pagado entonces, 1936, y le seguían pagando ahora, 1974, un precio por kilo de azúcar superior, en más del doble, al del mercado internacional. Una generosidad de última hora del gobierno diazordacista, en 1970, le había condonado al general todas las deudas por los créditos que había recibido del gobierno durante los últimos treinta años, precisamente los que le habían permitido construir el emporio.

La república aprovechaba el viaje de esas modestas glosas, para emprender después largas y entrometidas averiguaciones sobre la cuestión revelada. Por ejemplo, luego de mencionar por su nombre al general Aguirre, *La república* emprendió durante semanas su propia averiguación del estado real de la industria azucarera, los negocios similares y conexos de la familia Aguirre, sus hábitos de nuevos ricos, sus cuentas pendientes de sangre, violencia y represión en la vida, de por sí funesta y rencorosa, de los ingenios mexicanos. Por este procedimiento, las declaraciones sibilinas que eran y siguen siendo una especialidad de la polis mexicana, sus «alusiones soviéticas» (Vigil) a las anónimas «fuerzas oscuras» y los innombrables «negocios mal habidos» que estragaban al país, *La república* terminaba extendiendo ante los ojos de sus lectores el retrato de una «economía del privilegio» y un «régimen político de la excepción» con nombres, direcciones, retratos, «olores de sábanas recién manchadas y tintineo de arcas acabadas de llenar» (Vigil).

No fui nunca admirador del oficio de Sala, ni del modo atractivo y desmandado en que lo ejerció, pero debo reconocer que aquel cambio en los estilos de *La república* fue —incluso para quienes, como yo, no hemos visto en la prensa otra cosa que el escaparate nervioso de la nada— una conmoción de nuestros hábitos de lectura. Como si un loco pagano hubiera entrado de pronto en una iglesia cerrada por años y hubiera abierto las ventanas de un solo golpe para levantar de muebles, cuadros y efigies de santos, los velos morados que los disculpaban convenientemente de existir. A partir de su nueva fundación, Sala cumplió en *La república,* cada mañana, su sueño loco de airear la mansión mítica de la viuda Camargo, para mejor pinchar «las burbujas verbales que querían hacerse pasar por ella» (Vigil), hasta ofrecer a sus lectores la inquietante versión de un país contrahecho que se había acostumbrado a pensarse la Jerusalén Libertada y era en verdad una reencarnación de Sodoma y Gomorra.

No hay mucho que inventar en relación con ese toque mágico que amplió el registro, ya de por sí disonante y magnético, de *La república*. Antes de que don Laureano Botero pudiera asentarlo en sus libros formales de ingresos y egresos, la estrategia de Sala y el sueño de Vigil, eran una muchedumbre de nuevos lectores que tocaban a las puertas de los expendios de periódicos pidiendo más ejemplares, alzando los tiros semana con semana, a veces día con día, hasta determinar el 14 de julio de 1974 un tiro sin precedentes de 284.000 ejemplares. La tarde de ese día, con los informes reales de la venta en la mano, don Laureano Botero entró al despacho de la dirección donde Sala, Vigil, Cassauranc y Corvo planeaban la edición del día siguiente, y les dijo:

—Ingresaron hoy por venta directa en la calle, 283.872 pesos mexicanos del año del señor de 1974.

—De acuerdo, don Laureano —dijo Sala, como sin entender la postura del gerente y esperando el complemento.

—Multiplicada esa cantidad —siguió el gerente— por los treinta y un días que suele tener el mes de julio, según la costumbre romana, tenemos la cifra de 88.004.000 pesos de la misma denominación.

—De acuerdo, don Laureano —volvió a decir Sala, sin seguirlo todavía.

—Hechas las cuentas de los treinta y un días anteriores a la fecha, los costos de producción total de *La república* montan la cifra de 87.342.000,57 centavos —agregó solemnemente don Laureano—. Lo cual quiere decir que esta mierda se logró y que les sobran a ustedes 661.000,43 centavos, para celebrar que *La república* empezó hoy a vivir de lo que pagan sus lectores.

Sala se dejó caer sobre el escritorio con la cabeza entre las manos, mientras Vigil echaba los papeles al aire y Corvo abrazaba a don Laureano.

—Infórmelo a la redacción ahora mismo —dijo Cassauranc, empezando a recoger los papeles regados por Vigil.

Se quedaron mirándose un rato, riendo, gozando, esperando hasta que oyeron el bramido en la redacción, los gritos y el júbilo. Sala brincó sobre su escritorio y empezó a caminar por su despacho, fuera de sí, abrazando a Vigil, a Cassauranc, a Corvo y a sí mismo «en la danza soberana de su triunfo» (Vigil).

—¿Qué sigue? —preguntó Cassauranc, cuando pasó la espuma de aquella euforia.

—Sigue aumentarle el precio a nuestra independencia —dijo Sala. Y tomó ahí mismo la decisión de aumentar en treinta por ciento el precio del ejemplar de *La república*.

10

Recibí a Vigil en esos días —para ser precisos, el 29 de julio de 1974—, en mi despacho de la Universidad, poco antes de su cumpleaños treinta y tres. No lo había visto desde las épocas de su ingreso a *La república,* dos años antes, en que me había buscado precisamente para comentar su decisión y para convenir mi indulgencia por tan obvia salida —«paréntesis» lo llamó él— del camino académico que era nuestro acuerdo tácito. Me sorprendió de inmediato, al verlo de nuevo, la rara intensidad de su rostro, más hecho y adulto, afilado por finas arrugas en el ceño y unas tenues bolsas desveladas bajo los ojos. Tenía la frente más amplia por el pelo perdido y unas primeras vetas canosas en las patillas y las sienes, pero era todavía el mismo rostro fresco, con la marca imborrable de una adolescencia soberana que no se plegó nunca, en sus facciones, ni a la amargura ni al tiempo. Noté también su cambio radical de indumentaria. Había entrado, para bien, al reino adulto del saco, la corbata y el peluquero, dejando atrás el sueño de la mezclilla, las botas vaqueras y la cascada estudiantil de pelo sobre los hombros.

Fuimos a comer al restorán alemán de otro tiempo. Discutió y dispuso con el mesero los detalles triviales del acomodo, la minuciosa diversidad de unas entradas, la marca de mi tequila de rigor y la novedad de su afición al wisqui.

—Me ganó en esto Galio Bermúdez —dijo sonriendo, explicando—. No aguanto ya las cubas.

Estaba eufórico, seguro, ejecutivo, nimbado por el aura de una naturalidad recién adquirida para decidir y pedir, disponer y rehusar, y por un ritmo de gestos y palabras sorpresivamente locuaz o febril, reacio a las pausas y los silencios, como avivado por un fuego incesante y a la vez cordial, llano, directo, seductor, se diría que irresistible. Con la misma rapidez sanguínea de su ánimo y su cabeza, apuraba uno tras otro los jaiboles y exigía con discreción imperiosa su reposición mientras hablaba, tragado por el pozo de cada día, refiriendo las intimidades de Palacio, las reacciones del medio político a la prensa del día, los problemas inminentes del país, las revelaciones inminentes de *La república,* las fracturas inminentes del mundo.

Me refirió, desde luego, el *tour de force* de *La república* hacia sus lectores, el nuevo ánimo que imperaba en el diario y la relación eléctrica que regía ahora, como nunca, cada una de las líneas impresas en el diario con la otra orilla expectante, atenta y solidaria del público. Se habían quintuplicado las cartas que llegaban a la redacción, y de un cuestionario abierto enviado a los lectores sobre tres problemas básicos del país, habían recibido a vuelta de correo casi cuarenta mil respuestas, un porcentaje sin precedente en ese tipo de encuestas en la mercadotecnia mundial. También habían tenido ya la primera respuesta extraoficial del gobierno: Abel Acuña, el amigo de Sala, el emisario secreto y personal del Presidente en sus tratos con la prensa, había llevado a *La república* una «oferta de ayuda» consistente en que el gobierno volvería a insertar sus pautas publicitarias. El Presidente, además, quería tener una comida personal con Sala. Sala había aceptado ambas cosas, pero se había cuidado de aclararle a su amigo Acuña que la publicidad no era ya ninguna ayuda para *La república.*

—No le gustó, pero era lo menos que podíamos decirle —dijo Vigil, infatuándose en el plural de su simbiosis con Sala—. No hay inquina de nuestra parte. Al contrario. Les debemos lo que tenemos ahora. Quiero decir: la pasamos mal, pero lo cierto es que su boicot nos hizo dar el salto. Nos cerraron un mundo y nos abrieron otro, más amplio y rico. Nos obligaron a ser independientes. Nada más, pero nada menos.

Siguió con eso y otras cosas toda la comida. Alcancé, pese a todo, a intercalar unos silencios, suficientes al final para que en los postres su facundia bajara al tema subterráneo de nuestro encuentro:

—Puede usted no creerme —dijo Vigil—, pero quiero decirle que en medio de este huracán me doy tiempo para escribir y leer de lo nuestro.

Había leído, en efecto, un último libro mío sobre los servicios personales de los indios en la Nueva España y otro, menor, en realidad un pequeño ensayo, sobre las supervivencias del «paradigma novohispano» —leyes, costumbres, valores— en el México independiente del siglo XIX. El rasgo más pertinaz del México independiente fue negar su vinculación con el pasado colonial que odiaba —tanto como lo repetía. Vigil acusó desde luego el riesgo central de este último enfoque: subrayar tanto las continuidades podía conducir a una simplificación ontológica —la postulación de «esencias inmutables» o casi— en demérito de la historia, cuya «esencia» es cambiar. Le dije que estaba de acuerdo, a condición de que admitiera su pecado en el otro extremo.

—¿A saber? —preguntó, con su recién adquirida seguridad.

—Que la historia tampoco cambia cada día, como nos lo propone *La república*.

Se rió alegremente y pidió otro wisqui.

—No se preocupe —me dijo—. Yo ando de paso en el periodismo. Voy a volver a lo nuestro tarde o temprano. De eso puede usted estar seguro.

—Basta con que esté seguro usted —le dije—. Pero yo en su lugar, no me atormentaría por eso. Ahora que empiezo a perder la vista en serio, me da por pensar, cuando vengo manejando, que debo ponerme alerta, más alerta que de costumbre, para evitar un accidente. Está bien y debo ponerme alerta. Pero los accidentes consisten precisamente en que no pueden ser evitados. Si pudieran ser evitados, no serían accidentes, serían de algún modo actos voluntarios, suicidas. Y no es así.

—¿Moraleja? —pidió Vigil, apurando con cierto nerviosismo su jaibol.

—La moraleja es un poco abusiva, pero elegantemente estoica: *Vive como quieras, lo que ha de suceder, sucederá.*

Pagó la cuenta y volvimos en mi coche a la universidad. En la puerta del Instituto le di un abrazo y un beso en la mejilla.

—Yo lo busco —me dijo, entrecortado por mi exceso.

Subió a un enorme auto blanco que estaba parado junto a nosotros y que hasta entonces supe suyo. Lo manejaba un chofer que nos había seguido y que era ya parte de su nueva vida.

Capítulo VII

Todo fue rápido —dijo Oralia, nostálgica, un sexenio después—, *aunque en verdad no recuerdo una época de mi vida más lenta, más
trabada por el desacomodo de las cosas. Como las casas, que acaba una de
arreglarlas y ya están deshechas otra vez. Pero vino muy rápido todo, para
Carlos en particular. Años después me preguntaba: «¿Y esto fue antes o después de aquello?» Casi siempre era de cosas que habían sucedido juntas o
muy cerca una de otra. Pero le costaba unirlas en su cabeza. Con el tiempo he
venido a entender que tenía montado un circo con demasiadas pistas. Y como
en la Biblia: su pista izquierda no sabía lo que hacía su pista derecha. Su
pista Biedma desconocía el orden de su pista Sala y su pista Oralia no tenía
siquiera el carácter de una pista que ocultar a las otras.*

1

La comida de Sala con el Presidente fue en los primeros
días de septiembre de 1974. Sala volvió tarde y eufórico a *La república,* buscando ansiosamente a Vigil que lo esperaba para saber los
detalles de la entrevista. Se los refirió con precisión fotográfica en el
bar del Hotel Reforma, al que luego llegó Cassauranc en busca del
mismo retrato.

—Van a devolvernos la publicidad —resumió Sala—. Van
a levantarnos el veto político. Van a suspender los desplegados y las
columnas contra nosotros que se publican en otros diarios. Van a
darnos información directa de problemas que nos interesen. Van
a invitarnos a comer cada mes con el Presidente. En resumen: van a
tratar de acorralarnos por medios menos obvios que los empleados
hasta ahora.

—No es el mejor de los tratos —opinó Cassauranc—.
Tenemos que hacer las paces.

—No hubo tratos —respingó Sala—. Salvo uno, que te atañe: van a descongelar el expediente de Matapalos para que podamos litigarlo con arreglo a derecho. Si lo ganamos, nos repondrán la misma extensión de bosques que nos fueron sustraídos, en una zona equivalente de bienes nacionales.

Fue la primera vez que Vigil escuchó la palabra Matapalos. A fines de los años veinte, le explicó Sala, el presidente Calles había dotado a *La república* con diez mil hectáreas de bosques vírgenes en el altiplano, para que fueran pie de cría de una industria mexicana de papel. A fines de los treinta, con la expulsión de don Arsenio Cassauranc y la expropiación del diario, el presidente Cárdenas entregó esos bosques a ejidatarios y comuneros. En medio de su desgracia, don Arsenio tuvo el cuidado de impugnar legalmente el hecho y obtuvo un laudo de suspensión de la Suprema Corte. El gobierno apeló el laudo y congeló el expediente para que el tiempo y la posesión de los beneficiados hiciera valer en los hechos lo que no era posible en la ley. Con el tiempo, en efecto, sobre los bosques disputados crecieron pueblos, rancherías y hasta una modesta ciudad, de modo que los bosques eran ahora en su mayor parte fundos ejidales. Los propios moradores, y distintos madereros privados, talaron hasta volver montes pelones lo que había sido un tupido mar de coníferas en las colinas frías del altiplano. Lo que el Presidente ofrecía ahora era descongelar aquel litigio y resarcir a *La república,* si volvía a ganar el pleito legal que treinta años antes no había perdido.

—¿Te dio eso? —dijo Cassauranc—. ¿De dónde sacas entonces que quiere acorralarnos?

—Son demasiadas buenas noticias —malició Sala—. Y no nos ha dado nada todavía. Mi impresión es que quiere tener más elementos de negociación.

—¿Nos da más para poder quitarnos más? —preguntó, incrédulo, Cassauranc.

—Nos mete en la expectativa —matizó Sala—. Nos pone a pelear por eso y luego, para acceder, nos pide esto o nos pide aquéllo.

—¿Es tan inteligente como eso? —preguntó Vigil.

—No necesita serlo —dijo Cassauranc—. Los inteligentes tenemos que ser nosotros. Él tiene el poder. La alternativa de pedirnos algo a cambio se le presentará en el momento adecuado, aunque no la haya visto desde antes. Está en la lógica del asunto y el asunto llegará indefectiblemente a su escritorio.

—Proveniente del tuyo —dijo Sala—. Porque es tu asunto. Quiero que te encargues de reiniciarlo. Hay que reiniciarlo ya.

Cassauranc asintió sonriendo. Después propuso un brindis y bebió fríamente, como «si se fuera por el fondo de su vaso al lugar de una revancha largamente esperada» (Vigil).

—¿Por qué a Cassauranc? —dijo Vigil a Sala, mientras lo llevaba a su casa, por la noche.

—Nadie va a litigar eso con más pasión que Rogelio —respondió Sala—. Es un pendiente familiar. Y hay una justicia inmanente en el hecho de que él pueda ganar ahora un pleito que le malganaron a su padre. ¿No cree usted en la justicia inmanente de las cosas?

—Creo en la injusticia inmanente de los afectos —dijo Vigil—. Usted cuida y respeta a Cassauranc, porque cree que Cassauranc lo cuida y lo respeta a usted. Pero no es así.

—Cassauranc es mi hermano —dijo Sala—. Hemos estado juntos por años y siempre ha sido así: aparentemente despegado, sin control sobre sí mismo, crítico de mí. No está mal. Casi es el único crítico que tengo. Es mi contrapeso, mi espejo ácido. Pero es mi hermano. No se preocupe por eso. Preocúpese por esto: ¿qué quiere el Presidente? De lo que le conté, ¿qué subrayaría usted?

—Lo atormenta la prensa internacional —dijo Vigil—. Su imagen en el mundo.

—Hay algo peor —dijo Sala—. Es un hombre extraordinariamente limitado. Le digo esto, a usted nada más: mientras me hablaba de la imagen de México, *lo vi*. Lo vi hasta el fondo, si me entiende usted. ¿Y qué es lo que vi? Vi a un abogado de pueblo seguro de su papel en la historia. El idioma contrahecho, nadando en un mar de humos megalómanos, tropezando aquí y allá con temas prohibidos, ideas recortadas, palabras podadas de toda intención profunda. No encontré en toda esa parranda de omisiones y circunloquios, una sola chispa de genio. Ni siquiera el espectáculo de la perversidad. Sólo encontré oficios mandados de una oficina a otra en el interior de un cerebro.

—Veo que lo conquistó el Presidente —dijo Vigil.

—Lo vi —dijo Sala—. No me había pasado antes con ningún Presidente. Con este sí: lo vi. Y esa mirada no tiene remedio. Su cabeza es un laberinto burocrático dibujado por un intendente ciego. Pero ese intendente ciego se sueña el atalaya de la patria.

2

Había convenido con Mercedes no verse los miércoles en la noche, porque ese día le tocaba a Vigil quedarse al cierre editorial de *La república,* que casi siempre terminaba en la madrugada. Un miércoles de cierre, sin embargo, pudo salir del diario, inusitadamente temprano, a las doce de la noche, y a las doce y cuarto estaba tocando, ansioso y feliz, el timbre de Mercedes Biedma. Podía ver las luces del departamento prendidas y los reflejos del televisor echando rayos sobre las ventanas apagadas de un cuarto, pero nadie respondió. Le tocó entonces a Paulina, la amiga de Mercedes, que seguía viviendo en el departamento de arriba. Paulina bajó a abrirle en bata, pero todavía pintada y con aretes, como para subrayar el tránsito a la cama en que Vigil la había sorprendido.

—Mercedes no está —le dijo, antes de que Vigil preguntara.

—Tiene prendida la televisión de su recámara —replicó Vigil.

—Pero no está —dijo Paulina—. Te invito un wisqui y la esperas, si quieres.

—Voy a tocarle —dijo Vigil.

Bajó del elevador en el piso de Mercedes.

—Si quieres el wisqui, te espero arriba —dijo Paulina.

Lo esperó diez minutos, en el curso de los cuales Vigil casi derribó la puerta de Mercedes, sin respuesta.

—Ahí está —le dijo a Paulina, cuando subió—. Se oyen voces y la televisión está andando, igual que el tocadiscos.

—Será entonces que no quiere recibirte —concluyó Paulina.

—¿Por qué no habría de querer recibirme? —dijo Vigil.

—Si dices que está y no te abre, es que no quiere recibirte —dijo Paulina—. Con tanto periódico y trabajo que tienes, no te da tiempo de atender a tus mujeres. Ni modo que estén siempre a tu disposición.

—¿Con quién está?

—No sé —dijo Paulina.

—Sí sabes. ¿Con quién está?

—Te digo que no sé. No me importa —dijo Paulina.

—Sabes perfectamente —dijo Vigil.

—Está con Ricardo Iduarte.

—No puede ser —dijo Vigil.

—Claro que no puede ser —dijo Paulina—. ¿Para qué preguntas?

—¿Desde qué horas está?

—Desde ayer por la tarde.

—Estás inventando —dijo Vigil—. No pueden estar juntos desde ayer por la tarde, porque yo comí con Mercedes hoy.

—Comiste con ella después de que cenó y desayunó con Iduarte y antes de que viniera a cenar de nuevo con ella —dijo Paulina—. ¿Qué tienen que ver las comidas?

—¿Puedes probar lo que estás diciendo?

—No. Lo que puedo hacer es invitarte un wisqui.

—¿Pero está o no está con Iduarte? —gritó Vigil.

—Yo te dije desde el principio que no está. Tú me dices que sí está y que no quiere abrirte e insistes en que te diga con quién está. Yo te digo entonces que está con Iduarte y tú me dices que te lo pruebe. Pero yo lo único que quiero es que te tomes un wisqui. Es todo. Así que por qué no te tomas el wisqui y luego vas y lo compruebas por ti mismo, ya que no me crees ni una cosa ni otra.

—¿Está o no está, carajo? —volvió a gritar Vigil.

—Pues no sé, *carajo* —gritó Paulina imitándolo—. No hay respuesta que te cuadre, qué quieres que haga. No soy la detective de mi amiga, *carajo*.

—Pinches viejas —dijo Vigil.

Regresó a golpear la puerta de Mercedes otro rato y volvió a subir, sudoroso y desencajado, al piso de arriba.

—Sí está —le dijo a Paulina—. Me contestó a través de la puerta, pero no quiere abrirme. Dime la verdad: ¿está con Iduarte?

—Te lo digo si te quedas a dormir conmigo —jugó Paulina.

—¿Está o no está Iduarte abajo?

—No sé —dijo Paulina.

—La verdad, Paulina: ¿está o no?

—Te lo digo si te quedas.

—Oquey, me quedo.

—Ya te lo dije: está desde ayer. No sé si durmió aquí, porque yo pasé la noche fuera. ¿Ahora te quedas?

—¿Cómo crees que me voy a quedar así, carajo?

—Así no, *carajo* —dijo Paulina—. Te vas a quitar la ropa, *carajo*.

—Pinches viejas —dijo Vigil.

Bajó a tumbar de nuevo la puerta de Mercedes. Esta vez tuvo éxito: apenas había empezado a golpear, le abrió Ricardo Iduarte.

Mercedes lo esperaba, mirándolo, sentada en un sillón, en medio de libros y papeles. Vestía unos *jeans* decolorados y una blusa de seda «muy ligera y mal abrochada» (Vigil), que dejaba ver la cenefa de encaje de un brasier color carne. Estaba despeinada y tenía los ojos hinchados, «como si acabara de pararse de la cama» (Vigil).

—¿Qué hace aquí? —le dijo Vigil a Mercedes, señalando a Iduarte como a un mozo o un mueble.

Iduarte hizo un gesto de fastidio al fondo, como si lo abrumaran las escenas de celos.

—Te pregunto qué hace aquí —insistió Vigil.

—Qué te importa —contestó Mercedes sin alzar la voz.

—Te estoy preguntando qué hace este pendejo aquí —repitió Vigil.

—Ésta es mi casa, no grites —dijo Mercedes—. No me gusta que me griten en mi casa.

—Dile que se vaya— ordenó Vigil.

—No se va a ninguna parte —dijo Mercedes.

—Se va o lo saco —dijo Vigil.

—No es lo que crees —dijo Iduarte.

—No le expliques —gritó Mercedes—. No hay nada que explicar.

—Así es —le dijo Vigil a Iduarte—. No expliques nada. Nada más lárgate.

—No se larga —dijo Mercedes.

—Lárgate —repitió Vigil.

Iduarte recogió su saco y fue al sofá de Mercedes.

—Es mejor que me vaya —le dijo—. Ustedes tienen que hablar.

—Yo no tengo nada que hablar —dijo Mercedes.

—Cálmate, no vale la pena —le dijo Iduarte—. Te llamo mañana.

Recogió una carpeta de papeles sobre la mesa y salió.

—¿Desde qué horas está aquí? —preguntó Vigil.

Tenía la boca seca, le temblaban las manos, le palpitaba el corazón, se le caía el mundo encima.

—Qué te importa —dijo Mercedes—. Ésta es mi casa. Yo hago lo que quiera en mi casa. No te importa.

—¿Por qué metiste aquí a este imbécil? —insistió Vigil.

—Ya te dije que es mi casa —dijo Mercedes—. Y no soy tuya. Yo no ando vigilando tus sábanas. No vigiles las mías. No soy tu pendeja, ni tu propiedad.

—¿Por qué con este pendejo? —volvió Vigil—. ¿Por qué con él, carajo?

—¿Con él qué? —dijo Mercedes.

—Con él, estúpida: ¿por qué? —gritó Vigil—. ¿Te soba bien las nalgas?

—Cállate —dijo Mercedes.

—¿Te besa bien las tetas?

—Que te calles te digo —volvió a decir Mercedes.

—¿Te habla de la Revolución mientras le chupas la verga?

Mercedes arrojó a la cabeza de Vigil el tarro de lápices que había sobre la mesa. Le tiró luego las tazas y los platos, las cucharas, la azucarera, los cojines del sillón donde estaba sentada y la lámpara, cuyo vuelo detuvo el cordón por el que estaba enchufada. Le tiró después sus zapatos, que había dejado al pie del sofá, y los papeles y los libros que estaban arriba, el collar de cuentas que se arrancó del cuello, la pulsera y el cinturón con hebilla que alcanzó a zafar de sus pantalones. Finalmente, echada en el suelo, exhausta y agraviada, lloró de impotencia y de rabia.

—¿Qué te importa? —volvió a decir—. No soy tuya, nunca he sido tuya. No soy de nadie, carajo.

Se limpió las lágrimas, respiró los mocos, se alisó el pelo enmarañado. Abotonó la blusa y la metió bajo los *jeans*. Recogió los zapatos de la pared donde habían quedado y abrió la puerta para que Vigil saliera. Luego, con la dureza recobrada de que sólo Mercedes era capaz, echó la cabeza hacia el techo para componerse otra vez el pelo, encaró a Vigil y le dijo apretando los dientes, apretando los puños, masticando las lágrimas de su pudor lastimado:

—Sí: me habla de la Revolución mientras le chupo la verga.

—Espero que te guste su semen —dijo Vigil.

—Como el tuyo, pendejo. Igual que el tuyo —dijo Mercedes.

Y lo miró fija, airadamente, salir de su casa, y de su vida.

3

A Vigil lo persiguió durante años la estúpida imaginación de la escena que su rencor y sus celos habían inventado: Mercedes Biedma besando el sexo de Iduarte, hincada frente a él, esparciendo sobre Vigil, desde esa postura, la más insoportable humillación personal que recordara, multiplicada al infinito, además, por la mórbida duda de que hubiera podido existir, de que la memoria de Iduarte atesorara esa escena en su cabeza, con la misma saña mezquina y rival con que la imaginación de Vigil la había creado.

Una de sus reacciones iniciales después del rasgamiento con la Biedma, fue buscar a Santoyo y a Paloma, como si encontrarlos pudiera volver el tiempo atrás y garantizar hacia adelante un futuro como el que ahora clausuraba. No los había visto desde su último encuentro con Santoyo, cuatro meses atrás —en realidad desde su viaje infernal por Guadalajara en busca del cadáver de Santiago.

Los buscó en su departamento de Holbein, pero ya no vivían ahí. El departamento estaba vacío y lo pintaban para nuevos inquilinos. El portero le dijo que habían desalojado el lugar seis semanas antes, y se habían ido sin dejar sus nuevas señas. Fue al día siguiente al Castillo para encontrar a Santoyo, pero Santoyo llevaba un mes sin ir al Castillo y no tenían noticia de su cambio de domicilio. Acudió entonces al instituto de la universidad donde trabajaba Paloma. Ahí le dijo misteriosamente una amiga:

—No va a venir en un buen tiempo, pero hoy voy a encontrarla en un mitin. Si tienes un mensaje para ella, se lo doy.

—Quiero hablar con ella —dijo Vigil—. ¿Dónde es el mitin?

—No tengo autorización para decir eso —dijo la amiga—. Tampoco puedo llevarte. Pero si me das tu mensaje, yo se lo doy y ella te busca—. La idea de un mitin secreto desafió la lógica de Vigil, pero escribió una nota a Paloma rogándole que le llamara y manifestando su extrañeza por la desaparición. Al día siguiente, Paloma le llamó al periódico. Le dijo que podían verse en el estacionamiento del campus de la facultad de veterinaria, donde Paloma pasaría a buscarlo a las diez de la mañana. Pasó efectivamente, en un coche azul que Vigil no le conocía y en el que dio dos vueltas antes de pararse para que subiera.

—¿Cuál es la conspiración? —preguntó Vigil, una vez arriba.

—No hay conspiración —dijo Paloma—. Es sólo para sortear a los agentes. No nos dejan desde lo de Santiago. Estamos tratando de salirnos un poco de su vista, a ver si rompen el hilo. ¿Quieres ver a Santoyo?

—Si lo permiten las reglas —jugó Vigil.

—No hay reglas—. dijo Paloma—. Simples precauciones.

—Estás muy guapa al natural —dijo Vigil.

—Deslavada, cómo no —dijo Paloma—. Tú en cambio te pintaste arrugas y ojeras. Será para dar el ancho en tu profesión de desvelados. ¿Como está Sala?

—Mejor que nunca.

—¿Y tú? ¿También triunfando?

—Sí, troné con Mercedes.

—Ustedes van a envejecer peléandose —dijo Paloma—. ¿Sufres mucho?

—No mucho. Es nada más como un *delírium trémens*. Cuando alcanzas a dormirte se te quita. ¿A dónde vamos?

—A la Narvarte.

—¿Y por qué tantas vueltas? Es la segunda vez que pasas por esta esquina. Parece que te hubieras perdido en el Sahara.

—Algo hay de eso —dijo Paloma—. Ya vamos a llegar.

Llegaron a un edificio que se caía a pedazos, y luego a un departamento sin muebles en el fondo de un patio de vecindad. Santoyo esperaba sentado en una de las tres únicas sillas que había en el sitio.

—Siéntate —dijo.

Había una frialdad inamistosa y como aburrida en su voz y en sus gestos, más oscuros que nunca los lentes sobre su nariz, más lejana que nunca tras ese velo la lejana expresión de sus ojos.

—No vamos a vernos mucho en adelante —dijo Santoyo—. Nuestra situación va a cambiar. Mejor dicho: ya cambió. Supongo que debo decírtelo, por nuestra amistad y porque hay unas cosas en que puedes ayudarnos. Queremos saber si estás dispuesto.

—Es absurdo —dijo Vigil.

—¿Qué es absurdo? —dijo Santoyo.

—Lo que me vas a decir.

—¿Qué es lo que te voy a decir? —dijo Santoyo.

—Lo que ya me dijiste: el cambio de tu situación y lo que sigue. Es un absurdo. No estoy de acuerdo. No estoy dispuesto a nada para esa mierda.

—Cálmate y siéntate —pidió Santoyo.

—No me puedo calmar ni sentar —dijo Vigil—. ¿Cómo quieres que me calme y me siente?

—Vamos a pasar a la clandestinidad —informó Santoyo.

—Ya lo sé. Ya entendí —dijo Vigil—. Pero es una estupidez. No es así como vas a vengar a Santiago.

—Santiago no tiene nada que ver en esto —saltó Santoyo.

—Tiene todo que ver —dijo Vigil.

—Tiene que ver sólo en forma secundaria —dijo Santoyo, frío de nuevo—. Es parte de las condiciones subjetivas de la decisión.

—No no no —dijo Vigil—. No me vengas con esa mierda de las condiciones objetivas y las subjetivas, La Clase y el Pueblo y la chingada. No no no. No puede ser.

—Cálmate y siéntate —repitió Santoyo.

—No puedo calmarme ni sentarme —dijo Vigil. Su mirada topó con Paloma y le dijo—: ¿Tú también pasas a la clandestinidad?

Una sonrisa dulce de Paloma confirmó que sí.

—No entiendo —dijo Vigil—. No entiendo qué pasa. ¿Qué les pasa a ustedes? ¿Qué pasa con este país? No puede ser.

—Está siendo —dijo Santoyo—. Se han cerrado los caminos legales. El gobierno ha elegido la guerra.

—No, no es así —dijo Vigil. Iba a agregar: «El gobierno le ha declarado la guerra a unos cuantos, eso es todo», pero en medio de la tristeza que subía hasta él como un cansancio de viejo, entendió que «Santoyo era uno de esos cuantos» y que de alguna manera «actuaba en consecuencia» (Vigil).

—Tu periódico ha documentado esa guerra —le recordó Santoyo—. Tú mismo, yo, nosotros, hemos documentado esa guerra secreta. La guerra del gobierno contra el pueblo.

—No es así —dijo Vigil en un murmullo—. No es así.

—Así es —dijo Santoyo—. Y será más cada día. La insurrección está en marcha.

—¿Cuál insurrección? —dijo Vigil—. No hay ninguna insurrección.

Iba a agregar: «Sólo hay unos cuantos locos desesperados buscando un atajo de la historia que no existe.»

—La insurrección del pueblo contra sus opresores —dijo Santoyo.

—No hables así —dijo Vigil—. Deja ese lenguaje para Ricardo Iduarte.

—Hemos decidido responder a la violencia con la violencia —proclamó Santoyo.

—No —dijo Vigil—. Has decidido inmolarte en el altar de la memoria de Santiago.

—Santiago no tiene mucho que ver en esto —dijo Santoyo, sin perder el paso de sus palabras—. Santiago cayó luchando por lo mismo, y van a caer muchos más. Nosotros entre ellos, a lo mejor. Pero las personas no importan.

—Las personas son lo único que importa —dijo Vigil.

—El país se está levantando —siguió Santoyo, como si no hubiera oído—. Nosotros somos sus intrumentos, sus medios. El objetivo es otro y está al final de un camino largo en el que muchos quizá nos quedaremos, como se quedó Santiago. Ahora, quiero que me digas si puedes ayudarnos en algunas cosas.

—¿Como a Santiago? —preguntó, discutiendo, Vigil—. ¿De qué sirvieron nuestras ayudas a Santiago?

—Las ayudas son ayudas —dijo Santoyo.

—De acuerdo —dijo Vigil, buscando otro camino—. Pero quiero que discutamos la decisión. Analicemos la situación del país.

—No hay nada que analizar —dijo Santoyo—. La decisión está tomada. El país vive una situación prerrevolucionaria.

—El país vive una situación de mierda —dijo Vigil— pero no es una situación prerrevolucionaria.

—Las condiciones objetivas están dadas —dijo Santoyo—. Sólo falta detonarlas.

—Las condiciones objetivas no existen —dijo Vigil—. Lo único que existe es la historia pinche de los hombres.

—Es una idea bastante burguesa de la historia —dijo Santoyo.

—Es una idea bastante pinche de la historia, ajustada a la pinchez promedio del mundo —dijo Vigil—. Pero no quiero hacer teorías, no quiero discutir los manuales soviéticos. Quiero...

—¿Qué quieres? —dijo Santoyo.

—Quiero conservarlos a ustedes —dijo Vigil.

—Es una idea bastante conservadora de nosotros —bromeó Santoyo—. Tenemos que irnos. Vamos a mantener el contacto y a pedirte algunas cosas. Nada que pueda comprometerte. Y en cada caso, tú decidirás. Vamos a salir primero. Espera unos minutos y luego sales tú. Tendrás que tomar un taxi.

—No nos merecemos esta escena —dijo Vigil.

—Vendrán mejores —dijo Santoyo.

—No —dijo Vigil. Iba a agregar: «Vendrán peores. Vendrán Croix, Galio, editoriales de *La república*. Y la morgue de algún sitio.»

—Porque eres un pesimista —dijo Santoyo.

Extendió la mano para despedirse. Vigil la tomó y mecieron entre ambos un saludo «lento, firme y melancólico» (Vigil).

—Te vamos a extrañar —dijo Paloma y le dio un beso en la mejilla.

—Me van a matar de nostalgia —dijo Vigil.

—Menos mal que sea de eso —dijo Paloma, y lo besó en la otra mejilla.

Luego de un breve alarde de miradas preventivas, salieron juntos al patio interior del edificio. Vigil se quedó sentado en la silla, solo, abrumado, con el rastro fresco del beso de Paloma jugando en su mejilla, pensando y repitiéndose, absurdamente, que estaba guapísima con la cara sin pintar y que su piel, ligeramente fría, era tersa y húmeda al tacto, como la de una muchacha.

4

En la última semana de agosto, la revista *Time* publicó un glamoroso informe sobre el *tour de force* de *La república* en el vecino país populista, autoritario y antiamericano. El titular decía: «Octavio Sala: A Success Story» («Octavio Sala: una historia exitosa»). Con el Monumento de la Revolución al fondo, nimbado por la luz de una soleada mañana de la Ciudad de México, Sala miraba a la cámara con los brazos cruzados y un ejemplar de *La república* en sus manos. El pie de foto decía: «The man who shot liberty imbalance in the mexican relations of press and government» («El hombre que mató el desequilibrio en la libertad de las relaciones entre la prensa y el gobierno de México»). Decía de Vigil: «Sala's young and brilliant attaché» («El joven y brillante agregado de Sala»).

—Se va a pudrir —dijo Cassauranc a Sala, después de la junta de la tarde, con el ejemplar subrayado en la mano.

—Quién —preguntó Sala.

—El Presidente —dijo Cassauranc—. Si es verdad lo que ustedes creen de que quiere comerse el mundo, esto lo va a pudrir.

—Puede ser —dijo Sala.

—Van a manejarlo como parte de la conspiración de la prensa norteamericana contra el gobierno de México —dijo Cassauranc.

—Es un reconocimiento elemental —dijo Vigil—. ¿En qué le afecta a él que reconozcan la libertad de prensa en México?

—En su vanidad —dijo Cassauranc—. No hay lugar para dos mexicanos exitosos en la revista *Time*. Y Octavio ya ocupó ese puesto.

—De acuerdo —dijo Vigil—. Propongo que brindemos por eso.

—De acuerdo —dijo Cassauranc—. Los invito por la noche al *Normandie.* Pero mañana empezamos a pensar cómo equilibrar nuestro triunfo exterior. No vaya a convertirse en nuestra debacle interna.

—No veo cómo —dijo Vigil—. No dependemos ya del aparato gubernamental. Tampoco de sus ramificaciones privadas. Mucho menos de la vanidad del Presidente.

—*La república* cambió, genio —dijo Cassauranc, que llamaba «genio» a Vigil, con la sorna y el tributo del caso—. Pero el país no. Y en el país sigue mandando el Presidente. No hay que olvidar eso.

—Nadie lo olvida —dijo Sala, pensativo, sin prestar atención a sus propias palabras.

—A veces me da la impresión de que lo olvidamos nosotros —dijo Cassauranc.

—Tú no, Rogelio —dijo Sala. Vigil creyó percibir un dejo de reproche en el tono de Sala—. Tú nunca olvidas eso. Y debemos agradecértelo. Eres nuestra ancla a tierra, nuestro seguro de no volar demasiado.

La pobreza de las metáforas le confirmó a Vigil que las prevenciones de Cassauranc habían irritado a Sala. Cuando Rogelio se fue, caminó hacia esa fisura:

—Parece molestarle tanto como al Presidente —dijo.

—El presidencialismo es una costumbre de nuestra alma —dijo Sala—. Llevamos ese sello de herrar en el corazón, en la sensibilidad. Peor aún: en la espina dorsal.

—¿Dice usted por la propensión a inclinarse? —preguntó Vigil.

—A inclinar la cerviz, como dicen los clásicos —dijo Sala.

Vigil sintió que era el momento justo para recordar ante Sala sus prevenciones reiteradas contra Cassauranc. Pero sintió mejor y no agregó palabra.

5

En el último trimestre de 1974, el secuestro de Rubén Figueroa, candidato a gobernador por el estado de Guerrero, definió el principio del fin para la guerrilla de Lucio Cabañas en la Sierra de Atoyac. El ejército de ocupación se volvió un ejército de asfixia. En busca del político secuestrado la sierra fue peinada y secada, pueblo por pueblo, aldea por aldea, cerrando los refugios a la guerrilla, segando informantes, crucificando abastecedores, arrasando barrios cómplices, hasta dejar al pelotón rebelde la única vereda extenuante de la selva, la inanición y el desastre.

Fue también una guerra de hambre. Apretaron el nudo sobre los pueblos impidiéndoles llevar de las ciudades más víveres y provisiones —harina, sal, aceite— que los que estrictamente pudieran consumir, y hubo escasez de comida en la sierra. Acordonaron luego los barrios desafectos y pronto no hubo en ellos gallina o chancho que matar, mazorca que desbrozar, ni ánimo con qué sostener el odio de la guerra. La escasez trajo hambre, el hambre trajo delaciones, las delaciones provocaron bajas en los contactos, la falta de contactos reforzó el aislamiento guerrillero. El aislamiento dio precisión a las batidas del ejército y la precisión de las batidas trajo la emboscada de Las Pascuas, donde un día de diciembre de aquel año fue muerto Lucio Cabañas, con la mayoría de su gente, y fue rescatado su cautivo, que gobernó a Guerrero durante «los siguientes seis años de caprichos y esperpento» (Vigil).

Todo lo siguió *La república* paso a paso —es decir: rumor por rumor— mediante un ingenioso dispositivo de corresponsales anónimos en las principales ciudades de Guerrero. Reportaban todos los días al escritorio de Vigil un acabado resumen de los decires locales en torno a la campaña antiguerrillera, sus horrores y sus incidentes, sus pequeñas historias medio ciertas y medio inventadas, las cuales transmitían, sin embargo, una información invaluable y única: «el estado de la imaginación colectiva, su clave de saber subterráneo frente al muro de la acción militar y el gran silencio oficial» (Vigil). Por los entresijos de ese silencio corría sin embargo, como un torrente —en peluquerías y cantinas, en notarías y congales, en pulperías y mercados— el rumor de la realidad, múltiple, mítica, falsa y exacta como sólo puede serlo la verdad a ras de suelo, «en el espejo inconfundible y anónimo de la multitud».

De todas las ocurrencias y hallazgos de *La república,* ninguna convocó tanto mi instinto de historiador como su cobertura de la persecución y el exterminio de la guerrilla en Guerrero. Entre todo lo que leí entonces o después sobre ese episodio oscuro de la guerra mexicana de los setentas, nada movió tanto mi interés como la notificación colectiva de la muerte de Lucio Cabañas y la inmediata construcción de su posteridad mítica, que lo hizo seguir viviendo en refugios ignotos de la sierra, en una llantera de la Ciudad de México donde despachaba como vulcanizador, en las favelas bullentes de Río de Janeiro, en las guerrillas de Guatemala, en los campos de trabajadores ilegales que pizcaban algodón en California, en las escuelas rurales de la sierra vecina de Oaxaca y como playero vengador de agravios gringos en Acapulco. Desde cada uno de esos sitios esperaba, sonriente e irreconocible, el momento de volver a la Sierra de Atoyac para remprender su venganza.

La república tuvo también el acierto de anticipar, en medio de la sorda celebración oficial, lo que la siega de la guerrilla guerrerense traería consigo: un desplazamiento de la violencia política hacia las ciudades, la dispersión de los ejércitos del subsuelo que habían encontrado hasta entonces un foco congregador en la sierra y ahora surgirían por todas partes, buscando construir su propio imán vengador en las ciudades.

Por su cobertura del cerco de Guerrero, *La república* hizo frente a una nueva tormenta de desplegados y discursos en contra, protestas airadas de una asociación de generales revolucionarios retirados por las calumnias contra el ejército, de las cámaras empresariales por la consagración política de grupos criminales y de la Confederación Nacional Campesina por la falsificación de las voces y las demandas de los campesinos guerrerenses, que no querían balas sino tierras y no combatían al soldado sino «trabajaban junto a él, hombro con hombro, en la tarea civilizadora de hacer caminos y abrir el monte».

La república contestó puntualmente a sus críticos, en la doble convicción de que nada debía ser soslayado, al antiguo estilo, y de que la polémica haría más vivo y apetecible el periódico para sus lectores. Fue un acierto, y así lo reflejaron, nuevamente, tanto la crisis de producción que impidió al periódico, por sus máquinas viejas, imprimir más de los 350.000 ejemplares que alcanzó su tiro en la primera semana de febrero de 1975, como la conversión de *La república,* sus reportajes y colaboradores, en fuente casi única de los corresponsales extranjeros radicados en México. De esta convergencia inusual, brotaría, con el tiempo, la acusación contraria: que Sala y *La república* formaban parte de una conspiración internacional contra la política nacionalista del gobierno y su promotor indiscutible: el Presidente de México. No obstante, la única señal que recibió Sala, en esos días, del Presidente agraviado, fue una discreta llamada telefónica de Abel Acuña, rogándole que se pusiera en contacto con el Secretario de Hacienda para revisar el asunto de Matapalos, revivido por Cassauranc.

Unos días después, en el suntuoso despacho del funcionario —precandidato reconocido a la presidencia del país— Octavio Sala y Rogelio Cassauranc recibieron la noticia de que la Suprema Corte había fallado en su favor el caso de Matapalos. En consecuencia, el gobierno de la república les ofrecía la reparación convenida de las diez mil hectáreas de bosque en litigio. El secretario les ofreció una carpeta con las distintas opciones de trueque y les pidió que volvieran a verlo en cuanto hubieran decidido.

—Tendrá que ser rápido —agregó— porque los trámites llevarán todavía un tiempo y mis instrucciones son que el asunto esté debidamente terminado *antes* de septiembre.

—Antes de la sucesión —dijo Sala, recogiendo el mensaje. La candidatura presidencial del PRI debía anunciarse, conforme a la tradición, en el otoño de ese año de 1975.

—Antes de septiembre —confirmó el Secretario, con una sonrisa cómplice y prometedora.

6

Rumiaron el asunto de nuevo: ¿por qué los bosques?

—Por la fuerza del diario —sostuvo Vigil.

—La clave está en la forma —dijo Sala—. ¿Qué carajos tiene que ver el Secretario de Hacienda con una resolución de la Suprema Corte sobre un litigio de bosques?

—Nada —dijo Vigil—. Es un simple intermediario del Presidente.

—Ése es el punto —dijo Sala—. ¿Por qué él? ¿Y por qué él ahora, en la recta final de la sucesión, siendo como es uno de los precandidatos fuertes?

—El Presidente quiere acercarnos a él —dijo Cassauranc.

—De acuerdo —dijo Sala—. ¿Por qué?

—Puede ser por dos razones —dijo Cassauranc—. Una: porque será el sucesor del Presidente y necesita atraernos desde ahora. Dos: porque no será el sucesor y nuestra cercanía con él en estos momentos garantizará el encono del que vaya a ser, y otro sexenio de pleito para nosotros con la Presidencia y el gobierno.

—Está jugando con nuestra independencia definitiva —dijo Sala—. Lo único que tenemos hoy que depende del gobierno es el papel. Su empresa es un monopolio. En cuanto tengamos los bosques, podremos fabricar nuestro propio papel, con una inversión relativamente pequeña. Eso es lo que nos está ofreciendo: nuestra independencia. Y quiere que la negociemos con el Secretario de Hacienda, que la recibamos de él. Lo que nos está diciendo es que apoyemos a este señor.

—Así es —dijo Cassauranc—. Para que quedemos en sus manos o para que nos enemistemos con otros.

—Antes que eso —dijo Sala—. Para que apoyemos el juego sucesorio del Presidente.

—Tiene miedo —dijo Vigil.

—Los presidentes no tienen miedo —dijo, irritado, Cassauranc.

—Pero es su decisión mayor: escoger quién le sigue en su puesto —dijo Sala—. Y el proceso viene complicado. Los Estados Unidos en contra. Los empresarios irritados. La economía incierta. Precandidatos débiles. Tiene que recoger los hilos que pueda y nosotros somos uno que tiene suelto. Nos quiere tener dentro de esta decisión, aunque estemos fuera en todas las otras. Ésa es la verdadera independencia que nos está cambiando. No unos bosques por otros, sino la independencia futura que nos darán los bosques, por la independencia presente que podamos ejercer frente a la sucesión de este año.

—Si es eso, no está mal —dijo Cassauranc.

—Pero nuestra tarea es otra —dijo Sala—. Nuestra tarea son los lectores, no el juego sucesorio del Presidente.

—Nuestra tarea es *La república* —dijo Cassauranc.

—*La república* no tiene sentido sin sus lectores —dijo Vigil.

—Pero los lectores no existirán si no existe antes *La república* —dijo Cassauranc—. Es un problema de tiempos. ¿Qué va primero? Yo creo que podemos moderarnos ahora, para afianzarnos después.

—No hay *después* para los periódicos —dijo Sala—. Sólo hay ayer y mañana. Pasado mañana es metafísica.

—No estoy de acuerdo —dijo Cassauranc—, pero tampoco importa mucho ahora. Lo que importa ahora es qué vamos a hacer.

—Vamos a rasgar el tabú —dijo Sala—. Vamos a hacer nuestra propia sucesión a nuestro modo: informando. Ya que no hay partidos políticos en este país, que haya al menos información sobre los candidatos. Aquí cada seis años llega al poder un desconocido, al que vamos conociendo por sus improvisaciones y luego, cuando sale del poder, por las ruinas que deja a su paso.

—Nosotros no podemos decidir la sucesión —dijo Cassauranc.

—No pretendo eso —dijo Sala—. Pretendo que cuando llegue el sucesor que decida el Presidente, sepamos quién es y qué ha hecho. Y que lo sepamos bien, a diferencia de lo sucedido hasta ahora. Eso es todo.

—Lo que tú ordenes —dijo Cassauranc.

—Es lo que esperan de nosotros los lectores de *La república* —dijo Sala—. Lo que no podemos eludir sin dejar de ser lo que somos y lo que nos hemos propuesto ser.

7

El 14 de abril de 1975, el gobierno dio posesión a los directivos de *La república* de diez mil hectáreas de bosques vírgenes en el estado de Durango y anunció el hecho como una muestra de la recta voluntad del gobierno de estimular la libertad de prensa. Dos días después, *La república* publicó los resultados de un cuestionario enviado a los suscriptores a propósito de la sucesión presidencial que habría de cumplirse en el otoño de ese año. Eran un «portento de ignorancia y desinformación colectiva» (Vigil), un rosario de imágenes caprichosas que alumbraban a la perfección «la deformidad del propio sistema reflejado en la mente plástica y desorbitada de sus súbditos» (Vigil).

Uno de cada cinco contestadores de la encuesta creía que el Presidente *debía* escoger sucesor entre sus compañeros de escuela y que terminaba escogiendo a quien le daba más dinero a él o a su familia. La tercera parte de los suscriptores de *La república* («los más ilustrados del país»: Vigil), creían que para ser Presidente había que ser masón. Cuarenta de cada cien respondedores sostenían que era facultad legal del Presidente nombrar a diputados, senadores, jueces y al Presidente que habría de sucederlo. Sesenta de cada cien creían que la constitución vigente en México era la impuesta por el cura Hidalgo en su movimiento de Independencia de 1810, no por el Constituyente posrevolucionario de 1917. Noventa de cada cien creían que los Presidentes debían enriquecerse lo más que pudieran en el puesto y una cantidad semejante creía que el Presidente no debía dar cuenta de sus actos a nadie. Sólo nueve de cada cien encuestados pudieron decir con claridad el nombre y el puesto de los «precandidatos» que, célebremente, había «destapado» un Secretario de Estado y cuyos nombres llenaban hasta la náusea las especulaciones de las columnas políticas de los diarios. Y sólo uno de cada cien pudo emitir juicios diferenciados sobre las calidades, la trayectoria o el valor de cada uno de esos precandidatos como futuro Presidente de México.

De este último dato se colgó *La república* para anunciar que la encuesta iniciaba una amplia serie «explicativa y pedagógica» sobre la sucesión presidencial. Por el siguiente mes, *La república* ofrecería a sus lectores por lo menos un esfuerzo de información y «reflexión colectiva» sobre la sucesión presidencial de México en 1975. Así lo hizo, con la enjundia y la prolijidad características de Sala, en una multiplicidad de datos y enfoques cuyo eje fue la reconstrucción biográfica de los precandidatos, la evaluación de sus logros y fracasos como secretarios de Estado, la glosa sorprendente, «extrañamente fresca» (Vigil) de sus discursos, y una aproximación a los políticos de que habrían de valerse en caso de ganar, así como a los intereses que habrían de tener acceso primero a su escritorio y a sus afectos.

Antes de que terminara de publicarse en *La república* el dossier sobre el primero de los precandidatos —el desmesurado

Secretario del Trabajo que soñó para México el liderato del Tercer Mundo— Sala recibió en el periódico la visita de Abel Acuña.

—No se vale —le dijo Acuña en el despacho de la dirección, siempre frente a Vigil, a quien Sala había vuelto testigo habitual de sus tratos con Acuña—. No es lo acordado, Octavio. Nunca quedamos en esto.

—Ni en ninguna otra cosa, mi querido Abel —dijo Sala—. Que yo recuerde, no quedamos en nada. ¿De qué acuerdo me hablas?

—El acuerdo tácito de nuestra amistad —dijo Acuña—. Un acuerdo que yo no puedo separar de mi lealtad al Presidente, ni del cuidado de su causa.

—Tampoco lo separo yo —dijo Sala—. ¿Pero cuál es el acuerdo tácito de esa amistad? ¿Qué debo hacer para honrarla, querido Abel?

—Suspender la serie sobre la sucesión presidencial —dijo Abel Acuña—. No están las condiciones para ese avispero. Aparte de si conviene o no a los intereses del Presidente, intereses que yo estoy obligado a velar, el avispero que has despertado no conviene a la estabilidad política del país. Es inconveniente para México.

—Mira —dijo Sala, extendiendo sobre su escritorio una canasta repleta de cartas—. Son cartas de lectores comentando nuestra serie sobre la sucesión. Pasé la mañana leyéndolas. No hay una sola que diga que México está en peligro. Por el contrario, la mayor parte dice que *La república* está haciéndole un servicio invaluable al país.

—Pero son tus lectores, Octavio —dijo Acuña—. ¿Qué saben tus lectores? Tu propia encuesta ha demostrado lo mal informados que están tus lectores, y lo caprichosos que son. ¡No saben que nos rige la Constitución del 17, Octavio!

—No nos rige de hecho —dijo Sala—. Ni ésa ni ninguna otra. Pero no discutamos eso. Te cambio la opinión de estos lectores, por un solo texto del gobierno que demuestre que la serie sobre la sucesión puede poner en peligro la estabilidad de México. Si tú me mandas un informe, un memo, una investigación política, un documento cualquiera que pruebe que le estoy haciendo un posible daño al país, yo suspendo mañana mismo la serie.

—Sabes que no puedo traerte ese texto, aunque lo tuviera —dijo Abel Acuña—. No es un problema de textos, sino de sensibilidad política, del movimiento real de la política en México.

—Ése es el movimiento que estamos tratando de mostrar a nuestros lectores —dijo Sala—. Te pido que me comprendas en tanto periodista. No puedo hacer lo que me pides.

—Hace rato que no puedes hacer nada de lo que te pido —dijo, un tanto sombríamente, Abel Acuña.

—Es verdad —dijo Sala—. Tú, en cambio, no has podido negarte a ninguno de mis pedidos.

—Así es Octavio —dijo Acuña.

—Entre otras cosas porque no he acudido a ti para pedirte nada, querido Abel —dijo Sala.

Acuña empalideció, resintiendo el golpe de Sala. Por primera vez en las muchas esgrimas que había presenciado entre ellos, Vigil tuvo la impresión de que el puente se había roto. También, simultáneamente que el puente había existido de verdad, que no era sólo una extensión profesional del trato o una excrecencia de la frecuentación obligatoria, sino un hilo de afinidad que tocaba alguna parte genuina, aunque para él desconocida, de Octavio Sala.

Unos días después telefoneó Galio Bermúdez. Quería, ahora sí, una conversación con Sala. Y Sala la quiso con él.

8

Se encontraron una noche en el departamento donde Galio los citó, con el misterio del caso: mediante un propio que entregó en *La república* sobres lacrados con la dirección, diversas instrucciones sobre el acceso y el lugar donde debían estacionar su vehículo. Alguien esperaría en ese punto, para guiarlos.

—Estará el Secretario de Gobernación, queriendo regular su propio dossier —aventuró Vigil por el camino.

—Si es tan astuto como creo, no estará —dijo Sala—. A menos que se lo haya pedido el Presidente. Una entrevista secreta con *La república* sería una audacia futurista, casi un acto de traición. Su trabajo como Secretario de Gobernación es vigilar a todo el mundo. Pero a él lo vigilan a su vez. Si el Presidente sospecha que negocia a sus espaldas, adiós candidatura.

Los recibió Lautaro al pie del coche y un mesero uniformado en la puerta de la casona señorial que sus dueños habían subdividido en tres departamentos para renta. Uno de ellos era de Galio. Más que a una vivienda, Sala y Vigil entraron a una loca y exuberante biblioteca que trepaba por paredes y pasillos con feracidad tropical. Libros, fotos, revistas desbordaban anaqueles y repisas. Cartapacios con papeles y tarjetas formaban altas mojoneras en el piso, asediaban sillones, sillas, la mesa de lo que razonablemente hubiera sido el comedor, la embocadura de lo que hubiera sido una chimenea, el mínimo espacio de lo que en otras condiciones habría servido de sala. Bordeando esa proliferación, Galio apareció al fondo de un pasillo, recién bañado, exudando loción, con su piel rosada y algunos cortes nerviosos del rastrillo de rasurar sobre los labios. Los hizo pasar a un despacho del fondo, un recinto oblongo que unía dos habitaciones de la casa y se mantenía razonablemente a salvo de la propagación que lo rondaba.

—Sentados, mis amigos —dijo Galio, ofreciendo los sillones de cuero negro que completaban, frente al escritorio también revuelto, el mobiliario del lugar—. Espero que no les incomode esta locura de papel. He arruinado y sepultado tres matrimonios con libros y papeles. Nadie puede compartir esta pasión por la polilla mucho tiempo. En fin, el honor de tenerlos conmigo estas horas fugitivas, a mi juicio merece un trago. ¿Qué se toman?

Sala pidió un brandy y Vigil un wisqui.

—Celebro su ingreso al wisqui —dijo Galio a Vigil—. No dirá que me equivoqué en esa anticipación.

—Esa anticipación la perdí —respondió Vigil.

—La ganó, promesa —dijo Galio—. La derrota era beber cubas libres, aunque las presidiera la euforia. ¿Quiere otra anticipación del estilo?

—Las que guste —dijo Vigil.

—Sólo una —dijo Galio—. Y de paso ponemos la litis de esta reunión, como en los banquetes platónicos. ¿Estás de acuerdo Octavio?

—Si hay una litis, estoy de acuerdo —dijo Sala.

—Los van a desbaratar —subrayó Galio.

El mesero volvió con los tragos. Cuando salió, Galio fue tras él a cerrar la puerta.

—¿Nos van a desbaratar? —preguntó Vigil.

—Así es —dijo Galio— y acabarán bebiendo wisqui, después de la euforia.

Sala se inclinó hacia Galio, riendo.

—Pregunto, mi querido Galio: ¿lo que nos estás diciendo es un mensaje oficial? Mejor dicho: ¿es una amenaza oficial? ¿O se trata sólo de una impresión oficiosa?

—No es un mensaje, ni una impresión —dijo Galio—. Mucho menos una amenaza. Es una tremenda realidad en marcha. Es la consecuencia directa de tu heroísmo cívico, Octavio. Está en la boca de todo México.

—Todo México es mucho México —dijo Sala—. Pero dime: ¿qué es lo terrible de *La república* que habrá de conducir a que nos desbaraten?

—Su libertad —dijo Galio—. Tienes la única mujer en un penal de machos heterosexuales.

—¿Admites nuestra libertad? —dijo Sala—. Eso sí es noticia.

—La libertad de *La república* es un hecho flagrante —dijo Galio—. Tanto, que resulta insoportable. Es el peor daño que le has podido hacer a ese periódico: hacerlo libre. No te alcanzará la vida para pagarlo.

Sala sonrió de nuevo:

—Lo empecé a pagar con tus folletos, querido Galio.

—Mis folletos fueron un sufrimiento de papel —respondió Galio—. Lo mismo que mis matrimonios y esta casa. No estoy hablando de agravios de papel. Te estoy hablando de la verdad. Y tú lo sabes. Puedes fingir que no lo sabes aquí, frente a nuestro amigo Vigil, que te ama, como yo te amaría en su lugar. Pero no puedes fingirlo frente a ti mismo. No puedes negarte a reconocer esa pasión loca por la hoguera que te hace marchar hacia ella como un poseído.

—Ahora resulto Juana de Arco —bromeó Sala.

—El problema es que no puedes dejar de ser Octavio Sala —dijo Galio.

—Percibo mal quizá —dijo Sala, sin soltar el tono risueño en que andaba—. Pero te duele más de lo que te alegra el destino que me tengo preparado.

—Me duele el absurdo de tu holocausto —dijo Galio—. Deploro tu incapacidad para los márgenes y los grados: tu enfermedad de absoluto. Hay algo hermoso y grande en todo eso, aunque se trate, a mi juicio, de una gigantesca estupidez. No creo en tu causa ni en tu instrumento. Pero admiro la rectitud de tu voluntad, la seguridad de tu camino elegido. Me pasa contigo lo que con el hara kiri de Mishima: un inmenso escritor que se suicida por cosas que ya no le interesan a nadie. ¿Puede no estremecer esa forma absurda de la grandeza?

—¿Entonces te parece que hay grandeza en *La república*? —dijo Sala—. ¿No sólo venganzas personales y traición a la patria? Eso es también una noticia.

—Encuentro en *La república* la grandeza de los profetas desarmados —dijo Galio—. La grandeza de la anticipación, sin los pies en la tierra. El país que tú sueñas y en el que quieres vivir, el país en el que *La república* y su estentórea libertad serían la norma y no la excepción, está esperando turno en la historia. Habita alguna franja de nuestro futuro. Es una virgen núbil. Pero no es la madrota que administra el país en que vivimos. Tu niña impoluta viene hacia nosotros con lentitud, cavando poco a poco su lugar en nuestras vidas. Tú sueñas que ya está aquí. No, en realidad sabes que está lejos todavía. Pero quieres forzar su parto, aunque muera la madre. Y lo que tienes en las manos para apresurar ese parto, no es un quirófano ni un fórceps, sino un palo con el que golpeas el vientre recién preñado. Conseguirás un aborto.

—Agradezco tu pedagogía ginecológica —dijo Sala—. Pero sigues enigmático. ¿De qué me estás advirtiendo, qué quieres decir?

—El señor, cuyo oráculo está en Delfos —dijo Galio, bufoneando— no dice ni oculta: indica. El mismo clásico afirma: «La eternidad es un niño que juega a los dados.» Quiero prevenirte contra la tentación de la eternidad.

—Mi única tentación son las noticias de todos los días —dijo Sala—. Eso es justamente lo contrario de la eternidad.

—Tu tentación es saltarte la historia, Octavio —apresuró Galio—. Quieres saltarte tu país. Quisiera dejarte claro que no ambiciono para mí y para los mexicanos sino la realización de ese otro país en que tú quieres vivir, el país que quieres traer del futuro a empujones. Pero nada pone más en riesgo su llegada que tu prisa febril, tus ganas de tomar atajos, tu creencia de que es posible abreviar la marcha idiota de la historia. No hay espacio en tu ánimo para la estupidez de lo real. Crees que golpeando los portones del futuro lo acercas. En realidad lo alejas más que quienes lo combaten.

—¿Por ejemplo? —dijo Sala.

—Por ejemplo nuestros políticos —dijo Galio—. Mi Secretario de Gobernación, el Presidente, los intereses fosilizados del régimen. Nada sirve mejor a sus ánimos conservadores que audacias como las tuyas. O las desesperaciones armadas de nuestros jóvenes guerrilleros. Tú y esos muchachos le dan a nuestros políticos y a sus miserias un enemigo claro, un punto de cohesión, una seguridad en la identificación del mal.

—¿En qué, por ejemplo? —dijo Sala—. Sin metáforas.

—En la influencia internacional de *La república* —dijo Galio—. Has dado más municiones al extranjero contra México que todos nuestros errores.

—No creo haber inventado nada —dijo Sala—. La verdad no puede hacerle daño a México.

—Hablas como un vulgar político mexicano —dijo Galio, poniéndose de pie—. Ésa que acabas de decir es una frase indigna de ti. Nada puede hacerle más daño a este país que la verdad. Porque nuestro reino es el reino de la calamidad real, nadie lo ha inventado. Las miserias, las limitaciones horrendas que son nuestra verdad, no son cositas que puedan arreglarse con buena voluntad, con políticos serios o con periódicos deslenguados. Es como querer arreglar a un jorobado con buenos cirujanos y padres que vayan por la calle exhibiendo desnudo a su esperpento, mostrando a todo mundo la joroba y adicionalmente sus piernas entecas, sus ojos bizcos, sus manos de tres dedos, sus pies planos, su labio leporino, el principio de una cola bífida en el cóccix. Nada podrá hacerle más daño a ese pobre ser que el honrado pregón paterno de la verdad. México es todavía ese jorobado. Sus miserias reales no son un asunto de opinión pública, Octavio. Son una mierda, un dolor inmanejable, un desastre heredado. Exhibirlo no nos cura, simplemente nos describe. Y la descripción nos hace abominables, porque lo somos.

—Reconozcámoslo entonces, Galio, para reconocernos como somos —dijo Sala.

—¡No, no, no! —dijo Galio, saltando casi hacia las palabras de Sala—. Somos un jorobado pero hace un siglo éramos un albañal. Mañana seremos simplemente un cojo y algún día un ser normal, a condición de que sigamos haciendo poco a poco, lo que hemos hecho hasta ahora: ocultar nuestra joroba, decirnos que hemos nacido para otra cosa, tener en la cabeza un país ideal, un país ficticio que decimos ser y que no somos, pero que todos los días nos llama a ser otra cosa, a ponernos en el lugar de los seres normales, el de la historia realizada. Nada puede dañar tanto la ida hacia lo que debemos ser, como la tentación de los atajos, la simulación del absoluto que no ha traído para nosotros sino jorobas adicionales, prisas sin destino, carreras que dan a precipicios, redentores que vuelven a sumirnos en la mierda, independencias que acrecientan nuestra esclavitud, paraísos que desembocan en el infierno.

—Tienes una miserable idea de nuestro país —dijo Sala.

—Más profunda y descorazonada que todo lo que puedas describir o inventar en *La república* —dijo Galio—. He recorrido y comparado la historia de este país, he visto sus sótanos, he padecido y palpado sus deformidades como si fueran las de mi propio hijo, el hijo que no tuve ni tendré. Y me cago en las palmadas caritativas y en las revelaciones insobornables de la joroba, que ustedes celebran virtuosamente como su labor patriótica. No, la joroba y el jorobado son mucho peor, más horribles y siniestros de lo que ustedes dicen y denuncian. Son el reino de un horror que ustedes no sospechan. Si lo hubieran tocado alguna vez, guardarían frente a él un silencio como el del principio del mundo, humilde y casi religioso. No habrían elegido el triquitraque que tienen entre manos, ni se sentirían orgullosos de ir por ahí pregonando las atroces trivialidades que pregonan. Lo cierto es que no han tocado la joroba. En el fondo, creen que es un disfraz que puede removerse a golpes de buena conciencia, agitando el estúpido coctel que ustedes llaman opinión pública.

Acabó de decir eso y fue sobre el jaibol, que no había tocado, para metérselo entre pecho y espalda, como Vigil lo había visto hacerlo antes por lo menos en dos ocasiones: con unos cuantos tragos pantagruélicos, tan grotescos como la joroba de que había hablado, con un «odio nítido» (Vigil) que evidentemente reservaba para sí, para «un punto profundo e innombrado de su alma que quería acallar, matar, apuñalar con esos tragos». Se dobló sobre el escritorio como si hubiera padecido un infarto, tomándose el estómago con ambos brazos, rojo primero el rostro y pálido como la cera después, de modo que Sala y Vigil fueron hasta él y lo llevaron cargado al sillón. Aflojaron su corbata, su cinturón, sus zapatos. Vigil llamó a Lautaro, quien reconoció con alarma la escena y volvió poco después con unas pastillas y un frasco de amoniaco; lo untó en un pañuelo para dárselo a oler, lo hizo tomar luego las pastillas y lo alzó como a un muñeco para llevarlo a su cuarto.

—Es la segunda vez que veo esta escena —dijo Vigil.

—Espero que no haya sido la última —dijo Sala.

Volvieron de su no cena sin hablar, tocados por la vida frágil, incandescente y fugitiva de Galio Bermúdez.

9

Habían pasado casi seis meses desde su «ruptura final» con Mercedes. La había abolido dentro de sí, a sabiendas de que era inabolible y como si su separación fuese una forma anticipatoria de un reencuentro futuro, a condición de no procurar de ningún modo el acercamiento que anhelaba. Entonces, inesperadamente una noche Paulina le llamó al periódico.

—Ven a ver a tu amiga Mercedes —le dijo—. Ha pasado la peor época que recuerdo.

—El encargado es Ricardo Iduarte —contestó.

—Está mal tu amiga, Vigil —dijo Paulina—. Bebe y fuma como loca. Y apenas come. Tienes que verla.

—¿Por qué yo?

—Porque te escribe cartas nocturnas, y habla de ti todo el día. Con las ganas que te traigo yo, Vigil, te estoy pidiendo que vengas a verla a ella. ¿No te dice nada eso?

—Me dice que eres su cómplice.

—Con Iduarte no hubo nada —dijo Paulina—. Estaban haciendo un trabajo.

—En la cama —dijo Vigil.

—No, te lo aseguro.

—¿Qué tiene? —dijo Vigil.

—Tendrías que ver las cartas. La verdad es que no puede estar sin ti.

—Salvo cuando está con Iduarte —dijo Vigil.

—No te afrentes, no inventes, Vigil. Tienes que ayudarme, no sé qué hacer. Por momentos pienso si llevarla a un hospital a que la seden, a que la duerman y que le den de comer dos semanas. Porque no come ni duerme. Fuma y bebe. Y escribe cartas. Tienes que venir.

—Estoy muy enredado en el periódico —dijo Vigil.

—Desenrédate —dijo Paulina—. Ven a verla, no seas rencoroso.

—Ojalá lo fuera —dijo Vigil—. Habría aprendido mi lección. Te agradezco que me hayas llamado.

—Si me lo agradeces, ven —dijo Paulina.

—Quizá vaya —dijo Vigil.

—¿Cuándo?

—Un día de éstos.

—Un día de éstos es nunca, Vigil.

—Un día de éstos —repitió Vigil.

—Lo siento —dijo Paulina.

—Yo también lo siento —dijo Vigil.

Pocos días después recibió en el periódico un sobre de Mercedes que decía: «Primera relación confidencial.» El sobre tenía una foto pegada en el margen derecho, a manera de estampilla, y un gato dibujado en la otra esquina. La cola del gato daba vuelta por toda la superficie como un laberinto. Adentro del sobre había un pedazo de pelo y un arete, una corcholata de cerveza y tres hojas mecanografiadas. Eran tres cartas. En realidad, tres gritos en la noche:

5.14 de la madrugada
En la sala de un México que termina para ti, para mí y (por lo tanto) para todo el mundo

Testarudo, iracundo, desconfiado, ortodoxo, oxidado de tanto olvido en que te tengo —te tengo, sí, yo a ti—, pero sobre todo infiel, promiscuo, bígamo, polígamo: eso eres tú, lo he ido aprendiendo. Anda por ahí entre tantas viejas ofrecidas una secretarita que no me puedo quitar de la cabeza y que supongo que te quiere como otras te quieren —a racimos—. Pero no —no, pendejo: escucha: no—, no como puede quererte esta otra que escribe bajo este foco que ya no ilu-

mina esta mesa donde ya no te sientas y esta sala donde ya no te recuestas a tomarte el jaibol que te has ganado haciendo ese periódico de mierda que junto con todas las otras cosas nos han separado. Punto. Qué tiene tu periódico y qué tiene tu secretarita que no tenga yo y por tanto (por tanto) los puedas preferir. Tienen esto, óyeme bien: que no te dan miedo porque no te esperan en la noche para decirte lo que te estoy diciendo: que estoy bramando por ti, que dondequiera que te metas va a perseguirte mi bramido, que trae adentro todas las flores y todos los cuchillos de una loca flaca desvelada que a mí también me daría miedo y que no puede más. ¿Vale?

3.15 de la madrugada
(Pero otra)
En la hora de la sed (no de ti, sino de (no de ti, de vino) (Y de un (que no tuvimos: ¿De acuerdo?)

Para que sepas con quién tratas: ya un abuelo me apodaba Meche La Bronca y un pendejo catrín que me deshizo lo señorita me decía La Espada y a la hora de la hora me salió con una retahíla de santorales y sermones y «Hay que ser ascetas» mientras jadeaba como un loco para luego decirme que no por desflorarse a una chava ya tenía que casarse con ella y entonces sí muy liberal y me plantó. Pero nunca supo que lo usé para «desflorarme» como él decía, porque me daba «exactamente igual» y sólo necesitaba el servicio de los dieciocho mil kilómetros como los coches y él me lo hizo. Lo traigo aquí a la luz de este foco de interrogatorio porque aparte de todo el imbécil me lo hizo mal y eso lo supe cuando tú me dijiste en aquel restorán que habías puesto un departamento y que me fuera a vivir contigo. Y entonces supe que el estúpido ese no me había hecho ningún trabajito porque me quedé como una virgen patitiesa haciéndome la funambulesca y chorreándome de ganas y de miedo. Sí, sí, ya sé que vas a salir otra vez conque mi modo de andar a la española y mis narices aristocráticas y lo pesada que soy cuando no hablo. Pero se me fueron tus besos ahora —amarte, tenerte, llamarte—. Y me dijiste —aunque no te acuerdes ni te quieras acordar, me dijiste: «Dame un pretexto para cambiar de vida». Y fui tu pretexto, cabrón, y ahora quiero ser tu coartada para que cruces a este lado donde bramo y bramo y bramo —por lo que queda de ti, y lo que queda de mí que es casi sólo ese bramido y este foco pelón

que me interroga. ¡Güevos y ovarios!, calzones y pantaletas, testoste-
rona y progesterona —todo eso me faltó —y guts, redaños, tompia-
tes— para decirme: «Orale.» Pero sobre todo te faltaron a ti para
jalarme de las trenzas —me hice una trenza ayer: para eso— y
decirme: «Acá, cabrona: donde yo le digo, con todo y sus naricitas
aristocráticas, pues qué carajo se habrá creído esta burguesa mal des-
virgadita.» ¡Güevos! Pero sólo tenías besos —¡qué joder!

3 horas 55 minutos 14 segundos (sin que aparezcas, aunque cuento:
15, 16, 17, (y tampoco) 18, 19, 20 (no)

Hay la inminencia de las cuatro y todavía no acabo todo lo
que te quiero decir. Me regalaste un libro de Borges hace cuatro
años y en la última página en blanco escribí una cosa que ya no
recordaba —cómo regresan las cosas ahora y cómo pasan bajo este
foco echando chispas. Escribí: «Tú fuiste el primer indicio del
paraíso que me estaba prometido.» Y ahora el indicio se fue y
el paraíso sigue donde mismo y no me importa. Bramo otra vez
pero en verdad sólo me escucha Paulina. Y vas a venir a ofrecérte-
le, lo sé, lo sé: periodista mentiroso, machito follador, mi cosa, mi
vida, mi ausente, mi nada.

En el revés de las cartas, Vigil escribió:

Puedo sentirla a través de la noche. Bramando al otro lado,
esperando y aullando en silencio. En una sintonía que sólo escu-
chan los que han estado ahí, en esa orilla sola del río, bajo la
única compañía de la lámpara, en el insomne y silencioso coro de
los desesperados que se hablan a través de la noche. Puedo sentirla,
pero no la siento. Quiero escuchar su eco, construir dentro de mí el
terreno mudo y baldío donde pueda expandirse su grito, propagar-
se su llamado, desdoblarse su queja de mí. Pero no hay ese terreno,
ni escucho ese grito, que sin embargo dice mi nombre a través de la
noche. Sé que penaré esta sordera, que la he construido para penar
después el silencio homicida de sus muros. Pero no puedo sentirla ni
escucharla bramar al otro lado, ni quiero su amor loco ni su cuerpo
perdido en el laberinto de mi corazón.

10

Vigil se hizo de Romelia en una cena de celebración por el éxito de *La* (nueva) *república* y se acostumbró a ir al hotel con ella al salir del diario y a demorarse con ella lo estrictamente necesario para volverla un prólogo higiénico de la cena o el sueño. El hábito extendió su imperio y Romelia se volvió también una fiebre, una reiteración. La sacaba del periódico una hora para hacerle el amor a media tarde y volvía a requerir de ella dos horas después, al cierre de la edición, para una nueva estancia en el hotel, que Romelia alimentaba con una voluntad perpetua a fatigarse en el amor sin preámbulos ni postrimerías, siempre erguida y ansiosa sobre el talle infantil de su espalda, fácilmente dispuesta a la batalla y a su repetición infinita («húmeda y lúbrica, ocurrente, insaciable»: Vigil).

Pudo hacerle el amor rápido en el sofá y sobre el escritorio de su pequeño despacho, sentado en su sobria silla de ejecutivo de alto respaldo, o en el coche dentro del autocinema y en el elevador del diario una madrugada de cierre tardío de la edición. Sólo necesitaba ponerle la mano encima, recorrer sus brazos delgados, infantiles, mojar sus labios en alguna parte de su cara o su cuello o sus labios, para que Romelia se abriera sin más a su reclamo. Y sólo necesitaba echarse boca arriba sobre la cama donde acababa de poseerla, para que Romelia empezara a construir suavemente su siguiente erección para aprovecharla de nuevo. Lo excitaba, como en ninguna otra mujer, la «impúdica naturalidad de Romelia», la «generosa prestancia de sus glándulas», «la prisa de su saliva por ser sorbida», de «sus labios por ser besados», de «su pubis por ser bebido», de sus cavidades por ser penetradas al ritmo de «una lujuria sin tregua ni culpa, gobernada por el único poder inaplazable de su disfrute» (Vigil). Al regreso del hotel con Romelia, iba a cenar con Sala, a dormir con Oralia, o a beber con un grupo de reporteros que terminaban casi siempre llamando mujeres para amanecer con ellas. En el salto de una cama a otra y de un cuerpo a otro, en la increíble reposición amorosa del suyo, bebía la borrachera de su propia expansión.

Ayudó a Romelia a sacar el suplemento de libros que quería, no porque lo hubiera convencido en la cama, sino porque quiso afianzar su lealtad para la guerra que sabía inevitable. Romelia le pagó contándole los movimientos de Cassauranc y Vigil no hurgó demasiado en el lugar donde tales movimientos eran revelados, ni quiso saber los detalles («los olores adjuntos a tan promiscuo espionaje»: Vigil).

Romelia informó:

«Rogelio cree que han puesto en peligro al periódico antes que salvarlo.

»Según Rogelio han perdido de vista la realidad y se han negado a la negociación con el gobierno, por lo cual pueden arruinar las cosas extraordinarias que se han logrado.

»En opinión de Rogelio, el periódico debe callar y allanarse a los deseos del Presidente este año, no arruinarle su penúltimo año, el de sucesión presidencial, para entrar al año entrante más independiente y fuerte que nunca. Y más maduro.

»Dice Rogelio: "Vigil es un genio y hay que ganarlo. Es el futuro de *La república*. Pero tiene mucho que aprender".

»Rogelio piensa que la inconformidad dentro del periódico está creciendo. La propiedad le ha despertado a todo mundo la codicia. Ya nadie quiere invertir en *La república*. No este año por lo menos. Todo el mundo quiere que se repartan utilidades y ganar dinero como cualquier capitalista. "Son unos miserables, pero tienen razón. No todos podemos tener el fuego de Octavio Sala. Los mortales comunes somos imperfectos", dice Rogelio.

»Rogelio bromea: "Necesitamos una época de gente buena y capaz. Es decir: buena para nada y capaz de cualquier cosa. Demasiada virtud también ahoga".

—¿Y tú, pirujita, qué opinas, qué sientes de todo esto? —le preguntó Vigil a Romelia.

—Yo hace meses que sólo te siento a ti —le dijo Romelia a Vigil.

—¿Pero qué opinas, qué crees?

—No opino ni creo: trabajo para ti.

—Para Sala, pirujita, que es el jefe de nuestro partido.

—Para ti, que eres mi único jefe y mi único partido.

Años después llegó a manos de Vigil un cartapacio con documentos de Gobernación relativos a *La república*.

Uno decía:

Sr. Presidente:

Atento a sus indicaciones le saludo con todo respeto y cariño y me permito informarle:

1. Hablé con el Secretario de Trabajo, según su sugerencia. Se portó inmejorablemente e interpretó sus deseos con inteligencia y prontitud.

2. Me fijó un porcentaje del ocho por ciento en la operación señalada a efectos de poder canalizar esa cantidad a los asuntos sociales y las comisiones que pudieran surgir como parte de la negociación.

3. Adicionalmente dispuso una bolsa de otro tanto para agilizar trámites y garantizar los tiempos según lo establecido en el convenio.

4. Por lo que hace a la situación interna del periódico: quizá pueda conseguirse con menos costo una reconsideración de las cosas, ya que el rumbo que llevan a nadie conviene. Lo he dicho así al propio Sala y es ya una corriente de opinión, yo diría mayoritaria, dentro de *La república*. Tengo confianza en que podrán resolverse las cosas por la suave, sin pasar a mayores.

5. En caso de complicarse la situación, suplicaré a usted una entrevista personal a través de nuestro amigo Abel Acuña para revisar el caso.

Como siempre quedo de usted, amigo leal y servidor seguro
Rogelio Cassauranc
(rúbrica)

P.S. Quedó también resuelto un asunto menor pero de significación para mí, relativo a los permisos y placas de taxis de alquiler del señor Cutberto Saldaña mi suegro, por lo que doy a usted gracias adicionales y renovadas seguridades de mi cariño y lealtad.

R.C.

Otro decía:

Sr. Secretario:
Mi opinión sobre el asunto de referencia:

Parece inclinarse todo a una ruta de colisión con el director de *La república*. Nadie más empeñado en eso que él, de acuerdo, pero conviene al Gobierno de la República meditar en las conveniencias e inconveniencias de ese choque. Daré argumentos *en contra* del choque:

1. Detrás del activismo antigubernamental de *La república*, no hay ninguna fuerza real de poder: ni la Iglesia, ni los empresarios, ni un partido político, ni —pese a nuestra propia propaganda— el gobierno de los Estados Unidos. Es una mosca zumbona en el banquete, no el banquete.

2. Estando tan débiles nuestros instrumentos de oposición, tan pobres los partidos, tan domesticada la prensa, tan institucionales el poder legislativo y el judicial, la mosca zumbona lejos de desentonar, decora: es la prueba viviente de nuestra tolerancia. Una prueba que cuesta poco o nada en poder real, aunque un poco más, lo reconozco, en dolores hepáticos y malos humores mañaneros.

3. No debiéramos despreciar el efecto cohesionador que tienen las intemperancias de *La república*: avivan los reflejos defensivos y los intereses comunes de nuestra clase dirigente —gobierno y no gobierno—. Cada ataque de papel que hace *La república* al Presidente significa una ola de adhesiones para el Presidente en la república de verdad.

4. No necesitamos mártires. Son grandes usureros políticos en el largo plazo.

Sin más, con el aprecio de siempre

Galio Bermúdez
(rúbrica)

Capítulo VIII

Los problemas fuertes empiezan casi siempre en la cocina —dijo
Galio Bermúdez, varios fracasos después—. *La intendencia es el gran
sensor. Pero Sala no veía hacia la intendencia. Miraba sólo al frente de la
casa, a la recámara principal. Peor: estaba trepado en una almena, mirando desde ahí lo que pasaba alrededor de su casa, en la calle, en la ciudad, en
el mundo. Pero era el horno de su cocina el que se estaba quemando, y era su
mujer la que estaba haciendo el amor con el encargado de recoger la basura.
Todos perdimos en ese incendio. Me cansé de advertirlo a ambas partes, y
acerté. Pero no basta acertar. La razón es menos de la mitad de las
cosas; y tener la razón, ni una cuarta parte.*

1

Como cada mes, en mayo de 1975, Sala, Vigil y Cassauranc
tuvieron una comida con el Presidente. A los postres, el Presidente
le dijo a Sala:

—Ha publicado usted sus informes sobre los precandidatos, Octavio. ¿Cuál es su veredicto? ¿Quién será el candidato del
PRI?

—Será el que usted ordene, señor —dijo Sala.

—¿Y cuál ordenaré? —preguntó el Presidente.

—Sólo puedo decirle lo que se escucha en la calle —dijo
Sala—. En la calle se escucha lo siguiente: si decide usted con la
cabeza, escogerá al Secretario de la Presidencia. Si decide con el corazón, al Secretario de Hacienda. Si no decide, el candidato será el
secretario de Gobernación.

Se rió el Presidente con «su risa hueca y larga, debidamente actuada» (Vigil), que dejó paso a la «seriedad mortuoria» de
donde había arrancado.

—¿Cree usted que hay la posibilidad de que el Presidente no decida? —preguntó, mirando a Sala sin pestañear a través de sus lentes de finos arillos de metal, evocadores de León Trotski.

—No —dijo Sala—. Creo que usted decidirá a plenitud.

—Entonces ha descartado una posibilidad —dijo el Presidente—. De las dos que quedan, *según usted*: ¿cuál escogeré?

—Dependerá del momento, de la situación del momento —dijo Sala, escabulléndose.

—¿En qué sentido? —preguntó el Presidente.

—Si para el momento de la decisión se avizoran más problemas económicos que políticos, la candidatura del Secretario de Hacienda será más viable —dijo Sala—. Si se avizoran problemas políticos, los dados se inclinarán hacia el Secretario de la Presidencia.

—No hay especialidades en la Presidencia de la República —dijo el Presidente—. La política siempre va primero.

—Entonces será el Secretario de la Presidencia —dijo Sala.

Volvió a reírse el Presidente con su risa hueca.

—No es usted un buen político, Octavio —dijo al volver—. Toma los mensajes al pie de la letra. Eso es para los telegrafistas.

—También para los reporteros, señor —dijo Sala.

—Pero no para los directores de periódicos, Octavio —dijo el Presidente—. Los directores de los periódicos tienen que ser grandes políticos, si quieren tener grandes periódicos.

—¿Usted cree que *La república* es un gran periódico? —avanzó Sala, aprovechando la puerta entreabierta.

—El mejor de América Latina —dijo el Presidente.

—Pero su director es un mal político —dijo Sala.

—Como político, el director de *La república* sólo tiene un defecto —dijo el Presidente—. Su impaciencia. En todo caso, querido Octavio, me sorprende que, teniendo ustedes ideas tan pobres sobre el proceso de la sucesión presidencial en México, pongan a *La república* a jugar las cartas del Gran Elector.

—No hemos pretendido eso en ningún momento —dijo Sala—. Ése es un papel reservado a la Presidencia. Nosotros sólo queremos ofrecer información adicional al público sobre los candidatos y el proceso.

—Lo sé, Octavio —asintió con gravedad el Presidente—.

Pero mucha gente cree que intenta usted usurpar las funciones políticas del partido en el poder, del sistema, de los sectores organizados y hasta de la misma opinión pública.

—Son tareas inalcanzables para un periódico —dijo Sala—. Incluso si se trata del mejor de América Latina.

—Es exactamente mi punto de vista —dijo el Presidente—. Son tareas excesivas para un periódico. Ninguno puede llenarlas o pretender llenarlas, sin desvirtuarse. Torcería su propósito y, al final, estaría garantizando su propio fracaso.

Al salir de la comida, Sala comentó: —Es increíble. *Siente* nuestra competencia.

—Nuestra *intromisión* —precisó Cassauranc.

—Sólo hacemos lo que tenemos que hacer —dijo Vigil.

—Eso es más que suficiente —dijo Cassauranc.

—Es ridículo —dijo Sala.

—Es como es —remató Cassauranc.

2

Entre los papeles de Gobernación que Vigil recibió años despúes, había este oficio:

México, 24 de mayo de 1975.

De: Dirección de Investigaciones Políticas
Para: Secretario de Gobernación.

De acuerdo con sus instrucciones, ofrecemos relación de periodistas del diario *La república* que gozan de diversas canonjías y ayudas institucionales por parte de agencias del gobierno federal y los gobiernos estatales.

I. *Prebendas y canonjías institucionales*

1. De los 259 (doscientos cincuenta y nueve) trabajadores de *La república,* 118 (ciento dieciocho) tienen 2 (dos) y algunos hasta 3 (tres) o 4 (cuatro) casas de interés social,

financiadas por instituciones de vivienda del Estado. La mayor parte de esas casas —casi 300 (trescientas)— se adeudan en su totalidad o en más de un ochenta por ciento, según se especifica en relación anexa. La situación es del todo irregular, en tanto que esas casas tienen un destino unifamiliar: un mismo derechohabiente no puede adquirir más de una vivienda en propiedad personal.

Ésta es una situación común a otros órganos informativos. Como parte de su política de prensa y relaciones públicas, las instituciones de vivienda tienen una cuota libre de casas que asignar. Con esa cuota, satisfacen la demanda irregular de medios de información, las recomendaciones del sector central y de la cúpula sindical. La situación es fácilmente revertible mediante un procedimiento previsto de «incautación por duplicación de vivienda asignada», figura que prevé errores administrativos y corrupción en el sistema de asignación oficial de vivienda de interés social.

2. La totalidad de los empleados de *La república,* incluidos sus colaboradores ocasionales —articulistas y *free lancers*— tiene acceso a tres cadenas de tiendas de descuento de trabajadores del Estado: la de los trabajadores de Hacienda, la de los trabajadores del Distrito Federal y la de Petróleos Mexicanos. Son convenios irregulares que se han ido pactando y acumulando a lo largo de los años y que desde luego violan disposiciones reglamentarias. Son tiendas de grandes descuentos, con precios altamente subsidiados por el gobierno federal, que implican ingresos adicionales importantes para los beneficiados. De acuerdo con sus registros, sólo la cadena de tiendas de Hacienda calcula haber transferido a compradores de *La república* unos 300.000 (trescientos mil) pesos por mes; es decir, unos 12.000 (doce mil) pesos por persona, alrededor de 100 (cien) dólares o el equivalente de un salario mínimo.

Ésta es también una situación irregular común a otros medios de información, pero puede revertirse mediante un simple oficio que restituya las condiciones de exclusividad de esas tiendas para los trabajadores de las dependencias mencionadas.

3. Por arreglos similares al descrito en el punto anterior, *La república* puede comprar automóviles y unidades de transporte en general, a precio de lista gubernamental, lo cual significa el ahorro del impuesto de entre treinta y cuarenta por ciento que paga el usuario normal.

4. El diario paga también tarifas gubernamentales, es decir subsidiadas, en los siguientes servicios:

a) Servicios de teléfonos, télex, telégrafos, correos nacionales e internacionales. (Tarifas cincuenta por ciento menores que las de usuarios normales.)

b) Transportes terrestres y aéreos para su paquetería y dotaciones de periódicos a la provincia. (Tarifas cuarenta y cinco por ciento menores que la de envíos normales.)

c) Papel. Tarifa inferior en sesenta por ciento al precio internacional vigente.

La situación de *La república* en estos aspectos es igual a la que gozan en general todos los medios impresos de comunicación.

4. Se encuentra también *La república* en un régimen de tributación especial que reduce hasta en la mitad su pago de impuestos al fisco, ya que se encuentra bajo el régimen de promoción de la información y la cultura, al igual que otros medios. Cabe mencionar que tales exenciones impositivas se otorgan y se revocan caso por caso, en forma discrecional, por decisión única e intransferible del Secretario de Hacienda y, desde luego, por decisión presidencial.

5. Al igual que los otros medios de información, algunos de los reporteros de *La república* reciben regularmente un complemento salarial de parte de la «fuente» que cubren en su información diaria. Dicho complemento iguala y a veces rebasa el que reciben por conducto de su propio diario.

II. *Prebendas y canonjías personales*

1. Periodistas de *La república* han gestionado licencias para distintos centros de baile, que trabajan con horarios especiales, expenden alcoholes y funcionan como lugares de

prostitución. (Se adjunta relación detallada). En particular, el jefe de la sección de espectáculos, Ramón Garcilazo, ha «apadrinado» la apertura y funcionamiento de cinco de estos «bailaderos», y en sociedad con el titular de la fuente policiaca, ha gestionado en Gobernación la entrada de distintas mujeres sudamericanas, que fungen como *vedettes* y ejercen la prostitución en cabarets de la ciudad. Son también gestores de permisos para hoteles de paso, cuya concesión está en restricción permanente desde hace diez años, conforme a los reglamentos vigentes del gobierno de la ciudad.

2. Un grupo de reporteros de *La república,* encabezados por el titular de la fuente agropecuaria, Mario García Roca, a quien conocen en el medio como *Rocambol,* ha obtenido durante años la concesión de diversos contratos de desmontes federales, que a su vez se traspasaron a compañías privadas por comisiones muy altas, cuyo costo se traslada sin más al cobro de las obras realizadas. Se presume que en estos contratos, parte de los ingresos se reparten al subdirector del diario, Rogelio Cassauranc, ya que así lo ha externado en diversas ocasiones el propio Mario García Roca, para reforzar sus gestiones.

3. El columnista político de *La república,* Rufino Escalona, ha obtenido, en condiciones semejantes a las anteriores, el contrato gubernamental de fumigación de *todos los puertos del país,* trabajos para los cuales integró una compañía en la que es socio mayoritario y de la que forman parte también el referido Rogelio Cassauranc y el escritor Pablo Mairena.

4. El titular de la fuente financiera, Roberto Gastéllum, ejerce su influencia vendiendo y consiguiendo libre paso para mercancías en el aeropuerto de la Ciudad de México, sin inspección aduanal. Hace dos años, por la abundancia de solicitudes de su servicio, abrió un despacho de «importaciones y exportaciones» en las calles de Bucareli, donde funge como su socio el titular de la fuente de las fuerzas armadas, Antonio Reséndiz, conocido en el medio como *El Mayor,* quien gestiona y ofrece los mismos servicios de introducción de mercancías sin inspec-

ción por las aduanas civiles y los retenes militares del norte del país.

5. El subdirector de *La república*, Rogelio Cassauranc, ha tramitado personalmente los permisos y facilidades para la constitución de una flotilla de taxis de casi doscientas unidades, la cual opera bajo el nombre de su suegro, Cutberto Saldaña. Es fama pública en el medio, que se trata de un negocio familiar y que bajo cuerda lo controla efectivamente el yerno. Lo mismo sucede con la serie de locales comerciales de La Merced, que el propio Cassauranc ha gestionado para, a su vez, rentarlos a introductores de verduras a la Ciudad de México, calculándose su dominio actual en unos treinta locales.

6. En general, como lo muestra la relación adjunta, los jefes y reporteros de *La república*, en mayor o menor medida, han utilizado su posición en el diario para gestionar permisos y obtener concesiones ajenas a su profesión, aunque sólo los mencionados antes lo han hecho en las proporciones referidas.

7. No existen en nuestros registros, de acuerdo a lo solicitado por usted, ningún indicio de prebendas institucionales o personales de las siguientes personas que trabajan en puestos de dirección de *La república*:

Octavio Sala, director; Carlos García Vigil, coordinador editorial y asesor de la dirección; Laureano Botero, gerente; Francisco Corvo, coordinador de la página cultural, redactor de editoriales del diario y director del semanario *Lunes;* Romelia Guzmán, coordinadora del suplemento de libros; Antonio Sueiro, jefe de redacción; Víctor Manuel Viñales jefe de información, y unos 30 (treinta) reporteros de planta del periódico, cuyos nombres se ofrecen en relación adjunta. Cabe subrayar a este respecto que el diario cuenta con una planta de 65 (sesenta y cinco) reporteros.

3

Galio se presentó un lunes, muy temprano, en el departamento de Martín Mendalde.

—Vi un documento —le dijo a Vigil—: Quiero decirle que están entrampados. No me lo va a creer, pero quiero que conste para el futuro. Le daré dos indicios: vigile los taxis de su subdirector y vigile también sus contratos para desmonte de terrenos federales. Le dará una idea de dónde anda usted metido.

—Sé dónde estoy metido —dijo Vigil.

—No se sabe nada mientras no se llega a los detalles —dijo Galio.

—Puedo imaginarme de qué habla —dijo Vigil.

—Lo que ustedes necesitan ahora no es imaginación sino realidad —dijo Galio—. También había esta cosa de su amigo —agregó, echando sobre el sillón un sobre cerrado—. Puede dárselo a Sala y publicarlo si quiere. Le garantizo que es la mejor manera de que no vuelva a saber de mí una palabra.

—¿Habla usted de Santoyo? —dijo Vigil.

—Yo sí —dijo Galio—. Usted es el que probablemente habla y recuerda a otra persona. Se preguntará usted por qué hago esto. Por usted, mi querido Michelet. Y por mí. También por Sala. Y al final, por todo mundo, lo que vuelve a poner las cosas en su inicio: ¿por qué hago esto?

—En el fondo, porque está de acuerdo con nosotros —dijo Vigil.

—No, querido, no —dijo Galio—. No puedo estar de acuerdo con que se encaminen al naufragio. No voy en ese barco. Usted, en el fondo, tampoco, aunque quizá se ahogue en su naufragio.

El documento que Galio le entregó a Vigil es el que sigue:

De: Dirección Federal de Seguridad
A: Dirección de Investigaciones Políticas, Secretaría de Gobernación.

Con relación al tercer grupo detectado como perteneciente a la *Liga 23 de Septiembre,* cuyos antecedentes y miembros se ofrecen en relación por separado, es urgente tomar nota de lo siguiente:

En reunión clandestina del 12 de septiembre pasado, en la casa de seguridad de las calles de Violeta núm. 14, col.

Guerrero, los asistentes, bajo la dirección de Fernando Carlos Santoyo Mora, a) *Mateo,* y Paloma Samperio González, a) *Margarita,* acordaron:

1. Intensificar la guerra frontal y sin cuartel contra los aparatos represivos del Estado, dándoles la batalla abierta donde quiera que se encuentren y las condiciones sean ventajosas para las llamadas «fuerzas revolucionarias». Se comprenden entre las fuerzas a combatir, todas aquellas que defiendan, protejan o custodien los «intereses del régimen imperante», sean cuarteles militares, patrullas policiacas, casetas de vigilancia fabril, guardias de bancos, policías auxiliares o guardaespaldas de políticos y empresarios. Dondequiera que se encuentren estos representantes del régimen deberán ser atacados y muertos, rescatando en lo posible sus armas para la «causa de la revolución».

2. A quien quiera ingresar a la organización, le bastará para ello presentar la pistola expropiada a alguno de los anteriores agentes del régimen y algún elemento de su uniforme, como la gorra o la chapa, así como los datos de lugar, hora y circunstancias donde fue realizada su ejecución.

3. El comando de referencia no reparará en medios para continuar su lucha, entendiendo que los medios son todos violentos, correspondientes a la línea más militarista e intransigente de la organización, la cual reconoce como legítimos todos los recursos, incluido el magnicidio, la ejecución y el secuestro.

4. El grupo es particularmente peligroso por la inteligencia y la preparación de que reiteradamente dan muestra sus «comandantes» principales, gente con formación universitaria y una preparación política muy por encima del promedio, así como con una sagacidad para actuar también por encima de lo que ha sido normal, hasta ahora, en estos grupos. Su continua movilidad ha impedido en dos ocasiones su detención y su contacto asiduo con grupos de Guadalajara y la frontera, así como la audacia y cuantía de sus robos o «expropiaciones», garantiza la calidad y peligrosidad de su armamento y por lo tanto de sus acciones futuras.

5. Las infiltraciones hechas en este grupo han sido difíciles de lograr e imposibles de mantener, por la modalidad en que operan, dejando a cada nuevo miembro en libertad de formar su propio grupo sin necesidad de tomar contacto orgánico con la dirigencia, que sólo da las consignas generales de operación y escoge sin aviso previo los lugares y fechas de nuevos contactos, los cuales nunca tardan más de algunos minutos ni se repiten con ninguna regularidad. En las dos ocasiones hemos llegado tarde a la hora de la aprehensión prevista, habiéndose perdido en una de ellas la vida de uno de nuestros contactos, descubierto y ejecutado por el comando, cuyo recelo y dureza dificultan aún más su nulificación.

4

Entre la comida del mes de mayo con el Presidente y la primera semana de septiembre, los cimientos invisibles de *La República* fueron tocados en su raíz. La contracción vino poco a poco, con calculado pulso errático y, a veces, bajo el disfraz de negociaciones ventajosas que parecían ofrecer más de lo que arrebataban. Primero, los miembros de *La república* perdieron acceso a las tiendas de descuento exclusivas de los trabajadores del Estado. Luego, las instituciones oficiales de vivienda montaron litigios incautatorios contra poseedores de más de una unidad, de los cuales casi ciento veinte en *La república.* Poco después, la Secretaría de Comunicaciones replanteó sus convenios de tarifas y deducciones, duplicando los costos del periódico en la materia y reduciendo la atingencia y rapidez de sus servicios. Finalmente, la compañía monopólica oficial del papel cerró sus líneas de crédito a *La república,* aduciendo retrasos excesivos, aunque eran rutinarios, en los pagos.

A mediados de septiembre, Octavio Sala recibió en su despacho un informe confidencial de Abel Acuña sobre 35 licencias de hoteles de paso y 117 de expendio de alcoholes que un grupo de doce reporteros y jefes de *La república* había solicitado y apadrinaba bajo cuerda.

—A reserva de tu decisión sobre lo que harás con estos compañeros —le dijo Abel Acuña, que le llevó la relación—, solicito tu anuencia para cancelar esos permisos que, me parece a mí, manchan la dignidad del periódico que has soñado.

—Eso y más, querido Abel —dijo Sala hundido en su sillón, «pálido y distante de la rabia» (Vigil)—. Quiero que me informes de todo lo que falta. Si tenemos los pies metidos en esto, tendremos las manos metidas en otra cosa. Agradeceré tu información como siempre, y actuaré en consecuencia, no te quepa duda.

Cuando Acuña se fue, Sala le dijo a Vigil:

—Es una trampa. Pero me agarran por donde no puedo defenderme.

—¿Por qué una trampa? —preguntó Vigil.

—Avanzan sobre nosotros, como previmos siempre —dijo Sala—. Pero lo que buscan es facilitar nuestra división interna. Me obligan a tocar esos intereses bastardos, y no puedo evitar combatirlos, porque no podemos estar sentados sobre un barril de mierda, a sabiendas. Pero limpiar el barril es afectar el equilibrio interno. Nos obligan a pelear adentro y afuera.

—No nos conviene —dijo Vigil—. Hay que escoger nosotros dónde. Uno primero y el otro después.

—Es lo que piensa Rogelio —dijo Sala—. «No es el momento adecuado.» Pero nunca es el momento adecuado. Decidimos refundar *La república* en el momento más inadecuado. Con el reloj, el gobierno y los empresarios en contra. Decidimos tomar *La república* hace quince años con todo en contra. Las cosas están siempre en contra, hasta que empiezan a estar a favor. De eso se trata este juego. Y lo vamos ganando. No me importa tanto que nos derroten ellos, sino que nos derrotemos nosotros mismos calculando mal, negociando lo innegociable, entregando lo que no podemos entregar sin desvirtuar lo que somos. No, querido Carlos: al que se agacha, lo pisan doble. Esa es una ley de nuestra política.

Una semana después Octavio Sala tenía sobre su escritorio, deslizado por la perfumada mano de Abel Acuña, el informe sobre los contratos de desmonte y fumigación de Rufino Escalona, Cassauranc y Mairena; y otro, más irritante que ninguno, de solicitud de visas para treinta y cinco mujeres argentinas destinadas a la vida nocturna y la prostitución de lujo.

—Nos mata con nuestra moral —dijo Vigil cuando Acuña se fue.

—Eso pretende —dijo Sala—. Lo que consigue, en realidad, es ayudarnos a limpiar nuestros establos.

—¿Incluso si la limpieza incluye a Cassauranc? —dijo Vigil.

Sala sonrió con su enorme y radiante risa de un millón de pesos:

—A los amigos justicia y gracia —le dijo a Vigil envuelto en la propia luz de su malicia—. A los enemigos, la ley a secas. ¿Qué le cuenta Romelia?

—Cosas para no ser dichas —dijo Vigil, sonriendo también—. Acaso para ser sentidas.

—Las mujeres son nuestras brujas, nuestras madres, nuestra fiesta de cumpleaños —dijo Sala, aliviado de pronto por el recuerdo o la anticipación de una presencia femenina—. Sueño con un manual que pueda describirlas a plenitud como lo que son: una tribu sagrada, un rebaño de portentosos animales que aman, preservan y conspiran. Un manual cuasi zoológico, diría yo, que diera cuenta de sus rituales amatorios y sus pulsiones comunes, sus pasiones incontrolables, sus venganzas, sus celos. Son animales más serios y profundos que nosotros en sus pasiones. A su lado somos unos cachorros retozones, ignorantes de la profundidad del mundo y del diminuto encanto de sus cosas. Hay que ver a una mujer mirando a otra: no hay más proximidad y violencia que en esas miradas. Quiero invitarlo a cenar con su pareja. La próxima semana. Apunte la dirección. Será un privilegio tenerlos con nosotros.

Vigil apuntó la dirección. No era la de la casa de Sala, donde vivía solo, servido y acompañado ocasionalmente por las más diversas y hermosas mujeres de México, sino un sitio secreto: *su* sitio, *su* secreto.

5

—Estuve en una reunión que convocó Cassauranc —le dijo Romelia—. Te la puedo contar si quieres.

—Quiero —dijo Vigil.

—Según ellos, ha crecido la inconformidad en el diario.

—¿Según quiénes?

—Según el Mayor, Gastéllum, Mairena, Garcilazo, Rocambol.

—Han afectado sus intereses. Eso es todo.

—¿Te parece poco? —dijo Romelia.

—Están hasta el cuello de contratos, prebendas y negocios. Mil transas. No se puede tolerar. Tienen hecha a *La república* un verdadero burdel.

—¿Qué tienes contra los burdeles? —jugó Romelia, echándose sobre él para besarlo.

—Tienes razón: mucho peor que un burdel.

—Quiero ser tu burdel —dijo Romelia.

Bajó con los labios por el abdomen de Vigil.

—¿Qué más dicen? —preguntó Vigil.

—Quieren deshacerse de Sala —dijo Romelia.

—Estás loca —dijo Vigil, dando un salto—. ¿Qué te pasa?

—A mí nada. Te digo lo que oí.

—No puedes haber oído eso. ¿Cómo se te ocurre semejante barbaridad?

—No se me ocurrió, lo escuché —dijo Romelia—. Quieren deshacerse de Sala.

—¿Quién lo dijo? ¿Cassauranc? —preguntó Vigil.

—No, el Mayor. Pero Cassauranc está de acuerdo.

—No sabes lo que estás diciendo.

Vigil se puso de pie y empezó a caminar por la pieza, desnudo, el pene semierecto, heraldo de la vida autónoma que Romelia era en él y que corría paralela, más intensa y exigente de lo que él mismo se atrevía a pensar, junto al torrente virtuoso y responsable de *La república,* aquella disposición a asumir los problemas del país como propios y los azares de la vida pública como la parte más íntima e irrenunciable de su vida privada. Pero tenía, al igual que todos, una vida pública, una vida privada y una vida secreta. Y, como decía Oralia, su vida pública no sabía lo que pasaba en su vida privada y ambas desconocían los corredores de su vida secreta. Con todo eso a cuestas caminaba ese día frente a Romelia, desnudo, hablando exaltadamente de su vida pública, exhibiendo la indefensión habitual de su vida privada, conservando la media erección proveniente de su vida secreta, completo y diáfano en su diversidad esencial.

—*La república* sin Sala sería una entelequia. Es imposible pensar una cosa sin la otra. ¿Tú te imaginas a Cassauranc dirigiendo *La república*? Sería el periódico más rutinario y aburrido de la historia del diarismo mundial. ¿Qué conspiración es ésta? No puede ser. ¿Dónde oíste lo que dices que oíste?

—Se reunieron en un privado del bar *Gredos* de San Antonio.

—¿Y tú fuiste en calidad de qué?

—Como coordinadora del suplemento de libros. En calidad de tu espía.

—¿Quiénes más fueron? —preguntó Vigil.

Romelia se paró junto a él y se abrazó a su espalda, como una lapa.

—No muchos. Ya te dije: El Mayor, Gastéllum, Garcilazo, Rocambol.

—Los negociantes —dijo Vigil—. Todos tienen negocios al amparo del diario. ¿Sabías eso?

—No. Pero ¿es muy malo? ¿Qué tienen de malo los negocios?

—*La república* no es un negocio —dijo Vigil—. Es un servicio público, una necesidad del país. No preguntes esas pendejadas, sabes muy bien de qué estoy hablando. Vamos a acabar vendiendo los titulares de la primera plana.

—Era la práctica hasta hace poco —dijo Romelia—. Tú mismo me lo dijiste. Y *La república* seguía siendo un buen periódico.

—Además era la cueva de Alí Babá y los cuarenta ladrones —dijo Vigil.

—¿Ahora qué es? —dijo Romelia—. Igual estamos llenos de negocios, según me estás diciendo. Y *La república* está mejor que nunca. ¿Por qué hay que acabar con los negocios?

—No son negocios. Son corrupción primitiva. Contratos leoninos, trata de blancas. Un desastre.

—Peor desastre será el pleito en el que nos estamos metiendo —dijo Romelia.

—Es inevitable —dijo Vigil.

—Lo único inevitable es que me hagas el amor —dijo Romelia.

—No tengo humor —dijo Vigil.

—Pero tu compañero de abajo, sí —dijo Romelia.

—Es una ilusión óptica —dijo Vigil.

—Pues esa ilusión óptica es la que yo quiero —dijo Romelia—. Tú quédate con las realidades. Ven. Te va a calmar.

—No quiero calmarme —dijo Vigil.

—No te calmes entonces —dijo Romelia—. Nada más métete aquí. Así. Acuéstate y piensa. No quiero tus pensamientos. Quiero esto. Así —empezó a moverse sobre Vigil—. Esta ilusión es la que quiero. Nada más.

6

Viernes, 36 de julio
4: 13 1/2 a.m.
(Club de Desveladas, S. A. de La Chinga Madrugadora, (SIC)

Negro, negrito, Si tengo las narices más respingadas y aristocráticas que nunca y las pieles —todas las pieles, de cada parte— más sensibles y proclives a ti (si vas y vienes por mí sin pasaporte, cruzas todas las aduanas sin mostrar papeles y en casi todas esas partes eres bienvenido (confeti y cohetes que suenan en mi cabeza como Hongos de Hiroshima y Nagasaki y Anexas), si todo esto pasa así y es tan necesario que lo sepas y estés aquí, por qué entonces, Negro, me has abandonado y no sé de ti, nada de ti, salvo esas cosas extranjeras que pasan por mi cabeza y por mis pieles sin mostrar su pasaporte. Ay, voy a exigirles visa, carajo.

Noche de las aduanas Hospitalarias.
(Pero sólo quiero hospitalizarte a ti, Negro, aquí adentro
y darme contigo una cura de sueño
—con algunos besos que quiten el dolor de cabeza—.)
Ven con tu visa, ven. Te estoy llamando, aullando,
Y no tengo fuerzas para más. Así que apúrate cabrón,
responde, acude como estés, ya te dije que no necesitas
pasaporte —SIC.

7

A la cena de Sala Vigil llevó a Oralia Ventura, porque a la hora de corresponder mínimamente al secreto que Sala le ofrecía, no pudo sino pensar en esa «hermana carnal y duradera que se había dejado ser a fondo, sin neutralidad ni exigencia» (Vigil), todo lo suya que era. Intuyó con claridad que el llamado de Sala no era hacia la irregularidad, sino hacia el orbe que había mantenido a salvo de su vida pública, el lugar en el que Sala navegaba sin ánimo de exhibición o aventura, tanto en el vendaval como en la calma.

Sala había construido ese puerto de abrigo con la sabiduría del caso, poniéndolo, para empezar, al abrigo de sí, escogiéndolo lejos de las tribulaciones de su mundo incandescente, para poder despojarse ahí de «los ropajes dramáticos que eran la llama y la adicción de su vida» (Vigil). Eso había sido para él durante los últimos años la casa de Isabel Gonzalo: un remanso del actor que no sabía dejar de serlo sino en este discreto camerino «donde volvía a ser él, es decir, nadie» (Vigil), un Octavio Sala tan inesperado como el territorio de la calma que era la sala de Isabel Gonzalo: su puerto, su secreto, su misterio reposado.

Isabel Gonzalo era una mujer de quizá cuarenta años que Sala había probado por primera vez ocho años atrás, al final de una fiesta en casa de Abel Acuña, a la que Sala acudió del brazo de una incipiente escritora de novelas que entonces ocupaba las listas de venta y la complacencia feminista de la izquierda. Tuvieron el buen gusto de no rendirse uno a otro esa misma noche, aunque nada sino eso habían querido sus miradas y el delicado acercamiento que Sala inició, tartamudo, inhibiendo a propósito sus dones de histrión, defraudando la celebridad de su magia. Luego de no hablar o mal hablar, uno junto a otro, durante media hora, en un ángulo propicio del salón a donde los invitaron a tomar el café y los licores, Sala alcanzó a decirle:

—Tengo algo anónimo que agradecerle. Mirándola esta noche, he evitado ser yo.

—¿Le pesa ser usted? —preguntó Isabel Gonzalo.

—Es la única cosa que me pesa en la vida —dijo Sala sonriendo.

—Entonces tiene todo que aprender de mí —dijo Isabel, devolviendo la sonrisa—. Porque yo lo único que puedo enseñar es cómo no ser nadie.

Isabel Gonzalo contó aquel encuentro litúrgico a mitad de la cena, para que lo oyeran todos, pero en realidad para el registro y la atención de Oralia, riendo con ella al relatarlo como sonríen al conectarse en su propio mundo las mujeres. Dos horas antes, al llegar, los había recibido en la puerta, radiante y como etérea, bajo la blanca y limpia escuadra de sus hombros descubiertos. Los había besado y halagado sin prisa ni distracción, suave y llanamente, con la elegancia sin adornos de una letra bien hecha. Le había dicho a Vigil:

—He oído hablar de usted tanto como de un periódico llamado *La república*.

Y a Oralia:

—El problema de física cuántica que usted y yo nos cargamos con la proximidad de estos señores, no enseñan a resolverlo en la escuela. Así que tenemos que resolverlo entre nosotras.

Al final de la cena, con un puro, Sala inició para Vigil dos tersas divagaciones. Una sobre el poder, otra sobre la literatura. Era inusitado verlo apacible, sin su habitual remolino interior, dando pausas a sus palabras, respetando, casi estimulando, la menor reacción adversa de sus interlocutores, metido en el modo terso y dialogante que parecía la marca de fábrica de Isabel Gonzalo: una paz sin prisas, disponible a la intromisión y el jugueteo de los otros.

—Todo lo que me he planteado en la vida fue imposible en algún momento —dijo Sala en sus divagaciones.

—Eso se llama megalomanía, señor Sala —reprochó con dulzura cómplice Isabel Gonzalo.

—Quieres decir que las cosas imposibles son por lo general imposibles —tradujo Sala, acariciando el tono.

—Y que sólo son posibles las posibles —dijo Isabel Gonzalo.

—De modo que no soy Dios —concluyó Sala.

—Por un milímetro apenas —sonrió Isabel.

—El mayor milímetro del mundo —dijo Sala.

—El mejor —dijo Isabel Gonzalo.

8

Vigil le escribió un memorándum a Octavio Sala:

Para decirle, como siempre, algunos hechos y (menos) opiniones.

Hechos:

1. Es ya un rumor generalizado fuera del periódico que entre nosotros —la «comunidad» de *La república*— el reloj marcha a contracorriente de la unidad y el acuerdo. (Cfr. El diario *El Heraldo de México,* en su columna *Café político.* Siempre ha estado en contra nuestra, pero ahora «destapa» el caso de nuestra creciente división con alusiones a la última Tenida que alguien, desde luego, «filtró». ¿Quién?)

2. Ítem más. La revista del PRI sacó en su último número una relación de hechos curiosos vinculados a *La república.* Hizo un memorial de los negocios y los procedimientos entre picarescos y criminales del que fuera en los sesentas el Columnista Non de *La república.* El Columnista Non ha muerto y, desde luego, ya no trabaja aquí. Más todavía: fue echado de La república precisamente por las cosas que ellos publican. Pero la alusión a *La república* está ahí, como no queriendo, y el detalle de la denuncia indica algo. No sé qué: ¿un aviso? ¿Viene más? ¿Una denuncia de nuestros colegas actuales?

3. *Del buzón de Romelia.* Sé que el buzón no le parece confiable a usted —ni a mí—. Pero lo que cae en él no puede desestimarse del todo. Según el buzón, hubo una junta en el bar *Gredos* de la calle de San Antonio. El tema: ¿cómo *deshacerse* de Octavio Sala, cuya gestión ha empezado a dañar a *La república*? Asistentes: El Mayor, Garcilazo, Mairena, Rocambol. Convocante: Cassauranc...

4. En talleres, una pregunta corrió el jueves pasado:

—¿Es cierto que nos van a embargar las rotativas?

—¿Quién? —se preguntó.

—El gobierno, que no nos aguanta —fue la respuesta.

Opiniones:

Demasiados rumores coincidentes en que vamos a la colisión. Sabemos de dónde vienen. ¿No podemos hacer algo? Tenemos todo a favor, salvo la pasividad.

Octavio Sala llevó a cenar a Vigil y le dijo a los postres:

—No preste oído a rumores. Sobre todo: no les preste su inteligencia. Si pasan por su inteligencia, las cosas crecen y cobran una coherencia que no tienen por sí solas. Luego de cederles la inteligencia, habrá que empeñar en ellos nuestra voluntad, porque esos rumores, mejorados por su inteligencia, serán frutos de un árbol más frondoso e inmanejable de lo que son en realidad. No hay que mejorar las intenciones de nuestros enemigos. ¿Qué le pareció Isabel?

—Exquisita —dijo Vigil—. Tengo que agradecerle el acceso a su intimidad.

—No fue un acceso a mi intimidad —dijo Sala riendo—. Sino a mi soberbia.

9

Tuvieron la Tenida del 19 de agosto de 1975 en la casa de Pablo Mairena, por Copilco. No faltó nadie. Había en los saludos y los silencios previos a la reunión el aire descompuesto e inaceptado de «las familias divididas que se obligan a reunirse los domingos» (Vigil). Sala pidió la palabra y avanzó sin más al centro del problema, escudado en su propia claridad:

—No hemos comido nunca ilusiones en este foro —dijo—. Por el contrario, éste es el lugar incómodo de las realidades, por crudas que sean. La cruda realidad de nuestros días es que nos hemos dividido. Lo menos que nos debemos, luego de tantos años fraternos, es decir las cosas como son. Sé que hay inconformidad con mi manejo del periódico, que muchos han sido afectados en sus intereses, incluso en sus negocios personales, por diversas decisiones del gobierno. Por decisiones mías también, ante información del gobierno sobre cosas que, hasta donde entiendo, nos han parecido siempre inaceptables. Sé que hay, y que se promueve, la incertidumbre entre los trabajadores de *La república*. Sé que gente de nuestro Partido se reúne y convoca a reuniones para encontrar una «solución», con comillas, a nuestro «problema», con comillas. ¿Pero cuál es nuestro problema? —gritó Sala—. Quiero escuchar de ustedes al menos una versión de cuál es nuestro problema—. («Más que su enojo sentí en él la astucia oratoria» escribió Vigil, «al actor entrando en materia, administrando su cólera».) Había en sus brazos crispados y en la posición de sus piernas abiertas un dejo de «reto pandilleril», la corbata fuera de su sitio, el pelo cayéndole sobre la frente. A su pregunta y su actitud siguió un silencio que Vigil pensó terminal, pero no fue así. En un asiento del fondo alzó la mano el Mayor. Prendió un cigarrillo, miró la brasa y exhaló sobre ella dos profusas bocanadas.

—Fraternalmente, Octavio —dijo el Mayor, poniéndose de pie—. Fraternalmente y sin eufemismos, como debemos hablar aquí: nuestro problema, sin comillas, eres tú. Y tú eres también tu mayor problema.

—¿Por qué? —dijo Sala.

—Porque no sabes retirarte de la mesa de la ruleta —dijo el Mayor—. Has quebrado dos veces al casino pero en lugar de retirarte con las bolsas repletas, sigues apostando todo lo ganado en cada mano. No puedes no perder.

—La del juego no es la mejor metáfora que pudo encontrar *usted* para hablar de mí —dijo Sala, aludiendo a las conocidas adicciones del Mayor al hipódromo y el pócar.

—No es la mejor metáfora —dijo Pablo Mairena—. Pero expresa bien la preocupación de muchos de nosotros.

—¿Cuántos de ustedes? —dijo Sala.

—Algunos —dijo Mairena.

—Contigo y el Mayor llevamos dos —dijo Sala, «mostrando de más los colmillos para no tener que morder» (Vigil).

—Quiero hablar sin ser interrumpido —pidió Mairena a don Laureano Botero que dirigía la Tenida.

—¿Ni siquiera por una oferta de trabajo en el gobierno? —punzó Sala.

Hubo una risa ahogada en el público.

—Sin interrupciones, don Laureano —subió la voz Mairena.

—Sin interrupciones —dijo don Laureano a Sala.

Habló Mairena:

—Bajo la dirección de Octavio Sala *La república* ha vivido y vive hoy su mejor época. Es, también, la mejor época del periodismo que haya producido México. Bajo la dirección, sin comillas, de Octavio Sala, hemos ganado más lectores y credibilidad que ningún otro medio del país. Bajo la dirección de Octavio Sala hemos independizado a *La república* de anunciantes oficiales y grupos empresariales, y de sus respectivos caprichos. Y hemos empezado a depender única y exclusivamente, sin comillas, de los lectores, por primera vez en la historia del periodismo mexicano. La convicción que tenemos algunos es que, precisamente por ser tan importante y tan inusual lo ganado, más avaramente hay que cuidarlo. El que corre es un año político particularmente sensible en México. Es un año de sucesión presidencial, un año de tabúes y rituales políticos. Desde que el proceso de la sucesión empezó hace unos meses, al despuntar el año, hemos visto a *La república,* bajo la dirección de Octavio Sala, empeñarse en derribar uno a uno esos tabúes y violar uno a uno esos rituales. Y hemos visto al gobierno reaccionar suave en las formas, como sabe hacerlo, pero implacable en el fondo. Esto les ha costado muchas cosas ya a trabajadores y colaboradores de *La república,* que han visto lesionados sus ingresos y aun su patrimonio. Como ustedes saben, el gobierno ha incautado casi quinientas casas de interés social, que habían sido adjudicadas a miembros de *La república.* Hemos perdido el acceso a tiendas de descuento estatal, que representaban un ahorro adicional muy importante para muchos de nuestros compañeros. El problema que tenemos, y que requiere una solución sin comillas, es si vale la pena arriesgar lo obtenido por esta ilusión de que *La república* podrá influir en el curso de la sucesión presidencial, ventilarla, condicionarla. Es un problema que requiere una solución sin algodones. Podemos soñar cuanto queramos, pero no podemos caminar dormidos mucho tiempo sin caernos. Éste es el punto.

Cuando terminó Mairena, hubo un largo y expectante silencio. Duró tanto que don Laureano Botero preguntó si había o no más oradores. Se apuntó nuevamente el Mayor, pero sólo dijo:

—Estoy de acuerdo con lo planteado por el compañero Mairena.

Luego pidió la palabra Ramón Garcilazo:

—Concuerdo con lo expresado por el Mayor y por el compañero Mairena.

Ningún otro quiso hablar. Entonces tomó la palabra Sala:

—Confieso que esperaba oír más —dijo—. Y cosas más inteligentes, más dignas de la generosa locura en que nos embarcamos hace casi veinte años. Lamento la pequeñez de miras, el oportunismo de los puntos de vista expresados aquí. Su falta de audacia y de verdadero sentido práctico. Para no entrar en las minucias de rebatir esos argumentos, quiero decirles que el director de *La república* no va a cambiar su línea editorial en este año «sensible», entre comillas, de «tabúes» y «rituales», entre comillas. *La república* seguirá siendo lo que es, como es, con los riesgos que implica. Y quiero poner esto a votación secreta en esta reunión, de modo que en adelante sepamos todos cuál es, en estricto conteo, nuestra voluntad colectiva. Pido que se vote a favor o en contra de la línea editorial de *La república*.

—¿Hay oposición a la propuesta de votación? —dijo don Laureano.

No la hubo.

—Se vota entonces —dijo don Laureano Botero.

Uno a uno pasaron los miembros del Partido a poner su voto escrito en el frutero de bejuco que don Laureano improvisó como urna. Luego nombraron escrutadores a Leonor Rodríguez Malo y a Gamaliel Ramírez, que contaron las papeletas y anunciaron solemnemente el veredicto: veintiún votos a favor, cuatro en contra.

Hubo aplausos y vítores. Don Laureano Botero volvió a ofrecer la palabra a los asistentes.

—Que hable Rogelio Cassauranc —se oyó entonces, imperativa, la voz de Octavio Sala.

Cassauranc se puso de pie y dijo:

—Con gusto, Octavio. Quiero decir, por si hiciera falta, que estoy en todo de acuerdo con la línea editorial de *La república*. Puedo discrepar en forma fraterna de Octavio Sala, pero hoy, como siempre, estoy incondicionalmente de su lado.

10

Durante la primera semana de agosto, «en secreto, casi conspirativamente» (Vigil), Sala planeó con un grupo de reporteros su golpe periodístico del año: el «destape» anticipado del candidato presidencial del PRI. No hizo sino poner en práctica su convicción informativa esencial. A saber: que no había miseria, escándalo o confidencia que no circulara profusamente en pequeños círculos; que la verdad periodística estaba ahí, disponible al escrutinio público, en la masa de rumores de los grupos dirigentes. El trabajo de un reportero era sólo ponerse en esa corriente, cotejar versiones y «no espantarse con lo que alcanzara a saber» (Vigil). («La realidad —en particular la realidad política— iría siempre, sin excepción, más allá de los rumores y acabaría dando la razón al reportero que no temiera verlos de frente y al periódico que no titubeara en ponerlos a circular entre el público con la misma vivacidad con que circulaban ya, de hecho, entre las élites»: Vigil.)

Sala llamó a Viñales, a Manuel Sueiro —hermano de Antonio, el jefe de redacción—, a Guadalupe Cam, y los sentó en una mesa junto a él y a Vigil.

—Vamos a investigar lo menos tangible del mundo —les dijo—. Los augurios y señales de la voluntad presidencial. Queremos descubrir a quién designará para que lo suceda en el cargo de Presidente. Nuestras fuentes son los campamentos de los contendientes. Necesitamos reconstruir lo que ellos han sentido como señales favorables y desfavorables. Y las consecuencias que han sacado de sus observaciones. Necesitamos saber los candidatos que ya tienen equipos e instalaciones planeando la campaña y el gobierno siguientes, los que han recibido encargos de tareas ajenas a las funciones específicas de su puesto, misiones especiales, etcétera. Necesitamos, también, una muy cuidadosa información sobre el trato presidencial a los precandidatos. Primero, en el orden familiar: presencia de los precandidatos en reuniones privadas de la familia presidencial, relaciones de las esposas y los hijos, asiduidad en el trato, etcétera. Segundo, las minucias del trato político: si consiguen audiencia presidencial en cuanto lo solicitan o hay demora, si el Presidente los trata bien en público, frente a sus colaboradores íntimos, o en forma despótica e informal. Por ejemplo: si los tutea de más, si les señala errores frente a otros, si hace ironías y bromas que muestren excesiva familiaridad, casi falta de respeto. Necesitamos saber estas cosas con precisión y cotejarlas en los distintos frentes. No debemos desdeñar absolutamente nada. Debemos recoger todo, aun lo más descabellado. Sólo al final haremos nuestra conclusión. Les aseguro que acertaremos siguiendo estas vías estúpidas y sinuosas del rumor, porque son ésas las vías reales de la política sucesoria. Ahora bien, si no acertamos, al menos habremos ofrecido un panorama insuperable de este ritual, como le llama Mairena, tal como se vive entre los hombres más poderosos de México. Esa será, con el paso del tiempo, la revelación mayor de nuestro trabajo y el nombre del triunfador, una mera anécdota de la historia. Pero acertaremos también en la anécdota, que no les quepa duda.

Varios días después los conspiradores pusieron sobre el escritorio de Sala la más amplia colección de hechos minúsculos, rumores, augurios y señales que hubiera podido imaginarse: doscientas cuartillas de vaticinios, detalles, esperanzas, chismes y desengaños que corrían por los circuitos de la élite sucesoria y una abundante hemerografía, aportada por Corvo, sobre ese mismo tipo de información aparecida en columnas políticas de la prensa nacional.

—Es la hora de leer, resumir y tomar notas —dijo Sala a los conspiradores—. Quiero de cada uno de ustedes un veredicto sobre el precandidato que triunfará, de acuerdo con la información que han recogido, y las razones de su fallo. Diez cuartillas cada uno, para la próxima semana. Les anticipo una información pertinente: en una conversación privada, con nosotros, el presidente descartó de hecho al Secretario de Gobernación.

—Es también la impresión de Galio —dijo Vigil—. Está entre las notas que traje.

—Lo que yo recogí es coincidente con eso —dijo Viñales—. Nadie le da oportunidades adentro, aunque es el favorito de la prensa.

—Hasta ahí —dijo Sala—. No quiero más coincidencias previas. Quiero su espírtu y su olfato de reporteros sacando de aquí una conclusión. Y quiero que lo hagamos cada quien por separado, sin comentarlo entre nosotros.

Así lo hicieron. Pasada la semana, fueron convocados por Sala al despacho de la dirección para una sesión nocturna a partir de las once de la noche. Doña Cordelia mandó traer una cena especial de *Loredo* y pasadas las once entraron todos al cónclave con su informe bajo el brazo, «nerviosos como niños», «altivos como cardenales», «obligados a sesionar en la sombra, sin ropas talares, sobre el destino inminente de México» (Vigil).

—Es hora de leer y escuchar —dijo Sala—. Por estricto orden alfabético: Cam, Corvo, Sueiro, Vigil, Viñales.

Se sirvieron wisquis y empezó a leer Guadalupe Cam. Cuando terminó, Sala dijo: —Todos los comentarios al final.

Pancho Corvo leyó once fluidas cuartillas, y luego Manolo Sueiro. Vigil y Viñales, después del segundo wisqui.

—Es él —dijo Sala cuando terminó Viñales—. Es él, carajo. Y ustedes lo han descubierto.

Habían coincidido todos, por unas y otras razones, en que el nuevo presidente de México sería el Secretario de Hacienda, «señor de la presencia, la elocuencia y la confianza» (Vigil).

11

El lunes 8 de septiembre de 1975 *La república* empezó a publicar el reportaje en dos entregas que anunciaba la inminente candidatura presidencial del Secretario de Hacienda, con apoyo en la más inverosímil colección de hechos menudos, augurios y señales, tal como Sala advirtió en el epígrafe que explicaba al público el procedimiento y los criterios del reportaje. Los «augurios y señales concluyentes» del reportaje, podían compendiarse así:

Durante una reunión de gabinete, el Presidente en funciones había tenido el lapsus de ofrecerle su propia silla al Secretario de Hacienda.

El Secretario de Hacienda había sido el único presente en una secretísima comida familiar, que celebraba el cumpleaños de uno de los hijos del Presidente.

Los hijos del Presidente lo llamaban tío.

El Secretario de Hacienda había sido convocado a escuchar una conversación telefónica directa del Presidente mexicano con su colega norteamericano.

Había recibido en los últimos tres meses el doble de audiencias presidenciales que cualquiera de los otros precandidatos. Presidente y Secretario de Hacienda compartían el sastre. Presidente y Secretario de Hacienda se regalaban en sus cumpleaños corbatas y camisas de una tienda neoyorquina, cuyo escaparate habían admirado, sin un dólar en la bolsa, como estudiantes pobres en sus años veinte.

Como abogados, habían ganado pleitos penales recíprocos. Uno, ganado por el Presidente para el Secretario de Hacienda, por haber éste violentado el domicilio de su cuñado, para proteger a su hermana, víctima de un marido alcohólico, golpeador y sádico. Otro, ganado por el Secretario para el Presidente, por haberse cruzado éste en las pretensiones de un cacique poblano sobre tierras ejidales, lo cual provocó un enfrentamiento con heridos y muertos, de los que fue acusado y juzgado como autor intelectual el entonces descosido litigante de la capital y ahora Presidente de la República.

La minuciosa acumulación de «augurios y señales» ofrecía al final la imagen, entre satírica y onírica, de una república cortesana, sometida en sus más altas decisiones a las más bajas ocurrencias de la fortuna y el humor de sus gobernantes.

A primera hora de la mañana, en cuanto Sala llegó radiante y colmado a *La república* irrumpió en su despacho Rogelio Cassauranc, que no había estado en el periódico el día anterior por ser su día de descanso.

—¿Qué es esto, Octavio? ¿Qué hiciste? Es el ridículo de nuestra vida— profirió descompuesto y pálido aún por la sorpresa.

—Es el golpe periodístico del año —dijo Sala, sonriendo.

—Es una apuesta perdedora en todos sentidos —dijo Cassauranc.

—El símil de la apuesta no es tuyo —dijo Sala, aludiendo a su molestia con el Mayor en la Tenida.

—No es un problema de estilo, Octavio —dijo Cassauranc—. Es un problema real. Has metido al periódico en un herradero. Este reportaje es una colección de chismes. No nos dedicamos al chisme ni al rumor. No hasta ahora, por lo menos. Y es un error político monumental. ¿No te das cuenta?

—No —dijo Sala—. Explícamelo.

—Pisas los terrenos exclusivos del Presidente de la República.

—Ésa es una anormalidad de nuestro sistema que hay que corregir —dijo Sala—. Nuestro país es una república, como tú dices, no una monarquía. Si los ciudadanos y sus periódicos no pueden abordar la sucesión presidencial como les dé la gana, ¿entonces qué pueden abordar? ¿Qué clase de ciudadanos son?

—No hagas teorías, Octavio. Te estoy hablando de realidades.

—¿Qué realidades tienes en mente? —preguntó Sala.

—Hay siete precandidatos a la Presidencia —dijo Cassauranc—. Tú optaste por uno.

—Descubrimos al bueno. No optamos por él.

—Optamos por él, Octavio —dijo Cassauranc—. Y perderemos igual si acertamos que si fallamos en el pronóstico. Si gana el Secretario de Hacienda, como decimos hoy en nuestra edición, seremos a partir de ahora el periódico del Secretario de Hacienda. Si no gana, seremos el periódico enemigo del triunfador, porque no estuvimos con él. Y en los dos casos perderemos. Era una apuesta innecesaria.

—Te dije ya que no es una apuesta —repitió Sala—. Guarda esas metáforas para tu amigo el Mayor. Nosotros publicamos un reportaje sobre el problema central del país en estos momentos. Eso es todo. Publicamos lo que descubrimos. Como siempre. Nada más. ¿Tienes alguna información que aportar a eso? ¿Sabes algo más preciso sobre la sucesión que podamos publicar mañana?

—No —dijo Cassauranc—. Quería sólo darte mi opinión. Leal y clara, como siempre.

—Es lo que esperaba de ti —dijo Sala—. No esperaba más.

Por la tarde llegó al escritorio de Sala una carta firmada por dieciocho reporteros de la redacción. Se decían «desconcertados y preocupados» por la «audacia periodística» de la dirección y por las «implicaciones políticas» que eso tendría para *La repúbli-ca*. Pedían una reunión para discutir «las alternativas del periódi-co», en caso de que su destape resultara falso, lo cual llevaría a *La república* a «perder la credibilidad tan arduamente obtenida frente a los lectores».

12

Los firmantes del documento vinieron por la noche al des-pacho de Sala, luego de que el periódico de esa tarde quedó resuelto sin un solo comentario de los medios políticos sobre lo que desde entonces empezó a llamarse, para su desgracia, pero con exactitud, «el destape de Sala». Sala oyó durante una hora, por boca de distin-tos reporteros alarmados, los argumentos que Cassauranc le había dado por la mañana y el mensaje involuntario de que la conspira-ción detenida en el Partido tenía cauces más amplios: se había rami-ficado hacia una parte crucial de los reporteros del diario, los más jóvenes, los que «desconocían la epopeya de la toma de *La república* de los años sesenta y habían entrado al periódico, en los años si-guientes, bajo la protección de Cassauranc» (Vigil).

—He leído su documento y escuchado sus tribulaciones —dijo Sala, cuando terminó «la exposición en secuencia de los te-mores de Cassauranc» (Vigil)—. Quisiera escuchar ahora los argu-mentos periodísticos contra lo que publicó *La república*.

—Nuestros argumentos no son periodístictos, señor di-rector —dijo con humildad actuada el segundo de Roberto Gas-téllum, titular de la fuente y jefe de la sección financiera—. Nuestra inquietud y nuestros argumentos son básicamente políticos. Te-memos por el futuro político de *La república,* no por su calidad periodística.

—¿Es usted un político? —preguntó Sala al segundo de Gastéllum.

—No señor —dijo el interpelado—. Soy periodista.

—Déme entonces sus argumentos periodísticos —dijo Sala.

—No podemos escaparnos de la política, Octavio —dijo Roberto Gastéllum, que escuchaba la reunión desde el fondo.

—Gastéllum va a explicarnos brevemente la relación entre periodismo y política —dijo Octavio Sala—. De modo que podamos entendernos en adelante como periodistas y como políticos. Adelante Roberto. Dice usted que no podemos escaparnos de la política...

Roberto Gastéllum era «un hombre de ocurrencias, un excelente reportero y, como se vio luego, un conspirador impecable» (Vigil), pero no un hombre elocuente, de modo que Sala le abrió el turno de voz como quien le abre un foro a un tartamudo.

—Estábamos hablando de la coyuntura —dijo Gastéllum.

—De la coyuntura —emuló Sala.

—Lo que quiero decir es que los muchachos tienen razón en protestar —dijo Gastéllum.

—Pensé que querían conversar —dijo Sala—. Si se trata de una protesta, la cosa cambia. ¿De qué protestan ustedes?

—No es una protesta, director —dijo el protegido de Gastéllum.

—No quise decir *protestar*, Octavio —aclaró Gastéllum, turbado, al fondo.

—Diga usted lo que quiera decir entonces —avanzó Sala—. Le recuerdo el tema que usted mismo nos propuso: «No podemos escaparnos de la política.» Ése es el tema.

Gastéllum prendió un cigarrillo buscando apoyos para hablar, pero Sala no le dio tiempo:

—El tema es la política, no *La república* —dijo—. ¿Alguien más quiere hablar de eso?

—Director —dijo el protegido de Gastéllum, que se llamaba Morales y hacía esfuerzos por sobreponerse a su indigencia verbal—. Con todo respeto hemos venido a hablar con usted de nuestra preocupación por *La república*.

—Con todo respeto, Morales, habla usted con gente ocupada, no preocupada. Si puede ir al grano se lo vamos a agradecer todos.

—Estamos preocupados, director —dijo Morales.

—Ya entendí, Morales. Espero que no se le ocurra a nuestro gerente pagarle por eso.

Hubo una risa en el despacho.

—Por estar preocupado tendríamos que pagarle a todo México —siguió Sala.

La risa creció al doble.

—Hemos hecho un reportaje sin precedentes —dijo Sala—. Las ocho cuartillas que leyeron ustedes hoy en *La república,* son el resumen de quince días de investigación exclusiva de cuatro reporteros estrella de nuestro periódico. Tengo aquí el legajo original de la investigación. Son doscientas cuartillas de datos, fuentes, averiguaciones. No tengo reservas profesionales de ningún tipo sobre ese trabajo. Por esa única razón *periodística,* el reportaje fue publicado hoy en la primera plana de *La república:* por su calidad *periodística,* no por sus implicaciones *políticas.* Denme algo semejante en calidad periodística con el resultado contrario a lo publicado hoy y lo publicaremos mañana. No soy político, soy el director de *La república.* Y no tengo otro candidato que nuestro periódico. Eso es lo que puedo decirles, a reserva de lo que pueda añadir Morales. Sin cobrar, desde luego.

Una tercera risa disolvió la tensión y el espíritu contestatario del encuentro.

Esa misma noche Romelia le dijo a Vigil en el hotel:

—Se los comió, pero falta que se dejen digerir. No pueden con él de frente. En adelante no le darán el frente.

—Depende si gana —dijo Vigil, pensando en el pronóstico sucesorio de *La república,* de cuyo rigor estaba, como Sala, persuadido.

—Más todavía si gana —dijo Romelia.

13

Entre la publicación del pronóstico sucesorio y el día en que el país supo el nombre de su nuevo rey ungido, las cosas dentro de *La república* se pudrieron sin dar la cara, tal como anunció Romelia. Una nube de acedia cubrió la redacción. Fue un sopor de órdenes de trabajo sin cumplir, noticias perdidas que otros diarios recogieron, notas cojas o inexactas y ausentismo. Un día a las ocho de la noche no hubo material suficiente para llenar el periódico. Otro, las prensas morosas echaron su fruto tarde a manos de los voceadores, con retrasos de dos horas. La cosa alcanzó su clímax un sábado en que el diario casi no circuló, porque salieron del taller sus primeros pliegos frescos a las seis de la mañana, «con la odiada luz del día» (Vigil). No obstante, el 22 de septiembre de 1975 el país supo que *La república* había acertado: el Secretario de Hacienda fue nominado candidato presidencial del PRI. Una serpentina de incredulidad corrió por los laberintos del diario cuando la noticia empezó a circular poco después del mediodía, y fue tornándose euforia y autocomplacencia, durante las primeras horas de la tarde. A las seis en punto, alguien destapó una botella de champaña en la redacción, donde no faltaba nadie, y un grupo bajó otra botella a los talleres. Cuando Sala cruzó la puerta de la redacción, acompañado de Vigil y Pancho Corvo, destapaban ya la tercera botella y había un murmullo enfático de cantina española. Caminaron unos pasos antes de que esa excitación se disolviera en un silencio de plomo.

—¿Dónde está mi copa? —preguntó Sala.

La respuesta fue un aplauso que se extendió como una granizada por la planta abierta de la redacción. Duró todo el tiempo que tardaron en traer su copa y en servírsela, y el tiempo que Sala tardó en alzar el brazo pidiendo que el aplauso cediera.

—Salud —dijo Sala, suavemente, a sus celebradores.

—Salud —coreó la redacción.

Sala levantó su copa y bebió todo el líquido a pequeños sorbos. Miró después, gozosamente, la copa vacía y dijo:

—Es hora de trabajar.

Un nuevo aplauso lo acompañó todo el trayecto hasta su despacho, en cuya antesala esperaban el Mayor y Cassauranc.

—Quiero decirle que tenía usted razón —dijo el Mayor, inclinándose frente a Sala mientras le daba la mano.

—Gracias, Mayor —dijo Sala y luego a Vigil y a Corvo—. Voy a hablar con Rogelio a solas, si les parece.

Se metieron al despacho.

—Ustedes también tenían razón —dijo el Mayor a Vigil y a Pancho Corvo—. Es un gran logro para *La república*.

Media hora después salió Cassauranc del despacho de Sala y empezó la barahúnda del día, las primeras declaraciones del candidato, las reacciones de las fuerzas vivas, las crónicas, las marimbas, los confetis. Esa noche salieron tarde del periódico, rayando las dos de la mañana, exhaustos y hambrientos, todavía en las andas triunfales del día.

—Un éxito enorme— dijo Vigil a Sala, frente al platón de menudo que se regalaron antes de dormir—. Pero debemos revisar lo que pasó antes de esto. El tortuguismo, la conspiración.

—Son dos caras de la misma moneda —dijo Sala—. Celebran ahora por la misma razón que tenían antes: incertidumbre y miedo. Llevan también encima el hierro de la autoridad. Ahora creen estar bien con la autoridad, y están contentos. Ayer creían estar mal y los corroía el desamparo. No entendían entonces, ni entienden ahora lo que hemos hecho, hasta qué punto los deseos o caprichos de la autoridad han dejado de afectarnos. No importa. Hay que empezar de nuevo con ellos, volverles a pasar la película para que entiendan.

—Pero hay algo más que eso —dijo Vigil—. Aquí hubo casi una rebelión y no creo que deba tolerarse. Fue una conspiración contra el periódico, contra usted.

—Fue una siesta —dijo Sala—. Rogelio estuvo en mi despacho, a la distancia que está usted. Se hincó, lloró, juró por nuestros hijos. Y pidió perdón por lo que llamó su ceguera. Creo que está entendiendo ya de qué se trata. En el fondo, creo que siempre lo ha entendido.

—El solo hecho de que se hinque alguien, debería hacerlo dudar a usted —dijo Vigil.

—No sea jacobino, Carlos. En un hombre hincado hay también humildad y nobleza. Rogelio puede ser un puente eficaz con los inconformes.

—Es el organizador de los inconformes —dijo Vigil.

—Si él los organizó, él puede desorganizarlos.

—Si él los organizó, debiera pagar por ello —dijo Vigil.

—Es usted más implacable que el gobierno —bromeó Sala.

—Es el momento de cobrar esas cuentas —dijo Vigil—. El periódico está eufórico, unido como nunca.

—Así es —le dijo Sala—. Pero por las malas razones. Porque creen que estaremos como nunca en el favor del nuevo gobierno. Y que nuestro destape fue un arreglo maestro, bajo cuerda, con el gobierno actual. En suma, por las peores razones. El gobierno juega también con esa hipótesis. Algo tendremos que hacer, porque esa identificación afecta lo único que tenemos, que es nuestra credibilidad.

—Ésta es ya una empresa de propietarios —le dijo Vigil a Sala, resumiendo sus impresiones—. No quieren riesgos, quieren utilidades.

—Pero su oficio es el riesgo, Carlos —le dijo Sala—. Tendrán que entenderlo así. Y lo entenderán con el tiempo.

—¿Qué se le ocurre que podemos hacer? —preguntó Vigil.

—Lo de siempre: no callarnos nada. Ellos nos darán la pauta. El candidato, sus colaboradores, su campaña. ¿Puede usted imaginar algo más desmesurado y más inútil que las campañas presidenciales de los candidatos únicos de México?

14

El nuevo *tour de force* de *La república* tuvo como espoleta la campaña del nuevo candidato presidencial.

Una concentrada batería de reporteros, cronistas y escritores volvió aquella fiesta sexenal de un candidato desconocido, en una ocasión catártica de hurgar los problemas pendientes del país. Sala agregó al género de la cobertura de la campaña tres novedades que luego otros repitieron. Primero, la atención crítica de un grupo de escritores, coordinados por Vigil, que comparó cada día la realidad heredada con los discursos del candidato, marcando hasta tal punto el abismo entre ambas cosas que al final los discursos parecían lo que en gran parte eran: trámites retóricos. Segundo: los corresponsales del diario ofrecieron la bitácora, con nombres y fortunas, de la puja de los poderes locales por manejar la campaña, imponer sus intereses y promover sus clientelas, con lo cual la fiesta mostró su lado pirata y la euforia sus cuentas reales. Finalmente, Sala estableció una sección que con el tiempo acabó por ser la más leída de la campaña en *La república*: una crónica de cómo quedaban las haciendas estatales y las comunidades luego del paso devastador de la fiesta del candidato, «que abrumaba cada ciudad y cada pueblo de México vendiendo la increíble mercadería de un nuevo inicio de la historia» (Vigil). Así, durante los siete meses de duración de la campaña, fue posible leer en *La república* un filoso retrato social, económico y político de la región que esperaba adelante, un cuida-

doso registro de los hechos y palabras de cada día, un par de artículos sobre las inconsecuencias del discurso y la realidad y una memoria de las ruinas que dejaba a su paso el convoy trashumante que
echaba por los costados los jugos ilusorios del futuro.

Pasó muy poco tiempo para que el diseño de Sala mostra-
ra su verdadero rostro intransitable y ácido, su mordacidad recu-
satoria, su anticipación del nuevo desastre gubernativo en los saldos desastrosos que la campaña misma iba teniendo sobre las
entidades que tocaba. La sola reiteración de esos mensajes hubiera
bastado para calentar a punto de ruptura las relaciones del periódico con «el nuevo carromato de la Revolución» (Vigil). Pero un
incidente terrible aceleró la declaración de guerra. Una mañana
fría de diciembre, a dos meses de iniciada la campaña, en la esquina desierta de un barrio residencial, dos comandos de la *Liga 23 de
Septiembre* interceptaron el automóvil en que viajaba la familia del
candidato presidencial, para raptar a su hermana. La hermana
del candidato viajaba siempre con dos automóviles de custodios,
uno adelante y otro atrás. Los comandos de la *Liga 23 de Septiembre*
cerraron el paso del auto familiar atravesando violentamente una
vagoneta cuando pasó el primer automóvil de custodios. Dos
vehículos más de la *Liga* avanzaron por detrás del segundo automóvil de custodios, disparando contra ellos. Un tercer vehículo
avanzó rumbo al auto familiar con el propósito de secuestrar a los
ocupantes.

Un diario vespertino dio cuenta apresurada de los hechos
con esta nota, lacónica y elocuente:

La hermana del próximo Presidente de México fue víctima ayer de un atentado a tiros por parte de guerrilleros
que pretendieron asesinarla.

La dama resultó ilesa, pero uno de los elementos de su
escolta murió y otros dos, lo mismo que su chofer, fueron
heridos de gravedad. También murió el guerrillero, que
encabezaba la acción, David Jiménez Sarmiento, hasta
ahora el dirigente nacional reconocido de la *Liga 23 de
Septiembre*.

Según testigos presenciales de los hechos, a las 10.35
horas de ayer cuatro hombres y dos mujeres perpetraron el

atentado en las calles de Atlixco y Juan Escutia de la colonia Condesa.

Todo ocurrió cuando el automóvil marca Rambler Classic, blanco, último modelo y sin placas, fue interceptado por los guerrilleros que aislaron primero los coches de custodia de la dama y luego trataron de abordarlo para secuestrarla. El chofer del auto, José Guadalupe Ramírez Jáuregui, viró bruscamente para saltar el camellón de Juan Escutia y evadir el cerco de los guerrilleros quienes, en su desesperación, dispararon contra el coche haciendo diez impactos en él.

En el enfrentamiento con los custodios, cayó herido de muerte el jefe de los guerrilleros, Jiménez Sarmiento, quien aun en esas condiciones avanzó hacia el coche de la hermana del presidente electo con la intención de arrojar en su vehículo una bomba de niple. Fue detenido por otros impactos y recogido más tarde, aún con vida, por socorristas de la Cruz Roja. Cuando estaba herido, sacó una granada de mano de la bolsa y trató de activarla mientras gritaba: «Aquí nos morimos todos.» Pero fue desarmado por los agentes. Jiménez Sarmiento murió camino al hospital. Una de las mujeres fue alcanzada por los proyectiles de un policía bancario y fue detenida, junto con otro activista que trató de ayudarla a escapar a bordo de un taxi, a cuyo chofer amenazaron de muerte con el único resultado de paralizarlo de terror. Los otros guerrilleros que participaron en la acción se dieron a la fuga.

En el atentado se dispararon más de medio centenar de tiros.

15

El informe final de la policía con las declaraciones de los detenidos trajo para Vigil la más dolorosa noticia de su vida. Una implosión de aire le quitó el resuello, como a un viejo, y lo mantuvo doblado sobre sí largos segundos, sintiendo que la edad del mundo cobraba todas las cuentas en su garganta. Entre los cuatro fugitivos

—tres hombres y una mujer—, la lista policial puso los nombres de Santoyo (alias *Mateo,* alias *Salvador*) y de Paloma (alias *Margarita*). Leyó y volvió a leer el parte policiaco, sintiendo una llama subir desde su estómago y un mareo llevarse la claridad de sus ojos, el equlibrio de su cuerpo, la conciencia de su nombre.

Junto al boletín, venía un póster con ocho fotos seriadas, identificadas con los nombres y los alias de los fugitivos identificados. *Peligro,* decía arriba, con letras rojas, y abajo: *Enemigos públicos.* Miembros de la *Liga 23 de Septiembre.* La foto de Santoyo venía en el segundo sitio de la primera hilera. Era una foto de su juventud, con barbas y sin lentes, que acusaba de más el ligero estrabismo de su mirada. La foto de Paloma, en cambio, era reciente. Llevaba el pelo mal atado a la nuca, el rostro estragado por ojeras y huesos y por la mirada oscura, torva, de «una exhausta artillera vietnamita» (Vigil). Eran ellos, sus queridos, sus remotos, sus perdidos, pero pasados por el toque cerval de otro mundo, que daba a sus rasgos nobles un aire de separo de policía, y a la limpieza recordada de sus ojos, una pátina turbia de oligofrenia y violencia.

Miró todo eso un largo rato como sin entender, moviendo la cabeza, anestesiado por la misma intensidad del dolor, la sorpresa, el rechazo, la fatalidad.

Como un zombi acudió a la junta de evaluación de la tarde, y como entre brumas registró la discusión de Sala y Cassauranc, a propósito del tratamiento que debía darse al atentado.

—Exige una condena sin más —insistió Cassauranc—. Con todas sus letras.

—No tenemos más que la versión de la policía—. dijo Sala—. Debemos conseguir otras.

—Es un crimen a secas —dijo Cassauranc—. Debemos condenarlo con todas sus letras.

—Nosotros hacemos el editorial —dijo Sala—. Tú dispón la información y deja un espacio para el editorial. Una columna.

—Es muy poco —dijo Cassauranc—. Démosle tres columnas al editorial.

—Una columna —dijo Sala.

Cuando Cassauranc salió, Sala le dijo a Vigil:

—Evitemos la histeria. Mañana, toda la prensa nacional estará rasgándose las vestiduras y adulando al candidato por el atentado contra su hermana. Nosotros haremos una reflexión mesurada, condenando el atentado pero exigiendo del gobierno la apertura política hacia la izquierda que no ha tenido, y que hemos exigido siempre. Rechazamos los métodos de nuestros amigos, pero no el fondo de su protesta. ¿Cree que podrá escribir el editorial en esos términos, Carlos?

—Sí —dijo Vigil—. Lo que no sé es si podré leerlo.

Lo escribió sin leerlo, aceptó las correcciones de Sala y también su cabeza, «Cosecha de la ira», sugiriendo que la familia del candidato presidencial cosechaba lo que el gobierno había sembrado. Enviaron el texto a la redacción, pero antes de que llegara estaba de vuelta Cassauranc en el despacho de Sala sacudiendo las cuartillas en las manos:

—Esto es una provocación, Octavio. No puede ser. Esto convierte a las víctimas en verdugos. No puede ser.

—Es —dijo Sala, con sequedad—. ¿Qué más llevas en la primera plana?

La nueva altivez de Sala, su «sagrada compulsión a salirse de la media y de lo previsible» (Vigil), levantó en los días siguientes su propia cosecha de la ira. Volvieron a verse en los periódicos artículos y desplegados destazando a *La república,* señalando ahora su «rabia anarquizante», su «ideologismo inhumano» y, una vez más, su «enfermizo antigobiernismo», capaz de «disculpar los crímenes si se cometen contra personajes del gobierno e incluso contra familiares del gobierno. Contra el gobierno todo, aun el crimen. A favor del gobierno nada, ni siquiera la estabilidad del país», como escribió en *El comercio* un editorialista anónimo en el que Vigil creyó percibir nuevamente la impronta de Galio Bermúdez.

La cascada de injurias terminó durante una conferencia de prensa en la que el candidato presidencial dijo sobre el tema: «Hay quienes anteponen la seguridad de sus ideas abstractas a la seguridad de los seres humanos concretos. Pero en lugar de ideas, tienen prejuicios y en lugar de familia, ideología. Con su pan se lo coman y que les haga provecho. Nosotros no probaremos de ese plato. Ni como candidatos ahora, ni como gobernantes después.»

En la tarde de esa declaración volvieron a verse en *La república* las caras tristes y los perfiles silenciosos que empezaban a resultarle familiares a Vigil: «los heraldos del temor y la incertidumbre, que daban paso al agravio y a la conspiración.»

16

Cassauranc le dijo a Romelia alguna vez, que la libertad económica no había traído a la comunidad de *La república* confianza en los propios medios, sino avaricia patrimonial. Constatarlo una vez y otra sembró en Vigil algo más profundo que desánimo: la tristeza raigal, casi biológica, que provoca la frecuentación desnuda de la naturaleza humana, su haz de pequeñas pasiones, su índole acomodaticia, ingrata, exigente de los otros y mezquina de sí. Vigil vio andar esa deplorable maquinaria en la asamblea de accionistas que el Consejo de Administración convocó a mediados del mes de diciembre de aquel año climático de 1975.

Apenas podía pensarse entonces en un porvenir más despejado que el que *La república* presentó a sus accionistas. Las maniobras de compra emprendidas por Sala habían convertido a los periodistas de *La república* en dueños plenos de su empresa arrancándolos de su condición tutelada de socios minoritarios. Un año antes, en 1974, habían recogido como utilidades montos equivalentes a doce o catorce meses de salarios; 1975 había registrado un primer semestre pobre, debido al boicot publicitario y a la «refundación» del diario, según el diseño de Sala. Pero la empresa llegaba al final del segundo semestre con utilidades considerables, luego de haber satisfecho los gastos de expansión de *La república* en cuanto a edificio y maquinaria. En el segundo semestre, habían empezado a volver, hasta casi normalizar sus inserciones, los anunciantes de antaño. El diario había recuperado casi todos los ingresos publicitarios del pasado, y además se había vuelto buen negocio sin ellos. Empezaba a sumar en sus libros la renta de dos negocios: el de *La república* anterior al boicot, uno de los diarios más rentables de México, y el de La república posterior al boicot, que había impuesto sus propias reglas de utilidad, como el único periódico del país que ganaba por cada ejemplar vendido, en vez de perder. El hecho de que desde su «refundación» *La república* hubiera mejorado su tiraje en casi cien mil ejemplares, abarataba aún más el costo por unidad y, por lo tanto, la ganancia del diario por su venta.

Pero la asamblea no dirigió sus antenas hacia el caudal presente, que dio por merecido, sino hacia el caudal por venir que agitaba, inexistente, su codicia. Algo en la imaginación colectiva de aquel cuerpo dictó la conversión del bosque restituido por el gobierno a *La república,* en una caprichosa especie de El Dorado, de cuya explotación habrían de venir bienes no soñados. Matapalos II lo llamaron, con ánimo reincidente y revanchista, lamiéndose de antemano los bolsillos con la promesa de los dineros que caerían por el cuerno de aquella abundancia forestal. «No hubo otro tema en la asamblea de 75 que el sueño millonario de Matapalos II» (Vigil). La anticipación utópica de Sala había fraguado un reparto igualitario de las acciones de *La república,* de manera que su voz en la asamblea valía tanto como la del prensista más oscuro de los talleres. Las asambleas de accionistas habían sido concebidas por el propio Sala como un foro amplio de discusión y catarsis colectiva, más que como una instancia de planeación y desarrollo de la empresa. En esas circunstancias, el humor común de los condueños tendía a imponerse con sus vaivenes caprichosos a las discusiones centrales.

«Repartió de más, cosechará de menos», había dicho Galio Bermúdez en alguna ocasión, con su habitual mordacidad. Pero a Sala la situación lo divertía y lo aleccionaba, decía él, sobre las manías del «corazón comunitario» de *La república*. En efecto, parecía gozar, más que padecer, aquellas tandas de democratismo idiota —al revés de Vigil, cuya vena racional tendía a desesperarse con las ocurrencias del auditorio sin rienda, y cuya admiración sectaria por Sala tomaba como agravio todo lo que no fuera elogio abierto a la obra de su «numen tutelar».

Antes de la asamblea de aquel año, Vigil tuvo con Sala una más de sus discusiones en torno a la lealtad de Cassauranc y empeñó sus ánimos conspirativos en persuadir a Sala de la necesidad de un cambio en la presidencia del Consejo de Administración, que Cassauranc detentaba desde dos años atrás. Era turno precisamente de ratificarlo o removerlo, porque había sido electo para un periodo bianual.

—He descuidado mucho tiempo a Rogelio —le contestó Sala—. Quiero atraerlo ahora, y mi propuesta es ratificarlo como presidente del Consejo.

—Usará esa posición para torpedearnos —dijo Vigil.

—La usará para servir a *La república* —dijo Sala—. El periódico está todavía por encima de nuestros pleitos.

—Yo lo diría de otro modo —dijo Vigil—. Nuestros pleitos están por debajo de *La república.*

—No sea implacable —suplicó Sala—. Deje eso para el gobierno. Entre nosotros, nos debemos tolerancia.

No lo sorprendió entonces que, llegado el punto en el orden del día, Sala propusiera la ratificación de Cassauranc al frente del Consejo. Lo sorprendió, en cambio, que el propio Cassauranc, una vez ratificado, en medio de la discusión fantasiosa de las riquezas que traería Matapalos II, propusiera a don Laureano Botero y al propio Vigil como administrador y comisario respectivos del proyecto. Hasta entonces, Cassauranc había mantenido el manejo de Matapalos II a buen recaudo de toda inspección externa, reservándolo para sí, «con feroz y tembloroso exclusivismo» (Vigil). Luego de obtener de la asamblea esos nombramientos, Cassauranc ofreció una descripción generosa del proyecto. Como había querido el presidente Calles en los años veinte, explicó Cassauranc a la asamblea, Matapalos II debía ser el pie de cría de una fábrica de papel, capaz de proveer a los periódicos y liberarlos de la tutela estatal. Pero el Consejo de Administración a su cargo había explorado también otras posibilidades mercantiles para el «enorme patrimonio recobrado». En primer lugar, su potencial como industria maderera, capaz de surtir la creciente demanda de las ciudades del norte, Monterrey en particular, que lo importaban todo de Texas. En segundo lugar, un ambicioso proyecto para volver esos bosques salvajes, prácticamente vírgenes, cotos profesionales de caza similares a los que habían hecho la riqueza turística de África.

Los estudios, conversados por Cassauranc a la asamblea refrendaron «las fantasías patrimoniales de los accionistas» (Vigil) y echaron sobre los nuevos encargados del proyecto la obligación de hacer realidad aquel sueño. El día de la asamblea que los nombró por unanimidad, don Laureano Botero y Vigil no vieron en el hecho una maniobra, sino un reconocimiento a la voluntad conciliadora de Sala, un guiño amistoso de Cassauranc y quizá, con el tiempo, un reencuentro de la armonía interna deseada («todo con esa buena fe gregaria que es hermana política de la ingenuidad y madre consanguínea de la derrota»: Vigil).

17

La tradicional comida de fin de año que siguió a la asamblea pareció prolongar el clima de armonía y refrendó, como pocas veces antes, el orgullo del diario por su independencia y su espíritu crítico. Así lo apuntaron a los postres varios brindis de articulistas y el entusiasmo de la comunidad intelectual que se dio cita en los jardines del enorme terreno donde, unas semanas después, empezarían a construirse los nuevos edificios de *La república*.

Casi a las cuatro de la tarde llegó el Presidente y estuvo en la reunión, mezclándose con los grupos y bromeando sobre su estrella declinante hasta que bajó la tarde y un manto frío y gris cayó sobre sus espaldas eufóricas.

—Negocie con el candidato —susurró el Presidente en la mejilla de Sala al retirarse, como quien aconseja a un amigo—. Lo ha lastimado sentirlos a ustedes indiferentes al atentado contra su hermana.

—Le agradezco la confianza de decírmelo, señor Presidente —dijo Sala—. Voy a buscarlo.

—La independencia de *La república* no tiene que medirse por su pleito con el gobierno —dijo el Presidente—. Tenemos que aprender a dialogar nuestras diferencias.

—Le agradezco su interés y su cuidado, señor Presidente —dijo Sala.

—Se lo han ganado a pulso —dijo el Presidente—. Merecen mi felicitación y mi respeto.

—Gracias, señor Presidente —dijo Sala.

—Cuídese, Octavio. *La república* lo necesita —dijo por último el Presidente antes de subir a su automóvil y salir rumbo a su propio mundo, presidido de escoltas y sirenas.

—Me pidió que le llamara al candidato —dijo Sala a Vigil al regresar a la fiesta.

—Llámelo —dijo Vigil.

—¿Piensa que debo hacerlo? —preguntó Sala.

—Hasta por simple curiosidad —asintió Vigil—. Es la pieza que nos falta para cerrar el año.

—Acompáñeme —dijo Sala.

Caminaron a la caseta de ingenieros para hacer la llamada. El candidato la tomó sin demora.

—El placer es mío, licenciado —escuchó Vigil decir a Sala—. Quiero decirle que celebramos hoy nuestra comida anual para colaboradores de *La república*. Y que usted ha estado presente, cálidamente, entre nosotros. Aunque no hayamos podido contar con su presencia física.

Pasó un tiempo y dijo Sala:

—Será para nosotros un placer, licenciado. Ponga usted la fecha—. Luego dijo:

—De acuerdo. Reciba un abrazo. Y un saludo a su familia.

Cuando colgó, Sala le dijo a Vigil:

—Va a venir a visitarnos al periódico el próximo viernes.

—¡Hecho! —dijo Vigil, sintiendo crecer en él «la expansión ciega y tonta del triunfo» (Vigil).

El 22 de diciembre de 1975, el candidato presidencial visitó las instalaciones de *La república*. Rió, posó, bromeó, saludó a medio mundo de mano, exhibió sus conocimientos del antiguo linotipo y contó sus mocedades en la redacción de un periódico de Jalisco, sus amores olfativos por la tinta fresca y su adicción reaccionaria a la tipografía del siglo XIX. Al día siguiente, con discreción pero sin reservas, el diario publicó en la primera plana una crónica de la visita y adentro, al pase, una foto de Sala y el candidato riendo a mandíbula abierta, en medio de un ramillete de trabajadores de la rotativa.

Muy temprano, ese mismo día, Vigil tuvo a Galio tocando la puerta de Martín Mendalde.

—Quiero decirle sólo que *no es verdad* —dijo Galio, sacudiendo el periódico y la foto frente a Vigil—. No se ha arreglado nada. ¿Averiguó lo de los taxis de su subdirector?

—No —dijo Vigil.

—Los taxis no importan —dijo Galio—. Lo que importa es que Cassauranc tiene una relación subterránea con el Presidente y que la hará valer. ¿Le pareció que el Presidente y el candidato se reconciliaron con *La república*?

—Parcialmente —dijo Vigil.

—No se han reconciliado —dijo Galio—. Guardan las apariencias para la ofensiva final. Eso es todo. Oiga bien lo que le digo, promesa: en política casi todos los amigos son falsos, pero todos los enemigos son verdaderos.

—Respira por la herida —dijo Sala comentando las palabras de Galio—. La derrota de su secretario en la carrera presidencial lo hace ahora enemigo del Presidente y del candidato. De cualquier modo, lo que dice es cierto. No se han arreglado las cosas. Se han apaciguado nada más.

—No dice eso —precisó Vigil—. Lo que él dice es que las cosas siguen exactamente igual, a pesar de las apariencias.

—Las apariencias también cuentan —dijo Sala—. La calma aparente del dueño del perro, calma al perro. Hay que mantenerse alertas. Pero como le he dicho varias veces: no le preste su inteligencia a las impresiones de nuestros enemigos. Estamos en una tregua. Eso es claro para cualquiera.

—Espero que lo sea también para Cassauranc —dijo Vigil.

—La inquietud de Rogelio es por la amenaza externa —dijo Sala—. Lo enloquece la idea de que *La república* pueda ser cercada, amenazada. Si el cerco exterior disminuye, su malestar interno disminuye también. La guerra exterior es condición de la guerrilla interna.

Como tantas veces, al terminar la tarea fueron a cenar juntos y los alcanzó más tarde Rogelio Cassauranc. Era el 23 de diciembre de 1975.

—Quiero hacer un brindis —dijo Cassauranc.

—Que sean dos por lo menos —dijo Sala, siempre reacio y mordaz ante las solemnidades.

—Quiero brindar por tu dirección en *La república* —dijo Cassauranc sin inmutarse—. Anoche, después de la visita del candidato, salí a comer algo en la noche y al volver vi la ventana de tu despacho encendida. Y me dije: «Ahí trabaja Octavio Sala, director de *La república*.» Quiero brindar por esa luz prendida y porque estés siempre tú atrás de ella, dirigiéndonos.

—Brindo por tu brindis, Rogelio. Brindo por ti —devolvió Sala, «conmovido como un aprendiz de brindis» (Vigil).

Cenaron y hablaron y planearon el futuro en santa paz. «Había empezado así la guerra interna» (Vigil).

Capítulo IX

La primera manifestación de la nueva concordia en La república *—dijo Pancho Corvo sonriendo, recordando, varias concordias después— fue un litigio feroz de Rogelio Cassauranc contra don Laureano Botero y Vigil. En realidad, un litigio contra todos nosotros, Sala el primero. El único, en realidad. Digo muchas veces la palabra realidad. Quisiera explicar de qué hablo cuando uso esa palabra. Dicen que la realidad imita al arte. En nuestro caso imitó al mal arte. El aluvión de rencor, ambición y pobrediablismo que vivimos en* La república, *no fue precisamente el camino del arte. Fue el camino de la pura y pinche realidad.*

1

Una mañana apacible, como todas las suyas, se presentó don Laureano Botero en la oficina de Sala a preguntarle si dudaba de su limpieza administrativa.

—En absoluto, don Laureano —dijo Sala—. ¿Cómo puede ocurrírsele tal cosa?

—Se me ocurre, señor —respondió don Laureano Botero— porque o yo los he alucinado o efectivamente hay en mi oficina tres señores con instrucción de levantar una auditoría.

Tres señores levantaban, en efecto, una auditoría. Los había mandado Cassauranc, por acuerdo del Consejo de Administración con el propósito de «dejar una constancia formal» de la «extraordinaria labor realizada» por la gerencia del periódico en los últimos dos años. Don Laureano Botero accedió a la inspección ordenada por súplica de Sala y antes de que pudiera percatarse tenía su oficina tomada por un equipo de hurgadores contables, que peinaban los archivos de su «extraordinaria labor como si fueran los de la mayor estafa del siglo» (Vigil).

—Es una trampa —dijo Vigil a Sala—. Y si no, por lo menos es un insulto a don Laureano Botero.

La auditoría detectó una «pronunciada caída de los ingresos en el primer semestre de 1975, sin causa aparente».

—¿Sin «causa aparente»? —gritó Vigil, frente al escritorio de Sala—. Son los meses del boicot publicitario. ¿De qué están hablando?

La auditoría consignó también una «irregularidad abierta»: no había en los papeles de Botero registro de venta de las «colas» o sobras del papel del periódico. Cada edición del diario dejaba sin usar varias «colas», rollos de papel usados al noventa o noventa y cinco por ciento, que en diversos momentos del tiro era mejor cambiar por rollos nuevos para ahorrarse detenciones en la rotativa. Las «colas» representaban el cinco por ciento de desperdicio de todo el papel que usaba *La república*. Pero era un papel de buena calidad, cuya venta a imprentas y publicaciones de tiros más bajos podía representar al mes operaciones de ocho o diez toneladas de papel.

—Por instrucciones del señor subdirector —explicó don Laureano Botero a Octavio Sala en su despacho, junto a Vigil— hace cuatro años que las «colas» se dan en comercialización a la señora Leticia Saldaña de Cassauranc, estimabilísima esposa del señor subdirector, con el fin de que ella las canalice a tareas caritativas, a las que es por fortuna tan afecta.

—¿Tiene registro de eso, don Laureano? —preguntó Vigil, mal rumiando su cólera.

—Ha sido un acuerdo en la buena fe —dijo don Laureano—. Comprenderá usted, don Carlos y usted también, señor director, que no es del caso andar exigiendo a la señora de Cassauranc recibos y contrarrecibos del destino de las «colas». Las «colas» son cacahuates, señor director. No sé por qué reparan en ello.

—Es una maniobra contra su honorabilidad, don Laureano —dijo Vigil—. No les interesan las finanzas del periódico. Lo que quieren es desacreditarnos.

—Cálmese, Carlos —dijo Sala—. No es más que un informe de rutina. No tiene la importancia que usted le está dando. El informe del auditor incluye también un amplio elogio de la gestión administrativa de don Laureano.

—Pero nadie tenía dudas hasta ahora de la calidad de esa gestión —dijo Vigil—. Hoy, en cambio, gracias a la auditoría, hay dudas sobre las «colas» y sobre la «caída publicitaria» del primer semestre de 1975.

—En todo caso, se trata sólo de un informe interno —dijo Sala.

—En este periódico, todo acaba sabiéndose afuera y adentro —dijo Vigil.

Las irregularidades encontradas por la auditoría en la gestión de don Laureano Botero, acabaron sabiéndose, efectivamente, por toda *La república* bajo la forma del rumor y su «numen gemelo, que es la exageración» (Vigil). Al cabo de un mes de dar la vuelta por los oídos y los labios feraces del periódico, las irregularidades de don Laureano eran ya una nube de sospecha y condena sobre el gerente.

Un segundo rumor corrió también, fincado esta vez en la verdad, a propósito de los resultados de la auditoría. Se refería a los altos pagos que Vigil hacía a colaboradores y escritores de las páginas editoriales y los suplementos del diario. Desde la entrada de Vigil, por sugerencia suya y convicción profesional de Sala, *La república* pagaba los más altos precios por colaboración a los intelectuales, escritores y especialistas que eran el lujo de sus páginas de opinión y de sus suplementos culturales. Un colaborador estelar de *La república* podía obtener por sus cuatro artículos mensuales tanto dinero como el mejor pagado de los reporteros del periódico, los cuales trabajaban en él todos los días. La publicación de un relato o un ensayo en *Lunes,* podía representar para su autor el equivalente de un buen sueldo universitario. Los colaboradores de *La república* podían plantearse la posibilidad de vivir sólo de escribir para el periódico, razón explicativa tanto de la calidad promedio de los colaboradores de *La república* como de la competencia por el acceso a las codiciadas páginas del diario. El rumor convirtió aquella virtud en una especie de agravio para los trabajadores de *La república:* un afán elitista de privilegiar prestigios dudosos y de gastar en enredados intelectuales mucho más de lo que valían, para servir la ambición de poder de Vigil, que buscaba apoyo externo para fortalecerse ante Sala y suplir así su falta de contacto con los verdaderos trabajadores de *La república.*

—Ahora le tocó a usted —dijo don Laureano Botero cuando supo del rumor—. Me pregunto cuándo le tocará a nuestro director.

—No quiere entenderlo —dijo Vigil—. Ve todo como pleitos abajo, que no lo cuestionan a él.

—¿Sabe usted algo de una reunión en casa de Cassauranc para el viernes? —dijo Botero.

—No —dijo Vigil—. Pero sabré.

2

—Lo mismo de siempre —le contó Romelia—. Contra ti, contra don Laureano, pero en realidad contra Octavio Sala. Según ellos, el director sigue golpeando innecesariamente al candidato y al Presidente. Algo tienen de razón. ¿Para qué sacar al sol los trapitos de la familia del candidato, como hicimos la semana pasada? ¿Para qué tocarlo en lo íntimo? ¿Por qué tienen que aguantar nuestras ocurrencias, de qué nos estamos vengando?

—No nos estamos vengando de nada —dijo Vigil—. Estamos informando a nuestros lectores. ¿Qué más hubo?

—Hay mucho miedo al gobierno —dijo Romelia.

—El gobierno está calmado. Más calmado que nunca.

—Pues nuestros amigos están más temerosos que nunca.

—Será de los privilegios que van perdiendo —dijo Vigil—. ¿Qué más dijeron?

—Cassauranc habla con el Presidente.

—Ya lo sé —dijo Vigil.

—Y tuvo una entrevista con el candidato. Comieron en su casa, en familia. La mujer de Cassauranc fue discípula de piano de la esposa del candidato. ¿Sabías eso?

—No —dijo Vigil.

—El candidato le dijo a Cassauranc: «Necesitamos jalar parejo todos. El que no jala, se queda solo.»

—Muy enigmático el candidato —dijo Vigil.

—Ellos entienden eso como una condena a Sala, que camina solo.

—¿Y como una oferta de alianza a Cassauranc? —preguntó Vigil.

—No dijeron tanto —dijo Romelia.

—Pero es lo que está en el ambiente, ¿no?

—Sí. Y la crítica a los pagos tan altos a colaboradores. Hablan de dispendio y favoritismo.

—No entienden nada —dijo Vigil.

—Es política, mi amor —contestó Romelia—. No tiene que ver con la verdad.

—Tiene que ver con la ignorancia —dijo Vigil—. Con el desdén por la inteligencia. Es la peor tradición antiintelectual del país: creer que les hacemos un favor publicándolos en nuestras páginas, que ellos debían pagar por el espacio y todas esas sandeces.

—Es política —insistió Romelia—. Si te hubiera dado por ganarte a los talleres, te acusarían de populista y demagogo.

—¿Ganarse los talleres? ¿De qué estás hablando?

Esa misma tarde le dijo a Sala:

—Hay que ganarse los talleres.

—¿Debo entender que están perdidos? —preguntó Sala.

—Probablemente —dijo Vigil.

—No pensará organizar una barbacoa, ¿verdad?

—Si hace falta, varias barbacoas —dijo Vigil.

—No soy político de barbacoas. No me proponga esas cosas —replicó Sala, masajeando la espalda de Vigil para suavizar la negativa.

—Permítame hacer el intento por mi cuenta —dijo Vigil.

—Usted puede hacer en este periódico lo que le parezca. Ésta es su casa.

Ya no lo era tanto. Antes de iniciar su marcha hacia talleres, unos días después de su conversación con Sala, Vigil comprendió, por partida doble, que su diagnóstico era acertado y que llegaba demasiado tarde. Un sábado por la mañana se presentaron al despacho de Sala los trabajadores del taller, con la decisión tomada de no imprimir el cuaderno mensual del suplemento *Lunes*. Cada mes, desde un año antes, *Lunes* ofrecía a sus lectores la traducción de algún texto prohibido de la literatura universal. Con frecuencia, el material escogido tenía una acusada carga erótica, aunque la mayor parte de las veces respondía simplemente al criterio de la rareza bibliográfica: textos marginales de grandes autores o documentos insólitos de la vida literaria. Los lectores codiciaban esos materiales al extremo de haberse creado una demanda adicional y el cuaderno se vendía solo en los puestos, sin el periódico, durante el mes que seguía a su inserción en *Lunes*. Habían encontrado así público y difusión textos tan diversos como el informe de la Secretaría de Gobernación sobre la expulsión de Malcolm Lowry de México, la relación de los duelos del iracundo poeta veracruzano Salvador Díaz Mirón, un relato italiano de Joyce llamado *Giacomo Joyce* y la pieza erótica que Georges Bataille nunca firmó con su nombre: *Madame Edwarda*.

Tocaba el turno ahora a la traducción original de otro clásico del erotismo: *Los once mil falos,* de Guillaume Apollinaire. La gente de talleres había irrumpido en el despacho de Sala denunciando la inmoralidad del texto y alegando que *La república* no debía introducir «esa porquería en los hogares». El escrito que los trabajadores de talleres entregaron a Sala, hablaba de las «influencias ajenas a la idiosincrascia y los valores de nuestra casa editorial» y de los «privilegios que permiten a un grupo de intelectuales despreciar a los verdaderos trabajadores de *La república*». El alegato mostró a Vigil que la ola antiintelectual había corrido por las celdillas del periódico hasta volverse una airada bandera común. («Un rencor difuso hecho de pasión endogámica y vindicación plebeya»: Vigil.)

Sala se negó a discutir el asunto y ordenó la publicación del texto tal como se había programado. Pero el lunes siguiente formó una comisión editorial, con miembros de talleres, para revisar lo que fuera necesario en materia de suplementos y sugerir a la dirección los cambios que se juzgaran pertinentes.

—Esto va más allá —dijo don Laureano Botero—. No sabemos qué seguirá, pero podemos estar seguros de que la cadena no ha terminado.

Entre el 2 y el 9 de mayo de 1976, Vigil remitió a Octavio Sala un memorándum tras otro, hasta sumar diez, refiriéndole, en su tono habitual de lealtad y secreto, los pequeños incidentes que puntuaban la cadena: una reunión donde se había hablado de la «ofensiva final» contra Sala, un rumor sobre la caída brutal de la venta de *La república* por boicot de los expendedores (se habrían negado a exhibir el periódico por consigna de la Secretaría de Gobernación); una borrachera de Cassauranc en la que gritó desde el balcón de su casa, hacia la madrugada luminosa de la ciudad: «Vamos a echarlos a todos»; la hostilidad de talleres contra los miembros de la redacción de *Lunes,* que había desembocado en vejación y golpes al corrector del suplemento; y la serie de erratas sin precedente que Vigil presumía intencionales, en los artículos de los colaboradores de la página editorial.

El gran punto de inflexión, sin embargo, el cauce de la pugna que encarriló todos los otros, fue el debate interno en torno a las riquezas forestales del periódico.

3

A mediados de marzo de 1976, Vigil y don Laureano Botero pudieron al fin hacer una inspección ocular de los bosques de Matapalos II y una averiguación exhaustiva de sus condiciones reales: distancias, accesos, densidad boscosa, fauna, linderos, intereses locales afectados. Pasaron dos semanas en Durango viendo, midiendo, preguntando. Volvieron a la Ciudad de México mucho menos ricos de lo que habían partido.

—Es un gran negocio de papel —dijo don Laureano Botero a Octavio Sala, resumiendo sus pesquisas—. Todo lo que pensamos hacer con esos bosques es posible hacerlo... en el papel. Es una gran extensión de bosque, pero es un bosque ralo, situado en terrenos escabrosos, a los que no hay un acceso carretero central. Para llegar a la zona tendríamos que hacer un camino de saca de casi cien kilómetros. En cuanto a la caza, el lugar es ideal. Pero sus especies cinegéticas, con ser maravillosas, son poco codiciadas por el cazador profesional. Así que habría que emprender un cambio en las modas mundiales de caza, para promover nuestro coto o repoblar Matapalos II con especies que no existen ahí por ahora. Por último, las maderas. Las variedades que hay ahí tampoco tienen demanda en las ciudades del norte, a las que supuestamente debíamos venderles. En resumen. Tenemos ahí un gran negocio de maderas, a condición de que resembremos el bosque y construyamos un acceso de cien kilómetros. Tenemos un gran negocio cinegético, a condición de que cambiemos la fauna del lugar o las preferencias de la cacería internacional. Y tenemos un gran negocio de venta de madera a las ciudades del norte, a condición de que cambiemos el gusto de sus arquitectos e ingenieros.

—¿En conclusión, don Laureano?—dijo Sala, riendo por la curiosa mayéutica de su gerente.

—Se pueden hacer muchas cosas y muy buenas todas ellas —dijo don Laureano—. Pero no es el mayor negocio que haya caído en manos de nuestro periódico. Ni es la actividad más rentable en que podríamos empeñarnos.

—¿Es decir, don Laureano?

—Es decir, director, que si no tuviéramos en las manos *La república*, explotar esos bosques sería el mejor negocio a que podríamos dedicarnos. Pero tenemos *La república* en las manos.

—¿Es decir?

—Vendamos esa mierda, director —dijo don Laureano Botero—. Vendamos y repartamos el dinero entre los dueños. Repartamos eso, en lugar del sueño que les hemos repartido sobre la riqueza mitológica de Matapalos II. Yo no abriría una tienda chica, de cosas que no conozco, teniendo una tienda grande de cosas que nadie conoce como yo.

—¿Está dispuesto a sostener eso ante el Consejo de Administración? —preguntó Sala.

—Eso y ninguna otra cosa —dijo don Laureano—. Con un argumento adicional, que es el más fuerte de todos.

—¿Cuál es ese argumento? —casi gritó Rogelio Cassauranc, una semana más tarde, cuando Laureano Botero repitió su informe ante los miembros del consejo.

—Hay una demanda de comuneros de la región sobre la propiedad de esos bosques —dijo don Laureano Botero—. Ostentan títulos coloniales, verdaderos o falsos, que los reconocen dueños de por lo menos la mitad de los terrenos de Matapalos II.

—Eso puede arreglarse —dijo Cassauranc, sin disfrazar el rictus que la sesión iba dejando en su rostro.

—Eso es asunto de políticos y política, que no me incumbe —dijo don Laureano Botero—. Lo que aquí ofrezco es un informe administrativo, un resumen empresarial.

—Se puede arreglar —porfió Cassauranc, volteando hacia Octavio Sala, que escuchaba callado, por segunda vez, los argumentos de Botero—. ¿No crees, Octavio, que se puede arreglar?

—Pensé que estaba arreglado —dijo Octavio Sala, con un vago reproche al propio Cassauranc, gestor de la cesión de los terrenos.

—Está arreglado —dijo Cassauranc, doliéndose al castigo—. Los bosques son nuestros. Pero nosotros tenemos que resolver los problemas menores.

—¿Cómo resolvemos lo de los comuneros? —preguntó Sala, «midiendo a Cassauranc en la zanja» (Vigil).

—Eso lo tiene que resolver el gobierno —contestó Cassauranc—. No puede darnos terrenos en litigio. Que les dé otros terrenos a los comuneros.

—Que se los dé —convino Sala.

—Bastaría una mínima gestión de nuestra parte —dijo Cassauranc—. Si hay voluntad de hacerla, la cosa sale en un momento.

—¿Quién hace la gestión? —preguntó Sala.

—La república, nosotros —dijo Cassauranc.

—Yo no —precisó Sala.

—Es el patrimonio de todos —dijo Cassauranc.

—No lo pedí antes y no lo voy a pedir ahora —dijo Sala—. No tengo voto formal en este Consejo de Administración, vengo como invitado de ustedes. Pero mi opinión es que nos olvidemos de Matapalos II. Vendamos los bosques y repartamos el dinero.

—Hay que luchar por lo que es nuestro —alegó Cassauranc.

—Luchar —admitió Sala—. No pedir.

Por la tarde, Sala tenía en su despacho una comisión de reporteros, trabajadores y miembros del Consejo, pidiéndole que negociara con el gobierno el saneamiento patrimonial de Matapalos II. Volvió a negarse. Cuando sus peticionarios se fueron, llamó a Cassauranc:

—No me encarriles a tus changuitos —le dijo, con gesto airado—. Tienes mi absoluta confianza y mi apoyo para negociar lo que quieras con el gobierno a propósito de Matapalos II. Pero no me pidas que lo haga yo, ni me presiones con terceros.

—No es una gestión indigna —dijo Cassauranc.

—En ningún momento he insinuado eso —dijo Sala—. Simplemente es un platillo que me da alergia, como los camarones. Son una delicia pero a mí me dan alergia. Come todos los camarones que quieras, yo no puedo.

—Sería mucho más fácil si lo hicieras tú —dijo Cassauranc—. Bastaría que levantaras ese teléfono.

—Si descuelgo ese teléfono para llamar una vez, tendré que descolgarlo muchas veces cuando me llamen —dijo Sala—. Sabes perfectamente como son esas cosas.

—Lo sé, Octavio.

—Pues entonces no me mandes gente a pedirme que descuelgue.

—No te la mandaré, Octavio.

No volvió a mandarla, en efecto.

Una semana después entró él mismo al despacho de Sala, con un puñado de volantes que corrían por la redacción y los talleres.

—Mira —le dijo a Vigil, rojo de cólera, extendiéndole uno de los volantes arrugados—. Mira lo que dicen estos cabrones.

Decían que los prejuicios políticos de la dirección de *La república* estaban poniendo en entredicho el más grande patrimonio de que el périódico pudiera haber gozado en su historia.

—Qué avidez —dijo Sala.

—Avidez de propietarios —le recordó Vigil.

—Quizá debas divulgar un poco el informe de don Laureano Botero sobre Matapalos II —sugirió Sala a Cassauranc—. Y explicarles que tú harás la gestión correspondiente, que no me opongo a ella.

—Así lo he explicado, desde que hablamos, a quien lo ha querido oír —dijo Cassauranc—. No sé a quién más explicárselo. No sé quiénes difunden estos volantes.

—Averígualo —dijo Sala, mirando a Vigil—. Porque el que los difunde quiere hundirnos a todos.

Cuando Cassauranc salió, Vigil le dijo a Sala:

—Es un payaso.

—No, es un político —dijo Sala—. Y es posible que haya llegado la hora de neutralizarlo.

4

Los hechos fueron más rápido. Unos días después de los volantes que irritaron a Cassauranc, apareció en dos periódicos de la capital una larga denuncia de los comuneros de Matapalos II, contra la «usurpación de sus bosques» que intentaba *La república*. «Usan su influencia con el gobierno para despojarnos de lo nuestro», decían los comuneros. «De dientes para afuera están con nosotros los campesinos, pero a la hora de los hechos son como los ricos de siempre: todo para acá, nada para allá.» Al día siguiente, toda la prensa llevó a sus páginas políticas el litigio de *La república* con los comuneros de Matapalos II. La colección de desplegados, ahora contra los impulsos antiagrarios y la hipocresía política del diario *La república*, cayó, como siempre, en racimo, con esa perfección inigualable y burda que era la marca de fábrica de las campañas orquestadas por el gobierno. («¿Por qué son tan burdos?», había preguntado Vigil a Galio alguna vez. «¿Por qué no hacen las cosas menos obvias, que se note menos?» Y Galio le había contestado: «Porque lo que quieren es que se note, que todo el mundo reciba el mensaje: *Esto lo manda el gobierno y va contra éstos.*»)

Inesperadamente, sin embargo, aquella andanada de prensa tocó un resorte moral de Sala: su repugnancia a verse convertido en un personaje más de la galería de abusos y despojos cuya denuncia era orgullosa especialidad de *La república*. Fuera de sí, «loco de vergüenza» (Vigil), Vigil lo escuchó toda una mañana en su despacho, «doliéndose como un principiante por algo relacionado con su imagen pública» (Vigil). Luego de rodear doscientas veces su escritorio, arrebatado, al filo de las dos de la tarde mandó traer los antecedentes de Matapalos II y se volcó sobre su máquina de escribir, descompuesto y sacudido como Vigil no lo había visto hasta entonces. («Las denuncias periodísticas de Matapalos», escribió Vigil más tarde, «lo habían tocado en algo profundo y esencial que, sin embargo, hasta hacía unos meses, no había estado presente en su ánimo, al menos ante mis ojos. Eso profundo y esencial era nuevo en él o, al menos, había estado oculto hasta entonces para mí. Era una mezcla de vergüenza y rencor, un sentimiento autocomplaciente de injusticia, de irreparable desdoro personal, y la compulsiva necesidad de reparar el daño, de apartar de sí los reflectores insidiosos que lo manchaban, para restituir su propia idea favorable de sí ante los ojos de quienes lo ofendían».) Vigil había visto correr esos ultrajes por las venas eléctricas de algunos escritores, ante críticas particularmente injustas o personalizadas de sus libros. Pero había admirado en Sala precisamente el temple opuesto:

la sana alegría con que cruzaba por el zarandeo envidioso y contumaz de su buena estrella, el «equilibrio tolstoiano de su vida célebre», aquella «invulnerabilidad a la malicia que parecía el atributo risueño y superior de su alma» (Vigil). Frente a la campaña por Matapalos II, Sala le pareció, por primera vez, un ser frágil, susceptible, pequeño: como todos.

Al regresar por la tarde, lo encontró nuevamente dueño de sí, recién bañado, la camisa nueva, esperando con un texto en la mano. Era su respuesta a la lluvia de inventos de la prensa del día. Tenía dos partes. La primera, una pormenorizada relación del *affaire* Matapalos II. La segunda: una renuncia del diario «a toda pretensión de propiedad sobre los bosques en litigio».

—Es mucho renunciar —dijo Vigil, cuando acabó de leer el texto.

—Es renunciar a nada —dijo Sala—. Nunca tendremos esos bosques. Son una trampa y vamos a salirnos de ella, antes de que acabe de cerrarse sobre nosotros.

Como a las ocho de la noche, frente a la cuidadosa inspección de Sala, Cassauranc leyó el texto.

—Es una reacción personal —dijo, echando con suavidad las cuartillas sobre el escritorio de Sala.

—Voy a firmarla personalmente —dijo Sala.

—Valdrá igual como una renuncia del periódico —dijo Cassauranc.

—Valdrá para aclarar de una vez por todas que somos periodistas, no negociantes —dijo Sala, volviendo a tocar los linderos de «su irritación *amateur*» (Vigil)—. Quiero que lo publiquemos en la primera plana de la edición de mañana.

—Es un error —dijo Cassauranc.

—Es una decisión del director de *La república* —impuso Sala.

—No es una decisión que pueda tomar solo el director de *La república* —dijo Cassauranc—. No estamos hablando de la línea editorial del periódico, sino del patrimonio de nuestra empresa. La decisión de renunciar a Matapalos exige por lo menos la anuencia del Consejo de Administración.

—Pido tu anuencia entonces, como presidente del Consejo —retó Sala—. Firma conmigo la renuncia a Matapalos.

—Necesitaría reunir al Consejo —se defendió Cassauranc—. Ponerlo a discusión, tener sus votos.

—Reúnelos, discútanlo, vótenlo —ordenó Sala—. Pero que sea antes del cierre de hoy. Porque mañana va a aparecer ese texto en la primera plana de *La república*. Y más vale que sea por acuerdo de todos.

—No sé si el propio Consejo pueda decidir este asunto —dijo Cassauranc—. Es probable que se requiera una decisión de asamblea.

—¿Qué me quieres decir, Rogelio? —saltó Sala, yendo hacia Cassauranc, otra vez fuera de sí, desafiado y desbordado por la reticencia de su segundo—. Parece un boicot de tu parte. ¿En eso estás? ¿Boicoteando mis decisiones?

—Estoy en desacuerdo con renunciar a Matapalos II por unos cuantos insultos en los periódicos —dijo Cassauranc—. *La república* viene peleando por esos terrenos desde hace cuarenta años. Desde que Cárdenas se los arrebató a la administración de mi padre. Hemos sostenido ese litigio por décadas. No nos han importado las molestias burocráticas, la indiferencia del gobierno, la burla de los colegas. Ahora, al fin, conseguimos la reparación. Y porque nos echan encima a unos comuneros inventados y a la prensa subordinada del país, salimos gritando que renunciamos a nuestros legítimos derechos y a nuestro pleito de décadas. Yo he trabajado por la restitución de Matapalos II el último año y medio, Octavio. A ti no te gusta pedir nada al gobierno. De acuerdo, a mí tampoco. Pero por la restitución de Matapalos II, he pedido a llenar, en todos los niveles. A ti no te gusta hacer antesalas y caravanear a los políticos. A mí tampoco. Pero para obtener la devolución de Matapalos II, he hecho antesalas y caravaneado a todo el que ha sido necesario. No te gusta pedir disculpas ni dar explicaciones de lo que publicamos. A mí tampoco. Pero he hecho estas negociaciones en medio de las más duras críticas del diario al gobierno y a los personajes mismos con quienes debía hablar para obtener la restitución de Matapalos. Y he dado las disculpas y las explicaciones que no nos gusta dar. Bueno, pues ahora, después de año y medio de pedir, caravanear, explicar y dar disculpas, por tres o cuatro golpes periodísticos que te tocan en lo personal me pides que firme contigo la renuncia de *La república* a parte sustancial de su patrimonio. No puedo hacerlo. No tengo facultades para enajenar los bienes de esta empresa, por un golpe de humor y de pluma. Pero, sobre todo, no quiero hacerlo, Octavio. Matapalos II me ha costado mucho más que lo que te han dicho a ti los periódicos. Voy a aguantar eso y más, mucho más, si es necesario. Pero no voy a regalar Matapalos II a nadie, ni como Rogelio Cassauranc, ni como presidente del Consejo de Administración.

—Entendido —dijo Sala—. Lo que sigue entonces es una orden del director de *La república* al subdirector encargado de la edición: este artículo, firmado por mí, va mañana en la primera plana, arriba a la izquierda, tres columnas. ¿Está claro?

—Muy claro —dijo Cassauranc—. Pero pido tu autorización para no trabajar este día y, si estás de acuerdo, para publicar mañana también, junto con tu artículo, la convocatoria a una asamblea extraordinaria de accionistas para discutir este problema.

—Son facultades del Consejo de Administración convocar asambleas de accionistas —dijo Sala—. No tengo reparos en eso. Y si no quieres trabajar hoy, también estoy de acuerdo. Mándame a tu suplente. O, mejor todavía, que te supla Vigil, mientras regresas.

—Regreso mañana —dijo Cassauranc, echando sobre Vigil una réplica de aquella mirada alcohólica del primer encuentro, («una mezcla acabada de ira y navajas en el umbral de un callejón oscuro»: Vigil).

5

Vigil escribió en un cuaderno:

Casi un mes sin ver a Oralia —sin desearla (nadie desea a su sombra)—. La trajo de nuevo Fernanda —mi otra sombra—. Fatigado del diario, fui por Fernanda para traerla a Martín Mendalde el fin de semana. Subió al coche, hizo dos preguntas que no respondí. Entonces tomó el teléfono del auto y exigió el teléfono de Oralia. Marcó, esperó y preguntó por Oralia. Escuchó y la oí decir, deslumbrado por su aplomo: —Cuando termine de bañarse, por favor, dígale que Fernanda la espera en el teléfono del coche. Así dígale.

Tenía diez años por cumplir y, pensé en ese momento, todos los demás cumplidos. Dulce y dura, invulnerable y tierna. La mezcla exacta de mujer que yo mismo habría deseado para mí. En consecuencia, había salido de mí para que no pudiera alcanzarla nunca. (Bullshit). Antes de que llegáramos al restorán, Oralia llamó al coche. Contestó Fernanda. «Dice que si tú quieres que venga», me dijo. «Dile que si la dejan, yo encantado», le dije. «Dice que si no la dejan, qué», me dijo Fernanda. «Dile que si no la dejan, también», dije. Lo repitió Fernanda y hablaron un rato de cosas que yo no recordaba, aunque habían sido la materia común de nuestra última salida juntos, un mes antes.

Oralia entró al restorán cuando arrancaba su tanda un mariachi atrás de nosotros. Su belleza clara y democrática. Yo estaba mal, las agujas de siempre vibraban de más, como sitiadas por el Dios aciago de La república. Pero al verla entrar di, como se dice, un «salto cualitativo». Confirmé que había perdido el centro, si alguna vez lo tuve, porque el llanto —un llanto dulce, integrador, de cuerda materna— vino a mis ojos como con una dicha. Así venía, por lo demás en los últimos tiempos: por cualquier motivo. Ante las escenas tópicas de las telenovelas, por ejemplo. O ante la imaginación atrabiliaria del día en que Juárez bajó a ver, al fin, el cadáver del emperador Maximiliano, a cuya frecuentación en vida se negó pensando, acaso, que verlo habría roto alguna fibra colonizada, inferior, de su resistencia.

Comimos, jugaron. Cuando cruzaron espadas con los palillos de mesa, volví a ocultar mis lágrimas sin causa eficiente. Fuimos luego a Martín Mendalde, donde quedaba, inédito, un rompecabezas de la antigua Ciudad de México con los volcanes al fondo y lagos en los linderos. Trabajamos —ellas— en esa laboriosa nostalgia. Llamé al diario a las seis de la tarde: sin novedad. Luego, llamé a las ocho: sin novedad. A las diez me dijeron lo mismo. Grité por el teléfono, para mí: «¿Por qué tanta calma, carajo?»

Coronaron con toda calma las piezas finales del Popocatépetl, y Fernanda dijo: «Tengo sueño. Llévame a dormir.» La llevé a mi cuarto como siempre, pero dijo: «No, al mío. El tuyo se lo vamos a prestar a Oralia.» «De acuerdo», le dije. «Para que no deje de venir con nosotros cuando salimos», me dijo Fernanda.

«¿Qué tal que fueras su madre?», le dije a Oralia al regresar. Pero antes de sentarme junto a ella llamé al periódico de nuevo:

nada. «Estás eléctrico», dijo Oralia cuando me senté. «Si te toco me electrocuto.» Efectivamente, le di un toque al rozarse nuestros brazos. Hicimos el amor, pero no la electrocuté. Le di las gracias por Fernanda. «Pongo en ella lo que no me dejas poner en ti», dijo Oralia. Y la sombra del melodrama volvió a llenarme los ojos de lágrimas gratuitas.

Me dio un masaje de los suyos y dormí sin escalas hasta las cinco de la madrugada en que una cuerda se rompió dentro de mí. Puse agua a hervir y me hice un té. Acabé de ordenar unos papeles. En una carpeta encontré esto de Galio:

Galio: *Nada temen ni esperan en* La república, *dice usted. Esa es la medida de su autonomía. Pero los ciudadanos autónomos, que no temen ni esperan, son por ello mismo enemigos del Estado, y con derecho se les puede detener.*

Yo: *¿Es una amenaza?*

Galio: *No, es una cita. Baruch Spinoza:* Tratado político. *Parágrafo octavo, capítulo tercero. Acabo de leerlo esta mañana.*

Busqué la cita, dice así:

«No porque un loco o un necio no puedan ser inducidos con premios o amenazas a cumplir los preceptos, ni porque este o aquel, adicto a tal o cual religión juzgue que los derechos del Estado son peores que ningún mal, quedan sin valor los derechos de la sociedad, cuando la mayor parte de los ciudadanos caen bajo su dominio. En la medida, pues, en que quienes nada temen ni esperan son autónomos, son también enemigos del Estado y con derecho se los puede detener.»

6

El día que apareció la carta personal de Octavio Sala renunciando a Matapalos II, Galio llamó a Vigil muy de mañana, para comentar su «escaso nervio político», su «pusilánime arrebato moral» (Vigil):

—No se renuncia a lo que no es de uno —dijo Galio—. A riesgo de que los otros renuncien a uno. Como le dije una vez: repartió de más, dispone de mucho menos. Cuidado con la asamblea.

—¿Sabe usted algo? —preguntó Vigil, ansioso.

—Lo que apareció hoy en su periódico, querido —dijo Galio—. No hace falta más. Cuidado con la asamblea.

En la misma edición del diario que trajo la carta de Sala, el Consejo de Administración publicó la convocatoria a una asamblea extraordinaria. Al día siguiente, antes de que doña Cordelia abriera la oficina de Sala, llegó a su charola un oficio del propio Consejo. Mostraba su «extrañamiento» por la «inopinada posición» de Sala renunciando en público a un patrimonio sobre cuyo destino no tenía potestad, y exigía la rectificación del caso. Cuando Sala llegó a su oficina, bordeando el mediodía, un grupo de trabajadores de los talleres y la administración lo esperaba en desconcertado tumulto, frente a las instalaciones de *La república*. Querían preguntarle las razones de su texto.

—Mi texto se explica por sí mismo —dijo Sala, tratando de calmarlos. Percibió entonces que a su alrededor cazaban la escena fotógrafos y reporteros de otros diarios. Pidió:

—Adentro, compañeros, por favor.

Un trabajador de talleres, cuyo rostro no creía recordar, alzó sobre su cabeza el overol reglamentario de *La república* y empezó a girarlo como un aspa sobre la multitud, mientras avanzaba con gesto cavernario sobre Sala. Esa misma tarde, en los periódicos vespertinos de la competencia, Sala pudo ver las gráficas de la escena y entendió su sentido: los trabajadores de *La república,* airados, amenazaban a su director, titubeante y desconcertado, a media calle.

Convocó esa misma noche a una reunión del Partido:

—Debemos llegar a la asamblea con las cosas amarradas —le dijo a Vigil—. De otro modo, pueden desbordarse las aguas. ¿Se le ocurre algo?

—Despida a Cassauranc —fijó Vigil—. Es el artífice de todo.

—¿Y a cuántos más después de él? —dijo Sala, impaciente con la vena radical de Vigil.

—A todos los negociantes, uno por uno —dijo Vigil—. Al Mayor, a Garcilazo, a Mairena, a Rocambol.

—Eso se llama purga, Carlos —dijo Sala—. En *La república* tenemos que poder vivir con nuestras diferencias.

—No son diferencias —dijo Vigil—. Es un pleito abierto por el poder.

—No hable como Galio —rechazó Sala—. El poder es una entelequia. ¿Cuál es nuestro poder? ¿Podemos hacer menos infelices a los mexicanos? ¿Menos desigual nuestra sociedad? ¿Menos injustas y gratuitas nuestras pasiones? Entonces, ¿cuál poder? Lo nuestro son escaramuzas por pedazos de la nada, Carlos. Concursos por rebanadas de ilusiones. Somos como niños revolcándose en el piso por la triste colación de la piñata.

—Pero nos revolcamos —porfió Vigil.

—Y nos levantamos después, con algunos raspones, como si nada hubiera sucedido —dijo Sala.

—Corra a Cassauranc —insistió Vigil, ahora con ánimo sombrío.

—Si empiezo a resolver nuestros problemas corriendo a mis iguales —dijo Sala— acabaré corriéndolo a usted y gobernando sobre un diario de lacayos. No es mi idea de *La república*. Y lo verá usted claramente esta noche en la Tenida del Partido.

Lo vio. Como ninguna de las anteriores, la Tenida de esa noche fue un ejercicio de opinión sin tapujos. No hubo oradores. Don Laureano Botero leyó un documento que resumía la posición del Partido. Era una censura a Sala (la adopción del criterio de Cassauranc y del Consejo) en el sentido de que ninguna renuncia patrimonial de *La república* podía ejercerse por fuera de los canales establecidos para ello. Pedían a Sala una rectificación clara de su posición, cuya vía dejaban librada a su mejor criterio.

—Dicho esto —terminaba el texto en la voz ronca de don Laureano Botero, «fumadora de cigarrillos negros» (Vigil)— decimos también que nuestra posición al respecto coincide punto por punto, salvo en el procedimiento, con la asumida por Octavio Sala. A saber: que ningún patrimonio vale el desprestigio de *La república*. Debemos salir de la trampa de Matapalos II cuanto antes, vendiendo, alquilando o regalando esos terrenos, cuya plena legalización exige gestiones y, quizá, concesiones que no estamos dispuestos a dar. Nuestra decisión de no hacer concesiones, nos ha dado el mejor negocio de que podemos hacernos cargo: nuestro periódico. No nos hace falta más. Censuramos, pues, el procedimiento del compañero Sala. Lo instamos a rectificar. Pero el fondo de su decisión es también nuestro: salgamos cuanto antes de Matapalos II, para seguir siendo dueños, de lo que hemos creado juntos: *La república*.

Vigil sintió a Sala sacudirse por dentro, con «el temblor de una gelatina», desafiado y querido como nunca, ratificado y desautorizado a la vez en una declaración de dureza amorosa que Vigil no había encontrado sino en la espinosa solidaridad de la vida dentro de *La república*.

—Ha pedido la palabra el compañero Cassauranc —dijo el Mayor, que presidía la Tenida.

—Para decirte, Octavio —dijo Cassauranc— que no sólo firmé este documento. Lo escribí en parte. Lo llevé a firma de quienes no querían firmarlo y obtuve esas firmas. Hice todo eso por la más sencilla de las razones, que es nuestro cariño. El tuyo no sé, Octavio —agregó, denunciándose en ese momento algo más ebrio de lo que indicaba «la marea roja de sus ojos y de su nariz congestionada» (Vigil)—. Pero mi cariño por ti ha tenido siempre un origen preciso: mi admiración por ti. Ayer que salí del diario, luego de haber firmado el acuerdo del Consejo de Administración extrañándonos por tu procedimiento en lo de Matapalos, me fui al bar y tomé. No he dejado de tomar desde anoche. Pero anoche me dije, me pregunté a mí mismo: «¿Tú, Rogelio Cassauranc, peleado con Octavio Sala? No, Rogelio», me dije. «Puedes tener razón, pero no tienes tamaños.» Y así es, Octavio. Puedo tener la razón en este diferendo, en este litigio. Pero no tengo tamaños para volverme contra ti, ni me lo permite mi cariño, que tiene el tamaño de mi admiración por Octavio Sala. Pido tu abrazo y tu olvido de anoche.

Se abrazaron «más que largamente» (Vigil), llevado uno por «el propio vuelo alcohólico de su discurso» y el otro por su «continua disponibilidad a frotarse y ampliarse en la piel de los otros». Todo corrió después entre los brindis con un «alivio de armisticio y un fuego ingenuo de reconciliación» (Vigil).

—No me gusta —dijo Vigil al salir—. Debemos prepararnos también para la asamblea.

—Preparémonos —dijo Sala, visiblemente satisfecho de la Tenida—. Pero lo de hoy vale por la mitad de la asamblea del viernes. Puede usted estar seguro de eso.

7

Le escribió Mercedes Biedma:

Palacio de la Vigilia
(Vigil, ya, a los 103 días de julio de (tu pon el año, no me acuer-
do ¿De acuerdo?) Va —voy y aguántate cabrón!!!)

Son casi las dos y no empiezo a decirte lo que quiero. Traigo un
pequeño desmadre con el tiempo, además del que traigo contigo.
Estaba previsto que iría al teatro a las ocho y media, pero cuando
salí de la librería eran ya las diez y cuarto. Entonces calculé que lo
mejor era venirme a escribirte y me vine hecha la madre a mi depar-
tamento, en un santiamén como dicen. Pero cuando llegué aquí al
departamento, no había pasado un santiamén, sino que era casi la
una de la mañana y dije: «¡Puta, hice dos horas y tres cuartos
de la librería a mi casa cuando normalmente hago veinte minutos!
¿Dónde dejé las dos horas que sobran?» Pensé que debe andar muy
mal mi coche para que me tardara tanto en llegar y me dije: «Lo voy
a mandar a arreglar, pero por lo pronto orita mismo me siento a
escribirle a este cabrón», y me senté a escribirte. Pero cuando empecé a
escribir vi el reloj y ya eran las 3 y dieciocho de la mañana, y me
dije: «Algo debe andar mal en mi cabeza, porque pensar en estas
pendejadas no puede llevarle tanto tiempo a nadie.» El caso es que
ya son como las cuatro de la mañana y no he empezado a decirte lo
que te quiero decir desde las ocho y media, hora en que según yo iba a
ir al teatro. ¿Me quieres decir qué ando haciendo yo con el tiempo
que no me alcanza ni para sentarme a decirte que regreses. Que
regreses, carajo, Vigil, y me traigas de vuelta el reloj que te llevaste.

Escribió en un cuaderno:

Me dice Isabel Gonzalo:
—Octavio cree que en el último momento, incluso si las cosas van
muy mal, en el último momento le dirá a Cassauranc: «Detente»
y las aguas volverán a su cauce. Hay cariño y amor herido en eso.
Quisiera apartar de su vista la obligación del pleito que tiene

enfrente, la convicción de que debe golpear a su hermano para preservarse. Le tiembla el corazón. Pero también hay en su actitud una buena dosis de prepotencia, que es la otra cara de la ingenuidad. Cree que puede ordenarle al mundo que sea como le gusta y que el mundo obedecerá los caprichos de su dedo índice.

8

—Van a luchar por su vida en esa asamblea —dijo Romelia, en el hotel, mientras Vigil esperaba al mesero con su cuarto wisqui de la tarde.

—Cassauranc se rindió ante Sala en público —dijo Vigil—. Eso lo sabe ya todo el periódico. ¿Cómo puede promover la lucha después de haberse rendido?

—Más libremente que antes —dijo Romelia—. Sin las sospechas de Sala encima. Ya te he dicho mil veces que esto es política.

—Politiquería —dijo Vigil.

—Politiquería, mi amor. Como tú quieras llamarle. Pero ellos están diciendo una cosa y haciendo otra, mientras ustedes dudan, planean, imaginan, piensan. ¿Cuándo van a empezar a actuar?

—Estoy actuando —dijo Vigil. Enlazó a Romelia por la espalda buscando el camino entre sus piernas.

—No de eso, del periódico —dijo Romelia—. Nos están llevando a muchos a ese baile.

—Y a éste —dijo Vigil, meciéndose ya sobre las nalgas de ninfa de Romelia.

—Cuiden por lo menos que tengan boleto —dijo Romelia, antes del primer gemido.

—Vas a tener boleto —dijo Vigil, en la nuca de Romelia.

Cuando se hubo bebido el cuarto wisqui, Romelia volvió a treparse en él, pero ahora sólo para ser escuchada:

—Están preparando esa asamblea para echarlos a Sala y a ustedes del periódico.

—Tendrán que ganar la asamblea —dijo Vigil.

—Tendrán que ganarla ustedes, mi amor. Tomen una lista de accionistas, de la gente que va a participar en la asamblea y cuenten cuántos son seguros votantes de la causa de Sala. Cuenten y verán.

—Contaremos —dijo Vigil—. ¿De qué lado te cuento a ti?

—Del lado donde puedas hacerme el amor —dijo Romelia.

—Entonces no importa el lado —dijo Vigil.

9

Llegó a trabajar tarde, sólo para constatar que había vuelto al diario «la emanación ceniza del rumor y el desprecio». No vio sino caras recelosas, ademanes cuidados, pláticas a puerta cerrada, corrillos exclusivos que desahogaban sus males en voz baja.

—Estamos infestados de «mal matrimonial» —resumió don Laureano Botero—. Es una acedia que crece por segundos. Para el día de la asamblea, va a ser difícil decirle a alguien «Buenos días», sin que lo tome como una ironía y hasta como un insulto.

—Los reporteros están divididos —informó Viñales—. En la redacción central, Octavio tiene mayoría absoluta. Pero en la redacción de las secciones, el gran jefe es Cassauranc. Llevan cinco años contratando ellos a los nuevos reporteros del diario, salvo excepciones. Todos los nuevos reporteros están con ellos, esperando turno para desplazarnos. No sé cómo estén las cosas en talleres.

—Mal —dijo Pancho Corvo, quien frecuentaba los talleres por los suplementos y porque cerraba la edición de las páginas editoriales—. Apenas se puede caminar por ahí si te creen o te saben «salista». Para esa gente, nada más estamos regalando su dinero y arriesgando el periódico. La renuncia de Sala a Matapalos II fue la puntilla. Le dije a Prieto, el linotipista de *Lunes:* «Es una cosa de dignidad, don *Luis,* véalo desde ese punto de vista.» Me contestó: «Es la dignidad de los señoritos que manejan ahora *La república.* Yo tengo mi propia dignidad que defender, que es la seguridad de mi familia. Yo no tengo pleito con el Presidente ni con el candidato. Es más: me caen a toda madre. No voy a pagar el pleito de don Octavio. Eso es todo. Así que vayan a cobrarle a otro el precio de su dignidad.»

Por sugerencia de Vigil, don Laureano Botero trajo la lista de los 547 accionistas de *La república,* que eran también sus trabajadores, y se pusieron a contar. Repasando los nombres y los puestos uno por uno, Vigil descubrió hasta qué punto su paso meteórico por *La república* había tocado sólo unas capas tenues de su verdadera densidad humana, hasta qué punto había creído imperar sobre un territorio que le era un desconocido en su mayor parte. Se guardó de mostrarlo ante los otros, pero hizo muy bien la cuenta de que entre los 547 accionistas, solo podía reconocer el nombre y la facha de escasamente 100 personas, de las cuales la mayoría era gente de la redacción, los suplementos y casi treinta colaboradores de las páginas editoriales. Peor aún: la mayor parte de los reporteros y redactores que conocía eran adversarios antes que aliados, de modo que en su mapa político de *La república,* la cuenta de sus malquerientes era más exacta que la de sus adeptos.

Lo mismo le sucedía con los seguidores y los incondicionales de Sala. Pese a las pugnas y divisiones previas, había imaginado siempre a Sala reinando como un demiurgo venerado e indesafiable sobre el terreno informe de *La república,* un terreno que sólo adquiría perfiles propios y claridad de propósitos por el imperio de la voluntad de Octavio Sala. Miraba ahora al ras de tierra aquella comarca real y encontraba —nombre por nombre, lealtad por lealtad— un reino menos unánime y gobernable de lo previsto, un reino competido y disparejo, más inclinado a la venganza que a la solidaridad, más atento a la ganancia que a la justicia, y movido más por sus intereses que por sus convicciones.

—En el mejor de los casos tenemos un empate —resumió don Laureano Botero, después del conteo—. Mucho menos, debo decirlo, de lo que yo pensaba. Y hay estos ochenta o noventa indecisos, decolorados, que podrían darnos un triunfo holgado si los jalamos.

—O una paliza si los perdemos —dijo Vigil.

—Los podemos ganar —dijo Pancho Corvo—. Por una razón: porque tenemos de nuestro lado el «efecto Sala». Necesitamos ochenta seducciones personales de Sala, entre hoy y la asamblea. Doce por día.

Bien entrada la noche, mostraron a Sala su cuidadosa «estadística del encono» (Vigil). Sala miró con ojos impávidos el tejido y aportó su propia microcirugía, otorgando a Cassauranc una docena más de partidarios y arrebatándole quince. Con la misma mano fría reconoció lealtades y traiciones, «como quien corta intestinos y cerebelos» (Vigil).

—Hay una duda mayor —dijo Sala al final—. En la hora verdadera de la crisis, no sé en qué bando caerá Cassauranc.

—Es el origen mismo del pleito —dijo Vigil.

—Lo es —dijo Sala—. Pero al final no sé si peleará de veras. Lleva tres días sin venir. ¿Conspira o bebe?

—Bebe y conspira —dijo Vigil.

—Si necesita beber para conspirar, quiere decir que también está huyendo del pleito —dijo Sala—. Al final, ¿peleará o saldrá corriendo? Ésa es la duda mayor.

10

Mercedes Biedma le escribió:

Méxicotzingo (te chingo), 37 de nov. del año del No

En la noche que no tiene reloj, o sea a las meras horas en punto de la noche —sic.

Voy a mandarte tus propias cartas, chingadín. Tu propia carta: la única que me mandaste, cabroncín, cuando me amabas, muy al principio del momento en que me amaste, antes de dejarme de amar para volver a amarme de la manera pinche y segura en que ibas a amarme después, sin que te enteraras (ni te rindieras) tú, ni me enterara (ni me rindiera) yo. Así sonabas en ese tiempo, chingadín, escúchate para que me escuches, carajo... ¡escúchate!:

Miro la ventana y le pido que aparezcas en ella. Miro lo que aparece después y no eres tú. Miro lo que no has podido ser tú en esa ventana y aborrezco mi vida, mi pequeña vida que es incapaz de hacerte brotar en la ventana, mi pequeña ventana que resume tan bien la pobreza de mi vida. Quiero ser más, buscar más, mirar más. Y el más que quiero ver, buscar, ser, tiene tu rostro simple y anhelado, el rostro tuyo que no está en la ventana.

No sé si me explico. Esto es lo único que espero, de ti: Dame un pretexto para cambiar de vida. Por favor: un pretexto que sea como tú, que muerda el pan que muerdes como tú, que mire como tú, que use el dedo pulgar para comer con las manos como tú. Dame una excusa para cambiar de vida. Y que en ese aluvión del cambio vengas tú, seas tú, amanezcas tú junto a mí diciéndome todo lo que hemos cambiado. Y que hayamos cambiado: dame un pretexto para cambiar de vida, uno solo, dámelo, estréllalo en la ventana donde no aparecerás salvo porque yo mire el vacío y pueda preguntarle, decirle: Dónde está, por qué se llevan el cambio necesario de mi vida, mi pretexto, mi excusa, mi pendeja iniciática, mi loca, mi Mercedes.

Dame un pretexto para cambiar de vida, y dispénsame de lo demás. Te lo digo como si rezara, a sabiendas de que nunca he de mandarte esta carta, de rodillas, deseándote, mirándote como un loco no venir a la ventana.

Aquí terminaba la carta de Vigil. Luego, Mercedes Biedma seguía:

Ahora dime, quiero que me digas: El tipo que escribió esto, ¿dónde está? Me urge encontrarlo. Porque tengo una carta de respuesta que me consta que debe leer. Es una carta deshilachada que, la verdad, no sé por qué te estoy mandando a ti, porque hasta donde puedo ver, tal como están las cosas, tú no tienes nada que ver con el tipo que me mandó la carta anterior. Tú no eres ya el que me mandó esa carta pero yo empecé a ser hace unas líneas la que hubiera querido recibirla cuando la mandaste. En resumen: si vuelves a quererme como entonces, te seguiré queriendo como ahora. ¿Es tan complicado, carajo?

Mercedes a) la loca de noche (no vienes, no —kaput)

Vigil apuntó en su diario:

Sueño que Mercedes me jala a través de una cortina viscosa. Hay un otro lado de esa viscosidad. Es una viscosidad húmeda como de baba, y también seca, como de tela de araña. No obstante, ese otro lado brilla, promete desnudez y brisa, besos, flores. Los jalones son imperiosos y violentos. Mercedes, horrible como una calavera, pela los dientes al jalar. Suplica primero, ríe después y al reír enseña los dientes sepulcrales. Sigue jalando hacia el paraíso frutal que está al otro lado pero la cortina no cede y no me deja pasar. Mejor dicho: la cortina se espesa. De pronto deja de ser una cortina y es una franja, un espacio de gelatina que a la vez petrifica y envuelve. Me despierto sudando con una sensación de asfixia y más ganas de verla que nunca. Pero no. No todavía.

11

Pasaron los días ansiosos buscando el clímax de la asamblea y el ambiente de *La república* se pudrió hasta extremos que nadie hubiera podido imaginar. Fueron y vinieron volantes acusatorios, emboscadas burocráticas, oficios envenenados por su propio rigor, rumores, calumnias. Hubo tal cantidad de reuniones clandestinas, que reunirse en secreto varias veces al día acabó siendo la única actividad compartida de los habitantes, agitados y conspirativos, de *La república*. Pronto no quedó confidencia que no fuera pública, ni verdad que no tuviera que buscarse en el secreteo de corrillos y reuniones, hasta configurar «un solo miasma ácido e inconciliable» (Vigil), en cuya densidad de gases morales y detritos partidarios poco a poco cobró fuerza dominante el agravio patrimonial. («El avaro temor a perder lo ganado, el reproche a la renuncia unilateral a los bosques de Matapalos II, el rencor social a la *pandilla aristocrática* comandada por Sala, único responsable, en el imaginario colectivo, del arrinconamiento político de *La república,* tanto como de sus ofensivos privilegios»: Vigil.)

Esa «secreción plebeya» avanzó con tal naturalidad sobre cualquier otro registro de prejuicios, que dos días antes de la asamblea fue al fin claro para Sala y su grupo cuáles eran los puntos cultivados por el malestar de, al menos, la mitad de *La república*. Vigil los fijó en uno de sus maniáticos memos para Sala, en lo que llamó tres «inoculaciones» y tres «antídotos»:

Inoculación no. 1: Les han dicho que si perdemos Matapalos II, perderemos el *periódico completo*.

Antídoto: Explicar que Matapalos II *le costará* al periódico una fuerte inversión y que la riqueza que tenemos hoy viene del periódico, no de Matapalos II.

Inoculación no. 2: Les han dicho que queremos *regalar* Matapalos II, porque no queremos deberle nada al gobierno.

Antídoto: Explicar que queremos *vender* Matapalos II *para repartirles*, a ellos, *20 millones a cada uno el año entrante.*

Inoculación no. 3: Les han dicho que usamos el periódico para enriquecernos y tener privilegios.

Antídoto: Contarles los negocios de Cassauranc (taxis y desmontes), Garcilazo (bares y prostitutas), Rocambol (extorsiones policiacas y licencias de alcohol), el Mayor (contratos de fumigación de puertos y desmontes —con Cassauranc). Y que ellos decidan quiénes se aprovechan del diario.

Método general: Octavio Sala debe esparcir los *antídotos* departamento por departamento. En particular debe atacar talleres y la redacción de las extras, aprovechando al máximo el «efecto Sala».

Sala cambió el último antídoto por una explicación general de lo que llamaba «privilegios», pero siguió los demás punto por punto. Durante todo el día miércoles —dos antes de la asamblea—, recorrió el diario sección por sección, casi oficina por oficina, desplegando la estrategia contrainformativa de Vigil como un enjundioso candidato en campaña. Con su invencible elocuencia, bañado más «por el fulgor de su sonrisa que por el tinte polémico de sus palabras» (Vigil), todo el miércoles Sala avanzó escucha por escucha, telaraña por telaraña, como quien regresa al mundo de lo real una mansión encantada y disipa sus fantasmas y sus gemidos «corriendo cortinas y tronando palmadas sobre ecos sin aire» (Vigil).

Antes de que cayera la tarde, echó su cataplasma sobre las heridas abiertas de la redacción. Durante una hora ofreció explicaciones cordiales a cambio de comentarios hoscos y esparció sonrisas seductoras en respuesta a gestos mal encarados. Al terminar, había entre reporteros, cablistas y cabeceros un nuevo aire relativo de humor, cierto descanso, respiro.

—No los convenzo, pero los alivio —dijo Sala a Vigil y a los demás en su despacho—. La estrategia de hablarles ha sido un acierto. Nuestro diagnóstico es exacto y toca los puntos claves. Hoy a las once de la noche empezamos la ronda más difícil, que es en talleres, con los prensistas. Creo que funcionará también.

No pudo probarlo porque, antes de las once escucharon juntos en ese mismo despacho, en medio de un silencio sepulcral, la voz ultraterrena de Sala informándoles que unas horas antes tres mil comuneros habían invadido y cercado los accesos a Matapalos II. Uno de los dirigentes de la invasión había declarado a la prensa: «Ya *La república* renunció a estos terrenos. Ahora exigimos del gobierno que reconozca nuestros derechos, porque somos los únicos reclamantes.»

El «silencio de cementerio» que siguió fue roto por la voz gutural de don Laureano Botero:

—Se jodió el antídoto mayor.

—Es una intromisión externa, debemos denunciarla —dijo Vigil—. Es una maniobra del gobierno para restarnos apoyo interno, para quitarnos credibilidad adentro. Vean la declaración de este líder. Sólo le faltó decir que Octavio Sala lo autorizó a invadir.

—En cierta forma lo autoricé —dijo Sala.

—No es el gobierno quien invade —dijo Pancho Corvo.

—Pero son sus marionetas —dijo Viñales—. ¿De cuándo a acá tenemos comuneros tan combativos en este país? Si todos los campesinos que reclaman tierras las invadieran, estuviera invadido todo el país.

—Pues está invadido el nuestro —dijo don Laureano Botero.

12

El día que precedió a la asamblea de accionistas fue un jueves largo y sin resuello para los seguidores de Sala. Buscaron al Presidente, pero estaba de gira inaugurando casas y sistemas de agua potable en colonias populares de Tamaulipas.

Buscaron entonces al candidato, y el candidato les dijo que aún no era su hora y que no tenía que recomendarles sino la ortodoxia: buscar al Secretario de Gobernación.

Buscaron al Secretario de Gobernación, quien les ofreció todo su apoyo y la indicación de que plantearan el caso al gobernador de Durango, bajo cuya soberanía estatal quedaba el asunto de Matapalos II.

Buscaron al gobernador de Durango y les dijo que los invasores de Matapalos II habían venido de Michoacán y Oaxaca, en transportes de la Secretaría de la Reforma Agraria, que había asumido la responsabilidad federal por el hecho.

Buscaron al Secretario de la Reforma Agraria y les dijo que no podía intervenir en el caso mientras no hubiera un mandato de ley definiendo al titular inobjetable de los derechos sobre Matapalos II.

Buscaron al titular de la Suprema Corte de la Nación y les dijo que ellos, *La república,* eran los titulares inobjetables y podían exigir de la Procuraduría General de La república el inmediato desalojo de los ocupantes.

Buscaron al Procurador General de La república para exigir el desalojo de los invasores conforme a la ley, y el procurador les dijo que tenían razón, pero que no era un asunto de jurisdicción federal sino estatal.

Buscaron entonces al procurador de justicia del estado de Durango y les dijo que sólo podía efectuar el desalojo si recibía orden del gobernador.

Buscaron por segunda vez al gobernador y el gobernador les dijo que sólo podía proceder al desalojo con el apoyo del ejército, porque eran tres mil invasores, cifra muy superior a los recursos de la fuerza pública estatal.

Buscaron al comandante de la zona militar de Durango y el comandante les dijo que no podía meter la tropa a ningún lío civil si no recibía una orden superior de la Secretaría de la Defensa en México.

Buscaron al Secretario de la Defensa en la Ciudad de México y les dijo que sólo podía dar una orden de esa naturaleza por una instrucción directa del Presidente, que había dejado Tamaulipas y estaba ahora en Veracruz entregando silos y títulos de tenencia a campesinos que los habían esperado por dos décadas.

Cuando terminaron de hurgar en «aquel círculo eficiente de la nada» (Vigil), eran las seis de la tarde y *La república* hervía, empapada por el miasma ácido de su desencuentro, esperando una solución providencial a Matapalos II que por obra de la invasión había vuelto a ser el único punto de litigio en el corazón dividido y ciego del reino de papel de Octavio Sala.

—Se acabaron las gestiones —dijo entonces Octavio Sala—. Vamos a trabajar ahora con nuestros medios, como siempre.

Con Vigil, Corvo y Viñales, Sala dedicó la siguiente hora a preparar un altivo alegato de los derechos de *La república* sobre Matapalos II y una larga denuncia de la intervención a trasmano del gobierno. Exhumó de los archivos la historia de aquellos bosques, la ilegal defenestración cardenista de don Arsenio Cassauranc, el largo pleito jurídico y la arbitrariedad política concomitante que siguieron, hasta llegar a las fotos y las orgullosas declaraciones del gobierno en funciones devolviendo Matapalos II a *La república,* como una prueba de «buena fe política» y «estímulo a la libertad de prensa».

A las nueve de la noche, con los corresponsales de *La república* en Durango y Michoacán, pudieron establecer la procedencia política de los dirigentes de la invasión de Matapalos II. Eran antiguos compinches del Secretario de la Reforma Agraria. Habían guiado también, con tácitos avales del Presidente, por lo menos otras dos invasiones escandalosas de tierras en el sexenio: la del rancho *El Gargaleote,* en San Luis Potosí, ex propiedad del general revolucionario Gonzalo N. Santos, y la de Ignacio Río Muerto, en el Valle del Yaqui, que había provocado la caída del gobernador de Sonora, un antiguo favorito supraterrenal del Presidente.

Con toda esa información, Vigil escribió la versión original del relato: «Los verdaderos invasores de Matapalos II», una crónica kafkiana de las gestiones del día y sus poderosas razones circulares que desembocaban, decía el texto, en «el mal mayor de la república: la voluntad indesafiable del Presidente de México, último poseedor de la verdad, del equilibrio, de la justicia y de las órdenes que pueden procurar todas o alguna de esas cosas». El texto terminaba:

> Como tantos mexicanos, hemos buscado en vano la intervención del Presidente, para que puedan tener algún viso de realidad nuestros más elementales derechos de posesión y disfrute de bienes como Matapalos II. Al cierre de esta

edición, como tantos mexicanos al cierre de sus propias vidas, no hemos podido encontrarlo. Y la ley sigue en suspenso mientras su Gran Poseedor aparece.

Cassauranc llevaba seis días sin aparecerse por el periódico. Orquestaba el carnaval en la sombra y, según informes, tomaba sin parar, enervado por la proximidad de la otra toma, «la que había preparado por años, poco a poco, nutriéndola en el rigor de sus agravios» (Vigil). Vigil lo había suplido en su labor. Había diagramado con Sala la primera plana y ordenado la edición desde la mesa, lo cual acendró en los cassauranistas la impresión de que era ya la carta jugada por Sala para los tiempos por venir, que incluirían el despido de Rogelio Cassauranc. Vigil y Sala decidieron juntos la edición de aquel día previo a la asamblea, dieron las tres columnas de la izquierda en la primera plana al asunto de Matapalos II y una página entera al pase, con abundancia de fotos, en la sección política del diario. Casi a las doce de la noche dejaron el edificio de *La república*, luego de girar cuidadosas instrucciones a sus partidarios para reunirse todos a las ocho de la mañana del día siguiente en un salón del hotel María Isabel. Preveían, acaso con razón, que a esa hora tendrían ya alguna reacción del gobierno a la edición de ese día. De ser así, se abría para ellos la posibilidad de una asamblea en un clima público menos impropicio, con las cartas sobre la mesa, el gobierno responsabilizado de lo que pudiera pasar y los lectores puestos sin mamparas frente al problema.

13

Salieron del periódico exhaustos pero dichosos, estimulados por su propia fatiga, dispuestos a esperar el día siguiente «con la impaciencia de los guerreros que esperan la batalla» (Vigil).

—Véngase conmigo —le dijo Sala en la puerta del diario, luego de despedir a su chofer—. Permítame que abuse de usted invitándole a cenar donde Isabel. Nos espera con un espagueti al pesto.

Los esperaba en efecto, en ese espacio de suavidad hospitalaria donde Sala podía quitarse los arreos del mundo para tratar al fin de «no ser lo que era, lo que estaba obligado a ser» (Vigil).

—Entonces, ¿mañana es el día? —dijo Isabel Gonzalo, cuando se hubieron instalado y sorbían su primer aperitivo.

—Hoy es el día —asintió Sala—. No importa lo que pase mañana. Lo que importa es hoy, el espagueti, la presencia de Carlos con nosotros, y tú, nuestra anfitriona inigualable. Mañana, lo importante será la asamblea. Pero en la noche de mañana, todo habrá pasado y acaso estemos nuevamente aquí, repitiendo esta escena, y lo importante serán nuevamente tú, Carlos y el espagueti. Y así cada noche.

—¿Cómo están los bandos? —siguió con suavidad Isabel Gonzalo, poniendo a un lado la metafísica amorosa de Sala.

—Mañana estarán bien —dijo Sala—. Porque mañana nuestros lectores sabrán.

—Pero adentro, ¿cómo están los bandos? —porfió Isabel Gonzalo.

—Adentro hay bandos —dijo Sala—. Y ese ya es nuestro fracaso.

—Había un empate —informó Vigil—. Pero la invasión de Matapalos II lo rompió. Nuestra edición de mañana explicando la invasión, equilibrará las cosas de nuevo. Nos dará también una opción de negociar con el gobierno antes de entrar a la asamblea. Así, aunque sea por curiosidad, tendrán que oírnos. Es decir, llevaremos la iniciativa en la asamblea, querrán oírnos. Y si oyen al director podremos ganar la asamblea con cierta facilidad, apoyados en el «efecto Sala», como dice Corvo.

—¿Hay la posibilidad de que no dejen hablar a Octavio? —siguió Isabel Gonzalo.

—Hay la posibilidad —dijo Vigil.

—¿Tan mal están las cosas? —preguntó Isabel.

—La ventaja que ellos tienen es precaria, en el caso de que la tengan —dijo Vigil—. Las explicaciones y los alegatos del director pueden cambiarla en un momento.

—¿Otra vez el elegido? —dijo Isabel Gonzalo.

(«Había en la brisa irónica de sus ojos un aire de madre feliz por los hechos descomunales de su hijo»: Vigil.)

—Otra vez —dijo Sala, arrullándose en ese refugio.

Cenaron, bebieron, hablaron, oyeron a Ella Fitzgerald cantar canciones de Cole Porter y a Octavio Sala recordar la muerte estoica y joven de su hermano mayor. Cerca de las dos, timbró el teléfono por única vez en la noche. Isabel Gonzalo acudió a contestar.

—Para ti, Octavio —dijo al volver. Y agregó con una mueca que no pudo reprimir—. Es Rogelio Cassauranc.

—¿Rogelio? —dijo Sala, incrédulo.

—Ha bebido por lo menos una botella de wisqui —dijo Isabel.

—Tome la extensión de la cocina —pidió Sala a Vigil—. Quiero que escuche.

Vigil tomó la extensión de la cocina y escuchó la voz «reseca, torpe, ebria», de Rogelio Cassauranc:

—No hagamos esto, Octavio.

—¿Te tiembla el pulso, Rogelio? —lo desafió Sala.

—No puedo detenerme si te empeñas en que peleemos —dijo Cassauranc—. Es una marea que no depende de mí, ni de ti. No podemos detenerla.

—No la detengas —dijo Sala—. Sólo ten los pantalones de encabezarla, para que no te sepulte a ti también. Has roto todos los pactos, violado todos los afectos. Sólo te falta el día de mañana para volverte lo que quieres ser.

—No quiero, Octavio.

—Claro que quieres —dijo Sala—. ¿Pero puedes? Eso es lo que yo voy a ver mañana: hasta qué punto me equivoqué contigo, hasta qué punto nunca supe quién eras.

—Negociemos, Octavio —pidió Cassauranc.

—¿Qué quieres que negociemos? —dijo Sala—. ¿La línea editorial de *La república*?

—El tono, Octavio —dijo Cassauranc—. Y la salida de todos esos advenedizos puritanos de que te has rodeado. Todos esos intelectuales inútiles que nos desprecian. Has convertido el diario en una torre de marfil, en un confesonario para damas de la caridad. Los periodistas no somos así.

—¿Cómo somos los periodistas, Rogelio? —preguntó Sala.

—Somos gente de carne y hueso, con los pies puestos en la tierra —dijo Cassauranc—. Te ofrezco una asamblea respetuosa para ti si te deshaces de ese lastre. Si moderas el tono de *La república*. Tenemos muchas cosas que perder.

—Yo no tengo ninguna —dijo Sala.

—Tú más que nadie, Octavio —dijo, casi imploró, Cassauranc—. Negocia, escucha, cede algo.

—Te cedo el negocio de las «colas» del periódico —dijo Sala—. Siempre que estés dispuesto a quitárselo a tu mujer, que lo tiene desde hace años.

—Está bien, Octavio —dijo Cassauranc, desfondado—. Que sea como tú quieras.

—Así quiero —dijo Sala—. ¿Hay algo más?

—Sí —dijo Cassauranc—. Te estoy hablando desde los talleres del diario. Estoy ordenando en este momento que supriman de la edición de mañana toda la información de Matapalos II.

—No es tu facultad decidir eso —dijo Sala—. La edición de mañana va como yo la dejé.

—No —dijo Cassauranc.

—Como director te ordeno que no suprimas nada de la edición de mañana —dijo, casi gritó, Octavio Sala.

—Ya está suprimido, Octavio —respondió Cassauranc.

—Te lo ordeno como Director —dijo Sala «poniéndole mayúsculas a su puesto» (Vigil).

—Ya no, Octavio —dijo Cassauranc.

—¡Te lo ordeno, Rogelio! —gritó Sala.

—Ya no me ordenas nada, Octavio —dijo Cassauranc—. Ya no.

Y le colgó al teléfono.

14

Cuando llegaron a la asamblea, el recinto estaba tomado por la gente de Cassauranc. Una bulla alcohólica «destripaba su rabia» (Vigil) golpeando con los pies en el piso de madera y con los puños en los respaldos y asientos de latón de las sillas. («Pateaban y golpeaban sobre un inminente pasado de *La república* que respondía al nombre, antes totémico, de Octavio Sala»: Vigil.)

Habían ocupado el lugar desde antes del alba y controlaban minuciosamente el acceso. Cuando abrieron el recinto a los salistas, ya los esperaba adentro una kermés borracha que había copado las filas del frente y los pasillos. Los cassauranistas habían formado un bloque compacto en la sillería de la izquierda y se habían derramado sobre el resto del local, salpicándolo de modo que la gente de Sala no pudiera reunirse en grupos grandes, sino se fragmentara en racimos entecos de cuatro o cinco para dificultar su coordinación y facilitar el hostigamiento de los adversarios mezclados con ellos. Por esa ordenada avalancha corrían anforitas de licor y brillaban en el día los ojos incendiados por la noche sin dormir, mientras gritaban y hacían circular la otra mercancía del miedo: el rumor de que la mayor parte venían armados y dispuestos a todo. Las huestes de Sala pasaron entre esas hileras de iracundos, como reos previos de un tribunal tumultuario, aceptando el furor de las miradas y el batir enervado de palmas que marcaba su rechazo, su novedosa extranjería, su condena. Antes de que pudieran acomodarse en sus asientos, perdieron la primera votación, para elegir escrutadores, y la segunda, para elegir al presidente de la asamblea.

—Nos van a aplastar —dijo don Laureano Botero al oído de Vigil.

—No si conseguimos que hable el director —dijo Vigil, buscando ansiosamente a Sala, al que la kermés había apartado de su cercanía y arrumbado, con Corvo y Viñales, cuatro hileras atrás.

La mesa le dio la palabra a Rogelio Cassauranc para que hiciera el planteamiento del problema de Matapalos II, punto único registrado en la convocatoria. Pálido y ebrio, pero solemne y controlado, Cassauranc leyó un texto breve refiriendo a los accionistas el diferendo del Consejo de Administración con el director de *La república* y su desacuerdo por la renuncia a los derechos sobre Matapalos II.

—Es la opinión unánime de este Consejo —concluyó, Cassauranc— que la conducta unilateral y caprichosa del director de *La república* ha puesto en riesgo el enorme patrimonio forestal, rescatado para nuestro diario por gestiones legales y políticas de este mismo Consejo de Administración.

Se oyó un grito en la sala:

—¡Prepotente!

Y luego otro:

—¡Vanidoso!

Y un tercero:

—¡Gigoló!

—Es nuestro deber decir a ustedes en esta asamblea —siguió Cassauranc en medio del bullicio que los insultos provocaron—, con la gravedad que el caso amerita, que sentimos indisolublemente ligada esta decisión inconsulta del director de *La república,* a la invasión que nuestros terrenos sufren hoy por medio de agitadores profesionales movilizados por el gobierno.

—¡Traidor! —tronó otra voz.

Siguió Cassauranc:

—Esperamos de esta asamblea una directiva clara sobre cómo debemos proceder para volver a garantizar a *La república* la limpia posesión y goce de sus derechos sobre Matapalos II.

—¡Renuncia, Sala! —dijo otra voz.

Y a continuación, otra:

—¡Sala, renuncia!

Se configuró entonces un coro enardecido que voceó el estribillo y un galope de palmas y patadas marcándole el ritmo:

—Sala re-nun-cia / Sala re-nun-cia / Sala re-nun-cia.

Unas hileras atrás de Vigil y don Laureano Botero, Sala agitaba la mano pidiendo la palabra, movía papeles pidiendo la palabra, se quitaba el saco y lo mecía sobre su cabeza pidiendo la palabra, sin que su voz ni su mano ni su saco pudieran grabarse en la vista del presidente de debates.

—Levante la mano —dijo Vigil a don Laureano Botero—. Hay que obtener la palabra y cedérsela al director. A él no se la van a dar nunca.

Corrió entre la gente de Sala la consigna de Vigil y pronto hubo, en medio del estruendo de los estribillos y los chiflidos un puñado de manos salistas reclamando la palabra. De todas las opciones, el presidente de la asamblea escogió al propio Vigil.

Una granizada de silbatinas y trompetillas rubricó la mención de su nombre y mostró a Vigil, en ese momento, cuán profundo y cuán contrario a sus ilusiones había sido su paso por *La república,* hasta qué punto se había vuelto el símbolo de todo lo que el diario había llegado a odiar en Sala y hasta qué punto ese odio largo y tenso, cuya factura le cobraban hoy, era el costo de su mutua cercanía, el precio que Sala había pagado por él y él por Sala.

—¡Intelectual! —le gritaron.

—¡Corrupto! —le gritaron.

—¡Trepador! —le gritaron, obligándolo a verse en el espejo cruel de la animadversión de otros.

Pensó que era una imagen fabricada, que a cualquier orador de su bando le habrían gritado igual o peor, como consecuencia del fragor del pleito, pero no de la verdadera caligrafía de su ser ante los otros. Aceptó sin embargo, a inmediata continuación, que se lo gritaban a él, no a otro, y que esas imágenes duras y miserables que lo reflejaban monstruoso, digno de todo el desprecio en la rabia desbordada de sus adversarios, eran también él mismo, la parte miserable que había podido, impensadamente, sembrar y cosechar en otros.

Aguantó casi un minuto la granizada, puesto de pie, mirando las risas y las señas obscenas, hasta que el viento amainó un poco y pudo decir:

—Señor presidente, quiero hacer uso de la palabra únicamente para ceder mi turno al director general de *La república,* nuestro director general: Octavio Sala.

El escándalo volvió a caer del cielo y el salón retumbó como si temblara, pero por primera vez en esa marea adversa y asfixiante, hubo en la asamblea aplausos para Sala, como si su ejército disperso y asustado empezara a reencontrar la hebra del entusiasmo y de su identidad.

—Moción —gritó Ramón Garcilazo desde el fondo del recinto—. No procede la cesión de la palabra.

—No escucho —dijo el presidente de debates, que escuchaba perfectamente.

—Digo que no procede la cesión de la palabra —gritó Garcilazo y sin darse pausa repitió, indicando ya el ritmo del estribillo que debían seguir sus parciales—: Noprocede. Noprocede.

Un segundo después la asamblea cassauranista gritaba, palmeaba y pateaba sin parar:

—¡No-pro-ce-de! ¡No-pro-ce-de! ¡No-pro-ce-de!

Una silla plegada vino volando por encima del tumulto y dio sobre la espalda de don Laureano Botero. Casi simultáneamente una botella se estrelló a los pies de Pancho Corvo, junto a Sala.

—Garantías, señor presidente —gritó Vigil—. ¡Imponga usted el orden en la sala!

—Receso hasta que haya garantías —exigió Sala atrás de Vigil.

—¡Cobarde! —le gritaron.

—¡Señorito! —le gritaron.

—Tiene la palabra el compañero Vigil —dijo el presidente, sin reparar en el desastre que corría como un terremoto de las filas de atrás de la asamblea hacia las hileras del lado derecho, donde se ahogaban las manchas salistas.

—Es imposible hablar así —dijo Vigil.

—Tiene el uso de la palabra, compañero —lo instó el presidente de debates—. La usa usted o cede el turno a otro.

—La cedo a nuestro Director General —dijo Vigil.

—No tengo anotado al señor Octavio Sala —dijo el presidente de los debates, en el momento en que otro estribillo tumultuario se alzó como una tormenta en el ala cassauranista de la asamblea.

—¡Sala renuncia!

—¡Sala renuncia!

—No hay garantías —gritó Sala, y empezó a caminar hacia la puerta, seguido por el río fragmentado de sus fieles.

Vigil fue el último en salir. Con voluntariosa aritmética creyó contar que habían quedado en la asamblea menos de los que había cuando llegaron, que la emboscada había llevado al molino de Sala más gente de la que había entrado con él. Pero en la ojeada contadora recogió también este revés: sentada junto a Ramón Garcilazo, en una pequeña fiesta de ingenios y sonrisas, chapaleaba su informante, su incondicional, su Romelia.

15

Se refugiaron en la redacción. Vigil descubrió ahí que no eran tantos. En la gran planta volada de mil metros, todo el salismo llenaba sólo un rincón y su enardecimiento no alcanzaba a calentar el aire indiferente de los escritorios y las máquinas de escribir, el tiquitac de los teletipos, el radio lejano de las mujeres de la limpieza que soñaban amores eternos y despechos campiranos en las estaciones rancheras del cuadrante.

—Somos más de la tercera parte —dijo Vigil, no obstante—. Levantemos un acta denunciando la ilegitimidad de la asamblea.

—De acuerdo —dijo Sala.

Con la ayuda de Viñales y Corvo, don Laureano puso manos a la obra.

—Voy a llamarle a Galio —dijo Vigil, en el costado confidencial de Sala—. Voy a pedirle la intervención del Secretario de Gobernación.

—Hágalo —dijo Sala—. Pero no servirá de nada.

Vigil llamó de un teléfono que le permitió seguir oyendo lo que en verdad le importaba.

—¿Por qué no llama usted al Presidente? —preguntó Corvo, en voz alta, dirigiéndose a Sala—. Nos tiene que ayudar.

Un murmullo de aprobación corrió entre los salistas y le devolvió por un momento el nervio a esa cofradía sin rumbo.

—El Presidente ya ha decidido a quién ayudar —dijo Sala. Se irguió entonces dentro de sí para arengar a su grey sonámbula—: Lo que sucede hoy en nuestro periódico está sucediendo en realidad en otra parte, compañeros. Está sucediendo precisamente en la Presidencia de la República. Y no sucede hoy. Ha venido sucediendo poco a poco durante los últimos años. Es una larga conspiración dirigida desde afuera, cuyo fruto estamos viendo hoy. No reconoceré una sola de las determinaciones que pueda tomar la supuesta asamblea que tiene lugar abajo. Por el contrario, estamos redactando un documento para denunciar su ilegitimidad y darla por no realizada. Les invito a firmarlo. Pero eso y las otras cosas legales que podamos hacer, no servirán de nada si no actuamos unidos frente a lo que venga, incluida la violencia.

—No venimos armados, señor —dijo Rosendo, el mozo de la intendencia.

—No me refiero a eso —dijo Sala—. No pretendo agredir a nadie. Hablo sólo de resistir a la posible violencia.

—No podemos resistir desarmados —dijo Antonio Sueiro, quien junto con su hermano Manolo habían seguido a ciegas la causa de Sala.

—Podemos atrincherarnos aquí en la redacción —dijo Manolo Sueiro—. Atrancamos los escritorios contra la puerta de entrada y cerramos el acceso por el elevador hacia la gerencia.

—No hace falta —dijo Sala—. Bastará con que decidamos no salir por nuestro propio pie.

—Con todo respeto, don Octavio: no bastará —dijo en su oído don Laureano Botero.

—Bastará para lo que nos interesa —dijo Sala—. Si nos sacan de aquí, que sea por la violencia y la arbitrariedad.

—Pero debemos defendernos, señor —dijo Guadalupe Cam.

—No a cualquier precio —dijo Sala.

—A cualquier precio nos sacarán de nuestro diario —dijo Gamaliel Ramírez, el prensista decano de *La república.*

—Pero no lo pagaremos nosotros —dijo Sala.

—No van a detenerse, director —insistió Pancho Corvo.

—Quieren todo el periódico, sin excepciones —dijo Antonio Sueiro.

—Nos quieren echar, señor — dijo Guadalupe Cam.

—Tendrán que echarnos entonces, Guadalupe —dijo Sala.

En medio de un murmullo expectante, Vigil terminó su llamada al Secretario de Gobernación.

—Me pregunta el Secretario de Gobernación si deseamos que nos envíe como apoyo y protección un piquete de la policía capitalina —dijo Vigil en voz alta, aunque dirigiéndose sólo a Octavio Sala.

Un aplauso y un coro aprobatorio de gritos rubricó la noticia de Vigil.

—No —dijo Sala.

—Para que se evite la violencia, señor —dijo Antonio Sueiro.

—Mientras yo sea director, no habrá policías en *La república* —dijo Sala.

—No hay nada que hacer entonces —dijo Guadalupe Cam.

—Hay que firmar el acta de nuestra asamblea desconociendo la otra —dijo Sala—. Eso es todo lo que podemos hacer. ¿Ya terminó usted, don Laureano?

—Está lista, señor —dijo don Laureano Botero, extendiéndole dos cuartillas que había mecanografiado.

Sala empezó a leer: «Siendo las catorce horas y veinte minutos del día...», pero atrás de su voz, de las entrañas del edificio de *La república,* empezó a crecer un rumor rítmico primero, un clamor resonante después que fue al fin el claro sonido de una multitud compacta que se acercaba al galope, fueteada por el ardor de su grito marcial y ejecutorio:

—¡Fuera! ¡Fuera! ¡Fuera!

—Ahí vienen, carajo —gritó Manolo Sueiro.

Seguido por su hermano corrió hacia la entrada de la redacción para tratar de atravesar en ella los escritorios que había propuesto. Antes de que pudieran cruzar el primer obstáculo, la lengua de la multitud entró por la puerta, «lamiendo y arrinconándolo todo»(Vigil). Eran muchos más que los que habían dejado abajo en la asamblea. A su vanguardia venían, ebrios y ensombrerados como en día de mercado de pueblo, grupos de atléticos gritones que nadie recordaba como empleados de *La república.* Cuando acabó de «derramarse ese vómito» (Vigil) sobre la redacción, Garcilazo y Rocambol se abrieron paso hacia el grupo de Sala, que había quedado en un nuevo rincón del recinto, con su director al frente.

—Como ustedes ven, han perdido este pleito. En particular lo has perdido tú, Octavio —dijo Garcilazo, sin que le temblara la voz, como quien da las buenas tardes—. Te pido que abandones con tu gente el edificio, para evitarle más problemas al periódico.

—Estamos exactamente donde debemos estar y mientras yo sea el director de *La república* no nos moveremos de aquí —dijo Sala.

—La asamblea acaba de destituirte como director de *La república* —dijo Ramón Garcilazo, mostrando unos papeles que llevaba en la mano.

—Nuestra asamblea acaba de desconocer los acuerdos de la asamblea de ustedes —dijo Octavio Sala, esgrimiendo las cuartillas de don Laureano Botero.

—Somos mayoría —dijo Rocambol—. Salgan del edificio.

—Salgan, Octavio —dijo Garcilazo. Caminó hasta Sala con la intención de tomarlo del brazo y llevarlo a la salida. Llegó a hacer contacto, pero Sala se zafó violentamente del enlace con un giro rápido del torso.

—Salgan, Octavio —volvió a decir Garcilazo, ahora en tono alto y amenazante.

—No vamos a salir —dijo Sala.

—Tendremos que sacarte entonces —dijo Garcilazo, entregando los papeles a Rocambol que estaba atrás de él y avanzando hacia Sala para tomarlo de la solapa y empezar a jalarlo hacia la puerta.

—Al director no lo tocas tú, pendejo —dijo Antonio Sueiro, metiéndose en medio, frente a Garcilazo.

—Quítate, Sueiro —dijo Garcilazo.

—Quítame tú, pendejo —dijo Antonio Sueiro, y empezó a empujar a Garcilazo hacia atrás, con golpes rápidos y retadores de las dos manos en el pecho—. Quítame si puedes.

Garcilazo quiso rodearlo con un giro, pero Sueiro alcanzó a detenerlo, trabándolo por la espalda con un candado en la nuca. Rodaron enredados por el suelo hasta el lindero de la muchedumbre. Fue la señal. Los cassauranistas se echaron sobre Sueiro y lo golpearon en un rincón, al mismo tiempo que avanzaron sobre el grupo de Sala. Vigil escribió años más tarde:

> Alcancé a ver a Manolo Sueiro dándole un derechazo de película a Rocambol, y a Sala ponerse frente a Guadalupe Cam y doña Cordelia, sólo para ser arrollado por la embestida. No vi el golpe que me derribó a mí, pero sí la horma del zapato que ya en el suelo vino contra mis narices, y luego contra mis manos, que llevé hacia la cara para protegerme. Junto a mí, vi caer y levantarse a Viñales tratando de golpear con sus pequeñas manos rechonchas, y a doña Cordelia, arrastrándose entre un mar de piernas con el eterno chongo deshecho sobre el perfil y la boca sangrando.
>
> Entre patadas, puñetazos y jalones de pelo, fui pasado en vilo por una hilera de manos que sacaban cuerpos de la redacción como quien pasa cubos de agua en la cadena de un incendio. Fui echado a rodar sobre ese pulpo anónimo por las escaleras señoriales de *La república*. Estaban llenas de cuerpos adversos, que amortiguaban la caída así fuera al precio de nuevas patadas y golpes y jalones de pelo.
>
> Pensé estúpidamente, mientras caía por esa barahúnda, que la escalera de *La república* tenía el pasamanos más bello de la ciudad y que la madera había sido traída especial-

mente por don Arsenio Cassauranc, en los años treinta, de la reserva de Matapalos, según había contado el propio Rogelio en alguna comida. Y me dolió como ninguna otra cosa, más que los golpes y el agravio, pensar que nunca había bajado por esa escalera mirándola, admirándola, sino siempre prendido de algún afán trivial del día, agitado y loco, sin la serenidad que el pasamanos hubiera podido contagiar.

Cuando terminé de rodar, estaba tirado en la banqueta de *La república*, frente a una abundante franja de curiosos que nos miraba. Un cordón de policías miraba también desde la acera de enfrente. Me vi las manos llenas de sangre, de una cortada que sentía enorme y pegajosa al tacto en el párpado izquierdo. Me dolían los costados, las nalgas y las piernas de las patadas recibidas, pero me incomodaba sobre todo la sensación de estar despeinado por tantos jalones y de tener la boca hinchada hasta la deformidad.

Miró a su alrededor en busca de sus compañeros. Vio a Pancho Corvo enrollado junto a un coche, adolorido y temblando, como muerto de frío. Viñales, ya de pie, trataba de arreglarse una vez y otra las solapas desgarradas de su saco. Manolo Sueiro tenía un golpe brutal a lo largo del pómulo, desde la sien hasta la mandíbula, como si le hubieran abierto la cara con un golpe de sable.

—Con una pistola —explicó.

—¿Y el director? —preguntó Vigil.

—Adentro —dijo Sueiro.

—Lo van a matar —dijo Vigil.

—Mi hermano también está adentro —dijo Manolo Sueiro.

Vigil corrió hasta la puerta de *La república*, pero un gordo ensombrerado le cerró el paso y lo regresó, empujándolo, en pandilla con otros. Entonces oyó el crescendo de la multitud volviendo a su estribillo: ¡Fuera! ¡Fuera! ¡Fuera! Poco después se abrió el muro de gente en la puerta del diario y Vigil vio venir a Sala, abrazando protectoramente a doña Cordelia de un lado y del otro a Guadalupe Cam, que tenía la cara vuelta un mazacote de lágri-

mas, rímel corrido, pestañas desprendidas y todos los años graba-
dos en las profundas incisiones y los pellejos flojos de párpados,
pómulos y cachetes. Sala tenía el lado izquierdo del rostro y del
traje bañado de sangre, por una herida en la cabeza que chorreaba
a través de su pelo negro, cerrado y abundante. Atrás venía Antonio Sueiro, muy golpeado, cargado a medias por don Laureano
Botero, que había perdido los lentes y ganado una extraña y
miope juventud. Vigil avanzó hacia Sala y recibió en su pecho el
sollozo de doña Cordelia. Extendió un pañuelo a Sala:

—No es nada —dijo Octavio, rehusando ponerse el
pañuelo de Vigil en la herida.

Dejó también a Guadalupe Cam en los brazos de Vigil y
fue a verificar el estado de cada uno de los que habían salido.
Luego atestiguó la salida del grupo final entre la muchedumbre,
uno por uno, hasta el último de la cola. Cuando el hilo de los condenados dejó de fluir, la muchedumbre esperó sin cerrarse, callada
e inmóvil, como derrotada por la propia contundencia de su
triunfo.

—¿No falta nadie? —dijo Sala a Vigil, cuando acabó de
cruzar frente a ellos aquel pequeño ejército derrengado.

—No —dijo Vigil.

—Vamos a limpiarnos y a cambiarnos entonces, Carlos
—le dijo Sala, pasándole el brazo cálido sobre el hombro y regalán-
dole, intacta, su sonrisa luminosa, eterna, como puesta «a salvo de
la desgracia y de la contingencia del tiempo, la vida y la adversidad» (Vigil)—. Tenemos que buscarnos un trabajo.

Vigil se rió pero no había risa en él. Alzó los ojos para
echarle un último vistazo a la fachada de *La república,* antes de darle
la espalda. Pero no vio la fachada, sino a Romelia, mirando la escena
desde un balcón, acodada como frente a un desfile, pálida y desencajada, con un cigarrillo nervioso temblándole en los dedos.

Cuarta parte:

A TRAVÉS DE LA NOCHE

Capítulo X

Al principio fue la fiesta después de la caída —dijo Pancho Corvo, varios años después—. *Dicen los boxeadores que en el momento de ser noqueados, hay como un ingreso al cielo. Lo que oyen los epilépticos antes de padecer una crisis convulsiva, se asemeja al sonido de la gloria. Nuestra expulsión de* La república *al principio fue un fandango sin igual. Nunca nos sentimos más queridos y más acompañados que en esas semanas de derrota. Pero la derrota estaba ahí y se cobró sus facturas como los gusanos barrenadores: por adentro, silenciosamente.*

1

Primero fue el calor de los amigos, la procesión de telefonazos y visitantes solidarios, ostentando sus dolores y su ira. *La república* se inundó de cartas de protesta que no fueron publicadas, y los lectores desertaron en masa de la compra del diario. Fue tan eficaz su conspiración anónima que, antes de que hubiera transcurrido la primera semana, don Laureano Botero recibió informes de que las ventas del diario se habían desplomado a punto de la catástrofe. También bebieron las mieles de la celebridad internacional. El llamado congregador fue una larga entrevista con Sala publicada en la primera plana de *The New York Times*. Al día siguiente, la versión de Sala sobre su expulsión de *La república* era reproducida por las agencias internacionales y el propio *Times* se preguntaba en un editorial por el estado de la libertad de expresión en México. Sala recibió en su casa, uno por uno, a los miembros de la prensa extranjera acreditada en México reclamando entrevistas para sus medios. En unos días, *El caso Sala* dio la vuelta al mundo y echó sobre el gobierno mexicano un espeso reproche de autoritarismo y represión contra la prensa.

El acoso de los corresponsales sobre el Presidente no se hizo esperar. Al término de una ceremonia en el Club de Industriales, una voz de pito femenina gritó desde el mar de ciudadanos que la escolta del mandatario arrollaba a su paso: «¿Por qué golpeó a *La república,* señor Presidente?» El Presidente detuvo su rápido paso —«siempre dispuesto a confundir la prisa de sus movimientos con el ritmo de la historia» (Vigil)— y contestó, sobre las cabezas anónimas, buscando un sendero hacia la voz aflautada: «El gobierno de *La república* ha respetado siempre la libertad de prensa. No sólo no perseguimos, sino admiramos la tarea periodística de Octavio Sala. Estamos dispuestos a apoyarlo en todo, incluso en la tarea de emprender otro periódico, si así lo decide.»

Al día siguiente, en la reunión matutina que congregaba a los expulsados de *La república,* Sala leyó la declaración presidencial y luego dijo, con sorna:

—Seremos presidencialistas por primera vez.

—¿Le vamos a pedir su ayuda a este simulador? —bufó el enjundioso articulista Malibrán, a quien el golpe había sorprendido en Europa y compensaba su ausencia multiplicando *a posteriori* los improperios.

—No —dijo Sala—. Vamos a fundar otro periódico.

Un salto de júbilo acogió sus palabras.

—Pero no vamos a pedirle autorización, ni para pagar nuestros impuestos —añadió después Octavio Sala. A través de las solapas perfumadas del saco de *tweed* castaño que vestía, Vigil pudo «sentir, casi oler, la furia soterrada en esas palabras».

Una nueva incantación dionisiaca vacunó los días siguientes con aquella iniciativa de fundar un nuevo diario. En jornadas de dieciocho horas, «inmunes al cansancio o la duda» (Vigil), Sala, Vigil y la plumilla obediente de Pancho Corvo, que era un diseñador intuitivo y genial, pensaron y diseñaron hoja por hoja la maqueta del nuevo periódico. Imaginaron un periódico tabloide, tipo europeo, que no se había intentado en México y que aunaba las virtudes de la novedad y el ahorro de papel, a las exigencias de concisión y rapidez que eran las nuevas obsesiones de Sala. «Compitamos con la televisión», gritaba sobre el restirador donde Corvo iba resolviendo el caos, cuadratín por cuadratín. «Compitamos con el radio, con el chisme, con la prisa de la gente. Démosles más información con menos palabras. Debemos estar a la vanguardia, imaginar lo más lejos posible, porque la libertad de que hoy gozamos no la volveremos a tener. Lo que imaginemos libremente hoy, mañana será el corsé de nuestra rutina.»

—*La vanguardia* es el nombre —dijo Corvo, dejando pasar el resto del discurso de Sala.

—¿Cuál nombre? —preguntó Sala, bajando con dificultad de las alturas de su elocuencia.

—El nombre del diario —dijo Corvo—. Va a llamarse *La vanguardia* y empezó a dibujarlo sobre el espacio del cabezal.

La maqueta fue presentada dos semanas después en una reunión de trabajo con los cien expulsados de *La república.* Durante todo un día discutieron el trazo de la primera plana, la claridad de los interlineados, la escala tipográfica de las cabezas, el tamaño de las columnas. Cerca del anochecer el grupo de trabajadores de la rotativa, que había permanecido al margen de las deliberaciones, logró hacer oír sobre el barullo su pregunta elemental: «¿Dónde va a estar el taller?»

—No hemos pensado en eso —respondió, luego de caer en la cuenta, don Laureano Botero.

—No hay una decisión al respecto —dijo Vigil.

—Dije que no hemos pensado en eso porque así es —insistió don Laureano Botero—. No hemos puesto números industriales sobre esta fantasía.

—No le llame fantasía, don Laureano —suplicó risueñamente Sala—. Llámele proyecto, por lo menos.

—No hemos hecho números industriales sobre este proyecto —accedió don Laureano Botero.

—Pues es hora de empezar a hacerlos, don Laureano —dijo Sala—. ¿Qué le parece si empieza usted mañana mismo?

2

Cuando don Laureano Botero trajo su diagnóstico financiero, supieron que echar a andar el «proyecto» requería casi un millón de dólares de inversión («987.518 y centavos», como puso con sangrienta acuciosidad el propio don Laureano) y casi un año de pérdidas antes de empezar a ganar. Eso, para una comunidad de profesionales cuyos ahorros reunidos quizá alcanzaban para satisfacer los 87.518 y centavos. Unos días después de tan nefanda nueva, Sala desapareció. No tuvieron noticia alguna de él el primer día, ni el segundo. Al tercero, Vigil se encaminó muy de mañana al departamento de Isabel Gonzalo.

—Iba a llamarlo este mediodía —le dijo Isabel Gonzalo al recibirlo.

—¿Qué pasó? —preguntó Vigil.

—Ya lo verá por usted mismo. Lo está esperando, venga.

—Llevó a Vigil por un largo pasillo de su departamento a una habitación del fondo. Abrió la puerta a una oscuridad casi total, rasgada sólo por los filos de luz que dejaban pasar las rendijas de una espesa cortina. Vigil vio erguirse un cuerpo en la penumbra y oyó la voz «ronca, exhausta, desconocida» de Sala:

—Pase, Carlos.

—Isabel Gonzalo asintió con la cabeza y Vigil avanzó hacia las sombras.

—Le agradezco que esté aquí —oyó la «voz encavernada» de Sala, su «respiración difícil, como asediada por una alergia asmática» (Vigil).

Trató de ir hacia la silueta del fondo, titubeando en el manto espeso de la oscuridad. Una pequeña lámpara iluminó de pronto el diván donde acezaba Sala. Vigil vio a un hombre pálido, estragado por la fatiga. Tenía barba de días, ojos hepáticos, y el pelo revuelto, resinoso, aplastado sobre la frente y las sienes, en memoria de una batalla febril. El vello hirsuto y abundante de su pecho asomaba bajo su camisa sin abrochar, dejando mirar la abundancia de canas y el través alfeñique de sus huesos.

—Siéntese, no se asuste —dijo Sala, leyendo con justeza el espanto en los ojos de su visitante.

—Vigil acercó una silla al diván y se sentó, inclinándose sobre Sala como sobre un moribundo.

—¿Qué sucede, director? —alcanzó a decir, en voz baja, ocultando mal su grima ante los despojos que interrogaba.

—Me han visitado todos los fantasmas —dijo Sala sonriendo, intentando sonreír—. Uno por uno, hasta agotarme.

—¿Cuáles fantasmas, director?

—Los fantasmas pendientes —dijo Sala, animándose un poco—. Ya estoy bien. Pero fueron una pandilla, un tropel. He pensado sin parar en el verso de Vallejo sobre los «golpes como del odio de Dios».

—Sí, director —murmuró Vigil.

—He pensado en lo que perdimos —dijo Sala, montado todavía en la pequeña burbuja de su ánimo—. Intensamente, hasta enredarme, hasta ahogarme casi en mis propios pensamientos. Entre más pensaba en eso, más irreparable me parecía la pérdida, hasta que la pérdida fue un hoyo negro donde yo me precipité.

—Sí, director.

—No nos quitaron sólo un periódico — dijo Sala, cruzando «por un énfasis la raya que divide la animación del delirio» (Vigil)—. Nos quitaron también la fe en este país, la fe en nosotros mismos. Nos dijeron: «Trabajen, sueñen, intenten lo mejor. Al final nosotros, los gobernantes, los pillos,vamos a decir qué les toca y cuánto pueden tener, cuánto pueden hacer, cuáles son los límites a sus sueños.»

—Sí, director —musitó Vigil.

—Y entonces vi la película completa de esos sueños y esos esfuerzos, querido Carlos —dijo Sala, irguiéndose por primera vez en aquella sesión en las sombras—. Fue un sueño grande, llenador. Tanto, que no necesité otra cosa en la vida que su licor eufórico. Llevado por ese sueño pude no llorar la muerte de mi madre. Pude cruzar por el mundo con una especie de invulnerabilidad, una pulgada levitado de la tierra, separado de los afanes del día, guiado por una misión, que era la única razón de mi vida. Eso es lo que me han quitado. ¿Me entiende usted?

—Sí, director —dijo Vigil.

—Así lo pensé —expectoró Sala—. Acaso usted sea el único capaz de comprenderlo.

—Sí, director.

—Quiero decirle esto, Carlos —siguió Sala, sentándose en el diván y enfrentando de cerca a Vigil, haciéndole llegar el olor ácido de su pena, y de su desarreglo—. Mi vida no me pertenece ya. No podré recobrar la vida que me interesaba, la vida que viví, la vida que querría seguir viviendo. Eso es lo que me quitaron. Queda la fachada y la talacha, pero no la alegría. En el lugar de la alegría se ha instalado en mí algo parecido al mal humor y a la venganza. ¿Me cree usted?

—No, director.

—Pues así es, don Carlos.

—Por un tiempo, director —dijo Vigil—. Luego, todo volverá.

—No —gruñó Sala.

—Volverá con el triunfo de *La vanguardia* —dijo Vigil.

—No volverá, Carlos —repitió Sala—. Ni con el regreso a *La república*. Le agradezco que me haya escuchado. Ya estoy bien. Dígales a todos que tendremos una junta mañana a las nueve.

Varios días después, cuando don Laureano Botero presentó por segunda vez sus cifras negativas, todo Octavio Sala había vuelto a la superficie radiante de su ser y descartó la adversidad millonaria de don Laureano con las más simples y resueltas palabras del mundo:

—Que lo paguen los lectores. Hagamos una suscripción popular. Sólo necesitamos novecientos accionistas de mil dólares cada uno.

3

La última carta que Vigil recibió de Mercedes Biedma había llegado unos días antes de su expulsión de *La república*. Decía:

My dearest Carlomagno:
Te compuse un poema pero muy exacto de lo que pasa y dice (y pasa) así:

1
Un Carlomagno se balanceaba
sobre la tela de mi araña.
Como veían que resistía,
fueron a buscar un camarada.

2

Dos Carlomagnos se balanceaban
sobre la tela de mi araña.
Como veían que resistía,
fueron a buscar un camarada.

3

Tres Carlomagnos...

Seguían varias páginas manuscritas hasta el Carlomagno sesenta y nueve.

Habían pasado cuatro meses desde entonces y Vigil no había recibido otra de esas noticias locas, que apenas leía, distraído y borracho por el tobogán exterior de su vida. Una noche, ya tarde, ablandado por la fatiga de la intensa jornada, descubrió que extrañaba esos mensajes erizados, errátiles que sin embargo lo seguían uniendo a la tierra galvanizada donde Mercedes Biedma había empezado a vivir, tan lejos de él como de sí misma, en la comarca del desamor y del delirio. Le ardían los ojos y tenía la cabeza llena del mundo prolijo y trivial que había escogido, pero antes de salir de la casa de Sala rumbo a la suya, su mano autónoma más que su voluntad consciente, escogió marcar en el teléfono el número prohibido de Mercedes Biedma. Nadie contestó. Marcó entonces el número de Paulina.

—No me contesta —le dijo a Paulina sin identificarse, como si hubieran hablado minutos antes y no los separara un año de abandono.

—Ni te va a contestar —devolvió Paulina como si hubiera esperado cada minuto del año esa llamada.

—¿Dónde está? —preguntó Vigil.

—Por teléfono no te lo puedo decir —dijo Paulina.

—¿Qué tiene el teléfono? —alegó Vigil.

—Precisamente: no tiene nada —dijo Paulina.

—Voy en media hora —dijo Vigil.

Fue volando hacia los departamentos del Parque México, el sitio perenne de su prisa, llevado por la curiosidad y la angustia, como antes por la impaciencia y la alegría. Tomó nota de la oscuridad total en el departamento de Mercedes y encontró en la puerta del piso de arriba a una Paulina monástica, despintada, un poco vieja por primera vez, con la papada empezando a colgarse en un golfo de finas arrugas imperceptibles. La besó y entró al departamento con cautela, como acolchonando sus propias pisadas forasteras. Se sentaron frente a frente, mirándose, recordándose, acompañándose. Paulina prendió un cigarro, fumó tres veces y le dijo en voz baja:

—Se la llevaron sus parientes.

—¿A dónde?

—Sus papás y sus hermanas —dijo Paulina rodeando la pregunta—. Vinieron por ella una noche. Mercedes no les quería abrir y subieron a pedirme que le tocara yo. Traían al médico familiar.

—¿A dónde se la llevaron? —volvió a preguntar Vigil.

—Yo le toqué y me abrió —dijo Paulina, saltando otra vez la pregunta—. Estaba muy mal. Llevaba dos días encerrada. Había bajado de peso. Era como un fantasma. Se me quedó viendo un rato, haciendo un esfuerzo por reconocerme. Me impresionó. Atrás de mí entró su hermana Pía y la abrazó. Luego entró la mamá y luego el médico, que le inyectó unos sedantes. El papá no entró. Sólo la vio cuando la pasaron en una camilla, dormida, a la ambulancia que esperaba abajo.

—¿A dónde se la llevaron? —preguntó por tercera vez Vigil.

—A un sanatorio —dijo Paulina por fin—. El sanatorio Falcón.

—Eso no es un sanatorio —objetó Vigil—. Es una clínica siquiátrica.

—Eso es —dijo Paulina.

—¿Por qué no me avisaste? —se inconformó Vigil.

—Te llamé al periódico pero no estabas. Y no querías saber nada de eso, ¿recuerdas?

No había reproche en su voz, sólo una tristeza que los incluía a ambos.

—Esto es otra cosa —dijo Vigil.

—Es la misma cosa, Vigil. Un poco más complicada, pero la misma cosa —dijo Paulina, desbordada de pronto por el llanto.

Paulina preparó un té de limón en la cocina y trajo el servicio para los dos en una bandeja. Vigil dejó que Paulina sorbiera y volvió:

—¿Cuánto tiempo lleva ahí?

—Va a cumplir dos meses.

—¿Se le puede visitar?

—Sólo con autorización de la familia. Yo la visité hace una semana.

—¿Cómo está?

—Mucho mejor. Ya se parece a ella misma. Ganó peso y puede conversar. No podía.

—¿Cuál es el diagnóstico?

—Según lo que yo entendí, un principio de anorexia nerviosa —dijo Paulina—. Pero no hagas mucho caso de lo que entendí. Lo cierto es que llegó al sanatorio muy mal. A la semana trató de prenderle fuego a todo el pabellón donde está. Ahora le prohíben fumar en el cuarto. Cuando recibe visitas, fuma como chacuaco porque sólo entonces puede fumar. Salvo cuando va su papá. No la deja fumar en su presencia. ¿Te imaginas? ¡No la deja *fumar!*

—¿Preguntó por mí? —quiso saber Vigil.

—Preguntó si te habían pegado mucho en la expulsión de *La república* —dijo Paulina—. Eso la tenía obsesionada. ¿Te pegaron mucho?

—Todavía me duele una costilla.

—No hemos hablado de eso —dijo Paulina—. Lo siento mucho.

—Yo también —sonrió Vigil—. ¿Cuándo sale?

—Dos o tres meses —dijo Paulina—. Según como evolucione.

—¿Cuándo vas a ir la próxima vez?

—Este viernes que viene.

—¿Puedes llevarle unas flores de mi parte?

—Todas las que quieras —se emocionó Paulina. Hizo una pausa y agregó—: ¿La adoras, verdad? No puedes vivir sin ella.

—Ni con ella —dijo Vigil.

4

Empezaron los preparativos para la suscripción popular que daría vida a *La vanguardia:* una «nueva cofradía igualitaria» (Vigil) de novecientos accionistas preferentes, sin derecho a voto, y ciento treinta accionistas comunes que integrarían la asamblea decisoria de la sociedad.

—No hay cosa igual en la historia mercantil del mundo —dijo don Laureano Botero, con su entusiasta escepticismo—. Ni la parirán en el futuro las más retorcidas aventuras del hombre.

El diseño, brotado de la mente «sistemáticamente utópica de Sala» (Vigil), sirvió, aun en su desmesura, para echar a andar la máquina de la organización de los expulsados y para crearles la impresión tangible de un rumbo. No fueron los únicos en percibir el movimiento. Las ondas concéntricas del desplazamiento trajeron pronto indicios de que el trajín de Los Cien, como acabaría por conocérseles, inquietaba otros escenarios. Uno de los primeros indicios fue la visita de Abel Acuña, a quien Sala se negó a recibir.

—Quizá convenga oírlo —difirió Vigil.

—Sólo una cosa personal quiero en este nuevo proyecto —le contestó Octavio Sala, explicando su negativa—. No quiero volver a saludar a nadie por «razones profesionales»: porque convenga al periódico o facilite nuestro trabajo. A nadie. Ni en público, ni en privado. Se acabaron las «relaciones públicas» para mí. Recíbalo usted, si quiere, y cuénteme luego. Pero Acuña no querrá hablar con usted. Me trae a mí mensajes del Presidente en funciones, y promesas del Presidente electo. Viene a ofrecerme las seguridades del gobierno de *La república* y de su amistad. No quiero escuchar nada de eso. Todo eso se acabó para mí, no quiero una cucharada más de ese brebaje.

El segundo emisario exterior fue Galio Bermúdez. Vino a ver a Vigil muy de mañana a su departamento de Martín Mendalde, como casi se le había hecho una costumbre. Le dijo lo previsible, lo que Sala había anticipado para el caso de Acuña: el interés del Presidente en el proyecto, la decisión de apoyar su evolución como una forma de mejorar el clima de libertades públicas del país, la voluntad de darles crédito con tasas bajas, garantías de publicidad oficial, anuencia y audiencia políticas.

—Ya hemos probado todo eso —dijo Vigil, con risueña dureza, bien aprendida de Sala—. Y hemos tenido el éxito que usted puede constatar.

—Justamente lo que no probaron es la vía que le propongo, promesa —dijo Galio—. Pero mi tarea hoy no es persuadirlo. Me pidieron sencillamente hacerle llegar estas propuestas. Ya lo he hecho y usted las ha rechazado. Hace bien. Yo en su lugar también vendería mucho más caro mi palmito.

—No estoy regateando el monto de la «ayuda» —dijo Vigil—. Estoy diciéndole que no la queremos.

Galio aceptó el punto final de Vigil y la emprendió luego por otro rumbo, en cierto modo un rumbo inesperado. Había un grupo de empresarios irritados con el gobierno, le dijo, que estaban dispuestos a invertir sin condiciones, lo que fuera necesario, en el proyecto de *La vanguardia*. Querían una entrevista con Octavio Sala. ¿Podía gestionarla Vigil?

—¿Qué quieren a cambio? —preguntó Vigil.

—Que sean más críticos de lo que han sido —respondió Galio—. En particular, que sean críticos con el Presidente. Los tiene hasta las buchacas de populismo y desplantes mesiánicos.

—¿Y a usted qué le va en esto? —dijo Vigil.

—Mi interés es el de una pequeña revancha privada, querido —dijo Galio—. Como usted sabe, el Presidente dejó fuera de la historia al Secretario de Gobernación, que era mi candidato y escogió para sucesor a un capricho. La historia se lo cobrará a él y a los mexicanos. Pero por lo pronto, la realidad nos pasa la factura a los colaboradores del secretario perdedor, que dejaremos en breve la plenitud burocrática para ingresar a la nada civil. Tengo un poco de rabia por eso. Y me gustaría tirarle unos tomates podridos y unas verduras salianas al tlatoani que tan mal nos trató. ¿Le bastan esas razones?

—No —se rió Vigil.

—Qué bueno, porque no son las únicas —dijo Galio, sonriendo también—. Pero si no las digo por anticipado, lo demás tiende a parecer simple hipocresía angélica. La razón que me mueve, también, es lo que llamaríamos equilibrio histórico. Ustedes han pecado de absoluto, como creo habérselos dicho siempre que pude. Pero el gobierno también. Han estimulado mutuamente las notas más impropicias para el camino deseable del país, que es el de la gradualidad: la convicción de que no hay atajos civilizatorios. Hemos de cargar nuestra joroba mucho tiempo, hasta que los genes mejorados de varias generaciones enderecen nuestra espalda y nuestras almas. Ustedes han recibido su escarmiento, pero el gobierno debe recibir el suyo. Y ningún escarmiento mejor se me ocurre ahora que ver de nuevo en la calle, pujante y bien financiado, el fantasma de Sala. Espero que empiece a entenderme, promesa.

—Empiezo —dijo Vigil—. Poco a poco.

—Poco a poco son todas las cosas que duran en la vida, mi querido Michelet —dijo Galio.

Esa misma mañana Vigil transmitió a Sala el mensaje empresarial. No puede decirse que le sorprendiera la respuesta, pero le preocupó «el aire de intolerancia, nuevo aunque distante en Sala, que empañó su respuesta» (Vigil).

—Hay cosas que no se pueden comprar con dinero —respondió Sala—. Nosotros somos una de esas cosas. Ya debían haberlo entendido.

Las ofertas no llegaron sólo a Sala y a Vigil. Los proponentes tuvieron buen cuidado de regar con ellas las filas hambrientas de Los Cien. Antes de que se disipara el olor a colonia que Abel Acuña dejó en el pequeño despacho de Vigil, ya había una comisión instándolo a él a reconsiderar las negativas de Sala y a aprovechar las opciones que la culpa o el oportunismo presidencial ponían al alcance de sus manos. Vigil no dio paso al reclamo, porque podía adivinar la respuesta intemperante de Sala. Pero no pudo evitar que en el curso de una de las juntas multitudinarias, cuyo desorden estudiantil sólo el propio Sala podía meter en madre, un grupo de compañeros propusiera, «como táctica», aceptar las ofertas del gobierno.

—Ustedes llaman «táctica» a lo que en todas partes del mundo se le llama «oportunismo» —dijo Sala—. Quienes necesiten del gobierno para vivir y no quieran correr el riesgo de su libertad, quizá han equivocado el lugar. No tienen lugar en *La vanguardia*. Les suplico que disculpen estas palabras fuertes que alguno podrá recibir como insultantes. Quiero decirles, a cambio, que su sugerencia «táctica» ha sido insultante para mí.

Un «silencio polar» (Vigil) congeló la reunión.

—Media hora de receso —decretó Vigil y un alivio táctico se aflojó en las caras de los congregados.

Al día siguiente, por carta firmada, tuvieron noticia de que doce compañeros dejaban el proyecto de *La vanguardia* para buscar otros caminos.

5

Vigil escribió en sus cuadernos:

La cofradía de las mujeres: Oralia y Fernanda conversan en la recámara. Las miro a través de la puerta entornada.

Estudian juntas el peinado de Fernanda. Hay una absoluta concentración en eso. Y una telepatía natural en los detalles —que sólo ellas pueden ver. Si dejan libre un rizo para la mejilla, coinciden de inmediato en que el mechón liberado es ralo y no alcanza. Si el peinado deja descubiertas las hermosas orejas de Fernanda, pegadas a sus sienes, deliberan largamente sobre los aretes que exigen esos lóbulos infantiles, que ya buscan sin embargo su futuro invitante.

Decidido el peinado, ¿cuál vestido? Han ido acumulándose en el clóset de Martín Mendalde un atuendo tras otro, hasta formar un pequeño guardarropa. Es parte de la misma ceremonia que ahora miro, repetida cada vez. Porque nunca hay un atuendo adecuado para el peinado convenido, y cada vez salen juntas, enmohinadas y de emergencia, rumbo al almacén, a comprar el atuendo que el peinado y los aretes exigen —los aretes de Oralia, que ha ido acumulando también su colección en esta cueva—. Salen pues, y regresan al rato con el vestido exacto para el peinado. Media hora más tarde se presentan ante mí, fragantes, radiantes, combinadas, listas para echarse a la calle a exhibir el fruto de su conspiración matutina. En esas ceremonias triviales, han hecho algo más espontáneo y gozoso que vestirse, peinarse, quererse. Han refrendado su cofradía, han repetido y ampliado la historia de su sexo, la identidad galana y ornamental de su tribu.

Otro día escribió:

Miro a Fernanda escribir, aplicadamente, sobre la mesa del comedor. Miro su perfil, la mirada que cae escudriñando lo que hace, fría y concentrada. Tengo de pronto la impresión de estarme viendo, de haberme visto así, precisamente en esa posición, con esa mirada, escudriñando papeles. Recuerdo y busco en el cajón de fotos acumuladas. Ahí está: es mi foto, una noche en que se había ido la luz de La república *y trabajaba con dos velas a los lados, absorto y remoto. Traigo la foto y vuelvo a sentarme frente a Fernanda. No se ha movido de la posición. La comparo con la foto y por primera vez en nuestra vida tengo la certidumbre de ser ella, de habitar en ella, de haber ocupado parte de su ser para reproducirme injustamente en sus gestos y sus huesos, en la concavidad de sus ojos, en la flexibilidad imperceptible de las ventanillas de su nariz. Y en la forma de sus dedos que empuñan, como mis dedos, la pluma. Los circuitos ignorados de su cerebro de algún modo me repetirán tan exactamente como la efigie de su frente. Me embarga de pronto una pena teórica por la exactitud de mi legado, y una dicha raigal por saberme, a su costa, repetido en ella.*

6

La convocatoria a la suscripción del nuevo diario se hizo en un salón del Hotel de la Ciudad de México, a un costado del Zócalo, como para subrayar que se hacía de frente al poder público, a la vista del Palacio Nacional. Los Cien probaron en ese acto su poder de convocatoria. No hubo medio de difusión, impreso o audiovisual, que diera espacio a los anuncios del grupo invitando a la reunión. Pero Los Cien conectaron por carta con sus antiguos cofrades, mediante la lista de suscriptores de *La república,* y la voz corrió por la ciudad como un pequeño torrente, arrancando a su paso buenos y malos deseos: aquí esperanza, allá rencor, más allá curiosidad, y envidia, solidaridad, sarcasmo: «La magia intacta de Sala» (Vigil).

Una hora antes de la convenida, había un tumulto en el Hotel de la Ciudad de México. Bajo la inspiración del gentío, Pancho Corvo hizo circular anticipadamente la noticia de que quien quisiera podía comprar y pagar acciones del nuevo diario en las mesas dispuestas para ello. Los compradores, agregó, tendrían lugar preferente en el local, muy amplio, que no se había abierto todavía al público. Largas colas de compradores retrasaron el inicio de la ceremonia casi hora y media más, al cabo de la cual Octavio Sala tomó la palabra. Su discurso valió menos por sus palabras que por el «increíble sentido del *timing* emotivo de su audiencia» (Vigil). Cuando dijo que habían decidido emprender otro periódico, un aplauso sin término llenó el salón. Sala lo dejó durar sin apenarse, mirando a la multitud «como si mirara a cada uno, como si a cada uno le estuviera agradeciendo la decisión que había tomado de hacer un periódico, como si cada quien bastara para explicar por qué Octavio Sala iba a salir otra vez a la calle desnudo, costárale lo que le costara» (Vigil).

Al final, sirvieron un vino de honor y algunos canapés. A las nueve, Vigil agradeció la presencia de todo mundo, dando por terminada la reunión. Pero la gente permaneció en el lugar hablando y frotándose en la sensación fundadora que los había traído, durante hora y media más, hasta casi las once de la noche. Don Laureano Botero y Pancho Corvo alcanzaron a Sala y a Vigil en el restorán, bien pasada esa hora.

—Tenemos cheques, efectivo y compromisos por casi setecientos mil dólares —dijo don Laureano Botero.

—¿Y eso está bien o está mal, don Laureano? —preguntó Sala.

—Eso está mejor de lo que hubiera usted soñado siendo un niño caguengue que se le apareciera el hada de Pinocho —dijo don Laureano Botero—. Faltan sólo doscientos mil para arrancar.

—Ya arrancamos, don Laureano —dijo Sala.

—Me refiero a la cifra prevista —explicó don Laureano—. Nos faltan sólo doscientos mil dólares.

—Si hubiéramos levantado hoy diez mil dólares nada más, igual hubiéramos empezado —dijo Sala.

—¿Con una hojita parroquial, director? —dijo don Laureano.

—Con un esténcil y una secretaria si fuera necesario, don Laureano —dijo Sala.

Entendieron lo que Sala quería decir unas semanas después, cuando el Presidente de *La república* anunció, en su último informe de gobierno, en septiembre de aquel año de 1976, una devaluación de la moneda de más de un cincuenta por ciento. La noticia sacudió a las finanzas de la nación y también a las que don Laureano Botero había previsto para la fundación de *La vanguardia*.

—Para efectos de la adquisición de maquinaria, que ha de ser importada —explicó don Laureano Botero, en una reunión de emergencia—, la devaluación reduce nuestros recursos en un sesenta por ciento. De cada peso que teníamos ayer, hoy sólo tenemos cuarenta centavos. Por lo que hace a los costos nacionales —sueldos, papel, material fotográfico, máquinas de escribir, teletipos, etcétera— la reducción es de cuarenta por ciento: de cada peso conseguido, tenemos ahora nada más sesenta centavos.

—¿En resumen, don Laureano? —dijo Sala.

—En resumen: que no alcanzan los dineros ni para la mitad de lo previsto —sentenció don Laureano.

—Quite la mitad entonces —resolvió Sala, con su nueva impaciencia.

—La mitad equivale a la rotativa y el taller —aclaró don Laureano.

—Quítelos —dijo Sala.

Vigil oteó al fondo de la junta la reacción de los rotativeros. Uno se comía las uñas, otro tenía la cabeza entre las manos, enconchado sobre sus rodillas. Los demás miraban al piso, como después de un derrumbe.

—No basta, director.

—Quite lo que baste —dijo Sala.

—Tendré que hacer cuentas —dijo don Laureano Botero.

—Hágalas —convino Sala—. Pero que no le lleven mucho tiempo. Necesitamos salir antes del primero de diciembre, con el actual Presidente en funciones.

Cuando se quedaron solos, Vigil le dijo a Sala:

—Estamos forzando la máquina. Tenemos casi treinta gentes que esperan trabajar en nuestro taller.

—No hay dinero —dijo Sala—. Usted escuchó.

—Si nos damos más tiempo, podríamos conseguirlo.

—Lo vamos a conseguir del periódico en la calle, Carlos —dijo Sala—. Sólo tendrán que esperar un tiempo. Lo que no podemos hacer es darle al público la impresión de que salimos por anuencia del nuevo gobierno, con las negociaciones habituales de México: el gobierno pasado te golpeó, el gobierno entrante te cura. Un Presidente te persiguió, el otro te encumbra. Tenemos que salir antes de que llegue el nuevo gobierno. Aunque sea con un periódico escolar. Y el nuevo gobierno empieza el 1 de diciembre de 1976. Tenemos que salir antes de esa fecha.

Vigil trató de explicarlo a la cofradía de Los Cien, pero no cosechó sino demandas generalizadas de grupos y amigos que querían entrevistarse con Sala para persuadirlo de que las cosas requerían mayor planeación: un esfuerzo adicional mínimo podría satisfacer las expectativas y las necesidades de todo el grupo. Vigil vio desfilar comisiones y personas por el despacho de Sala y verificó, hasta el cansancio, el nuevo toque de su «intransigencia ejecutiva». Decidió trabajar con don Laureano Botero no en el ajuste de los números, sino en la imaginación de otra posibilidad editorial. Necesitaron poco tiempo para concluir que el proyecto de una revista semanal, en lugar de un periódico, era viable con los recursos disponibles, con un margen considerable, incluso, para su lanzamiento. La revista daría cabida a todos y hasta sería posible tener un taller propio, con una máquina menos cara y compleja que la requerida para un diario, pero de suficiente calidad y rendimiento para hacer la revista y ofrecer a otros clientes servicios comerciales de impresión.

Vigil trabajó dos días y la mitad de sus noches en el desarrollo de la idea. Se presentó a la siguiente junta con un memo que explicaba la opción y una maqueta incipiente, trazada por Corvo. Expuso su idea con elocuencia y concisión, poco después de que don Laureano Botero refirió la imposibilidad física de sacar un diario antes de diciembre con los recursos disponibles. Una breve pero intensa discusión inclinó los ánimos hacia la solución de Vigil, pero antes de que el nuevo *momentum* prosperara, Sala dijo:

—Somos diaristas, no revisteros. Cometeríamos un grave error confundiendo los géneros. Debemos hacer lo que sabemos y lo que hemos prometido: un diario, nada más.

—No alcanza para un diario, director —repitió Laureano Botero.

—Quítele secciones, don Laureano —respondió Sala—. Hágalo delgado, como John Lennon.

—Está ya tan delgado como Gandhi —dijo don Laureano, convocando la risa de la junta.

—Ayunemos entonces, como Gandhi —avanzó Sala, poniéndose de pie—. Eso es exactamente lo que debemos hacer: ayunar.

Sala leyó el desconcierto y la sorpresa en su audiencia y empezó de nuevo: —Quiero que hagamos un diario, aunque no pueda salir todos los días. Hay antecedentes, y hasta costumbres en esa materia. La prensa española no sale los lunes. Y si los dineros no alcanzan tampoco para eso, entonces saldremos nada más tres días a la semana. Pero esos días serán los únicos en que habrá verdaderamente prensa en este país. Los días de *La vanguardia*. Haga números sobre esas bases, don Laureano —dijo Sala y abandonó luego la junta sin dar pie a réplicas ni comentarios.

Por la noche, al terminar la jornada, se acercaron a Vigil dos compañeros de la rotativa y los hermanos Sueiro para invitarlo a cenar. Lo llevaron a casa de Antonio Sueiro, donde esperaban unos treinta miembros de Los Cien.

—Queremos la revista —dijo Antonio Sueiro, a manera de explicación de la presencia de los otros ahí—. Tú y don Laureano tienen razón. Queremos apoyar tu idea frente al director.

—No quiero tener razón contra el director —dijo Vigil—. Esta reunión es del todo improcedente.

—Queremos que nos oigas. Nada más —dijo Antonio Sueiro.

—Sería suficiente con oírlos —dijo Vigil—. No voy a alentar una oposición al director. La única oposición en la que quiero estar es en la que encabeza Octavio Sala.

—Óyenos, Vigil —dijo Sueiro—. Es una reunión de amigos.

—Les propongo una cosa —dijo Vigil, encaminándose a la puerta—. Hagamos de cuenta que no hubo esta reunión y que no hablamos esta noche.

Salió a buscar a Sala para contarle lo que había propuesto olvidar, para sentir que el Partido al que había decidido aferrarse no era una manía imaginaria de su lealtad, sino la emanación precisa de una voluntad llamada Octavio Sala. Fue pues en su busca aquella noche con algo más urgente que prisa, con la ferocidad de una pasión inaugural en su vida: fanatismo.

—Sé lo que quiero —dijo Sala—. Y no lo voy a negociar con quienes no lo saben.

7

El nuevo tono imperativo de Sala, más que la inconformidad con su proyecto, trajo una nueva deserción de casi treinta miembros del grupo de Los Cien, pero aceleró los trabajos de la fundación del diario, clausuró tiempos muertos en deliberaciones y dio a los que se quedaron una única y estricta vocación de futuro: traer al mundo la forma que Sala había soñado, volverse acólitos y sacristanes de su iglesia.

La fragancia de otro culto sacudió a Vigil en esos días, cuando supo por Paulina que la Biedma había dejado el hospital.

—Está conmigo —dijo Paulina—. Y se pregunta si querrás verla.

Cuando llegó al departamento del Parque México, sólo lo esperaba Mercedes. Vigil consignó ese encuentro con palabras que no requieren otras:

Había engordado, apenas cabía en los jeans *y había en esas redondeces de más un aire sedentario y asexual, una especie de calma vacuna que pastaba también en sus ojos, cristalinos y pacíficos como no los recordaba, bañados por una red de sueño o por algo más profundo y artificial que eso: por los algodones de una paz anestésica, inmune a las variaciones del exterior, a los dolores de su quebranto y a la posible alegría de nuestro encuentro.*

Me dijo que se había aliviado con la única «motivación» —fue su palabra— de que nos encontráramos. Me dijo que de toda aquella oscuridad, sólo recordaba con placer los meses en que habíamos sido felices. Pero no había dicha en sus palabras, ni horror en su rostro por el infierno que había visitado. Y mi presencia estaba lejos de haber traído a sus ojos la luz que su memoria se empeñaba en recordar.

Hablamos largamente, en el ritmo lento y apacible que la había forrado por dentro. Oímos música. Quiso saber con detalles el día de la expulsión de La república, *los golpes que yo había recibido. Auscultó la costilla memoriosa de aquel episodio. Me mostró sus lonjas. Me hizo tocar sus pechos inmensos de nodriza y prometió adelgazar de todo menos de ahí. Casi a las nueve de la noche regresó Paulina y le recordó sus pastillas. Tomó una colección pizcada de distintos frascos, según unas prolijas instrucciones escritas a mano por ella misma. Su letra también había cambiado. Había perdido su estilo de colas dibujadas por la elegancia y el orgullo, en favor de una simplicidad párvula, aparatosa e insegura, como infantil.*

Explicó que saldría dos meses de viaje a España con la familia y preguntó si podía escribirme. Luego se durmió frente a nosotros.

—*Son las pastillas* —*dijo Paulina*—. *Pero es su primer día fuera de casa.*

—*Está como en otra parte* —*dije yo.*

—*Al menos está* —*dijo Paulina.*

Camino a Martín Mendalde, agradecí el regreso de Mercedes. Me pregunté si el amor que pudo tenerme, la urgencia de mí, sus bramidos en la noche, podrían sobrevivir a la desaparición farmacológica de su locura, o estarían ahí, esperando su turno, para volver a tirarla al callejón.

8

Setenta días después de la expulsión de *La República*, el 5 de septiembre de 1976, Vigil consignó en su cuaderno:

Llamó Romelia. La República, *un desastre, dice. ¿Por qué le tomé el teléfono? Curiosidad, morbo, espionaje. Y su cachonda voz de niña. La verdad escueta de las glándulas: la deseo más de lo que la odio.*

9

La redacción de *La vanguardia* fue instalada en una casona de la colonia Condesa que había pertenecido a la familia del general Álvaro Obregón. Desde ahí se propuso la iglesia de Sala, como el general revolucionario en los veinte, su campaña triunfal de regreso a la vida pública de México. Prolongando los símbolos del caso, fijaron como fecha de lanzamiento de *La vanguardia* el día 20 de noviembre, que conmemora precisamente el inicio de la Revolución Mexicana —la fecha de una derrota—. Sujetaron lo demás, con mano de hierro y prisa despeinada, a esa única obligación del calendario.

Una noche, en el esfuerzo silencioso y desvelado de la madrugada, Sala y Vigil oyeron en la calle un rechinido de llantas y el golpe seco de un bulto lanzado al interior de la casona. Cuando bajaron, don Emigdio, el chofer de Sala, pulsaba ya el bulto entre sus manos. Era un pequeño saco de lona que Sala auscultó con cautela antes de abrirlo, aflojando el cordón que lo ahogaba.

—Es increíble —dijo, luego de mirar el contenido.

Sin más explicaciones, en su nuevo estilo autárquico y descortés, echó a andar hacia su despacho con el saco en la mano. Cuando Vigil y don Laureano Botero lo alcanzaron, había vaciado el saco sobre un sillón. Eran paquetes de dinero, atados con ligas, una mezcla descuidada de billetes usados de distintas denominaciones. Sala leía el mensaje de los remitentes, junto a la lámpara de su escritorio.

—Son sus amigos —dijo, extendiéndole el mensaje a Vigil.

El mensaje decía:

> *La* Liga 23 de Septiembre, *vanguardia de la revolución proletaria, saluda a* La vanguardia *del periodismo nacional y hace entrega de un donativo del pueblo. Hasta la victoria.*

Firmaban la nota el Comandante Mateo y Margarita, seudónimos de Santoyo y Paloma en el mundo clandestino «al que se habían sometido» (Vigil).

—¿Cuánto es, don Laureano? —dijo Sala, volviendo al sillón donde don Laureano contaba.

—Quizá un millón de pesos —dijo don Laureano.

—¿Suficiente para qué, don Laureano? —siguió Sala.

—Suficiente para dos meses de nómina o cuatro meses de papel. Suficiente también para el equipo completo de fotografía que nos falta —dijo don Laureano.

—Extiéndales un recibo por acciones a los nombres que le va a dar aquí don Carlos —dijo Sala, sonriendo—. Sus amigos se hicieron sin más del cinco por ciento de nuestra empresa.

—Este dinero viene probablemente de un secuestro —dijo Vigil.

—El dinero no tiene ideología —dijo Sala—. Sólo tiene dueño y oportunidad.

—Le suplico que discutamos esto —pidió Vigil.

—Discutámoslo —aceptó Sala—. Pero ni el mejor de sus argumentos va hacerme renunciar a cuatro meses de papel seguro. Nosotros también estamos en una guerra.

—No en la misma guerra, director —matizó Vigil.

—No hay otra guerra más que la que hay —dijo Sala, dando por concluida la disputa—. Haga como le digo, don Laureano. Y mañana propóngame la mejor opción para gastar ese dinero.

Cuando Vigil subió a su coche para irse lo alcanzó don Emigdio:

—Dice el jefe que lo espere. Quiere hablar con usted unas palabras aparte.

—Voy y vuelvo —dijo Vigil.

Dio una vuelta para ponerse en calma, porque el bulto de Santoyo y las palabras de Sala seguían dando tumbos en su estómago. Dio la vuelta y regresó, cuidándose de que el coche de don Laureano no estuviera ya, para entrar en busca de Sala, pero cuando se orilló para estacionarse, Sala ya venía de la casa a su encuentro como si hubiera calculado con precisión su pundonoroso merodeo. Subió al coche y le dijo:

—Vamos a casa de Isabel.

Vigil admitió la instrucción sin decir palabra.

—No haga mohínes —dijo Sala, varias calles adelante, con la primera cosa parecida a una preocupación por el otro que Vigil hubiera escuchado de él en los últimos meses—. Si no me entiende usted, no me entenderá nadie. Y su comprensión es ahora central para mí. Le suplico que me entienda.

—Trato de entenderlo.

—Con la cabeza —negó Sala—. No con el corazón.

—No sé qué deba entender con el corazón —dijo Vigil.

—Las condiciones de nuestra guerra —pontificó Sala—. Lo que no quiso usted aceptar arriba: que estamos en una guerra y que nosotros no la elegimos. Esos amigos suyos andan en otro frente, pero es la misma guerra. La guerra del diente por diente. Y hablo de los dientes que nos han sacado ya, Carlos, como han matado al hermano de su amigo Santoyo. Hablo de hechos consumados, de métodos puestos en práctica por el enemigo. Eso es lo que quiero que entienda. Pero quiero que sienta más que entender. Que entienda con el corazón lo que usted ya sabe, lo que no puede ignorar. Usted va tomado del brazo de un lisiado de esa guerra. Un lisiado que soy yo y que somos todos. Vamos por nuestra revancha. Y en esa revancha no podemos conceder ventajas, ni amarrarnos la mano que nos queda. Entramos al campo de batalla en desventaja.

—No necesitamos ese dinero —dijo Vigil.

—Tampoco nos sobra.

—Nos marca —dijo Vigil.

—Marcados estamos desde antes, Carlos —se extendió Sala—. Tanto, como si hubiéramos robado ese dinero. O realizado ese secuestro. Formamos parte todos, sus amigos y nosotros, de un momento de expiación nacional. No sé cómo decirlo sin sonar melodramático. Vamos a pagar nuestro precio. El gobierno también. Así están echados los dados, entienda usted.

10

Una semana antes del lanzamiento de *La vanguardia,* recibí una llamada de Vigil para invitarme a comer. Pasó por mí al Instituto manejando su propio coche, un coche modesto y estudiantil, del todo ajeno al que acostumbrara en *La república.* Aunque hablábamos por teléfono con cierta regularidad, no lo había visto en casi ocho meses, desde antes de su salida de *La república.* Lo encontré hinchado y exhausto, con canas en las sienes y el copete, y la absoluta novedad de unos lentes de armadura delgada, que añadían un toque académico a su mirada ardiente, estragada por el esfuerzo y el insomnio. Dos bolsitas empezaban a abultarse, hijas de la mala vida, bajo la cuenca de sus ojos.

A unos días de que empezara a circular *La vanguardia,* su obsesión no era el periódico, sino la guerrilla. Había seguido con puntillosidad esa sangrienta colección de noticias. Hablaban, según él, de un salto encarnizado en los modos de «nuestra guerra secreta». Se multiplicaban los enfrentamientos entre la policía y los guerrilleros y crecían la irracionalidad y la saña. Durante una exposición canina en los prados de la Ciudad Universitaria, me dijo, la policía había soltado a varios guerrilleros presos para cazarlos en el recinto. Fue un mensaje, según Vigil, de ajusticiamiento para los miembros de la *Liga,* que a su vez habían puesto como requisito de ingreso a su organización matar a un policía cualquiera y «expropiar» su pistola. Luego de un asalto a una empresa, los guerrilleros habían dejado abandonado un auto con una bomba adentro. El único fin de ese «regalo»: que explotara y barriera a los policías encargados de inspeccionarlo.

—Se los come la saña de la guerra —dijo Vigil—. Ya casi no hay motivación política. Sólo venganzas y ajusticiamientos en los sótanos.

Le comenté que el subsuelo de México había tenido siempre una veta crónica de violencia. Cambiaban las siglas y los manifiestos, pero la cuota de sangre inútil seguía estable.

—Habla usted como Galio —me dijo—. No quisiera oírlo hablar así.

—No lo digo con cinismo, ni siquiera con resignación —le dije—. Me duele que así sea, pero así es.

—Esto es distinto —dijo Vigil—. Hay gente buena adentro, genuinamente preocupada por el destino del país. Y legítimamente agraviada, orillada a la violencia.

Yo no sabía entonces de la existencia de Santoyo y las palabras de Vigil sonaban abstractas para mí: voluntariosas, retóricas. Ahora sé que no lo eran. Insistió:

—Todos esos muertos van en la cuenta del gobierno, que es el que ha torcido y envenenado las intenciones de los guerrilleros.

—Le recuerdo que no hay historias de un solo villano —dije.

—Me refiero a que quien debería empezar a actuar de buena fe en todo esto es el gobierno —dijo Vigil—. Nunca quiso entender que bajo esta locura criminal de ahora hubo alguna vez, y lo sigue habiendo, un reclamo social genuino, parte de una generación golpeada, segura de que sólo podría lograr sus sueños entrando a esta pesadilla de la lucha armada. Eso es todo. Hay una ceguera moral que da escalofríos.

Le recordé la expresión de Gonzalo N. Santos, que el propio Vigil me había regalado: «La moral es un árbol que da moras o no sirve para nada.»

—También —dijo Vigil, riéndose por primera vez en esa tarde—. Pero piense usted, incluso, en términos de eficacia gubernativa, no de moral: ¿cómo puede convenirle al gobierno tener a un puñado de jóvenes desesperados jugándose la vida o, para el caso, a un grupo de periodistas como nosotros buscando una revancha contra sus arbitrariedades? No les conviene.

—¿Está buscando usted una revancha con su nuevo periódico?

—Yo no —dijo Vigil—. Pero el grupo de *La vanguardia* está cohesionado por su agravio antigubernamental. Y Sala padece, como ninguno, ese sesgo sombrío. El periódico saldrá teñido de eso.

—¿Y usted?

—Yo tengo el enorme defecto de que se me olvidan las cosas —dijo Vigil—. Si me admite una confidencia amorosa, le cuento esto. Ha vuelto a llamarme una compañera de *La república* que fue la que me espió para informarle al otro grupo de nuestras intenciones. Creí que yo la usaba a ella, pero ella me usó. El día de la expulsión estuvo viendo desde el balcón cómo nos golpeaban. Bueno, pues me llamó y voy a verla otra vez. Ya me olvidé de sus intrigas. Me acuerdo sólo de sus amores.

—La generosidad no es buen instrumento de guerra —volví a sentenciar.

—No es generosidad —dijo Vigil—. Es megalomanía. Me hago la idea de ser invulnerable, porque de otra manera me pongo a llorar.

Nos reímos bien, como amigos viejos. Al final de la comida, volvió a sorprenderme su rostro adulto y exhausto, cruzado por más incertidumbres que certezas. Había en las huellas de su repentina madurez más dudas profanas que pasiones sagradas.

11

El desgobierno de Cassauranc trajo pronto a *La república* una nueva ola de disensiones internas y tutela oficial. Ante el desplome de las ventas del diario, empezaron a llegar a los expendios vehículos del gobierno que recogían la enorme devolución y la pagaban al precio de su venta al público. Era ya noticia vieja en el medio periodístico, que el bando cassauranista enfrentaba la oposición creciente de una pandilla nacida de sus propias filas, encabezada por los reporteros de finanzas y economía a los que, según los rumores, alentaba el Presidente electo, amigo y protector de los disidentes. El nuevo mandatario incitaba a sus amigos a tomar el poder de *La república* para blanquearla de su pasado inmediato («herrado por el estigma, siempre repelente, de la traición»: Vigil).

El rumor tomó la vía de los hechos unos días después de la reunión que fundó *La vanguardia* en el Hotel de la Ciudad de México. Se supo entonces —por las primeras páginas de otros diarios, cuyo celo rabioso contra *La república* no había mitigado la perdición de Sala— que una disputa por la posesión de la gerencia había dado lugar a un tiroteo dentro de las instalaciones, con saldo de dos heridos graves y un número sin precisar de lesionados. *La república* desmintió airadamente aquellas «versiones interesadas», pero no pasaron treinta días antes de que un nuevo avatar policiaco desmintiera su propia versión de una familia en paz.

Sucedió por azar: porque la borrachera de Rocambol alcanzó su cresta vengativa a las ocho de la noche, hora en que estaba en el diario toda la redacción de *La república,* y no a las dos de la mañana, hora en que su ira sólo habría encontrado en las instalaciones a amigos y parciales capaces de apaciguarla. Pero fue a las ocho de la noche, no a las dos de la mañana, cuando irrumpió Rocambol en la redacción, desmechado, con un arma en la mano y en la boca una sucesión de injurias contra los traidores al líder Cassauranc. No bien profirió sus insultos frente a la mesa de redacción, la chispa corrió de escritorio en escritorio y amarró las navajas que faltaban en el ánimo del periódico. Los bandos opuestos se trenzaron a golpes en la redacción. Poco después, los vigilantes se disputaban a tiros el control de la entrada y había «tomas» rivales de los lugares estratégicos del edificio: la caja, la dirección, la gerencia. Gritos, tiros, voces de miedo, ambulancias y patrullas sonaron esa noche por los corredores de *La república,* y una densa envoltura policiaca sorprendió, todavía en la madrugada, autos y grupos enconados persiguiéndose frente al periódico, para dirimir una superioridad que los destruía a ambos y cuyo fruto sangriento fue de tres muertos y dieciséis heridos. El escándalo sacudió a la opinión pública de la ciudad, atenta al despeñadero del diario que había sido durante tantos años el tónico y el tóxico mañanero de sus vidas. Al escándalo siguió una deriva de la desgracia original. *La república* debió dirimir en comandancias de policía y en la primera página de otros diarios sus más ingratos asuntos internos, magnificados por un crescendo de acusaciones mutuas. Al cabo de esa competencia entusiasta en el deporte de escupir para arriba, Cassauranc retuvo la dirección del diario con su grupo, expulsó a una nueva cuerda de «malagradecidos e infidentes» y trató de recoger los muy pocos pedazos restantes de su prestigio y su credibilidad.

—No me consuela —dijo Sala ante los saldos, vindicatorios para él, de aquel sainete de nota roja—. Su derrota no es nuestro triunfo, es sólo su derrota.

12

El primer ejemplar de *La vanguardia* vio la luz conforme a lo previsto, el 20 de noviembre de 1976. Tuvo, como era inevitable, el sello inconfundible de Octavio Sala. El día conmemorativo de la Revolución Mexicana, era día feriado para escuelas, burócratas, bancos ... y periódicos. *La vanguardia* se echó a andar así en un día sin diarios, único e incontestado. Su irrupción en el pozo del asueto posrrevolucionario, fue una escandalosa zambullida precisamente en el rumor de que, en ese nuevo aniversario de la estabilidad mexicana, habría un golpe de Estado. Ningún diario había dejado llegar hasta sus páginas el menor indicio de aquel rumor que, sin embargo, era la comidilla universal del fin de sexenio. El primer número de *La vanguardia* le dio validez de letra impresa. Definió así sus armas para el futuro: dar rango de verdad inminente a la continua imaginería de la catástrofe en que suele demorarse, por ocio y tedio activo, la comunidad política mexicana. Esa «especialidad en el apocalipsis» (Vigil) habría de convertirse en la radiografía extrema, pero no inexacta, de una opinión pública habituada a renegar de su país, y a subrayar más sus aberraciones entre menos capaz se siente de erradicarlas.

—Es el síndrome del cojo idiota —había dicho Galio alguna vez—. Ya que no puede tener las dos piernas buenas, se dedica a pensar todo el tiempo en la mala.

Luego de varias décadas de retórica triunfal, el timbre catastrófico tenía también sus virtudes: quería abrir al público puertas y ventanas del «internado marista» (Vigil) en que se había convertido el país, para que mirara «sus cuartos oscuros, sus sótanos con ratas, sus baños pintarrajeados, los malos pensamientos de los habitantes, las palizas secretas del decano y las pasiones andróginas del instructor deportivo».

La vanguardia fue un éxito inmediato. Agotó su primera edición en unas horas. Las siguientes —cada tercer día— pusieron juicio periodístico a la gestión presidencial que terminaba en esas fechas, en un vendaval de discordias. No hubo rumor de errores presidenciales, versión de obras faraónicas sin terminar o negocios familiares realizados a la sombra del poder, que no tuvieran registro en el insomnio reporteril de Sala y su equipo, y que no encontrara tarde o temprano el camino de la letra impresa.

Sala Strikes Back («Sala contraataca»), cabeceó en su sección de prensa la revista *Time*, consignando el regreso triunfal y amargo de Sala. «Muchos mexicanos», escribió el redactor, «se preguntan: ¿aguantará el gobierno esta bocanada de prensa independiente y crítica? —No lo aguantará —dice el propio Sala—. Pero nuestra preocupación ahora no es lo que el gobierno está dispuesto a aguantar, sino las cosas que los mexicanos ya no aguantan de su gobierno».

Al terminar el año de 1976, a sólo cuarenta días de correr *La vanguardia* en la calle, don Laureano Botero trajo las cifras del éxito. En escasas doce ediciones habían duplicado el tiro inicial de *La vanguardia*, de 58.000 a 123.000 ejemplares. El costo por ejemplar había bajado de 2,13 pesos a 1,47, y la ganancia neta por edición había pasado de 104.208 pesos en el primer número a 270.642 en la última edición de noviembre.

—No me consuela —dijo Sala a Vigil por la noche, en la cena—. Los delincuentes siguen impunes. ¿Qué puede nuestro pobre periódico contra ellos?

—No puede más que ser un buen periódico —contestó Vigil.

—Así es —dijo Sala—. Eso es precisamente lo que no me consuela.

13

El 27 de diciembre Vigil escribió en un cuaderno:

Con Romelia, en el Hotel Flamingo. Intacta la novedad de su cuerpo. No hablé de La vanguardia *ni ella de* La república, *salvo al final, en que insinuó que la están persiguiendo dentro del diario y que probablemente saldrá. Que salga. Podría meterla a* La vanguardia *si la llevo y presiono. Solamente me costaría todo mi crédito interno.*

Recibí una tarjeta de Mercedes: familiar y culinaria. Su locura me daba horror, pero me hechizaba el espectáculo de una gran pasión desgarrada —por mí—. Su salud me tranquiliza, pero no me ama. «Elegid, mortales, entre el tedio y el riesgo», dice Galio. Mercedes y yo debemos escoger entre el amor y la cordura. Mercedes, por lo pronto, se decidió por la merluza.

La tarjeta navideña de Mercedes llegó fechada en La Coruña, y decía:

No aguanto a mis padres, en especial a mi padre, pero sí a mis hermanas, con las que ando todo el día. Extraño a Paulina y mi depa en el Parque México. Como merluza todo el día de todas las formas y a todas las horas. Y cuando el pescado me harta: fabada y lechón. Pero no estoy muy gorda, no te preocupes. Aunque llevo el rumbo. ¿Cómo va tu periódico? ¿No te van a volver a pegar? Cualquier cosa, menos que te peguen, por favor. Y cuando te pongas triste, piensa en mí —come merluza (como no hay merluza en México, nada más piensa en mí).

Besos
Mercedes

Capítulo XI

Yo no conocí mucho tiempo a Vigil, y Santoyo tampoco —dijo Paloma Samperio recordándolos, amándolos, varios recuerdos después—. Pero hubo entre nosotros una hermandad previa, natural, que en el fondo es la única amistad verdadera. Hay gente que está para reunirse alguna vez en la vida, y cuando se encuentra es como si se hubiera conocido desde siempre. Porque nacieron para eso: para encontrarse en la vida. Es una variante del amor a primera vista: la buena química de los amigos instantáneos. Lo que pasa entre ellos no es una cuestión de tiempo, sino de sintonía. Eso me pasó a mí con Vigil. Y a Santoyo con Vigil, no se diga. Estaban hechos para andar juntos, aunque hubieran pasado la mayor parte de su vida sin conocerse y aunque pasaran la mayor parte del tiempo que se conocieron, sin verse.

1

Con el éxito volvieron las solicitudes oficiales. Jefes de prensa y políticos que se estrenaban en los altos puestos del nuevo gobierno husmearon en *La vanguardia* la posibilidad de un peligro y, por ello, la necesidad de un cortejo. Los teléfonos del diario se llenaron de mensajes fraternos y felicitaciones privadas. Doña Cordelia apuntó, una tras otra, peticiones de audiencia y propuestas de almuerzos para Octavio Sala. También volvieron los veteranos, los amigos. En la primera fila, más intenso y cariñoso que nadie, Abel Acuña, a quien la tómbola sexenal volvió subsecretario de Gobernación.

—Quiero comer con el amigo —le dijo a Vigil, en su antigua retórica cálida, gutural, previsible—. No me interesa el director de *La vanguardia,* sino el amigo Octavio Sala.

El amigo Octavio Sala no le había contestado el teléfono al subsecretario Acuña y por eso Acuña hablaba ahora con Vigil.

—Le daré su mensaje —prometió Vigil, llevado por la misma exterioridad cordial con que lo abordaba la voz de Acuña.

—Tendrá que hacer más que eso —dijo Acuña, en su amable toque imperativo—. Tendrá que convencerlo. Debemos vernos, comer, hablar. Es un error que no hablemos. Y andar como de pleito es un error más grande aún. Estamos en un nuevo gobierno. Las condiciones políticas han cambiado. Los políticos tenemos que entenderlo así y también los periodistas. Lo pasado pasado, amigo Vigil.

—Se lo diré al director con mucho gusto.

—Dígaselo con convicción —persistió Abel Acuña—. Si usted se lo dice convencido, lo convencerá. ¿Está usted convencido, Vigil?

—Convencido, señor.

Lo estaba, pero la atmósfera artificial de las frases de Abel Acuña le impedían decir convincentemente lo que sentía.

—Entonces lo convencerá —dijo Acuña, con su voz invariable, «proclive a confundir su resonancia con su inteligencia» (Vigil).

Vigil trató de convencer a Sala, como había prometido en su conversación, pero Sala apenas lo dejó avanzar. Le tiró sobre el escritorio un pequeño fajo de recados que doña Cordelia había recibido.

—Son todas invitaciones a comer —le dijo —y a cenar, y a conversar. A visitar el estado de Aguascalientes con el gobernador. A visitar los puertos turísticos del Pacífico con el Secretario de Hacienda. Invitaciones a todo, Carlos, menos a lo único que les interesa de verdad. Lo único que buscan es que nuestro periódico no los toque. Y a cambio de eso, están dispuestos a aceptar todo. Que golpeemos al gobierno, al Presidente, o a sus colegas. Desde luego a sus rivales. Pero no a ellos.

—Se trata del subsecretario de Gobernación —argumentó Vigil, con forzado pragmatismo.

—Se trata de Abel Acuña —respondió Sala, con ostensible desdén—. Abel Acuña, que es igual a todos, salvo porque ahora parece más poderoso—. Tiró un lápiz sobre la mesa, haciéndolo rebotar por la goma para que entrara al tacho de la basura.

—Hay sólo una cosa personal por la que insistí en hacer un periódico pequeño, Carlos. Un periódico como *La vanguardia,* distinto en todo a los usos de la «gran prensa». ¿Sabe usted cuál es esa razón?

—Sí —dijo Vigil—. Ya me la dijo.

—Se la repito, Carlos, para que no lo olvide de nuevo —remachó Sala, extendiéndole «un toque de su ira» (Vigil)—. No quiero incurrir en lo que llaman «relaciones públicas». No quiero comer con nadie por compromiso o por interés. No quiero ver a nadie porque conviene, ni saludar a nadie en público para dar la apariencia de un trato amistoso. Mi único interés personal en *La vanguardia* es poder tratar a quienes quiero tratar. Es un privilegio que hago extensivo a todos los que trabajan en este periódico. A usted mismo, Carlos. ¿Le interesa a usted comer con Abel Acuña, nuestro antiguo amigo, el actual subsecretario de Gobernación? Mire usted, calcule sus intereses: puede ser que a nuestro antiguo amigo Abel Acuña los dados le sean favorables. En una crisis ministerial próxima, puede volverse Secretario de Gobernación y unos años después, Presidente de la República. Le pregunto a usted ahora: ¿le interesa ir a cenar con Abel Acuña, posible próximo Presidente de la República?

—A Abel Acuña yo lo conocí en el despacho del director de *La república* —dijo con dureza recíproca Vigil—. Me fue presentado como amigo de Octavio Sala.

—*Touché* —dijo Sala riendo—. *Touché.* Eso es precisamente lo que quiero decirle: este Octavio Sala ya no es aquél. Y no volverá a serlo en ningún aspecto. Empezando por el tipo de gente con quien se sienta a la mesa.

2

Tras varios meses de ausencia, Galio Bermúdez reapareció también, iluminado otra vez, como al principio, por el fervor alcohólico que en sus hábitos era la antesala de los sótanos. Vigil había pasado la tarde con Oralia y trabajado luego, hasta casi las once, en un reportaje sobre la violencia en México encargado por Sala. Hambriento, a la medianoche salió en busca de un trago y unos tacos. Cuando volvió, Galio lo esperaba sentado en una jardinera de la entrada, tarareando tonadas confusas, con un jaibol en la mano.

—Lo busqué en su periódico, y no estaba —dijo mientras subían, con «la facundia mordaz que era su marca de fábrica» (Vigil)—. Lo busqué en su departamento, pero había salido. Pedí auxilio a las musas que rondan como zopilotes este lugar, y nada pudieron decirme. Por un momento pensé que estaba usted huyendo de su lugar en la historia, promesa.

—Sólo si usted es La Historia —jugó Vigil.

—Apenas un humilde vocero, promesa —dijo Galio—. Aunque más les valiera a los héroes de la polis, como usted, atender a este oráculo. Su única diferencia con el de Delfos es que mis mensajes sí se entienden.

—¿Tiene mensajes que transmitir? —preguntó Vigil, frente a su puerta.

—Impresiones, promesa. Pero no las diré antes de los wisquis.

Terminó de beberse el que llevaba al cruzar la puerta del departamento y se escanció con generosidad el próximo. Iba en la curva de su hora dorada hacia la cima, varios alcoholes antes del despeñadero.

—Hace mucho que no hablamos, promesa —repitió, una vez instalado a sus anchas—. Vamos a hablar.

Habló esa noche «como en el jardín de sus mejores desvaríos» (Vigil), chisporroteando sin parar, tan larga y tan inmoderadamente que Vigil no pudo sino consignar aquel discurso por temas, en varias páginas de su cuaderno.

Sobre el azar
«El azar es la única ley invariable de la historia, del mismo modo que la historia es el único fruto recurrente del azar.»

Sobre las mujeres
«Vivimos en el regazo de su tolerancia y de su incoherencia. Somos los príncipes idiotas de un castillo cuyas habitaciones completas nunca llegamos a conocer.»

Croix
«Pena hoy su eficacia de ayer. Cumpliendo su deber aprendió demasiado y ahora es un sirviente incómodo por haber sido

antes indispensable. A veces, en la vida política, apesta más un confidente que un rival. Y es más peligroso un confidente que un rival.»

Sobre la guerrilla

«Lo único que han liberado sus amigos hasta ahora, es la fuerza que los aniquilará. Entre más rápido los aniquilen, menos deudas contraerá el país con sus verdugos.»

Sobre la Biedma

«Aún recuerdo su aullido amoroso en alguna covacha de las que usted acostumbraba, promesa. Quisiera pertenecer a la manada de esas musas, porque son de las que marcan para siempre. Son las únicas que se apropian no sólo nuestro semen, sino también nuestra imaginación.»

Sobre los sótanos

«Están siempre ahí, afilando y hundiendo cuchillos, aun en la más pacífica de las eras. Pero en México nunca habían sido tan públicos ni tan impunes como son ahora. Ese es nuestro verdadero peligro: no la revolución o la guerra civil, sino la pistolerización de nuestra vida.»

Sobre Octavio Sala

«Lo juzgué en algún momento un bon vivant, *pero resultó un cruzado. Me pregunto cómo será su desplome. Y si se ha desplomado alguna vez. Es posible que su fe lo nuble hasta impedirle ver lo mucho que ha perdido. Pero es seguro que si llega a verlo, su orgullo le impedirá penar esa catástrofe como el enorme fracaso que es. En ese caso, de la hoguera de su fe ciega y de su orgullo herido, saldrá algo todavía más peligroso que lo que hemos visto hasta ahora. Saldrá un hombre sin reversa, un persuadido de su causa que no sabe sino ir hacia adelante.»*

Sobre las mujeres, II

«Las tres especialidades de las mujeres son sus pasiones, el espejo y las otras mujeres. Puede usted quitar las dos primeras cosas.»

Sobre el país

«A nuestro país le urge un cambio, aunque sea democrático, y al mismo tiempo necesita una dictadura, aunque sea la del proletariado. Nuestra deriva hacia el despeñadero es peor que una irresponsabilidad: es una megalomanía.»

Sobre los intelectuales

«No les asusta pensar, sino reconocer lo que están pensando. Walter Benjamin decía: El que quiera escribir una gran obra debe registrar sus pensamientos con la misma meticulosidad con que las aduanas registran a los visitantes extranjeros. La verdadera vida intelectual está poblada de pensamientos extranjeros. Consignarlos requiere coraje, más que inteligencia. Aprender a mirar esos pensamientos de frente, aunque no entendamos al principio lo que nos dicen, es el secreto de la verdadera originalidad. También es el riesgo de la estupidez irremediable.»

Sobre la opinión pública

«Celebra lo que la insulta.»

Sobre Octavio Sala, II

«Si mi juicio sobre Sala es correcto, La vanguardia abrirá sus páginas, cada vez más, a la difusión de hechos y movimientos que desafíen al gobierno. Como no hay muchas cosas de ésas, La vanguardia acabará, como nosotros con las mujeres, en el regazo desconocido e incoherente de la causa guerrillera. Pero no porque crea en esa causa, sino porque pensará, tontamente, que la furia guerrillera puede vengar el agravio periodístico. Si hubiera una insurrección religiosa en este momento, La vanguardia sería cristera. Pero no hay más que una izquierda idiota en armas. Por lo tanto, será guerrillera».

Sobre Octavio Sala, III

«Sala y su Iglesia son un extremo de la vida nacional. Y, como todos los extremos, serán sometidos al justo medio terrenal, a la sabia mediocridad de los promedios, al paso lerdo y sonámbulo de la muchedumbre.»

3

Tal como dijo Galio, *La vanguardia* corrió buena parte de su loca carrera contra el gobierno en los lomos de la violencia guerrillera. Escarbó sin descanso aquella zona criminal de la vida pública que Galio Bermúdez llamaba los sótanos («el lugar de los intestinos y la bilis, de las secreciones innobles pero purificadoras del sistema»: Vigil). Aquella fascinación por el lado oscuro no había estado ausente en *La república* de Sala. Pero en *La república,* por su tamaño, las noticias sobre el huracán guerrillero eran complementarias de muchas otras ofertas, propias de un periódico «grande». El formato de *La vanguardia,* más reducido, permitía destacar menos asuntos en la primera plana y las obsesiones informativas del editor terminaban ocupando el centro del diario y se volvían su propuesta dominante, su causa explícita.

Más allá de estas amarras formales, el cambio que inquietaba a Vigil era el de Sala. En especial, su pérdida del gozo de vivir y del rasgo que Vigil había admirado más en él, desde el principio: su capacidad de mantener separados los circuitos de la prisa profesional y los de la vida privada; el don de la convivencia, el continuo buen humor de su optimismo volcado sobre el mundo ácido e intratable que le contestaba al otro lado. Echaba de menos en Sala aquel gusto por la vida que era el lado seductor aunque externo de su actitud y deploraba la ausencia de su sentido del equilibrio, la naturalidad con que marchaba por el tráfago neurótico de su mundo sin dejarse abrumar por la abundancia del éxito, guiado por el azar propicio y el aura irresistible de su sonrisa, como un imposible triunfador de cuento de hadas.

Al correr de las ediciones de *La vanguardia,* cada una más incendiaria y radical que la otra, Vigil sentía a Sala replegarse hacia una especie de ascetismo laico, punitivo, cocido a fuego lento por el recuerdo de la pérdida de *La república.* Toda la imaginación y la energía de Octavio Sala eran apostadas, ante los ojos incrédulos de Vigil, a la única baraja de la denuncia del poder establecido. Y un solo criterio moral de verdad desplazaba a los demás: el criterio de la maldad absoluta del poder y la bondad liberadora de todo lo que combatiera aquel «aleph de la podredumbre y el desastre» (Vigil).

Tal como Galio previó, la única llama antigubernamental permanente prendida en el país en esos años fue la del agravio guerrillero. Y ésa fue la llama que ocupó poco a poco la esperanza justiciera de *La vanguardia*. Vigil confirmó sus peores cavilaciones sobre el rumbo íntimo de Sala con la secuela del homicidio de Euquerio Martínez Ponga, corresponsal de *La vanguardia* en Guerrero.

Euquerio Martínez Ponga, aspirante derrotado a la presidencia municipal de Chilpancingo, había emprendido en la prensa local una campaña de insultos contra el gobernador del estado, un cacique prehistórico cuyo humor predatorio corría parejas con su estilo atrabiliario, infatuado de sus propias desmesuras. Parte de aquella «guerra de papel» de Martínez Ponga había tenido acogida en *La vanguardia,* cuyos lectores supieron en detalle de los negocios hechos por el gobernador a la sombra de las inversiones federales en la zona guerrillera de Lucio Cabañas. Tuvieron noticia también de las amantes escondidas del alcalde de Chilpancingo, el rival ganador de Euquerio Martínez, y de su tolerancia a la prostitución: uno de los amores del alcalde regenteaba cuatro burdeles en la capital del estado. Y conocieron las amenazas de muerte, proferidas en público por el presidente municipal, contra Martínez Ponga, así como la milagrosa sobrevivencia de éste a una emboscada que le tendieron por el rumbo de Tixtla. La siguiente cosa que supieron, fue que el corresponsal de *La vanguardia* había sido muerto a tiros en una cantina, por una pandilla de pistoleros que lo acribilló sin darle tiempo siquiera de ponerse de pie.

La muerte de Martínez Ponga sacudió a *La vanguardia* y a un sector no desdeñable de la prensa capitalina. Sala giró instrucciones perentorias de que un grupo de reporteros y fotógrafos, encabezados por Viñales, se trasladaran a Guerrero para una investigación exhaustiva del caso, cuya barbarie *La vanguardia* casi celebró en su editorial como «una muestra más de la intolerancia del gobierno ante la prensa, y ante cualquier otra instancia que desafíe sus abusos inapelables» (Vigil).

Los primeros informes que llegaron de los enviados de *La vanguardia* fueron menos contundentes en favor del periodista asesinado. Martínez Ponga, dijo por teléfono Viñales, era el dueño del peor cabaret de mala muerte que recordara la historia del estado. Era fama y experiencia pública que su congal servía como el centro de distribución de droga más frecuentado de Chilpancingo. Según su propia esposa, a Euquerio Martínez lo habían matado por razones que nada tenían que ver con la política, sino con las muchas amenazas de muerte que le habían hecho narcotraficantes locales, exigiendo pagos que el corresponsal de *La vanguardia* tenía la maña usurera de diferir hasta el momento crítico. Viñales y su grupo de reporteros no habían encontrado en todo Chilpancingo una sola persona, ni su misma esposa, que hablara bien de aquella víctima de la represión política.

Sala recogió de manos de Vigil los informes de Viñales y redactó él mismo la nota. Por primera vez —y eran ya varias primeras veces— Vigil vio a Sala «omitir los dictados de la realidad en una información periodística». Dentro del reportaje de *La vanguardia* sobre el «asesinato político» de su corresponsal, no hubo lugar para los narcos. El incómodo retrato del verdadero Martínez Ponga cedió su espacio a una ratificación incondicional de la violencia política como causa del homicidio. Sala intentó una explicación de su silencio para Vigil: —La hipótesis del narcotráfico exime al gobierno de aclarar el crimen. Si queremos que el crimen se aclare, debemos seguir cargando contra el gobierno estatal, no contra el muerto.

4

La vanguardia celebró su primer aniversario en el nuevo edificio de cuatro plantas que adquirió, como resumen inmobiliario de su éxito. Don Laureano Botero anunció la adquisición de una moderna rotativa y los brindis y la euforia se prolongaron hasta la madrugada. No bien pasaron los fastos del evento, Sala se esfumó de nuevo, como el año anterior, sin aviso ni motivo claro. Luego de una semana de ausencia, Vigil lo buscó nuevamente en el departamento de Isabel Gonzalo.

Lo encontró metido en una penumbra gemela a la del año anterior, más herido y paralizado, con todos los síntomas de rendición de un desahuciado —«sombrío, vencido, envejecido, en la sima catatónica de la bilis negra» (Vigil)—. Sala hizo un esfuerzo por oír a Vigil, por dejar entrar en su voluntad, tapiada por el desánimo, la exhortación a volver a la luz del día. Volver a trabajar, actuar, persistir. Ese esfuerzo le permitió decir las palabras que Vigil consignó en su cuaderno:

«Mi vida no me pertenece. La he dado a otras gentes y quiero verla consumirse pronto. La gente que posee ahora mi vida, es la que me la ha arrebatado. Habla usted con un zombi. No tengo esperanza en nada que no sea mi propia extinción. Suena melodramático, pero así es. Como le he dicho, no volveré a la hipocresía, a la diplomacia, a la negociación mexicana. Mi único atrevimiento ha sido querer un país distinto, menos miserable y embozado. He pagado esa lucha con mi vida, con el sacrificio de la vida que me habría gustado vivir. Mi vida, entonces, está dada; sólo tienen que venir a tomarla. No encontrarán resistencia. Saberlo es mi fuerza; perdonarme es su debilidad. Es mi derrota personal, pero también es lo que me hace insobornable. Transparente, como nuestro periódico.»

Vigil mantuvo la vista fija no en los ojos, los labios, o el rostro de Sala, sino en su pecho hirsuto, cubierto del vello agreste y entrecano que había descubierto el año anterior. Pensó, mientras oía, que ese vello había crecido de más, que era demasiado largo para ser atractivo, y que Isabel Gonzalo debía recortarlo y peinarlo, civilizarlo, cada vez que quisiera recostarse en él.

5

Mercedes Biedma no estuvo dos, sino seis meses en España. Tocó México de regreso unos días antes de partir a California, con una tía materna, para seguir sus estudios de historia en el campus de Berkeley. Vigil la vio una tarde, con tristeza y alivio mezclados, «perdida para siempre». Su impresión de que la salud diluía a la Mercedes que lo amaba, era un modo de asumirse indigno de ese amor, incapaz de suscitar el tipo de pasiones que se había pasado la vida suscitando. Pero era también una manera infantil de no admitir el desarreglo de Mercedes, su mezcla amenazadora de tonadas y chirridos, el temple destructor de las varias Mercedes que venían a saquear a la suya por la noche («en la noche navegante de su locura»: Vigil), para segar las pocas yerbas tiernas que hubiera podido criar en los momentos propicios del día. Los médicos prolongaban ese día intermitente con fármacos y retiros del mundo. Pero su débil manto químico no bastaba para esfumar la sombra que sitiaba por dentro a Mercedes, como una podredura voraz, decidida a nutrirse de la sustancia rica y escasa de su alma.

Vigil había tenido avisos de esa sombra en las postales de Mercedes. Sobre todo en una pequeña carta que remitió, con otra foto suya pegada en el margen izquierdo. Tendría doce o trece años en esa efigie temprana y ya reinaban en ella la frente altiva y la expresión melancólica, cruzada por un vaho absorto y misántropo, como si oyera el ruido que ocupaba su otra mitad. La carta, fechada en Barcelona, decía:

> *Querido Carlomagno:*
>
> *Viniste anoche por mí y te tuve como hace años y siglos que nunca te he tenido. Capitán vanidoso: no deseches este barco que baja hinchando sus velas por ti. (Velas parecen mis chichis de vaca—. Te amamantaré, mi bebito, con mis velas. Pero ya regresa, Carlomagno. ¿Dónde estás? ¿No ves que ya me harté de la merluza?)*
>
> *Besos*
> *La merluza*
>
> *p.s. Los mensajes de a de veras van por carta. Los de compromiso van por tarjeta postal (que vigila la Guardia Civil, que es la gorda de mi madre).*
>
> *M.*

Sería injusto decir que buscando ese fulgor de locura y deseo, fue que Vigil se acercó aquella tarde a la entrevista con Mercedes. Pero sería falso negar que había en su ánimo la gana de encontrar la veta delirante y amatoria que los fármacos se habían llevado. No la encontró del todo. Mercedes lo esperaba en el departamento de Paulina, gorda como una matrona, recién desempacada de España. Sus cachetes eran rollizos y tersos, como los de una rolliza y tersa campesina asturiana. Sus brazos eran redondos y sanos, lo mismo que el óvalo siempre hermoso y ahora rejuvenecido de su cara.

—La gorda —le dijo, mostrándose a su inspección con los brazos abiertos.

Los cerró sobre él para besarlo por primera vez luego de dos años. La sintió robusta, distinta de su memoria, en el abrazo. Pero no floja y distante, sino «dura, fuerte de carne y anhelos». No bien admitió estas primeras impresiones, cuando Mercedes ya estaba desnuda, urgiéndolo al amor con un hambre gemela de sus kilos, un hambre llana y golosa, buscadora de platos fundamentales. Así lo tomó esa tarde, sin dilación ni recato, sin hablar, sin mirarlo, sólo gritando y quejándose, las mandíbulas rígidas, los pechos grandes y duros zarandeándose con ella, sin parar, montándolo a todo tren. Acabó exhausta y se quedó de perfil, inerte más que saciada. No se movió un largo rato. Vigil apenas sentía la respiración animando levemente su pecho, su pecho enorme y vasto. Finalmente, Mercedes volvió en sí. Había unas grandes ojeras azules a mitad de su rostro encarnado. El sudor le había enmarañado el pelo sobre una mejilla y sus labios estaban secos. Un velo de humedad y pestañas dobladas nublaba sus ojos.

—¿Me extrañaste? —preguntó Mercedes desde algún lugar agripado de su garganta.

Vigil debió hacer un sonido, porque Mercedes lo amonestó:

—No ronronees. Siempre ronroneas, nunca me dices lo que estás pensando. Dime: ¿me extrañaste?

Vigil volvió a ronronear como única manera eficiente de decirle lo mucho que en verdad la había extrañado. Durmieron después casi dos horas. Cuando despertaron, había oscurecido.

—No he tomado mis pastillas en todo el día —dijo Mercedes en su oreja.

—¿Qué pasa si no tomas tus pastillas? —preguntó Vigil.

—Me pongo piruja y loca —dijo Mercedes—. Como me viste. No tomé las pastillas para verte.

—Te prefiero sin pastillas —le dijo Vigil—. Pero no debes dejar de tomarlas.

—Y yo te prefiero a ti, capitán, con pastillas o sin pastillas —le dijo ella—. Aunque me tengan dormida y como zombi, hay una cabrona despierta adentro de mí que sigue susurrando tu nombre. Así que no ronronees, capitán. No ronronees.

6

La vanguardia de Sala fue pro guerrillera sin defender la lucha armada y antigubernamental sin recordar en sus páginas el origen de su odio. Pero decir guerrilla entonces, ¿era decir qué?

En 1974 habían matado a Lucio Cabañas y la guerrilla rural, arraigada en la sierra de Guerrero, se había disuelto en el murmullo opresivo de la selva y las barrancas que fueron fosas comunes. Como ráfagas de lumbre irrumpieron en las ciudades las guerrillas urbanas, pero los grupos fundadores fueron descabezados en sus primeros pasos clandestinos y sus «dirigentes históricos» estaban presos o muertos. Una segunda y una tercera generación guerrilleras ensayaban su turno ahora, movidas más por la furia de la vendetta y el ardor de las cicatrices familiares, como Santoyo y la Paloma, que por los ambiciosos laberintos teóricos de la Revolución. Cargando el fardo de cientos de fosas anónimas, a fines de 1977 la guerrilla urbana de México era una colección de comandos dispersos, reunidos entre sí por la adopción voluntariosa del membrete de la *Liga 23 de Septiembre.* Los guerrilleros vivían sometidos a una persecución sistemática que había terminado arrinconándolos en la lógica sin plan de la violencia, y en la mitología secreta de unas efemérides que sólo tenían sentido para la policía y para ellos. De la voluntad inicial de reformar la historia, lo que los círculos de izquierda seguían llamando la «lucha guerrillera» o «la vía armada», sólo conservaba la decisión de morir sin pedir indulgencia: aquellos profetas sangrientos, aquellos locos ignorantes de sus emociones, aquellos condenados por la inoportunidad de la historia, se morían de veras, más encanallada y suciamente entre más débiles y aislados, entre menos temidos por sus enemigos y más encarcelados por ellos mismos en el laberinto de su diosa elegida, la Revolución.

Esa diosa caprichosa y perturbada tocó una vez más a las puertas de Vigil la tarde del día veintitrés de enero de 1978. El zarpazo vino, como suele, forrado en la amable piel de la rutina: era la rutina de Vigil llegar temprano a *La vanguardia* los días de edición y hojear con desganado rigor profesional los diarios de mediodía en busca, más que de noticias, de los asuntos duros que la prensa del día siguiente no volvería a tratar. Por uno de esos convenios tácitos de la prensa y el poder en México, las ediciones vespertinas de los grandes diarios eran el cornetín de desahogo para las cosas turbias, el plumero que hurgaba los rincones polvosos de la casa nacional. Asuntos duros que los diarios matutinos no escarbarían de más, ocupaban los grandes titulares de las extras de la tarde, como para mostrarle a los lectores que si no hacían periodismo de mayor calado, no era porque no supieran los asuntos, sino porque no querían.

Grandes éxitos periodísticos de *La vanguardia,* como antes de *La república,* habían sido pizcados en los diarios vespertinos. Una rutina profesional de *La vanguardia* era, por eso, husmear esas ediciones desprestigiadas por su amarillismo, en busca de temas que alimentaran la redacción radical de *La vanguardia.* Apenas miró Vigil la primera plana de los vespertinos ese veintitrés de enero de 1978, cuando una foto de primera plana lo golpeó con su ráfaga fúnebre.

En un recuadro grande del ángulo inferior izquierdo del diario venía la foto de Santoyo de perfil, sin lentes, la barba rala y los hilos negros escurriendo de sus narices hacia su mejilla y su puente nasal. Sus ojos abiertos miraban al cielo, atónitos y agradecidos. La cabeza decía: *Terrorista muerto en enfrentamiento.* Y el pie de foto: «Un cabecilla de la *Liga 23 de Septiembre* fue muerto a tiros por la policía, luego de espectacular balacera, en los alrededores de Sears Roebuck de Polanco, esta tarde. La víctima, no identificada aún plenamente, fue sorprendida en el estacionamiento mientras esperaba trabar contacto con otros miembros de su organización.» La nota informativa no añadía gran cosa, salvo ésta:

El cabecilla, de quien se sospecha puede ser el buscado Comandante Mateo, esperaba reunirse en el estacionamiento del centro comercial con la otra parte de su comando, liderado por su compañera Paloma Samperio, también conocida en la organización como Margarita, escurridiza mujer de armas tomar a quien la policía espera capturar en breve.

Sala revisó los titulares y la nota como si descifrara un papiro egipcio. Su diagnóstico fue un latigazo esperado, previsible:

—Tiene toda la facha de una ejecución.

Ejecuciones en ambos bandos, más que enfrentamientos, era lo que quedaba de una guerra que nunca había tenido batallas.

Dedicaron toda la tarde de *La vanguardia* a probar la hipótesis de una ejecución y a reconstruir el perfil biográfico de Santoyo, la historia de Santiago y la de su familia, su vida académica, la fabricación policial de su violencia. Pero las compuertas de la policía no se abrieron como en otras épocas, y a la hora de cerrar la edición no tenían más que al principio de la tarde.

Durante todo ese tiempo, la obsesión de Vigil fue la siguiente:

¿Cómo habían sabido que Santoyo debía reunirse en el estacionamiento de Sears con Paloma? Si Santoyo había muerto en un tiroteo, antes de ser capturado, no podía haberlo informado él. Estaban, por tanto, frente a una delación de adentro, independiente de Santoyo. Pero aquel adentro no podía referirse sino a cuatro o cinco gentes del grupo, que incluía a Paloma, y entonces Paloma llevaba al delator junto a ella y no tardaría en caer. Pero si Santoyo había sido ejecutado, soltado en Sears para cazarlo en público, como todo parecía indicar, entonces las opciones se reducían a dos:

a) La ejecución era un mensaje privado para Paloma.

b) Paloma estaba también capturada y su mención periodística preparaba su propia ejecución inminente, en el curso de otra imaginaria «balacera».

Al bordear la medianoche, los eslabones de aquella lógica siniestra encontraron acomodo final en la cabeza de Vigil. Llamó sin titubear a Galio Bermúdez:

—Mataron a Santoyo este mediodía —le dijo.

—Lo sé —dijo Galio—. Lo leí en el periódico.

—Dicen que iba a reunirse con su amante —informó Vigil—. Y que murió en un tiroteo. Pero yo sé que la muerte de Santoyo fue una ejecución y que ella está viva, en sus manos.

—¿Qué quiere que yo haga? —preguntó Galio.

—Quiero hablar con Croix —dijo Vigil.

—No creo que pueda ser —se escurrió Galio—. No en estos momentos, por lo menos.

—Entonces hable usted con él —dijo Vigil.

—No creo que pueda hablar con él, promesa —dijo Galio—. Como usted sabe, yo no arropo la causa guerrillera.

—Le estoy hablando de la vida de mis amigos —dijo Vigil.

—Me está usted hablando de una guerra sucia, querido —devolvió Galio, sin ceder un milímetro a la apelación sentimental de Vigil—. Y el único remedio contra la guerra, le recuerdo, es no meterse en ella.

7

Durmió muy mal, con un sueño descosido por vértigos y cuerdas rotas. Tan intensa fue la mezcla de sus sueños con su vida, que el timbre de la puerta le pareció al principio sólo un tumbo más de esa cadena de rupturas espantadas. Pero era el timbre real de su edificio lo que lo despertó, el timbre histérico, insistente, que sonaba en el principio cobrizo del alba. Sorteó a tientas los objetos sublevados de su casa y abrió la puerta. Como en un soplo entró Galio Bermúdez.

—Está viva y presa —dijo Galio, deslizándose hacia adentro con aires de conspirador llegado a puerto—. Pero está mal herida. Y en el Campo Militar N.º1.

—¿Habló con Croix? —preguntó Vigil, bajando por sus legañas hacia el día—. Me dijo usted que no hablaría.

—Usted y su amigo Sala, promesa —dijo Galio— se la pasan denunciando el espionaje telefónico del gobierno, pero no tratan a los teléfonos como espías, sino como confidentes. Yo no, ni Croix. Ahora, escúcheme bien, porque no voy a estar aquí más de unos minutos. Su amiga está viva. Fue capturada hace seis días en un tiroteo donde murieron dos agentes y fueron heridos seis.

—¿Ahí cayó también Santoyo? —dijo Vigil.

—No sé Santoyo. Probablemente cayó ahí también, no lo sé. Lo que traigo es información sobre su amiga. Por alguna razón, no la remataron, aunque quedó mal herida.

—¿Para ejecutarla?

—Probablemente, querido —dijo Galio—. No lo sé. Lo que sé es lo que vengo a decirle: no la quieren soltar pronto. Quieren investigarla, interrogarla, retenerla. Y por lo mientras, le han salvado la vida con una operación para reparar una herida de bala que le atravesó el tórax. Escúcheme, promesa: no la quieren soltar. Ahora bien: conforme esta guerra de mierda se acaba, Croix pierde fuerza y mando. Empieza a apestar a pescado muerto. Naturalmente, está a disgusto, y esto es lo que me dijo que vamos a hacer. En la edición de mediodía de hoy, en el mismo diario que publicó ayer la muerte de su amigo, va a publicarse una versión de que su amiga está viva y algunos detalles precisos de cómo fue capturada hace seis días y dónde la tienen retenida. Ésa es la ayuda que puede darnos Croix: filtrar esa información. Usted tiene que hacer el resto.

—¿Qué puedo hacer yo? —preguntó Vigil.

—Movilice a su clientela, promesa —dijo Galio con un esguince de irritación—. Hable con los abogados que defienden presos políticos. Hágales sentir a sus amigos de Amnistía Internacional que están a punto de triunfar otra vez sobre la represión universal. Magnifique la filtración de Croix en *La vanguardia* de mañana. Será suficiente. Contra lo que creen usted y su amigo Sala, la ilegalidad en este país todavía tiene un límite. Ahora bien, si esto funciona, como funcionará, la salvación de su amiga no me la habrá debido a mí, el intelectual conservador, el genio del mal, el fascista, sino a Wilebaldo Croix, la ballena asesina, el triturador, el verdugo de la utopía. Éste es el mundo, promesa.

—Habrá que cambiarlo —dijo Vigil.

—Podemos cambiar el destino de su amiga si usted mueve a sus clientes —dijo Galio, mirando por la ventana que casi había amanecido del todo. Jugueteó con su propia parodia diabolista—: Debo irme con la última sombra. Le digo adiós. Ojalá tengamos suerte.

Vigil agradeció el plural de la última frase, tomó un baño, media jarra de café y empezó muy temprano a marcar el teléfono para movilizar a sus clientes, como Galio Bermúdez los llamaba. Fue eficaz. Antes de que acabara de circular la edición de mediodía con la filtración de Croix, un rumor de protesta corría ya por los movimientos de derechos humanos de la capital, el frente de abogados defensores de presos políticos, los sindicatos universitarios y las organizaciones partidarias de la izquierda, todas ilegales entonces. La inquisición periodística de *La vanguardia* creó con sus preguntas una zona de alianza inesperada: la muy conservadora Barra de Abogados de México y tres magistrados de la Suprema Corte externaron su preocupación por los excesos anticonstitucionales de la guerra antisubversiva. Un ex procurador general de *La república* censuró la existencia de una brigada especial antiguerrillera, formada por policías y militares, «mezcla innatural y políticamente peligrosa».

La vanguardia reclamó en su editorial la entrega a las instancias judiciales de «todos los presos clandestinos del país» y en particular la de Paloma Samperio, herida y capturada una semana atrás. El gobierno negó saber del caso y pidió a los quejosos evidencias que lo ayudaran a despejar tan «inquietantes acusaciones». Galio fue más preciso con Vigil:

—Van a aparecerla viva en cuanto se reponga de la operación por sus heridas. A ella y a un grupo fuerte. Pero hay que mantener el ruido hasta que eso suceda.

Mantuvieron el ruido casi un mes, al cabo del cual la Procuraduría General de *La república* anunció «un golpe cuasi final» a la subversión que por años había «perturbado la plena convivencia pacífica de los mexicanos». En un «operativo convergente», anunció el boletín de prensa, habían sido capturados los «últimos comandos conocidos de la *Liga 23 de Septiembre*», un grupo de diecisiete «delincuentes de alta peligrosidad que decían delinquir por motivos políticos». Entre ellos, demacrada y en los huesos, la mirada ida y seca, fue presentada a los fotógrafos de la prensa Paloma Samperio.

8

Vigil reclamó el cuerpo de Santoyo y contrató un entierro en el Panteón Civil de Dolores, el más antiguo de México. Vinieron de Tijuana los padres de Santoyo, el profesor Barrantes y doña Natalia, una mujer blanca y frágil de la que Vigil sólo escuchó suspiros y sollozos hasta que, antes de irse, pudo balbucirle en el cuello, mientras lo abrazaba, la palabra «Gracias». El profesor Barrantes tampoco habló gran cosa. Guardó todo el tiempo una compostura estoica, atenta sin dilación a los asuntos prácticos del rito fúnebre. Fue él quien se acordó de comprar una corona y de dar una propina a los sepultureros. Acudieron al entierro también algunos colegas del Instituto de historia del Castillo, y Oralia, «desencuadernada bajo el soplo del viento» (Vigil).

Casi un mes después de aquella ceremonia, Vigil visitó por primera vez a Paloma en Santa Marta Acatitla, la prisión preventiva de mujeres. Vivía en una crujía con privilegios —«retrete propio y patio exclusivo para la crujía: dos privilegios» (Vigil)—. Pero era la crujía de los presos que se llamaban a sí mismos políticos: la colección de militantes y parientes de la guerrilla, que tocaba a su término en un confín de penas y cadáveres. Era la crujía del agravio y del recelo: los presos habían trasladado a la cárcel la red bizantina de traiciones en que parecía resumirse la historia de aquella revolución sofocada.

Vigil no pudo ver a Paloma en su celda, porque no era su familiar ni su marido. Lo llevaron a unas mesas del patio donde hablaban frente a frente, en un crucerío de voces y reclamos, otras veinte parejas restringidas por las normas del penal. Aun así, ver a Paloma viva fue una bendición. Aun así —«flaca, huesuda, desértica, esterilizada por el dolor» (Vigil)—, había el brillo malicioso de siempre en el fondo de los «ojos anómicos».

—Gracias por lo de Santoyo —le dijo Paloma, ignorando todavía las gracias que le debía por su propia vida—. Siempre pensó que iba a terminar en una fosa común, como Santiago. Va a tener hasta lápida labrada.

Se rió con ánimo mortecino, el humor de antaño asomó por la mueca triste de la sonrisa. Vigil vio con emoción los dientes blancos, intactos bajo los labios. Los labios estaban agrietados y secos, pero seguían siendo carnosos y finos, como dibujados por un rapto sensual.

A partir de ese día, la visitó cada quincena, una hora entre semana, los jueves, porque los domingos —toda la mañana— estaban reservados a los familiares.

—¿Me enviaste un reportero de *La vanguardia*? —le preguntó Paloma uno de aquellos jueves.

—No —dijo Vigil.

—Pues vino uno. No sé ni cómo se coló. Entró aquí el domingo, como familiar. Quería saber cómo me detuvieron realmente.

—¿Qué le dijiste? —preguntó Vigil alarmado.

—Le dije que iba a hablarlo contigo —contestó Paloma—. No sé si es buena idea destapar todo eso.

—Desde luego que no es buena idea —dijo Vigil—. Es una barbaridad.

—Nosotros estamos todavía a su merced —dijo Paloma—. Y, la verdad, hasta ahora, después de la detención, no nos han tocado. La única molestia que tenemos es el lesbianismo galopante de las celadoras —rió—. Les gustan tanto las viejas, que parecen machos. Pero aparte de eso, todo está tranquilo. No creo que debamos provocarlos.

—Voy a hablar con Sala —dijo Vigil.

Habló toda una tarde, una de las más amargas de su vida. Sala empezó por reconocer que había mandado al reportero con Paloma, en busca de una versión real de los hechos que habían arrebatado la vida a Santoyo y su libertad a la propia Paloma.

—Son nuestros accionistas —dijo Sala—. No lo olvide. Y la monstruosidad criminal que podemos entrever en sus casos, es una cuestión del más alto interés público. No podemos dejarlo pasar como un gazapo más de nuestra justicia.

—No sabemos nada —recordó Vigil.

—Porque sus amigos y usted no quieren contarlo —avanzó Sala—. Porque *usted* no quiere contarlo.

—No tengo nada que contar —dijo Vigil.

—Algo influyeron sus relaciones en este caso —insinuó Sala.

—Así es —dijo Vigil—. Recurrí a Galio Bermúdez y él a Croix. Por Croix supimos que los Santoyo habían caído juntos, en un tiroteo, el mismo día en que Santoyo apareció muerto en el estacionamiento del Sears de Polanco. Supimos también, por ese conducto, que Paloma estaba herida y operada en el Campo Militar N.º1. Por rencillas internas, Croix, que está en desgracia, decidió filtrar a los medios la nota que provocó el escándalo. Me avisaron a tiempo. Y yo ayudé a que hubiera reacciones políticas, protestas, movilización por la nota. Pero no voy a contar eso, director.

—Ya me lo está contando a mí —dijo Sala.

—Para su estricto consumo personal —restringió Vigil.

—Por ahí hubiera usted empezado —dijo Sala—. No le hubiera dejado contármelo. Para mi consumo personal, no me interesa.

—Para eso es —reiteró Vigil—. Le suplico que esa información no salga de esta oficina.

—No me pida silencio, Carlos —suplicó Sala, «su súplica irreductible de siempre» (Vigil)—. Pídame cualquier cosa, pero silencio no.

—Le pido entonces comprensión y amistad —dijo Vigil.

—No sería comprensión y amistad —respondió Sala, endureciéndose—. Lo que usted me pide es complicidad. Me propone usted un trato turbio sobre la más turbia de las realidades del país.

—Le hice una confidencia —dijo Vigil—. Le suplico que no la traicione.

—Me dio usted una información, Carlos —dijo Sala—. Y no veo cómo pueda tratarla de otro modo. Piénselo usted y póngase en mi lugar: ¿accedería a lo que me pide?

—Sin regatearlo un momento —dijo Vigil.

Entonces vio esa «risa nueva, amarga», en el lado izquierdo de la boca de Sala, esa risa adquirida en el recuento de sus pérdidas, y tuvo miedo, «un miedo infantil a la orfandad y el desamparo», a continuación del cual lo sublevó la rabia, «la rabia de la ingenuidad burlada por la mano inflexible del profeta» (Vigil).

—Somos distintos entonces, Carlos —dijo Sala, ampliando la sonrisa—. Nos entendemos menos de lo que sugieren tantos años y batallas juntos.

—No lo publique —dijo perentoriamente Vigil para dar por terminada la entrevista, y salió del despacho sin despedirse.

9

Mercedes envió de Berkeley una serie de fotos que ella misma se había tomado. La primera foto era una de cuerpo entero, desnuda frente a un espejo. Estaba menos gorda que durante su estancia en México. Atrás decía:

La gorda cada vez menos gorda y, por tanto, cada vez menos a tu disposición. Si te fijas, debajo de la gorda que empieza a irse viene la otra, la flaca aristocrática de buena pierna, la cabrona que quisiste un día y que ahí sigue, con los dientes pelones y la guardia en su lugar, esperando su revancha.

¿No vienes a Berkeley? ¿No coges en inglés? Nos faltan tantas cosas juntos en la vida, que por fuerza no alcanzará para nada. ¿Te gusto? ¿Un poco más que la gorda? ¿Te gustaré cuando haya terminado de expulsarla?

M.

La segunda foto era de sus pechos, tomada desde la distancia de sus brazos extendidos. Eran grandes y firmes, con una rodaja azafranada en la cima y dos pezones oscuros y erectos en el centro de las rodajas. Había escrito al reverso:

Uno de éstos cubre al corazón, de acuerdo. Pero ¿para qué sirve el otro? Sólo puede haber sido puesto ahí para que lo toques y ejercites «el consabido masaje mamario». Eso, desde tu punto de vista. Pero desde el punto de vista mío, sólo puede existir para que pongas tu cabeza ahí cuando estás cansado, sin que te despierte el tamborileo enloquecido del corazón que está al otro lado. He bajado cinco kilos, pero no de aquí. Me propongo que estos compañeros sigan inflamados, como los visitaste la última vez, para que no los olvides.

Tuyos los dos: M y M.

La tercera foto era de su sexo y sus caderas, del ombligo a la media pierna. Había escrito:

Míralo y recuérdalo, Carlomagno, como él te recuerda —digo, mi sexo. Cuando salgo a pasear lo dejo en casa, esperándote. Pero no llegas. A veces, en la noche, amanece dando gritos de auxilio. Él tiene una vida autónoma de mí y en esa vida tú eres como un sultán en su serrallo. ¡Pero el sultán nunca está! Y entonces bramo, Carlomagno. Y cuando bramo de más, los dolores de cabeza vuelven y en lugar de ti, trago pastillas. ¿No vas a venir? Lo único que tenemos que hacer para vernos aquí es degollar a mi tía y aprovechar que durante ese rato no nos vigilará.

La cuarta fotografía era de sus pies. Tenía unos pies grandes y fuertes, de dedos anchos y uñas espatuladas, pero de arco elegante y pronunciado, tobillos parejos, y un inicio perfecto de las pantorrillas. Escribió al reverso:

> *Te presento a mis pies que nunca has visto, porque siempre andas obsesionado con lo demás, cargado de lujuria por mis nalgas (me consta) y de rencor social por mis narices aristocráticas. Pero mis pies, Carlovago, mis pies son los que me han llevado de ida hasta ti, y de regreso de ti a la Casa de la Risa. (¡Ah, cómo se reían de ti y de mí en la Casa de la Risa. Carlomagro!) Era para agarrarlos a patadas —para lo cual son también indispensables estos pies, que desde hace un tiempo me llevan por su cuenta a no sé dónde. ¿Tú sabes a dónde? Dime, porque me urge saber si hay correo y si podré mandarte mis obscenidades. ¿Me amas, Capitán Pistolas, Carlomacho? ¿Me amas o me has olvidado otra vez? Dímelo, porque me miran y tengo que explicarles lo que pasa. Tuya (sin pastillas y sin ti)*
>
> M.

10

Al día siguiente de su conversación con «el profeta», no fue a *La vanguardia* ni llamó por teléfono. No quiso que la decisión inminente de Sala lo alcanzara con las botas puestas, firme en la primera línea de la iglesia. Cerca de las diez de la noche, lo llamó Isabel Gonzalo.

—Octavio se está equivocando en esto con usted —le dijo, con su temblorosa serenidad de los momentos duros—. Me pidió que le hablara para pedirle que fuera esta noche al periódico. No quiere publicar lo que ustedes hablaron si no está usted presente.

—No estaré presente —dijo Vigil.

—No quiero convencerlo de que vaya —explicó Isabel Gonzalo—. Como le dije, creo que usted tiene la razón en esto. Le llamo sólo porque Octavio me lo pidió.

—Si me llama él, tampoco iré —advirtió Vigil.

—¿Pero volverá mañana? —preguntó Isabel Gonzalo.

—No sé —dijo Vigil, irritado, sintiendo en Isabel Gonzalo al guante de seda del profeta—. Pero no vuelva a llamarme para esto. El director sabe mi teléfono. No encontrará respuestas distintas usando amables conductos.

—No lo abandone —pidió Isabel Gonzalo, cambiando de tono —Le quedan pocas asideras de verdad.

—Yo no soy su asidera —dijo Vigil, más irritado cada vez—. He tratado hasta hoy de ser su amigo.

Colgó decidido a no hacer caso, pero la llamada de Isabel Gonzalo hizo su efecto y no pudo contenerse mucho tiempo. Llamó a *La vanguardia* buscando a Viñales, que estaba de guardia en la mesa de redacción.

—¿Tienes algo del caso Santoyo? —le preguntó.

—Nada todavía —dijo Viñales.

—¿Esperas algo?

—Algo cocina el director. Tiene apartada la principal de primera, pero no sé qué es.

—¿Puedes averiguarlo?

—Puedo tratar —dijo Viñales—. Llámame en quince.

Lo llamó, pero no tenía nada todavía. Bajó entonces a la calle y la emprendió en su coche rumbo a *La vanguardia.* A medio camino quiso otro rumbo. Derivó hacia la zona de restorantes y cabarets de Puente de Alvarado, urgido de un resguardo, de una mujer. Eran casi las once, apenas empezaba el movimiento. En el primer tugurio que tuvo a mano, tomó dos tragos rápidos, «medicinales», y contrató a una muchacha morena que tarareaba y bailaba sola, animándose, en la barra. Camino al hotel compró una botella de brandy y fue dándole sorbos compulsivos cada cuadra. Hizo el amor sin preámbulo, dejándose servir por el repertorio profesional de su pareja, con el sexo y el cuerpo en otra parte. (Gozó, sin embargo, de «las nalgas duras y frías de la mujer y de su vena joven, dispuesta a comportarse como asidera del mundo»: Vigil.)

Pagó de sobra, la llevó del brazo al salir y le abrió de regreso la puerta del coche, orgulloso y caballero. Bebió otros tragos en el cabaret. Al filo de las dos de la mañana contrató otra mujer, «flaca como un muchacho», a la que regresó casi a las cuatro, «cargada de besos, sudor y dinero». El cabaret despedía a sus borrachos y había bajado la cortina, así que siguió su ronda loca a bordo del coche, en busca de las calles mercenarias de la ciudad. Se estacionó en Insurgentes a esperar solicitaciones de la noche y a terminar su botella de brandy. Levantó a un travesti que demandaba refugio momentáneo contra la policía. Le dio dos vueltas por las calles aledañas, mientras la patrulla cumplía su ronda de extorsión. Lo dejó en el mismo sitio donde lo había recogido, con dos tragos bienvenidos de brandy en la panza. Luego recogió a otra mujer, su tercera de la noche, a la que dejó suelta en las calles poco después, con la primera luz del alba. Fue entonces al gran puesto de diarios en Reforma que empezaba a repartir sus frutos ácidos a las horas en que las putas se recluían. Compró *La vanguardia* y miró:

Ahí estaba, en la primera plana, su relato a Sala. Lo mencionaba a él como fuente y exhibía sin misericordia a Galio y a Croix («metidos hasta el cuello, exhibidos hasta el cuello, traicionados hasta el cuello»: Vigil).

«Si Santoyo viviera», pensó, anestesiado por el alcohol y la fatiga, «podría pasar por él con otra botella, ir al mercado, darnos el día libre». Santoyo no vivía, pero él fue al mercado de Mixcoac, comió una costilla y bebió unas cervezas. Al terminar se dio cuenta de que estaba moqueando, llorando todo el brandy de la noche. Paró el coche frente al edificio de Giotto donde había vivido un siglo atrás con Santoyo, donde había amado por primera vez a Mercedes Biedma, donde había reconocido a Galio y conocido a Croix.

Ahí estaban todavía la tienda de abarrotes y la vinatería, pintarrajeada con grafitis de bandas, y el edificio descascarado que su memoria había rejuvenecido. Seguían rotos los timbres del interfón y los vidrios de la puerta de entrada. Pasó por ella y caminó hasta los edificios del fondo. Lo inundó amorosamente el olor a gas y a caño. Subió por las escaleras hasta el tercer piso, donde había vivido. Se acercó temblando a la puerta del departamento que los policías habían pateado una noche, y tocó. Abrió una sirvienta. Vigil alcanzó a ver el mobiliario limpio y cuidado de la familia que vivía ahora ahí: creían en su presente y en su futuro. Vio después el terror en los ojos de la muchacha que a su vez veía frente a ella a ese adulto borracho, con los ojos hinchados, húmedos de llanto, excesos y locura, el pelo seboso adherido a la frente, saltado en la sien, y la barba crecida de día y medio, llena de puntas blancas que anunciaban más canas que en las sienes.

—¿Todavía vive aquí Santiago? —dijo, escupió, Vigil. Sin esperar respuesta, trastabilló hasta las escaleras y empezó a bajar, balbuciendo—. Aquí vivía. Vivían él y su hermano y un medio hermano. ¿Los conocen? Ya no viven aquí.

Golpeó las puertas de la planta baja donde despachaban un siglo antes Roberto y su *troupe* nocturna. Nadie abrió. Llegó a Martín Mendalde con el sol ardiente de la una, y otra botella de brandy en la mano. Estaba todavía ahí, aferrada por su puño, cuando Vigil despertó, en el suelo de su sala, torcido y descoyuntado, como si lo hubieran estirado en el potro del tormento. Puso la tina y se dio un baño, asustado y avergonzado de sí, sabiendo que, al igual que en Mercedes, había otro dentro de él, desmesurado y sin fronteras, que pujaba por salir y usurparlo.

11

No se paró por *La vanguardia* en la siguiente semana, al cabo de la cual lo llamó Sala.

—Si tengo que pedirle perdón por lo hecho, se lo estoy pidiendo, Carlos —le dijo Sala, con el tono fraterno y compungido cuya cuerda manipuladora Vigil conocía bien—. Pero este periódico lo necesita. No podemos seguir así.

—Todo el mundo en ese periódico ha tenido su hoyo negro —dijo Vigil, aludiendo a las ausencias de Sala—. Yo estoy en el mío. Haga de cuenta que estoy de vacaciones.

—¿Pero está usted en el hoyo negro? —preguntó Sala.

—Ni siquiera es negro —recusó Vigil—. Es gris. No tengo ahora ánimo de nada.

—Lo entiendo muy bien —dijo Sala—. Déjenos invitarlo a cenar en casa de Isabel.

—Estoy retirado también de las cenas, director —dijo Vigil.

—De acuerdo, Carlos. Déjeme entonces llamarle cada vez que tenga necesidad.

—Las veces que quiera —dijo Vigil.

Los hechos adversos vinieron más rápido. En su visita del siguiente jueves a Santa Marta Acatitla, encontró que a Paloma la habían cambiado de crujía. Tenía un golpe horrible en un ojo y un brazo vendado del codo a la muñeca.

—Me acusaron de ser una agente protegida del gobierno —explicó la Paloma—. Aquí adentro, unas locas tienen formado un «tribunal revolucionario». Pues ahí me acusaron y me sentenciaron a muerte.

—¿De qué te acusaron? —preguntó Vigil.

—De estar viva —dijo Paloma—. Porque me salvé gracias a la ayuda de Croix. Todo lo que publicaron en *La vanguardia*. Yo no sabía nada de eso. Debías habérmelo dicho.

—No —dijo Vigil—. Mi error fue precisamente decírselo a alguien.

—Pues lo supo medio México antes que yo, porque aquí no leo periódicos, no me interesan —dijo Paloma—. Vine a saber por qué querían matarme cuando ya estaba en la enfermería. Me lo dijeron las celadoras, que me salvaron. Pero alcanzaron a darme este golpe y a cortarme en el brazo con una punta.

—La culpa es de Sala —sentenció Vigil en voz alta, hablando en realidad para sí mismo.

—La culpa es de estas locas —dijo la Paloma—. Siguen en guerra contra ellas mismas. Ahora me pasaron a la crujía de las autoviudas, mientras se calman los ánimos. Puras feministas radicales —se rió, pero el dolor del hematoma congeló su sonrisa en un rictus—. De todos modos, aunque haya sido así, me gusta saber que interviniste en todo esto y que te debo la vida. Ojalá y Santoyo te la debiera también y estuviera orita en la enfermería de Lecumberri, herido y acusado de «agente del gobierno», ¿no crees?

—La culpa es de Sala —repitió Vigil.

No escuchó más la voz de Paloma, aunque habló con ella sin parar todo el tiempo que faltaba.

Esa misma noche le escribió a Octavio Sala:

Señor director:

Supe esta tarde el hecho más revelador de la extraordinaria influencia de La vanguardia. *En particular, supe de los efectos del relato sobre cómo fue liberada la mujer de Santoyo y ejecutado su marido. Gracias a este servicio de* La vanguardia *a la nación, la* mujer de Santoyo fue enjuiciada en el penal por un «tribunal revolucionario». Fue sentenciada a muerte como «agente del gobierno» y herida, en la cara y el brazo, por un comando que intentó cumplir la sentencia.

Apenas puedo expresarle mi vergüenza por haber participado, así fuese involuntariamente, en tan desgraciada carambola. Este episodio me persuade de que hemos equivocado radicalmente el camino. Hemos confundido nuestra tarea periodística con la revancha política, la verdad con el desahogo, la honradez informativa con el escándalo. El origen de tal deformación monstruosa es, como antes lo fue de nuestros aciertos, el talento de nuestro director, Octavio Sala. Ese talento enorme, guiado antes por la generosidad, está hoy secuestrado por el odio y la frustración.

He sido tributario de ese talento. Me he nutrido en él de algunas de las mejores cosas de mi vida. Pero la nuestra se ha vuelto una iglesia despótica, en cuyo altar me niego a oficiar en adelante. Tengo pendiente una vida académica. La sacrificaría con gusto si fuese para expandir el espíritu de libertad y transparencia que guió la conducta del Octavio Sala que conocí hace siete años. Pero no estoy dispuesto a continuar nuestro actual camino que tiende a hacernos cómplices de lo que aborrecemos.

Espero que el tiempo limpie estos agravios y que, con el tiempo, los lectores podamos gozar en La vanguardia del periodismo libre, abierto y generoso que alguna vez representó el nombre de Octavio Sala. Por lo pronto reciba mi renuncia a nuestro proyecto, escrita en carta aparte para consumo convencional de nuestros lectores.

Carlos García Vigil

Para los lectores escribió:

Señor director:

Tareas intelectuales largamente postergadas reclaman hace tiempo mi atención. El éxito y la consolidación de La vanguardia hacen posible hoy lo que unos meses atrás hubiera sido poco solidario: retirarme de nuestro esfuerzo común, para atender los reclamos pendientes de mis trabajos históricos. El privilegio de haber ejerci-

do el periodismo en el seno de un grupo de profesionales como los que
fundaron La vanguardia, *fue algo más que un paréntesis: fue una*
aventura formadora, extraordinaria. Por ella, por las muchas
cosas que en ella hubo y que es imposible poner en palabras, doy las
gracias fraternas a usted y a los compañeros de La vanguardia *y*
les deseo, a sabiendas de que lo tendrán, el mayor de los éxitos.

<h2 style="text-align:center">12</h2>

No mandó las cartas al terminarlas, con el envión rasgador de su primer impulso, sino tres días después, una mañana plácida, luego de leerlas de nuevo en el desayuno y convenir consigo mismo en que algo se había roto de verdad, más allá de su cólera, y que algo también vivo y jubiloso en él celebraba su regreso al claustro, al tiempo lento y nutricio de los libros, la sorpresa de los archivos, la libertad ansiada de los días largos, tranquilos, concentrados, suyos. Mandó entonces las cartas por el correo, añadió una nota a don Laureano Botero pidiendo una liquidación generosa, sacó dinero del banco y enfiló hacia Tecolutla, un balneario en el Golfo en el que había pasado alguna vez unos días con Mercedes y que volvía a su cabeza desde entonces como un lugar utópico que resumía para él la noción de placer y descanso.

En Tecolutla sólo había un hotel agradable y cómodo. Compensaba su elegancia decadente con su proximidad a una larga playa de arena parda, lujosamente escoltada por las más esbeltas palmeras del Golfo. Se instaló en un bungalow junto a la alberca, con el enorme fichero de su investigación histórica pospuesta y la mitad de los libros de la *Comedia humana* de Balzac, que leyó en esos días uno tras otro, sin esfuerzo ni profundidad, como quien «acude, tirado en su cuarto, a la secuencia de una portentosa telenovela» (Vigil). Llena de curiosidad, vino Oralia un fin de semana a verificar el estado de la salud mental de Vigil. No encontró al deprimido que esperaba, sino a un Vigil soltero y descansado, dispuesto al simulacro de una luna de miel.

Se amaron como recién casados y hablaron como cónyuges viejos. Prácticamente todo lo que Oralia llegó a saber de Octavio Sala y me contó después, durante la composición de esta novela, lo aprendió de labios de Vigil en aquellos cuatro días, en los reposos del amor y en los anocheceres incitantes de los grillos, la brisa y el chapoteo del mar sobre la playa. Así fue el tránsito de Vigil de regreso al claustro, después de la vorágine: conversado y suave, como los días de Tecolutla, donde permaneció casi un mes, suficiente también para revivir en el cementerio de su memoria las huellas de la historia olvidada, los libros por leer, los archivos por visitar, los materiales listos para iniciar la redacción de algún artículo que engrasara los circuitos oxidados de la máquina.

Volvió de Tecolutla con todas las cuentas pendientes de su ruptura con Sala, pero decidido a no revisarlas, en un estado de paz interior que resultaba superficial de tan perfecto. Decidió no leer periódicos ni frecuentar por un tiempo el mundo que abandonaba. No pudo sustraerse a varias comidas y algún safari alcohólico con reporteros de *La vanguardia,* pero en general, los dioses sedentarios le fueron propicios. Antes de seis meses había restablecido su rutina de siete años atrás. Iba al archivo o al Castillo toda la mañana, escribía por la tarde en el diario o en los cuadernos, partes de la historia o notas, y en la noche, con Oralia unas veces, con Romelia otras, se iba de cena y amores, a veces de bailes y tragos de más («y otras veces de putas», por variar y curarse de «los huecos de la noche»: Vigil).

Entonces, una mañana, temprano, le llamó Paulina y le dijo:

— ¿Vigil? Escúchame: se murió Mercedes.

No contestó nada, pero siguió escuchando:

—¿Me estás oyendo? —gritó Paulina—. ¿Estás ahí? Anoche se murió Mercedes.

Se levantó de la cama y empezó a vestirse, como si le hubieran ordenado por el teléfono que se vistiera. Conservaba el auricular del teléfono detenido por el hombro contra la barbilla y el auricular decía:

—¿Oíste lo que te dije, Vigil? Se murió Mercedes. Contéstame si estás ahí. Dime algo, si me estás escuchando.

—Estoy aquí —dijo Vigil, luchando con la camisa del día anterior para ponérsela.

—Se murió en Los Ángeles —dijo Paulina—. Acaba de llamarme su hermana. Se murió en Los Ángeles. ¿Me estás escuchando?

—Sí —dijo Vigil—. Esta camisa está sucia. ¿A dónde vamos a ir?

—A ninguna parte —volvió a gritar Paulina por el teléfono—. Te estoy diciendo que se murió Mercedes. ¿Por qué no me entiendes lo que te estoy diciendo?

—Te entiendo —dijo Vigil.

—Pues dime algo, carajo —suplicó Paulina empezando a deshacerse en llanto—. Dime algo a lo que te estoy diciendo. Háblame.

—No puedo —dijo Vigil.

—Algo —pidió Paulina.

—Murió Mercedes anoche —dijo Vigil.

—Sí —dijo Paulina.

Y como si hasta entonces recibiera la noticia, Vigil colgó el teléfono y se echó en la cama a llorar, con media camisa puesta.

Capítulo XII

A veces pienso —dijo Oralia Ventura, varios pensamientos después— *que en el caso de Vigil y yo, sólo pasó que los dos estábamos enamorados de la misma persona, y que esa persona era él. Del mismo modo que entre Vigil y la Biedma, los dos estuvieron enamorados de la misma persona y esa persona fue la Biedma. Pienso eso en los momentos de rencor. Luego, en los momentos normales, pienso que Vigil estaba enamorado en realidad de todas nosotras y que su problema en la vida fue que nunca estuvo enamorado de sí mismo. O que se amaba a sí mismo en una forma* amateur, *la forma en que uno se enamora de alguien a los trece años, antes de enamorarse de veras. Su amor por sí mismo era un amor pasajero y trivial. Pero se había enamorado como adulto del mundo de la política y el periodismo, el mundo absurdo y absorbente de los hombres. Ese mundo lo fue envolviendo y amarrando como la más arpía de las mujeres. En ese matrimonio masculino con el mundo, las comparsas éramos la Biedma y yo, Romelia, que lo sigue adorando, y hasta las putas, profesor, que vaya usted a saber si antes de que le costaran la vida no lo ayudaron a vivirla.*

1

Desde la primera ruptura con la Biedma, ocho años antes de su muerte, Vigil había guardado hacia ella una especie de luto, la certidumbre protectora de que, pasara lo que pasara, la había perdido sin remedio, y de que su anhelo incesante de aquel reino era una especie de ensoñación infantil, capaz de acariciarlo y curarlo de sí mismo pero no de regresarle los tiempos de la dicha tangible que armaba en su pecho, sin fisuras, «la enamorada vanidad de ser feliz» (Vigil). Lloró como un loco la pérdida de Mercedes, varias noches y algunos años, pero acudió a los pormenores de su pérdida sin inmutarse, metido siempre en la bolsa de su viudez previa. Forrado por ella, pudo interrogar los detalles de la muerte de Mercedes en la desconsolada Paulina y poner una esquela en *La vanguardia* lamentando su muerte.

La esquela decía, desbordando espíritu laico:

Los que quisimos y acompañamos en vida a Mercedes Biedma, la acompañamos hoy, a ella y a sus familiares en su muerte.

Paulina le contó: Mercedes había desarrollado una nueva crisis anoréxica. Una noche, en medio de los delirios de su extenuación, algo reventó en ella, una embolia se llevó la mitad de los líquidos de su cerebro y la sumió en un coma que sólo dejó sus labios moviéndose, musitando incoherencias. Sus años jóvenes ganaron parcialmente una batalla de recuperación y la sacaron del coma hasta permitirle casi decir su nombre. Pero las avalanchas de su cerebro volvieron a desbordarse sobre las presas rotas para arrancarla definitivamente del mundo, tres días antes de la noche en que Paulina le hablara, desencajada, para darle la noticia «un 25 de agosto del Año de la Mierda» (Vigil).

Fue al entierro del brazo de la propia Paulina, ante la clara molestia del padre de Mercedes, que siempre había visto en la amiga al ángel maligno que arrastró a su hija a la independencia y el desastre. La enterraron en una cripta familiar, sobre cuyo frontispicio sobresalía una estilizada virgen en mármol que le recordó a Vigil, en su delgadez, el cuello de Romelia. Esperaron a que el cortejo se fuera del sitio para acercarse ellos. Ya habían cerrado la cripta y sólo vieron en uno de los niveles la laja de cemento clausuradora, con los bordes frescos de la mezcla reciente. Vigil metió la mano por un cristal roto y trató varias veces de acertar con un clavel sobre la tumba. Regresaron abrazados, sin hablarse, escuchando el paso del viento sobre los cipreses, hasta que Paulina tuvo una convulsión y se echó a llorar. «El Caballero de la Melancolía» (Vigil) la sostuvo en sus brazos, perfectamente forrado por su campana neumática, sin que pasara por su garganta la menor tentación del llanto que no podría evitar el resto de su vida.

—Leí tu esquela —le dijo Paloma, durante la visita ritual de los jueves—. ¿Quién nos hubiera dicho, cuando la padecías, que había tan poco tiempo que perder?

Hablaba de Mercedes Biedma pero Vigil entendió que hablaba también de Santoyo.

—¿Cómo murió tan joven? —insistió Paloma—. Era la imagen misma de la salud, de la belleza.

—¿Cuándo la viste por última vez? —dijo Vigil.

—En la comida de *La república* —dijo Paloma—. Cuando la encontraste de nuevo.

—Hace mucho tiempo de eso —dijo Vigil.

—Todo el tiempo del mundo —aceptó Paloma, clavando los ojos entre sus piernas, donde también tenía las manos, retorcidas.

Después de una de las pausas que acostumbraban («largas ausencias mutuas protegidas por el rumor de las otras parejas»: Vigil), Paloma dijo:

—Necesito ayuda para una cosa que te va a parecer increíble.

—Si están haciendo un túnel para escaparse, no me interesa —dijo Vigil.

—La ayuda es para uno que ya se escapó.

Paloma aplacó sus manos retorcidas durante el tiempo habitual de otra de sus pausas.

—Tu amigo Santoyo y yo tuvimos un hijo —murmuró, sin mirar a Vigil, con los ojos retóricos perdidos en las paredes de la crujía donde los reos sin visita jugaban frontón de mano.

—¿Tuvieron un hijo? —preguntó Vigil—. ¿Dónde?

—En el camino, en la clandestinidad —dijo Paloma—. No te rías. Es la verdad.

—¿Cuándo lo tuvieron? —dijo Vigil.

—Cumple tres años este 10 de septiembre —dijo Paloma, «con irrecusable ternura materna» (Vigil).

—¿Vive en una casa de seguridad de *La Liga*? —jugó Vigil, totalmente rebasado por la audacia de los hechos.

—Vive en Cuba —dijo Paloma—. Lo mandé de pecho todavía, a los tres meses de nacido. En eso es en lo que quiero que me ayudes.

—Es increíble —dijo Vigil—. ¿Lo mandaste a entrenarse como guerrillero pony? ¿Quieres que lo manden de voluntario a Angola?

—No hagas ironías. No es un asunto para hacer ironías —dijo Paloma—. Lo mandé a vivir. Quise tenerlo y lo tuve. A contrapelo de Santoyo. Se lo oculté siete meses. Como engordé poco, no se dio cuenta. Porque no hacíamos el amor. Andábamos siempre rodeados de compañeros, a salto de mata. Ni modo de que me descubriera. Las fachas en que andábamos también fueron una ayuda. Le jugué las contras a tu amigo Santoyo. Ya sabía que no me iba a quedar con él. Que a lo mejor no iba a quedar ni yo. Entonces quise que quedara algo nuestro y decidí tener ese hijo y mandarlo en cuanto pudiera para Cuba.

—Estás completamente loca —dijo Vigil.

—Estaba —aceptó Paloma, con su sonrisa tenue y resplandeciente—. Ahora te está hablando la abuela conservadora de aquella loca que decidió tener un hijo en medio de la guerra. Ya no estoy loca. Ahora lo que quiero es saber de mi hijo. La ayuda que quiero pedirte es que hables con el embajador de Cuba para ver qué sabe él. Porque yo dejé a mi hijo en la embajada de Cuba, con los datos que me pidieron, cuando tenía tres meses de nacido. Supongo que orita será hijo de alguna familia cubana y quiero saber cómo está, qué pasó con él. Cómo le va, cuánto pesa, y si se parece a Santoyo. Las cosas de las mamás, ya me entiendes.

La entendió. Fue a la embajada de Cuba, donde era muy bien recibido desde los tiempos de *La república,* y transmitió el mensaje de Paloma al embajador, un hombre claro y serio que empezó por no hacerse el desentendido y terminó por recabar en Cuba la información pertinente, al cabo de lo cual dijo a Vigil:

—Lo tengo todo aquí. Pero esto no es una cosa que pueda tratarse con intermediarios. Y yo no puedo acudir a prisión a entrevistarme con una presa acusada de acciones políticas. Diga a Paloma que su hijo está bien, que se llama Manuel, que vive en Santiago de Cuba y que no ha tenido hasta hoy otra enfermedad que algunas erisipelas por los calores del trópico. Yo voy a contarle a ella, en persona, lo que sigue, cuando salga.

—No sé por qué le pusieron Manuel —dijo Paloma cuando Vigil se lo contó—. Voy a exigirles, como revolucionaria, que le pongan Carlos.

Era uno de los nombres propios nunca usados por Santoyo. Y era, desde luego, el de Vigil.

3

Sabía que estaba muerta, pero seguía encontrándola sin cesar en la calle, «del mismo modo en que siguen sintiendo el brazo recién amputado quienes lo han perdido» (Vigil). La encontraba en el reflejo de una vidriera o en el ademán familiar de una mano que lo llamaba desde la ventana de un coche. Jugaba a sonreír frente a esos encuentros, agradeciéndoles su benigna negación del hecho al que aludían. Como si el súbito perfil que fumaba en una esquina o la playera que ceñía al paso del ojo una espalda a la vez robusta y fina, lo acercaran a la inminencia de Mercedes, la pusieran al alcance de un telefonazo o de la decisión de presentarse un día, ebrio y arrepentido, frente al balcón perdido del Parque México, pidiendo albergue, arriesgando la intolerable posibilidad de que esa noche Mercedes hubiera elegido dormir con Iduarte y él tuviera que tragar otra vez la escena de otro tiempo, que nunca tragó del todo.

De su paso por los periódicos había adquirido la afición a comer en buenos restoranes, y también el hábito de trabajar por la tarde hasta entrada la noche. Iba al archivo todos los días a completar su historia y volvió a poner en eso la laboriosidad de otro tiempo. Pero necesitaba poner en algún sitio su energía de las tardes. La fue poniendo en su nostalgia, en su luto, en la cavilación melancólica de sí mismo y, conforme el tiempo pasó, en la necesidad de exigir de la noche compensaciones equívocas por las cosas que la noche, de algún modo, le había quitado. Avanzó con rapidez en su historia, pero con mayor intensidad en la rumia de sus años recién transcurridos. Pudo estabilizar pronto los signos externos de su vida. Escalonó a sus mujeres, vio más que nunca a su hija Fernanda y aprovechó cada resquicio para trabarse en las redes balsámicas de Oralia. Todos los jueves, puntualmente, visitó a Paloma en la cárcel y siguió viendo a Romelia algunas noches, organizándose con ella viajes de fin de semana al mar o a ciudades cercanas, a los que en algún momento empezó a llevar también a Fernanda, que bordeaba ya los trece años y desempolvaba, de la mano promiscua de su padre, los primeros rincones de su pubertad.

Como si sus años tensos y rápidos en el periódico hubieran dilatado su capacidad de trabajo, al cabo de toda aquella agenda proteica, llena de esfuerzos y amores, Vigil tenía tiempo de sobra para leer, presentar libros, acudir a seminarios y entrevistar familiares de sus próceres revolucionarios, en busca de archivos, cartas, fotos o anécdotas personales. Al lado de toda esa actividad portentosa y fructífera, como una sombra, caminó con él la pata oscura de su melancolía, como si detrás del disciplinado carnaval que resolvía sus largas horas hábiles, sólo escuchara el canto del viudo: las ganas de perderse, de compadecerse, de pagar con su propio desarreglo la imperfección anónima del mundo.

Un mediodía, al salir del archivo, se sentó a comer solo en los ventanales de un restorán francés al que se había aficionado durante los días de *La república*. Estaba a la mitad de un pasaje por donde cruzaban sin cesar las mujeres más bellas de México. Solía sentarse ahí durante largas sobremesas silenciosas a ver a esas mujeres desafiantes, accesibles sólo a la lujuria civil de los ojos. Tomaba esa vez, con el postre, los restos de la botella de vino tinto que había ordenado para la comida, cuando Mercedes Biedma dio la vuelta por la zapatería de un recodo y se paró frente a él, a unos veinte metros, el pelo castaño, largo y recién cepillado sobre los hombros. Vestía un traje sastre, cruzada por el sol y la brisa de la tarde y fumaba y reía en animada charla con otras dos mujeres tan frescas y elegantes como ella. La miró un largo rato, vio su frente amplia tan querida, sus labios finos dibujados por un bilé que el cigarrillo se llevaba, su talle delgado y juvenil, su cuello largo y lento y su pelo, nuevamente su pelo, leonado sobre la frente y los hombros en tamiz de oro de la tarde que entraba al pasaje.

Echó mano de sus lentes, que corregían un astigmatismo adquirido en la redacción de *La república* y con los lentes puestos miró de nuevo. En el lugar de Mercedes vio a una elegante mujer de cincuenta años que conversaba con sus hijas. Había en la forma de su pelo y de su frente un trazo afín al pelo y la frente de Mercedes, y en el porte de su cuerpo, la huella de una altiva y atlética juventud. Pero no era Mercedes. Aceptó el hecho con un vahído en el plexo y un escalofrío en la mejilla. Dio un sorbo al vino y prendió un cigarro. Luego, como quien se aburre de una lectura insípida, se quitó los lentes y los puso en la mesa, dio una fumada larga y volvió a mirar el punto interesado del pasaje. Ahí estaba otra vez Mercedes, fumando, hablando, esperando con sus amigas. Hizo caer un nuevo sorbo de vino por su luto y sonrió, agradecido con la vida.

4

Escribió en una de sus fichas, mientras trabajaba en el archivo:

Memorándum a Mercedes Biedma sobre la estadística deseable de los amores.

Supongamos que no te has ido y que podemos repartir de otro modo nuestra estadística amorosa.

Puedo haberte visto unas cinco mil veces en el curso de los cinco años que te vi. Puedo haber pasado contigo unas quinientas horas efectivas, unas cien horas por año. Y puedo haberte hecho el amor unas doscientas veces, cuarenta veces por año. Eso es todo lo que tuvimos y lo que podremos tener (números redondos).

Estoy de acuerdo. Pero imaginemos que un demiurgo generoso con nuestros amores nos permitiera ahora repartir esa estadística según nuestro gusto, dándonos a elegir no sobre su cantidad, pero sí sobre su frecuencia.

A la vista de los hechos intratables, pienso que yo hubiera aceptado su oferta.

Habría decidido espaciar nuestros encuentros a lo largo de veinticinco años y no a lo largo de cinco como fueron repartidos. Cada año te hubiera mirado doscientas veces en lugar de mil, cada año habría estado contigo cien horas en lugar de quinientas, y nos hubiéramos hecho el amor ocho en lugar de cuarenta veces cada año.

Tendría apenas en la memoria una quinta parte de ti, de tus necedades, de tus cartas, de tus besos. Pero tendría por delante veinte años de encuentros contigo, en lugar de esta certeza de historia cumplida, cuya estúpida fijeza no me deja respirar.

5

El primero de septiembre de 1978 fue decretada una amnistía general para los presos que penaban delitos guerrilleros. La medida no benefició de inmediato a Paloma Samperio, porque excluía a los culpables de homicidio calificado y Paloma había ingresado al penal bajo los más extensos cargos de peligrosidad criminal. Habían cargado a su cuenta los dos agentes muertos durante la balacera que precedió a su captura, la cual Paloma le contó a Vigil del siguiente modo: los habían sorprendido en una «casa de seguridad» de la Ciudad de México, y cuando escucharon los primeros gritos pidiéndoles que se rindieran (los primeros disparos sobre sus cabezas también), apenas tuvieron tiempo de echarse sobre sus armas. Un compañero de Paloma cayó tiritando con un disparo en la cabeza antes de poder alcanzar su metralleta. Paloma apenas pudo pegarse al antepecho de la ventana por la que entraban cubetadas de balas.

—Yo eso es lo último que recuerdo —dijo Paloma—. Fueron tantas balas, que demolieron el sitio. En ese operativo murieron dos agentes. Pero los mataron ellos mismos en su demolición. Son los que me imputan como homicidios premeditados.

—Vamos a litigarlo —dijo Vigil.

No exigió mayor esfuerzo litigar el caso de Paloma. Una mañana Vigil tomó el teléfono y pidió hablar con Abel Acuña, el subsecretario de Gobernación. Obtuvo una cita y explicó el caso. El gobierno se enfilaba entonces a una negociación con la izquierda y a una apertura controlada, de modo que Acuña fue receptivo a la causa de Paloma. Dio instrucciones por teléfono, remitió el asunto a un funcionario de prevención social encargado de las liberaciones de «casos límite» y luego le dijo a Vigil, con la misma voz cálida y segura de siempre:

—Vale más que tarde en salir, Carlos. Porque todos los casos de homicidio tienen venganza jurada afuera por nuestros deudos. Vamos a tratar de evitarlo, pero las *vendettas* van a tomar su propio curso. Más vale que nuestra amiga salga cuando esa primera ola de venganzas haya pasado.

Vigil tuvo el impulso de voltearle la mesa encima, como años antes a Croix en alguna cantina de la que sólo recordaba la cara pálida y extrañamente cercana de Galio Bermúdez. Pero el impulso justiciero se desvaneció en él tan rápido como vino, sin que su cabeza forzara una resignación obligatoria en su alma.

Luego, Acuña le dijo:

—Hay espacio para otro periódico en este país, si a usted le interesa.

—¿Además de cuáles? —preguntó Vigil, con la frialdad que el desvanecimiento previo de su cólera le había entregado.

—Además del de Octavio Sala y el de Rogelio Cassauranc —dijo Acuña, con el cariño profesional que transmitía su voz resonante.

—No me interesa —dijo Vigil.

—¿Pero puede interesarle en el futuro? —quiso saber Acuña.

—Puede ser —dijo Vigil, pensando que tenía pendiente con Acuña la liberación de Paloma, pero sabiendo, más adentro de sí, que Acuña tocaba una tecla viva que la derrota de Sala no había acabado de apagar.

—Cuente con lo de su amiga Paloma —dijo Acuña, adivinando el revés de la reserva de Vigil—. Pero dígale lo que hemos hablado. Entre más demore, menos riesgo habrá. Y no demorará demasiado. Quizá pueda empezar a salir los fines de semana antes de un mes. No se lo prometo, pero se lo gestiono.

—Le agradezco enormemente —dijo Vigil, sintiéndose, a la vez, «enormemente agradecido y enormemente mierda».

—No me agradezca, Carlos. Frecuénteme —dijo Acuña extendiéndole por enésima vez su «mano cálida y amistosa, indeclinable, profesional».

6

—¿Quién es Mercedes? —le preguntó Romelia una mañana—. La gritaste en un sueño.

—Fue un sueño —dijo Vigil.

—No sé nada de tu vida, de tus mujeres, salvo de tu hija. Si lo piensas bien, estoy más cerca en edades con tu hija que contigo. ¿Cuántos años tienes?

—Treinta y ocho —dijo Vigil.

—Me llevas quince —dijo Romelia.

—Sólo en el calendario —dijo Vigil.

—¿Qué quieres decir?

—Que en todo lo demás estamos empatados.

—¿Tu hija cuántos años tiene?

—Cumplió trece este año —dijo Vigil.

—Sólo le llevo nueve —dijo Romelia—. El mundo que ella vive está más cerca de mí que el mío del tuyo. Yo sería un excelente intermediario entre el siglo XIX que tú representas y el siglo XXI en que vivirá tu hija.

—Repito que no te guíes por el calendario —dijo Vigil.

El calendario no decía gran cosa, en efecto, de lo que había entre Romelia y Vigil. La rápida pubertad de Fernanda iba también más aprisa de lo que anunciaban sus fechas. A fines de aquel año terrible de 1978, año de la muerte de Mercedes y de la salida de Vigil de la iglesia de Sala, volví a ver a Vigil con motivo de las vísperas navideñas. Trajo a la comida a una adolescente de ancas largas y frenos en los dientes que notoriamente se arreglaba de más. Tenía sólo trece años pero parecía mayor que algunas de mis alumnas de dieciocho. Tenía ya la impronta de una adolescente viva, directa y segura de sí. Su cuerpo se había pronunciado prematuramente en el trazo de un esqueleto fino y largo, y ella se había encargado de subrayar ese hecho colgándose del cuello y las orejas grandes collares y aretes mexicanos que la hacían ver mayor, con la edad suficiente para vestir los trapos cortos e invitadores con que se medio cubría el cuerpo: una falda a la mitad del muslo y una playera corta que apenas bordeaba sus pequeños pechos nacientes, para dejar al descubierto su cintura de niña, tersa y tensa, sin un pliegue de grasa o blandura.

En los primeros raptos amorosos de esa muchacha de doce años con empaque de dieciséis, se había reconocido ya Vigil, como antes lo había hecho en sus facciones y en el espíritu imperioso de su ceño.

Había escrito en el cuaderno:

Fernanda. Sus amores rabiosos y humorísticos. Enamorada de un muchacho de su escuela que va tres grados arriba de ella, se le hace la aparecida en los pasillos, a la salida del colegio. Una vez, incluso, a la entrada de un cine. Un día hablaron, cuenta Fernanda:

—Me dijo: «¿Me prestas tus plumas?» Yo dije entre mí: «Te presto lo que quieras, papacito.» Pero no le dije eso, sino que me le quedé viendo como sorprendida y tímida, después de haberlo perseguido un año. Checa la hipocresía, y le dije con voz de mustia: «Bueno.» Claro que pensé: «Le presto mis plumas pero ahorita mismo le digo que me preste algo a cambio.» Quería que me prestara sus calzones, claro. Para llevármelos de trofeo y tenerlos colgados en mi clóset y mirarlos todas las mañanas. Pero eso no le podía pedir, porque entonces quedo de golfa descocada. Así que le iba a pedir otra cosa y estaba pensando qué, cuando llega la estúpida de mi amiga Beatriz a interrumpir, la muy idiota. Y empieza a decir sus sandeces de siempre, que si su hermana ayer invocó a Pedro Infante y no sé qué más estupideces. Porque su hermana según esto es espiritista, agarra la onda: ¡espiritista! Y ahí se suelta Beatriz hablando justamente en el momento en que ya estaba yo trenzada con el galán. Yo dije para mí: «Con estas amigas para qué quiero enemigas. A la chingada con esta amiga.» Porque por qué se mete a ver, por qué se mete. Por envidiosa la muy estúpida. Y yo ahí con mi cara de mustia y mi peinado de niña idiota. Checa el fleco, qué asco. Así no puedo inspirarle ni un pecado venial. Eso es lo que pensé después. Así que voy a ver con Oralia qué hago para electrizarlo. Y también le voy a preguntar a Romelia: cómo le hago con este galancete que me trae repiqueteando las campanas, caray.

La frescura de su hija, lo mucho que empezaba a reconocerse y a vivirse en ella, y su propia temporada absurda y concentrada de dolor, habían acercado a Vigil otra vez a Antonia Ruelas, la mamá de Fernanda, que seguía soltera, penando la viudez que la partida de Vigil había dejado en su vida.

—Pero es que no se alista mi mamá —le había dicho Fernanda—. No se peina, no se viste, no echa ojitos. Los galanes que le han caído es porque de plano han hecho proezas, caray. Hubo uno que le habló veinte veces. Y estaba guapísimo. Si hubiera tenido edad para mí, me lo avanzo, palabra.

Admiré durante la comida la libertad de maneras y de lenguaje de Fernanda, la insólita frescura que hacía natural y gracioso en ella lo que en un ejemplar menos fino habría sido hasta vulgar.

Admiré también la corriente secreta de amor y orgullo paterno que manaba de Vigil hacia ella, y la camaradería inteligente, distanciada y cálida a la vez, que Fernanda había sabido tejer con su padre, atenta sin servilismo, con irónica rapidez, a la menor de las necesidades de Vigil, al más leve giro de su ánimo o de su conversación. Antes de que requiriera la sal, el salero estaba frente a él displicentemente puesto por Fernanda, como quien repara la torpeza de un inútil; antes de que terminara su primer jaibol, Fernanda le había ordenado el siguiente al mesero que pasaba. Y antes de que empezara nuestra conversación sobre los asuntos de la historia, ella había regañado cariñosamente a Vigil para que empezara a contarme de su investigación en curso, ya que tanto la había fastidiado durante la semana con la ilusión de que este día podríamos hablar de ese asunto.

Hablamos de su investigación, con gran detalle técnico que omitiré. Durante ese año fatal, Vigil había avanzado en su historia más de lo que él mismo esperó y estaba en condiciones de iniciar una primera redacción del volumen sobre la guerra civil en los primeros meses del año siguiente, a más tardar la primavera.

—A ver si eso me cura —dijo al final.

Le pregunté de qué habría de curarse.

—De mí —dijo Vigil—. Si los mexicanos aguantaron una guerra civil, pienso, por qué yo no he de aguantar la mía.

—¿Libra usted una guerra civil? —pregunté.

—Por lo menos una guerra de registro civil —me dijo, sonriendo—. O de contabilidad pública. El caso es que ya no sé dónde consignar las pérdidas.

—Junto a la columna de las ganancias —le dije.

—Esa columna no hay en mis libros —dijo Vigil, y con la misma emprendió una disquisición sobre los rasgos shakespearianos del general Álvaro Obregón.

7

Tal como había dicho Abel Acuña, no toda la primera camada de amnistiados mereció el olvido. Aisladamente, como en sordina, los primeros seis meses de libertad fueron también de ajusticiamientos («evidentes *vendettas* policiacas»: Vigil). Mataron a un Aquiles Dabrino, ex militante de la *Liga* en Guerrero y a su compañera, que lo escoltaba de regreso al pueblo de San Miguel, en la montaña, donde les habían advertido que no se pararan. Mataron después a un trío de primos michoacanos que habían sido el núcleo duro (militar) del MAR (Movimiento de Acción Revolucionaria) cuando viajaban, libres por la amnistía, en un coche particular a Morelia. El coche se despeñó sobre un barranco de sesenta metros en una curva de la carretera de Mil Cumbres, y a eso se atribuyó la tragedia, pero en los circuitos de amnistiados corrió pronto la versión, hecha circular por la propia policía, de que los cuerpos presentaban heridas de bala en las cabezas y tenían las manos amarradas a la espalda. Al empezar el año de 1979, cuatro meses después de impuesta y ejercida la amnistía por el gobierno en todas las cárceles del país, habían muerto en acciones violentas trece de los casi ochocientos liberados.

—Es un porcentaje pequeño —dijo Paloma bromeando con Vigil, en su crujía ahora casi desierta—. Pero si te toca estar en ese porcentaje, no hay porcentaje que valga.

—Has mejorado mucho en estadística —le dijo Vigil.

—Y en perspicacia —dijo Paloma—. Si me sacan con la mayoría, ya habría pasado a la minoría.

Tal como dijo Acuña, también, Paloma tuvo pronto la opción de salir de la cárcel los fines de semana, como paso preparatorio de su liberación definitiva. A fines del mes de enero de 1979 salió la primera vez. Los requisitos de la prisión fueron menores que los suyos. Para el día señalado, pidió a Vigil una curiosa colección de prendas, empezando por un vestido rojo que había visto en el periódico días antes y terminando con una batería de maquillaje, que Vigil debía comprar en la misma tienda del vestido y otra batería de pulseras, aretes y anillos, que Vigil debía recoger en casa de una amiga.

Paloma no tenía familiares en México, todos estaban en Torreón, y la última ocurrencia de su vida hubiera sido ver a sus familiares, así que cuando salió no hizo sino meterse en el coche de Vigil que la esperaba y dirigirse a Martín Mendalde. No fue la mejor de las experiencias. Contra la vitalidad nerviosa y optimista de sus ánimos, apenas empezó a colgarse los arreos exigidos, todavía dentro de la prisión, supo que había calculado de más, que la emoción central del episodio de su primer salida, no era la euforia sino el miedo, al extremo de que acabó no poniéndose el vestido rojo que había pedido ni colgándose los aretes ni pintándose la cara como había previsto.

Con el vestido nuevo, los aretes y las pinturas bajo el brazo, encogida y presurosa, Vigil la vio venir por el pasillo donde debía pasar la última inspección sospechando, por su actitud, que la alegría se había roto en algún recodo. Vigil comprobó su impresión y Paloma su sospecha de que el signo de aquella salida serían la angustia y el miedo, no la liberación. Como si hubiera desarrollado una especie de agorafobia, cada incidente del camino fue para Paloma un sobresalto, un temor de manos sudadas, un agobio por el tráfico y el ruido que la soledad de la cárcel le había enseñado a olvidar. Salió un viernes por la tarde y debía volver el domingo al mediodía. Apenas durmió durante ese lapso. Vigil decidió no dejarla sola un momento, lo cual quiso decir, en la práctica, que se quedaron encerrados los dos en Martín Mendalde. Paloma no quiso salir a ninguna parte, ni siquiera a la ventana de la sala del departamento para observar el pirú. Pasó los dos días encerrada en el cuarto de Fernanda, recibiendo ahí la visita de Vigil para conversar o entregarle el periódico, ver la televisión o comer las pizzas y las hamburguesas que Vigil pedía por teléfono tres veces al día.

—Vas a concluir que estoy loca, pero no estoy loca —le dijo Paloma—. Estoy aterrada. Eso es todo. Y no quiero, por nada del mundo, hacer otra vez en mi vida como que no me da miedo lo que me da miedo y como que no siento lo que estoy sintiendo.

Siguió sintiendo lo que sentía durante los meses siguientes y sus fines de semana libres —uno cada quince días— repitieron como una calca al carbón el primero, con Paloma encerrada en el departamento de Vigil, realizando el aprendizaje paralelo de su libertad y de su miedo. Buena parte de esos días de encierro con Paloma, Vigil los pasó revisando y ampliando los materiales de su historia. Oía a Paloma en el cuarto de Fernanda, discreta pero ebullente, caminando de un lado a otro, cambiando los canales del televisor, oyendo la radio o haciendo ejercicio —tres veces al día, tensa e infatigablemente, dándose ella misma instrucciones con conteos vertiginosos que marcaban el ritmo de su esfuerzo. Si pasaba un rato largo sin que vinieran ruidos del cuarto, Vigil se asomaba por el entorno de la puerta. A menudo la encontraba dormida, el libro sobre el pecho, reponiendo lo que había perdido de la noche. Porque por las noches no dormía. Vigil escuchaba con el rabillo del oído el radio prendido, y a Paloma haciendo ejercicio, trajinando en la cocina en busca de tés o fruta por la madrugada, y adivinaba su miedo —su miedo infantil, incesante, adquirido en la cárcel— a la noche y las sombras.

Entonces, un viernes, mientras ellos venían del penal hacia Martín Mendalde, en las calles de Coyoacán y Bajío, cerca del departamento de Vigil, un par de pistoleros vaciaron sus armas sobre el amnistiado Julio Abrantes desde una vagoneta sin placas y secuestraron a su mujer, que apareció muerta dos horas después. Paloma y Vigil oyeron la noticia por la televisión, acogidos al pacífico encierro en que se habían convertido los fines de semana de Paloma. Fue como una explosión. Paloma dio un salto sobre la cama, puso las manos sobre su cara y miró entre sus dedos el televisor como quien mira un fantasma. Pálida y desencajada la sorprendió el final del noticiero, que no volvió a mencionar el hecho.

Abrantes, un maestro universitario, había sido el contacto inicial de Paloma y Santoyo con la *Liga*. Lo habían aprehendido a resultas de la captura de éstos, en la redada que casi liquidó a los grupos armados del país. Vigil llamó a la redacción de *La vanguardia* y obtuvo información adicional. Los Abrantes llevaban dos advertencias previas, el hombre había llegado a su casa temprano y había preguntado a la vecina por su mujer, que no estaba. Había dicho a la vecina que saldría a comprar el pan y que si su mujer llegaba antes se lo informara. La vecina era su sistema de control e información mutua, una precaución mínima dadas las amenazas recibidas. Pero a su mujer la habían secuestrado dos horas antes, a la salida de su trabajo en el hospital de La Raza, y cuando Abrantes volvió a salir, ya lo estaban esperando, a bordo de una vagoneta, con la mujer secuestrada adentro. Iban a secuestrarlo también, pero al parecer la mujer alcanzó a gritarle que huyera y él empezó a huir. Le dispararon y cayó muerto con dos tiros en la espalda.

Eso fue a las ocho de la noche del viernes. Dos horas después, apareció el cadáver de la mujer a unas calles de distancia. No tenía heridas de bala. La habían golpeado y violado, y había muerto por estrangulamiento. Era la segunda mujer de Abrantes y estaba embarazada de tres meses. Sería el primer hijo de Abrantes con ella. Los dos hijos de su primer matrimonio habían muerto en la guerrilla urbana de Guadalajara cuatro años antes.

—Nos van a matar a todos —dijo Paloma.

—No están matando a todos —dijo Vigil.

—A todos nosotros —dijo Paloma.

Y Vigil no encontró qué decir.

Paloma volvió a la prisión ese domingo más flaca y estragada que nunca, luego de dos días de no dormir. En el camino informó a Vigil que había decidido no salir más los fines de semana a que tenía derecho. Vigil le dio la razón, pero en el curso de la siguiente semana buscó a Galio para pedirle una entrevista con Croix. Con el cambio de gobierno, Croix había sido removido de su puesto grande, antiguerrillero, y ocupaba ahora una dirección policiaca menor en el estado de Morelos, vecino de la capital. Mantenía su relación juguetona y respetuosa con Galio, que había podido mover algunas fibras amistosas, inesperadas, en el policía. Se encontraron en un restorán vasco del centro de la ciudad y Vigil le planteó sin más el caso de Paloma.

—¿Qué quiere usted saber? —preguntó Croix.

—Si está en la lista de *vendettas* policiacas —dijo Vigil.

—¿Quiere usted saber si se la tienen sentenciada? —preguntó Croix.

—Exactamente —dijo Vigil.

—¿Mató policías? —preguntó Croix—. ¿Mató a algún agente, ajustició a algún comandante?

—Le imputan dos muertos —dijo Vigil.

—Ya sé —dijo Croix—. Pero no es eso lo que le estoy preguntando. Lo que le pregunto es si ella mató o no.

—No —dijo Vigil.

—Entonces probablemente está libre —dijo Croix—. Se lo checo con mucho gusto. No tengo ya muchas influencias, pero amigos quedan.

Diez días después, alguien deslizó un sobre sin remitente por abajo de la puerta de Martín Mendalde. Adentro venía un papel manuscrito con este mensaje. «Bien checado. No hay nada con Paloma. Se lo firmo.» Y abajo, estentórea, la firma completa de Wilebaldo Croix.

Al jueves siguiente, Vigil visitó a Paloma.

—No hay nada contigo —le dijo, extendiéndole el autógrafo de Croix.

—Es perfecto, Vigil, muchas gracias —dijo la Paloma—. Pero este cabrón ya no la rifa, ya no manda.

8

Por los días en que Paloma salió libre sus primeros fines de semana, Vigil acabó de ordenar sus tarjetas y empezó a escribir el segundo volumen de su historia, aplazado siete años. Escribía todos los días, con disciplina, pero tenía la virtud o el vicio de no conformarse con la cosecha rutinaria de cada día. Dedicaba horas adicionales a la libre improvisación de pasajes que lo esperaban adelante en su plan de escritura y a la corrección meticulosa de lo ya escrito. Corregía a mano, obsesivamente, hasta sobreponer al original de su máquina Remington nuevos textos manuscritos que a veces no conservaban del original una palabra. La mecanografía de esos palimpsestos ocupaba con frecuencia sus tardes y lo lanzaba a nuevas correcciones, de modo que iba acumulando la cosecha normal y trabajosa del día, junto con las improvisaciones torrenciales de pasajes futuros y capítulos pulcros al extremo de no tener una sola corrección pendiente. Cuando la frustración de la cuota diaria, su lento avance metódico, lo colmaba de tedio, o echaba sobre él la sensación de que no habría de terminar nunca, iba en busca de cura a los pasajes improvisados el día anterior o a los limpísimos originales de capítulos previos. En uno y otro material encontraba la confianza de que su texto volvería a volar en algún momento futuro o de que su mano artesana podría, en caso contrario, mejorar y pulir aún la más áspera de las piedras salidas de su cabeza. Todo eso exigía y creaba a la vez un círculo monástico que parecía resolverse infatigablemente en la única pasión de volver al lugar de la máquina y cumplir la tarea esclava de escribir, escribir, escribir.

Es difícil decir si ese régimen de galeote lo curó de lo que quería curarse. Pero si se juzga por el mejor de los termómetros disponibles, que son sus anotaciones en el diario y los cuadernos, aquel esfuerzo concentrado y acumulativo al menos dio un orden práctico a sus días y una fatiga específica a su cuerpo: subordinó las otras pasiones y quemó la energía suficiente, cada día, para que la tentación de la noche llegase tarde y débil a las antenas de un motor sin combustible. La misma nostalgia de Mercedes Biedma, que luego volvería por sus fueros fúnebres, pasó en esos meses como a un segundo plano, filtrándose aquí y allá, en los pocos resquicios de las jornadas tiránicas que Vigil se impuso para escribir y para olvidar. Escribió mucho, pero al final de las muchas cuartillas dedicadas a hurgar vidas y dolores que no eran los suyos, sino los de la mayor guerra civil de la historia de México, descubrió con desánimo y ternura, que había olvidado poco.

Una mañana despertó llorando, con la cara y la almohada empapadas en prueba de que había llorado también mientras dormía. Apenas pudo levantarse y caminar al baño, sacudido como estaba por los sollozos que brotaban, en espasmos, de lo más profundo de sí, como si alguien que no era él llorara dentro de él una pena terrible pero desconocida para la parte de él que no lloraba. Conforme entendió esto, una rendija de lucidez le levantó la cara del lavabo y lo hizo reconocer entre las brumas que ese día Mercedes Biedma cumplía exactamente un año de muerta.

Era agosto de 1979 y Vigil había escrito más de la mitad de un manuscrito que, como el anterior, proliferaba sin recato hacia las ochocientas cuartillas. Tenía, en cuartillas perfectas, corregidos hasta la más extrema pulcritud, cuatro de los siete capítulos que había escrito, pero lo aguardaban todavía otros cinco. A principios de septiembre, sin que mediara aviso ni proceso, las autoridades del penal le informaron a Paloma Samperio que la amnistía la había alcanzado al fin y que debía dejar la cárcel. No estaba lista para ir a ninguna parte que no fuera el departamento de Vigil, y aun para esa mudanza sus cristales internos parecían delgados y quebradizos. Vigil no dio espacio a la duda.

—Te quedas el tiempo que sea necesario —le dijo a Paloma, que lo agradeció bromeando, a su manera:

—¿Y tus novias, Vigil? ¿Voy a arruinar también tus amores?

—Se excitarán con la idea de que hay una presidiaria en mi vida.

La hubo, en verdad. Aparte del miedo por las ejecuciones de amnistiados, Paloma había encontrado en el mundo encogido de la cárcel una especie de paradójico alivio, un refugio a la extrema fatiga de su cuerpo y sus emociones («un oasis duro, con aristas siniestras que le ofrecía sin embargo la ventaja de decidir por ella cada momento de su vida, de suplir su voluntad y su inteligencia hasta el extremo de permitirle no pensar, no desear, no buscar otra cosa que el cumplimiento rutinario del encierro»: Vigil). Lejos de gratificarla, la posibilidad recobrada de elegir lo que iba a hacer con su tiempo la angustiaba a extremos que Vigil no podía comprender ni, mucho menos, acompañar. A diferencia de los fines de semana que le exigían nada más dos días de encierro, la liberación definitiva de Paloma era de tiempo completo y Vigil debía seguir haciendo su vida.

Escribía en casa y pasaba la mayor parte del tiempo frente a su escritorio, pero salía a menudo a comer o a cenar con Oralia. Alguna vez debía pasar mañanas o tardes completas en el archivo o la hemeroteca, y otorgaba tiempo a la más escueta necesidad de orearse, despejarse de las largas horas de concentración que la escritura de su historia le imponía. No faltaba, en fin, la escapada hacia los reclamos de la noche que lo devolvían saciado y vacío en la madrugada, rondado en la ebriedad por los fantasmas de Mercedes.

Paloma se quedaba sola en el departamento. Hacía varias tandas de ejercicio al día, intentaba leer o conversaba con Vigil. Pero ni siquiera eso, que había sido su fuerte, le salía bien. Como si estuviera en otra parte o como si un velo de plástico aislante la separara de lo que pasaba frente a ella, de sus propios gestos y palabras, de sus entusiasmos y sus sentimientos. Actuaba en realidad como otro fantasma. Su único signo de vida era un apetito sostenido y creciente, cuya satisfacción no parecía tener efectos en su cuerpo delgado y tenso. Se mantenía flaca y exhausta, como estragada por el fluido depresivo y ansioso que la recorría. Aparte de comer y hacer ejercicio, Paloma veía la televisión mañana y tarde y leía obsesivamente los periódicos en busca de noticias sobre ajusticiados.

Una noche, luego de cenar con Oralia, Vigil llegó ya tarde al departamento. Un poco por el alcohol y otro poco por la fatiga de una intensa sesión amorosa, equivocó las llaves y, al tratar de entrar, sin darse cuenta de que la puerta no había abierto, pateó en la madera. El golpe fue un escándalo con ecos en la noche. Forcejeó otro rato con las llaves y con su propio desconcierto antes de poder abrir. Oyó entonces ruidos en la cocina y fue hacia allá para ver quién era. Era Paloma, desencajada, con un cuchillo cebollero en la mano:

—Decidí que habían llegado ahora sí —explicó Paloma— y tomé esto para defenderme. No puedo más. No puedo estar más tiempo encerrada. No puedo aguantar más el dolor en la espalda. Tengo que salir.

—¿Cuál dolor en la espalda? —dijo Vigil—. No me habías dicho nada.

—No quiero médicos —dijo Paloma.

—Mañana hago la cita con los médicos —respondió Vigil—. Va a ser tu primera salida.

La llevó dos días después a que la revisara Teodoro Césarman («un cardiólogo legendario cuya verdadera especialidad era, en efecto, el corazón del hombre»: Vigil). Césarman la pasó toda la mañana por los tres cubículos de su consultorio que reproducían el circuito de chequeo básico de los mejores hospitales del mundo y le dijo al mediodía:

—Tus síntomas son de una depresión brutal en un organismo perfectamente sano. Tienes el corazón de un bebé, y la condición física de un adolescente. No tienes nada. Es decir: tienes lo peor. No hay cura que yo pueda darte para lo tuyo, aparte de calmantes. Y tiempo para que se disipe tu tormenta. Estás bien de todo, menos de lo que los antiguos llamaban el alma. La única cura contra eso es no hacerle caso, y esperar.

—Pensé que iba a detectarme un cáncer —dijo Paloma, al salir del consultorio—. Quiero visitar al embajador de Cuba.

El embajador prefirió hacer él mismo la visita, según lo prometido. Fue a comer un viernes a Martín Mendalde. Vigil les encargó una comida por teléfono y salió a comer con Romelia. Volvió cuando el embajador salía.

—No han sido todas buenas noticias —le dijo a Vigil, camino a la puerta del edificio.

No lo habían sido. Cuando Vigil regresó al departamento, Paloma seguía sentada en la mesa balanceándose con ritmo hipnótico y frotando las manos frente a su pecho «como una loca de muestra» (Vigil).

—No puedo ver a mi hijo —le soltó a Vigil, en cuanto apareció—. Es la norma: no puedo verlo. Cambió de vida y ahora es hijo de otros. Me trajo fotos y elogios. Pero no puedo verlo. Eso no me dijeron cuando lo entregué: que lo estaba regalando.

Las fotos sobre la mesa eran de un niño de cuatro años, largo, blanco y levemente estrábico, como Santoyo.

—Lo estabas salvando —dijo Vigil, mientras barajaba las fotos.

—Lo estaba regalando, a juzgar por las normas éstas —dijo Paloma.

—¿Qué vas a hacer?

—Voy a ir a buscarlo —dijo Paloma.

—Tienes que empezar por salir de aquí —dijo Vigil.

—Sí —dijo Paloma—. Pero no aguanto la ciudad. Me atormentan los coches, la idea de que puedo cruzarme con policías. Y estar sola, encerrada aquí, más presa que en el penal, esperando la patada en la puerta y la tortura y todo eso. El horror, nuevamente. Quiero irme de aquí.

—A donde tú quieras —dijo Vigil.

—Quiero que me acompañes también.

—Cuando tú quieras —dijo Vigil—. Quiero ir a Tlayacapan —dijo Paloma.

—A donde tú quieras —dijo Vigil.

—¿Te parece absurdo? —preguntó Paloma.

—Me parece inevitable —dijo Vigil.

9

Camino a Tlayacapan, Paloma habló:

—A veces envidio a las solteronas. Hacen lo que les da la gana. Tienen su cuarto solas, oyen sus músicas, pueden dejar el calzón sucio tirado donde cae, tienen sus desarreglos sin que nadie las mire. Han echado de su cuarto la mirada de los hombres. No tienen que agradar a nadie. Qué descanso, hacer todo el tiempo cosas de vieja fodonga. Desde que salí de la cárcel tengo la impresión de que cargo mi cuerpo como si fuera la torre Eiffel. Mi ilusión se reduce a estar en un cuarto sin que nadie me mire ni me busque, ni espere cosas de mí. Pero no se puede. Hay que salir, toparse con la gente, calcular los semáforos, escuchar,

¡y hablar! Ir a ver al médico, comprar cosas en el mercado, leer los periódicos. Hay que cargar tu torre Eiffel a todas partes. Qué friega no poder ser una solterona y echar de tu vida la mirada del mundo.

Para viajar se había arreglado un poco, por primera vez desde su salida de la cárcel. Se había recogido el pelo y llevaba unas chapas de rubor en las mejillas, una leve capa de rímel en los ojos, una discreta guía de bilé sobre los labios. Se detuvieron en el camino, como la vez anterior, a comprar alimentos para el día de llegada. Vigil la vio caminar hasta el borde de la barranca y estirarse de frente al sol para recibirlo. Admiró, bajo las ropas guangas y solteronas —el pantalón bombacho, la camisa de cuadros azules, los choclos de hombre, la pañoleta desteñida en la cabeza—, el cuerpo joven y esbelto de Paloma buscando el calor de la mañana, la belleza del valle de Cuernavaca abajo, el fresco vivificante de la pequeña sierra por donde la carretera bajaba a Tlayacapan.

Se instalaron otra vez, como era inevitable, en la misma casa que les habían prestado siete años atrás, la casa donde habían sostenido sin saberlo el encuentro final con Santiago. La casa estaba igual, un poco más vieja y despintada, pero con el nuevo lujo de un huerto geométrico donde crecían naranjos y toronjiles flanqueados por una hilera plateada de alamillos. Ahora tenía, como escribió Vigil con sorna indefinible, «el atractivo necrofílico de sus fantasmas».

—Traje una ouija y un manual espírita para invocar fantasmas preferidos —dijo Vigil, mientras desempacaban, ofreciendo en efecto una tabla ouija a la inspección de Paloma—. Si fallan, me dijo el dueño de la casa que hay aquí una bruja local de aúpa. Cada que se ofrece, pone a hablar a Emiliano Zapata desde el más allá.

—No te burles —dijo Paloma, entrando sin convicción a la broma—. ¿Qué tal que la Biedma hubiera venido con nosotros aquella vez?

—Le hubiera erigido ya el santuario de Santa Mercedes de Tlayacapan —dijo Vigil—. Habría sobornado al cura para que certificara sus milagros.

—¿Cuáles milagros? —dijo Paloma.

—Los milagros de la erección universal que la Santa habría provocado en este pueblo, el día de su paso por él —dijo Vigil.

—¿Muchas erecciones, Vigil? —preguntó Paloma, con un vago aire solidario y melancólico.

—Más de las que narra la Biblia —dijo Vigil—. Ahora bien: te propongo que duermas en el altillo y yo en la recámara.

La casa tampoco había cambiado en eso. Tenía una recámara grande junto al baño y a mitad de la sala un altillo cuyos ventanales daban sobre el jardín. En el altillo habían dormido años atrás Santoyo y Paloma y en la recámara, una y otra vez en la noche, Vigil los había oído retozar.

—Prefiero la recámara —dijo Paloma.

—Tú en la recámara entonces —dijo Vigil—. Pero te advierto que el espíritu erecto de Santoyo probablemente visite antes el altillo que la recámara.

—¿Por qué? —dijo Paloma.

—Porque en el altillo estuvieron ustedes hace ocho años dijo Vigil.

—¿Cómo te acuerdas? —dijo Paloma.

—Por el escándalo universal de los gemidos —dijo Vigil.

—¿Gemidos en la noche, Vigil? —dijo Paloma con suave alegría, como acurrucándose en ese recuerdo.

—Algunos por la noche y algunos otros más por la madrugada —dijo Vigil—. Otros algunos también al amanecer, según yo recuerdo. Pero cada tanda, eso sí, más gemidora y generosa que la otra. Total: una folladera digna del Cid y los moros.

—Entonces quiero el altillo —dijo Paloma.

—Es lo que había pensado desde el principio —dijo Vigil—. Pero al enfermo lo que pida. Ahora bien: traje el vestido rojo que compré, según tus instrucciones, para tu primera salida de la cárcel. No te lo has puesto desde que lo compré. Consulta con Santoyo por la noche, a ver si te lo puedes poner. Y te lo pones cuando te autorice. Explícale que estos dispendios caprichosos no se ven bien en un revolucionario.

—De acuerdo —dijo Paloma, sonriendo.

—En cuanto a lo demás, no sé qué tengas previsto —siguió Vigil—. Yo estoy dispuesto a secundarte en todo, menos en los ejercicios de atleta olímpico en que te has empeñado. ¿Dónde aprendiste tantas vainas gimnásticas?

—Con los médicos de la cárcel —dijo Paloma—. Son excelentes contra la depresión.

—En la cárcel puede ser —dijo Vigil—. Pero fuera de la cárcel y en particular aquí, en Tlayacapan, lo mejor contra la depresión sigue siendo el wisqui. Por cierto, ya es la una: hay que tomarse el primero.

—No quiero tomar —dijo Paloma.

—De acuerdo —dijo Vigil—. Pero te advierto una cosa: si vas a seguir todos estos días con el régimen de monja laica que traes desde que te soltaron, estas vacaciones no van a servir de nada. Y con relación a los espíritus que vas a convocar, te advierto una cosa: la actitud escéptica que cargas haría imposible la mismísima venida del Espíritu Santo, ya no digamos la de Santoyo que carece de influencias en el empíreo.

—¿Qué es el empíreo? —dijo Paloma, empezando a engancharse al fin en la bufonería verbal de Vigil—. ¿Y qué es exactamente lo que me quieres decir?

—El empíreo dícese del lugar donde habita el fuego divino —dijo Vigil—. Y lo que te quiero decir es que hay que sacar las antenas, abandonar a las solteronas, ponerse chapitas, etcétera. En resumen, hay que intentar vivir, como dice el mamón de Valéry.

—Hoy me puse chapitas —dijo Paloma, pellizcándose los pómulos.

—Sólo te falta el wisqui entonces —dijo Vigil—. ¿Cómo lo quieres?

—En las rocas —dijo Paloma.

—Típicamente revolucionario —dijo Vigil.

10

—Son los primeros wisquis desde que salí de la cárcel —dijo Paloma:

—Si lo piensas bien, son los primeros dos wisquies de tu vida —dijo Vigil.

—¿De mi *nueva* vida? —preguntó con tono burlesco Paloma.

—La única vida que hay siempre es la nueva —dijo Vigil—. Y te advierto que puedo ponerme todavía más profundo si me sigues provocando. ¿Te gustaron tus wisquis?

—Me dieron un hambre atroz —dijo Paloma.

—Tenemos conejo enchilado, huazontles capeados y carne para asar —dijo Vigil.

—Entonces quiero otro wisqui —dijo Paloma.

—Tienes razón —dijo Vigil—. No hay que comer nunca con el estómago vacío.

—¿Quieres que me emborrache? —dijo Paloma.

—Quiero que te cambies de nombre —dijo Vigil—. Mejor dicho, quiero que te pongas otra vez el tuyo.

—¿Me desconoces? —dijo Paloma.

—Te queda un aire de familia —dijo Vigil—. Un brillo en los ojos. De repente una puntada como esa de las solteronas. Pero todo lo demás es una plasta. Piensa esto, seriamente: si hubieras sido como estás, ¿crees que le hubieras inspirado siquiera un pecado venial a Santoyo?

—Habría estimulado su espíritu redentor —dijo Paloma.

—Sí, como los huérfanos abandonados y las ancianas con bocio —dijo Vigil—. Pero una pasión sana, como echársete encima encuerado, ¿se la hubieras inspirado?

—Me hubiera dado mis mañas.

—¡Eso! —dijo Vigil—. ¿Dónde están tus mañas? Estamos extrañando tus mañas. ¿Dónde dejaste tu humor? Y tus güevitos revolucionarios, ¿dónde están?

—Es lo que yo pregunto, Vigil: ¿dónde están?

—Pues en alguna parte deben estar —dijo Vigil—. Y más vale que empieces a buscarlos, porque de otro modo toda esa cosa negra y muda que traes va a acabar ahogándonos a todos. Es como un carnaval al revés, carajo. Tienes que empezar a ponerle música, a echarlo fuera de tu cuerpo.

—No puedo digerirlo —dijo Paloma.

—Pues vomítalo —dijo Vigil—. No hay nada peor que una muda atragantada, carajo.

—No te va a gustar lo que tengo que contarte —dijo Paloma.

—No hay peor historia que tu catatonia diaria, mi hijita —le dijo Vigil—. Ése es el más triste de tus relatos. Bueno: ¿conejo o huazontle?

—Conejo y huazontle —dijo Paloma.

Cenaron oyendo la radio y Vigil contando los detalles de su rompimiento con Sala.

—¿Sientes que te traicionó? —dijo Paloma.

—No me gusta el verbo traicionar —dijo Vigil—. Digamos que descubrí que sus convicciones no eran las mías. Y que en su código moral, mis convicciones iban después de las suyas. Sala es un cruzado, como dijo Galio. Y yo probablemente soy un hereje menor. Un tuerto moral. O simplemente un pendejo de aúpa.

—Es el segundo aúpa que me recetas —dijo Paloma.

—Pero no es la segunda vez que hago el pendejo —dijo Vigil.

Salieron a tomar café a los equipales del porche. Estaba el cielo azul y estrellado hasta el delirio. La visión los sumió en un silencio merecido y denso. Paloma repuso las tazas de café y empezó a identificar estrellas y constelaciones en el cielo, hallando conjuntos y figuras donde Vigil sólo veía manchones y puntos plateados.

—¿Tomaste un curso de astronomía por correspondencia en la cárcel? —preguntó Vigil.

—Me enseñó tu amigo Santoyo —dijo Paloma—. Y a tu amigo Santoyo lo enseñó el profesor Barrantes. ¿Te importa si te hablo un poco de tu amigo Santoyo?

—Me importa que no hayas hablado de él desde que saliste de la cárcel —dijo Vigil.

—Me acuerdo sin parar de lo que me dijo una vez en un congal de Morelia —recordó Paloma.

—¿Te llevaba a congales mi amigo Santoyo? —se escandalizó Vigil.

—Parte del clandestinaje era andar en lugares clandestinos —explicó la Paloma—. Ahí y en las partes más pobres y más peligrosas del país, entre delincuentes profesionales, en medio de la violencia social. Era como estar por encima de todo, forrado por tu misión y tu secreto, una especie de superioridad íntima que sólo tú sabías pero que sentías que emanaba de ti y te protegía.

En el congal de Morelia, viendo el *striptease* de una gorda venérea, Santoyo le dijo a Paloma que durante mucho tiempo había creído, con fe de carbonero, que los hombres eran buenos y las putas unas víctimas de la explotación capitalista. Ahora pensaba que las putas eran unas víctimas hijas de la chingada. Es decir: unas víctimas que a veces se la pasaban muy bien y unas hijas de la chingada que a veces eran maravillosas. «¿Y los hombres?», le había preguntado Paloma. «Los hombres en el fondo son como las putas», le había contestado Santoyo, «buenos para nada y capaces de cualquier chingadera».

—Estaba filosófico esa vez —dijo Vigil.

—Estaba al fin como debía ser —dijo Paloma—. Saliendo a medias del sueño de redención universal que nos tenía metidos en ese lío. Otra vez me dijo que nunca pensó que los obreros se picaran el culo y jugaran albures entre ellos. Los imaginaba como estaban en las novelas soviéticas: serios y puros. Me da ternura y rabia pensar que en el fondo se murió por convicciones de ese tipo.

—En el fondo se murió porque no aceptó la muerte de Santiago —dijo Vigil.

—Sí —dijo Paloma—. Pero también estaba el sueño de la Revolución con mayúscula, la fe en la Justicia, en la Salvación de Todos. Era muy idiota y a la vez muy emocionante todo eso, Vigil. Era como la seguridad de un niño: inocente, impaciente con la realidad, ansioso de negarla. Para mí eso era irresistible. Bajo la máscara de dureza de tu amigo, yo veía esa carita de niño, con los puños apretados, dispuesto a cambiar el mundo.

11

Paloma durmió casi todo el día siguiente. Se levantó a desayunar a las once y se quedó dormida después en un equipal mientras Vigil le contaba alguna peripecia de su historia. Se despertó al caer la tarde, cuando el alero de la casa interrumpió el paso del sol, con su sombra diagonal y tosigosa. Cenaron temprano unas tiras de cecina que Vigil se agenció en el pueblo. Al terminar Vigil le dijo:

—Si te alcanza el ánimo te llevo a un lugar.

Se fueron entre las calles disparejas hasta las afueras del pueblo, donde luego de varios intentos se dejaron guiar por el sonido de la sinfonola, y Vigil dio con los focos rojos del congal. No había cambiado. Dos campesinos tomaban cerveza en una de las tres mesas de latón del sitio. Cuatro muchachas disponibles esperaban en otra. Luego de saludar ceremoniosamente a todos con la cabeza, Vigil y Paloma ocuparon la mesa que sobraba.

—Es la iglesia del pueblo —explicó, santiguándose, Vigil.

Una muchacha prieta de pómulos gruesos vino a atenderlos. Tenía una sonrisa cómplice y caliente en los labios.

—¿Van a beber? —preguntó, apoyándose en la mesa con altivo acento costeño.

Vigil le pidió que ofreciera a todos un trago por su cuenta y que trajera dos cubas. La prieta cumplió el encargo y regresó meneándose como una yegua con las cubas.

—¿Espero que me pidan o les voy trayendo conforme vea que acaban? —preguntó, sonriendo de nuevo, como si les supiera algo o les adivinara todo.

—Conforme acabe yo —dijo Vigil—. ¿Pero tú qué vas a tomar?

—Yo no tomo—dijo la prieta, coqueteando al decirlo—. Me da basca la peste del guaro.

—¿No te vas con borrachos entonces? —dijo, filoso, Vigil.

—En el aliento el alcohol es distinto —dijo la prieta—. De labio a labio, hasta me gusta olerlo. Pero directo me da basca. ¿Quieren que me siente con ustedes?

—Sí —dijo Vigil—. ¿Pero qué vas a tomar?

—Nada, ya dije —repeló la prieta—. Si quieren invitarme algo, que me traigan unas quesadillas de la esquina.

—Encarga tus quesadillas —dijo Vigil.

Las encargó. Mientras las traían, interrogada por Vigil, empezó a contar sin más su historia, simple y dura. Era nacida del barrio El Porvenir, dijo, en la punta de la Sierra de Atoyac. Y había vivido ahí en santa paz hasta los nueve años, en que murió su padre. Luego un tío decidió hacerse cargo de ellas, en especial de su madre, a quien quería como hembra, y la acabó corriendo de la casa porque no quiso cumplirle su capricho de hombre. Bajaron entonces la viuda y su hija al pueblo de Atoyac y anduvieron de un portal a otro, viviendo de caridad y de los hombres en la calle, hasta que a su madre, joven todavía, la levantó un ejidatario cafetalero y las llevó a vivir con él al barrio de Las Parotas, donde vivieron en santa paz cinco años. Un día su padrastro la llamó para tentarle sus chichis, por ver si era la hora de hacerla también su mujer. Sabido esto por la madre, se le vino encima al hombre con un machete y le abrió un tajo en la espalda que por poco le cuesta la vida. La madre se fue a la cárcel y ella, otra vez de portal en portal, a la ciudad de Atoyac, viviendo sólo de la caridad, hasta que un día un almacenero la metió a su tienda tras el mostrador y le puso un buen puñado de billetes en la mano al tiempo que le alzaba las enaguas y la abría por primera vez para penetrar en ella. Siguió en la calle, ofreciéndose, hasta que la recogió en una parranda un varillero de Zacualpan y le dijo que se fuera con él para ponerle casa y ser su esposa. Pero apenas llegados a Zacualpan resultó que el hombre tenía otras dos mujeres en el pueblo y las tenía trabajando en el congal. Se fue al congal a seguir la vida, pero no era vida porque además de los clientes, tenía a su marido que recogía el dinero sin pedir permiso siquiera. Ahí se alió con otra y decidieron venirse a tentar la zona de Cuernavaca, pero en el camino les dijeron que estaba mejor Tlayacapan y allí estaban hacía un año.

—Mejor dicho, estoy yo sola —terminó la prieta—. Porque mi amiga llegando le ofrecieron matrimonio y allá debe andar, cargada de hijos y extrañando esta vida. Si no es que en una vida peor.

Llegaron sus quesadillas y la prieta entró en ellas con hambre de huérfano.

—¿Me vas a invitar también un refresco? —le dijo a Vigil, todavía con la boca llena y los pulgares grasosos de la diligencia.

—Un refresco —accedió Vigil.

La prieta se paró por su refresco y al volver les dijo:

—¿Van a querer cuarto?

—No —dijo Vigil—. Vinimos sólo a tomar un trago.

—Están buenos los cuartos —dijo la prieta—. Tienen ventilador y apenas crujen los catres, de modo que nadie se estorba, ni de oídas.

—Aquí había una muchacha Raquel —dijo Vigil—. ¿La conociste?

—Aquí circulamos todas como agua por el caño —dijo la prieta—. No se dura en ningún lugar.

—¿Quién es Raquel? —preguntó Paloma cuando salieron nuevamente a la calle oscura.

—Una antropóloga física —dijo Vigil—. Estaba haciendo un estudio sobre las dimensiones sexuales de los mexicanos.

—¿Cómo saliste calificado? —dijo Paloma.

—No sé —dijo Vigil—. Precisamente eso es lo que venía a preguntarle. La incertidumbre no me deja dormir.

Oyó la risa «fresca, sana, antigua de Paloma» y agradeció nuevamente a los dioses el «terreno ganado por igual al deshumor y el desamor». Se fueron caminando en plena oscuridad bajo la única guía de un farol lejano, que según Vigil iluminaba el atrio del convento agustino. Paloma se colgó de su brazo para prevenirse de los hoyancos súbitos en que eran expertas las calles del pueblo.

—Sigue el farol —dijo Vigil.

—Soy experta en faroles —dijo Paloma—. Cuando estaba en la cárcel me hice adoradora de un farol.

—Cuéntame del farol —pidió Vigil.

—Desde mi cama podía ver uno de los faroles que alumbraban el patio de la cárcel —dijo Paloma—. Una de las peores cosas que pasan en la cárcel es que te da insomnio y piensas. Cuando me daba insomnio, me quedaba viendo el farol. Y en lugar de pensar, me imaginaba que por la raya donde terminaba la luz del farol, sobre el muro, había una rendija. Y que por esa rendija pasaba yo, en forma de una hoja doblada, y cruzaba el muro hacia la calle. En lugar de contar borregos, contaba varias veces esa escena: me doblaba como una hoja, me hacía chiquita, delgada, y pasaba por la rendija. Una y otra vez pasaba, hasta que me quedaba dormida. Y me quedaba dormida con una sensación de libertad que no te imaginas. Parecía una libertad más real que la que tengo ahora.

—Parecía —subrayó Vigil.

12

—Puedo contarte la historia del Pino —dijo Paloma—. Fue el único arbolito que mandamos talar, como decía Santoyo.

—¿Lo mandaron talar dónde? —dijo Vigil.

—En el clandestinaje, en la locura —dijo Paloma—. ¿No te acuerdas que teníamos oficio de taladores?

—Cuéntame la tala del Pino —dijo Vigil.

—Nadie ha hablado de eso hasta ahora —dijo Paloma—. Te lo cuento por el wisqui que me has dado.

—A este paso vamos a necesitar barricas de wisqui —dijo Vigil—. ¿Quién era el Pino?

—Era el mejor cuadro joven de la *Liga* —dijo Paloma—. Un día tuvo que asistir a una cita secreta y la cumplió. Pero el compañero con quien se había encontrado no regresó a la casa de seguridad donde vivía. Desapareció sin dejar huella. Al día siguiente, la policía tomó a tiros esa casa y hubo dos muertos nuestros. Automáticamente, se presumió una delación. Pocos días después, cayó otra casa y hubo otro muerto. La hipótesis de la delación se volvió certeza. A la tercera semana, cayeron dos casas más, y entonces llegaron unos compañeros de fuera a decir que se trataba de una delación y que la única irregularidad había sido la cita del Pino con el compañero que no había regresado. El argumento era éste: si el Pino había regresado solo y no había caído junto con el otro compañero, era porque lo había entregado él.

—Se llama incriminación por asociación —dijo Vigil—. Fue el método clásico de la justicia revolucionaria francesa.

—El caso es que se formó un tribunal para juzgar la culpabilidad del Pino —dijo Paloma—. Se le hicieron los cargos, se le hizo un interrogatorio sin que supiera que era un interrogatorio, ni que estaba acusado. Finalmente, se le encontró culpable.

—¿Quién es *se*? —dijo Vigil—. Dices *se* le acusó, *se* le interrogó, *se* le juzgó, *se* le encontró culpable. ¿Quién es *se*?

—La dirigencia de la *Liga* en el Distrito Federal.

—¿Santoyo y tú? —preguntó Vigil.

—Nosotros estábamos en Sinaloa —dijo Paloma—. No participamos en ésa.

—¿Y entonces? —dijo Vigil.

—Lo sentenciaron a muerte como delator —dijo Paloma—. El Pino estaba en un cuarto de la casa y el tribunal que lo sentenció estaba en el cuarto de al lado. Me acuerdo muy bien de la casa, por la Narvarte.

—¿Donde nos vimos nosotros, en el edificio aquel de Tajín? —preguntó Vigil.

—No, cerca —dijo Paloma—. ¿Pero cómo te acuerdas? Tienes una memoria de apache.

—Es el wisqui —dijo Vigil—. En las dosis adecuadas, cura hasta del olvido. ¿Qué pasó después?

—Jugaron a la suerte quiénes debían ejecutarlo —dijo Paloma—. Gracias a Marx, Santoyo y yo no estábamos. No entramos en esa ruleta.

—¿Y si les hubiera tocado? —perfidió Vigil.

—No nos tocó —murmuró Paloma—. A los que les tocó se lo llevaron, según esto a una misión especial. Lo llevaron por la noche al Desierto de los Leones, y se internaron en el bosque. Pero a la hora en que debían ajusticiarlo, les tembló la mano y decidieron aplazar un poco el momento. Le habían comprado al Pino una botella de tequila para que se la fuera tomando en el camino y le doliera menos todo. Pero el Pino no quiso beber. Beber era uno de los sacrilegios que se podían cometer en la *Liga*. Estaba prohibido. Entonces lo encañonaron y le obligaron a bebérsela. «Conste que me lo están ordenando», dijo el Pino, y se empinó la botella. Pero nada más tomó un trago y ellos querían que estuviera borracho. Decidieron hacerlo que se la bebiera completa, poco a poco. Pero como iba a tardar bastante en bebérsela, no se les ocurrió mejor cosa que cavara su fosa. El Pino era un escuincle, un chavo juguetón lleno de humor y gusto por la vida. Cuando se vio en la situación pensó que todo era una broma pesada y le entró a la faena y a la botella sin repelar. Nuestra clandestinidad estaba llena de bromas pesadas. Un humor más bien siniestro, pero nos funcionaba. Imagínate que una conversación favorita era predecirle a otro, con lujo de detalles, lo que iba a pasarle en la tortura cuando la policía lo capturara vivo. Nos divertían ese tipo de cosas.

—Eso explica su buena prensa —sentenció Vigil.

—Explica por lo menos la naturalidad con que el Pino le entró al asunto —dijo Paloma—. La forma en que se puso a pistear, a tomar de la botella de tequila, y a cavar su propia tumba. Ya cuando estaba bien pisteado, le dijeron de lo que se trataba y la razón por la que iban a ajusticiarlo. Ahí empezó el Pino a tomar las cosas en serio y a gritar y a pedir. No gritó ni pidió por su vida. Lo que alegó fue que él mismo se pegaba un tiro en ese momento si le levantaban el cargo de traición, porque él no había traicionado ni era un delator. Pidió simplemente eso, que no lo mataran como a un traidor. Como cualquier otra cosa, gritó, no como a un traidor. Pero como a un traidor lo mataron, de un tiro en la nuca, mientras alegaba, en un rincón del Desierto de los Leones.

Hubo un silencio largo. Vigil preguntó:

—¿Y luego?

—Luego lo enterraron —dijo Paloma— y volvieron a la casa. No hablamos del asunto durante días.

—Es un espanto —dijo Vigil.

—Falta lo peor —dijo Paloma—. Una semana después de la ejecución, se apareció el compañero desaparecido. Sonó la clave en la puerta y al abrir ahí estaba, rozagante, con varios kilos de más. Explicó que se había ido a ver a su familia a Sinaloa. Como no tenía pendiente otra cosa que aquella cita de rutina con el Pino, y como no trataron en ella nada especial, luego de verlo decidió largarse sin avisar, para que nadie supiera dónde estaba y no pudiera comprometerse involuntariamente a su familia.

—¿Y a ése también lo juzgaron por traidor? —preguntó Vigil.

—No —dijo Paloma—. Santoyo por poco lo mata cuando dijo sus razones. Fue expulsado de la *Liga* y no volvimos a verlo. Luego supimos que andaba por la sierra de Oaxaca y que lo mataron en un operativo por la zona. Pero lo que te quería contar es esto: la tala del Pino alteró para siempre a Santoyo. Nunca pudo reponerse de eso.

—¿Tú pudiste? —dijo Vigil.

—Tampoco —dijo Paloma—. Pero ese desastre le movió el piso a Santoyo, porque lo hizo pensar si a Santiago no lo habían ejecutado en una barbaridad semejante sus propios compañeros, como tú le dijiste.

—Fue la versión de Croix, no la mía —dijo Vigil.

—Pero desde que rompió contigo no había vuelto a mencionar el punto —dijo Paloma—. No tenía duda alguna de que a Santiago lo ejecutó la policía.

—No sabía que Santoyo hubiera roto conmigo —dijo Vigil.

—Rompió cuando le dijiste lo que Croix decía —dijo la Paloma—. Para él fue como si te hubieras cambiado de bando. Cuando le entró la duda por lo del Pino, volvió a hablar de ti. Se reconcilió contigo. Pero para él fue terrible. La mitad de su rabia revolucionaria tenía que ver con la venganza de su hermano. Y ahora tenía la duda de si no estaba tomando venganza de un gigantesco malentendido. Lo que quería decirte es que tu amigo murió reconciliado contigo. No sé de qué sirve eso ahora, pero quería decírtelo, y ya te lo dije.

Dejó de hablar y volteó hacia Vigil. En ese momento había en sus ojos «una tristeza seca, avecindada, incapaz de llorar o sentirse, ni, mucho menos, de decir su nombre» (Vigil).

13

Vigil despertó muy temprano y vio por la ventana hacia el jardín. Paloma ya estaba ahí embebida en sus ejercicios carcelarios. Miró por un rato su concentración imbatible, la fuerza rabiosa y rítmica de sus movimientos, la generosa flexibilidad de su cuerpo, de huesos largos y brazos de bailarina. Se puso un pantalón y unos tenis y bajó a tratar de seguirle el ritmo. Durante casi una hora imitó sus movimientos, repitió sus brincos, obedeció sus conteos exigentes. Al terminar, se quedaron sentados uno junto a otro («tranquilos en el modesto nirvana del sudor y el aliento recobrado»: Vigil).

—Tengo una hipótesis sobre la muerte de Santoyo —dijo Vigil sin mirarla, manteniendo la vista en el horizonte de los cerros volcánicos que anticipaban al Tepozteco—. No murió en un tiroteo. Lo ejecutaron y fueron a tirarlo en el Sears de Polanco.

Paloma se puso de pie sin decir nada y volvió a la casa. Vigil dio una vuelta por los alrededores para suavizar sus músculos desgarrados, extraños al ejercicio. Cuando entró nuevamente a la casa, Paloma se había bañado y preparaba el desayuno.

—Si te sabes el camino, quisiera ir caminando al pueblo de al lado —le dijo.

—No hay camino —dijo Vigil—. Caminamos hacia allá por donde caiga y listo.

Caminaron entre milpas y breñales hacia el pueblo vecino, con Vigil haciendo un resumen más bien laxo de su historia y deteniéndose cada tanto a estirar sin resultado la terca arruga de un calcetín que había empezado a ampollarle la planta del pie izquierdo. En las goteras del pueblo cojeaba visiblemente y estaba dispuesto a todo por un par de cervezas frías. Paloma lo instaló en una de las bancas junto al kiosco de la plaza de armas y fue trayéndole cervezas y comida —un coctel de ostiones, unas quesadillas de papa y chorizo, un pequeño banquete de carnitas con chicharrón y tortillas blancas. Finalmente mercó unas palanquetas de pepita y, en la farmacia, una batería de algodones, agua oxigenada y curitas con las que limpió y envolvió la ampolla reventada de Vigil.

—Me siento Florence Nigthingale —dijo—. Con mi enfermo de verdad y todo.

—No cantes victoria —dijo Vigil—. Por menos que esto me ha llevado la chingada otras veces.

Tomaron el camión de regreso, una carcacha destartalada que iba pujando entre los caminos de terracería de los pueblos de la región. Todavía con la tarde abierta bajaron frente al convento agustino, en el corazón de Tlayacapan. Caminaron un buen trecho sin hablar, hasta que Paloma dijo:

—Tu hipótesis es cierta. Santoyo no murió en ese enfrentamiento.

Vigil se detuvo para mirarla, pero Paloma le dijo:

—Camina. Sigue caminando.

Anduvieron otro buen trecho sin que Paloma hablara de nuevo. Finalmente Vigil volvió a escucharla.

—A Santoyo lo mataron en la casa donde me detuvieron a mí —dijo Paloma—. Ya te lo había contado en parte. Nos sorprendieron y no alcanzamos a disparar una sola vez. No me mires, sigue caminando. Uno de mis últimos recuerdos es el de tu amigo tratando de asomarse para disparar por encima de un torrente de balas que entraba por la ventana.

Hubo una pausa. Vigil escuchó el primer sollozo. Pasó el brazo sobre el hombro de Paloma, sin verla, y la atrajo hacia él. Paloma aceptó el abrazo pero no volvió a hablar.

—Siéntate aquí conmigo —pidió, ofreciéndole a Vigil un equipal del porche, cuando llegaron a la casa—. ¿Quieres que te acabe de contar?

—Hasta que acabes —dijo Vigil.

—No falta mucho —dijo Paloma—. Nos dispararon tanto que las balas casi demolieron el sitio. Saltaban pedazos de muro sobre nosotros y aparecían boquetes en las paredes de atrás. Fuego cruzado. Recuerdo a Santoyo agachándose con la cabeza llena de yeso y polvo rojo de ladrillo. Yo sentí un golpe y me desmayé. Volví en mí con un dolor en el costado, como si tuviera una espada cruzada de la pelvis a la cintura. Todo a mi alrededor era un escombro. Santoyo estaba boca abajo a mi lado, sobre un charco de sangre. Tenía cubierta la cabeza de cascajo. Quise acercarme, pero no podía moverme. Por la herida y porque tenía medio cuerpo cubierto también por los escombros. Ni siquiera pude verlo bien. El dolor que tenía en el costado era tan fuerte que se me nublaba la vista. Además, no me dieron tiempo. Entraron al lugar gritando y apuntando un montón de tipos armados hasta los dientes. Me jalaron de los pelos para sacarme de donde estaba y empezaron a preguntarme y a darme bofetadas sin esperar siquiera mi respuesta. Uno se dio cuenta de que estaba herida, y gritó: «Párenle. A ésta la necesitamos viva.» Me metieron en un coche y me llevaron al hospital. Tenía un balazo que había entrado por el muslo y había salido por la costilla. A Santoyo lo sacaron, lo limpiaron y lo fueron a tirar frente al Sears de Insurgentes esa misma tarde.

Desde el porche, Vigil y Paloma veían la puerta de palos de ocote donde Santiago y Santoyo se habían despedido años atrás. Paloma había empezado a sollozar a mitad de su narración. Cuando acabó, el llanto cayó sobre ella como los escombros de la casa que había recordado. («No fue un llanto», escribió Vigil, «sino una serie de aullidos anteriores a eso, un lamento animal, ronco y antiguo, salido del horror primero».) Lloró casi una hora, recorrida por convulsiones que cedieron luego su sitio a un llanto llano y desolado, que se ahogó poco a poco en él mismo hasta cesar. Finalmente serena, volteó hacia Vigil:

—Así fue lo de tu amigo —le dijo.

Apenas lo dijo, el huracán volvió por ella y una nueva racha de sacudidas la cubrió, «descargándose en ella con una saña autónoma, cerval, incontrolable» (Vigil). Paloma se paró con su tormenta a cuestas y fue a refugiarse al baño. Durante un rato, a través de la puerta, en el silencio sagrado del pueblo, Vigil siguió escuchando las descargas afónicas y los ritmos caprichosos, la respiración grotesca del dolor, seguida por «valles de llanto normal» y al poco rato, de nuevo, «la avalancha glaciar cobrándose el luto aplazado de todos los muertos» (Vigil).

Casi a la medianoche, luego de un golfo de silencio, Vigil oyó el ruido de la puerta del baño y los pasos de Paloma. La alcanzó en la cocina. Paloma le sonrió y se abrazó a él sin una sola crispación de por medio.

—No había hecho esto desde que caí —murmuró plácidamente sobre el pecho de Vigil—. Es como el parto. Siento como si pesara quince kilos menos. Y me estoy muriendo de hambre.

No tenía los ojos rojos, sino blancos y transparentes, como lavados por las lágrimas, y lo mismo pasaba con su rostro, que tenía su tensión natural por primera vez en años («como si hubiera sido refrescado, iluminado, rejuvenecido por el llanto»: Vigil). Prepararon un espagueti que Paloma comió con voracidad infantil, rociado con una lata de anchoas y una cerveza. En el último bocado pantagruélico, la alcanzó la risa:

—Me siento un mal personaje de algo —dijo—. Con dolores inenarrables y todo.

Aunque no hacía frío, quiso que Vigil prendiera la chimenea. Se quedaron viendo el fuego sin hablar durante un largo rato, hasta que Vigil se paró en busca de un trago. Al regresar, descubrió que Paloma se había dormido. Le echó un edredón encima y se fue a su cuarto con ganas de leer un rato. Pero estaba exhausto y apenas puso la cabeza sobre la almohada, se durmió.

14

Oyó en la madrugada el chirrido de la puerta floja de su cuarto. Distinguió en la oscuridad, contra el fondo claro del cielo que entraba por la ventana con la luna llena, la silueta de Paloma. Fingió seguir dormido. Paloma vino hasta la cama y se sentó junto a él, acarició uno de sus hombros y luego lo tocó con sus labios. Dio la vuelta a la cama, buscando la cara de Vigil que dormía de costado, dando la espalda a la puerta, y lo besó en la mejilla, pero él fingió seguir dormido («impertérrito y obvio»: Vigil). Finalmente Paloma se fue. Cuando Vigil oyó la puerta del cuarto cerrarse tras sus pasos, abrió los ojos y se puso boca arriba a mirar las sombras del techo. El cansancio y el sueño se habían ido. Sólo quedaba vivo en su vigilia el rastro del aliento de Paloma en su mejilla.

El día siguiente Paloma se puso el vestido rojo que no había estrenado. Tomaron el coche y emprendieron un *tour* por los pueblos vecinos. Comieron muy tarde en Cuernavaca, en un restorán carísimo, por cuyo jardín, henchido de buganvillas rojas y moradas, cruzaban esponjados pavos reales y un arroyo cristalino y apacible. Vigil pagó con su tarjeta de crédito y dejó una propina abundante de nuevo rico.

—Sólo eso me faltaba ver —dijo Paloma—. Vigil el Magnate.

Volvieron a Tlayacapan bien entrada la noche, sorbiendo todavía de una botella de vino blanco que sacaron fría del restorán. Llegaron a la casa y acabaron de beberla en los equipales del porche. Vigil dijo que pensaba escribir una novela. Paloma dijo que pensaba ir a Cuba por su hijo. Luego se callaron y vieron la noche. Vigil sugirió que tomaran unos wisquis, pero Paloma se sirvió sólo uno. Como a eso de las once, anunció que se iba a dormir. Se puso de pie y le dijo a Vigil:

—No me comentaste nada del vestido. Si no te gustó, puedes callártelo. Pero si te gustó, por lo menos sonríe.

—Es el vestido más *sexy* de la historia del color rojo —le dijo Vigil.

Paloma hizo una reverencia, estirando entre sus dedos la falda del vestido y se fue a su altillo. Vigil se sirvió otro wisqui. Finalmente tomó el libro que estaba leyendo —no había leído nada— y fue a su recámara. Leyó unas pocas páginas antes de ir a buscar otro wisqui. No volvió a la recámara. Al pasar por la escalera del altillo decidió subir. En el resplandor de la luna llena que entraba por la ventana vio los ojos de Paloma, abiertos y encendidos, mirándolo desde la almohada.

—¿Puedo? —dijo Vigil sentándose en la cama.

—Sin zapatos —dijo Paloma, haciéndole un lugar en la cama.

Se quitó los zapatos y lo demás para ocupar el sitio. Abrazó el cuerpo cálido y fragante de Paloma metiendo sus manos y sus brazos por debajo del camisón. Sintió ese cuerpo seguro y dispuesto, hospitalario, urgido de las caricias que recibía. Al pasar la mano por el costado tocó la cicatriz de la herida, una muesca carnosa, levemente hundida entre las costillas, muy cerca del mismo lugar del talle donde había cargado la Biedma, desde niña, su cicatriz hereditaria.

Capítulo XIII

*Nunca envidié tanto a Vigil como en aquellos sus malos tiempos
—dijo Pancho Corvo, ensombreciéndose al recordar, varias sombras
después—. Lo veía devorado por la soledad y por la nostalgia, pero a la vez
rodeado de mujeres y amores. Postrado en el luto de Mercedes, pero con el vigor
de escribir un libro como el que acabó escribiendo. Desengañado de su celebridad y sus logros periodísticos, pero solicitado como nunca por el éxito de su libro.
¿Qué le faltaba? ¿A dónde más podía llegar sin empezar a volverse una gloria nacional, una vaca sagrada, todo eso que su adolescencia aborrecía y que
no hubiera podido evitar? Estaba perfecto, gobernado por la desolación en el
clímax de su primera grandeza adulta. Indomado, lastimado, envidiable.*

1

Se quedaron ocho días recluidos en Tlayacapan, entre aver-
gonzados y dichosos de su encuentro, oyéndose hablar largamente
(«envueltos en un velo más que erótico, terapéutico, regido menos
por el deseo o la pasión que por la sensación solidaria de haber encontrado un refugio, un lecho pacífico, una chimenea acogedora»: Vigil). La paz del lecho alcanzó para que una noche de «agitación levemente superior al promedio» (Vigil), los soportes del tambor de la
cama se salieran del borde haciéndolos caer por el colchón hacia el
suelo, en medio de un estrépito tronante de tablones.

—¿Es la protesta de Santoyo? —preguntó Vigil.

—No —dijo Paloma—. Es su aprobación revolucionaria.

No volvieron a tocarse en la Ciudad de México, como para
ratificar que su encuentro en Tlayacapan era el fin apacible más que
el principio incendiado de algo. Paloma afinó su determinación de
ir a Cuba por su hijo, pese a las prevenciones amistosas del embajador en el sentido de que todos sus trámites serían infructuosos.

Vigil acompañó su determinación con una incondicionalidad que Paloma agradecería sin condiciones el resto de sus días. Finalmente, a mediados del mes de octubre de «aquel Año de la Cripta de 1979» (Vigil), Paloma se fue a Cuba en busca de su hijo perdido y Vigil volvió a su historia abandonada. El principio del nuevo año de 1980, lo sorprendió tecleando la versión definitiva del penúltimo capítulo en medio de un «aburrimiento universal» (Vigil) que sólo la disciplina de galeote ayudaba a olvidar aunque fuese, a la vez, la plena corroboración de su existencia.

Escribió este diálogo en su cuaderno:

Vigil: *Treinta cuartillas más y terminamos.*
Yo: *¿Pero cuándo termina el tedio?*
Vigil: *Cuando tengas en limpio hasta el último borrón y todo embone y todo haya salido impecable de tus manos.*
Yo: *Será la exultación dentro del tedio.*

Huyendo del tedio acudió, a principios de febrero, a la insólita conferencia de prensa convocada por el ex Secretario de Gobernación protector de Galio Bermúdez, a propósito de las imputaciones de enriquecimiento inexplicable que le hacían diputados comunistas de la oposición parlamentaria. Como antídoto civil a la furia guerrillera, una reforma política había legalizado la existencia del Partido Comunista Mexicano, hasta entonces clandestino, y había garantizado para la izquierda, por vía de la representación proporcional, un número pequeño pero resonante de curules en la cámara elegida ese año.

El ex Secretario de Gobernación decidió encarar la acusación públicamente y convocó a los periodistas para responder a las imputaciones de aquellos diputados recién llegados a la vida parlamentaria. Vigil se dejó llevar hasta el sitio sólo porque había decidido aceptar todo lo que tentara su entusiasmo, o al menos su curiosidad. Con un rabo del ánimo, deseaba encontrar ahí a Galio Bermúdez, saber de él, verlo, medirlo, recobrarlo. La conferencia fue un fiasco de malas preguntas y respuestas vacías, pero Galio efectivamente estuvo ahí y pudieron cenar juntos. Con un dejo de «vanidad subordinada» (Vigil), Galio le preguntó qué le había parecido la defensa del ex Secretario «ante los leones».

—Si hubieran sido leones, se lo comen del tedio —dijo Vigil.

—Pero ¿qué le pareció la defensa, promesa? —porfió Galio.

—Para mí, su solo lenguaje entre ofendido y mayestático prueba que fue capaz de todo —dijo Vigil—. Incluso de lo que le imputan. Así que usted dígame mejor si su ex secretario se robó ese dinero. Prometo no conversarlo con Sala.

—Naturalmente que no se lo robó —respondió Galio, sonriendo. Galio había envejecido y su vejez se acumulaba en las carnes que empezaban a colgar, blancas, trémulas y arrugadas, a los lados de su fino mentón—. Pero eso no demuestra la fuerza moral de nuestro personaje. Demuestra, en realidad, su estupidez práctica. Demuestra que es un mal político: un hombre atribulado por los principios éticos de la vida privada, por su moral personal. Eso no tiene que ver con la eficacia, ni siquiera con la moral política. La moral de la vida pública no tiene que ver con los diez mandamientos, ni con las cuitas de las almas nobles. Tiene que ver con la eficacia y la eficacia suele tener las manos sucias y el alma fría. Lo hemos hablado muchas veces. Pero piense usted en mi ex Secretario. La misma idea de «comparecer» ante la prensa, ¿no le parece una ingenuidad? En esa población de monos saraguatos que vinieron a lincharlo, hay seis o siete que han robado y extorsionado más de lo que pudo imaginar mi ex Secretario. Pero él, de buena fe, viene a «comparecer». Si hubiera ganado la Presidencia, no sé en qué desastre hubiera metido al país. Por fortuna para el país, perdió la Presidencia. Aunque para desgracia nuestra, desde luego.

—¿Quiere usted decir que está de acuerdo en el saqueo sexenal de nuestros políticos? —dijo Vigil—. ¿La honradez está reñida con la eficacia?

—No rebaje mis argumentos, promesa —dijo Galio—. Y no juzgue tan apresuradamente lo que nos pasa. Llevamos seis sexenios en que todo el trabajo para la población adulta del país y en particular para los que acceden a algún puesto en el gobierno, todo el trabajo es saltar el sexenio que les toca, sobrevivir al sexenio que les toca. No hay mérito que valga. Hay que sobrevivir como sea a la estampida de la nueva manada sexenal que a su vez viene arrasando lo que encuentra. ¿Por qué no habrían de forrarse de dinero los que saben que su única oportunidad es el sexenio que les toca? Sólo por razones morales. La razón política indicaría justamente lo contrario: si se quiere conservar algún poder y no ser arrasado del todo, incluso en la vida personal, por la nueva manada, hay que forrarse de dinero en el sexenio que les toca. Como dicen por ahí: un político pobre es un pobre político.

—Pues vaya usted diciéndome el sexenio que me toca —dijo Vigil.

—Se ríe usted —dijo Galio—. Entre otras cosas porque no puede valorar todavía la enorme libertad que ha tenido. En un país como el nuestro, de destinos tan ceñidos a las oportunidades que les tocan, usted ha desperdiciado todos los destinos. No ha querido hacer dinero, no ha querido tener el poder. Y todavía puede y quiere tener la opción menor de la historia y de la literatura. Claro: ambiciona usted la inmortalidad. Nada menos. Pero no olvide la frase de Sartre: todo es para hoy, para la vida que estamos teniendo. La gloria y la posteridad no son sino parte de ese inmenso malentendido que es el tiempo.

Galio le contó después que había vuelto a recluirse en la Universidad para escribir al fin un libro, una reflexión histórica sobre los procesos civilizatorios de México. Sería un libro, le dijo, «contra la utopía y contra la prisa», contra la idea de los «atajos y las realizaciones súbitas en la historia», contra las «soluciones rupturistas y también contra la estabilidad inmovilizadora». Su libro sería una lectura de la historia de México como una «guerra silenciosa del proceso civilizatorio que, lejos de acelerarse y mejorar con las rupturas, sólo se interrumpe y empeora» (Vigil).

—Más que un libro de historia, parece un alegato sobre el futuro —dijo Vigil.

—Eso es —dijo Galio—. Y quiero que usted sea el primero en leerlo.

—Lo leo con mucho gusto —dijo Vigil—. Pero tengo cada vez más clara la sensación de que mi futuro ya está aquí. Es lo que soy ahora. Si no se apura usted con su libro, en uno o dos años lo único que tendré ya a mi disposición será el pasado.

—No tiene usted idea de lo que está diciendo, promesa —dijo Galio.

(«La palabra *promesa* sonó en sus labios con una tierna dosis de nostalgia por su propio futuro perdido»: Vigil.)

2

Vigil terminó su libro al empezar la primavera de 1980. Tenía entonces treinta y nueve años. Su hija Fernanda tenía quince, yo acababa de cumplir sesenta y cinco. Me mandó una fotocopia del trabajo terminado y, sin esperar mi lectura, envió el original al editor. Me sorprendió esa seguridad altanera sobre las calidades no corregibles de su esfuerzo, pero entendí que su verdadero motor no era la soberbia sino la prisa, la prisa de quien siente haber perdido mucho tiempo y necesita verse realizado en lo que le importa sin mayores dilaciones. Leí su libro, de casi mil cuartillas, en cuatro días de inmersión. Era un libro largo, pulido, consistente y duro como una bella mesa de parota. Estaba lleno hasta rebosar de información meticulosa, microscópica y sorpresiva, servida en un trazo narrativo más que legible, absorbente, muy superior a su primer volumen en ritmo y secuencia, de una frecuente inspiración lírica y analítica. Su centro cognoscitivo no era menos espectacular. Incluía la demolición de uno de los grandes mitos de la violencia mexicana: el millón de muertos de su Revolución de principios de siglo.

Vigil abordaba los años de la guerra civil: 19141920. Paso a paso, con minuciosas reconstrucciones de informes militares de la época, iba sumando las convincentes cifras reales de una carnicería menos dramática y una violencia menos universal de la que con orgullo y horror celebraba la memoria nacional del hecho. En su momento climático, probaba Vigil a lo largo de su libro, la Revolución Mexicana no había tenido sobre las armas más de 150.000 hombres —en un país de 12 millones de habitantes—. La guerra no había inquietado más de una décima parte del territorio —de dos millones de kilómetros cuadrados—. La batalla más sangrienta de la Revolución (Celaya) no había tenido un saldo mayor a los tres mil muertos, la mitad de los que años después morirían cada día en las trincheras del frente francogermano de la Primera Guerra Mundial.

Y sin embargo era un libro extraordinariamente capaz de transmitir, detalle a detalle, el horror inexpresable de la guerra, su rostro sacrificial y sórdido. Algo del tono desengañado y depresivo de aquellos años de Vigil pasaba a través de este fresco desolador de la violencia sin redención ni sentido. En su primer volumen había dejado ver entre líneas alguna simpatía juvenil por la violencia de raíces sociales —el villismo o el zapatismo— y su abierto rechazo a la violencia conservadora, militarista o reaccionaria. En su segundo volumen conservaba la simpatía por la confusa y profunda aspiración de justicia que electrizaba los cuerpos militares del pueblo armado, pero su visión de la violencia era igualmente sombría, sin distinción de campos ideológicos o motivos carniceros.

Celebró con Oralia el fin de su segundo libro, como había celebrado el primero. No la había visto en casi dos meses, ni se había dejado tentar por sus mensajes reclamatorios, pero Oralia estuvo ahí donde él esperaba que estuviese, presta y serena ante la dulce fatalidad de sus amores.

—Te gusta comprobar que me traes loca, ¿verdad? —le dijo Oralia en la noche, luego de haberse rendido a su llamado.

Llevaban los largos tragos necesarios, suficientes para que Vigil pudiera no contestar sin que fuera impugnable su silencio.

—No entiendo por qué estoy loca por ti. Desde luego no lo mereces —siguió Oralia, «deliciosamente borracha» (Vigil)—. ¿Por qué estoy loca, puedes decirme?

—No —dijo Vigil—. ¿Por qué estás loca?

—Por ti, imbécil, por ti —dijo Oralia—. ¿Por quién si no?

Se habían encontrado desde la tarde en Martín Mendalde y habían hecho el amor («novedosa y plenamente, igual que la primera vez»: Vigil), de modo que los reclamos amorosos de Oralia eran la continuación nocturna de aquella tarde llena. Habían dejado la cama y estaban en el bar *Cazadores* del *Hotel Majestic,* frente al Zócalo, bebiendo y hablando, como si no fueran ellos o como si ellos fueran lo que habían deseado ser.

—¿Y ese yo que te trae loco, cómo es? —dijo Vigil.

—Es un idiota igual a ti, idiota —dijo Oralia.

—¿Igual en qué, por ejemplo?

—Igual por ejemplo en la nariz, en los ojos, en la curva de las nalgas.

—¿Te fijas en las nalgas? —dijo Vigil.

—En las nalgas y en las piernas, idiota, igual que ustedes —devolvió Oralia.

—¿Quiere decir —dijo Vigil, deductivo— que a ustedes también les gustan las nalgas de los hombres?

—Es lo único que nos importa —dijo Oralia—. Si te han atrapado con otros argumentos, te han engañado.

—Son unas hipócritas —dijo Vigil—. Les gustan las nalgas de los hombres, pero nunca voltean a vérselas en la calle. Se diría que no les importan las nalgas de nadie, ni las de ustedes mismas. ¿Cuándo has visto a una mujer volteando a verle las nalgas a un hombre?

—Tenemos la precaución de caminar atrás de ellos para verlos mucho rato, idiota —dijo Oralia.

—Pero hacen como que no las ven —dijo Vigil—. Y si las ven no sirve de nada, es como si no las vieran. ¿Cuándo has visto a una mujer que le diga a un hombre: «Qué buenas nalgas tienes, papacito»?

—Porque no nos gustan para ostentar que nos gustan, idiota —dijo Oralia—. Sino para disfrutar que nos gustan.

—Son de una hipocresía ultraterrena —dijo Vigil.

—Somos unos animales perfectos, cuya única imperfección son ustedes —dijo Oralia.

—No te pongas profunda porque me ahogo —dijo Vigil—. Mejor acabemos el tema de las nalgas.

—De tus nalgas. De acuerdo —dijo Oralia.

Siguieron así un rato hasta que, luego de un silencio, Oralia le dijo:

—Tengo una noticia.

—¿Buena o mala? —dijo Vigil.

—No sé si buena o mala.

—Si es buena, no es noticia —dijo Vigil.

—Es mala entonces —dijo Oralia—. Me voy a ir a Seattle con mi marido. Vamos a vivir un año en Seattle.

—¿Un año? —saltó Vigil—. ¿Y yo qué voy a hacer durante un año?

—Añorarme —dijo Oralia—. Espero.

—¿Me estás dejando por las nalgas de tu marido? —dijo Vigil.

La broma no hizo efecto, se murió en el aire. Bebieron los dos sus tragos, sabiendo que habían rebotado en el muro de la realidad inminente. Al cabo de un rato dijo Vigil:

—¿Cuándo te vas?

—La semana entrante —dijo Oralia.

—¿Tenemos por lo menos esta noche?

—Esta noche sí —dijo Oralia.

Pero de hecho la habían perdido («por el sencillo hecho de saber que era la última»: Vigil).

3

Oralia se fue a Seattle a alcanzar a su marido «el 25 de marzo del Año del Abandono de 1980» (Vigil) y Vigil decidió comprar una perra. Fue una manera de añorar a Oralia. Pero, aparte de que la perra no parecía agradecer ni compartir la ansiedad de compañía simbólica de Vigil, tendía a dejar muestras diarreicas de su nerviosismo por todos los rincones del departamento. Vigil llegó a pensar que la odiaba. Concluyó que su intenso retozo era una forma de la histeria más que de la vitalidad, que su empeño en dormir junto a él en la cama era una dimensión de su oportunismo más que de su afecto, y que su infinita capacidad para seguirlo a donde fuera, incluyendo la regadera mientras se bañaba, era una expresión de su miedo más que de su solidaridad.

Un día que Vigil salió a comprar el periódico, la perra salió tras él y no encontró el camino de regreso. Cuando Vigil se percató de que esa deplorable compañera residual se había esfumado, salió en su busca por el vecindario, desencajado y mortuorio, como quien busca a una hija extraviada. Puso un letrero en la puerta de su edificio, describiendo hasta la ridiculez a su cachorra y ofreciendo una recompensa. Pagó una inserción en *La vanguardia* y acudió a la radio para vocear su pérdida. Escribió en su cuaderno un memo a Mercedes Biedma:

A diferencia de ti, que vives en un limbo atroz donde sé que no te falta nada, salvo la vida, me atormenta de mi cachorra la seguridad de su estupidez y su desvalimiento, pensarla con su histeria a cuestas aprendiendo a dentelladas su vida de perros. Bien a bien, no sabe ni digerir lo que se come, ¿me entiendes? Ni dormir sola, ni esperar por su comida. Es como si me hubieran robado a

Fernanda o, mejor dicho, como si hubieran robado al niño que queda en mí. Mejor dicho: al huérfano que todos llevamos con nosotros. Como si me hubieran dejado solo en el centro de una ciudad desconocida, huérfano y solo, antes de haberte conocido, antes de ser el abominable yo que soy, incapaz ni siquiera de cuidar una perra, carajo.

Comí con Vigil por esos días para hacerle saber mis impresiones de su libro. Eran muchas, y las registró puntualmente, sin chistar, en el mismo ejemplar que le entregaba. Fue prácticamente sordo o insensible a los elogios que vinieron después de las críticas, como si su ánimo fuera en ese momento aceptar sólo deprecaciones, no entusiasmos. El episodio de su cachorra, me dijo, le había sacado un sartal de penas y nostalgias, había sido como el «serendipity de la depresión». Se le habían aflojado aún más los lagrimales, me dijo, y era capaz de hacerlos funcionar con el menor de los pretextos: una telenovela, un aplauso cerrado para alguien que en apariencia lo mereciera, el ingreso en su campo visual de un transeúnte que llevara bajo su brazo un ejemplar de *La república*. No había vuelto a leer *La república*, me dijo, pero una mañana, en un alto cerca de Martín Mendalde, había visto en su coche flamante, despidiendo loción a distancia y en gran ostentación de camisa de seda, a su antiguo *hueso* o ayudante de *Lunes*, Cayito Aldrete, un veracruzano desharrapado que había venido a la capital con el único propósito de volverse reportero de *La república*. Cayito había malvivido de sus paisanos menos miserables en distintas casas de huéspedes y en cuartos de azotea, comiendo una vez al día y a veces menos, hasta que Pancho Corvo le dio entrada a *Lunes* como ayudante y luego Vigil le encomendó una sección de minientrevistas, que el propio Vigil rehacía línea por línea, y que le abrió a Cayito el paso a la sección de cultura. Forzado por Cassauranc y por sus propias necesidades ingentes, Cayito Aldrete se quedó en *La república* a la salida de Sala, y ascendió luego al comando de la lealtad de Cassauranc, rifándosela en su favor durante la balacera que decidió el triunfo definitivo de Cassauranc sobre sus antiguos aliados,

—Vi a Cayito en el alto —me dijo Vigil al final de la comida—. En su coche nuevo, bien vestido, maduro y triunfante en el columpio de sus conveniencias. Pero no me dio rabia, profesor, sino gusto por él, que se logró a nuestra costa, ¿me entiende? Una emoción samaritana que raya en la estupidez. Peor que eso: me dio algo así como envidia. Y hasta le agradecí que, sin saberlo, me ayudara a evocar esos tiempos, los tiempos de *La república* en que yo triunfé entre comillas tanto como él, los tiempos de mi triunfo entre comillas, los tiempos en que yo, como Cayito ahora, no sabía dudar y estaba en paz con mi propio infierno.

—Vuelva al periodismo —le dije.

—No me refiero a eso —dijo Vigil—. Al periodismo podría volver. Pero no a la emoción y a la fe de aquellos tiempos. Estuve dispuesto a todo o a casi todo por aquella fe, como Cayito. Por eso me dio envidia. Y nostalgia. No sé si me explico.

—¿Qué planes tiene entonces? —le pregunté.

—Terminar la historia —me dijo—. Y administrar el tedio que la acompaña.

4

Fernanda pasó su primera semana de vacaciones de aquel año con Vigil y Romelia, amorosa navegante solitaria en el palacio de habitaciones desocupadas que su compañero había edificado. Fueron a Guanajuato y jugaron a «la santísima trinidad familiar» (Vigil) hasta que el juego terminó y pudieron volver cada uno a «la noria verdadera de lo real».

Durante esas vacaciones, en el mes de julio de 1980, nació el primer hijo de Pancho Corvo («a los treinta y nueve años pasados de su edad»: Vigil). Ese día Vigil salió temprano del Castillo, comió unos tacos en la estación del Metro Chapultepec y pasó al hospital a saludar a Corvo. Luego de la salida de *La república,* Corvo había decidido quemar sus naves y dedicarse profesionalmente a la única pasión ininterrumpida de sus últimos quince años: escribir novelas. Pidió y obtuvo en vida, de un padre rico y generoso, su jugosa herencia. Compró una pequeña casa en Cuernavaca y se dedicó a beber sin otro freno que el de su cuerpo estragado, que cada seis meses al principio y cada dos meses después exigía hospitalización y cuidados intensivos. Bebió, gastó, pagó hospitales hasta quemar las naves de su herencia y vender su única heredad, que era la casa, para seguirse haciendo el daño que su independencia demandaba. En algún antro perdido de Cuernavaca, digno de las expediciones equivalentes de Malcolm Lowry, un día Pancho Corvo «tocó fondo y decidió vivir» (Vigil). Fue a un sanatorio, asumió sus límites, se reconoció alcohólico. Estuvo tres meses sobrio y casó con la hermana de un colega de hospital que, a diferencia de Corvo, nunca se curó. Antes de los nueve meses canónicos de rigor, la mujer dio a luz el varón que celebraban, y Vigil fue a celebrar esa otra santísima trinidad, que era, en efecto, «deudora pentecostal de un milagro» (Vigil).

Rubicundo y sano, sobrio de un año y de su vida toda, Corvo departía domésticamente con la familia de su mujer en la cafetería del hospital y repartía unos orgullosos puros cubanos entre los amigos que llegaban a visitarlo. Alrededor de la mesa deambulaba con su puro respectivo, un hombrecillo fibrudo y nervioso cuyas facciones, prematuramente envejecidas y como pardas por el paso inclemente del tiempo, habían visto mejores épocas.

Corvo los presentó con un esguince maligno en la mirada:

— Fonseca —dijo—. Vigil.

—El famoso Vigil —dijo Fonseca.

—Te hablé de Fonseca alguna vez —exploró Corvo, probando la memoria de Vigil.

Nueve años atrás, a cuenta de un accidente que había mandado al hospital al *Guacho* Fonseca, Corvo había demolido, borracho, los motivos y prudencias del orbe conyugal de Vigil y Vigil había terminado echándolo a empellones de su casa sólo para constatar, al volver, que en efecto el orden de su vida con Antonia Ruelas había llegado a un límite y era ya sólo la ruina de un antiguo esplendor.

—Pero tú me dijiste que Fonseca estaba muerto en vida —recordó Vigil.

—Te acuerdas —confirmó Corvo.

—Tenías un apodo —dijo Vigil a Fonseca.

—Siempre me han dicho *Guacho* —dijo Fonseca—. Por mi padre Joaquín.

—El *Guacho* Fonseca —dijo Vigil—. Llevo diez años creyéndote muerto. Ahora resucitas, junto con el nacimiento del hijo de Pancho. Es un doble nacimiento.

Sintió erizarse su piel y el golpe del llanto inminente agolparse en sus lagrimales flojos de los últimos tiempos. Fonseca empezó a hablar sin llenadera de su padre, al que habían encarcelado injustamente, según él. Vigil se refugió con humildad en esa catarata asociativa. Fonseca no había muerto, pero algo de él se había quedado por ahí durante su viaje de regreso. Bajo ese refugio disminuido por los años, Vigil pensó que en alguna parte esencial él y todos eran también un poco como el *Guacho* Fonseca, sobrevivientes de un litigio ganado a medias, del que era imposible reponerse del todo.

Al salir del hospital, Vigil fue a buscar a Fernanda, con quien había quedado de ir de compras y al cine. La recogió en una esquina de Insurgentes todavía con el zumbido del *Guacho* Fonseca hablando su larga serpentina sobre la fundamental injusticia del pasado. «El pasado es injusto», pensó Vigil, «en particular porque se ha ido». Fernanda lo bajó de esa nube recetándole también, como Fonseca, una imparable sucesión de noticias del Reino de Teodora —a resultas de su padecer amoroso por Teodoro, un adolescente cuatro años mayor que ella del que acababa de prendarse en la escuela.

—Si se me cogiera de la trenza le daría el cuero cabelludo, me cae —decía Fernanda, para mejor describir sus emociones por Teodoro.

Toda la tarde Fernanda habló de su pasión insaciada. Trabajado extrañamente por el fantasma reaparecido del *Guacho* Fonseca, Vigil creyó reconocer en ella, en su vehemencia y su radicalidad, un «aire biédmico», insaciable, suyo. Fueron a comprar el vestido que Fernanda deseaba, fueron después al cine y la llevó a su casa después, casi a las diez de la noche. Pero a las diez de la noche seguía intacto el fuego amoroso de Fernanda («encuerdada con los desaires y las cercanías de Teodoro, la asechanza intolerable de sus rivales, la cavilación maniobrera, inescrupulosa e inerme de su triunfo»: (Vigil).

Habló un rato con Antonia Ruelas y volvió solo a su casa, en el coche, con un dejo de fatiga melancólica y el extraño confort de haber tenido una revelación. Le pareció entender esa tarde que su vida toda había transcurrido en una franja loca, vehemente, acompañada por espíritus afines al furor de Fonseca y Fernanda: la Biedma y Sala, Santoyo y Paloma, Oralia y Galio. Lo pensó mejor y creyó saber que lo realmente decisivo no eran quienes lo habían acompañado, sino su propia mirada, la mirada única y también desorbitada que era la suya, la tonada frenética que él emitía para convocar y reconocer a sus iguales, para esparcir y recoger en torno suyo la misma racha huracanada y febril de la vida de otros que su vida necesitaba para completarse.

Pensó eso en el camino y lo escribió al llegar a Martín Mendalde. Leyó un rato y vio los noticieros en la tele. Luego aceptó la desazón y fue a tomarse un trago y a escuchar un poco de música al *Bar León,* en las calles de Brasil. Tomó varios tragos. Recordó en ese lugar a Santiago y a Mercedes, a Paloma y a sí mismo, perdido en la fuga irremisible de su propio pasado, en el pasado al que quería volver y que se había ido para siempre con la parte de él que lo habitaba. Salió del bar casi a la una de la mañana. En la esquina de Palma recogió a una muchacha que se ofrecía, pintarrajeada hasta el ritual. Padecía vaginitis y usaba aceite de almendras para aliviar la estrechez. Tenía además un dolor de cabeza que le impedía soportar la luz. La llevó al hotel pero no la poseyó. Le dio un masaje en la cabeza y le enseñó a apretarse el monte del pulgar para reducir el dolor de la migraña. La dejó dormida, sedada con las mañas taumatúrgicas que le había aprendido a Oralia.

Llegó a su casa cerca de las tres. No había en él fatiga ni sueño, sino una vigilia intensa y nostálgica, una urgencia taciturna de volver atrás y aprender nuevamente a deletrear su nombre para vivir bajo él lo que le había tocado. Revisó sus libreros, se sirvió otra copa. Abrió entonces un nuevo cuaderno y escribió de un tirón el primer párrafo de lo que habría de ser su novela, con los nombres reales que no alcanzó a cambiar:

> Me separé de Imelda, mi amor de joven, y de Mariana, mi hija, como anticipo supongo, y hasta como trámite argumental, de la extraña temporada que vino después, esa especie de prólogo a la guerra de Emilio que empezó con mi encierro en el Castillo de Chapultepec para escribir la historia de la revolución en el Norte.

5

A fines de aquel año melancólico de 1980 —mientras el país celebraba su euforia petrolera— el tono crepuscular de Vigil aterrizó en un accidente. Lo supe antes que nadie porque Fernanda, su hija, me llamó del hospital para pedirme que fuera. Vigil casi se había cercenado un dedo mientras se lavaba los dientes. El vaso con que debía enjuagarse resbaló de su mano cuando lo llevaba a sus labios. Tuvo el reflejo de buscarlo en el aire, pero antes de que su mano lo encontrara, el vaso se rompió al golpear en el borde del lavabo y su mano, ágil todavía de sus cuarenta años pero no con la precisión de los treinta, no cayó sobre el vaso intacto sino sobre la ceja del cristal roto que le cortó la arteria y el conducto tendonal del dedo medio.

Su hija Fernanda, enfurruñada, veía televisión en el cuarto de al lado. Lo vio salir del baño con la toalla sobre el surtidero de sangre de la arteria, dando instrucciones de marcharse rápido al hospital. Pero no había un hospital en las inmediaciones y tampoco dinero en efectivo en cajones y monederos. Acababan de volver de un viaje de vacaciones a Taxco, con Romelia, y en un arranque de furia paterna Vigil había decidido dejar el hotel y había olvidado en el cuarto un pantalón con su cartera y su tarjeta de crédito. Llamaron a Pancho Corvo para pedirle auxilio, pero no estaba. Era domingo por la tarde y todo el mundo había salido a compromisos familiares salvo yo, que acudí a respaldar el trámite del internamiento de Vigil.

En la sala de espera, al pasar junto al mostrador, reconocí en la mancha juvenil y todavía aniñada de Fernanda, las herencias morenas de Vigil, sus largas piernas, su insolente belleza descuidada. Vino hacia mí en cuanto asomé por la puerta diciendo, con inmediatez familiar que agradecí:

—Se cortó el dedo mi papá. Tiene un hoyo horrible y no tenemos dinero. Qué alivio verlo.

Sin hacer pausas volteó al dependiente que esperaba tras su computadora en la recepción y le dijo:

—Él trae la tarjeta de crédito.

Luego me explicó:

—No querían internarlo a mi papá mientras no hubiera una tarjeta. Y él desangrándose. Tenía un hoyo horrible. Pero se lo merece, bien merecido que se lo tiene. Estábamos peleados.

Pregunté por qué estaban peleados:

—Porque es un cabrón mi papá —dijo Fernanda, con soltura que lamenté y agradecí—. Usted lo conoce muy bien y sabe lo cabrón que es. Pero, pobrecito, tenía un hoyo en el dedo.

Pregunté al dependiente dónde estaba el enfermo y me dijo que en el tercer piso, en el quirófano, pero que debíamos esperar en el primero a que el cirujano de turno rindiera su informe.

—Regresamos hoy de Taxco —dijo Fernanda mientras esperábamos—. Estábamos encabronadísimos mi papá y yo. No nos hablábamos. Y de pronto que oigo el vaso en el lavabo y digo qué pasa, y sale mi papá con la toalla en la mano llena de sangre diciendo «Vámonos corriendo a un hospital que me corté». Y entro al baño y todo estaba pringado de sangre, como si la hubieran rociado.

—¿Por qué estaban enojados? —pregunté.

—Se molestó de que yo me hice de un novio en Taxco —dijo Fernanda—. Me enamoré de un salto en Taxco.

—¿Cómo te enamoraste?

—Así, de un salto —dijo Fernanda—. Lo vi, conversamos, y al rato estaba mi papá sacándome del lugar, diciendo: «Cómo se atreve este barbaján que tiene treinta años a hacerte la ronda a ti que tienes catorce.» Y yo le contesté: «Pues igual que tú te atreves a hacerle la ronda a Romelia que tiene veintitrés.»

—¿Qué respondió a eso? —pregunté.

—Nada. Me agarró de la trenza y me sacó del restorán.

—¿Estaban en un restorán?

—Sí —dijo Fernanda—. Porque Juan Carlos, mi novio, trabaja en ese restorán. Es el mejor restorán de Taxco, y él es el jefe de meseros. Lo malo, eso sí, es que está casado. Pero no quiere a su mujer. Están tronando y se va a separar en cuanto pueda.

—¿Te dijo él que se va a separar?

—No me lo dijo, pero es obvio —dijo Fernanda—. Yo la vi a la fodonga de su mujer. Vino un día al restorán a pedirle dinero. Y me di cuenta fácil que esa carrera va para corto. Luego, él me dijo más o menos lo mismo y yo sé que me está diciendo la verdad, porque me consta que esa vieja despeinada no es para él. Yo la vi. Pero a mi papá lo purgó la idea de que yo anduviera con Juan Carlos. Imagínese: su hijita andando con un casado. Como si él anduviera con puras solteras. Ahora, por un lado, tiene razón. Si yo tuviera una hija de catorce años, bueno, casi quince, que anduviera con un casado me azotaría contra las paredes. ¿Usted no? Me canso.

—¿Y por qué te gustó ese casado entonces? —pregunté.

—No me gustó. Me encantó —dijo Fernanda—. Aunque use barbas y esté muy grande para mí.

—¿Por qué grande?

—Porque piensa cosas de grande. Habla de astronomía y esas cosas. Pero es muy lindo. Yo en cuanto lo vi dije: «Este me lo voy a avanzar y no me importa.» Eso dije. Entonces, de pronto, viene y me empieza a ofrecer platillos y aperitivos como si yo fuera una golfa del sitio. Eso me encantó. Caí redonda. Que me tratara como a una mujer, quiero decir, no como a una niña. Me encantó.

—Ya veo —le dije—. Busca al médico que nos atendió al llegar, a ver cómo está tu papá.

—Sí, yo creo que ya es hora —me dijo y se puso de pie para buscar al médico.

Era inusitadamente alta para su edad y estaba bronceada sobre su color de nuez original, de modo que brillaba su piel tersa y viva. Llevaba una falda de mezclilla luida que le llegaba a la mitad de los largos muslos, y una delgadísima playera blanca, ceñida sobre sus pequeños pechos erguidos. Usaba unos tenis blancos, sin calcetas, y una liga restiraba su cabello hacia atrás para formar una mata de pelos largos y erizados que galopaban con ella tras la forma despejada de su nuca.

6

Tuvieron que operarlo otra vez, pero en Vigil no quedó huella de su tendón mutilado, salvo en cierta inflexibilidad del dedo que no volvió a doblarse completo sobre sí mismo. Las fiestas decembrinas de 1980 pasaron para él en una racha de alcohol y trabajo. Los primeros días del año de 1981 lo sorprendieron escribiendo el tercer capítulo de su novela y acopiando materiales para el siguiente volumen de su historia.

Dos acontecimientos mejoraron su ánimo al empezar la primavera de aquel año absurdo.

El primero fue la salida de su libro y su inmediata constitución en un moderno clásico de la historia de México. Agotó sus primeras ediciones en unas semanas, en el marco de una entusiasta recepción que ocupó las primeras páginas de algunos periódicos y algún tiempo de la radio y la televisión. En la presentación de la obra, que yo presidí, una pequeña multitud atestó la librería. No hubo suplemento o página cultural, incluida *La república,* que no celebrara el nuevo libro de Vigil.

El segundo acontecimiento fue otra forma de celebración de lo mismo. Abel Acuña le llamó una mañana para decirle que el libro había entusiasmado al Presidente y que deseaba invitarlo a un desayuno para conversar con él. Fue al desayuno refunfuñando, «como quien se pone por primera vez un smoking, incómodo y sobreactuado, con un ánimo misantrópico que no se conocía».

—¿De qué le voy a hablar? —masculló con fastidio ante Romelia la noche anterior—. A él qué le importa la historia. Son relaciones públicas de Abel Acuña. ¿Y a mí qué putas las relaciones públicas de Acuña?

Contra todas sus prevenciones, tuvo un desayuno espléndido («guiado por el buen humor y la clara inteligencia del Presidente»: Vigil). El Presidente nunca le habló del libro, salvo al final, en que le extendió un ejemplar profusamente subrayado y comentado en los márgenes.

—Le obsequio mi ejemplar a cambio de que me envíe uno con su firma —le dijo—. Es un libro extraordinario. Se lo digo con toda la envidia de un historiador frustrado.

A Vigil lo convenció y lo conmovió el elogio, pero el Presidente no le dio margen a una respuesta. Se puso de pie para acompañarlo a la puerta y en la puerta le dijo:

—Habrá cambios en nuestra prensa. Debe haberlos. ¿Usted de plano ya colgó esos hábitos?

—Sí —dijo Vigil.

—Reconsidérelo —dijo el Presidente—. Necesitamos historiadores para el pasado, pero también necesitamos periodistas para el presente. El hueco dejado por *La república* no lo ha llenado nadie. Octavio está en su revancha y Cassauranc empantanado. Los demás diarios son la prensa del pasado. Necesitamos una nueva generación de periodistas. Piénselo. Y cualquier cosa que decida, déjemelo saber.

—Voy a pensarlo, pero casi puedo decirle desde ahora que ya colgué esos hábitos —dijo Vigil.

—Piénselo con calma —pidió el Presidente—. Y no se olvide de mandarme mi ejemplar firmado.

A la siguiente semana no le sorprendió la noticia de que *La república* empezaba a vivir un nuevo episodio de disidencia interna. En mayo de 1981, durante una asamblea extraordinaria de accionistas un grupo de reporteros trató de ganar la presidencia del Consejo de Administración de la empresa para «limpiar» *La república*. El diario naufragaba en un pozo de corrupción y negocios particulares. El escándalo se filtró con lujo de detalles al resto de los medios que, como siempre, mordieron con fruición la carnada del desarreglo de *La república*.

Tampoco lo sorprendió la llamada de Abel Acuña para suplicarle que le invitara un café. El verdadero problema de *La república*, le explicó Abel Acuña durante el café, no era la nueva escisión, sino que desde la salida de Sala prácticamente no había pagado impuestos al gobierno y debía una cuenta atrasada de papel cuyos intereses moratorios eran a estas alturas alucinantes.

—Tenemos el diario en nuestras manos —dijo Acuña—. Pero no sabemos en qué manos ponerlas. *La república*, como está, no le sirve a nadie. Cassauranc no es ya garantía, ni siquiera para sí mismo. Su desarreglo alcohólico es inmanejable e imprevisible. La corrupción y la división están llevándose lo poco que quedaba ahí de profesionalismo. Me dijo el Presidente que había hablado con usted, al pasar, de estos asuntos. Yo le pregunto ahora si le interesa volver a *La república* como director.

—No —dijo Vigil.

—No tiene que contestar rápido —dijo Acuña—. Hablé con nuestro amigo común Galio Bermúdez. Entiendo que él y usted han hecho una amistad.

—Entiendo que sí —dijo Vigil.

—Galio me dijo que su respuesta automática sería ésa: no. Pero me dijo también que no hay opción mejor que usted, y que nos diéramos tiempo para pensarlo y hablarlo.

—La respuesta final también será no —dijo Vigil.

—Pero podemos darnos un tiempo de reflexión —dijo Acuña.

—Podemos —dijo Vigil—. Pero la respuesta será no. No he pensado volver a *La república* y menos en andas del gobierno.

—Nosotros no podemos imponer un director en *La república*. Pensamos en usted porque adentro hay mucha gente que lo pide a usted —dijo Acuña.

—Puedo pensar en una gente —dijo Vigil.

—Muchos más —dijo Acuña—. Muchos más de los que usted se imagina. Pero no discutamos. Démonos tiempo. ¿Sería mucho pedirle que hablara con Galio sobre el particular?

—No —dijo Vigil—. Pero mi respuesta ya está dada. No va a cambiar.

7

Muchas veces, en medio de su tedio y su incredulidad, Romelia le había dicho que conforme se descomponían las cosas en *La república,* el recuerdo de Vigil crecía, incluso entre quienes lo habían combatido.

—En *La república* te quieren más de lo que crees — decía Romelia cuando Vigil hablaba de su antigua casa como de un burdel.

En general, evitaban el tema. Cuando Romelia, distraída o intencionada, empezaba a hablar de los problemas del periódico, Vigil la detenía con un lacónico:

—No me interesa.

Siguió sin interesarle después de la charla con Acuña. Lo ofendía la idea de que pensaran que podían utilizarlo, como a Cassauranc. No obstante, una mañana de ocio llamó a Romelia con el propósito específico de preguntarle y hablar la situación de *La república*.

—En el diario se dice que están por meter preso a Cassauranc —le dijo Romelia.

—¿Desde cuándo corre ese rumor? —dijo Vigil—. No me habías dicho.

—He tratado de decirte ésta y otras cosas del periódico hace mucho tiempo. Pero no has querido oírme.

—Si meten preso a Cassauranc, ¿quién se va a quedar con el periódico? —preguntó Vigil.

—No hay quién —dijo Romelia—. Eso es lo único que salva a Rogelio. El grupo opositor de reporteros no tiene peso interno. Han podido moverse porque los están apoyando de afuera.

—¿Quién los apoya de afuera? —preguntó Vigil.

—Unos dicen que la Secretaría de Gobernación, en especial el subsecretario Abel Acuña, de quien se dice que es amigo de Sala. Otros dicen que el apoyo viene directo de la Presidencia, porque el líder del grupo es un reportero nuevo, encargado de la fuente presidencial. Otros dicen que hasta el propio Sala es quien mueve el agua, porque quiere volver.

—¿Y qué se oye adentro sobre quién vendrá? —dijo Vigil.

—Mucha gente habla en *La república* de que el que va a volver eres tú —dijo Romelia.

—¿Quién es «mucha gente»?

—¿Me creerías si te digo que hasta en talleres se habla de eso?

—No —dijo Vigil—. ¿Dónde más se dice eso?

—En todas partes. Me ha venido a ver casi todo el diario, a preguntarme, porque saben que nos seguimos viendo. Yo no he ocultado eso. Muy pocas gentes del diario son las que no han venido a decirme que la solución al problema de *La república* serías tú.

—¿Y por qué no me habías dicho nada de eso hasta ahora? —dijo Vigil.

—Porque odio la frase *No me interesa* cuando estoy hablándote de algo —dijo Romelia—. Y, además, porque con el tema de *La república* te pones histérico, pierdes tu apetito sexual. Y a mí me interesas sobre todo como objeto sexual, no como periodista.

—¿No te interesa que vuelva a *La república*? —preguntó Vigil.

—Nada me convendría más en la vida —dijo Romelia.

—No pones gran cosa de tu parte —reprochó Vigil.

—Te voy a empezar a traer a la gente —dijo Romelia.

—No estoy pidiendo eso —dijo Vigil.

—Te voy a traer gente hasta que te hartes —dijo Romelia—. Empezando por el grupo disidente. ¿Cuándo los quieres recibir? Te aseguro que de eso están pidiendo su limosna.

—No quiero recibirlos —dijo Vigil.

—Te los voy a mandar el próximo viernes por la noche —dijo Romelia.

—No quiero verlos —dijo Vigil.

—Pues los vas a ver aunque no quieras —dijo Romelia—. A mí no me vas a volver a decir que no te ayudo con *La república.*

—Me entendiste mal —dijo Vigil.

—Te entendí perfectamente —dijo Romelia—. Mejor de lo que te entiendes tú.

8

Un grupo grande de reporteros disidentes de *La república* vino el viernes prometido a ver a Vigil, del brazo lazarillo de Romelia. Bebieron y hablaron hasta la madrugada y quedaron a las órdenes de Vigil, si quería probar su suerte nuevamente en *La república.*

—Si quieres volver no lo digas —le había anticipado Romelia—. Son ellos los que vienen a pedir. No tienes por qué mostrar tus cartas. Insiste todo el tiempo en que no quieres volver. Si al final decides no volver, no habrás engañado a nadie. Y si puedes regresar, lo que digas ahora no tendrá importancia a la hora del triunfo y del regreso.

—No quiero regresar.

—Eso es lo que tienes que decir —remachó Romelia—. Quieras volver o no quieras.

Toda la noche dijo, como era su intención profunda, que no pensaba volver a *La república.* De nada sirvió. El grupo de reporteros salió esa madrugada del departamento de Martín Mendalde con un nuevo líder y una nueva tarea política dentro de *La república.* Antes de que acabara el fin de semana, el rumor de que Vigil podría volver a *La república* corrió por el medio periodístico. El lunes siguiente Octavio Sala recogió toda la especie en su primera plana de *La vanguardia,* incluyendo un informe de la entrevista de Vigil con los reporteros.

Galio Bermúdez le mostró un ejemplar de *La vanguardia,* temprano el mismo lunes, en que se apareció sorpresivamente, como en los viejos tiempos, en Martín Mendalde.

—¿Lo está pensando? —preguntó, aludiendo a la petición presidencial y a la de Abel Acuña.

—Un puñado de medias verdades, como siempre —respondió Vigil, tirando el ejemplar de *La vanguardia,* despectivamente, sobre la mesa.

—Le pregunté si lo estaba pensando —porfió Galio.

—No —dijo Vigil, ambiguamente—. Ya está pensado.

—Se lo pregunto con insistencia, porque hace dos semanas recibí la encomienda del subsecretario de Gobernación de hablar con usted para convencerlo de que regrese a *La república* —dijo Galio—. No voy a convencerlo a usted de nada. En primer lugar, porque no puedo. En segundo lugar, porque no estoy muy convencido de que sea lo mejor para usted. Pero si usted ya decidió regresar, dígamelo. Y permítame que presente esa decisión como fruto de mis gestiones persuasivas. Mejorará mi imagen en Gobernación.

—La decisión es no regresar —dijo Vigil, sonriendo—. Pero hay algunas preguntas que tengo pendientes y en las que tengo un interés, digamoslo así, técnico.

—Cuénteme sus inquietudes «técnicas» —dijo Galio, con la infalible sorna de su inteligencia—. Acaso yo pueda resolvérselas «técnicamente».

Vigil asintió con una sonrisa cómplice y le dijo después:

—De *La república* nos echaron a golpes. Si decido regresar ¿voy a poder entrar a golpes?

—Es la pregunta más «técnica» que he oído en mucho tiempo —dijo Galio—. Va al corazón de la cosa: la venganza. Mi respuesta técnica es: «Sí». Croix puede resolvernos ese problema, si usted está de acuerdo. Mejor dicho: si regresar a golpes es parte de sus condiciones para regresar. ¿Cuál es su siguiente inquietud «técnica»?

—Ésta —dijo Vigil: —¿Usted qué opina?

—Es una ocasión privilegiada para usted —dijo Galio, escurriéndose sin ocultarlo.

—Se lo voy a preguntar de otra manera —dijo Vigil—. ¿*Usted* qué haría?

—*Yo* entraría al juego —dijo Galio—. Intentaría el gran gesto de gradualidad periodística y moral, que Octavio Sala nunca entendió. *Yo* pondría mi talento al servicio de esa causa absurda y frustrante que es construir la civilización mexicana. Hay que hacerla paso a paso, aun al precio de nuestras convicciones y nuestras vidas.

—Eso es lo que haría *usted* —dijo Vigil, leyendo con sutileza los énfasis de Galio—. ¿Pero qué me aconseja que haga *yo*?

Galio se levantó de la mesa y dio una vuelta por el comedor hasta la ventana que daba a la calle.

—A *usted,* le aconsejo que no acepte, mi querido Michelet.

—¿Por qué? —dijo Vigil

—Porque lo que *yo* quisiera es verlo a *usted* cumpliendo otra cosa.

—¿Cuál cosa?

—Yo quisiera verlo a usted cumplir la promesa intelectual que yo no he cumplido —dijo Galio desde la ventana («con inesperada vehemencia paterna»: Vigil)—. Su obra lograda acaso sirva para redimir a algunos de los que la hemos ido tirando por la vida.

—Me sugiere entonces que haga dos cosas —dijo Vigil riendo—. Como *usted* y como *yo.*

—Usted tradujo un texto de Scott Fitzgerald donde decía que la verdadera prueba de una inteligencia es tener en la cabeza dos ideas contradictorias y seguir funcionando —dijo Galio.

—No es así exactamente —dijo Vigil—. Lo que dijo es que debemos saber que las cosas no tienen remedio y mantenernos sin embargo decididos a cambiarlas.

—Dijo las dos cosas, como yo —concilió Galio—. Y las dos cosas le digo. Al final, es probable que no haga usted ninguna sola, porque no tienen sentido aisladas. La vida se nos presenta tercamente como una sucesión de dilemas, pero en realidad es una mezcla de caminos que nunca se excluyen. Lo inteligente y lo patriótico, mi querido Michelet, es tratar de hacer las dos cosas que hemos hablado, como han tratado de hacerlo, antes de nosotros, diez generaciones de intelectuales mexicanos. Ahora dígame lo importante: ¿qué ha decidido usted? ¿Lo está pensando?

9

Rogelio Cassauranc alcanzó a dar varias maromas antes de que la rueda lo triturara. Fueron maromas provechosas porque le permitieron a Vigil desengañarse, una vez más, de su reencuentro con *La república,* llevado de la mano por la sorpresa *amateur* de ser querido ahí donde sólo esperaba ser odiado. En esos días leyó, por amable envío de Galio, las memorias de Luis XIV. Como dedicatoria, Galio había escrito: «Un consejo principal falta en estas páginas. Debió ser éste: *No quieras ser amado, porque de esa pasión derivan todas las debilidades en quien debe sentir, por igual, las pasiones de sus súbditos: el odio tanto como el amor, la avaricia tanto como la generosidad, el impulso asesino tanto como la más tierna e ingenua de las incondicionalidades maternas.*»

Lo cierto es que en esos días, registrados con peculiar intensidad en sus cuadernos, Vigil prácticamente apartó de su vida a Romelia, salvo por las embajadas de partidarios de *La república* que ella orquestaba. No avanzó en su novela, pero sí en su historia, dirigida ahora a reconstruir los años veintes en los ramos presidenciales del Archivo General de la Nación y en los archivos de la Secretaría de la Defensa, a cuya privacía sin reglamentar le franqueó la entrada un telefonazo de Abel Acuña.

En medio de la nueva vorágine que empezaba a cercarlo con sus vientos calculados, Vigil no tenía otras regularidades que las del archivo y las de la noche. Nunca como en esos días buscó la paz polvosa y somnolienta de los archivos, y nunca como entonces tuvo afán de la noche, ansias de mecerse en sus hamacas anónimas. Nunca el alcohol de la tarde quiso cumplir tanto su promesa de euforia y hartazgo nocturno, y nunca su cabeza mezcló de manera tan propicia «el pasado perdido con el futuro conquistable cada madrugada», en el carnaval de rostros y cuerpos que la noche ofrecía.

10

Escribió en su cuaderno:

Ejercicio contrainsurgente: imaginarme parte del movimiento de masas que soñaron los Santoyo: una molécula anónima.

De acuerdo. Pero sólo si pudiera meterme anónimamente en otra molécula anónima llamada Mercedes.

Como eso no es posible, entonces a condición de que pueda meterme en otras moléculas anónimas llamadas Oralia o Romelia.

Como eso deja huella, y crea jurisprudencia amorosa, entonces decido no mezclarme con nada que no sea a su vez otra molécula perfecta e impersonal, cosa que sólo pueden serlo bien a bien las señoras de la noche, sombras encarnadas que el vulgo y la tradición llaman pedestremente putas.

Las putas: distantes y frías, eternas y disponibles en la noche.

¿Esta cosa dura e insensible en mí que rehúsa el amor y busca el sexo anónimo y sin adornos es ya la vejez?

Viejo, sí, como la idea misma de mi generación y las masas.

Las masas, por definición, son siempre anónimas y jóvenes.

Tuvimos nuestras masas y nuestra juventud. Bien tenidas. Hoy ya todos tenemos nombre propio, sueños intransferibles, mujeres perdidas. Lo único verdaderamente generacional y masivo que nos queda, son las putas. Lo único verdaderamente molecular y sin nombre, como quisimos ser: las putas queridas, frígidas, contadoras públicas impersonales de la verdad, como las masas.

Dennos putas entonces, no recuerdos.

También escribió:

Mercedes:

Bebí toda la tarde, hasta la noche, como alguna vez contigo. Y luego salí a buscarte, pero en lugar de encontrarte a ti encontré a unas huilas urbanas que me pidieron dinero a cambio de su sexo. Se los di a cambio de que no hablaran y de sus sexos. Pero sí hablaron y no tenían el sexo que buscaba. Las dejé donde las había recogido y fui por otra. Un poco mejor pero tampoco eras tú. Quiero decir: no había en ella la menor huella de ti, un gesto, una uña, una cicatriz, una mirada: nada de ti. De cualquier modo salí del hotel como te imaginarás, con el sexo ardiendo, goteando, en la madrugada. Fue entonces cuando te vi al fin, parada en la esquina, con una falda de cuero y la cabellera a los hombros, lacia y fina como era la tuya, los labios brillantes bajo el farol, el humo del cigarrillo manando como siempre, fresco y azul, desde la hermosa profundidad de tus pulmones, el aliento en donde estuve alguna vez, que detuve alguna vez, que aceleré alguna vez. Esperándome, llamándome. ¿A dónde querías que fuera? No me dijiste, dime. A donde quieras iré a encontrarte y a perderte otra vez esta madrugada.

Escribió también:

Amanecí en Martín Mendalde sin recordar nada desde el medio-
día anterior. Tenía una mordida en el brazo y un dolor en las nalgas
como si hubiera hecho cien agachadillas. El temor a ese mundo perdi-
do en el que además me perdí: el afán de perderme. ¿Se realizará?

11

Una tarde de septiembre, después de comer y beber y hacer el amor con Romelia, Vigil tomó una botella de brandy y subió al caer la noche a su cubículo del Castillo, a trabajar. No trabajó. Se puso en el final de la escalera que subía de un flanco del
bosque y dejó que la noche lo envolviera. A eso de las ocho empezó a llover uno de los aguaceros largos, densos y fríos, del verano
capitalino, a resultas de lo cual se refugió bajo un árbol y siguió
bebiendo. Cuando la lluvia se fue, quedó el aire fresco y la noche
limpia y brillante. Para ese momento estaba ya bastante borracho,
en gran medida porque quería estarlo. Entonces convocó a sus
muertos. Dijo en voz alta, en la soledad de la noche del Bosque de
Chapultepec, al final de esa escalera por donde tantas veces había
subido y bajado con Santoyo y la Biedma, dijo: «Vengan.»
Esperó unos segundos y le gritó de nuevo a la noche:
«Vengan.» Empezó a llover otra vez y repitió su conjuro. Poco
después, entre la lluvia, vio aparecer a la Biedma correteando,
perseguida por otros, en el principio mojado de la escalera. Atrás
de ella, corriendo, tratando de alcanzarle las nalgas, apareció
Santoyo y luego apareció él mismo, Vigil, con su vieja casaca
verde ensopada bajo el brazo, correteando, chillando, celebrando
su encuentro bajo la lluvia. Brindó con ellos y asintió lerda y
gozosamente, ayudado por el brandy. La humedad del bosque le
vino a los ojos. Los vio y se vio subir, nebulosos ahora, bajo la cortina de sus lágrimas, correteando y chillando hasta muy cerca de
él, a sólo unos pasos de él. Cuando Mercedes lo descubrió, embozado, risueño y borracho en el nicho de su árbol, dio un grito y
corrió a refugiarse en el abrazo de Santoyo. Pero no eran Santoyo

ni Mercedes sino un trío de adolescentes rezagados de la tarde. Y no había otro Vigil que el inquietante ebrio metido en el cobijo del árbol, bebiendo de una botella y convocando a sus muertos en la noche de Chapultepec.

12

Escribió en su cuaderno:

Cuando llegue el milenio
todos seremos como ahora

Triviales y memorables
bebedores distraídos de sueños
—y cafés.

Seremos
(como quiere Cyril Connolly)
charcos sobre la piedra
dejados por las olas

Nuestra amistad
habrá engendrado pleitos
Olvidos y violencias
nuestro amor

Pero estarán intactas las llamas
del milenio que aguarda
Con olas y litigios
y cicatrices sin cerrar
de amores que no fueron

Cuando llegue el milenio
seremos como él
efímeros y milenarios
(como los charcos en la piedra, después de las olas)

Cuando llegue el milenio
no habrá sino el minuto que pasa
—como ahora

Pero seremos deudos
(como ahora)
de una fecha pasada aún por venir

Repetiremos las efemérides sagradas
(escolares)
La fundación guerrera de Tenochtitlan
El sueño lácteo y paralelo de Roma
La sangrienta revancha de París
El alba fusilatoria de Querétaro

Pero antes o después o al tiempo
de esas fechas (como siempre)
los ojos de Mercedes abiertos en la noche
ruinosos y deslumbrantes
como el milenio

(El Edén secular que fue ese aliento
y la Ciudad de Dios que fue esa voz:
la eternidad furtiva de ese cuerpo
buscando, pasmo a pasmo, su final)

Cuando llegue el milenio
Fernanda tendrá cinco años
más de treinta

Habrán entrado en ella
varones y ginecólogos
y habrá puesto en el mundo a mis nietos
(espejos, en los charcos, de las olas)

Todo será imantado y torpe
(como ahora)
hechizado y discreto

Cuando llegue el milenio
seremos como siempre
(como ahora)
hijos de nuestros sueños milenarios
bebedores altivos de fechas
—y cafés

13

Cuatro días después de la nota anterior, el 14 de junio de 1981 Vigil escribió la última entrada que admitieron sus cuadernos. No me gusta esa entrada final porque habla de mí, pero sobre todo porque habla del último día de Vigil, el día en que todo lo que aquí se cuenta tan largamente pudo ser corregido, mejorado, reparado por el tiempo; el día en que, sin embargo, absurda y neciamente, todo se cortó.

Esa entrada da cuenta minuciosa de la última comida que tuve con Vigil la fecha en que se cayeron los precios del petróleo mexicano y en que yo inauguré, como cada año, mi curso veraniego de historia mexicana para posgraduados. Vigil vino a la lección inaugural y fuimos luego a un restorán del sur donde se empeñó, con éxito, en hacerme hablar de más.

Vigil escribió esto en su cuaderno sobre aquella tarde:

Cercanos como nunca, vigilados (recíprocamente) como nunca.

Dijo el profesor al iniciar sus lecciones por la mañana, principio de cursos: «Trataré de hacer algunas oscuridades en sus mentes.»

Rieron y reímos.

Luego, en la comida, me dijo a mí:

«He dedicado toda mi vida a construir esas oscuridades, como a usted le consta. Porque sólo en las oscuridades puede existir la luz.»

Le reproché su facilismo mayéutico, diciéndole que donde hay luz, la luz no hace falta, porque nada necesita ser iluminado.

Aceptó mi impertinencia y volvió amorosamente al problema lógico insoluble que él había descubierto y con el que sabía hipnotizar, generación tras generación, a los alumnos.

«¿Es posible evitar un accidente de coche?»

Yo recordaba el argumento, y le dije:

«Imposible. Si pudiera evitarse, por definición no sería un acci- dente. Sería un acto voluntario. Un efecto de la voluntad de alguien que, pudiendo evitar su desgracia, no la evita.»

«No está mal», dijo el profesor. «¿Cuál es la conclusión prác- tica del ejercicio?»

«Vive como quieras», dije yo. «Lo que ha de suceder sucederá.»

«Se acuerda usted bien», dijo el profesor.

«Lo dije sin recordarlo», dije yo.

«Lo que recordamos sin saber es lo único que está verdadera- mente en la memoria», sentenció el profesor.

Pedimos un aperitivo —yo un wisqui, el profesor un tequila—. Y le conté: me habían ofrecido el regreso al diario. Cambió la mirada, con claro disgusto, hacia el ventanal, y dijo que lo había leído en La vanguardia de Sala.

Se metió luego en su tequila, con ostensible laboriosidad.

«¿Y va a regresar al diario?», preguntó, mirando con una mueca astringente el limón que había chupado.

«Voy a hacer mi siguiente libro de historia», le dije. «No voy a dejar el cubículo. Estoy feliz como estoy.»

«La felicidad no existe», dijo el profesor. «Aunque lo más cer- cano a ella es hacer lo que le gusta a uno. ¿Qué le gusta hacer a usted?»

«Comer con usted», le dije. «Mejor dicho: estar comiendo con usted.»

«El instante que pasa», dijo él, con malicia colmada. «Ésa es la verdadera pasión de los historiadores, la pasión insaciable de Fausto: "Detente, le grita al instante, eres tan bello". ¿Cuáles instantes quiere usted detener?»

«Este», le dije. «Y a usted, tal como está ahora, lleno de sus alumnos de esta mañana, tan impresionados con el historiador.»

«No soy un historiador», dijo. «Soy un litigante. Un abogado litigante. He tenido tres mujeres en mi vida, tres litigios. La vida es incesante, siempre quiere más. Es una abogada litigante. Ve un bre- ñal y quiere hacer una casa ahí donde sólo hay piedras. Es la esencia del hombre: dominar a la naturaleza. Usted conoce esa pasión, pero no la respeta. Se ha entregado a ella con ánimo adolescente, rabioso, *diría yo. Como yo a mi primera mujer, a mi primer libro, a mi primer pleito. Era una mujer hermosa mi primera mujer. Una muchacha de veinte años, historiadora del arte. Perfecta, sexual y doméstica, bailadora y reflexiva, inagotable conversadora, inagotable contempladora. Vivimos doce años. Como a los ocho, enfermé. Fui al médico y decidieron operarme. Dados los síntomas, debía tener el estómago invadido de cáncer. Abrieron. Del esternón al ombligo: quince centímetros de herida. No había nada. Salvo ese deseo inexplicable y bárbaro de enfermedad. No sé por qué le cuento esto.»*

Lo sentí cercano como nunca cuando lo dijo.

«Viví otros cuatro años felices», siguió. «Un día, al salir de casa mi mujer me preguntó si vendría a comer para prepararme lo que me gustaba. Me he muerto siempre por los hongos y en particular por los huitlacoches. Le dije que me hiciera sopa de huitlacoche y subí al tranvía. Entonces la vida de uno cambiaba literalmente durante un viaje de tranvía. Iba irritado con el recuerdo de los huitlacoches y la solicitación amorosa de mi mujer, mi maravillosa primera mujer. Cuando llegué al centro, al Archivo General de la Nación, que estaba entonces en la planta más miserable de Palacio Nacional, había decidido separarme de esa felicidad de tiempo completo que fue mi primer matrimonio. ¿Me explico? No sé por qué le cuento esto.»

«Me halaga», le dije.

«No sé si debe sentirse halagado o comprometido», me dijo.

«Comprometido ¿por qué?», le dije.

«Por la intensidad de la experiencia que debemos procesar», me dijo.

Ahora me va a nombrar su heredero, pensé.

«¿Donde aprenden su oficio los historiadores?», dijo él, y empezó su hermosa lección de antaño. «Los historiadores aprenden su oficio en los libros, en los papeles, en las bibliotecas. Pero antes que en ninguna parte, lo aprenden en su corazón. El historiador es un hombre que lee. Archivos, retazos, vestigios. ¿Cuándo es el momento de dejar de leer? Cuando, en medio de la oscuridad humilde, aparece algo claro, algo que dice algo más, que desafía nuestra propia inteligencia. Vale decir: algo que es más inteligente que nosotros. Recoger ese algo en medio de la oscuridad es un don, un don mal repartido. Usted lo tiene.»

Gocé mi adivinanza de su circunloquio. Sentí correr a mis ojos el llanto agradecido, avergonzado de su disponibilidad.

«Ese don lo tuve yo algún tiempo», siguió el profesor. «Pero cada vez lo encuentro menos. Quiero decir: puedo leer ahora libros de los que no tengo el más remoto conocimiento, sin sorprenderme sino ocasionalmente, sin poner algo de luz en esa oscuridad en espera de su autor que son los libros.»

«No haremos obra perdurable», dije citando a Renato Leduc. «No tenemos de la mosca la voluntad tenaz.»

«No se emocione», dijo. «Simplemente escriba como si la eternidad estuviera a su disposición.»

«No está», le dije.

«Está en este momento», dijo él.

Lamió un limón. Sospeché que estaba diciéndome algo más. Que estaba enfermo quizá. O simplemente que necesitaba una mujer, un hijo, un libro, una continuidad, y que me había elegido para ello. Añadió:

«No creo que deba dejar el periodismo. Le ha dado prestigio. Y experiencia de cosas que los historiadores de mi generación no tuvieron. Mujeres también, supongo.»

«Hasta la misoginia», dije.

«Cuénteme de su nuevo libro», dijo.

Le conté.

Contra su costumbre fumó un puro, tomó dos cafés y un brandy. Lo dejé en su casa a las seis y media, y vine a trabajar. Son las doce ahora. Me arden los ojos.

Quiero un trago. Las mujeres posibles de la calle cantan un canto de sirenas en mi desamarrado corazón —salud, Sabines.

Heráclito: «Difícil es luchar contra el deseo. Lo que quiere, lo compra con el alma» (y con algún dinero —hasta mañana—).

14

La siguiente cosa que supe de Vigil fue el telefonazo del servicio médico forense esa madrugada, pidiéndome que acudiera a identificar su cadáver. Tenía dos disparos en el tórax y una expresión de placidez que el rictus de la muerte no se había llevado aún: como si la muerte lo hubiera rejuvenecido, limpiando su rostro de sombras y devolviéndolo, por unas horas al menos, a su nunca derrotada adolescencia. Ofrecí el teléfono de Antonia Ruelas y traté de averiguar los detalles de la muerte, pero descubrí que apenas podía hablar, que una nube de mareo y dislexia confundía mis labios y mis ojos. Pedí un vaso de agua, aflojé el nudo de la corbata y esperé unos minutos en un banco desnudo de la entrada.

Sala publicó a los dos días su versión de la muerte de Vigil, con un sartal de alabanzas a su «espíritu crítico» y su «independencia civil». Añadía su informe que el homicidio del «fraterno ex colaborador de *La vanguardia*», se daba en condiciones que requerían «ser explicadas y, en su caso, investigadas por las autoridades». El redactor anónimo de la nota emprendía entonces un vuelo voluntarioso por los rumores del inminente regreso de Vigil a *La república* y se las arreglaba para sugerir que el homicidio podía haber sido fraguado por la gente de *La república* amenazada por el regreso de Vigil, por las fuerzas del gobierno empeñadas en que *La república* no recobrase su tono crítico o por una mezcla *ad hoc* de ambas conspiraciones inexistentes.

Me irritó el aire sibilino de la crónica. Respondí con una carta diciendo que en la muerte de Vigil me importaba menos la pérdida del periodista que la del historiador, y mucho menos la de ambos que la de la persona tan absurdamente separada de nosotros por los avatares de la noche. Destaqué a mi vez lo que las notas de *La vanguardia* sólo señalaban al pasar: la calidad extraordinaria de los trabajos históricos de Vigil —«muy superior a la calidad de sus trabajos en los diarios, a juzgar por el estado actual de los diarios en los que trabajó»— y la fertilidad intelectual de sus últimos años, gracias a su aislamiento periodístico. Señalé, por último, mi rechazo a las hipótesis conspirativas de *La vanguardia* y agregué, para desmentirlas, que unas horas antes de su muerte el propio Vigil me había dicho que no volvería al periodismo.

Apenas recibió mi carta, Octavio Sala telefoneó para decirme que pensaba publicarla íntegra, y para proponerme una entrevista sobre Vigil, en particular sobre su última conversación conmigo.

—Fue una entrevista personal —le dije—. Y así habrá de quedarse.

Al principio mi enojo por la muerte de Vigil fue mayor que mi pena, como si su terrible silencio fuera un grito de burla en contra mía, una bofetada, una negación injusta y bárbara de mí. No cruzaba por la mejor de mis épocas. Había terminado seis meses atrás una extenuante edición crítica de Bartolomé de Las Casas y en la escritura del estudio preliminar había sentido por primera vez en mi vida la sombra de la torpeza intelectual: no la dificultad de penetrar poco a poco en los secretos de un tema, sino la sensación de no poder tocarlo, de dar vueltas lerdas en torno a él sin arrancarle una sola sorpresa, una sola intuición, una sola disonancia digna de ser explorada.

Desde entonces, casi medio año, me visitaban con frecuencia la astenia y la melancolía, la desmemoria súbita de nombres que me habían acompañado toda la vida y una extraña esterilidad en la lectura que me permitía recorrer cientos de páginas sin encontrar en ellas nada sorprendente o estimulante, como un miope que viera pasar frente a él, borrosas y lejanas, las más visuales y radiantes maravillas del mundo. Había regresado a mi viejo proyecto de historiar las órdenes misioneras novohispanas y sus diversos reinos milenarios. Pero la vastedad de la tarea aplacaba mi entusiasmo. Traté de refugiarme en el sopor analgésico del Instituto pero, como nunca, el mundo cauto de la academia me mostró su ángulo resignado, poco imaginativo, más que el reto de su rigor y su conocimiento. Me encontré así a la hora de la muerte de Vigil, como nunca antes en mi vida: ocioso sin pereza, inquieto sin ansiedad, aburrido sin tedio, empezando a aceptar que aquella dureza del ánimo y las pasiones, ese fastidio sin hartazgo, esa inconformidad sin energía, eran en efecto la vejez, el anticipo desabrido de la muerte.

La muerte de Vigil, más estúpida entre menos esperada, multiplicó en mí, hasta el absurdo, la sensación de haber malgastado mi vida, de haberla vivido a fondo sólo para perderle por completo su sentido al final. Pené la ausencia de Vigil como él la de Mercedes, fingiendo que había existido siempre, que su desaparición física prolongaba la espiritual, como si hubiera cumplido en ese hotel el destino previsto por mí muchos años antes de que la peripecia definitiva lo sellara. Cuando Oralia Ventura vino a verme, con su extraña certidumbre paralela de haber perdido a alguien a quien nunca tuvo en verdad, y a ofrecerme sus papeles, mi primer impulso, como he dicho antes, fue acotar mi propio dolor inaceptado, restringir mi interés por aquella herencia a los trabajos históricos y no al arco completo —para mí, entonces, terriblemente insatisfactorio— de la vida de Vigil.

Sólo tiempo después, como el propio Vigil con Mercedes, acepté la profundidad de la herida que su muerte dejaba en mí, mi propio sentimiento de culpa por haberlo dejado ir hasta donde fue, por no haberme cruzado en su viaje con la mitad de la pasión de Sala o Galio Bermúdez. Por haber permitido que su vida, tan esencialmente parte de la mía, tomara un camino decidido sólo por él y acaso ni siquiera por él, sino por el conjunto de impensables azares que llamamos fatalidad, libertad o destino.

Oralia había regresado a la Ciudad de México quince días antes de la última cacería nocturna de Vigil, la que le costó la vida. Tenía una sensación de culpa más precisa que la mía. Me la confesó meses después, cuando los papeles de Vigil entraron en mí y empecé mi larga pesquisa complementaria de su historia. Oralia tuvo en Seattle un año de reencuentro matrimonial y volvió a instalarse en México con el propósito de cortar su adicción a Vigil, decidida a no hablarle, a no reanudar. Durante dos semanas completas, que contó día tras día, resistió el impulso de marcar el teléfono de Vigil, de aparecérsele en el Castillo o en Martín Mendalde, y encontró en su abstinencia un motivo de orgullo y una prueba indirecta pero festejable de su cura. Durante casi diez años había vivido la culpa de su doble vida, la pasión de Vigil y el amor rutinario pero compensatorio de su matrimonio, en una duplicidad amorosa que sólo la es para quienes nunca la han vivido.

La siguiente anotación en la bitácora de su cura fue que Vigil había muerto. Oralia asumió completo el itinerario de la viuda. Nadie sino ella acudió en busca y protección del legado de su pareja, nadie sino ella intervino el departamento de Martín Mendalde y el cubículo de Vigil en el Castillo en busca de los papeles, los ecos, los vestigios de su marido muerto. Y nadie sino ella dio los pasos precisos para perpetuar la memoria de su mitad perdida: me encontró a mí, puso en mis manos los materiales del laberinto y me acompañó los siguientes cuatro años, acercándome a las otras fuentes vivas, a Paloma Samperio y a Paulina, a Isabel Gonzalo y a Pancho Corvo. Se acercó ella misma: ordenó conmigo papeles y cuadernos de Vigil, conversaciones y fechas, atmósferas y detalles sin los cuales mi presbicia generacional habría visto acaso el bosque pero no los árboles de la vida de Vigil.

Su primera confidencia de la larga cadena en que incurrió durante esos cuatro años fue la de su culpa por haber resistido, durante dos semanas de estancia en México, la adicción de Vigil, la tentación de llamarle para reanudar sus bodas raras y cumplidas como ningunas.

—Si le hubiera hablado al llegar —me dijo— quizá estuviera vivo. Quizá hubiera estado con él esa noche. Quizá no hubiera necesitado salir por las noches.

—Así es —le contesté—. Y si yo hubiera sido su maestro de verdad también estaría vivo. Y usted no hubiera cruzado por su vida. Ni por la mía.

15

Lavé mi propia culpa escribiendo la novela que Vigil había vivido y esbozado. Esa es una forma de explicarlo. Otra es que en los papeles de Vigil encontré la fascinación que antes sólo había encontrado en los archivos, los cuales llevaba casi un año de no frecuentar, por tedio. Entre el momento en que la voz desolada de Vigil invocando a Mercedes Biedma saltó sobre mí desde sus papeles y el momento en que acabé de escribir la novela que el propio Vigil había trazado, transcurrieron cuatro años. Puse fin al borrador inicial a mediados de 1985, y seis meses después, en los primeros días de 1986, tuve una versión definitiva.

Como al principio de la aventura, al final de ella seguía obsesionándome, rebelándome, la muerte prematura de Vigil, su falta de sentido, su gratuidad insoportable. Tuve la urgencia, la necesidad casi física, de volver a aquella muerte, a aquella noche, y emprendí mi propia pesquisa retrospectiva para reconstruirla, negándome a su azar absurdo, empeñado en arrancarle su secreto.

Esto es lo que hice: a través de un viejo alumno que era ahora procurador del Distrito Federal, obtuve el expediente policiaco del levantamiento del cadáver de Vigil. Su lectura no añadió nada sustancial a la versión difundida por los diarios en su momento: en un hotel de paso, un desconocido había disparado sobre Vigil porque éste había ido, semidesnudo, a tocar en su puerta. Solicité entonces el auxilio de un comandante de policía, que me acompañó dos veces a recorrer el circuito de mujeres que Vigil visitó su última noche. Sólo quedaban dos de las que habían servido en esas calles cuatro años antes. La primera no recordó nada, la segunda creyó recordar la riña, pero no porque ella estuviera presente sino porque se había hecho un escándalo y hasta habían venido a preguntar de los periódicos.

Lo que a ella le habían dicho es que esa noche un tipo eufórico dejó su cuarto en el hotel y se fue por el pasillo gritando y golpeando las puertas, pidiendo a todo mundo que saliera. Uno de los clientes, enojado o asustado, le disparó antes de darse a la fuga. Le pregunté por la mujer que acompañaba al muerto antes de los disparos. Dijo no conocerla. El comandante le preguntó si la que se lo había contado a ella la conocía. La mujer nos miró entonces aterrada, como si hubiera caído en una trampa mortal, y juró por sus hijos que no sabía nada. Cuando el comandante iniciaba su segunda pregunta ominosa, le pedí que nos retiráramos. «Tiene una pista», dijo el comandante. «No quiero pistas», le dije yo. «Lo que ando buscando es otra cosa.»

Una semana después regresé al lugar solo, como Vigil había ido, en busca de un contacto que aliviara la soledad de la noche. Colecté una mujer, discutí el precio, seguí su automóvil hasta el hotel y fui joven con ella, como habría sido Vigil cuatro años antes —como habría de ser siempre en mi memoria: igual que Mercedes Biedma en la suya—. Luego del amor mercenario pero rejuvenecedor, por un momento, tirado en la cama, me trabajaron mis propios fantasmas. Sentí en mi pecho el huracán de dichas y quebrantos que pudo alentar aquella noche en el pecho de Vigil. Me pareció natural que su vida requiriera un desahogo más amplio que el que le ofrecía la rutina parda, aunque fértil, de sus días. Entendí que Vigil hubiera tenido la necesidad de escandalizar, borracho y escandalizado a su vez, ante la nueva vida que parecía abrirse otra vez para él, prometiendo devolverlo a la vorágine del mundo. Lo imaginé, saliendo al corredor semidesnudo, dando gritos y saltos por su vida llena, lesionada pero ansiosa de nuevas avenidas. Entendí que pudiera haber cruzado por el pasillo convocando al mundo a la inauguración de su inminente carnaval, golpeando las puertas, abriendo los cuartos como quien derrumba los muros que lo han apresado. Me pareció lógico que ese efluvio de una vida sin lastres ni medidas, resultara intolerable para la masonería del secreto recluida en el hotel. Entendí que lo mataran por haber querido saltar también esas trancas invisibles, por haber deseado una vez más el extenso territorio sin fronteras que quiso ser la voluntad utópica, indomeñable, de su juventud.

Salí a mi coche en el garaje del hotel y respiré la noche, agradecido de su posible revelación, contento de mis años y de los de Vigil, como si la suma de sus milagros bastara para redimir sus desgracias. Luego empaqué mi fantasía retrospectiva, reconocí que no había secreto que desentrañar ni explicación que obtener de la piedra dura de la noche, como no hay futuro que salvar ni presente que pueda mejorarse en la exploración del muro muerto de la historia. Acepté eso: la hermosa y áspera gratuidad del mundo, su belleza brutal, renuente lo mismo al absurdo que al sentido, su libertad caprichosa y fértil, ignorante de nuestros sueños, nuestros amores y nuestros nombres.

Volví a mi casa en la madrugada, ligero todavía por la memoria del cuerpo de la muchacha que había comprado. Por enésima vez fui hacia el armario de los archivos de Vigil y busqué la foto que le tomaron mientras trabajaba a la luz de una vela en *La república,* una noche en que se había ido la luz. Era la efigie de un muchacho en trance de hacerse hombre, es decir, en trance de perder la única dignidad efectiva de la vida. Había una concentración sudorosa y noble en aquella frente estresada, camino de la redondez y la calvicie. Había un fulgor adolorido y penetrante en sus ojos, un rictus noble en la nariz, que bajaba delgada y sensible del ceño fruncido hacia el cartílago fuerte y largo.

Puse la efigie en el buró y fui a la sala por una copa para brindar con ella. Al volver, celebré la forma de sus labios. Mejor dicho: los vi. Vi la sonrisa de siempre, la sonrisa que ya había en ellos cuando entró por primera vez a mi despacho como estudiante y que seguía allí cuando tuve que reconocer su cadáver en el forense: la sonrisa íntima, irrecusable, de Vigil. La sonrisa autónoma que hacían sus labios y sus mejillas, como respondiendo al impulso esencial de su fisiología, la sonrisa que estaba en el brillo siempre encendido de sus ojos, en el respingo trivial y como femenino de su nariz, en el arco dibujado de sus cejas, en la interrogación burlona que pintaban de perfil sus orejas. Todo él estaba armado finamente en esa foto para reír al final, en medio del esfuerzo, para tener ese esguince incomprobable, irónico y sabio, capaz de arrastrar sus muertes y sus daños hasta el último terreno de una sonrisa.

—No es la mejor foto que pudieron hacerle —le dije.

No se inmutó. Mantuvo la mirada fija en los papeles, la frente tensa y redonda, las mejillas brillosas, la barba despuntante de la noche.

—Y también es la mejor —agregué.

Como único comentario, me regaló la sonrisa que la foto y el azar habían detenido, imperceptible, en la comisura de sus labios. Le dije entonces de la muchacha que había comprado y del infecto lugar que frecuentaba. Le conté de mi hipótesis sobre su muerte y de la inutilidad de las hipótesis. Dije después otras cosas que no recuerdo y otras más que no debo recordar. Finalmente, casi al amanecer, brindé con él de nuevo y acepté:

—Ojalá estuviera vivo.

Pero Vigil sólo volvió a sonreír desde su foto, sin mirarme, como si no me escuchara.

Paloma Samperio regresó de Cuba poco después de muerto Vigil, en la primavera de 1982. Trajo con ella a su hijo, recuperado de los brazos de un matrimonio cubano, luego de un intenso litigio que rompió para siempre sus buenas relaciones con la isla. Volvió a México con el propósito de militar en la izquierda y de publicar la memoria crítica de su «experiencia insurreccional», que había escrito en Cuba. La publicó, efectivamente. Más que una memoria, fue un alegato contra las vías armadas y los muertos sagrados de la Revolución. El folleto tuvo resonancia en los medios a que se dirigía y convirtió a Paloma Samperio en una figura polémica pero atractiva de la izquierda. Tanto, que en las elecciones de 1982 fue incluida en las listas de diputados del Partido Socialista Unificado de México (el antiguo partido comunista, fusionado con otras organizaciones). Una votación inesperadamente alta en la región donde su nombre figuraba volvió a Paloma Samperio diputada de la LI Legislatura. Eso era, una diputada alegre, combativa y bien dispuesta, cuando entré en contacto con ella por primera vez en 1983. Recuerdo muy bien su confidencia sobre la mayor impresión que había recibido en su nueva encomienda de la historia. Era ésta: dentro de la cuota de diputados que el partido oficial otorgaba por rutina al ejército, se había colado uno de los oficiales de inteligencia que la interrogó, todavía herida, en los días que siguieron a su captura.

«No me torturó ni me violó», adujo vivazmente Paloma. «Pero fue el responsable de mi interrogatorio y de mi proceso. Lo increíble es esto: hace siete años éramos enemigos de guerra, yo su prisionera y él mi interrogador. Hoy somos compañeros de cámara y los dos decimos buscar la democracia. Él nunca habla en la tribuna. Yo hablo todo el tiempo. Siempre que hablo y él está presente, cuando menciono las peores cosas que hay que combatir en el sistema, lo miro fijamente a él. Y cuando digo y repito en la tribuna

—no me canso de decirlo— que la única vía para el cambio político en México es la legalidad, lo miro también. Es posible que un día de estos nos vayamos a comer y hablemos claramente. Esto es México. Esto sólo puede pasar en México. A Santoyo le hubiera parecido... no sé. Pienso que le hubiera gustado.»

Con Octavio Sala no hablé mayor cosa. Nuestro trato se redujo a un curioso intercambio epistolar. Hasta en tres ocasiones le envié largos cuestionarios sobre distintos hechos que quedaban oscuros en los registros de Vigil o en las versiones de otros testigos. Puntualmente los devolvió con amplias respuestas y un telefonazo previo avisando del reenvío. Una tarde lo visité en su oficina de *La vanguardia*. Bordeaba ya los cincuenta y había en sus facciones la clara huella del tiempo, pero no en su sonrisa, que seguía fragante y juvenil, como si no pudieran doblarla los años ni los desengaños.

La vanguardia era un negocio próspero. Ocupaba un edificio de ocho plantas en el centro de la ciudad. Tenía su propia rotativa y unos talleres de lujo que rendían altos ingresos mercantiles bajo la mano administrativa de don Laureano Botero. *La vanguardia* no había dejado de ser un pequeño y violento periódico trisemanal, estudiantil en su paginación, irracional en su tono denunciatorio y amargo. Pero había en los talleres capacidad industrial de sobra y en los lectores avidez suficiente para una tarea periodística de mayor envergadura que *La vanguardia*.

Luego del paseo por las instalaciones, le pregunté a Sala por qué no intentaba otra vez un periódico grande, como había sido *La república*.

—No hacerse grande es todavía una necesidad en México —me respondió sin titubear, como quien repite un discurso varias veces ensayado—. No ser grande en nuestro país es todavía la única garantía que hay para durar, para resistir la inquina ambiental. La especialidad de nuestro país es corromper lo que crece: políticos, intelectuales, deportistas o periódicos. No quiero crecer, no quiero volver a corromper lo que he hecho. *La vanguardia* es un periódico hecho para el país que vendrá. Y tiene el tamaño correcto.

Galio Bermúdez escribió el libro que le había prometido a Vigil. Lo tituló *La coerción ilustrada* y me lo hizo llegar con un mensajero a la casa, invitándome a presentarlo en público. Rehusé la invitación pero leí el libro. Era una lamentable edición de autor, plagada de erratas y descuidos tipográficos, tan groseros como los modales del propio Galio. Pero bajo aquel desastre editorial de pliegos mal pegados y erratas ofensivas, Galio Bermúdez se las había ingeniado para deslizar de contrabando un libro secreto, que en verdad aguardaba a sus lectores futuros. Había puesto en él no sólo las muchas cosas inteligentes que pensaba de la historia de nuestro país, sino algo más preciado y difícil: la apasionada certidumbre de haber dado con una veta profunda, verdaderamente explicativa de las partes. La idea fundamental de *La coerción ilustrada* era que toda la historia mexicana podía leerse como una lucha de élites modernizantes contra sociedades tradicionalistas, como una permanente coerción civilizadora que bajaba de cúpulas impacientes y despóticas hacia bases inmemoriales y recalcitrantes. La tesis era lo de menos frente a la riqueza de estilo y detalles del libro, su precisión, su inteligencia, la frecuente felicidad de sus intuiciones. Mandé una nota larga del libro al diario de Sala, a resultas de la cual Galio me buscó para invitarme a comer. No acudí a su llamado. Supe más tarde que había dejado de beber y que preparaba un segundo libro. Supe después que bebía otra vez y repartía escenas bochornosas entre los comensales que rendían tributo a su leyenda. Supe, por último, que se había refugiado en un pueblo cercano a la ciudad de México, a intentar una soledad de la que no he tenido más noticia.

Sobre los demás personajes de esta historia no hay mucho que añadir.

Rogelio Cassauranc perdió *La república* a manos no de una conspiración interna sino de una acusación de fraude fiscal que el gobierno le formuló, al tiempo que le proponía una jugosa compra de sus acciones en el diario. Cassauranc se las había arreglado para liquidar al grupo de accionistas salidos de *La república* con Octavio Sala y para hacerse propietario de la totalidad de esas acciones. Vendió al gobierno su parte, a cambio de un millón de dólares y el desistimiento de la demanda por fraude fiscal. Hizo maletas y salió del país, a Los Ángeles primero y a Río de Janeiro después, desde donde el corresponsal de *La república* lo reportó un día hospitalizado de emergencia por una congestión alcohólica.

Croix fue acusado y perseguido por un negocio de robo y venta de automóviles. Desapareció de la escena unos meses pero reapareció después como agente antinarcóticos del gobierno, encargado de coordinar las operaciones en Jalisco y el Bajío. Al subsecretario Abel Acuña la sucesión presidencial de 1981 lo encontró en el equipo equivocado. No pudo colarse al nuevo gobierno sino hasta que publicó una serie de artículos fustigando a los críticos del Presidente —antiguos alumnos de Acuña—. La autocrítica honesta y su honesto presidencialismo le valieron el nombramiento como director de una pequeña empresa paraestatal, que fue liquidada por ineficiente pocos meses después.

Durante los meses que siguieron a la muerte de Vigil, en su segundo año de abstinencia alcohólica, Pancho Corvo publicó una hermosa novela fantástica que arrasó todos los récords de venta de las últimas décadas y se volvió un clásico instantáneo. La novela fue traducida a distintas lenguas, pero su éxito en alemán, similar al mexicano, devolvió a Corvo parte de la fortuna que se había bebido y la total independencia de otra tarea profesional que no fuese lo que había deseado siempre: escribir.

Romelia dejó *La república* poco antes de la caída de Cassauranc para dirigir una colección de literatura infantil y juvenil. Sus libros llenaron un hueco en las librerías mexicanas y la volvieron directora y codueña de un gran consorcio editorial que exploró a fondo los sistemas de venta masiva de libros en tiendas de departamentos. Romelia resultó ser la exitosa ejecutiva de la mitad de aquellos proyectos, uno de los cuales fue la versión ilustrada, en ocho tomos, de los libros de historia de Vigil.

Oralia Ventura decidió no divorciarse de su marido por la más inesperada de las razones. Durante once años de matrimonio había fatigado todos los recintos de la ginecología, en busca de un tratamiento que resolviera su inexplicable esterilidad. Dos meses después de regresar de Seattle, su cuerpo resolvió el enigma por sí solo y un retraso menstrual se convirtió de pronto, a sus treinta y ocho años, en la noticia de un embarazo. Penó como una viuda la muerte de Vigil, pero su cuerpo caminó a contracorriente de su pena y dio a luz una niña a la que llamó María Eugenia. Me acostumbré a los tenues llantos de esa niña durante las muchas sesio-

nes de ayuda secretarial, entrevistas y mecanografía que Oralia
pasó en mi casa, ayudándome con la novela de Vigil.

—Quiero recordarlo y olvidarlo bien —me dijo—. Así
que no me esconda los detalles.

No se los escondí, ni tampoco mi debilidad por su papel
en esa historia, mi absoluta preferencia por ella, entre todas las
mujeres reales e imaginarias que marcaron el trayecto de Vigil.

En cuanto a mí, finalmente regresé a la historia pendiente de las órdenes misioneras. Pude añadir muy poco a la investigación realizada y emprendí la tarea de escribirla sin rastro del fastidio que me había separado de ella, con una extraña alegría,
analgésica de la fatiga y el desánimo. No abandoné mis clases. Al
empezar los cursos del año 1986, recibí en mi seminario de historiografía de la Universidad una visita inesperada. No la distinguí
al principio, en el pequeño tumulto de nuevos rostros anónimos,
sino al repasar con la vista por tercera o cuarta vez la concurrencia.

Sabedora de la sorpresa que me había preparado inscri-
biéndose como mi alumna, Fernanda me guiñó el ojo cuando
reparé en ella. Perdí el aire un segundo pero disimulé bien, con
una pausa adecuada en el discurso. Tenía el pelo negro, muy largo,
echado sobre los hombros y maltratado, como lo había tenido su
padre. Era un esbelta y hermosa muchacha de diecisiete años y
colgaban de sus orejas todos los aros y aretes del mundo. Su frente
era amplia, limpia, y el óvalo de su rostro, delicado y terso. Pero
en sus ojos y en sus labios brillaban otras cosas: el fuego irónico y
masculino de su padre, la savia burlona del talento y la avidez del
mundo. Al final de la clase vino hacia mí y me dio dos besos en la
mejilla. Agradecí su frescura, su juventud, su sonrisa, las muchas
cosas nuevas que empezaban y las otras, antiguas, que regresaban
con ella.

Este libro
se terminó de imprimir
en los Talleres Gráficos
de Unigraf, S. A.,
Móstoles, (Madrid)
en el mes de marzo de 1995

TÍTULOS DISPONIBLES

LA TABLA DE FLANDES
Arturo Pérez-Reverte
0-679-76090-3

FRONTERA SUR
Horacio Vázquez Rial
0-679-76339-2

LA REVOLUCIÓN ES
UN SUEÑO ETERNO
Andrés Rivera
0-679-76335-X

LA SONRISA ETRUSCA
José Luis Sampedro
0-679-76338-4

NEN, LA INÚTIL
Ignacio Solares
0-679-76116-0

ALGUNAS NUBES
Paco IgnacioTaibo II
0-679-76332-5

LA VIRGEN DE LOS SICARIOS
FernandoVallejo
0-679-76321-X

EL DISPARO DE ARGÓN
Juan Villoro
0-679-76093-8

Disponibles en su librería, o llamando al:
1-800-793-2665 (sólo tarjetas de crédito)